Vega Jane
y el reino de
lo desconocido

DAVID BALDACCI

Vega Jane
Y EL REINO DE
LO DESCONOCIDO

B DE BLOK

Barcelona • Madrid • Bogotá • Buenos Aires • Caracas • México D.F.
Miami • Montevideo • Santiago de Chile

Título original: *The Finisher*
Traducción: Cristina Martín
1.ª edición: abril 2015

© 2014, by Columbus Rose, Ltd.
© Ediciones B, S. A., 2015
    para el sello B de Blok
    Consell de Cent 425-427 - 08009 Barcelona (España)
    www.edicionesb.com

Printed in Spain
ISBN: 978-84-16075-38-6
DL B 6516-2015

Impreso por QP PRINT

Apreciado lector:

De pequeño leí muchos libros de fantasía, pero lo cierto es que nunca probé dicho género cuando me hice escritor. Hasta que se me ocurrió una idea para un personaje: el de Vega Jane. Tuve el convencimiento de que la conocía a fondo, como si de repente hubiera irrumpido en mi cerebro ya totalmente conformada. Lo único que necesitaba era un argumento en el que situarla, y dicho argumento apareció por fin.

Aquel lugar denominado Amargura me envolvió de tal manera que distinguí con claridad todos sus detalles. Sentí el deseo de describir a lo grande un mundo pequeño. No quise ofrecer al lector un mundo enorme y dibujarlo con trazos superficiales, sino mostrarle un espacio diminuto y retratarlo de forma tan vívida que tuviera la impresión de encontrarse dentro de él. Así es como funciona en realidad la suspensión de la incredulidad que resulta necesaria en la mayor parte de la literatura de ficción, y desde luego en la literatura fantástica.

Espero que el lector disfrute leyendo el relato de *Vega Jane y el reino de lo desconocido* tanto como he disfrutado yo al escribirlo. Para mí representa una emoción muy profunda zambullirme de cabeza en el mundo de la fantasía y dejarme invadir por esa maravillosa capacidad de asombro que es propia de la adolescencia.

DAVID BALDACCI

A Rachel Griffiths,
gracias por haberte arriesgado con un autor llamado Janus Pope

A la mañana solo se puede llegar atravesando las tinieblas.

J. R. R. TOLKIEN

A veces he creído hasta en seis cosas imposibles antes de desayunar.

LEWIS CARROLL

Las personas que busquen aquí dentro erudición serán llevadas ante la ley; las personas motivadas por descubrir significados serán exiliadas; las personas que esperen sacar a la luz una alegoría serán ordenadas sacerdotes de manera sumaria.

El autor

UNUS

Un lugar llamado Amargura

Cuando oí el chillido, estaba dormitando. Me perforó el cráneo igual que un disparo de morta y generó una terrible confusión en mi cerebro. Fue tan estridente y aterrador como si todo estuviera ocurriendo allí mismo y en aquel mismo instante.

Tras el estruendo llegó la visión: el azul, el color azul, en una bruma en forma de nube que aparecía posada en el suelo y que me envolvió la mente al tiempo que apartaba todos los demás pensamientos y recuerdos. Cuando por fin desapareció, también se disipó mi confusión. Y, sin embargo, en todo momento tuve el convencimiento de que había algo de gran importancia que simplemente no había recuperado.

De repente me incorporé sobre la plataforma en que estaba tumbada, en lo alto de mi árbol, y al instante se despejaron la visión y la somnolencia. En la primera luz casi siempre estaba en lo alto de mi árbol, un robusto álamo que se elevaba recto hacia el cielo, dotado de una imponente copa densamente poblada. La escala que utilizaba para subir era una formada por veinte tablones recortados, fijados con clavos al tronco; allá arriba el suelo eran ocho listones anchos y astillados, y el techo, una tela impermeable que yo misma había untado con grasa, extendido sobre las ramas y sujetado bien tensa con unos metros de cuerda que robé furtivamente. Pero no pensaba en eso, porque en mis oídos todavía resonaba un grito, y no era el chillido de la bruma azul, que al parecer tan solo existía en mi mente. Aquel grito procedía de abajo.

Me acerqué hasta el borde de la plataforma para mirar hacia el suelo, y de nuevo lo oí. Esta vez iba acompañado de aullidos de caninos de ataque. Todo aquel griterío alteró profundamente lo que hasta entonces había sido un amanecer tranquilo.

Los Wugmorts, por lo general, no chillaban al amanecer, ni tampoco en ningún otro momento de la luz ni de la noche. Descendí a toda prisa por los tablones del tronco de mi árbol. Nada más tocar el suelo con las botas, miré primero hacia la derecha y después hacia la izquierda. Se hacía difícil distinguir de dónde provenían los gritos y los aullidos, porque entre los árboles los sonidos rebotaban y reverberaban de manera confusa.

Cuando vi lo que se me venía encima, me volví y eché a correr lo más rápido que pude. El canino había surgido de pronto de entre un grupo de árboles enseñando los colmillos y con los cuartos traseros empapados en sudor, señal del esfuerzo que estaba realizando.

Yo era bastante veloz para ser un Wugmort hembra, pero no había Wugmort, ni hembra ni macho, que fuera capaz de correr más rápido que un canino de ataque. Me preparé para sentir el impacto de sus colmillos en la piel y en los huesos. Pero me pasó de largo, redobló su esfuerzo y no tardó en desaparecer de mi vista. En aquella luz, yo no era su presa.

Miré hacia la izquierda y vislumbré entre dos árboles una mancha oscura... era una túnica negra.

Los del Consejo andaban por allí. Seguramente habían sido ellos los que habían soltado a los caninos de ataque.

Pero ¿por qué motivo? El Consejo, con una sola excepción, estaba formado por varones, la mayoría de ellos Wugs de más edad, y siempre guardaban las distancias. Aprobaban leyes, normas y otros edictos que debían acatar todos los Wugs, pero todos vivíamos en paz y en libertad, aunque sin muchos lujos.

Y ahora estaban allí, en el bosque, con caninos, persiguiendo algo. ¿A un Wug, tal vez? Lo siguiente que se me ocurrió fue que alguien se había escapado del Valhall, nuestra prisión. Pero ningún Wug se había fugado nunca del Valhall. Y aunque así

14

fuera, yo dudaba que hubiera por allí algún miembro del Consejo intentando darle caza; para devolver al redil a los Wugs díscolos disponían de otros recursos.

Seguí corriendo, guiándome por los aullidos y por el ruido de rápidas pisadas, y no tardé en darme cuenta de que mi trayectoria me estaba acercando peligrosamente al Quag. El Quag era una barrera impenetrable que rodeaba Amargura igual que el lazo de una horca. Era todo cuanto existía allí: Amargura y el Quag. Nadie había atravesado jamás el Quag, porque los terribles monstruos que había allí dentro lo asesinaban a uno y lo dejaban hecho pedacitos. Y como más allá del Quag no había nada, nunca llegaban visitantes a Amargura.

Me aproximé al límite de aquel lugar tan terrible, que los Wugs sabíamos desde muy temprana edad, porque se nos repetía constantemente, que debíamos evitar. Aminoré el paso y terminé deteniéndome a unos pocos metros de donde arrancaba el Quag. El corazón me latía con fuerza y los pulmones estaban a punto de estallar, y no solo a consecuencia de la carrera sino también debido al hecho de encontrarme tan cerca de un lugar que no deparaba otra cosa que la muerte al que fuera tan idiota como para internarse en él.

Los aullidos ya habían cesado, y también las pisadas. Miré a mi izquierda y vislumbré brevemente unos cuantos caninos y a varios miembros del Consejo que escudriñaban las profundidades del Quag. No alcanzaba a verles la cara, pero imaginé que estarían tan atemorizados como lo estaba yo. Ni siquiera los caninos de ataque querían acercarse a aquel sitio.

Exhalé aire una vez más, y entonces fue cuando percibí un ruido a mi derecha. Miré en aquella dirección y, en un instante de aturdimiento, comprendí que estaba viendo a alguien desaparecer entre la maraña de la vegetación y los árboles retorcidos que se alzaban a modo de barricada alrededor del perímetro del Quag. Y se trataba de un Wug al que conocía bien.

Miré a la izquierda para ver si se había percatado de aquello alguno de los miembros del Consejo o alguno de los caninos, pero por lo visto no. Me giré de nuevo, pero la visión ya había desaparecido. Me pregunté si no habría sido producto de mi imaginación; ningún Wug se aventuraría voluntariamente en aquel lugar tan espantoso.

Estuve a punto de soltar un grito al sentir que algo me tocaba el brazo. Lo cierto es que casi me caí al suelo, pero lo que me tocó, que resultó ser una mano, logró mantenerme en pie.

—¿Vega Jane? Eres Vega Jane, ¿verdad?

Me volví y contemplé las rugosas facciones de Jurik Krone. Era alto y fuerte, tenía cuarenta y cinco sesiones y era un miembro del Consejo en rápido ascenso.

—Soy Vega Jane —acerté a decir.

—¿Qué estás haciendo aquí? —me preguntó. Su tono no era severo, sino simplemente interrogativo, pero en sus ojos se apreciaba una cierta hostilidad reprimida.

—Estaba en lo alto de mi árbol y pensaba ir a Chimeneas. Oí un grito y vi a los caninos. También vi a varios Wugs de túnicas negras corriendo, así que... yo también eché a correr.

Krone afirmó con la cabeza.

—¿Has visto algo más? —me preguntó—. ¿Aparte de las túnicas negras y los caninos?

Volví la vista hacia el lugar en que había visto a un Wug internarse en el Quag.

—He visto el Quag.

Krone me apretó el hombro con más fuerza.

—¿Eso es todo? ¿Nada más?

Procuré conservar la calma. La expresión que había visto en el rostro del Wug antes de que este desapareciera en el interior del Quag me atravesó igual que un rayo.

—Eso es todo.

Krone me soltó y dio un paso atrás. Entonces lo contemplé de lleno. La túnica negra se adaptaba muy bien a sus hombros anchos y a sus gruesos brazos.

—¿Qué estabais persiguiendo? —le pregunté.

—Eso es asunto del Consejo, Vega —replicó él en tono tajante—. Sigue con lo tuyo, por favor. No es seguro estar tan cerca del Quag. Da media vuelta y vete derecha a Amargura, ahora mismo. Lo digo por tu bien.

Se volvió y se marchó, y me dejó temblando y sin respiración. Lancé una última mirada hacia el Quag y después eché a correr en la dirección de mi árbol.

Trepé a toda prisa por los veinte tablones recortados del tronco y me senté de nuevo sobre la plataforma, sin resuello y con la cabeza llena de pensamientos horrorosos.

—¿Q-q-qué hay, Ve-Ve-Vega Jane?

La voz provenía de abajo y pertenecía a un amigo mío. Se llamaba Daniel Delphia, pero para mí era simplemente Delph. Siempre me llamaba Vega Jane, como si ambos fueran mis nombres de pila. El resto del mundo me llamaba simplemente Vega, si es que se tomaba la molestia de llamarme.

—Delph —le dije—. Aquí arriba.

Oí cómo trepaba a toda prisa por los tablones. Yo me encontraba casi a veinte metros de altura. Y además tenía catorce sesiones y pico, ya a punto de cumplir quince. Y además era hembra.

Tener catorce sesiones y ser hembra eran dos cosas mal vistas en Amargura, el pueblo en el que vivíamos los dos, y nunca me ha quedado claro por qué. Pero me gustaba ser joven. Y me gustaba ser hembra.

Por lo visto, los que pensábamos así éramos minoría.

Amargura era un pueblo lleno de Wugmorts, llamados de forma abreviada Wugs. El término «pueblo» sugería la presencia de un espíritu comunitario que en realidad no existía. Yo intentaba echar una mano de vez en cuando, pero escogía con mucho cuidado a quién ayudar. Había Wugs que no tenían compasión ni eran dignos de fiar, y a esos procuraba evitarlos. Cosa que a veces se hacía difícil porque tendía a tropezármelos todo el tiempo.

Vi asomar la cabeza de Delph por el borde de la plataforma. Era mucho más alto que yo, y eso que yo era alta para ser hembra: un metro setenta y cinco, y aún continuaba creciendo, porque todos los Jane dábamos el estirón de manera tardía. Contaban que mi abuelo Virgilio creció diez centímetros más al cumplir veinte. Y cuarenta sesiones después llegó su Evento, con lo cual su estatura dejó de importar porque ya no quedó nada de él.

Delph medía un metro noventa y ocho y tenía unos hombros

que, cuando los extendía, abarcaban tanto como la frondosa copa de mi álamo. Contaba dieciséis sesiones y lucía una larga melena negra que estaba casi toda de un blanco amarillento por culpa del polvo que él no se molestaba en lavar. Trabajaba en el Molino cargando enormes sacos de harina, de modo que no dejaba de acumular polvo constantemente. Tenía la frente ancha y corta, los labios carnosos, y unos ojos tan oscuros como la melena sin el polvo. Parecían dos agujeros gemelos que tuviera en la cabeza. Sería fascinante ver lo que sucedía en el interior de su cerebro. Y tenía que reconocer que aquellos ojos suyos eran preciosos; a veces, cuando me miraba, me entraban escalofríos.

No cumplía los requisitos para trabajar en Chimeneas, pues para ello se requería cierta creatividad y yo jamás había visto a Delph crear nada excepto confusión. Su mente iba y venía igual que los chubascos de lluvia. Siempre había sido así, desde que tenía seis sesiones. Nadie sabía qué era lo que le había ocurrido, y si lo sabían no me lo contaban a mí. Yo estaba convencida de que Delph se acordaba de ello. Y le había dejado huella en la mente. Era obvio que no se trataba de un Evento, porque en tal caso no quedaría nada de él; pero sí que podría haber sido el de un Wug muy allegado. Y, sin embargo, en ocasiones Delph decía cosas que me hacían pensar que dentro de su cerebro había mucho más de lo que creían la mayoría de los Wugs.

Aunque dentro de su cerebro las cosas anduvieran un poco torcidas, por fuera no tenía nada de raro. Era guapo, eso estaba claro. Aunque él nunca parecía darse cuenta, yo había visto a muchas hembras lanzándole una «miradita» al pasar. Lo que querían era besuquearlo, estoy segura. Pero Delph estaba siempre moviéndose. Y sus anchos hombros y sus brazos y piernas largos y musculosos le proporcionaban una fuerza que no era capaz de igualar prácticamente ningún otro Wug.

Delph se sentó a mi lado con las piernas cruzadas a la altura de sus huesudos tobillos y colgando por el borde de la plataforma. Allá arriba apenas había espacio suficiente para los dos. Pero a él le gustaba subir a mi árbol, porque no tenía muchos sitios más adonde ir.

Me aparté de los ojos el pelo, largo, oscuro y enmarañado,

y me fijé en una mancha de suciedad que tenía en el brazo. No la limpié porque tenía muchas. Y al igual que ocurría con el polvo del Molino que cubría a Delph, no iba a servir de nada. Mi vida estaba llena de suciedad.

—Delph, ¿has oído todo lo de antes?

Se volvió y me miró.

—¿El q-q-qué?

—Los caninos de ataque y los gritos.

Delph me miró como si estuviera chalada.

—¿T-t-te encuentras b-b-bien, Ve-Ve-Vega Jane?

Probé otra vez:

—Había miembros del Consejo con caninos de ataque, persiguiendo algo. —Quise decir «alguien», pero decidí reservármelo—. Estaban muy cerca del Quag.

Delph se estremeció al oír nombrarlo, tal como yo esperaba.

—Qu-Qu-Qu... —Por fin, tembloroso, tomó aire y dijo simplemente—: Eso es malo.

Decidí cambiar de tema.

—¿Has comido? —le pregunté. El hambre era como una herida que duele y que supura. Cuando se sentía, no se podía pensar en otra cosa.

Delph negó con la cabeza.

Saqué una cajita metálica que constituía mi despensa portátil y que siempre llevaba conmigo. Dentro había una cuña de queso de cabra y dos huevos duros, un trozo de pan frito y un poco de sal y pimienta que guardaba en unos pequeños dedales de peltre fabricados por mí misma. En Amargura consumíamos mucha pimienta, sobre todo para hacer caldo. La pimienta curaba muchos males, como el sabor de la carne pasada y de las verduras podridas. También hubo antes un pepinillo, pero ya me lo había comido.

Le pasé la lata. Iba a ser mi primera comida, pero yo no era tan grande como Delph. Este necesitaba echar mucha leña al fuego, como decían por allí. Ya comería yo en otro momento, sabía dosificarme. Delph no se dosificaba, simplemente hacía las cosas. Y a mí me parecía que aquella era una de las cualidades más entrañables que tenía.

Espolvoreó con sal y pimienta los huevos, el queso y el pan, y a continuación lo engulló todo seguido. Oí cómo le rugían las tripas conforme la comida iba descendiendo hacia lo que hasta entonces había sido una caverna vacía.

—¿Mejor? —le pregunté.

—M-mejor —murmuró él en tono de contento—. Gracias, Ve-Vega Jane.

Me froté los ojos para despejar el sueño. Me habían dicho que tenía los ojos del color del cielo, pero que en otras ocasiones, cuando todo estaba cubierto de nubes, adquirían un tono más plateado, como si absorbieran los colores de allá arriba. Aquello era lo único que iba a cambiar en mí en toda mi vida.

—¿V-vas a ir a ver a tus padres en esta luz? —me preguntó Delph.

Le lancé una mirada.

—Sí.

—¿Pu-puedo acompañarte?

—Por supuesto, Delph. Podemos reunirnos allí, después de Chimeneas.

Delph afirmó con la cabeza, murmuró la palabra «Molino», y luego se levantó y comenzó a bajar por los tablones en dirección al suelo.

Yo fui detrás de él para dirigirme a Chimeneas, donde trabajaba confeccionando cosas bonitas. En Amargura era buena idea no dejar de moverse.

Y eso era lo que hacía yo.

Pero en aquella luz lo hice de manera distinta: lo hice teniendo presente la imagen de alguien que corría hacia el interior del Quag, cuando en realidad aquello era imposible porque significaba la muerte. De modo que me convencí de que no había visto lo que creí haber visto.

Pero no iban a pasar muchas cuñas antes de que me diera cuenta de que mi vista era perfecta. Y mi vida en Amargura, siempre que tuviera una vida, ya no volvería a ser igual.

DUO

Chimeneas

Mientras caminaba por el sendero del bosque, ahora silencioso, fui calmándome y me vinieron a la memoria ciertas cosas que me habían dicho mucho tiempo atrás. No sé exactamente por qué; el momento era un tanto raro, pero he descubierto que estos pensamientos me asaltan en las cuñas más extrañas.

El primero de ellos fue el que me resultaba más imborrable.

«El lugar más espantoso de todos es uno que los Wugmorts no saben que es tan prohibido como se puede ser.»

Esto fue lo que me dijo mi abuelo antes de sufrir su Evento y marcharse para siempre. Y me parece que yo fui la única a la que se lo dijo. Nunca se lo he mencionado a nadie. Yo no era por naturaleza una Wugmort que se fiara de los demás. Nadie que lo fuera podría estar aquí.

Cuando mi abuelo pronunció esa frase yo era muy pequeña, y poco después de eso sufrió su Evento. Tuve que reconocer que en aquel momento no supe muy bien qué había querido decir, y tampoco lo sé con seguridad ahora. Estaba de acuerdo con él en que un lugar podía ser de lo más espantoso, pero ¿cuál podía ser tan prohibido como se puede ser? Aquel era el enigma que jamás logré descifrar, por más que lo intenté.

Mi abuelo también me habló de las estrellas fugaces. Me dijo: «Cada vez que se ve una estrella fugaz dibujando una estela brillante y caprichosa en el cielo, significa que algo va a cambiar en la vida de un Wugmort.»

Era una idea interesante para un lugar que no cambiaba nunca... como Amargura.

De repente estos dos pensamientos gemelos se apartaron de mí como si fueran volutas de humo que se van flotando y volví a centrarme en lo que me aguardaba más adelante: otra luz de duro trabajo.

Cuando ya me encontraba cerca de mi destino, aspiré profundamente y percibí un olor que me dejó atónita. Lo tenía ya metido en los poros de la piel y no se iba nunca, por más veces que me pusiera debajo del cubo de lluvia o de las tuberías. Doblé el recodo del sendero y apareció: Chimeneas. Lo llamábamos así porque tenía muchísimas chimeneas construidas para eliminar el hollín y la mugre. Torres de ladrillos, uno encima de otro, que se elevaban hacia el cielo. Yo no tenía ni idea de para qué había servido originalmente aquel lugar, ni sabía si alguna vez se había utilizado para algo que no fuera confeccionar cosas bonitas. Tenía una extensión inmensa y era tremendamente feo, con lo cual el uso que se le daba en la actualidad resultaba irónico.

Junto a las gigantescas puertas se hallaba de pie un Wug encogido y marchito, con su pequeño sello de tinta en la mano. Se llamaba Dis Fidus. Yo no tenía ni idea de cuál sería su edad, pero debía de andar cerca de las cien sesiones. Fui hasta él y le tendí la mano. La parte superior estaba ya descolorida a causa de la tinta acumulada a lo largo de las dos sesiones que llevaba trabajando allí. No quería ni imaginar cómo estaría cuando llevara diez o veinte. Seguro que mi piel tendría ya para siempre un tinte azulado.

Fidus me agarró la mano con la suya, esquelética, y me estampó el sello. Yo no tenía ni idea de cuál era el motivo por el que se hacía aquel gesto; no guardaba ninguna lógica, y las cosas que no tenían lógica me preocupaban a más no poder porque muy probablemente, me decía, tendrían lógica para alguien.

Miré a Dis Fidus intentando detectar en su expresión si estaba enterado de la persecución que había tenido lugar en aquella luz. Pero su actitud natural era siempre tan nerviosa que resultaba imposible deducir nada. Así que penetré en Chimeneas.

—Vega, me gusta que mis cargas estén aquí menos de tres cuñas antes de la segunda luz —dijo una voz.

Julius Domitar era grande y orondo como una rana gorda. Por añadidura, su piel poseía un curioso tinte verde pastoso. Era el Wug más engreído que yo conocía en todo Amargura, y eso que existía una dura competición por dicho título. Al decir que le gustaba que sus «cargas» estuvieran allí menos de tres cuñas antes, en realidad se refería a mí. Yo seguía siendo la única hembra que había en Chimeneas.

Giré la cabeza para mirarlo a través de la puerta de su oficina. Allí estaba, de pie junto a su pequeño escritorio de tablero abatible sobre el que descansaban varios botes de tinta de Quick y Stevenson, los únicos proveedores de tinta de todo Amargura. Sostenía en la mano su larga pluma de escribir y tenía varios rollos de pergamino en la mesa. Adoraba los rollos de pergamino. De hecho, adoraba lo que contenían dichos rollos: datos registrados. Pequeños fragmentos de nuestra vida de trabajadores.

—Tres cuñas de antelación ya es bastante antelación —dije sin detenerme.

—Vega —replicó Domitar—, hay muchos que han salido peor parados que tú. No lo olvides. Aquí no te va mal del todo, pero eso puede cambiar. Ya lo creo que sí.

Me apresuré a continuar hacia la planta principal de trabajo de Chimeneas. Hacía mucho tiempo que se habían encendido los hornos. Eran enormes, estaban colocados en un rincón y no se apagaban nunca. Proporcionaban a la estancia una sensación templada y húmeda, incluso en las luces más frías. Los musculosos Dáctilos golpeaban sin cesar sus metales con martillos y tenazas haciendo un ruido que recordaba a las campanas de Campanario. El sudor, que les empapaba la frente y las formas esculpidas de la espalda, resbalaba poco a poco e iba salpicando el suelo alrededor de sus pies. Jamás levantaban la vista del trabajo. Los Cortadores troceaban la madera y los metales, tanto duros como blandos. Los Mezcladores removían sus enormes bañeras fusionando ingredientes.

Aquellos Wugs eran iguales que yo, normales y corrientes en todos los sentidos y muy trabajadores. Su único objetivo era ir tirando. Y todos íbamos a desempeñar exactamente el mismo trabajo durante el resto de nuestras sesiones.

Me dirigí a mi taquilla de madera, situada en una sala contigua a la planta principal. En ella guardaba mis pantalones de trabajo, un grueso delantal de cuero, unos guantes y unas gafas protectoras. A continuación fui a mi puesto de trabajo, que estaba situado hacia el fondo de la planta. Consistía en una mesa de madera grande y llena de manchas, un carrito viejo y de diseño recargado, con ruedas metálicas, un juego de herramientas grandes y pequeñas que encajaban con precisión en mis manos, varios instrumentos de verificación que constituían nuestro control de calidad y unos cuantos botes de pinturas, tintes, ácidos y otros materiales que empleaba de vez en cuando.

Había una parte de mi trabajo que era peligrosa, por eso me protegía todo lo que me era posible. Muchos de los que trabajaban allí habían perdido un dedo, un ojo, un diente y hasta una extremidad entera, así que yo no estaba por la labor de asemejarme a ellos reduciendo el número de piezas de mi cuerpo. Me gustaban las que tenía, estaban en la cantidad justa y en su mayoría se hallaban emparejadas.

Pasé por delante de la amplia escalinata de piedra y balaustrada de mármol que conducía a la planta superior de Chimeneas. Era un detalle bastante elegante para un lugar como aquel, y ello me hizo pensar, y no por primera vez, que Chimeneas no había sido siempre una fábrica.

Sonreí al Wugmort de guardia que estaba allí de pie. Se llamaba Elton Torrón y nunca le había oído pronunciar palabra. Llevaba al hombro un morta de cañón largo. También tenía una espada envainada y una navaja guardada en un pequeño estuche de cuero sujeto a un cinturón negro y ancho. Su única tarea era impedir que cualquiera de nosotros accediera a la segunda planta de Chimeneas. Con su cabello largo y negro como el carbón, su rostro surcado de cicatrices, una nariz ganchuda que daba la impresión de haberse roto varias veces y aquellos ojos que parecían no tener vida, Elton Torrón ya daba bastante miedo sin necesidad de portar todas aquellas armas. Así que con ellas resultaba bastante terrorífico en todos los sentidos.

Me habían contado que una vez, mucho antes de que yo empezara a trabajar en Chimeneas, un memo intentó pasar por delante de Elton Torrón y subir la escalera. Según contaban, Torrón lo apuñaló con la navaja, le disparó con el morta, le cortó la cabeza con la espada y luego arrojó sus despojos a uno de los hornos que ardían en Chimeneas sin parar. No sé muy bien si me lo creí o no, pero desde luego en aquel momento no estuve tan segura de ello.

Y por esa razón me mostraba invariablemente amable con Elton Torrón. Me daba igual que él nunca me mirase ni me dirigiese la palabra; solo quería que supiese que en mí tenía una amiga.

Cuando empecé a trabajar en Chimeneas había un Wugmort llamado Quentin Hermes que me ayudaba a rematar. Porque eso era yo: una Rematadora. Cuando llegué en mi primera luz, lo único que me gruñó Domitar fue: «Llegas dos cuñas tarde. Que no vuelva a ocurrir.»

En aquella primera luz, me miré el sello de tinta que me habían estampado en la mano y me pregunté cuál era la labor que debía realizar yo en aquel sitio. Encontré mi puesto de trabajo solo porque figuraba mi nombre en él. Un rectángulo de metal renegrido con letras plateadas que decían VEGA JANE, fijado con clavos encima de la madera. No era un letrero en absoluto bonito.

Y pasé todo el tiempo pensando que mi nombre no era lo único que estaba sujeto con clavos a aquel lugar. Que también lo estaba yo.

En aquella primera luz, mientras yo aguardaba de pie junto a mi puesto de trabajo, Quentin vino corriendo a saludarme. Era un amigo de la familia y siempre había sido muy bueno conmigo.

—Vega, creía que ibas a comenzar en la luz siguiente —me dijo—. De haberlo sabido, habría estado preparado para tu llegada.

—No sé qué hacer —dije yo con una pizca de desesperación.

Quentin regresó a su puesto y volvió trayendo una figurilla

fabricada con metal. Representaba a un macho muy joven que estaba acariciando a un canino.

—Esto, o cosas como esta, es lo que debes rematar —me explicó—. Esto es de metal, pero también te ocuparás del acabado de objetos de madera, cerámica, arcilla y otros materiales. A este Wug y su canino voy a pintarlos con colores agradables.

—¿Cómo sabes qué colores utilizar? —pregunté yo.

—En tu puesto de trabajo tienes instrucciones para cada objeto. Pero dispones de cierta libertad para servirte de tu propia creatividad. Unas veces pintarás los objetos, otras veces los tallarás o los moldearás, y algunas veces los envejecerás para que parezcan más antiguos.

—Pero es que nadie me ha enseñado a hacer eso.

—Yo sé que cuando estabas en Aprendizaje demostraste tener cierto talento artístico —replicó Quentin—. De no ser así, no te habrían traído aquí para trabajar de Rematadora.

Levanté la vista hacia él.

—Es que pensé que aquí me enseñarían.

—Y así es. Te enseñaré yo.

—¿Y tu trabajo? —pregunté mirando los objetos sin terminar que aguardaban en su puesto de trabajo.

—Eso será parte de tu formación, ayudarme a terminarlo. Estaba deseando que llegara esta luz, Vega. Siempre he abrigado la esperanza de que te asignaran a Chimeneas.

Y me enseñó. Cada luz llegaba yo al trabajo con una sonrisa, pero solo porque allí estaba Quentin. Aprendí todo muy deprisa, hasta que mi habilidad se igualó a la suya.

Recordaba ahora todo eso, pero no por nostalgia sino por una razón muy diferente: porque Quentin Hermes era precisamente el Wug que yo había visto abalanzarse de cabeza hacia el Quag mientras lo perseguían los caninos y el Consejo. Sabía que en aquella luz Quentin no iba a estar en Chimeneas, y me pregunté cuándo se darían cuenta de ello los demás.

Con la cabeza más llena de temor que de confusión, me concentré en lo único que sabía hacer: dar el acabado a objetos bonitos que serían adquiridos por Wugs que pudieran permitírselo económicamente. Entre ellos no me encontraba yo.

Levanté en alto la que iba a ser mi primera obra de aquella luz: un pequeño cuenco de porcelana, inacabado, que había que pintar y después hornear. Pero justo al levantarlo la tapa se resbaló y estuvo a punto de caer al suelo. La deposité sobre la mesa y agarré con más firmeza el cuenco. Entonces fue cuando vi el minúsculo fragmento de pergamino que estaba pegado en su interior. Miré en derredor para ver si había alguien observando y seguidamente introduje la mano en el cuenco y saqué el pergamino. Lo escondí en un trapo de trabajo, puse este encima de la mesa y lo abrí para descubrir el pergamino y desdoblarlo. Llevaba algo escrito a mano, con letra pequeña y esmerada, y se leía con claridad.

«No voy a regresar a Chimeneas, Vega. Ve a tu árbol esta noche. Lo que encontrarás allí puede que te libere de Amargura, si así lo deseas. QH.»

Hice una bola con el trozo de pergamino y me la tragué. Mientras sentía cómo me bajaba por la garganta, levanté la vista justo a tiempo para ver a cuatro varones que entraban en la oficina de Domitar. Todos ellos eran miembros del Consejo, tal como denotaban sus túnicas negras. Uno de ellos era Jurik Krone, lo cual no era nada bueno. Él me había visto en aquella luz cerca del Quag. Eso, unido al hecho de que yo trabajaba al lado de Quentin, tal vez no presagiara nada halagüeño para mí.

Pasaron treinta cuñas, y al oír que se abría la puerta de la oficina de Domitar levanté la vista. Todos a una, los de las túnicas negras me miraron fijamente. Sentí que el cuerpo se me ponía rígido como si me hubieran tocado con uno de los hierros al rojo vivo que usaban los Dáctilos para su trabajo.

Krone se acercó, seguido de los otros miembros del Consejo. Sostenía en alto un objeto. Cuando lo vi, se me bloqueó la respiración en la garganta. Lo reconocí de inmediato, aunque llevaba muchas sesiones sin verlo. Me maravillé de que ahora lo tuviera Krone en la mano.

—De nuevo nos encontramos, Vega —me dijo Krone al tiempo que él y sus cohortes me rodeaban en mi puesto de trabajo.

—Sí, así es —contesté yo intentando mantener un tono calmo, pero mi voz se tambaleó sin piedad, igual que una cría recién nacida que está probando la fuerza de sus patas.

Krone levantó el objeto. Era un anillo.

—¿Reconoces esto?

Afirmé con la cabeza.

—Era de mi abuelo.

Lucía un dibujo distintivo grabado en el metal, idéntico a una marca que tenía mi abuelo en el dorso de la mano: tres ganchos unidos como uno solo. Yo nunca supe lo que significaba y él nunca hablaba de ello, por lo menos conmigo, pero es que cuando él sufrió su Evento yo aún era muy pequeña.

—¿Puedes explicar cómo ha llegado un anillo de Virgilio Alfadir Jane a la casa de Quentin Hermes? —preguntó Krone con paciencia, pero su voz contenía un tonillo clarísimo.

Negué con la cabeza. Mi estómago estaba dando breves vuelcos y mis pulmones se expandían más deprisa de lo que a mí me habría gustado.

—Supuse que cuando mi abuelo tuvo su Evento, el anillo desapareció con él. Como sabes, después de un Evento no queda nada de un Wug.

Krone dejó caer el anillo sobre mi tablero de trabajo. Cuando yo alargué una mano para cogerlo, él clavó la punta de su cuchillo en el centro del aro y lo dejó inmovilizado sobre la madera. Retiré la mano y lo miré atemorizada.

Krone, con ademanes lentos, desclavó el cuchillo y tomó el anillo.

—¿Conoces a Hermes? —preguntó con voz queda—. Es amigo tuyo, ¿no es así?

—Es amigo de mi familia. Es el único Rematador que hay aquí, aparte de mí.

—¿Y por qué no está trabajando en esta luz?

—No lo sé —respondí sin faltar demasiado a la verdad. Así y todo, experimenté un inmenso alivio por haberme tragado la nota de Quentin—. A lo mejor está herido, o enfermo.

—Ni lo uno ni lo otro —replicó Krone al tiempo que se aproximaba un poco más—. Vamos a hablar con franqueza. En la primera luz tú estuviste cerca del Quag. Nos viste perseguirlo.

—Ya te dije que no vi nada. Y tú no me dijiste a quién perseguíais. —Miré a Krone directamente a la cara—. Pero ¿por qué perseguíais a Quentin?

—Hay leyes, Vega, leyes que Quentin Hermes ha infringido. Y por ello será castigado. —Krone me recorrió con la mirada de arriba abajo, sin dejar un solo resquicio de mi cuerpo por escudriñar—. Si intenta ponerse en contacto contigo, informarás al Consejo de inmediato. Si no lo haces, las consecuencias serán graves. Se trata de un asunto serio, Vega. Pero que muy serio. —Hizo una pausa—. Estoy hablando del Valhall, para quienes desobedezcan.

Todos los Wugs que se hallaban presentes, incluida yo misma, lanzaron una exclamación ahogada. Ningún Wug quería que lo encerrasen en aquella jaula, a la vista de todo el mundo y vigilada por el bruto de Nida y aquel feroz shuck negro.

Posó una mano en mi hombro y apretó ligeramente.

—Vega, cuento con tu ayuda en esto. En este asunto es necesario que todos los habitantes de Amargura permanezcan unidos.

Luego su mano se deslizó hasta mi rostro y recogió algo. Lo levantó en alto. Era un pedazo del pergamino de Quentin, que había quedado prendido en mi piel. Con un estremecimiento de horror, vi que todavía conservaba un poco de tinta.

—¿Un residuo de tu trabajo, tal vez? —inquirió Krone, y de nuevo me perforó con la mirada. Después, apoyándose en el pie derecho, dio media vuelta y se alejó. Su colegas hicieron lo propio.

Lancé una mirada a Domitar. Jamás lo había visto tan pálido y sudoroso.

—Colaborarás, o de lo contrario irás a parar al Valhall —me advirtió, y acto seguido giró sobre sus talones, una maniobra que estuvo a punto de tirarlo al suelo, y desapareció en el interior de su oficina.

Yo volví a mi trabajo y aguardé a que se hiciera de noche.

TRES

Héctor y Helena

Cuando sonó el timbre que señalaba el final de la jornada en Chimeneas, me vestí de nuevo mis raídas ropas y salí para regresar andando a Amargura. Iba tan consumida por la impaciencia que me entraron ganas de hacer todo el camino a la carrera. Ojalá fuera ya de noche para poder subir a mi árbol, pero no podía hacer nada para acelerar el paso del tiempo.

La ruta que llevaba a Amargura propiamente dicho no era muy larga. Amargura no era un pueblo que se extendiera a lo ancho; era más bien compacto, como un puño pequeño que estuviera esperando golpear algo. En la calle Mayor, que tenía un ondulado pavimento de adoquines, había dos hileras de tiendas situadas unas enfrente de otras. En ellas se vendían cosas que necesitaban los Wugmorts, como ropa, zapatos, alimentos básicos, platos y vasos. Había una farmacia en la que se expendían hierbas medicinales, pomadas y tiritas. Incluso había un sitio en el que vendían sensaciones de felicidad, de las que por lo visto había escasez. Me habían dicho que dicha tienda tenía un negocio cada vez más próspero. Sabíamos que en Amargura se vivía bien, pero al parecer nos costaba trabajo creérnoslo.

Mientras andaba, mi cerebro trabajaba a toda velocidad. Krone y el Consejo habían estado persiguiendo a Quentin, que había huido internándose en el Quag. Yo logré verlo un instante antes de que desapareciera del todo. Logré ver la expresión que llevaba en la cara: era de terror, pero teñida de alivio. ¿Alivio por internarse en el Quag? Mi cerebro a duras penas conseguía siquiera imaginar algo así.

Pasé por delante del albergue de los Obtusus, y vi salir de él a un Wugmort al que conocía bien. Se llamaba Roman Picus y era el dueño. Vestía la indumentaria habitual: un sombrero de fieltro con una melladura en el centro; un peto de color azul y no del todo limpio; camisa blanca; chaleco negro; unas botas de pelo de garm de un luminoso rojo anaranjado y un abrigo grasiento. Lucía unas patillas que le bajaban por ambos lados de la cara y se curvaban como anzuelos hacia el interior de sus mofletes enrojecidos por el sol. En la parte frontal del chaleco, suspendido de una cadena llena de nudos, le colgaba un pesado reloj de bronce en cuya esfera se indicaban las diversas secciones de luz y noche divididas en sus respectivos compartimentos.

—Buena luz, Vega —saludó de mala gana.

Yo le hice un gesto con la cabeza.

—Buena luz, Roman.

—¿Vienes de Chimeneas?

—Sí. Voy a recoger a John en Aprendizaje y luego he quedado con Delph en Cuidados.

Roman dejó escapar un fuerte bufido.

—Nunca entenderé por qué pierdes el tiempo con ese inútil retrasado. Pero supongo que no tienes un concepto muy elevado de ti misma, y en eso tengo que coincidir contigo, hembra.

—Ya que consideras a Delph tan inútil, ¿por qué no lo retas en el próximo Duelum?

Roman enrojeció.

—Soy demasiado viejo para el Duelum. Pero en mis buenos tiempos, hembra...

—¿Y cuántos Duelums ganaste en tus buenos tiempos, *macho*?

Roman hizo una mueca de desagrado.

—Más te valdría enterarte, Vega —gruñó—. Sigue la corriente a los demás para llevarte bien con ellos.

—Hablando de todo un poco, ¿adónde ibas, Roman?

Me miró como si lo hubiera abofeteado.

—¿Por qué me preguntas eso?

—Estábamos teniendo una conversación tan agradable que me apetecía continuarla.

—¿Quieres que te denuncien en el Consejo, Vega?

—Por supuesto. Tengo entendido que con dos o más infracciones un Wug ya tiene derecho a recibir no sé qué premio.

—No tengo cuñas para andar vacilando ociosamente con pobres como tú —replicó, pero luego calló unos instantes y me miró fijamente—. ¿Has dicho Quentin Hermes?

—¿Qué pasa con él?

—Tengo entendido que ha cometido una idiotez.

—Quizá —respondí con cautela.

Roman se encogió de hombros y se miró las botas.

—A lo mejor lo ha devorado un garm. Uf.

—¿Ya has cobrado todo el alquiler de la sesión trimestral? —le pregunté cambiando intencionadamente de tema. No quería hablar de Quentin Hermes.

Roman sonrió con malicia y extendió una mano grande y sucia.

—A propósito de eso, podrías pagarme el tuyo ahora, Vega.

Le mostré una pequeña hoja de pergamino que llevaba unas líneas escritas y un sello.

—Ya pagué después de llevar a John a Aprendizaje. Tu empleado me hizo un poco de descuento por llevárselo yo misma y ahorrarle un viaje.

Su sonrisa se transformó en un ceño fruncido.

—Vaya, no me digas. En fin, ya me encargaré de eso.

—Se te va la fuerza por la boca, Roman.

—¿Qué diablos quieres decir con eso?

—Tu empleado me enseñó el documento oficial que firmaste tú autorizando el descuento. Me gusta saber cosas como esa antes de comprometer mi sueldo para pagar un poco de espacio en ese montón de mierda que tú llamas albergue.

Si se le antojase, Roman podría echarnos a mi hermano y a mí del albergue de los Obtusus. Y puede que una parte de mí lo deseara. Pero se limitó a dar media vuelta y marcharse, y yo proseguí mi camino.

Aprendizaje se hallaba ubicado en un edificio situado cerca

del otro extremo de la calle Mayor. Tenía sitio para varios cientos de jóvenes, pero actualmente había menos de la mitad. En Amargura se aprendía, pero no con demasiada energía. Estando allí de pie, sobre el desigual empedrado, esperando, me llamó la atención observar que el borde del tejado presentaba un aspecto deprimente. Se combaba un poco hacia abajo, como si estuviera frunciendo el entrecejo.

De repente se abrió la puerta y comenzaron a salir jóvenes. El último Wug en salir era siempre mi hermano.

John Jane era bajo y flaco, y parecía mucho más joven de lo que era. Tenía el pelo moreno y largo, casi tan largo como el mío. No me permitía, ni a mí ni a nadie, que se lo cortase. No era fuerte, pero si alguien intentaba cortarle el pelo se peleaba con él. Siempre iba con la mirada gacha. Al parecer estaba fascinado con sus pies, que eran desproporcionadamente grandes y prometían una considerable estatura en el futuro. John Jane no era gran cosa por fuera, pero dentro de su cerebro ocurrían muchas cosas.

Yo lo había visto hacer observaciones que a mí no se me habrían ocurrido nunca. Y jamás se le olvidaba nada. Tan solo en algunos momentos privados en los que estábamos juntos acertaba yo a vislumbrar brevemente lo que sucedía de verdad en el espacio íntimo de su cabeza. Era un espacio bastante lleno, mucho más lleno que el mío.

Por su rostro se extendió una sonrisa tímida y aceleró un poco el paso. Yo le mostré mi lata metálica. Por el camino había hecho un alto para recoger unas pocas bayas para él, y también había un ala de ave que había ahumado anteriormente en Chimeneas. A John le gustaba la carne, aunque en el albergue de los Obtusus no comíamos mucha. Vino corriendo hacia mí, abrió la lata y vio el ala. Entonces me miró y sonrió de nuevo. Durante la mayor parte del tiempo yo no entendía a John, pero me encantaba ver aquella sonrisa. Durante el Aprendizaje no se suministraban alimentos, y eso que el tiempo que uno pasaba allí era prolongado. Decían que la comida distraía a los jóvenes. Yo estaba convencida de que la falta de comida distraía a todo el mundo, y eso era lo que decía cuando era joven. Ahora me daba cuenta de que fue un milagro que me permitieran continuar hasta que cumplí las doce sesiones, que era la edad a la que terminaba el Aprendizaje. En mi opinión era terminar demasiado pronto, pero no era yo quien dictaba las normas.

John me tomó de la mano sin dejar de comer con la otra y echamos a andar juntos. Yo iba mirando a mi alrededor. Aquí y allá había grupitos de Wugmorts, y todos estaban hablando en voz baja y en susurros. También vi a varios miembros del Consejo, con sus túnicas negras, pululando por ahí igual que las ratas entre la basura.

Había visto a Quentin huir en dirección al Quag. Y no era simplemente porque lo persiguiera el Consejo con los caninos. Su nota decía que no tenía la intención de volver, y dicha nota tuvo que ser escondida en el cuenco antes de la primera luz. Estaba claro que Quentin había planeado penetrar en el Quag, con Consejo y caninos o sin ellos. Pero ¿por qué? En el Quag no había nada salvo la muerte segura. Y al otro lado del Quag no había nada en absoluto. Sin embargo, la nota de Quentin decía que lo que me había dejado me liberaría de Amargura. Mi cerebro saltó a la conclusión más obvia: más allá del Quag existía un lugar. O así lo creía Quentin.

Volví a concentrarme en John.

John y yo teníamos un ritual. Al salir de Aprendizaje, cada dos luces íbamos a ver a nuestros padres. Se encontraban en Cuidados, un lugar al que se enviaba a los Wugs que no estaban bien y por los que ya no podían hacer nada más los Reparadores del hospital. El guarda del edificio era un Wug enorme que se llamaba Non.

Non ya nos conocía a mi hermano y a mí porque acudíamos con mucha frecuencia. Pero todas las veces nos trataba como si fuera nuestra primera visita. A mí eso me irritaba terriblemente, pero él por lo visto se divertía a lo grande.

John, muerto de hambre, ya había empezado a devorar el ala y tenía toda la boca manchada con el jugo grasiento de la carne. Cuando nos encontrábamos a escasos metros del edificio, vi a Delph salir de las profundas sombras de un castaño. Se le notaba nervioso. Llevaba el cabello todavía más blanco porque había estado trabajando durante toda aquella luz en el Molino, y tenía la cara y la camisa empapadas de sudor. Hizo un gesto tímido con la cabeza y miró a John.

—Hola, Delph —saludó John, y alzó en alto el ala que estaba comiendo—. ¿Quieres un poco?

Yo sabía que Delph se sentía tentado. Pero negó con la cabeza. Y creo saber por qué: resultaba bastante obvio lo delgado que estaba mi hermano, y no creo que Delph quisiera privarlo de aquella poca comida.

Los tres dimos media vuelta y fuimos juntos hasta la entrada. Apreté los dientes y le dije a Non que queríamos ver a nuestros padres. Y le mostré el pergamino del Consejo que nos otorgaba el permiso para dicha visita. Non examinó el documento sin darse ninguna prisa, y eso que a aquellas alturas seguramente ya había memorizado todo lo que decía. Me lo devolvió y a continuación lanzó a Delph una mirada de pocos amigos.

—Pero el nombre de este no figura en el documento, hembra.

Delph dio un paso atrás, lo cual suscitó en Non una sonrisa maliciosa.

—¿Sabes? —le dijo—, para ser un Wug tan grandote pareces más una hembra. ¿No crees, Delph? Te asustas hasta de tu propia sombra. —Hizo un amago de querer atacar a Delph, y este retrocedió de un salto.

Non lanzó una fuerte risotada y me entregó la llave de la habitación de mis padres.

—Adelante, podéis pasar. No creo que con esa pinta este vaya a causar problemas.

—Si la memoria no me falla —dije yo—, Delph te venció en el último Duelum. ¿Cuánto tiempo estuviste, de nuevo, inconsciente?

A Non se le borró la sonrisa, y cuando pasamos por delante de él propinó a Delph un fuerte empujón en la espalda que estuvo a punto de tirarlo al suelo. Yo no dije nada y tampoco miré a Delph, porque sabía lo avergonzado que se sentía. Pero mentalmente apuñalé a Non un millar de veces, cada una de ellas con renovado fervor.

Atravesamos las puertas y penetramos en un largo pasillo que estaba fresco y oscuro. Incluso aunque afuera hiciera calor, allí dentro siempre reinaba un ambiente fresco. Yo desconocía cómo lo conseguían; en todos los demás lugares de Amargura, la única forma de obtener un ambiente fresco era abrir una ventana y esperar a que soplara la brisa, o bien echarse agua fría por la cabeza.

En la sala nos cruzamos con una Enfermera. Iba vestida con una capa gris y una cofia blanca. Nos saludó con un gesto de cabeza y una sonrisa breve y prosiguió su camino a toda prisa.

Era una sala alargada y llena de puertas, pero estaban todas cerradas. Yo lo sabía porque en otras visitas anteriores había intentado abrir algunas. Cada una tenía una placa de bronce, con nombres como Judith Frigg, Wolfgang Spriggan o Irin Grine. Yo no conocía a aquellos Wugs, pero había visto a varios de sus familiares y todos lucían el mismo gesto inexpresivo y desesperanzado que debía de lucir también yo.

Las placas de las puertas se retiraban solo cuando el Wug cuyo nombre figuraba en ellas «se desvanecía», como decían en Amargura. Yo me preguntaba cuándo se desvanecerían nuestros padres.

Llegamos a la puerta que tenía dos placas. Las leí en voz alta por millonésima vez.

—Héctor Jane. Helena Jane.

No sé por qué hice aquello. Miré a John. Él nunca leía los nombres en voz alta, se limitaba a formarlos con los labios.

Saqué la llave que me había dado Non, la introduje en aquella vieja cerradura y la puerta se abrió. Entré con paso titubeante, seguida de John y con Delph cubriendo la retaguardia. Empujé la puerta de nuevo. La hoja siempre emitía un suave chirrido al cerrarse.

En la habitación había dos camastros y una mesilla de madera entre ambos. No encontré ningún farolillo ni linterna; al parecer, la única iluminación era la que provenía del techo. No se cómo lograban aquello. Otro misterio. No había ventanas; cuando se está en Cuidados, por lo visto no se necesita la luz del sol. Tampoco había sillas para sentarse. Quizás era que no les gustaba alentar a las visitas a que se quedaran demasiado tiempo.

Mientras Delph se quedaba atrás, me aproximé al primer camastro. Mi padre, una figura menuda y encogida, estaba acostado y arropado con una única manta de color oscuro. Yo lo recordaba alto y fuerte, pero ya no lo era. Antes su rostro resultaba agradable de mirar, pero eso también había cambiado. No sé gran cosa sobre cómo se curan los Wugmorts ni cuáles son las cosas que nos hacen enfermar, pero la impresión que tenía era que lo que había desaparecido en mi padre era... en fin, él mismo. No sé cómo se hace para robar la parte interior de un Wug y dejar la cáscara externa, pero eso era lo que parecían haberle hecho a él. Imaginé que no podía haber modo alguno de restaurar algo así.

John se acercó a mí sin hacer ruido y posó una mano sobre la de nuestro padre. Me fijé en su expresión y vi que tenía las facciones contraídas, como si le doliese algo. Una vez le pregunté al respecto, pero él se limitó a encogerse de hombros y dijo que el dolor no estaba por fuera.

Abrí mi mochila, que me había traído del trabajo, y extraje un paño empapado en agua de las tuberías de Chimeneas. Lo coloqué sobre la frente de mi padre. Siempre daba la impresión de tener mucho calor, aunque en la habitación hiciera fresco. Puse mucho cuidado en no rozarlo con los dedos. Adoraba a mi padre y antes me encantaba que me abrazase, pero en aquella estancia había algo que me inducía a no tocarle; me resistía a aquella presión, pero no lograba vencerla. Era como si nos separase un muro de muros.

John sacó un libro de su mochila y empezó a leer en voz baja para nuestro padre.

Lancé una mirada a Delph, que permanecía en un rincón, de pie como una estatua.

—Delph, ¿quieres acercarte a verle?

Delph dio un paso.

—¿Está d-d-dormido?

—Algo parecido, Delph.

Dejé a John y a Delph y me aproximé al otro camastro.

Mi madre también estaba empequeñecida y encogida, y eso que antes era casi tan alta como yo. Antes tenía una melena larga y ligera que se mecía con la brisa y bailaba cuando soplaba viento fuerte; ahora llevaba el cabello muy corto, casi como si fuera un segundo cráneo. La manta oscura cubría su cuerpo marchito hasta el cuello.

A ella también le habían robado su yo interior. En su caso tampoco había forma de restaurárselo. En ese sentido todos los Reparadores estaban de acuerdo. Por esa razón yo nunca quise ser Reparadora: si no es posible curar a los Wugmorts que están enfermos de verdad, ¿de qué sirve?

Me acerqué un poco más a mi madre. Tal vez porque yo era hembra, siempre me sentía más cómoda a su lado. Conversábamos, nos contábamos secretos. Ella era una amiga, me decía cosas que yo necesitaba saber para sobrevivir allí. Pero también percibí que había una parte de ella que se me ocultaba.

Abrí de nuevo mi mochila y extraje una botellita de agua. Salpiqué unas gotas sobre el rostro de mi madre y contemplé cómo permanecían inmóviles durante menos de una cuña antes de ser absorbidas por la piel. No sé por qué hice aquello, quizá para convencerme a mí misma de que en realidad mi madre aún estaba viva, de que realmente seguía habiendo alguien allí dentro.

Volví la vista hacia John. Él también amaba a nuestra madre, aunque parecía existir un vínculo especial entre padre e hijo. Pero al mirarlo yo, él levantó la vista y la posó en mi madre, y en aquel momento tuve la impresión de que a John se le encogía más el corazón al verla a ella allí tumbada que al ver a mi padre. Aquello me sorprendió. Estaba siendo una luz repleta de sorpresas en Amargura, un lugar en el que nunca sucedía nada y en el que lo único seguro era que la próxima luz sería exactamente igual que la anterior.

Delph se acercó y contempló fijamente a mi madre.

—Era m-m-muy buena c-c-conmigo —dijo.

—Ya lo sé, Delph. Era su forma de ser.

Alargó una mano, pero sin llegar a tocarla. Al contrario, fue como si estuviera recorriendo el camino que habían seguido las gotas de agua antes de ser absorbidas por la piel.

Veinte cuñas después emprendimos el regreso por el corredor frío y oscuro en dirección a la puerta junto a la que hacía guardia Non. Me preparé para los comentarios absurdos que sin duda haría. «¿Por qué os molestáis en venir? ¿Están mejor vuestros padres en esta luz? ¿Cómo iba a ser posible eso?»

Pero cuando me fijé en el fondo del pasillo no vi a Non. Mi cerebro sufrió un breve cortocircuito, porque Non estaba siempre. Siempre. En cambio, el que estaba ahora era otro Wug.

Era una figura alta, imponente, significativa. Daba la impresión de llenar la anchura de la sala con su corpulencia, con su dignidad. La túnica que vestía era de un tono granate, lo cual denotaba la posición que ocupaba en el Consejo. Desempeñaba el cargo más elevado. Por encima de él no había nadie.

Se llamaba Thansius. En muchos sentidos, el Consejo era él. Por comparación, Jurik Krone no era más que un mosquito en la grupa de un slep. Yo solo lo había visto desde lejos. No caminaba por la calle, no trabajaba en Chimeneas ni en el Molino, ni era Agricultor. Si Amargura tenía un líder, era él.

John y yo aminoramos el paso. John también había visto a Thansius, y le oí lanzar una exclamación ahogada. Y pensé que el pobre Delph debía de estar a punto de desmayarse.

Cruzar la sala nos llevó el doble de tiempo que cuando entramos, pero aun así a mí se me hizo cortísimo. Cuando llegamos a donde estaba Thansius, este no se movió. Se quedó quieto en su sitio. Era incluso más alto que Delph y daba la sensación de tocar las dos paredes con sus anchos hombros. Se contaba que en su juventud ningún Wug le había vencido en un Duelum. En aquel ruedo él lo conquistaba todo. Ahora que era mayor y jefe del Consejo no competía, pero daba toda la impresión de seguir siendo capaz de ello. Y de ganar. Vista de cerca, aquella capa color granate semejaba una sábana de sangre congelada y solidificada.

Cuando habló, su voz suave, aunque profunda y digna, todavía resultó insustancial en comparación con aquel corpachón. Pero yo quedé prendida de cada de una de las sílabas.

—Unas palabras, Vega Jane —dijo—. Necesito tener contigo unas palabras.

QUATTUOR

Thansius

John, Delph y yo seguimos en silencio a Thansius hasta el exterior del edificio. Entonces fue cuando vi el precioso carruaje azul tirado por cuatro magníficos sleps. Sus capas grises les llegaban hasta las seis patas, finamente ahusadas. Decían que antes los sleps podían volar. Yo nunca me lo había creído, aunque a lo largo del lomo de un slep se puede apreciar un ligero hundimiento en el que antes había algo unido, acaso un ala.

Al timón del carruaje iba un Wug llamado Lomas Lentus. Iba sentado en el pescante muy erguido, tan recto como mi árbol.

Thansius se detuvo a un costado del carruaje y abrió la portezuela. Miró a Delph y le dijo:

—Continúa solo, Daniel. Esta conversación es sobre un asunto privado.

Delph echó a correr, y con sus largas piernas se perdió de vista en media cuña.

Thansius nos indicó que subiéramos al carruaje, y nosotros obedecimos, no porque quisiéramos sino porque se trataba de Thansius. Él subió después de nosotros, y provocó que el pesado carruaje se inclinase de lado. Aquel Wug debía de pesar lo suyo para ejercer tal efecto en un carruaje tan grande. Claro que no era que yo entendiera mucho de carruajes, la verdad era que nunca me había subido a ninguno.

Thansius se acomodó en el asiento situado enfrente de

nosotros y se alisó la túnica. Dirigió una mirada interrogante a John. Yo miré a mi hermano y luego volví a mirar a Thansius.

—Este es mi hermano John.

—Ya sé quién es —replicó Thansius—. Estoy pensando si es necesario que esté presente o no.

Apreté la mano de John, porque noté cómo le estaba invadiendo el miedo.

—Simplemente hemos ido a ver a nuestros padres —dije.

—Una vez más, un detalle del que ya estoy informado.

Thansius parecía mayor visto de cerca que visto de lejos. Aunque se hallaba sumido en las sombras de su asiento, yo le distinguía la cara con claridad. Era fuerte, surcada por arrugas de preocupación, con unos ojos pequeños y rodeados de bolsas. Así y todo, incluso con la barba crecida, aquel rostro parecía demasiado pequeño para su enorme corpachón. El cabello era largo, una peculiar mezcla de rubio y plateado, igual que la barba, se veía limpio y olía a flores silvestres. Por lo general aquel olor me gustaba, pero en aquel preciso momento me causaba nerviosismo.

—Creo que prefiero que espere fuera —dijo Thansius por fin.

—Me gustaría que mi hermano se quedase —repuse yo, y contuve la respiración. No tenía ni idea de dónde me había salido aquella respuesta. Hablar con Thansius era una oportunidad única en la vida, pero replicarle era algo impensable.

Thansius me miró con la cabeza ladeada. No fue un gesto de enfado, sino de diversión. Yo prefería verlo divertido antes que enfadado.

—Y ¿por qué?

—Por si acaso lo que me pregunte usted le concierne a él. Así no tendré que repetírselo, porque estoy segura de que no seré capaz de igualar su elocuencia, Thansius.

Todo esto lo dije con plena sinceridad. Thansius era un Wug muy culto y poseía una capacidad de comunicación prodigiosa. A todos nos encantaba escucharlo, aun cuando no siempre entendiéramos lo que decía.

El gesto de diversión se transformó en una media sonrisa, y por fin su rostro se volvió pétreo.

—Quentin Hermes —dijo—. No se le localiza. Mi adjunto, Jurik Krone, te ha visitado respeto a este asunto.

Afirmé con la cabeza mientras sentía el golpeteo del corazón contra mi caja torácica.

Thansius extrajo un objeto del bolsillo. Supe lo que era incluso antes de que me lo mostrase: el anillo de mi abuelo. Al verlo tan de cerca volvieron a aflorar los recuerdos. Jamás había visto el dibujo que tenía aquel anillo en ningún otro lugar, excepto en el dorso de la mano de mi abuelo.

Thansius lo sostuvo en alto para que John y yo pudiéramos verlo con claridad.

—Es un dibujo bastante interesante —comentó.

—¿Sabe usted lo que significa? —inquirí.

—No. Y dudo que lo sepa algún Wug, aparte de tu abuelo. Virgilio era muy reservado en estas cosas. —Volvió a guardarse el anillo en el bolsillo y se echó un poco hacia delante. Al hacerlo, su amplia rodilla casi rozó los huesos de la mía—. Y sin embargo se halló en la casa de Hermes.

—Hermes era amigo de mi abuelo, probablemente se lo regaló él —contesté.

—¿Antes que a su propia familia? —dijo Thansius en tono escéptico.

—Como usted mismo ha dicho, mi abuelo era muy reservado. ¿Quién sabe lo que pudo pensar o hacer?

Thansius pareció cavilar por espacio de unos instantes. Luego dijo:

—Quentin Hermes fue tu mentor en tu trabajo de Rematadora.

—Sí, así es. Me ayudó a aprender.

—¿Te caía bien?

Aquella era una pregunta extraña, me dije, pero respondí con la verdad:

—Sí.

Aun así, se me removieron las entrañas igual que un puñado de gusanos expuestos a la luz.

Thansius se acarició la barba con una mano enorme. Estudié con atención aquella mano. Se la veía fuerte, pero suave. En otra época era posible que hubiera trabajado duramente con aquellas manos, pero ya llevaba muchas sesiones sin hacerlo.

—¿No te mencionó nada? —me preguntó—. ¿No te hizo ninguna indicación de que pudiera marcharse...?

Escogí con cuidado lo que iba a decir:

—¿A qué lugar podría marcharse?

—¿No te dejó ningún mensaje? —prosiguió Thansius haciendo caso omiso de mi pregunta.

Percibí el peligro en las facciones de Thansius, en la curva de su mano, tan cerca de convertirse en un puño, en la tensión que sufrían los músculos por debajo de aquella capa color sangre. Arrugué el ceño y obligué a mi cerebro a responder sin decir en realidad nada de importancia. La transparencia está muy bien, siempre que uno sea una ventana.

—No sé qué tendría que haberme dejado.

Aquello era absolutamente cierto. Yo no sabía qué era lo que me había dejado.

Thansius estudió cada una de mis palabras, o eso me pareció, como si fueran un rompecabezas que hubiera que resolver. Me miró fijamente a la cara, tanto que tuve la sensación de que la piel se me derretía y le permitía verme el alma.

Volvió a recostarse y mantuvo la vista en el suelo casi durante una cuña entera.

—Podéis marcharos, tu hermano y tú.

Deberíamos habernos ido en aquel momento, pero yo necesitaba decir una cosa, y aunque una parte de mí estaba aterrorizada, al final se impuso la otra parte.

—¿Puede entregarme el anillo, Thansius?

Él se me quedó mirando.

—¿El anillo?

—Sí. Perteneció a mi abuelo. Y ya que él ha desaparecido y que nuestros padres están... en fin... somos los únicos parientes que quedan. Así pues, ¿puede dármelo?

Noté que John aguantaba la respiración. Yo hice lo mismo, mientras esperaba la respuesta de Thansius.

—Quizás en alguna otra luz, Vega, pero ahora no.

Acto seguido abrió la portezuela del carruaje y nos indicó con un gesto de la mano que nos apeáramos.

Salimos lo más rápidamente que pudimos, aunque John apenas era capaz de mover las piernas.

Antes de que se cerrase la portezuela, vi que Thansius me miraba fijamente. Fue una expresión enigmática, una mezcla entre lástima y arrepentimiento, y no entendí ni lo uno ni lo otro. Después se cerró la portezuela, Lentus sacudió las riendas y el carruaje se alejó traqueteando.

Yo tiré de John en dirección al albergue de los Obtusus. Tenía mucho que hacer, y no mucho tiempo para hacerlo. La cabeza me daba vueltas alrededor de todo lo que tenía por delante. Estaba más emocionada que asustada, cuando lo más prudente habría sido estar un poco más asustada que emocionada.

Para cuando llegamos al albergue de los Obtusus, John ya había dejado de temblar tras nuestro encuentro con Thansius. No estoy segura de que yo no continuara temblando, al menos por dentro. Pero me concentré en lo que iba a hacer más tarde.

Nos abrió la puerta Cacus Obtusus. Tenía unas cejas muy abultadas, una frente estrecha y un cabello que se había lavado hacía una sesión como mínimo, puede que dos. El pantalón y la camisa estaban tan grasientos como el pelo, y tenía la costumbre de retorcerse constantemente los extremos del gigantesco bigote, que parecía nacerle en el interior de las fosas nasales. Aunque el propietario del edificio era Roman Picus, Cacus Obtusus era el guardián.

Le saludé con una inclinación de cabeza y él se apartó de la puerta para dejarnos pasar. Se le notaba que estaba deseoso de enterarse de algún chismorreo acerca de Hermes. Fue detrás de nosotros hasta la sala principal de la planta baja, una amplia estancia en la que había una mesa de buen tamaño en la que nos sentábamos a comer. Las paredes eran de troncos cuyas grietas se hallaban rellenas de toda clase de cosas que Cacus había ido encontrando por ahí, y los suelos estaban formados por tablones de madera desiguales, alabeados y carcomidos por los gusanos.

A un lado había una cocina en la que la esposa de Cacus, Hestia, pasaba la mayor parte de sus sesiones haciendo el trabajo que Cacus le ordenaba hacer, o sea cocinar, fregar los platos y cerciorarse de que él recibía todo cuanto deseaba.

—Chimeneas —dijo Cacus al tiempo que encendía la cazoleta de su pipa produciendo una columna de humo que comenzó a elevarse hacia lo alto.

Yo no lo miraba, estaba con la vista puesta en la escalera, al final de la cual se encontraba nuestro dormitorio. Lo compartíamos con otros Wugmorts que roncaban fuerte y se lavaban poco.

—Chimeneas —repitió Cacus—. Quentin Hermes.

Me giré hacia él, resignada a que simplemente nos siguiera hasta que obtuviera una respuesta a sus preguntas.

—Dicen que ha huido —continuó. Chupó de la pipa con tal fuerza que la nube de humo que expulsó casi lo ocultó a la vista. Fue como si él mismo hubiera entrado en combustión, pero no iba a tener yo tanta suerte.

—¿Y adónde podría haber huido? —pregunté en tono inocente, adoptando la misma táctica que había adoptado con Thansius, aunque en realidad no me lo estaba tomando con la misma intensidad. Cacus Obtusus no representaba, ni de lejos, el reto mental que me ofrecía Thansius. Cacus era simplemente un ceporro.

—Tú trabajas en Chimeneas.

—En Chimeneas trabajamos más de cien Wugs —repliqué—. Pregúntales a ellos.

Comencé a subir las escaleras llevando a John conmigo. Gracias a Dios, Cacus no nos siguió.

Cuando las tinieblas comenzaban a descender sobre Amargura, bajamos a tomar la última comida. Veintiocho Wugmorts se nos habían adelantado y ya estaban sentados a la mesa. John y yo nos apretujamos en los dos últimos asientos mientras Hestia, una Wug de figura delgada y baja estatura, se apresuraba de un lado para otro llevando bandejas llenas de platos que en realidad contenían poca comida. Me fijé en las otras dos hembras, aún jóvenes, que trabajaban en la cocina. También ellas eran menudas y flacas, y, al igual que su madre, tenían el rostro ennegrecido por culpa del carbón que usaban para encender la lumbre.

No iban a Aprendizaje. La razón era que eran hembras, y también que Cacus Obtusus no creía en la educación, en sentido general. En una ocasión le oí decir que él nunca había ido a Aprendizaje y que no había más que verle. Si aquello no era razón suficiente para leer religiosamente todos los libros que uno pudiera pillar, no sé cuál podría ser.

Cletus Obtusus estaba sentado al lado de su padre. Cletus iba pareciéndose más a su padre con cada luz, incluso en el nacimiento del incipiente bigote. Solo era dos sesiones mayor que yo, pero con su cara regordeta parecía tener más edad. Siempre estaba maniobrando para sorprenderme y hacerme alguna jugarreta. Me preocupaba que alguna vez se le iluminara el cerebro y se pusiera a perseguir a John. El hecho de que no lo hiciera me indicaba que me tenía demasiado miedo. El miedo era algo estupendo si iba orientado en la dirección adecuada.

Después de la última comida, por fin la luz del cielo dio paso a la oscuridad total. John y yo nos fuimos a nuestra habitación y nos metimos debajo de las mantas, que hacía ya mucho tiempo que habían dejado de evocar la ilusión de que proporcionaban calor.

Aguardé hasta que empecé a oír los ronquidos de los demás, y a continuación salí de la cama y me puse la capa. Tomé también el único jersey que tenía y la manta. Una cuña después ya había atravesado la cocina y estaba saliendo por la puerta de atrás.

Estaba decidida a tomarme muchas molestias para cerciorarme de que nadie me siguiera. Pero resultó que debería haberme tomado más molestias todavía, pero que muchas más.

QUINQUE

La salida

Me gustaba la noche porque con la oscuridad podía fingir que ya no estaba en Amargura. No sé en qué otro lugar estaba, pero a veces resultaba motivante el mero hecho de imaginar un sitio que no fuera aquel.

Aquella noche hacía frío, aunque no lo bastante para ver mi propia respiración según iba caminando. Había enrollado la manta y me la había atado, junto con mi jersey, a la cintura. Si algún Wug me veía y quería saber adónde me dirigía, le diría que pensaba dormir en lo alto de mi árbol.

La ruta que llevaba a mi árbol se distinguía con toda claridad mientras brillaba en el cielo aquella bola lechosa que llamamos Noc, pero cuando vinieron las nubes y la ocultaron a la vista, el sendero se sumió en la oscuridad. Dejé de andar un momento y dediqué una cuña a la tarea de encender un farol que había birlado del albergue de los Obtusus con una de las tres cerillas que había traído. Bajé la caperuza, abrí el escudo y alumbré el camino.

Entonces fue cuando lo oí. Todos los ruidos que se oían en Amargura requerían un examen cuidadoso, sobre todo los que se captaban por la noche. Una vez que uno salía del empedrado, era necesario extremar las precauciones. Y aquella noche había alguien o algo que andaba por allí afuera. Orienté el farol en la dirección del ruido y esperé con la otra mano metida en el bolsillo y asiendo el cuchillo de trabajo que había cogido de Chimeneas mucho tiempo atrás. Lo tenía perfectamente adaptado

47

a mi mano y era capaz de manejarlo con gran destreza. Aguardé, temiendo lo que pudiera venírseme encima y abrigando la esperanza de que no fuera más que Delph merodeando por allí, como hacía algunas noches.

Entonces percibí el olor. Y aquello me confirmó que no se trataba de Delph.

Me costó trabajo creerlo. ¿Tan lejos del Quag? Era algo que no había sucedido nunca; sin embargo, al parecer estaba sucediendo en aquel instante. Agarré con fuerza el cuchillo, aunque sabía que no iba a servirme en absoluto para defenderme de lo que se aproximaba. Me trajo recuerdos tan vívidos, tan dolorosamente recientes, que aun dando ya media vuelta para huir, los ojos se me inundaron de lágrimas.

Apagué el farol porque sabía que la luz delataba mi ubicación, me eché al hombro la cuerda unida al farol y empujé el cuchillo hacia el fondo del bolsillo para tener las manos libres. Y entonces eché a correr con toda mi alma.

Aquella cosa era rápida, mucho más rápida que yo, pero yo contaba con una cierta ventaja de salida. Seguí el camino de memoria, aunque en determinado punto me equivoqué al girar y choqué contra un árbol. Ese error me costó unos momentos valiosísimos. La cosa estuvo a punto de darme alcance. Pero redoblé mis esfuerzos; no iba a morirme así, por nada del mundo. Iba respirando a grandes bocanadas y el corazón me retumbaba de tal manera que hasta me pareció verlo abultarse bajo la capa con cada latido.

De pronto tropecé con la raíz de un árbol y caí al suelo. Volví la cabeza y vi a la bestia, apenas a dos metros de mí. Era enorme y repugnante, pero sus colmillos no eran ni de lejos el rasgo que daba más miedo. Cuando abrió la mandíbula, pensé que apenas me quedaba un momento de vida porque sabía lo que iba a salir de aquel agujero. Me arrojé detrás del grueso tronco de un árbol un instante antes de que la llamarada alcanzase el sitio en que momentos antes me encontraba yo. El suelo quedó chamuscado y sentí la oleada de calor que me envolvía todo alrededor. Pero aún estaba viva, aunque quizá no por mucho tiempo más.

Oí que la bestia hacía una inspiración profunda preparándose para lanzar otra llamarada que sin duda alguna me engulliría. Me quedaban escasos momentos. Y en aquellos escasos momentos hallé una insólita calma, nacida de algún lugar desconocido para mí, y supe lo que tenía que hacer. Y disponía de un solo instante para hacerlo.

Abandoné mi escondite de un salto, justo cuando la bestia estaba terminando de tomar aire. Entonces lancé mi cuchillo en línea recta y le acerté directamente en un ojo. Por desgracia, tenía otros tres más.

Mientras brotaba la sangre del ojo destrozado y la criatura lanzaba aullidos de furia, di media vuelta y eché a correr. El lanzamiento del cuchillo me había servido para ganar unos instantes preciosos, así que los aproveché al máximo. Corrí como no había corrido nunca, ni siquiera cuando me perseguía el canino de ataque en la primera luz.

Llegué a mi árbol, puse una mano en el primer tablón de la escala de madera y comencé a trepar para salvar la vida.

El garm herido, percibiendo con los sentidos la presencia de sangre y de carne, se acercaba tan deprisa que era como si volase. Se decía que los garms persiguen las almas de los muertos, y otros dicen que guardan las puertas de Hela, adonde van a pasar la eternidad los Wugmorts que han sido malvados en vida. Pero en aquel preciso momento a mí me daba igual cuál de aquellas teorías era la acertada, no quería convertirme aquella noche en el alma de un muerto que fuera de camino a Hela ni a ninguna otra parte.

Odiaba a los garms con todo mi ser, pero no podía enfrentarme a uno de ellos con esperanzas de vencerlo. De modo que seguí trepando con una furia ciega que impulsaba mis brazos y mis piernas. Y aun así podía ser que no fuera suficiente. Conocía el tronco de mi árbol con la misma precisión que las imperfecciones de mi cara. No obstante, a mitad de la subida mi mano topó con un objeto que no me resultó familiar, pero aferré el siguiente tablón y continué subiendo.

Sentía al garm casi encima. Era una bestia enorme, mediría fácilmente cuatro metros y pesaría más de quinientos kilos. Era un escupefuego porque vivía en Hela, decían, donde lo único que tenían era calor, llamas y muerte rancia. Yo no tenía el menor deseo de sentir aquellas llamas. El garm se acercaba deprisa, pero más deprisa trepaba yo. El terror puede impulsar extraordinariamente la acción física.

Por fin llegué al último tablón. Por debajo de mí se oía el roce de unas garras que se clavaban en la madera y hasta me pareció notar un calor que subía hacia donde estaba yo. Una parte de mí no quería mirar, pero miré.

Entre las llamas distinguí la cabeza blindada del garm. Tenía el pecho todo manchado de sangre, sin embargo, no había matado ninguna presa que justificara aquello. El pecho le goteaba sangre continuamente, como si estuviera hiriéndose constantemente. Tal vez por eso estaba siempre de un humor sanguinario y asesino. Levantó la vista hacia mí sacando su lengua fina y puntiaguda, y me miró fríamente con los tres ojos que le quedaban, hambriento, peligroso, letal. El cuarto ojo estaba ensangrentado y vacío, y todavía llevaba el cuchillo clavado.

Le grité con todas mis fuerzas y le lancé un salivazo. Sentí deseos de matarlo. Sentí deseos de lanzarle otro cuchillo para poder alcanzarlo en el corazón y enviarlo a Hela para toda la eternidad. Sin embargo, estos eran pensamientos vacuos. Lo único que podía salvarme era que el garm, con toda su fuerza, su ferocidad y su potencia, no fuera capaz de trepar.

La inercia por sí sola le permitió elevarse escasos metros por encima del suelo, pero volvió a caer y se estrelló en tierra con un golpe sordo. Lanzó un rugido y emitió una potente llamarada que chamuscó mi árbol y ennegreció los bordes de varios tablones de madera. Aunque las llamas no podían llegar a donde me encontraba yo, aun así di un salto hacia atrás. Entonces el garm arremetió contra el tronco, en un intento de hacerlo caer; mi árbol se sacudió por la embestida y la tela engrasada cayó al suelo. Y entonces se produjo el desastre. Una de las tablas que formaban la plataforma se soltó, basculó hacia arriba y me golpeó de lleno en la cara. Yo me derrumbé de espaldas y me precipité hacia el vacío agitando las manos en el aire, pero en el último momento logré asirme a uno de los tablones clavados al tronco. Mi peso tiraba tanto de él que casi lo despegó, porque quedó sujeto por un único clavo a la corteza del árbol.

Miré abajo mientras mis dedos iban resbalándose. El garm, alzado sobre sus patas traseras, se hallaba a menos de cinco metros de mí. Abrió las fauces para escupir una llamarada que prometía convertirme en una cáscara hueca y humeante. Agarrada al tablón con una mano, me desanudé la manta y el jersey que llevaba a la cintura, hice con ellos una bola y la arrojé directamente a la bocaza que se abría a mis pies. El garm se atragantó y tosió, y no emitió fuego alguno. Al menos de momento.

Me agarré con la otra mano y subí a toda prisa por la escala mientras el garm rugía de nuevo y escupía llamas otra vez. Sentí cómo se elevaban por el tronco del árbol en dirección a mí. Por fin salvé el último tablón y me lancé sobre la plataforma. Y allí me quedé, tumbada y jadeando, sin ver nada porque tenía los ojos fuertemente cerrados.

El garm hizo un último intento de alcanzarme, pero volvió a caer. Tenía una ferocidad innata que resultaba paralizante.

Una cuña más tarde, dio media vuelta y se marchó en busca de presas más fáciles. Deseé que no encontrase ninguna, a no ser que fuera Julius Domitar, Roman Picus o incluso Jurik Krone, el de la voz suave, del cual yo había decidido que no podía fiarme porque en el fondo de sus ojos había siempre una expresión hostil y porque había dicho que Quentin Hermes había infringido la ley. Con gusto daría dinero por verlos enfrentarse a un garm hambriento. Pero ellos poseían armas que atemorizaban al garm, en particular un largo tubo metálico que disparaba un proyectil capaz de matar a todo aquello contra lo que impactara. Lo denominábamos morta. Roman Picus había utilizado uno para matar a un garm, así fue como se ganó las botas que calzaba. Y se decía que el más hábil de todo Amargura utilizando el morta era Jurik Krone, algo que a mí me inquietaba bastante.

No se podía hacer gran cosa con un garm muerto. Su carne era venenosa y su sangre parecía ácido. Decían que las garras todavía podían matar aun después de morir y que el fuego que tenía dentro nunca se apagaba del todo. De modo que solo se podía utilizar el pellejo.

Permanecí un rato sentada en lo alto de mi árbol, con la respiración agitada, esperando a que el terror de antes fuera transformándose poco a poco en mera paranoia. El garm ya casi se había perdido de vista, apenas lograba ya distinguir las llamas, que se movían en dirección al Quag. Me gustaría saber qué era lo que lo había atraído aquella noche. Luego, al pensar en el Quag me acordé de Quentin Hermes, que había dicho que me había dejado una cosa que me haría libre. Y tenía toda la intención de encontrarla.

Miré a ver si había algo dentro de la lata hermética que tenía siempre allí, colgada de una rama, pero no encontré nada. ¿En qué otro lugar podría haberme dejado algo Quentin? Porque en realidad no había más sitios.

Miré árbol abajo. Había algo que me hormigueaba el cerebro, pero no terminaba de saber qué era. Rememoré la frenética subida por la escala con el garm pisándome los talones... y entonces me acordé.

Mi mano se había topado con un objeto desconocido.

Abrí el farol y escudriñé más allá del borde de la plataforma. No había mucho que ver, excepto un detalle: yo había clavado veinte tablones al tronco del árbol, y ahora conté veintiuno. Aquello era lo que rozó mi mano, un tablón adicional que no debería estar.

Si no estaba equivocada, Quentin era un genio. Si yo misma no me había percatado al principio de que había un tablón de más, ¿quién iba a haberse percatado? Probablemente ni siquiera Thansius, tan inteligente como era.

Temblando de emoción, descendí hasta el tablón en cuestión y lo examiné con la luz del farol. Por suerte, las llamaradas del garm no lo habían alcanzado. Era exactamente igual que los demás tablones, cosa que me pareció muy notable, hasta que me acordé de que Quentin era un Rematador consumado.

Recorrí toda la cara frontal del tablón en busca de un mensaje, pero no había ninguno. Claro que un mensaje escrito en la cara frontal sería demasiado fácil de ver. Tiré de él. Parecía estar firmemente clavado al tronco. Entonces empecé a pensar si de verdad Quentin era tan listo. ¿Cómo esperaba que arrancase yo el tablón sin caerme al suelo y partirme la crisma? Pero al estudiarlo más de cerca vi que las cabezas de los clavos de aquel tablón no eran tales. Las habían coloreado para que parecieran cabezas de clavos. Entonces, ¿cómo se sostenía el tablón? Palpé con la mano el borde superior y encontré una pieza de metal, fina y alargada, que colgaba encima. Después palpé el borde inferior y toqué otra pieza idéntica. El metal había sido endurecido para que se confundiera perfectamente con el color de la madera. Apoyé una mano en el extremo del tablón y tiré hacia un lado. Al instante se salió de las dos piezas metálicas que lo sujetaban, y que actuaban como guías y como soportes a la vez, para deslizar por ellas el tablón y mantenerlo en su sitio. Ahora que el tablón ya no estaba, vi que Quentin había unido las piezas metálicas al tronco con unos robustos tornillos.

El tablón pesaba poco. Menos mal que no apoyé el pie en él cuando estaba huyendo del garm, porque dudo que hubiera aguantado mi peso.

Regresé a la plataforma y me senté en cuclillas con el tablón sobre el regazo. Le di la vuelta y entonces la vi: una cajita metálica y lisa. Dentro había un pergamino. Lo desenrollé. Sorprendía lo largo que era, para haber cabido en un espacio tan diminuto. Cuando lo iluminé con el farol me quedé sin respiración. Era un mapa. Un mapa de algo que jamás pensé que alguien hubiera sido capaz de plasmar en un mapa.

Era un mapa del Quag.

Más aún, era un mapa que indicaba el modo de cruzar el Quag.

Lo que me había dejado Quentin Hermes era una manera de salir de Amargura.

Me quedé allí sentada, contemplando el pergamino como si fuera a la vez un saco de monedas y un saco de serpientes. Mientras iba recorriendo con la mirada los detalles de los dibujos y la precisión de las leyendas, empecé a comprender la enormidad de lo que tenía en las manos. Sentí un hormigueo en la piel, como si súbitamente me hubiera sacudido un trueno precedido por una lluvia de agujas de luz diminutas.

Pero ¿cuando había colgado allí el tablón? En la primera luz yo estaba en lo alto del árbol y solo había veinte tablones, estaba segura. Había visto a Quentin huir e internarse en el Quag, también en la primera luz. Así pues, ¿había salido del Quag para colgar el tablón adicional en mi árbol cuando yo ya me había ido a Chimeneas? Y en ese caso, ¿por qué? ¿Y cómo logró sobrevivir al Quag, además?

Sin embargo, estaba claro que aquello era el mensaje de Quentin Hermes, pero era mucho más complejo que la críptica nota que yo me había tragado en Chimeneas. Aquel mapa también podía interpretarse como que Quentin estaba poniéndose en contacto conmigo, y Jurik Krone había sido especialmente claro a ese respecto. Si Quentin se ponía en contacto conmigo y yo no informaba de ello al Consejo, podían enviarme al Valhall. No precisó durante cuánto tiempo, pero incluso una luz y una noche dentro de aquel tétrico lugar ya serían demasiado tiempo. Y como era ilegal penetrar en el Quag, era casi seguro que iba en contra de la ley tener un mapa de dicho lugar. Con aquello me encerrarían en el Valhall más rápido de lo que Delph lograse decir: «Qué hay, Vega Jane.»

Pero lo cierto fue que mi curiosidad pudo más que mi miedo. Subí la mecha del farol y me puse a estudiar el mapa. El Quag era un lugar enorme, insondable. Quentin no había indicado las distancias exactas, en cambio había incluido la superficie que ocupaba Amargura. Examiné ambos de lado a lado y enseguida vi que el Quag era muchísimo más grande que mi pueblo. Y también resultaba revelador el detalle de que el mapa terminara en el borde del Quag. Si había algo al otro lado, o bien Quentin no lo sabía, o bien no había querido ponerlo en el mapa por alguna razón.

Cuando hube recorrido con la mirada hasta el último resquicio del mapa, comprendí con claridad el dilema que se me presentaba. Todos los Wugs sabían que penetrar en el Quag suponía morir, y yo jamás había contemplado la posibilidad de intentarlo. Y aunque sobreviviera al Quag, ¿dónde me encontraría? Siempre nos habían dicho que al otro lado del Quag no había nada. De hecho, siempre nos habían dicho que no existía ningún otro lado. Que yo supiera, una vez que saliera del Quag me precipitaría por un acantilado y desaparecería en el olvido. Pero incluso aunque hubiera sentido la tentación de marcharme, no podría irme dejando a mi hermano y a mis padres. Quentin había dicho en su nota que yo podría escapar de Amargura si así lo deseara. Bueno, pues no estaba segura de desearlo, pero desde luego no podía abandonar a mi familia. De manera que la reacción fácil sería destruir el mapa, dado que nunca iba a utilizarlo. De hecho, debería destruirlo de inmediato.

Abrí las puertecillas de cristal del farol y acerqué el mapa a la llama. Pero mi mano no se movió. No continuó avanzando con el pergamino hacia el fuego.

«De ningún modo puedes cruzar el Quag, Vega, ¿qué importa, entonces? Quémalo. Si te encuentran con este mapa encima, ¡tu castigo será el Valhall! No puedes correr este riesgo.»

Aun así, mi mano no se movió. Era como si un grillete invisible no la dejara moverse del sitio. Aparté muy despacio el pergamino de la llama y me puse a reflexionar sobre lo que debía hacer. Tenía que destruir el mapa, pero ¿podría destruirlo y al mismo tiempo no quedarme sin él?

Mi mirada se desvió hacia la lata hermética. La abrí y saqué mi pluma de escribir. La guardaba allí porque solía dibujar en las tablas las cosas que veía desde aquella atalaya: pájaros, nubes, las frondosas copas de los árboles vistas a la altura de los ojos. Pero trasladar el mapa de un pergamino a otro no era la solución de mi dilema.

De modo que se me ocurrió otra solución.

Me llevó un poco de tiempo, otro poco de contorsionismo y un mucho de tinta, pero cuando hube terminado levanté el mapa en alto, lo acerqué a la llama del farol y dejé que se prendiera fuego. Después lo solté y contemplé cómo caía lentamente y se posaba sobre las tablas de la plataforma con las esquinas enroscadas y ennegrecidas. En menos de una cuña se había transformado en un cúmulo de cenizas que se fueron volando con la brisa. Luego, hasta las propias cenizas desaparecieron también.

Descendí por los tablones del tronco llevando el tablón nuevo en la mano, volví a deslizarlo en su guía metálica y continué bajando. Al tocar tierra miré en derredor, con el súbito temor de que pudiera volver el garm. Pero no percibí su olor, y desde luego no lo vi. A lo mejor había regresado a Hela. Deseé con todas mis fuerzas que no saliera de allí.

Ahora tenía un mapa que jamás podría utilizar para marcharme de Amargura. Pero tenía otra cosa: un misterio que rodeaba un anillo que había pertenecido a mi abuelo. No era simple curiosidad, y eso que yo era más curiosa que la mayoría de los Wugs; aquello tenía que ver con mi familia, con mi historia. Lo cual, al final, quería decir que aquello tenía que ver conmigo misma.

SEX

Los Delphia

En la luz siguiente, John y yo bajamos al piso de abajo y utilizamos la tubería que discurría por detrás del edificio para lavarnos la cara, las manos y las axilas. Yo tuve cuidado de no mojar el mapa que me había dibujado en el cuerpo sentada en lo alto de mi árbol. Lo reproduje fielmente porque sabía que Quentin era un Wug muy metódico, y que por lo tanto con toda seguridad había incluido tan solo los detalles necesarios, y yo estaba desesperada por estudiarlos más a fondo, aunque jamás fuera a aventurarme en el interior del Quag. Si bien siempre había sabido que el Quag existía, el hecho de ver semejantes detalles en aquel mapa fue como enterarme de la existencia de un mundo completamente nuevo después de haber creído que no había ningún otro más que el que conocíamos.

Después comimos. Bueno, comió John. Yo ya había guardado mi primera comida ligera en mi lata metálica, la que tenía siempre debajo de mi camastro. Conocía a la mayoría de los empleados de las tiendas y negociaba con ellos para que me dieran comida y cualquier otra cosa que necesitase a cambio de objetos bonitos que confeccionaba con restos que sobraban en Chimeneas.

Unas cuantas cuñas después se sentaron otros dos Wugmorts a nuestra mesa.

Selene Jones tenía treinta sesiones de edad pero parecía más joven. Lucía una melena rubia y un rostro sin arrugas, ancho y en gran parte inexpresivo a primera luz, sin embargo sus ojos transmitían paz y daba la impresión de estar plenamente satisfecha con su vida. Era la encargada de una tienda de la calle Mayor y vendía artículos que tenían que ver con observar el Noc y con predecir el futuro.

El otro Wugmort que se sentó a la mesa era Ted Racksport, de veinticuatro sesiones. Venía siendo un Wug muy trabajador y emprendedor ya desde sus primeras luces, y era el dueño de la única tienda de Amargura que vendía mortas, además de otras armas. Era un poco más alto que yo y tenía los hombros anchos, las piernas gruesas, el pecho abultado, la cara plana, los labios agrietados, unos cuantos pelitos en una barbilla débil, el cabello largo y cada vez más escaso, atado en la nuca con un cordel de cuero y cuatro dedos en la mano derecha. Decían que el otro se lo había arrancado una cría de garm a la que pretendía dar caza.

Trabajaba con ahínco pero no era un Wug agradable, y yo me alegraba de que durmiera en una habitación diferente. Olía todo el tiempo a sudor, a metal y a aquel polvo negro que proporcionaba a los morta su fuerza letal. En una ocasión vi cómo disparaban uno. El estruendo atravesó la densa vegetación del bosque y estuvo a punto de mandarme del susto a la Tierra Sagrada, en la que depositábamos a nuestros muertos. Racksport miraba de tal manera que uno empezaba a darse cuenta de que sabía el poder que tenía y se alegraba mucho de que los demás no lo tuvieran.

Me sentí aliviada cuando John terminó de comer y nos fuimos. Nos separamos el uno del otro en la puerta de Aprendizaje.

—Vendré a buscarte cuando salga de Chimeneas —le prometí.

Le decía eso en todas las luces para que no se preocupase. Y él siempre respondía:

—Ya lo sé.

Pero en esta luz no respondió eso, sino que me preguntó:

—¿Seguro que vas a venir a buscarme?

Yo me quedé boquiabierta.

—¿Por qué me lo preguntas?

—¿Adónde fuiste anoche?

—A mi árbol.

—¿Para qué?

—Para pensar, nada más. Y porque me había dejado allí una cosa que necesitaba.

—¿Cuál?

—Entra de una vez, John. Volveré a buscarte, te lo prometo.

Penetró en el edificio sin apartar la mirada de mí. Y yo me sentí profundamente culpable de haber mentido a mi hermano. Sin embargo, no había manera de obrar de otro modo; para mantenerlo a salvo tenía que dejarlo privado de información.

Di media vuelta y eché a correr. Tenía una cosa importante que hacer en aquella primera luz.

Necesitaba ir a ver a Delph.

La casa de los Delphia estaba situada al sur de Amargura, y la ruta discurría recta y sin desviarse hasta que se llegaba a dos grandes árboles de follaje rojo y perenne. Allí había que girar hacia la izquierda para tomar un sendero de tierra que serpenteaba a través del bosque. Mientras corría iba mirándome a mí misma para cerciorarme de que llevaba tapado cada centímetro de piel de los brazos, de las piernas y del vientre, en los que había dibujado el mapa. Después doblé la velocidad y corrí hasta que la respiración se me volvió jadeante.

Cuando ya me encontraba cerca de la casa de los Delphia, frené y adopté un paso de marcha rápida. Duf era el padre de Delph y el único pariente que le quedaba vivo. A diferencia de Delph, Duf era bajito, apenas mediría poco más de un metro veinte. Teniendo en cuenta la gran estatura de Delph, yo siempre había supuesto que su madre debía de ser muy alta, pero falleció al nacer Delph, de modo que ninguno de los dos la había visto nunca.

La inusual vivienda de Duf no estaba construida con madera ni con piedra, ni con nada parecido, sino con objetos que habían tirado a la basura otros Wugs. Tenía la forma de un balón enorme y una puerta cuadrada hecha de metal basto y encajada en unas gruesas bisagras de bronce. Junto a la casa había una abertura que Duf y Delph habían excavado en la ladera de un cerro de escasa altura. Duf guardaba allí dentro los objetos que utilizaba para su trabajo.

Duf era un Domador de Bestias, uno de los mejores de Amargura. Bueno, en realidad era el único que había en todo Amargura, pero aun así era muy bueno. Los Wugs le llevaban sus bestias y él las enseñaba a hacer lo que uno quería que hicieran. Tenía un redil grande de madera con espacios más pequeños dentro, divididos mediante vallas, en los que mantenía a las bestias separadas unas de otras.

Abandoné el sendero y llegué a la casa, y me detuve un instante a observar las bestias que tenía Duf en aquel momento. Había un slep joven, lo cual me hizo pensar que Thansius no tardaría en llevárselo para sustituir a uno de los que tiraban de su carruaje. También había un adar, más alto que yo, provisto de unas alas que me doblaban la estatura. Sus dueños los utilizaban para transportar cosas y hacer recados por aire. Los adares entendían lo que decían los Wugmorts, pero era necesario amaestrarlos para que obedecieran. Y cuando ya estaban amaestrados también eran capaces de responder, lo cual podía ser útil y molesto a la vez. El adar de Duf tenía una pata encadenada a una estaca enterrada en el suelo, bien hondo, para que no pudiera salir volando.

Había un cachorro de whist que apenas pesaría cinco kilos, con el pelaje gris y una carita surcada de cicatrices. Aquel perro, cuando alcanzase su máximo tamaño sería más grande que yo, pero para ello todavía faltaba como mínimo media sesión. A los whists les gustaba merodear por naturaleza. Corrían más rápido que casi cualquier otra bestia, incluidos los garms y hasta los primos más agresivos de estos, los amarocs.

A continuación me fijé en la criatura más grande que tenía Duf en aquel momento: la creta. Ya pesaba aproximadamente media tonelada, y eso que aún no había terminado de crecer. Tenía unos cuernos que se cruzaban por encima de la cara, unas pezuñas enormes, del tamaño de un plato, y un gesto con el que ningún Wug quisiera tropezarse. Se encontraba en un corral interior en el que la valla de madera era mucho más gruesa.

Y además era un espacio pequeño, a fin de que la creta no pudiera tomar carrerilla para embestir aquella barrera. Iban a amaestrarla para que tirase del arado de los Agricultores y para que transportase sacos de harina hasta el Molino. Aquella bestia daba la impresión de saber que aquel iba a ser su destino en la vida, porque no se la veía muy contenta y escarbaba continuamente en la tierra.

—¿Q-q-qué hay, Vega Jane?

Me giré y descubrí a Delph, que en aquel momento se agachaba para salir del hueco excavado en el cerro. Me dirigí hacia él al tiempo que su padre salía de la casa.

Duf llevaba unas botas llenas de tierra, y la ropa que vestía no estaba mucho más limpia. Se cubría con un mugriento sombrero bombín sujeto con unos cordones atados a la barbilla. Supuse que se lo ataba así por si se levantaba mucho viento o las bestias se ponían temperamentales durante la doma. Tenía las manos, el rostro y los brazos llenos de cicatrices y rasguños, resultado de innumerables encuentros con las bestias.

—Buena luz, Vega —saludó Duf.

Se sacó una pipa del bolsillo de la camisa, la llenó de hierba de humo y prendió esta con una cerilla de madera que llevaba detrás de la oreja. A continuación chupó para que la llama se hiciera estable y fuerte. Su rostro, además de las heridas que lo cubrían, se veía quemado por el sol y por el viento. En realidad no era tan mayor, pero su barba era muy poblada y estaba salpicada de gris. No llevaba una vida fácil.

—Hola, Duf.

—¿Qué te trae tan temprano por aquí? —preguntó con curiosidad.

—Quería hablar con Delph. ¿Ese slep es para Thansius?

Duf afirmó con la cabeza y señaló a la creta con su pipa.

—Esa condenada de ahí me está dando problemas. Sí, es muy terca, pero bueno, las cretas siempre son tercas. Prefiero un adar, desde luego, aunque una vez que aprenden a hablar como es debido ya no paran de cotorrear, igual que las hembras en un lavadero. Pero me tocan la fibra sensible, son buenas bestias. Muy leales, aunque charlatanas.

—Yo t-t-también s-s-sería terco si s-s-supiera que iba a p-p-pasarme la vida entera llevando sacos.

—Bueno, será mejor que hables con Delph —repuso Duf—. Cogió una brida de cuero y echó a andar en dirección al redil.

Lo observé por espacio de una cuña y después me volví hacia Delph.

—Necesito hablar contigo de una cosa importante. Y no se lo puedes contar a nadie. ¿Me lo prometes?

Delph no parecía estar escuchándome. Tenía la vista fija en el Noc, que seguía visible en el cielo aunque había cada vez más claridad.

—¿A q-q-qué distancia calculas t-t-tú que está?

Frustrada, miré al Noc.

—¿Y qué más da? Jamás llegaremos allí.

—P-p-ero eso es una d-d-demostración, ¿no?

—¿Una demostración de qué?

Delph estaba a punto de dejarme atónita.

—D-de que no estamos solos, ¿no?

—¿Por qué? —pregunté en un tono de voz que solo podía describirse como un susurro, un susurro feroz, porque estaba sintiendo cosas que no había sentido nunca.

Al parecer, Delph no era consciente de la lucha que estaba teniendo lugar en mi interior.

—No p-p-podemos estar solos. A ver, ¿por qué? ¿S-s-solo puede existir Amargura? —Se encogió de hombros y sonrió—. No t-t-tiene sentido, la verdad. ¿S-s-solo hay esto? P-p-pues no tiene lógica, en mi opinión.

Como parecía encontrarse en un estado de ánimo introspectivo, decidí que, en lugar de hablar de Quentin, iba a formularle una pregunta.

—¿Qué fue lo que te ocurrió, Delph, cuando tenías seis sesiones?

De repente se le hundieron los hombros y se le contrajo el rostro. No quiso mirarme.

—Perdona —me excusé—. La verdad es que no es asunto mío. —Pero abrigué la remota esperanza de que quisiera hablar del tema.

—Virgilio me c-c-caía bien —farfulló.

—Y tú también a él —contesté, sorprendida de que hubiera surgido el nombre de mi abuelo.

—Su... Evento.

De pronto su cabeza pareció ser demasiado pequeña para albergar todo lo que estaba ocurriendo dentro de ella.

—¿Qué pasó con su Evento? —dije yo, picada al instante por aquella frase.

—Yo... lo p-p-presencié.

Entonces fue cuando caí en la cuenta de que lo que le había sucedido a Delph coincidió con el Evento de mi abuelo.

—¿A qué te refieres con que lo presenciaste? —presioné, elevando el tono de voz a causa del miedo y de la sorpresa.

—L-lo presencié —repitió Delph.

—¡El Evento! —exclamé en voz demasiado alta—. ¡Su Evento!

Lancé una mirada fugaz a Duf, que todavía estaba atendiendo al slep. Había mirado en mi dirección, pero después había vuelto a enfrascarse en su tarea.

Delph asintió en silencio.

Bajé el tono y pregunté:

—¿Qué ocurrió?

—El Evento. Eso fue lo que o-o-ocurrió.

—Nadie ha visto jamás un Evento, Delph. —Intentaba a la desesperada que no se me notase el pánico al hablar. Lo último que quería era dar un susto de muerte a Delph.

—P-pues yo sí —replicó con una voz hueca teñida de miedo.

—¿Te acuerdas de lo que sucedió? —dije con toda la calma que pude, aunque seguía notando cómo me retumbaba el corazón en el pecho. Me dolía. Me dolía de verdad.

Delph negó con la cabeza.

—N-no me acuerdo, Vega Jane.

—¿Cómo puedes no acordarte? —protesté.

—No es bueno presenciar un Evento, Vega Jane —dijo con toda claridad. En su respuesta había una tristeza de fondo que me causó un dolor todavía más fuerte en el corazón. Aunque lo que dijo fue simple, yo tuve la sensación de que jamás le había oído hablar con tanta elocuencia. Se tocó la cabeza y añadió—: No te hace bien aquí. —Después se tocó el pecho—. Ni aquí.

Mi corazón se solidarizó con él, pero lo que dije a continuación, tan carente de tacto, no salió de mi corazón sino de mi cerebro:

—¿Cómo puedes decir eso, si no te acuerdas de lo que viste?

De nuevo había levantado la voz, y me percaté de que Duf se giraba hacia nosotros con un gesto de preocupación en la cara. Me volví otra vez hacia Delph y bajé el tono:

—¿No entiendes por qué tengo que saberlo? Lo único que me han dicho siempre es que sufrió un Evento y no quedó nada de él.

Delph tomó una pala y la hundió con brío en la tierra. Vi cómo aferraba el mango de madera con sus gigantescas manos, con tanta fuerza que se le empezaron a poner rojas.

—N-no p-puedo decir nada —contestó por fin al tiempo que levantaba una palada de tierra y la arrojaba al lado del agujero.

—¿Por qué?

Entonces fue cuando oí el ruido: unas ruedas que giraban. Y por el recodo del camino apareció el carruaje de Thansius. Lo conducía el mismo Wugmort repugnante. Lomas Lentus llevaba siendo el conductor de Thansius desde que yo recordaba. Su capa era negra, sus manos eran unas enormes masas de huesos y su rostro daba la impresión de haber perdido toda la vida muchas sesiones atrás, porque la carne, de color pálido, le colgaba de las mejillas igual que un pergamino ajado y los ojos miraban inexpresivos las lustrosas grupas de los sleps.

El carruaje se detuvo junto al redil y se abrió la portezuela.

Lancé una exclamación ahogada al verla.

SEPTEM

Morrigone

Morrigone era la única hembra que formaba parte del Consejo. En Amargura, ella era «la» hembra. Era más alta que yo, esbelta pero no débil, porque había fuerza en sus brazos y en sus hombros. Tenía el pelo de un color rojo sangre, más rojo que la capa de Thansius. Se acercó a grandes zancadas a donde nos encontrábamos Delph y yo.

Iba toda vestida de blanco. Su rostro, su piel y su capa carecían de imperfecciones. Yo jamás había visto una Wug más inmaculada en todo Amargura. El contraste que hacía su cabello rojo con el blanco de la capa resultaba deslumbrante.

Los Wugmorts respetaban mucho a Thansius. Pero a Morrigone la amaban profundamente.

A duras penas lograba creer que estuviera allí. Miré a Delph, que a juzgar por su expresión era como si se hubiera tragado la creta entera. Luego miré a Duf; seguía con la cuerda en la mano, pero parecía haberse olvidado del joven slep que estaba atado al otro extremo. El slep relinchó al ver a los sleps maduros, e imaginé que también estaba viendo su futuro.

Hice lo único que podía hacer: me giré hacia Morrigone y esperé a que hablase. ¿Habría venido a ver a Delph? ¿A Duf? ¿A mí?

Estudié su semblante. Si existía la perfección en Amargura, yo la estaba contemplando en aquel momento. Noté que me sonrojaba por debajo de la suciedad que me cubría la cara y sentí vergüenza de no ofrecer un aspecto mejor. Y más limpio.

La mayoría de los Wugs son parecidos unos a otros, cuesta trabajo distinguirlos. Pero Morrigone no era así. Descubrí que traía los ojos fijos en mí y tuve que desviar la vista; me sentía indigna hasta de cruzar la mirada con ella.

Morrigone sonrió a Duf, que había soltado la cuerda y había echado a andar hacia ella con paso titubeante. Delph no se había movido del sitio, sus pies bien podrían estar dentro del agujero que estaba excavando. A pesar de lo grande que era, parecía pequeño e insignificante.

—Buena luz, señor Delphia —dijo Morrigone en tono melifluo—. Ese slep parece ser un espécimen espléndido. Estoy deseando ver otro gran ejemplo de la simpar habilidad que tiene usted, una vez que esté atado a un arnés.

Su dicción era tan perfecta como ella. Ojalá pudiera yo hablar así. Por supuesto, eso no iba a suceder nunca. Yo no sabía qué edad tendría Morrigone, pero no creía que su Aprendizaje se hubiera interrumpido a las doce sesiones.

Acto seguido se acercó a Delph y le apoyó una mano en el hombro.

—Daniel, solo me llegan informes positivos del trabajo que realizas en el Molino. Apreciamos enormemente tu prodigiosa fuerza. Y si es posible, me parece que todavía has crecido un poco más desde la última vez que te vi. Estoy segura de que quienes compitan contigo en el próximo Duelum sentirán escalofríos al enterarse.

Observé con sorpresa que entregaba a Delph tres monedas.

—Por el trabajo que hiciste recientemente en mi casa, Daniel. Me parece que olvidé pagártelo.

Delph asintió levemente, sus dedazos se cerraron en torno a las monedas y estas desaparecieron en el interior de su bolsillo. Luego se quedó allí de pie, como un lingote de hierro gigante, con una expresión de profunda incomodidad.

Morrigone se volvió y vino hacia mí. Por su gesto adiviné la razón que la había traído a aquel lugar. Lo cual quería decir que me habían seguido. Mi cerebro empezó a barajar todas las posibilidades y todas las trampas. Me parece que Morrigone detectó todo ello en la expresión de mi cara.

Levanté la vista e intenté sonreírle, pero los Wugmorts tenían tan pocos motivos para sonreír que me di cuenta de que había perdido la práctica, porque noté como si se me torciera la boca.

—Vega, qué sorpresa tan agradable encontrarte aquí tan temprano —me dijo. Era una observación bastante inocua; en cambio, el tono interrogante implicaba el deseo de que yo respondiera a qué se debía mi presencia en aquel lugar.

—Quería ver a Delph para un asunto —conseguí decir.

—No me digas, ¿y qué asunto es ese? —preguntó Morrigone. Hablaba sin prisa, pero yo percibí cierta urgencia en sus palabras.

Sabía que si titubeaba ella sabría que estaba mintiendo. Pero por mucho que Morrigone perteneciera a la élite de Amargura y yo la respetara profundamente, había muy pocos Wugs que supieran mentir tan bien como yo. El truco consistía en entrelazar la mentira con una parte de verdad. Así sonaba mejor.

—En la última luz le regalé a Delph mi primera comida, y prometió que en esta luz él me regalaría la suya.

Volví la mirada hacia Delph, y Morrigone hizo lo mismo.

Delph aferró la pala como si esta fuera lo único que lo sujetaba al suelo. Hice acopio de fuerzas por si decía alguna tontería que echase a perder mi mentira perfecta.

—E-e-n esta luz no t-t-engo comida para Vega —balbució.

Me giré de nuevo hacia Morrigone.

—No pasa nada. Tengo algo que comer antes de irme a Chimeneas.

Morrigone pareció quedar complacida con la respuesta.

—Tienes fama de fabricar objetos muy hermosos. De ser tan buena como Quentin Hermes, según me han dicho.

Morrigone me decepcionó con aquella táctica, demasiado obvia. Al mirarla más de cerca descubrí una minúscula arruga en la comisura izquierda de la boca. No era una arruga de sonreír, porque iba en la dirección contraria. No sé por qué, pero aquello me tranquilizó.

—Quentin Hermes ha desaparecido. En todo Amargura nadie sabe dónde está. Por lo menos eso es lo que me han dicho.

—Anoche estuviste en tu árbol —dijo Morrigone.

Mis sospechas de que me habían seguido se confirmaron en aquel momento.

—Voy con frecuencia —repuse—. Me gusta pensar.

Morrigone se aproximó un poco más.

—¿Piensas mucho en Quentin Hermes? ¿Lamentas que nos haya dejado?

—Me gustaba trabajar con él. Era un buen Wugmort. Y me enseñó el oficio de Rematadora. De modo que sí, lo lamento. Y tampoco entiendo adónde puede haber ido.

—¿Se te ocurre algún sitio?

—¿Qué otro sitio hay, aparte de Amargura? —repliqué empleando la misma táctica que había empleado con Thansius. En cambio, lo que dijo Morrigone a continuación me pilló de sorpresa.

—Está el Quag —respondió.

Duf dejó escapar una exclamación y dijo:

—Quentin Hermes no es ningún idiota. En el nombre de toda Amargura, ¿por qué iba a querer ir al Quag? Menuda gilipollez. —Duf dirigió una mirada nerviosa a Morrigone y se le hundió el semblante. Se quitó el bombín, viejo y lleno de lamparones, y dejó al descubierto una gruesa mata de pelo sucio y entreverado de canas. Con un gesto de profunda turbación dijo—: Pido perdón por mi lenguaje... señoras —finalizó con torpeza.

Morrigone continuaba mirándome sin pestañear, al parecer aguardaba a que yo respondiera a su comentario.

—Ir al Quag significa encontrar la muerte —dije recordando la expresión que llevaba Quentin en el rostro cuando corría hacia el Quag.

Morrigone asintió, pero no pareció convencida por mi contestación, lo cual me dejó desconcertada.

—¿Así que tú nunca te has aventurado por las inmediaciones del Quag? —inquirió.

Dejé pasar una cuña sin decir nada, porque aunque no tenía problemas para mentir, tampoco me gustaba abusar innecesariamente de dicha habilidad. Era algo que no tenía nada que ver con la moralidad, pero que tenía todo que ver con no dejarse atrapar.

—Nunca me he acercado lo suficiente para que me ataque una bestia que merodea por allí.

—Sin embargo —replicó Morrigone— mi colega Jurik Krone me ha informado de que en la primera luz pasada estuviste al borde del Quag.

—Oí gritos y vi varios caninos de ataque y a algunos miembros del Consejo. Los seguí por curiosidad, y también para ver si podía echar una mano en lo que estuvieran haciendo. Y sin darme cuenta nos acercamos al Quag.

—¿Y dijiste a Krone que no habías visto nada ni nadie?

—Es que no lo vi —mentí—. Ahora sé que a quien perseguían era a Quentin, pero sigo sin entender el motivo. —Quería que Morrigone siguiera hablando, así a lo mejor me enteraba de algo importante, de modo que dije—: ¿Por qué lo perseguían?

—Buena pregunta, Vega. Por desgracia, no puedo responderte.

—¿No puedes o no quieres? —repliqué sin ser consciente de lo que acababa de decir.

Duf y Delph aguantaron la respiración, y me pareció oír que Delph me lanzaba un siseo de advertencia. Morrigone no me contestó; en lugar de eso, hizo un gesto con la mano. Se oyó el crujido de las ruedas del carruaje. Lentus guio los sleps y el carruaje surgió a la vista.

Morrigone no se subió de inmediato. Su mirada volvió a posarse en mí.

—Gracias, Vega Jane —dijo empleando mi nombre completo, como hacía Delph de forma habitual.

—Lamento no haber sido de mucha ayuda.

—Has ayudado más de lo que imaginas.

Aquel comentario fue acompañado de una sonrisa agridulce que, sin saber por qué, me provocó un vuelco en el estómago.

Desapareció en el interior del carruaje y menos de una cuña después ya se había perdido de vista.

—Uf —exclamó Duf.

Yo no pude estar más de acuerdo.

OCTO

En el interior de un libro

Cuando me volví hacia Delph, vi que ya no estaba. Miré de nuevo a Duf, que seguía allí de pie, mirando boquiabierto el camino por el que se había marchado el carruaje.

—¿Adónde ha ido Delph? —pregunté sin resuello.

Duf miró alrededor y negó con la cabeza.

—Al Molino, lo más seguro.

—¿Y qué clase de trabajo realiza Delph para Morrigone, para que se lo paguen con monedas? —inquirí.

Duf bajó la mirada al suelo y empujó una piedra con la bota.

—Cargar cosas, supongo. Eso se le da de maravilla. Es más fuerte que una creta.

—Ajá —contesté, intentando pensar qué podía ser lo que hacía Delph en realidad para que le pagasen de aquel modo.

—Duf, ¿qué le ocurrió a Delph cuando tenía seis sesiones? —pregunté.

Duf desvió el rostro de inmediato. Parecía estar mirando al joven slep, pero yo sabía que no hacía tal cosa.

—Es mejor que te vayas ya a Chimeneas, Vega. Si Domitar ve que falta otro Wug en presentar la mano para sellársela, no sé qué es capaz de hacer. Es un cretino insufrible.

—Pero Duf...

—Vete ya, Vega. No ha ocurrido nada. Déjalo estar.

No esperó a oír más, simplemente se marchó. Yo permanecí allí unos momentos, pensando qué hacer. Con el pie, eché unos cuantos grumos de tierra al interior del agujero. Delph se había ido, pero yo disponía de un poco de tiempo antes de ir a Chimeneas, y rápidamente tomé una decisión.

Iría a la casa de Quentin Hermes.

Observé el cielo y vi que se había cubierto de nubes que semejaban una manta. Me dije que no tardarían en llegar las lluvias, ya era la época. Cuando llegaban, se quedaban durante mucho tiempo. Imaginé a Quentin atravesando el Quag en medio de penalidades y luego sintiendo caer las frías gotas de lluvia. Pero era posible que Quentin ya estuviera muerto. A lo mejor el Quag había hecho honor a su fama.

Avivé el paso, pues imaginaba que Domitar se pondría a buscar a todo el que no se presentara puntual. Luego eché a correr, en todo momento con la mirada atenta por si detectaba algún indicio de Lomas Lentus y aquel imponente carruaje de color azul. Me puse a pensar qué pude haber dicho a Morrigone para que esta pensara que le había revelado algo de utilidad. Era tan inteligente que, a lo mejor, lo que necesitaba era lo que no dije.

Aminoré la marcha. Pasados unos pocos metros más habría llegado ya a mi destino. Decidí aproximarme a la casa, no desde la parte delantera ni la trasera, sino desde un costado, que era la zona más protegida porque había arbustos y un par de árboles casi tan grandes como mi álamo. Había también un muro de piedras de escasa altura que rodeaba el pequeño parche de hierba que constituía la propiedad de Quentin. Salté el muro y aterricé con suavidad al otro lado. Se oían pájaros en los árboles y el ruido que hacían las pequeñas criaturas que pululaban entre los matorrales. No oí ruedas de carruajes, pero no por ello me sentí menos suspicaz, ni menos asustada. Pero me tragué el miedo y continué adelante, lo más agachada que pude. Iba pensando en lo que me ocurriría si me descubrían allí. Creerían que estaba conchabada con Quentin. Cualesquiera que fueran las leyes que él había infringido, creerían que yo le había ayudado. Y además me detendrían por haber allanado su vivienda. Me enviarían al Valhall. Otros Wugmorts me escupirían y me amenazarían a través de los barrotes mientras Nida y el shuck negro observaban la escena.

Trepé a otro muro de escasa altura y salté por el otro lado. Tenía la casa justo enfrente de mí. Estaba construida con piedra y madera y tenía los cristales sucios. La puerta trasera se encontraba solo a unos pocos metros de distancia. Corrí hacia una ventana lateral y me asomé por ella. Dentro estaba oscuro, pero aun así logré ver algo pegando la cara al cristal.

La vivienda constaba de una sola planta. Desde aquella ventana se abarcaba casi todo el interior. Me trasladé a otra ventana desde la que calculé que podría ver la otra habitación que había. Se trataba del dormitorio de Quentin, aunque solo contenía un camastro, una almohada y una manta. Recorrí la estancia con la mirada pero no vi ropa. Y tampoco estaba el par de botas viejas que siempre calzaba para ir a Chimeneas. Quizá por eso el Consejo había supuesto que se había ido por voluntad propia. Se había llevado la ropa, y ningún Wug habría hecho tal cosa si hubiera sido devorado por un garm o hubiera sufrido un Evento. Intenté recordar si Quentin llevaba una mochila consigo cuando lo vi corriendo hacia el Quag, pero no pude estar segura. En realidad, tan solo le vi la cara.

Hice otra inspiración profunda y me dirigí hacia la puerta de atrás. La hallé cerrada con llave, lo cual no fue ninguna sorpresa. Derroté a la cerradura con mis pequeñas herramientas, estaba convirtiéndome en toda una experta en forzar cerraduras. Abrí la puerta, entré, y volví a cerrar lo más silenciosamente que pude. Así y todo la hoja produjo un ruido parecido al de una creta al embestir contra una pared. Me tembló todo el cuerpo y me sentí avergonzada por asustarme de aquel modo.

Me incorporé, tomé aire de nuevo y cobré fuerzas para dejar de temblar. Me encontraba de pie en la habitación principal de la casa de Quentin. También era la biblioteca, porque había unos cuantos libros en una estantería. Y también era la cocina, porque había una chimenea sobre la que colgaba una olla ennegrecida. Y también era el lugar en que Quentin tomaba las comidas, porque había una mesa pequeña y redonda y una silla. Sobre ella descansaban una cuchara, un tenedor y un cuchillo, todos de madera, encima de un plato de cobre. Todo estaba limpio y ordenado, tal como había sido siempre mi amigo.

Mientras mis ojos se adaptaban a la escasa luz del interior de la vivienda, me fijé primero en los libros. No eran tantos, pero ya eran más de los que poseía la mayoría de los Wugmorts.

Tomé uno. Se titulaba *La ingeniería a través de las sesiones*. Eché un vistazo al interior, pero el texto y los dibujos eran excesivos para mi débil cerebro. Tomé otro libro. Este me desconcertó. Trataba de cerámica. Yo sabía con seguridad que Quentin odiaba trabajar con cerámica, por eso en Chimeneas me encargaba yo del acabado de todos los objetos de ese material. Entonces, ¿por qué tenía un libro así?

Lo abrí. En efecto, las primeras páginas trataban de cerámica y contenían dibujos de platos y tazas de diversos colores y estilos. Pero a medida que fui pasando las hojas encontré otra cosa: un libro dentro de un libro.

El título de la portada me produjo un escalofrío: *El Quag, su verdadera historia*.

Aquel libro interior no estaba impreso, sino pulcramente escrito a mano con tinta sobre un pergamino. Pasé unas cuantas páginas. Había texto y dibujos realizados a mano con gran precisión. Y los dibujos eran ciertamente terroríficos. Algunos representaban criaturas que yo no había visto jamás. Todas ellas daban la impresión de ser capaces de devorarlo a uno en cuanto se les presentase la oportunidad. Algunas conseguían que los garms resultasen totalmente ridículos.

Busqué para ver si el nombre del autor aparecía en alguna parte del libro, pero no lo vi. No obstante, era seguro que lo había escrito Quentin. La conclusión que se extraía de eso resultaba igual de sorprendente: Quentin debió de ir al Quag antes de la ocasión en que le vi yo. Y había salido vivo de él.

Saqué el libro del Quag del otro en que estaba escondido y me lo guardé en el bolsillo de mi capa. Lo que contenían aquellas páginas satisfaría mi curiosidad, pero nada más. Quentin Hermes no dejaba atrás a ningún ser querido, era libre para probar su suerte en el Quag. Pero no era mi caso, aunque hubiera logrado juntar el valor necesario para hacerlo. Yo era Vega Jane de Amargura, y siempre sería Vega Jane de Amargura. Llegado el momento, me depositarían en una humilde tumba de una parcela vulgar y corriente de la Tierra Sagrada. Y en Amargura la vida continuaría siendo la misma de siempre.

De pronto oí el ruido de una llave que giraba en la cerradura de la puerta principal.

Corrí a esconderme detrás de un armario y contuve la respiración. Alguien entró en la habitación, y oí cómo se cerraba la puerta. Hubo pisadas y murmullos emitidos en voz baja, lo cual me hizo pensar que los visitantes eran más de uno.

De improviso una de las voces se elevó lo suficiente para que yo la reconociera, y al tiempo que dicha voz se alzaba a mí se me cayó el alma a los pies.

Era la voz de Jurik Krone.

NOVEM

La recompensa

Intenté convertirme en una bola de carne tan pequeña como me fuera posible al tiempo que oía el eco que levantaban sus pisadas sobre el suelo de madera.

—No hemos encontrado nada que sea de utilidad —dijo Krone—. ¡Nada! No es posible. Ese Wug no era tan capaz, ¿no?

No oía la voz con nitidez, pero lo que logré discernir me resultó vagamente familiar.

—Lo que me desconcierta es el anillo —decía Krone—. ¿Cómo es posible que haya venido a parar otra vez aquí? Ya sé que eran amigos, amigos íntimos. Pero ¿por qué el maldito Virgilio no se lo dejó a su hijo?

La otra voz murmuró algo más. Me estaba volviendo loca el hecho de no poder distinguir lo que decían ni quién lo decía. ¿Y por qué habían empleado el término «maldito» para referirse a mi abuelo?

—Se ha ido al Quag, hasta ahí sabemos —dijo Krone—. Y estoy convencido de que Vega Jane sabe algo al respecto, porque estaban muy unidos. Trabajaban juntos. Y ella estaba presente en aquella misma luz.

La otra voz dijo algo, en un tono todavía más bajo. Era como si el otro Wug supiera que había alguien escuchando. Entonces Krone dijo una cosa que hizo que se me parase el corazón:

—Podríamos decirles que ha sido un Evento, como en los demás casos. Como en el caso de Virgilio.

Tuve que contenerme para no levantarme de un salto y chillarle: «¿Qué demonios quieres decir con eso?»

Pero no hice nada. Estaba paralizada.

La otra voz contestó en el mismo tono, pero no conseguí captar lo que dijo.

Sabía que era peligroso, pero también sabía que tenía que intentarlo. Luchando contra mis extremidades, que por lo visto se habían quedado inválidas, me apoyé lentamente en las rodillas. En la pared del fondo había un espejo pequeño; si pudiera estirarme lo justo para ver si aparecían reflejados en él Krone o el otro Wug...

De repente, antes de que yo pudiera moverme un centímetro, la puerta se abrió y volvió a cerrarse.

Decidí hacer caso omiso de toda prudencia y di un salto, y me encontré con que la habitación estaba vacía. Corrí a la ventana situada junto a la entrada principal y miré. Por el recodo de un seto desaparecía en aquel momento el carruaje azul.

¿Cómo es que no había oído los cascos de los sleps aproximarse a la casa? ¿Ni el ruido de las ruedas? ¿Iría Morrigone dentro del carruaje? ¿O Thansius?

Pero el *quién* que había hablado palidecía en comparación con el *qué* que había dicho. Aquellas palabras se me habían quedado grabadas a fuego en el cerebro. «Podríamos decirles que ha sido un Evento, como en los demás casos. Como en el caso de Virgilio.»

Aquello significaba con toda claridad que la idea del Evento era una mentira para tapar alguna otra cosa. Si mi abuelo no se había esfumado en un Evento, ¿qué diablos le había ocurrido entonces? Bueno, pues Krone lo sabía. Y seguro que también lo sabían Morrigone y el resto del Consejo. Aquella revelación destruía todo aquello en lo que yo había creído, todo lo que me habían enseñado. Me hizo preguntarme qué era en realidad Amargura y por qué estábamos todos allí. Me sentí tan débil que creí que iba a desplomarme. Pero relajé la respiración y ralenticé mi corazón. No tenía tiempo para debilidades, tenía que salir de allí.

Ya casi había salido por la ventana cuando volvió a abrirse la puerta principal. No me giré para mirar, pero las fuertes pisadas de unas botas me indicaron que se trataba de Krone. No dijo nada, lo cual quería decir que no me había visto. Todavía.

Me descolgué hacia el exterior arrastrándome y caí al suelo con un golpe sordo que me hizo lanzar una exclamación ahogada.

—¿Quién anda ahí? —rugió Krone.

Salté al otro lado del muro y quedé fuera de la vista de la casa probablemente antes de que Krone siquiera hubiera tenido tiempo para acercarse a la ventana. Jamás en todas mis sesiones he corrido tan rápido. No aflojé el paso hasta que estuve a veinte metros de la entrada de Chimeneas, y entonces me dejé caer en la hierba, totalmente sin respiración y todavía impactada por lo que acababa de oír.

Unas cuantas cuñas más tarde estaba frotándome el sello que me había estampado Dis Fidus en la mano. Desde que Quentin había desaparecido, parecía haber envejecido una sesión entera.

Le tembló el ajado mentón, y la incipiente barba entrecana que crecía en él dio la sensación de estar flotando contra la piel amarillenta.

—Vega, no debes retrasarte. Te he dejado agua en tu puesto de trabajo. En esta luz, los hornos ya arden con mucha fuerza.

Le di las gracias y me apresuré a entrar, sin dejar de frotarme la tinta de la mano.

El libro me pesaba mucho dentro del bolsillo de la capa. Era una estupidez llevarlo allí, pero no había tenido tiempo para ir a ninguna otra parte. ¿Dónde podía esconderlo y que no lo encontrase nadie? Pero aunque sabía que tenía que deshacerme de él, ardía en deseos de leerlo de cabo a rabo.

Guardé la capa con el libro en mi taquilla y me cercioré de que la puerta estuviera bien cerrada. A continuación me puse el delantal, los pantalones de trabajo y las botas y me dirigí a la sala de trabajo principal. Con las gafas protectoras colgadas del cuello, me puse los guantes y me quedé mirando el montón de objetos sin terminar que aguardaban junto a mi puesto. Comprendí que iba a ser una jornada muy larga. Di un sorbo al agua fría que me había llevado Dis Fidus y acometí mis tareas trabajando de forma metódica, leyendo un pergamino de instrucciones tras otro y luego improvisando allí donde me lo permitían las directrices escritas. Trabajé con ahínco y procuré concentrarme sin hacer caso de todos los pensamientos que revoloteaban en mi cabeza.

Cuando quise darme cuenta, Dis Fidus ya estaba tocando el timbre que indicaba que había llegado el momento de empezar a recoger.

Estaba a punto de quitarme la ropa de trabajo cuando nos llamaron urgentemente a la planta principal de Chimeneas. Así que cerré rápidamente la taquilla y me apresuré a acudir.

Domitar salió y se situó de pie ante nosotros mientras nos colocábamos en fila. Todos aguardamos mientras él paseaba de un lado para otro; Dis Fidus, con cara de asustado, permanecía inmóvil al fondo.

Por fin Domitar se acercó a mí, lo suficiente para que yo pudiera percibir el olor a agua de fuego que le despedía la boca. Supuse que el Consejo debía de haberle echado un buen rapapolvo, y, conociéndolo, sabía que estaba a punto de hacernos pagar a nosotros el mal rato que había pasado, fuera cual fuese. De manera que me sorprendió enormemente cuando empezó diciendo:

—El Consejo ha ordenado que se otorgue una recompensa.

Aunque estábamos todos hechos polvo tras la dura jornada de trabajo, aquello nos hizo prestar atención.

—Cinco cuartos de agua de fuego. Medio kilo de hierba de humo. —Hizo una pausa efectista—. Y dos mil monedas.

Una exclamación recorrió a los presentes.

A mí el agua de fuego y la hierba de humo no me servían para nada, aunque supuse que podría canjearlas por una buena cantidad de huevos, pan, pepinillos y té. En cambio, dos mil monedas eran una auténtica fortuna, puede que más de lo que yo ganaría en todas las sesiones que trabajase en Chimeneas. Aquella cantidad podría cambiarme la vida. Y la de John.

Sin embargo, lo próximo que dijo Domitar hizo añicos todas las esperanzas que me había hecho de ganar semejante fortuna.

—Se pagará esta recompensa a todo aquel que aporte al Consejo información suficiente para aprehender al fugitivo Quentin Hermes. O al Wugmort que capture personalmente a Hermes y lo traiga aquí de nuevo.

¿El fugitivo Quentin Hermes?

Miré a Domitar y vi que me estaba observando fijamente.

—Dos mil monedas —repitió para hacer énfasis—. Como es natural, ya no tendríais que seguir trabajando aquí, llevaríais una vida de ocio.

Recorrí con la mirada a los machos; todos ellos tenían familias que mantener. Tenían el rostro renegrido, las manos llenas de callos y la espalda encorvada a causa del duro esfuerzo que realizaban. ¿Una vida de ocio? Impensable. Al contemplar aquellas caras agotadas y hambrientas, tuve un mal presentimiento respecto de Quentin.

—Preferiríamos —prosiguió Domitar— que fuera capturado vivo. Pero si eso no es posible, pues que no lo sea. Pero necesitaremos pruebas. Servirá con que veamos el cadáver, razonablemente intacto.

Se me cayó el alma a los pies y noté que me temblaban los labios. Aquello era prácticamente una sentencia de muerte para Quentin. Si lo había arriesgado todo para escapar, me parecía imposible que no intentase luchar con todas sus fuerzas para impedir que lo capturasen. Era mucho más fácil simplemente clavarle un cuchillo. Sentí que se me llenaban los ojos de lágrimas, pero las aparté con una mano sucia.

Miré de nuevo a los machos que tenía alrededor. Ahora estaban hablando en voz baja unos con otros. Supuse que se irían todos a casa, tomarían las armas que tuvieran a mano y, tras devorar una magra cena, saldrían de nuevo dispuestos a dar caza a Quentin para obtener la recompensa y, con ella, aquella vida de ocio. Probablemente formarían equipos, con el fin de incrementar las posibilidades de éxito.

—Eso es todo —dijo Domitar—. Podéis iros.

Todos empezamos a desfilar hacia la salida, pero Domitar me retuvo.

—Una cuña, Vega.

Esperó a que se hubieran marchado todos los demás y luego miró a Dis Fidus, que seguía de pie al fondo, tembloroso.

—Déjanos, Fidus —le ordenó, y el pequeño Wug abandonó la sala.

—Te vendrían muy bien esas dos mil monedas —empezó Domitar—. A ti y a tu hermano. Y a tus padres ingresados en Cuidados, que tu buen dinero te cuestan. Y además llevarías una vida de ocio.

—Pero entonces no tendría el placer de verte a ti en cada luz, Domitar.

Sus ojillos entornados se cerraron todavía más. Parecían dos cuevas de las que podía explotar algo que resultara sorprendente, de tan peligroso y falso.

—Posees inteligencia, pero a veces fracasas de forma espectacular cuando tienes que ejercitarla.

—Un elogio ambiguo —repliqué.

—Y muy atinado. Dos mil monedas, Vega. Y, como he dicho, junto con información que ayude a la captura de Hermes. No es necesario que lo atrapes tú misma.

—Ni que lo mate. Como has dicho tú mismo, eso también vale para ganar la recompensa.

Domitar abrió los ojos de par en par dejando ver unas pupilas en las que yo nunca me había fijado.

—Así es. Eso es lo que he dicho, porque es lo que ha dicho el Consejo.

Se hizo a un lado en un gesto que implicaba de manera implícita que podía marcharme.

Pero cuando pasé por delante, me tomó del hombro y me dio un tirón para acercarme a él.

—Vega Jane, tienes mucho que perder —me susurró al oído—. Mucho más de lo que crees. Ayúdanos a encontrar a Quentin Hermes.

Me soltó y salí a toda prisa de la sala, más atemorizada de lo que había estado en mucho tiempo. Incluido el ataque del garm.

Con el garm, por lo menos uno sabía de qué modo podía hacer daño, en cambio con Domitar no estaba segura. Lo único que sabía era que tenía miedo.

Tan solo dejé de correr cuando me encontré a más de un kilómetro de Chimeneas.

Mientras corría caí en la cuenta de que aquella recompensa no tenía sentido para los demás Wugmorts. Quentin se había metido dentro del Quag, lo cual quería decir que ningún otro Wug podría encontrarlo. Así que la idea de la recompensa iba dirigida a mí. Querían información sobre Quentin, y pensaban que la única que podía proporcionársela era yo.

Con los pulmones jadeando y el cerebro saltando de una conclusión horrible a otra, de repente reparé en que no me había quitado la ropa de trabajo. Y lo que era todavía más catastrófico: me había olvidado de la capa. Y dentro de la capa estaba escondido el libro que hablaba del Quag.

Me entraron ganas de vomitar.

¿Se le ocurriría a Domitar mirar en el interior de mi taquilla? En tal caso, ¿tendría que convertirme yo también en una fugitiva? ¿Ofrecerían dos mil monedas de recompensa por mi captura, viva o muerta? ¿Diez mil monedas?

Tenía que recuperar el libro. Pero si regresaba en aquel momento, Domitar abrigaría sospechas.

De pronto, en una inspiración súbita, se me ocurrió un plan que iba a ponerlo todo patas arriba.

DECEM

Un par de Dabbats

Era la tercera sección de la noche y yo estaba de nuevo en acción. El cielo que se cernía sobre Amargura no estaba despejado y el Noc había desaparecido de la vista. Sentí varias gotas de lluvia mientras corría con la cabeza baja y el corazón encogido por el miedo.

De pronto se oyó un retumbar en el cielo, las nubes se iluminaron y estalló un trueno. Me quedé paralizada. Todos los Wugmorts habíamos visto lanzas de luz en alguna ocasión y habíamos oído el retumbar de los truenos, pero no por ello resultaban menos aterradores. Sin embargo, había algo que me asustaba todavía más.

Nunca había estado en Chimeneas de noche. Ni una sola vez. Pero ahora no me quedaba más remedio. Tenía que recuperar el libro antes de que lo descubrieran en el interior de mi taquilla. Y, que yo supiera, era posible que ya lo hubieran descubierto.

Me detuve a unos veinte metros de mi destino y levanté la vista. Chimeneas se elevaba en la oscuridad como si fuera un imperioso demonio aguardando a que sus presas se aproximasen lo suficiente para servirle de cena.

En fin, allí estaba yo.

No sabía si por la noche habría guardias. Si los había, no estaba muy segura de lo que iba a hacer. Salir corriendo con todas mis fuerzas, probablemente. Lo que sí sabía era que no iba a entrar por la puerta principal.

Existía una puerta lateral, oculta detrás de un montón de equipos viejos y deteriorados que seguramente llevaban allí desde que mi abuelo tenía mi edad. Pasé junto a aquella pila de basura creyendo ver en cada hueco y en cada grieta un garm, un shuck y hasta un amaroc. Estalló otra lanza luminosa en los cielos seguida del restallar de un trueno, y me pareció que en aquel montón de metal había un millar de ojos, todos fijos en mí. Esperando.

La puerta era de madera maciza y tenía una cerradura grande y antigua. Introduje mis finas herramientas en el hueco, hice el truco mágico... y clic, la puerta se abrió con un suave chasquido.

Entré y cerré de nuevo haciendo el menor ruido posible. Me pasé la lengua por los labios, tomé aire y sacudí la cabeza para despejarme.

Me serví del farol, porque en caso contrario podría chocar contra algo y matarme. Fui avanzando despacio, arrimada a una pared y con la vista fija al frente. También iba atenta a cualquier ruido y olor que flotara en el aire. Sabía a lo que olía Chimeneas, de modo que si percibía un olor distinto saldría huyendo de inmediato.

Unas cuantas cuñas después abrí la puerta del cuarto donde estaban las taquillas y entré sin hacer ruido.

Fui palpando cada taquilla hasta que llegué a la número siete, que era la mía. No tenían cerraduras de verdad, sino un simple pestillo, porque allí nadie guardaba nada de valor. Por lo menos, ningún Wug había guardado nada, hasta que yo, tontamente, me olvidé de un libro que podía dar con mis huesos en el Valhall. Abrí despacio la puerta, y entonces fue cuando me llevé la gran sorpresa.

El farol se me cayó de la mano y estuve a punto de lanzar un chillido. Me quedé allí de pie, inclinada hacia delante, intentando retener en mi estómago la magra cena que había consumido en casa de los Obtusus en vez de vomitarla. Alargué la mano y recogí el farol del suelo, junto con el libro. Este se había caído solo y me había golpeado en el brazo. Encendí de nuevo el farol y pasé las páginas. Estaba todo. Me costó trabajo creer la suerte que había tenido, para nada había soñado que aquello fuera a resultarme tan fácil.

Pero dejé de pensar en cuanto oí un suave topetazo. Mi buena suerte acababa de transformarse en desastre.

Metí el libro en el bolsillo de mi capa y bajé la llama del farol hasta el mínimo suficiente para ver el espacio que tenía justo enfrente. Me quedé muy quieta y agucé el oído todo lo que pude. De acuerdo, me dije con un estremecimiento involuntario, aquel topetazo correspondía a algo grande y rápido. Conocía varias criaturas capaces de producir un ruido así, pero ninguna de ellas debería estar dentro de Chimeneas. Para nada.

Dejé pasar una cuña más y eché a correr en dirección al fondo del cuarto de las taquillas, alejándome de la puerta por la que había entrado. Resultó ser una buena idea, porque una cuña más tarde dicha puerta se estampó contra el suelo hecha añicos. Volví a oír el ruido, esta vez dentro del cuarto, conmigo. Ahora se captaba con mayor nitidez. No era un golpeteo de pezuñas ni el roce de unas zarpas sobre la madera, lo cual descartaba que se tratara de un frek, un garm o un amaroc. Prácticamente quedaba una sola criatura.

Sacudí la cabeza en un gesto de incredulidad. No podía ser. En cambio, mientras pensaba esto, esperando a la desesperada equivocarme, oí el siseo. Y se me paró el corazón durante unos instantes y se saltó un par de latidos.

En Aprendizaje nos habían hablado de aquellas repugnantes criaturas, y nunca había sentido deseos de ver una en vivo y en directo. Eran capaces de moverse a una velocidad increíble, más deprisa de lo que podía correr yo, la verdad. Nunca se adentraban en Amargura, y casi nunca perseguían a los Wugmorts porque por lo general había presas más fáciles de conseguir por ahí. Que yo supiera, eran tres los Wugmorts que habían perecido en sus garras cuando se aventuraron demasiado cerca del Quag. Yo no quería ser la cuarta.

Abrí la otra puerta de una patada y salí volando, como si fuera un proyectil disparado por un morta. Pero sentía el siseo cada vez más cerca. Cuando logré llegar a la sala posterior, me encontré con dos caminos posibles; el de la izquierda me sacaría de allí a través de la puerta lateral por la que había entrado. El único problema era que en aquella dirección vi un montón de ojos. Eran grandes y me miraban fijamente. Serían como quinientos, si tuviera tiempo de contarlos, que no lo tenía. Mi principal temor acababa de confirmarse y duplicarse.

Un par de ellos venían a por mí.

Tomé el camino de la derecha, que me llevaría a la escalinata. Estaba prohibido subir la escalinata. Si algún trabajador de Chimeneas intentaba subirla, Elton Torrón le cortaría la cabeza y la arrojaría al horno con las demás partes de su cuerpo. Pero Elton Torrón no estaba allí por la noche. Y aunque estuviera, yo prefería arriesgarme con él antes que con la criatura que se me venía encima.

Subí los peldaños a toda velocidad, flexionando las rodillas más rápido que nunca en mi vida, y cuando llegué al rellano superior doblé hacia la derecha. Miré una vez hacia atrás y vi los innumerables ojos apenas a diez metros de distancia, de modo que me dije que por nada del mundo iba a volver a mirar atrás.

¿Quién demonios había dejado aquellos seres sueltos allí dentro?

Mientras corría por el pasillo de arriba se me ocurrió una cosa: aquellos seres eran los guardianes de Chimeneas, pero solo por la noche. Era lo único que podía explicar su presencia. Era lo único que podía explicar que ningún Wugmort hubiera resultado atacado durante la luz. Aquellas criaturas no eran de las que uno tiene como mascotas. Y ello quería decir que en Amargura había alguien capaz de hacer lo impensable. Había alguien capaz de controlarlas, cuando siempre nos habían dicho que eran salvajes e incontrolables. Ni siquiera Duf se atrevía a domesticarlas.

Llegué a la única puerta que había en aquella sala. Se encontraba al final del todo y estaba cerrada con llave. Pues claro que estaba cerrada con llave. ¿Cómo iba a pensar que podía estar abierta? Saqué las herramientas de mi capa, pero los dedos me temblaban de tal manera que a punto estuvieron de caérseme al suelo. Las criaturas se acercaban con ferocidad, producían un estruendo similar al de una cascada. Los chillidos que emitían eran tan agudos que creí que me iba a estallar el cerebro de puro terror. Decían que el chillido era siempre lo último que se oía antes de que atacasen.

Mientras introducía las herramientas en la cerradura y manipulaba esta frenéticamente, no pensaba más que en John. Y en lo que iba a hacer si no estaba yo.

Ya las tenía encima.

«El chillido es lo último que se oye antes de que ataquen.»

«El chillido es lo último que se oye antes de que ataquen.»

No sabía si estaba siendo valiente al permanecer de espaldas ante la inminencia del ataque, o la mayor cobarde de todo Amargura. Cuando mis herramientas funcionaron y la cerradura se abrió, supuse que lo mío era valentía.

Cerré la puerta de golpe y volví a bloquear la cerradura. Luego pasé los dedos por la madera con la esperanza de que fuera lo bastante gruesa. Pero cuando las criaturas chocaron contra ella, me arrojaron al suelo. Uno de los colmillos incluso atravesó la hoja de madera y casi me traspasó el hombro, en lugar de simplemente rasgarme la ropa. Retrocedí arrastrándome por el suelo y topé contra la pared del fondo. Al hacerlo tiré algo metálico al suelo que produjo un tremendo estrépito a mi alrededor.

Volví a mirar la puerta, que acababa de recibir otro impacto. Más colmillos astillaron la madera.

Menos de una cuña después, asomó una de las cabezas. Dos ojos se clavaron en mí, a apenas seis metros de donde estaba yo. El agujero era demasiado pequeño para que pasara el resto del cuerpo, pero ya se haría más grande, o ya se vendría abajo la puerta.

Busqué a tientas en la oscuridad, y entonces fue cuando reparé en la diminuta puerta que había detrás del enorme objeto metálico que había caído al suelo. No tendría ni un metro de alto, y el picaporte era de lo más curioso. Lo observé más de cerca y descubrí que era una cara, aunque no una cara cualquiera. Era la cara de un Wug gritando, tallada en bronce.

La puerta sufrió una nueva embestida. Tuve el tiempo justo para girarme hacia allí y ver cómo se derrumbaba la hoja hacia dentro y penetraban las bestias a través del hueco. Esta vez las vi en toda su envergadura, y deseé no haberlas visto.

Los Dabbats eran serpientes gigantescas, pero con una diferencia clave: tenían por lo menos doscientas cincuenta cabezas que nacían de un solo cuerpo, a lo largo de este. Y todas ellas iban provistas de colmillos cargados de veneno suficiente para matar a una creta adulta de una sola mordedura. Todas juntas producían aquel chillido, y todas juntas venían, en aquel preciso instante, directas hacia mí.

Eran un millar de pesadillas concentradas en una mortífera pared de maldad. Y el aliento les olía a estiércol ardiendo. Esta vez no era una mera especulación, era un olor fétido que me provocó arcadas, precisamente cuando necesitaba todo el aire que tenía para huir.

Agarré el picaporte en forma de cara, lo giré, me lancé de cabeza a través de la abertura y volví a cerrar de un puntapié. Pero no sentí el alivio de haber llegado a un puerto seguro porque aquella puerta, tan delgada y diminuta, no albergaba la menor posibilidad de detener a los monstruos implacables que eran los Dabbats cuando iban a la caza de una presa. Decían que una vez que seguían el olor de la sangre, no había nada que los detuviera. Me puse de pie y di un paso atrás. Acto seguido desenvainé el cuchillo que había traído conmigo y aguardé, con el corazón desbocado y los pulmones a pleno rendimiento.

Me dije a mí misma que no iba a llorar. Me prometí que asestaría por lo menos un golpe antes de que los Dabbats me hicieran trizas. Se decía que permanecían unos instantes contemplando a su presa. También corrían rumores de que era posible que el veneno no matase a las víctimas sino que simplemente las paralizase, así se mantenían vivas hasta que el Dabbat les había devorado medio cuerpo. Nadie lo sabía con seguridad. Nadie que hubiera sido atacado por un Dabbat había vivido para contarlo.

Recé todo lo que se me ocurrió para que aquel no fuera el caso, para que lo que acabase conmigo fuera el veneno. No deseaba verme a mí misma ir desapareciendo poco a poco en las fauces de aquellos monstruos.

—Adiós, John —dije con torturado acento entre una inspiración y otra—. No me olvides, por favor.

Todo Wugmort tenía su momento para morir, y no cabía duda de que aquel era el mío.

Permanecí allí de pie, con el pecho agitado y sosteniendo en alto mi lastimoso cuchillo, en una pobre imitación de actitud defensiva, con la vista fija en aquella puertecilla, esperando a que se hundiera hacia dentro para traerme la muerte.

Sin embargo, la puertecilla no se hundió. Al otro lado había silencio. Continué inmóvil. Lo único que se me ocurrió fue que los Dabbats estaban haciéndome una jugarreta, que a lo mejor estaban esperando a que yo bajara la guardia para atacar. Pero mi raciocinio desechó rápidamente aquella idea; yo no tenía ninguna posibilidad de defenderme de ellos, no tenían más que echar abajo la puerta y devorarme.

Transcurrieron varias cuñas, una tras otra, y no sucedió nada. Mi corazón empezó a recuperar la normalidad y mi pecho dejó de agitarse. Bajé el cuchillo muy despacio, aunque sin dejar de mirar la puerta. Me esforcé por oír algo: todas aquellas horribles cabezas golpeando la débil hoja de madera, aquellos chillidos que amenazaban con incendiarle a uno el cerebro... Pero no se oía nada. Era como si allí dentro no pudieran penetrar los sonidos de fuera.

Guardé el cuchillo. El farol se me había caído fuera, al otro lado de la puerta, pero no iba a salir a intentar recuperarlo. Sin embargo, no supe por qué, pero allí dentro no reinaba una oscuridad total. Podía distinguir contornos, así que comencé a girarme lentamente en todas direcciones. Como la puerta era pequeña, había dado por sentado que también lo era aquella estancia, pero no. Era una enorme cueva de paredes rocosas, a todas luces más grande que Chimeneas. No alcanzaba a ver el techo, de modo que debía de ser muy alto.

De pronto mi mirada se posó en la pared de enfrente. En ella había algo dibujado. Contuve la respiración cuando vi lo que era: tres ganchos unidos formando uno solo. Era el mismo dibujo que tenía mi abuelo en la mano y en su anillo, el que encontraron en la casa de Quentin Hermes.

Olvidé los tres ganchos en cuanto me puse a observar las demás paredes. De repente comenzaron a recorrerlas diferentes luces y sonidos. Retrocedí de un salto al ver lo que parecía un slep volador montado por un jinete que cruzaba la superficie de piedra. El jinete arrojó una lanza y tuvo lugar una explosión tan potente y tan real que me tapé los oídos y me desplomé en el suelo. Un millón de imágenes parecieron atravesar flotando la pared rocosa mientras yo las contemplaba con profunda incredulidad, incapaz de seguir sus movimientos. Era como contemplar el desarrollo de una gran batalla que tuviera lugar ante mis propios ojos. Los gritos, los gemidos y los llantos se mezclaban con estallidos de luz y con el ruido y la visión de golpes y cuerpos cayendo. Y después las imágenes se desvanecieron y fueron reemplazadas por otra cosa. Y esa otra cosa resultó ser más terrorífica todavía.

Era sangre. Sangre que daba la impresión de haber sido derramada momentos antes. Comenzó a brotar de las paredes de la cueva.

Si hubiera tenido suficiente aire en los pulmones, habría gritado. Pero lo único que pude emitir fue un gemido grave y lastimero.

De pronto se oyó otra cosa que empujó mi cerebro presa del pánico en otra dirección distinta: un rugido casi ensordecedor.

Me giré hacia la derecha. Donde antes había una pared maciza ahora se veía la entrada de un largo túnel. Algo inmenso se dirigía hacia mí, pero aún no conseguía ver lo que era, tan solo oía el ruido que hacía. Me quedé clavada al suelo, intentando decidir si debía probar suerte con los Dabbats que aguardaban al otro lado de la puerta o no moverme de donde estaba.

Un momento después ya no me quedaba ninguna decisión que tomar, porque explotó una pared de sangre desde el interior del túnel y me engulló.

Logré darme la vuelta y me vi frente a otro túnel hacia el que me empujaba la sangre. Allá delante el túnel se interrumpía; avanzaba a toda velocidad hacia una pared vertical, y lo único que pensé fue que iba a estrellarme contra ella y morir en el acto. El estruendo se hizo tan potente que apenas podía pensar. Y de pronto vi por qué: al final del túnel la sangre se precipitaba en forma de cascada. Desaparecía sin más. No pude calcular con exactitud lo profundo de la caída en picado, pero a juzgar por la intensidad del estruendo, debía de ser de muchos metros. Y yo estaba a punto de despeñarme por aquella sima.

Intenté nadar en dirección contraria, pero resultó ser completamente inútil porque la corriente era demasiado fuerte. Me encontraba a unos cincuenta metros del abismo, sobre el cual se elevaba una neblina de color rojo, cuando lo vi: algo que se hallaba suspendido sobre el final del túnel. No sabía lo que era, pero sí que sabía lo que podía ser: la salida de aquella pesadilla. La única salida, de hecho.

Si fallaba, moriría. Pero si no lo intentaba, la muerte sería segura. Había una roca que sobresalía a la izquierda, justo por debajo del objeto suspendido y justo antes del borde del abismo.

Calculé el momento del salto lo mejor que pude, porque no iba a tener una segunda oportunidad. Salté haciendo trampolín con los pies en el afloramiento rocoso y estirando todo lo posible los brazos y las piernas. Pero rápidamente me di cuenta de que aquello no iba a ser suficiente, porque no había empujado con bastante fuerza con los pies ni había saltado lo bastante alto. Pataleé como si estuviera nadando y torcí el hombro izquierdo hacia abajo y el derecho hacia arriba. Me estiré hasta pensar que me había dislocado el brazo. El abismo parecía llamarme a gritos, oía cómo se estrellaba el río de sangre contra lo que supuse que sería un fondo de masas rocosas.

Mi mano se cerró en torno a lo que resultó ser una cadena. Los eslabones eran pequeños y relucientes, y al principio temí que no fueran lo bastante fuertes para sostenerme. Pero sí me sostuvieron... durante mucho menos de una cuña.

Me precipité, gritando, al fondo de aquel espantoso abismo. Pero cuando ya creía que mi situación no podía empeorar, sentí algo verdaderamente horrible: la cadena estaba enrollándose alrededor de mi cuerpo, un eslabón tras otro, hasta dejarme completamente inmóvil. Ya no tenía ninguna posibilidad de intentar nadar, aunque sobreviviera a la caída. De manera que cerré los ojos y esperé a que todo terminara.

UNDECIM

Destin, la cadena

La caída fue larga, muy larga. No creo que abriese los ojos durante todo el camino; sin embargo, mentalmente vi cosas en aquel río de sangre que iban pasando por mi lado. Rostros que surgieron de las oscuras profundidades para observarme durante unos instantes.

Mi abuelo, Virgilio Jane. Se alzó frente a mí y me miró con una expresión triste y vacía. Sus labios se movieron. Levantó una mano y me enseñó la marca que llevaba en el dorso, gemela de la que aparecía en el anillo. Estaba diciendo algo, algo que yo me esforcé muchísimo por oír, y después desapareció.

Vi más figuras que iban pasando por mi lado mientras proseguía mi descenso. Thansius. Morrigone. Jurik Krone riendo y señalándome con el dedo. Me gritó algo que yo entendí como «tu castigo, Vega Jane. Tu destino». Luego vi a Roman Picus con su grueso reloj de bronce, y a Domitar bebiendo agua de fuego. Después surgió John con gesto de desamparo seguido por mi padre, que extendía las manos hacia mí. Y, por último, mi madre, con una expresión suplicante mientras su única hija se precipitaba hacia la muerte. Y después desaparecieron todos. El remolino de sangre fue cerrándose cada vez más sobre mí, como si fueran unas manos gigantescas.

Abrí los ojos. Quería saber lo que se avecinaba, quería enfrentarme a la muerte con el escaso valor que me quedaba. Toqué fondo con delicadeza. En cierto modo resultó reconfortante, como caer en los brazos de mi madre. Ya no tenía miedo. Me quedé allí tumbada, bueno, lo cierto era que no podía moverme porque todavía tenía la cadena enrollada alrededor del cuerpo. Aguanté la respiración todo lo que pude a fin de no aspirar sangre, pero al final tuve que tomar aire. Esperé que aquel líquido apestoso me inundara la boca y que mis pulmones se llenaran como dos cubos. Cerré los ojos porque no tuve más remedio.

Al cabo de varias inspiraciones, vi que no tenía sangre en la boca. Abrí los ojos una rendija pensando que si morir era en realidad tan terrible, de ese modo vería únicamente una estrecha franja de horror, por lo menos al principio.

Miré directamente hacia arriba. El Noc me miró fijamente a su vez.

Parpadeé y sacudí la cabeza para despejarme. Miré a la izquierda y vi un árbol. Miré a la derecha y vi un arbusto de ramas desnudas. Olfateé el aire y percibí un olor a hierba. Sin embargo, me encontraba en un interior, no en el exterior... ¿no?

En aquel momento estuve a punto de gritar.

La cadena que tenía alrededor del cuerpo estaba desenrollándose sola. Ante mis ojos, cayó al suelo y después se enrolló de nuevo sobre sí misma como una serpiente, a mi lado. Tras pasar una cuña hiperventilando, me incorporé muy despacio y me palpé los brazos y los hombros en busca de posibles heridas, pero no encontré ninguna, aunque me sentía dolorida. Ni siquiera estaba mojada. Y tampoco tenía ninguna mancha de sangre.

De pronto miré al frente y lancé una exclamación ahogada. Lo que había allí delante era Chimeneas, como a unos veinte metros de distancia.

¿Cómo había pasado de precipitarme por una sima, envuelta en una cadena, a punto de ahogarme, a encontrarme al aire libre y bastante lejos del lugar anterior? Al principio pensé que todo había sido un sueño, pero los sueños se tenían durmiendo en la cama. ¡Y yo estaba tirada en el suelo!

Luego pensé que tal vez no había estado en Chimeneas. Pero sí que había estado. La prueba era aquella cadena.

Además, busqué en el bolsillo de mi capa y encontré el libro que con toda seguridad estuvo antes en Chimeneas, dentro de mi taquilla. De modo que sí había estado en Chimeneas. Y me habían atacado los Dabbats. Y había descubierto una inmensa caverna en cuyas paredes se había reproducido una batalla de proporciones gigantescas y el símbolo de los tres ganchos unidos. Había recibido el impacto de un muro de sangre y me había precipitado por el borde de un abismo en dirección a una muerte segura. Y por el camino había visto imágenes de Wugmorts que estaban vivos, muertos y a punto de morir.

Y ahora estaba fuera, y ni siquiera tenía la ropa mojada.

Yo diría que ni siquiera la mente impresionable de mi hermano hubiera sido capaz de inventarse toda aquella secuencia. Durante unas pocas cuñas tuve que dejar de pensar en todo lo sucedido, porque nada más ponerme de pie me doblé sobre mí misma y vomité. Con las rodillas temblorosas, me incorporé de nuevo y contemplé durante unos instantes la cadena enrollada. Me daba miedo tocarla, pero aun así acerqué un dedo vacilante.

Fui aproximando la mano poco a poco hasta que rocé con el dedo uno de los eslabones. Lo noté tibio al tacto, y eso que por ser metal debería estar frío. Tomé ese mismo eslabón con dos dedos y lo levanté. Cuando tiré hacia arriba, la cadena se desenrolló. Era larga. Bajo la luz del Noc dio la sensación de vibrar, incluso de resplandecer, como si poseyera un corazón, lo cual, naturalmente, no podía ser. La observé un poco más de cerca y vi que en algunos de los eslabones había letras impresas. Juntas formaban una palabra:

D-E-S-T-I-N.

¿*Destin*? No tenía ni idea de lo que significaba aquello.

Solté la cadena, y al instante volvió a enrollarse sobre sí misma. Pero lo curioso fue que en ningún momento emitió ruido alguno. Yo sabía que el roce de metal contra metal hacía ruido. Pero por lo visto con *Destin* no ocurría lo mismo.

Me aparté de una zancada, y entonces sucedió algo totalmente increíble: la cadena se movió conmigo. Se desenrolló y se deslizó por el suelo hasta quedar más o menos a tres centímetros de mi pie. No supe qué pensar. Aquello era tan inimaginable que mi cerebro simplemente se negó a procesarlo. De modo que decidí concentrarme en el problema más acuciante. Metí la mano en el bolsillo y saqué el libro. Un libro era algo real y sólido. Un libro era algo que yo podía entender. Pero como un libro era algo real y sólido, también podía ser descubierto por otros.

Me puse a pensar lo que debía hacer. Tenía que esconderlo, pero ¿dónde? Empecé a andar pensando que ello tal vez me ayudara a pensar, pero lo que quería en realidad era alejarme una distancia considerable de Chimeneas y sus malditos Dabbats gemelos.

Habría caminado como un par de kilómetros, acompañada en silencio por la misteriosa cadena, cuando de repente surgió una idea en mi agotado cerebro.

Los Delphia.

Eché a correr, y hasta una cuña más tarde no me di cuenta de que la cadena venía también conmigo, volando a mi lado. Volaba literalmente, recta como un palo. Yo me quedé tan atónita que hice un alto, jadeante. La cadena también se detuvo conmigo, quedó momentáneamente suspendida en el aire y después se desplomó en el suelo y se enrolló una vez más.

Todavía con la respiración agitada, me la quedé mirando. Di un paso hacia delante y se irguió al momento, como si estuviera preparándose para ponerse en movimiento. Di otro paso al frente, y otro más. La cadena se alzó del suelo. Entonces eché a correr, y ella se despegó totalmente del suelo, adoptó de nuevo la forma de un palo y se situó otra vez para volar a mi costado.

Me detuve, y ella también se detuvo. Era como tener un pájaro de mascota.

Miré al frente y me volví a girar hacia la cadena para ver qué hacía. Aguardaba suspendida en el aire. Aunque me había detenido, ella parecía percibir mi indecisión. ¿Sería posible que, además de poseer un corazón caliente, tuviera también un cerebro?

No sé qué fue lo que me empujó, pero alargué una mano, agarré la cadena y me la enrollé a la cintura haciendo un nudo con los eslabones para sujetarla bien. Después eché a correr.

Y entonces fue cuando ocurrió. Me elevé como unos seis metros por encima del suelo y volé en línea recta. No me di cuenta de que estaba gritando hasta que me atraganté con un mosquito que se me coló por la garganta. Agitando como loca los brazos y las piernas, miré hacia abajo, lo cual fue una equivocación, porque me desequilibré, caí de bruces y fui a estrellarme de lleno contra el suelo. Di un par de dolorosos revolcones hasta que por fin me detuve hecha un guiñapo.

Permanecí totalmente inmóvil, pero no porque estuviera asustada sino porque creí que me había muerto. Noté que la cadena se desenrollaba sola de mi cuerpo y vi que volvía a enrollarse sobre sí misma a mi lado. Rodé hacia un lado y me palpé buscando posibles facturas y sangre que brotase de alguna herida reciente. Al parecer lo tenía todo en su sitio, solo había sufrido magulladuras.

Observé la cadena. Se la veía notoriamente tranquila, y eso que acababa de arrojarme al suelo. Me incorporé con las piernas temblorosas y, por supuesto, ella se incorporó conmigo. Caminé un poco, y ella me acompañó en cada paso. Me daba miedo enrollármela de nuevo alrededor de la cintura, me daba miedo hasta tocarla, de modo que continué andando y manteniendo las distancias. Pero lo cierto era que no me fue posible hacer tal cosa, porque cada vez que me movía, la cadena se movía conmigo. Al final resolví seguir andando en línea recta, y ella permaneció a mi costado avanzando suspendida en el aire.

Apenas un kilómetro más adelante doblé el último recodo y vi la casa de Delph. Contemplé el redil dividido en corrales y el prado rodeado por la valla. Distinguí la enorme silueta de la creta al fondo de su pequeño cercado. El joven slep estaba durmiendo de pie, apoyado contra los ajados tablones de su hogar.

Vi al adar acurrucado en un rincón, con la pata todavía sujeta con una cadena a la estaca del suelo. Sus grandes alas apuntaban hacia abajo y parecía estar durmiendo hecho un ovillo. Del cachorro de whist no había ni rastro; abrigué la esperanza de que se encontrara en el interior de la casa, con los Delphia, porque los whists armaban un escándalo tremendo cuando alguien los molestaba.

Extraje el libro del bolsillo y miré en derredor. Necesitaba un sitio donde esconderlo. Hallé la solución cuando volví la vista hacia la puerta construida en la ladera del cerro. En la entrada había un farol viejo, el cual encendí con una cerilla de la caja que había al lado.

Dentro encontré una colección de objetos de lo más variopinto. Había unos montones enormes de aves muertas y criaturas pequeñas, todas conservadas en sal y despellejadas, e imaginé que servían de alimento para las bestias. En una pared colgaba el gigantesco pellejo de un garm, y di un amplio rodeo para evitarlo.

También había cráneos de animales alineados sobre un tronco de gran tamaño, el de una creta y otro que parecía ser de un amaroc. Los colmillos superiores eran tan largos como mi brazo. En un estante había una hilera de latas viejas de metal. Las examiné todas individualmente hasta que di con una que estaba vacía. Entonces metí dentro el libro y la cerré bien. Luego tomé una pala que vi apoyada contra la pared y salí al exterior.

Cavé un hoyo detrás de un pino grande y deposité la lata dentro de él. Después volví a cubrirlo con tierra y espolvoreé unas cuantas agujas de pino por encima.

La creta estaba empezando a revolverse en su corral, y el adar había desplegado las alas y me miraba sin pestañear. Aquello resultaba un poco inquietante, lo que menos me convenía era que el adar se pusiera a charlar conmigo.

Me apresuré a regresar por el sendero de tierra y doblé el recodo. Había decidido enrollarme la cadena a la cintura una vez más, por si acaso me tropezaba con alguien por el camino. No sabía cómo iba a explicar aquello de tener una cadena volando al lado que me acompañaba todo el rato. Ahora que me había deshecho del libro, me sentí aliviada y preocupada al mismo tiempo. Por lo menos nadie iba a poder quitármelo, pero también ardía en deseos de leerlo. Quería saber todo lo que había recopilado Quentin Hermes en el Quag, hasta el más mínimo detalle. Me dije a mí misma que regresaría en cuanto me fuera posible, lo desenterraría y lo leería de cabo a rabo.

Cuando llegué a mi árbol, trepé hasta la plataforma, me

senté cómodamente y me puse a pensar. Me subí la camisa y las mangas, me bajé los pantalones de trabajo y examiné de nuevo el mapa. Los trazos aún estaban recientes y nítidos. Estudiando el mapa deduje que el viaje a través del Quag iba a ser largo y difícil. Era un área muy amplia y el terreno era agreste. Era una suerte para mí, me dije, que jamás fuera a emprender dicho viaje. Sin embargo, al pensar aquello me invadió de repente un sentimiento de depresión que me envolvió como si fuera la red de un cazador que se dispone a dar muerte a su presa.

Cuando volví a bajarme la camisa y me subí los pantalones, noté un leve tirón en la cintura. La cadena estaba agitándose. Me incorporé de un salto e intenté quitármela, pero no se movió ni un centímetro. Seguí intentándolo, incluso me hice daño en la piel de tanto apretar con los dedos, pero ella no hizo sino enroscarse con más fuerza a mi cuerpo. Duf me había dicho que aquello era lo que hacían las serpientes, mataban a sus víctimas estrujándolas.

De repente dejé de sentir pánico. Mi corazón dejó de latir como loco. Mi respiración se normalizó. La cadena había dejado de oprimirme y se había quedado flácida. Me costó creerlo, pero, en fin, creo que simplemente me había dado... un abrazo. ¡Un abrazo reconfortante!

Me quité la cadena y la sostuve en alto. Estaba tibia, y experimenté una sensación agradable en los dedos al tocarla. Me acerqué al borde de la plataforma y miré hacia abajo. Había una buena distancia hasta el suelo, como unos dieciocho metros. Observé la cadena y luego miré alrededor para cerciorarme de que no me veía nadie. No me lo pensé ni una cuña más. A pesar de lo que había ocurrido la última vez, había confianza. La cadena no iba a fallarme.

Y salté.

Caí como una piedra, el suelo se acercaba demasiado rápido. A mitad de la caída, la cadena se enrolló con fuerza alrededor de mi cuerpo y aterricé con tanta suavidad que los tacones de mis botas apenas dejaron huella en la tierra. La cadena seguía estando tibia y los eslabones se movían con ligereza en torno a mi cintura.

Me levanté la camisa y cubrí la cadena con ella, acto seguido lancé un suspiro y me asaltó una idea imposible: tal vez no pudiera quitarme jamás aquella cadena del cuerpo. Miré a mi alrededor. Sabía que no debía, pero claro, ¿cómo podía evitarlo? Ya estaba más cerca de las quince sesiones que de las catorce. Era hembra. Era independiente, terca y cabezota, y probablemente otras muchas cosas más de las que aún no era consciente o que no sabía describir adecuadamente con palabras. Además, no había tenido muchas cosas en la vida. En cambio ahora tenía la cadena. De modo que tenía que hacer lo que estaba a punto de hacer.

Eché a correr lo más rápido que pude; era ligera y de pies ágiles, incluso calzada con mis gruesas botas de trabajo. Cuando llevaba recorridos unos veinte metros, di un salto y me elevé en el aire. La cadena me abrazó con fuerza y ascendí como una flecha, en línea recta. Incliné ligeramente la cabeza y los hombros y me estabilicé en un plano horizontal. Con la cabeza alta, los brazos a los costados y las piernas juntas, era igual que un proyectil disparado por un morta.

Volé por encima de los árboles y de los campos abiertos. Respiraba deprisa y el viento me empujaba el cabello hacia atrás. Adelanté a un pájaro, y el pobrecillo se llevó tal susto que perdió el control y cayó en barrena unos cuantos metros antes de lograr rehacerse. Jamás en toda mi vida me había sentido tan libre. Amargura había constituido todo mi mundo. Allí había echado raíces y nunca había podido elevarme por encima.

Hasta ahora.

Divisé el pueblo allá abajo. Se veía pequeño, insignificante, cuando antes me había parecido tan enorme.

Y alrededor de Amargura, semejante a una gran muralla exterior, se veía el Quag. Viré hacia la izquierda y dibujé un lento círculo en el aire. De ese modo pude ver el Quag en una única pasada. A su lado, Amargura parecía un lugar enano. Pero lo que no pude ver, ni siquiera desde aquella atalaya, fue el otro lado del Quag.

Estuve volando largo rato y finalmente aterricé. El cielo comenzaba a clarear, y calculé que se acercaba la primera sección de aquella luz. Necesitaba llevar a John a Aprendizaje, y después tenía que acudir a Chimeneas. Así que regresé volando a Amargura, tomé tierra aproximadamente a un kilómetro de donde me alojaba y cubrí el último tramo andando a paso vivo.

Cuando regresé a Amargura propiamente dicho, me llevé una fuerte sorpresa. Las calles, que por lo general se hallaban vacías en aquella parte de la luz, estaban repletas de Wugs que charlaban y se dirigían a algún sitio en grupos numerosos. Detuve a uno de ellos, Herman Helvet, que regentaba una pastelería estupenda y que vendía cosas que yo jamás podría permitirme comprar. Era alto y huesudo, y tenía una voz tan grande como su corpachón.

—¿Adónde va todo el mundo? —le pregunté, confusa.

—A la reunión que hay en Campanario. Ha sido una convocatoria especial —dijo sin resuello—. Llegó hace solo quince cuñas y sacó a muchos Wugs de la cama, ya te digo. A mí me dieron un susto de muerte cuando llamaron a mi puerta.

—¿Y quién ha emitido esta convocatoria especial? —quise saber.

—El Consejo. Thansius. Morrigone. Todos ellos, sospecho.

—¿Y con qué fin?

—Bueno, no lo sabremos hasta que estemos allí, ¿no te parece, Vega? En fin, tengo que irme.

Se apresuró a reunirse con lo que parecía ser Amargura en su totalidad, que estaba saliendo del pueblo.

Me asaltó un pensamiento.

¡John!

Eché a correr hacia el albergue de los Obtusus y encontré a mi pobre hermano sentado delante del edificio, con cara de sentirse perdido y asustado. Cuando me vio, vino corriendo hacia mí, me agarró la mano y me la apretó con fuerza.

—¿Dónde estabas? —me dijo con una voz tan lastimera que me destrozó el corazón.

—Pues... Es que me levanté temprano y salí a dar un paseo. Así que una reunión especial, ¿eh? —pregunté con la intención de cambiar de tema para que a John se le borrase de la cara aquel gesto de dolor.

—En Campanario —respondió, esta vez en tono angustiado.

—Pues en ese caso es mejor que vayamos —dije.

Por mi mente cruzaron un sinfín de razones por las que podían haber convocado una reunión especial, pero ninguna de ellas iba a resultar ser la elegida.

DUODECIM

La posibilidad imposible

Llamábamos Campanario a aquel lugar porque había uno. John y yo rara vez íbamos ya; antes de que mi abuelo sufriera su Evento y de que nuestros padres ingresaran en Cuidados, nuestra familia acudía a Campanario en cada séptima luz y escuchaba a Ezequiel el Sermonero, siempre tan resplandeciente con su túnica de un blanco deslumbrante. No era obligatorio que los Wugmorts acudieran a Campanario, pero la mayoría lo hacían. A lo mejor iban simplemente para contemplar la belleza del lugar y para escuchar la voz de Ezequiel, que sonaba igual que la brisa entre los árboles, con algún que otro restallar de un trueno cada vez que quería hacer hincapié en algo, con la misma fuerza con que se presentaría un martillo ante un clavo.

Cuando llegamos al exterior de Campanario, ya se encontraba allí el carruaje de Thansius. Pasamos rápidamente por su lado y entramos. Yo nunca había visto aquello tan abarrotado de cuerpos calientes. Tomamos asiento cerca de la parte de atrás y miré a mi alrededor. El techo era alto y estaba adornado con vigas de madera nudosas y ennegrecidas. Las ventanas medían diez metros a lo alto y se hallaban situadas a ambos lados de la estructura. Conté por lo menos veinte colores en cada una, más de los que yo podía escoger en Chimeneas. Contenían figuras de Wugmorts en actitud piadosa. Y también había representadas diversas bestias, supongo que para mostrar la maldad de cuanto nos rodeaba. Me estremecí al ver un Dabbat que ocupaba casi un ventanal entero; al contemplarlo pensé que era mucho más horrible en la realidad que recreado en vidrio y en colores y puesto en una pared.

En la parte delantera de Campanario había un altar, en cuyo centro reposaba un atril de madera tallada. Detrás del atril, contra la pared, había un rostro cincelado en la piedra. Se trataba de Alvis Alcumus, quien, según se decía, había sido el fundador del pueblo de Amargura. Pero si lo había fundado él, entonces quería decir que vino de otro lugar. En una ocasión mencioné este detalle en Aprendizaje, y llegué a pensar que el Preceptor iba a mandarme ingresar en Cuidados.

Distinguí a Thansius y a Morrigone sentados junto al atril. Seguí recorriendo la estancia con la mirada y me dio la impresión de que se habían reunido allí todos los ciudadanos de Amargura en pleno, incluidos Delph y Duf, que estaban al fondo y a la derecha. Y también estaban los condenados al Valhall, con las manos atadas con gruesas correas de cuero y vigilados por el diminuto Nida, que permanecía de pie al lado de ellos, por suerte sin el gran shuck.

El Sermonero salió de detrás de un biombo de tela bordada que de hecho yo había contribuido a confeccionar en Chimeneas.

Ezequiel no era ni alto ni bajo. No tenía los hombros anchos como Thansius, ni los brazos grandes y el pecho de los Dáctilos, y tampoco había motivo para ello. Yo estaba segura de que sus músculos estaban en el cerebro y su fortaleza, en el espíritu.

Ezequiel hizo una pausa para obsequiar con una profunda reverencia, primero a Thansius, después a Morrigone, antes de ocupar su sitio frente al atril. Su túnica era del blanco más puro que había visto en toda mi vida. Era como mirar una nube. Era incluso más blanca que la de Morrigone.

Alzó las manos hacia el techo y todos nos sentamos. John se acurrucó junto a mí y yo le rodeé los hombros con un brazo en ademán protector. Noté que tenía el cuerpo caliente y que su menudo pecho albergaba un miedo considerable. Oí cómo le latía con fuerza el corazón.

Ezequiel se aclaró la garganta en un golpe de efecto.

—Quiero agradecer a todos mis hermanos Wugmorts que hayan venido en esta luz —comenzó—. Salmodiemos.

Lo cual, naturalmente, quería decir que iba a salmodiar él, mientras los demás guardábamos silencio y escuchábamos su depurada elocuencia. Escuchar a un sermonero que por encima de todas las cosas adora oírse a sí mismo es casi tan divertido como dejar que un amaroc te arranque los dedos de los pies. Todos los presentes inclinaron la cabeza, excepto yo. No me gustaba mirar para el suelo. Aquello le brindó a alguien la oportunidad de hacerme alguna jugarreta. Y Cletus Obtusus estaba sentado peligrosamente cerca y ya había vuelto la cabeza dos veces para mirarme, siempre con una sonrisa desagradable.

Ezequiel tenía la vista clavada en el techo, pero supuse que miraba algo situado más lejos, un lugar que acaso únicamente él podía ver. Cerró los ojos y comenzó a entonar largas retahílas de palabras que sonaban eruditas y refinadas. Lo imaginé de pie ante un espejo, ensayando, y aquella visión me hizo sonreír; ofrecía una dimensión débil de Ezequiel que yo sabía que él jamás cuidaría ni apreciaría. Cuando terminó, todo el mundo alzó la cabeza y abrió los ojos. ¿Era solo yo, o también Thansius puso cara de sentirse un poquitín fastidiado por la prolongada salmodia de Ezequiel?

El sermonero nos miró a todos y nos dijo:

—Nos hemos reunido en esta luz para escuchar un importante anuncio del Consejo.

Torcí un poco el cuello y vi a los demás miembros del Consejo, espléndidos con sus túnicas negras, sentados en fila delante del altar, de frente a nosotros. Jurik Krone destacaba entre sus compañeros. Lo miré, y de improviso él me devolvió la mirada, así que me apresuré a apartar la vista.

—Nuestro hermano Wugmort Quentin Hermes ha desaparecido —siguió diciendo Ezequiel—. Este hecho ha venido siendo objeto de muchas conversaciones vanas y de inútiles especulaciones.

En aquel momento Thansius se aclaró la garganta con tanta fuerza que hasta yo lo oí desde la parte de atrás.

—Y ahora se dirigirá a todos vosotros el jefe del Consejo, Thansius —añadió Ezequiel a toda prisa.

Thansius se aproximó al atril al tiempo que Ezequiel tomaba asiento junto a Morrigone. No se miraron el uno al otro, y mi intuición me dijo que en realidad no se tenían mucho afecto.

La voz de Thansius, en comparación con la de Ezequiel, era relajante y menos pesada, pero atraía la atención.

—Tenemos ciertas informaciones que transmitiros en esta luz —empezó diciendo en tono enérgico.

Rodeé los hombros de mi hermano con más fuerza y escuché.

—Actualmente creemos que Quentin Hermes ha sido secuestrado por la fuerza —continuó Thansius.

Al instante surgieron diversos murmullos. Herman Helvet se levantó y dijo:

—Le pido disculpas, Thansius, señor, pero ¿no podría haber sufrido un Evento?

—No, señor Helvet —replicó Thansius—. Es bien sabido que tras un Evento no queda ningún resto. —Su mirada me encontró entre la multitud, y dio la impresión de que me hablaba directamente a mí—. Y en el caso de Hermes sí que ha quedado algo. Hemos encontrado las ropas que vistió por última vez, un mechón de su cabello y esto.

Sostuvo en alto algo que tenía en la mano y que no alcancé a ver con claridad. Pero los Wugs de las primeras filas lanzaron exclamaciones ahogadas y volvieron la cabeza. Una hembra tapó la cara a uno de sus retoños.

Me puse de pie para ver mejor. Era un globo ocular.

Sentí una náusea y a continuación otra cosa que suprimió aquel malestar inicial: suspicacia. Quentin conservaba los dos ojos cuando yo lo vi corriendo en dirección al Quag. Y dudé seriamente que un Wug se hubiera internado en el Quag para buscar aquel resto. ¿Qué estaba pasando?

—Y tampoco ha sido una bestia —agregó Thansius rápidamente. Al parecer, había visto que varios Wugs hacían el gesto de ponerse de pie y había deducido cuál iba a ser la siguiente pregunta lógica que iban a formularle—. Ha sido raptado por otro ser que acecha en el Quag.

—¡Cómo! ¿Y de qué ser puede tratarse? —preguntó un Wug de la segunda fila. Poseía una familia numerosa, por lo menos cinco Wugs pequeños que se sentaban junto a él y junto a su hembra.

Thansius lo miró sin pestañear, con una especie de ferocidad suave.

—Puedo decirle que camina con dos piernas como nosotros.

Entre los presentes se extendió una exclamación ahogada.

—¿Y cómo sabemos eso? —inquirió otro Wug que chupaba de una larga pipa encajada entre los dientes. Tenía la cara enrojecida y las facciones contraídas de preocupación, y daba la impresión de estar deseando golpear a alguien.

—Por las pruebas —respondió Thansius con calma—. Las pruebas que hemos descubierto mientras investigábamos la desaparición de Hermes.

A continuación se levantó otro Wug, este sosteniendo el sombrero en las manos.

—Ruego me perdonen —dijo—, pero si ha sido secuestrado, ¿por qué ofrecen una recompensa? Pensábamos que había infringido las leycs, eso es lo que nos han dicho. —Miró a otros Wugs que tenía cerca y ellos le respondieron con gestos de asentimiento—. ¡Sí!

Tuve que reconocer que aquello estaba poniéndose interesante. Me recosté en mi asiento y acaricié a *Destin*, que, oculta bajo mi capa, ahora parecía de hielo.

Thansius volvió a levantar las manos pidiendo calma.

—Información más reciente, eso es lo que buscamos —dijo mirando directamente al Wug que aguardaba de pie. El peso de su mirada pareció bastar para que al Wug se le aflojasen las rodillas, porque se sentó bruscamente, aunque aún se le notaba complacido por haberse levantado.

Thansius nos recorrió a todos con la mirada, como si nos estuviera preparando para lo que iba a decir a continuación.

—Estamos convencidos de que hay Foráneos que viven en el Quag —declaró—. Y estamos convencidos de que son ellos los que han secuestrado a Quentin Hermes.

¿Foráneos? ¿Qué eran los Foráneos? Miré a mi alrededor y me topé con los asustados ojos de John, clavados en mí. Formó con los labios una pregunta: «¿Foráneos?»

Yo negué con la cabeza y volví a concentrarme en Thansius. ¿Foráneos? ¿Qué trola era esa?

Thansius lanzó un profundo suspiro y explicó:

—Son criaturas que caminan con dos piernas, y pensamos que son capaces de controlar la mente de los Wugmorts y obligarlos a obedecer sus órdenes.

Todos los Wugmorts reunidos en Campanario giraron la cabeza para mirar a quien tenían al lado. Hasta yo misma sentí un escalofrío que me recorría la columna vertebral. De repente me di cuenta de que, si bien era cierto que había visto a Quentin corriendo hacia el Quag, desconocía lo que le había sucedido después.

—Estamos convencidos —prosiguió Thansius— de que esos Foráneos planean invadir Amargura.

Si Thansius tenía la intención de provocar el pánico, desde luego no fracasó.

Los Wugs se levantaron de un salto. Los jóvenes y los muy jóvenes rompieron a llorar. Las hembras aferraron a sus retoños contra el pecho. Por todas partes surgieron gritos, gesticulaciones y fuertes pisadas. Yo jamás había visto semejante caos en Campanario. Miré a Ezequiel y advertí en su semblante un profundo resentimiento al presenciar aquel estallido emocional en sus sagrados dominios.

Pero el vozarrón de Thansius retumbó con tal potencia que las ventanas multicolores estuvieron a punto de hacerse añicos a causa de la presión.

—¡Basta!

Todos los Wugs, hasta los más jóvenes, guardaron silencio.

Esta vez el tono de voz de Thansius fue grave y severo. Yo nunca lo había visto así. Se me había olvidado por completo Quentin Hermes, ahora solo me preocupaba que nos invadieran los Foráneos, fueran quienes fuesen dichas criaturas.

—Como ya sabéis —narró Thansius—, hace mucho, mucho tiempo tuvo lugar aquí la Batalla de las Bestias. —Todos afirmamos con la cabeza, y Thansius continuó—: Nuestros antepasados derrotaron, con un coste terrible, a los agresores, las bestias que habían construido su hogar en el Quag. Muchos Wugmorts murieron valientemente defendiendo sus casas. Desde entonces, esas bestias permanecen, en gran medida, dentro de los confines del Quag. —Thansius dejó que aquella información calase unos instantes y luego prosiguió—: En ocasiones ha sido un equilibrio difícil de mantener, pero un equilibrio de todos modos. Sin embargo, ahora me temo que ese delicado equilibrio se ha visto alterado por la emergencia de los Foráneos. Hemos de tomar las medidas necesarias para protegernos de ellos.

Un Wug inquirió:

—Pero, Thansius, ¿de dónde provenían esos malditos Foráneos?

—Tenemos motivos para creer que nacieron de la horrenda mezcla física entre bestias repugnantes y otras criaturas espantosas que hay en el Quag. El resultado fueron especímenes caracterizados por el horror y la depravación.

Si pensaba que con aquello iba a tranquilizarnos, era que había subestimado gravemente nuestra capacidad de dejarnos invadir por el terror. Al instante estalló un nuevo griterío. Pies que golpeaban el suelo. Wugs jóvenes que lloriqueaban. Madres que estrechaban contra sí a los más pequeños entre sollozos. A mí el corazón me latía tan fuerte que hasta me pareció ver que se me movía la camisa.

Thansius gritó «¡Basta!» una vez más y todos nos calmamos, aunque esta vez tardamos casi una cuña entera.

—Tenemos un plan para protegernos —anunció Thansius—. Un plan que cuenta con la participación de todos y cada uno de los que estamos aquí presentes. —Nos señaló con la mano para dar mayor énfasis y después calló unos instantes, al parecer con el fin de reunir fuerzas—. Vamos a construir una empalizada entre el Quag y nosotros que abarque toda la longitud de nuestra frontera. Esto, y solo esto, nos mantendrá sanos y salvos. Todos los trabajadores sin excepción, los del Molino, los Agricultores y sobre todo los de Chimeneas —en aquel punto me miró a mí— se pondrán a la labor de construir la Empalizada. No sabemos de cuánto tiempo disponemos. Mientras dure la construcción adoptaremos medidas preventivas, entre ellas las patrullas armadas. —Hizo una pausa y a continuación disparó la siguiente andanada de morta, directa a la cabeza de todos nosotros—: Pero existen muchas posibilidades de que Hermes no sea el único Wugmort que haya sido obligado a trabajar con los Foráneos.

Una vez más, todos los Wugs giraron la cabeza y se miraron unos a otros. Sus miradas de suspicacia lo decían todo.

—¿Cómo sabemos que no se encuentran ya entre nosotros, esos Foráneos? —chilló un Wug viejo que se llamaba Tigris Albinus.

—No se encuentran —respondió Thansius en tono firme—. Por lo menos de momento.

—Pero ¿cómo lo sabemos? —insistió Albinus con el semblante pálido, una mano aferrada al pecho y la respiración asustada y jadeante. De pronto pareció darse cuenta de quién era el Wug al que había levantado la voz, porque agarró su sombrero y resopló—: Le ruego que me perdone, Thansius, señor.

Sin embargo, surgieron otras protestas similares a la de Albinus. Los presentes amenazaban con descontrolarse por completo. Tuve el convencimiento de que solo faltaba que alguien asestase un puñetazo o lanzase una única palabra acusatoria para que se organizara un alboroto.

Thansius levantó las manos.

—Por favor, hermanos Wugmorts, dejadme que os explique. Por favor, calmaos.

Pero no había forma de que nos calmásemos. Hasta que sucedió lo que sucedió.

—Sí que lo sabemos —dijo una voz firme que se impuso a las demás.

Todos los Wugs se volvieron hacia ella.

Morrigone se había puesto de pie y no miraba a Thansius sino a todos nosotros.

—Sí que lo sabemos —repitió. Dio la impresión de mirarnos de uno en uno—. Como ya sabéis todos, me ha sido concedido un don, un don que me ha permitido ver el destino sufrido por Quentin Hermes. Hermes infringió la ley y se aventuró en el Quag, y allí fue donde lo capturaron los Foráneos. Le arrancaron un ojo y lo obligaron a revelar ciertas cosas respecto de Amargura y de los Wugmorts. Después de eso, ya no he vuelto a ver su destino. Pero a juzgar por los restos que hemos encontrado de él, está claro que ha muerto. Mi don me ha conferido también la facultad de saber lo que debemos hacer para protegernos de ellos. Y vamos a hacerlo. De ningún modo debemos consentir que nos arrebaten Amargura, es todo cuanto tenemos.

Yo estaba aguantando la respiración. Igual que todos los demás Wugs. Todos estábamos conteniendo la respiración al mismo tiempo, y ello al final desembocó en un estallido de vítores.

Morrigone alzó el puño hacia el hermoso techo de Campanario y exclamó:

—¡Por Amargura!

—¡Por Amargura! —contestamos todos.

Y a pesar de todos mis recelos, yo fui de los que gritaron más fuerte.

TREDECIM

Morrigone llama

En el exterior de Campanario vi a Cletus Obtusus y a dos de sus compinches machos burlándose de Delph, haciéndole muecas de imbécil e imitando su tartamudeo.

—D-D-Delph ap-p-esta —canturreó uno de aquellos cretinos.

—He visto caras más bonitas en el culo de una creta —aseguró Cletus.

—¡Fuera de aquí, pecadores! —rugió Duf—. Y en la puerta misma de Campanario, nada menos. Estoy seguro de que el maldito Alvis Alcumus debe de estar revolviéndose en su ataúd. ¡Fuera!

Agarró a Delph del brazo y se lo llevó.

Por casualidad pasé al lado de Cletus, y por casualidad estiré una pierna y le hice dar un traspié. Cayó de bruces al suelo. Cuando se dio la vuelta e intentó levantarse, le planté una bota en medio del pecho y se lo impedí.

—Si vuelves a intentar hacer eso, Cletus Obtusus, mi bota acabará golpeando un sitio que nunca ve la luz.

Retiré el pie y seguí mi camino. Cletus y sus amigotes se pusieron a mi lado y empezaron a insultarme. Decían tales palabrotas que al final tuve que taparle los oídos a John.

Dentro de Campanario hacía calor, en cambio fuera el aire se notaba fresco y húmedo, incluso sentí un escalofrío. Llevé a John a Aprendizaje y después pasé el resto de aquella luz trabajando en Chimeneas.

Fue una curiosa luz para todos los que trabajábamos allí;

nos ocupamos cada uno de nuestra tarea; sin embargo, me di cuenta de que nadie tenía la mente puesta en ella. Durante la comida de media luz que tomamos en la sala comunitaria, todas las conversaciones, como es natural, giraron en torno a los Foráneos. Yo no hablé nada pero escuché mucho. Excepto un solo Wug, todos respaldaban a Morrigone y el plan de construir la Empalizada. Mientras que yo aún tenía mis dudas, lo cierto era que Morrigone había logrado convencer, con sus argumentos, de la necesidad de protegernos.

Cuando John y yo nos dirigimos a nuestro albergue al salir de Aprendizaje, descubrimos que los Obtusus estaban celebrando lo que parecía un consejo de guerra, sentados a la mesa de la sala principal. Cacus tenía un cuchillo cerca de la mano. Cletus lo estaba mirando con codicia, hasta que se giró hacia mí con expresión venenosa. Cuando pasamos por su lado, saqué el cuchillo que llevaba en el bolsillo y con gesto teatral me puse a examinar el filo. Después lo blandí con mano experta, realicé unas cuantas maniobras con la hoja y lo lancé y recogí varias veces a una velocidad vertiginosa. De improviso lo arrojé a una distancia de tres metros y lo clavé en la pared. Al ir a recuperarlo, miré de reojo y vi que Cletus me estaba observando con los ojos muy abiertos.

Mientras volvía a guardarme el cuchillo me percaté de que pasaba algo raro. No olía a comida. Y tampoco salía calor de la cocina.

—¿Es que no vamos a tomar la comida de la noche? —pregunté.

Obtusus me miró como si fuera una tarada.

—¿Después de lo que nos han contado en esta luz en Campanario? ¿Que los Foráneos van a venir a matarnos? ¿Que piensan devorar a nuestros jóvenes? ¿Quién es capaz de pensar en comer en un momento como este, eh, estúpida?

—¡Yo soy capaz! —exclamé al tiempo que mis tripas rugían de forma dolorosa—. Mal podremos luchar contra los Foráneos teniendo el estómago vacío.

Miré a Cletus y vi que tenía miga de pan en el labio y una mancha en la barbilla que debía de ser grasa de pollo.

111

—Pues por lo visto vosotros ya habéis comido —dije enfadada.

Hestia hizo ademán de levantarse. Tuve la seguridad de que pretendía ir a la cocina a traernos algo de comer. Pero Obtusus la retuvo tomándola del brazo.

—Siéntate, hembra. Obedece.

Hestia se sentó sin mirarme.

Lancé una mirada furiosa a Obtusus y a Cletus que duró media cuña más, y acto seguido agarré a John, salimos de la casa y cerramos de un portazo. Ya en el exterior, vimos que había otros Wugs conversando en corrillos. John y yo buscamos un sitio apartado y nos sentamos. La sensación era desagradable y húmeda, y noté un frío intenso que me calaba los huesos igual que si me los hubieran sumergido en agua helada.

—¿Foráneos? —dijo John.

Hice un gesto de asentimiento.

John apoyó la barbilla en sus rodillas huesudas.

—Estoy asustado, Vega.

Le rodeé los hombros con un brazo.

—Yo también. Pero una cosa es estar asustado y otra muy distinta estar paralizado. Si trabajamos juntos, no nos pasará nada. Los Foráneos no podrán con nosotros.

Saqué mi lata metálica de la capa y la abrí. Dentro había unos pocos víveres que había canjeado anteriormente. Se suponía que iba a ser la siguiente comida ligera, pero aquel plan ya no servía.

—Toma lo que quieras, John —dije.

—¿Y tú?

—Yo ya comí en Chimeneas, así que no tengo mucha hambre. Adelante.

Era mentira, pero es que apenas había comida suficiente para él.

De repente me puse en tensión al ver que se acercaba el carruaje y se detenía justo donde estábamos nosotros sentados. A pesar del frío, los sleps traían los flancos empapados de sudor; Lentus debía de haberlos azuzado bastante. Se abrió la portezuela. Esperaba ver apearse a Thansius, en cambio quien apareció fue Morrigone.

John y yo nos apresuramos a ponernos de pie. Parecía una falta de respeto permanecer sentados en presencia de ella. Sobre la túnica blanca llevaba una capa roja que casi igualaba con exactitud el tono de su cabello. «Sangre sobre sangre», pensé.

Morrigone me miró primero a mí, luego a mi hermano, y por último se fijó en la insignificante cantidad de alimento que había dentro de mi lata. Cuando volvió a levantar la vista, tenía las mejillas teñidas de rosa.

—¿Os gustaría acompañarme y cenar conmigo en mi casa?

John se la quedó mirando boquiabierto. Y yo también.

—Venid, para mí sería a la vez un placer y un privilegio.

Mantuvo abierta la portezuela del carruaje y nos indicó con un gesto que subiéramos. En aquel momento reparé en los muchos Wugs que nos observaban con la boca abierta, entre ellos los Obtusus, que habían salido a la calle. Cletus Obtusus, en particular, me dirigió una mirada de rencor puro.

Ya habíamos estado anteriormente dentro de aquel carruaje, con Thansius, pero se hizo obvio que todavía nos sentíamos maravillados, pues no dejábamos de mirar los lujosos adornos.

Morrigone sonrió y dijo:

—Es muy hermoso, ¿verdad?

Lentus azuzó a los sleps y el carruaje comenzó a moverse. La verdad era que nunca habíamos viajado dentro de él, simplemente nos habíamos sentado un rato. Me sorprendió lo rápido y suave que fue el trayecto. Vi pasar raudas las ventanas de Amargura, iluminadas con faroles, mientras los sleps se movían en perfecta sincronía unos con otros.

Morrigone era muy reservada y ningún Wugmort sabía gran cosa acerca de ella, pero yo sabía que su casa se encontraba junto al camino, al norte de Amargura.

El carruaje dobló un último recodo, en el que el camino se convertía en un sendero de grava aplastada, y una cuña después aparecieron dos verjas de hierro de gran tamaño. Se abrieron por sí solas, no sé cómo, y el carruaje pasó entre las dos. Lo único que pude ver en el hierro forjado fue la letra M.

Cuando giré de nuevo la cabeza, me encontré con que Morrigone me observaba fijamente.

113

—He visto dónde vives —le dije con la voz entrecortada—, pero solo a través de la verja, al pasar. Es muy bonito.

Ella siguió observándome sin pestañear.

—¿Cuando eras muy joven? —inquirió.

Yo afirmé con la cabeza.

—Estaba con mi padre.

No sé por qué, pero compuso un gesto de alivio y asintió.

—Gracias. Es un lugar maravilloso donde vivir. —A continuación posó la morada en John, que estaba acurrucado al fondo del carruaje, tanto que casi formaba parte de la colchoneta del asiento—. Se está haciendo tarde —dijo—. Tomaremos la cena y después podremos conversar de ciertos asuntos.

Yo la miré boquiabierta. ¿De qué asuntos podía tener que hablar con unos Wugs como nosotros?

Cuando el carruaje se detuvo, Morrigone alargó una mano y abrió la portezuela. Se apeó primero ella y después nosotros, la última fui yo. De hecho tuve que tirar de mi hermano y empujarlo hacia fuera.

La casa era grande y magnífica. Comparada con todo lo demás que había en Amargura, era como un jarrón de cristal colocado entre la basura. La habían construido con piedra, ladrillo y madera, pero no daba la impresión de batiburrillo, sino de que no existía un modo más perfecto de combinar juntos aquellos elementos tan dispares. La puerta principal era grande y de una madera tan gruesa como el ancho de mi mano. Cuando nos aproximamos a ella, se abrió. Me quedé asombrada por aquel detalle, aunque lo mismo había ocurrido con las verjas de hierro.

Luego, al abrirse la puerta, apareció un Wugmort. Yo ya lo había visto brevemente en una ocasión, en una calle de Amargura, aunque no sabía cómo se llamaba. Le hizo una reverencia a Morrigone y seguidamente nos condujo por un largo pasillo iluminado con antorchas sujetas en apliques de bronce. En la pared colgaban pinturas de gran tamaño, y también un espejo cuyo marco de madera lo formaban criaturas retorcidas en diferentes estilos.

De pronto me fijé en un par de candelabros de plata que había en el muro.

—¡Yo he trabajado en esos candelabros, en Chimeneas!
—exclamé.

Morrigone hizo un gesto de asentimiento.

—Ya lo sé. Son de una belleza extraordinaria, una de mis posesiones más preciadas.

Sonreí de oreja a oreja ante aquel elogio y continuamos avanzando por el pasillo.

De improviso se me hundieron los pies en gruesas alfombras de vivos colores. Atravesamos varias estancias, incluida una que conseguí atisbar a través de la puerta abierta. Era obviamente la biblioteca, porque había libros desde el suelo hasta el techo. Y también contaba con una chimenea gigantesca en la que estaba encendido el fuego. El enorme marco había sido tallado en una piedra que yo sabía que era mármol. Junto a la puerta de la biblioteca había una armadura completa, más alta que yo. Me di cuenta de que en realidad Morrigone era muy rica.

Contemplé la armadura y dije:

—¿Vamos a tener que empezar a fabricar armaduras como esta para cuando nos invadan los Foráneos?

Morrigone me escrutó más detenidamente de lo que probablemente merecía mi pregunta. Yo, por mi parte, mantuve una expresión impertérrita.

—Creo que el plan de construir la Empalizada será suficiente, Vega, pero no descarto nada.

Cuando llegamos al final del pasillo, Morrigone, tras echar un vistazo somero a nuestra indumentaria, no precisamente inmaculada, dijo:

—William os mostrará dónde podéis... er... asearos un poco antes de la cena.

William era, obviamente, el Wug que nos acompañaba. Era de baja estatura, estaba bien alimentado, iba limpio y pulcro y tenía una piel tan lisa y libre de imperfecciones como sus vestiduras. Nos indicó con una seña que lo siguiéramos mientras Morrigone tomaba otro pasillo.

William nos llevó hasta una puerta. Yo me la quedé mirando con gesto inexpresivo, sin saber qué hacer. Él la abrió y dijo:

—Agua caliente en el grifo de la izquierda, agua fría en el grifo de la derecha. Y para las cuestiones de índole personal, el lugar que les corresponde —agregó señalando el artilugio colocado contra una pared—. La cena está esperando, de modo que no conviene remolonear.

Acto seguido nos empujó al interior de la habitación y cerró la puerta a nuestra espalda.

Se trataba de un cuarto pequeño y bien luminado. Había un lavabo de color blanco, provisto de tuberías y apoyado contra una pared. Contra la otra se encontraba el inodoro, en el que uno, bien sentado, bien de pie, podía atender sus asuntos de índole personal, como había dicho William. Nosotros, por lo general, atendíamos los asuntos de índole personal en el retrete que había dentro de una caseta situada en la parte trasera del albergue de los Obtusus. Las tuberías que utilizábamos estaban al lado. Y no teníamos agua caliente, tan solo la helada, que la mayoría de las veces llegaba en forma de poco más que un regatillo.

Aquí había toallas gruesas y una pastilla de color blanco para lavarse, colocada junto al lavabo. Yo había visto una igual en el hospital. La mayoría de los Wugs se limitaban a usar las escamas de hacer espuma que vendían baratas en una tienda de la calle Mayor.

Miré a John, que parecía incapaz de moverse. Así que me acerqué al lavabo y abrí el grifo de la izquierda. Empezó a brotar agua con bastante presión. Metí las manos debajo. ¡Estaba caliente! Entonces cogí la pastilla de lavarse y me froté las palmas con energía. La mugre fue disolviéndose. Luego me froté también la cara y después aclaré todo con el agua. Dudé un momento, pero tomé una de las toallas y me sequé.

Le hice a John una seña para que hiciera lo mismo que había hecho yo.

Cuando dejé la toalla, me fijé en que esta se había puesto negra con la suciedad que me había quitado yo de encima. Al contemplarla me sentí avergonzada de haber mancillado algo tan puro que era propiedad de Morrigone.

Mientras John usaba las tuberías, yo me miré en el espejo

colgado por encima del lavabo. Mi propio yo me devolvió la mirada. Hacía mucho tiempo que no veía mi imagen reflejada, y no me gustó lo que vi. Tenía la cara un poco más limpia gracias a la pastilla y al agua, pero el pelo estaba todo revuelto y parecía un montón de paja. Iba a tener que cortármelo a no mucho tardar.

A continuación me fijé en la ropa. Estaba bastante sucia. Me sentí avergonzada de veras, de encontrarme en aquel lugar tan notable. No era digna de subirme a aquel elegante carruaje, estaba demasiado desaseada hasta para montar a lomos de uno de los majestuosos sleps.

Tímidamente me froté una mancha de suciedad que tenía en la mejilla y que no había salido con el agua y la pastilla de lavarse. También tenía una nariz peculiar, pensé. Y los ojos parecían desiguales, uno era ligeramente más grande y estaba más alto que el otro. Y con la luz de aquel cuarto, mis ojos, más que azules, parecían de color gris.

Abrí la boca y me conté los dientes. Era algo que hacía mi madre conmigo cuando yo era muy joven. Saltábamos los huecos de los dientes que se me habían caído y continuábamos. Inventó un juego y una canción para aquel ritual, que decía:

Salta, salta, el diente que falta.
Sonríe bien dichosa, boquita tan preciosa.

En eso, John me tiró del brazo. Al bajar la vista y verle la cara limpia se me borraron de la mente la canción y el rostro de mi madre.

—Vega, ya he terminado —me dijo. Se notaba que el miedo de antes se había convertido en algo todavía más poderoso—. ¿Podemos irnos ya a comer?

QUATTUORDECIM

Una noche de preguntas

William estaba esperándonos fuera, junto a la puerta. Todavía avergonzada de mi apariencia física, mantuve la vista baja todo el tiempo mientras nos conducía por otro pasillo. Pero no pude resistir la tentación de echar una mirada furtiva aquí y allá. Me maravillaba lo grande que era el hogar de Morrigone.

William abrió otra puerta y nos hizo pasar.

—Señora Morrigone, sus invitados —anunció.

Aquella habitación por sí sola medía unos seis metros de largo y ocho metros de ancho, mucho más que el alojamiento que teníamos nosotros en casa de los Obtusus, en el que seis Wugs dormíamos juntos en unos camastros diminutos que tenían la misma firmeza que un saco de papilla. No era de extrañar que yo siempre me despertara con un sinfín de dolores y molestias.

Morrigone ya estaba sentada. Se había quitado la capa, y debajo llevaba la túnica blanquísima que vestía cuando estuvimos en Campanario.

—Por favor, tomad asiento —dijo en tono agradable.

Obedecimos, aunque yo, después de verme lo sucia y desaliñada que estaba, ya no fui capaz de mirarla a los ojos. Lo que sucedió a continuación fue algo que ya jamás iba a olvidar. Apareció una Wug hembra vestida con un uniforme blanco y negro, cuidadosamente planchado, que puso frente a mí un cuenco del que se elevaba un vapor humeante. Después repitió la operación con John y con Morrigone.

—Una sopa consistente ayudará a combatir el frío de la noche —dijo Morrigone. Y acto seguido tomó su cuchara y la hundió en el caldo que acababan de servirle.

Por regla general, nosotros no usábamos cubiertos en el albergue de los Obtusus, en cambio mis padres sí los habían usado, de modo que mi hermano y yo sabíamos qué hacer con ellos. Claro que estábamos un tanto oxidados, y así quedó demostrado cuando a mí se me derramó un poco de sopa en la mesa y puse cara de horror.

La hembra se limitó a acudir a mi lado para limpiar la mesa con un paño.

Tras la sopa llegaron los quesos. Tras los quesos llegaron los panes. Tras los panes llegaron las verduras. Y tras las verduras llegó una ración de carne de vaca que se derritió en mi tenedor y luego en mi boca, acompañada de patatas redondas, mazorcas de maíz y coles verdes que estaban templadas y sabían mucho mejor de lo que parecían. Al albergue de los Obtusus rara vez llegaban los alimentos de los Agricultores. Podía ser que nos dieran algunos granos de maíz y una pocas patatas, lo justo para un bocado, pero nada más. Yo había visto las mazorcas cuando los Agricultores las cargaban en el carro, pero nunca había visto una en un plato delante de mí. Observé atentamente a Morrigone para ver cómo había que comerlas.

John tenía la cara tan pegada al plato que yo apenas lograba ver cómo le desaparecía la comida en la boca. Morrigone tuvo que mostrarle que la parte de la mazorca en la que estaban incrustados los granos en realidad no se comía. Pero John no sintió vergüenza alguna, se limitó a seguir comiendo tan rápido como le era posible.

Al fin y al cabo, los machos son machos.

Yo también comí todo lo que pude, y después comí otro poco más por si acaso aquello era un sueño y la sensación de estar llena desaparecía en cuanto me despertase. Después de la carne de vaca llegaron varios platos de fruta bien rolliza y dulces que yo había visto en el escaparate de la pastelería de Herman Helvet pero que jamás abrigué la esperanza de poder comprar. Me percaté de que John se guardaba a escondidas unos cuantos en su capa. Me parece que Morrigone también se dio cuenta, aunque no dijo nada.

Cuando ya no pudimos comer más, John y yo nos reclinamos en nuestras respectivas sillas. Jamás en todas mis sesiones había tomado una comida como aquella. Me sentía calentita, soñolienta y feliz.

—¿Deseáis algo más de comer? —preguntó Morrigone.

Yo me volví hacia ella, de nuevo avergonzada de sostenerle la mirada.

—Ya no podemos más. Gracias por esta cena tan maravillosa —me apresuré a añadir.

—¿Entonces pasamos a la biblioteca?

Fuimos detrás de ella por el pasillo. Me maravilló su porte al andar, tan erguida, tan derecha, tan elegante, y me esforcé por caminar igual de derecha. Pasamos junto a un gran reloj de pie colocado contra una pared que indicó con un tono musical la sección del tiempo en la que estábamos y nos produjo un sobresalto a John y a mí. La mayoría de los Wugs no tienen relojes, y mucho menos relojes de pared.

Nos acomodamos en la biblioteca, donde todavía estaba encendido el fuego. Yo me senté enfrente de Morrigone. Notaba los párpados pesados a causa de la comilona y del calorcillo del fuego. John no se sentó, sino que se puso a pasear por la habitación inspeccionando todos los libros.

Morrigone lo observó con curiosidad.

—A John le gusta leer —expliqué—, pero en Aprendizaje no hay muchos libros.

—En ese caso, llévate el libro que quieras, John —dijo Morrigone. Mi hermano la miró con un gesto de incredulidad—. En serio, John, llévate los libros que te apetezcan. Yo ya los he leído todos.

—¿Los has leído todos? —repetí.

Afirmó con la cabeza.

—Mis padres eran partidarios de fomentar la lectura desde muy temprana edad. —Recorrió la habitación con la vista—. Este es el hogar en que crecí. ¿No lo sabías?

Negué con la cabeza.

—En Amargura nadie sabe gran cosa sobre ti —repuse con bastante sinceridad—. Saben que eres la única hembra que hay en el Consejo. Y todo el mundo te ve solo de vez en cuando, nada más.

—¿Tus padres nunca te hablaron de mi familia?

—Que yo recuerde, no. —Arrugué el entrecejo porque tuve la impresión de haberla decepcionado.

—Mi abuelo fue el jefe del Consejo antes de Thansius. Esto sucedió hace muchas sesiones, naturalmente. De hecho estuvo en el Consejo con tu abuelo, Vega.

Me incorporé de golpe en mi asiento. Mi somnolencia había desaparecido.

—¿Mi abuelo estuvo en el Consejo?

—Se fue antes de... bueno, antes de su...

—Evento —terminé yo por ella, con el ceño fruncido. Y una vez más recordé intrigada lo que había dicho Krone en la casa de Quentin. ¿Sería que el Consejo se servía de los Eventos para explicar la desaparición de algunos Wugs? En tal caso, ¿dónde estaba mi abuelo en realidad?

—Eso es —dijo Morrigone—. ¿De verdad no sabías que Virgilio había estado en el Consejo?

Volví a reclinarme en mi asiento, con la frente cada vez más fruncida. Cuántas cosas ignoraba respecto del lugar en que había nacido, respecto de la historia de mi propia familia. Posé la mirada en John; había sacado una docena de libros de la estantería y parecía estar intentando leerlos todos a un tiempo.

—Nunca me han contado gran cosa sobre Amargura —repliqué a la defensiva—. Pero siento curiosidad. Mucha curiosidad —añadí para más énfasis.

—Aprendizaje ya no es lo que era —dijo Morrigone en tono de resignación—. Las cosas que se enseñaban allí cuando yo tenía la edad de John ya han dejado de enseñarse. Y eso me resulta muy triste.

—A mí también me resulta triste —coincidí—. A lo mejor tú puedes contarme algunas cosas.

—Alvis Alcumus fundó Amargura hace mucho tiempo,

puede que hayan transcurrido ya quinientas sesiones, nadie conoce la fecha exacta.

—Eso ya lo sabía. Pero ¿de dónde vino? Porque si Amargura lo fundó él, eso quiere decir que no existía antes. Y eso también quiere decir que Alcumus tuvo que venir de otro lugar.

En Aprendizaje había formulado en muchas ocasiones preguntas como aquella, y nunca me habían dado respuestas. Tenía el convencimiento de que estaban deseando que cumpliera doce sesiones, momento en que mi estancia en Aprendizaje terminaría oficialmente, para no volver a verme nunca.

Morrigone me miró con inseguridad.

—Eso no está claro del todo. Hay quien dice que en una luz surgió de la nada.

—¿Te refieres a un Evento inverso? —preguntó John de improviso.

Las dos nos giramos hacia él. Estaba en el suelo, sosteniendo entre las manos un libro titulado *Los Dabbats y la yugular*. Después de haber estado a punto de sentir la mordedura de aquellas criaturas, aquel título me causó un intenso malestar.

Morrigone se levantó, se acercó a la chimenea y extendió hacia las llamas sus manos largas y esbeltas mientras John centraba la atención en otro libro, este titulado *Wugs perversos de Amargura: Compendio*.

Me giré hacia Morrigone con la esperanza de que continuara con la conversación.

—Mi padre sufrió un Evento cuando yo solo tenía seis sesiones —reveló.

—¿Dónde? —pregunté impulsivamente antes de poder contenerme.

Pero ella no pareció ofenderse.

—La última vez que lo vieron estaba cerca del Quag. Fue allí a recoger una seta particular, la *Amanita fulva*, que crece únicamente a lo largo del muro. Jamás llegamos a saber si fue allí donde tuvo lugar el Evento. Por supuesto, no queda nada que indique el punto exacto. Nunca queda nada.

Me levanté para situarme a su lado, y al mismo tiempo hice acopio de valor para hacerle la siguiente pregunta.

—Morrigone —empecé, y mi lengua pareció emocionarse al pronunciar su nombre, como si fuéramos amigas desde hacía mucho tiempo—. Si no queda nada, ¿cómo saben los Wugs que se trató de un Evento? Si tu padre estuvo junto al Quag, ¿no pudo ocurrir que lo atacase una bestia y lo arrastrase al interior del Quag? En ese caso, ningún Wug entraría allí a buscarlo.

Me interrumpí porque de repente a mí misma me costó creer lo que estaba diciendo. Acababa de hablar del padre de Morrigone de un modo que podía considerarse irrespetuoso.

—Vega, tu pregunta es perfectamente lógica. Yo también me pregunté eso mismo cuando era joven.

—¿Y encontraste alguna respuesta satisfactoria? —inquirió John.

Morrigone desvió el rostro del fuego para mirar a mi hermano.

—Algunas veces creo que sí, la encontré. Otras veces... en fin, es una respuesta difícil de obtener, ¿no te parece? La de por qué nos dejan algunos Wugs —agregó en tono triste.

—Supongo que sí —repuse yo con algunas dudas.

—Ahora me gustaría hablar de ciertos asuntos —dijo Morrigone.

Mi corazón empezó a latir más deprisa porque temía que Morrigone quisiera hablar de Quentin Hermes. Pero una vez más me sorprendió.

—¿Qué opináis vosotros de construir esa Empalizada? —preguntó mirándonos alternativamente a mi hermano y a mí. John dejó el libro y me miró—. ¿Os parece una buena idea? —añadió.

—Si impide que los Foráneos nos devoren... —contestó John.

—Tú dijiste que tu visión te había permitido ver la agresión sufrida por Hermes —dije yo—. Y que también habías visto que los Foráneos quieren arrebatarnos Amargura.

—Eso es verdad.

—Entonces, ¿qué le ha ocurrido a Hermes? Dijiste que tu visión se interrumpió. Pero supusiste que había muerto basándote en lo que ha quedado de él.

—Mi visión no se interrumpió. Lo que dije fue una mentira piadosa con la que pretendía ahorrarles horror a los Wugs. —Dirigió una mirada a John, que la observaba con la boca abierta—. No deseo seguir hablando del destino sufrido por Hermes. Pero Hermes ya no existe.

Miré a mi hermano, y cuando volví a posar la vista en Morrigone descubrí que ella me estaba mirando a mí de lleno.

—Vega, tú estuviste allí en aquella luz —observó—. Y aunque ya sé que a Krone le dijiste que no habías visto nada, ¿estás absolutamente segura de eso? ¿No llegaste a vislumbrar algo?

De pronto comprendí, sobresaltada, que con aquel don suyo de la visión Morrigone a lo mejor había visto lo mismo que había visto yo junto al borde del Quag. De modo que respondí poniendo el máximo cuidado.

—Todo sucedió muy deprisa —empecé—. Los caninos de ataque estaban haciendo mucho ruido, y había por allí varios miembros del Consejo. Algunos estaban muy cerca del Quag. No supe con seguridad si llegaron a penetrar en él o no, a lo mejor vislumbré a uno de ellos corriendo a toda prisa hacia allí. Pero un Wug no querría quedarse allí mucho tiempo, ¿no?

Morrigone hizo un gesto de asentimiento.

—No, ningún Wug que estuviera en su sano juicio se quedaría dentro del Quag. —Me miró directamente—. Ello implica morir, puedes estar bien segura. —Luego miró a John—. Podéis estar seguros los dos.

Miré a mi hermano, que yo sabía bien que no necesitaba dicha advertencia. Daba la impresión de estar a punto de caerse de cabeza al fuego de la chimenea, de tan nervioso que se le veía.

Pero se me había ocurrido una idea:

—Thansius dijo que los Foráneos son capaces de controlar la mente de los Wugs. ¿Cómo es eso?

—No está claro. Son criaturas malvadas, eso es seguro, pero poseen una mente avanzada. Tal vez más avanzada y astuta que la nuestra.

—¿Entonces pueden obligar a los Wugs a que les obedezcan? —inquirí.

Morrigone pareció sentirse turbada con aquella pregunta.

124

—Esperemos que nunca tengas ocasión de encontrar la respuesta a eso, Vega —contestó en tono amenazante.

Al oírla sentí un calor que me inundaba la cara y desvié la mirada.

—Confío —prosiguió Morrigone— en que los dos os esforzaréis todo lo posible para ayudar con la Empalizada.

John asintió enérgicamente, y yo también, aunque no con tanta energía.

—¿Cómo va a ser la Empalizada? —preguntó mi hermano.

—Será alta, de madera, con torres de vigilancia colocadas a intervalos concretos.

—¿Eso es todo? —replicó John, desilusionado.

Morrigone lo miró de hito en hito.

—¿Por qué? ¿Qué sugerirías tú?

—Una defensa formada por dos líneas —respondió mi hermano con gran convicción. La altura puede salvarse de diversas formas, pero sería mucho más difícil superar la Empalizada si se sumase a otro obstáculo que disminuya la eficacia de cualquier ataque.

Me quedé impresionada, y por la expresión de Morrigone, deduje que a ella le había ocurrido lo mismo.

—¿Y cuál sería ese otro obstáculo? —preguntó.

—El agua —respondió John enseguida—. Un foso de agua lo bastante profundo para ralentizar el ataque de los Foráneos. Si provienen de las bestias, imagino que deben de ser grandes y pesados, aunque caminen con dos piernas. Así pues, yo cavaría fosos a uno y otro lado de la Empalizada. Ello nos proporcionaría una gran ventaja táctica, porque nos permitiría controlar la situación y dividir a nuestro adversario para vencerlo.

—Eso es brillante, John —dije, maravillada de que mi hermano hubiera ideado todo aquello, al parecer salido de la nada. Hasta aquella luz no habíamos sabido que existiera la amenaza de los Foráneos y la solución de la Empalizada, y él ya había mejorado nuestro plan de defensa.

Morrigone hizo un gesto afirmativo y, sonriente, añadió:

—Brillante, en efecto. ¿Cuándo se te ha ocurrido todo eso?

—Mientras utilizaba las tuberías de ese cuarto para lavarme la cara. Vi cómo se acumulaba el agua en el lavabo, y se me ocurrió la idea de los fosos.

El respeto que sentía yo por el intelecto de mi hermano, ya elevado, se multiplicó por cien. No pude hacer otra cosa que mirarlo con asombro reverencial.

Morrigone se levantó y fue a buscar un libro de la estantería que seguidamente entregó a John.

—Trata de números —le dijo—. Por el Preceptor de Aprendizaje, sé que te gusta trabajar con números.

John abrió el libro y al instante se concentró en lo que había allí dentro.

Sin embargo, yo estaba intrigada por el hecho de que Morrigone hubiera preguntado por mi hermano al Preceptor.

Morrigone se volvió hacia mí.

—Todos debemos hacer uso de nuestros puntos fuertes en estos tiempos difíciles. Y le corresponde al Consejo determinar cuál es el punto fuerte de cada Wug.

La miré con cierta inquietud. ¿Me había leído la mente?

Más tarde, cuando nos separamos, me dijo:

—Agradecería profundamente que ninguno de los dos comentarais la visita a mi casa. Me doy cuenta de que la mayoría de los Wugmorts no viven con este grado de comodidad, y a mí misma me resulta cada vez más difícil continuar aquí, dado que comprendo los problemas que afrontan los demás habitantes de Amargura. Sin embargo, es mi hogar.

—No contaré nada —aseguró John.

Se le notaba en la voz que esperaba ser invitado de nuevo a disfrutar de una magnífica cena. John era listo, pero también era un macho joven que habitualmente tenía el estómago vacío. En ocasiones, las cosas eran así de simples.

El carruaje nos llevó de vuelta, con Lentus, por supuesto, empuñando el látigo. Los sleps se movieron veloces y con una coordinación perfecta, de manera que no tardamos en llegar a casa de los Obtusus. Sin embargo, el hogar de Morrigone continuaría siendo un vívido recuerdo durante mucho tiempo, al igual que la cena con que nos había agasajado.

126

Cuando nos dirigíamos a nuestros camastros, John, que se tambaleaba ligeramente bajo el peso de todos los libros que había traído consigo, me dijo:

—Jamás olvidaré esta noche.

En fin, yo sabía que tampoco la olvidaría. Pero seguro que no por las mismas razones que mi hermano.

QUINDECIM

El principio del fin

En la luz siguiente llevé a John a Aprendizaje. Se había guardado en la mochila todos los libros de Morrigone que le cupieron. Yo sabía que iba a pasar todo el tiempo leyéndolos. A su edad me encantaban los libros, y todavía me encantan. Pero Morrigone no había hecho extensiva su oferta.

Me encaminé hacia mi árbol, donde tenía pensado tomar mi primera comida ligera, la cual ya siempre me parecería frugal en comparación con la cena que habíamos disfrutado en casa de Morrigone. No era de extrañar que mantuviera en secreto cómo vivía; la envidia no era un sentimiento que se hubiera olvidado en Amargura.

Sin dejar de andar toqué la cadena, que aún llevaba enrollada a mi cintura y oculta bajo la camisa.

Una cuña después me tropecé con ellos.

Primero vi a Roman Picus, con su indumentaria grasienta y su sombrero mellado. Llevaba al hombro un morta de cañón largo y otro morta de cañón más corto dentro de una funda de piel de garm que llevaba sujeta al cinturón. Lo acompañaban otros dos Wugs, ambos portando mortas y largas espadas. Yo los conocía a los dos, aunque hubiese preferido no conocerlos.

Uno era Ran Digby, que trabajaba en la tienda de armas de Ted Racksport. Era un Wug desaliñado, de los más sucios que había, en realidad. Apostaría cualquier cosa a que jamás en todas sus sesiones había tenido en la mano escamas de lavarse. Racksport lo tenía siempre en la trastienda, montando los mortas, principalmente porque nadie soportaba lo mal que olía.

Me miró, con su barba poblada y rasposa, llena de restos de comida consumida hacía mucho tiempo. Cuando sonrió, cosa que no hacía muy a menudo, solo se le vieron tres dientes, los tres renegridos.

El otro Wug me observaba con una callada expresión de triunfo. Era Cletus Obtusus, y cargaba con un morta de cañón largo casi tan alto como él. Iba vestido con ropa heredada de su padre, no sé si para sentirse un macho hecho y derecho, pero el efecto resultaba cómico. Debió de notárseme en la cara, porque su gesto triunfal se transformó en un ceño fruncido y malévolo.

—¿Se puede saber adónde vas, Vega? —dijo Roman.

Yo lo miré con gesto inexpresivo.

—A Chimeneas. ¿Y se puede saber adónde vas tú, Roman?

Con mucho teatro consultó su grueso reloj, y con la misma teatralidad alzó la vista hacia el cielo.

—Pues es temprano para ir a Chimeneas.

—Voy a tomar la primera comida en lo alto de mi árbol, y después iré a Chimeneas. Es lo que hago siempre.

—Pues vas a dejar de hacerlo —replicó Ran Digby con pronunciación gangosa, acompañando aquella frase con una enorme bola de hierba de humo que escupió a escasos centímetros de mis botas.

—Por los Foráneos —agregó Cletus Obtusus dándose importancia.

—Que síii —contesté arrastrando la sílaba—. Pero de todas formas tengo que comer, y, por lo menos hasta que Domitar me diga otra cosa, tengo que seguir yendo a trabajar a Chimeneas.

Roman se rascó la mejilla y dijo:

—No depende de Domitar. Ya no.

—Vale, pues entonces, ¿de quién? ¡Decidme! —exigí mirándolos sin pestañear a ambos, primero a uno y luego al otro. Cletus se encogió al ver mi expresión beligerante; Digby dio muestras de no haber entendido mi pregunta, de modo que se limitó a escupir otra vez. Observé, divertida y sin decir nada, que erró la puntería y la bola que mascaba se le quedó prendida en la barba. Mi diversión se transformó en asco cuando vi que no hacía el menor esfuerzo por limpiarla.

—El Consejo —dijo Roman.

—Muy bien, ¿y ya ha actuado el Consejo? ¿Ha cerrado Chimeneas?

Esta vez Roman puso la misma cara que un Wug que hubiera apostado demasiado. Como vi que no decía nada, resolví pasar a la ofensiva.

—¿Qué estáis haciendo aquí con esos mortas?

—Patrullar. Tal como dijeron anoche en Campanario —respondió Roman.

—Imaginé que esa actividad sería para Wugs inferiores a ti, Roman.

—Has de saber, hembra, que soy el jefe del recientemente creado Cuerpo de Policía de Amargura. Es un puesto importante, con mucho poder, digno de un Wug como yo. Anoche lo creó Thansius, y me nombró a mí para que lo dirigiese. —Acto seguido señaló a los otros—. Y estos son mis Carabineros.

—Pues Thansius ha debido de escogerte a ti porque tienes más mortas que nadie —repliqué, y luego miré a Cletus y le pregunté—: ¿Sabes utilizarlo, por lo menos?

Antes de que Cletus pudiera decir nada, Roman se le adelantó:

—Si te diriges a Chimeneas, es mejor que te des prisa. Pero después de esta luz y esta noche, todos los Wugs deberán enseñar la debida documentación a las patrullas.

—¿Qué documentación?

—La que les permite ir a donde vayan —repuso Cletus en tono agresivo.

—¿Por qué? —inquirí.

—Órdenes del Consejo, hembra —contestó Roman—. Así son las cosas.

Y para confirmarlo, Digby soltó un escupitajo.

—¿Y dónde se obtiene esa debida documentación? —pregunté.

—¿Es que no tienes cerebro? —dijo Digby a la vez que lanzaba otra bola de hierba que se chafó al aterrizar en el suelo.

Tomé aire lentamente e hice un esfuerzo de voluntad para reprimirme y no decir algo que provocara que se disparase un morta en las inmediaciones de mi cabeza.

—¿Y de qué les va a servir una documentación a los Foráneos? —dije.

—Haces demasiadas preguntas —replicó Cletus.

No aparté la vista de Roman al contestar:

—Eso es porque recibo muy pocas respuestas.

A continuación di media vuelta y retomé mi camino. Con todos aquellos mortas a mi espalda, lo que deseaba en realidad era echar a correr antes de que pudieran disparar y después decir que había sido un trágico error. Ya me parecía estar oyendo la excusa que pondría Roman: «Hizo un movimiento repentino. No sé por qué. El morta se me disparó. Siendo como era una hembra y tal, podría haber intentado agarrarlo, presa del pánico.» Y el gran cretino de Digby seguramente habría añadido: «¿Y qué me queda a mí para la cena de esta noche?» ¡Zas! Escupitajo.

Más tarde, cuando por fin llegué a Chimeneas, había alguien esperándome en el camino. Era Delph, con cara de llevar muchas luces y muchas noches sin comer ni dormir. Su enorme corpachón estaba encorvado, la mirada fija en sus botas de trabajo, la melena totalmente lacia.

—¿Delph? —saludé con cautela.

—Q-q-qué hay, Vega Jane.

Un poco más aliviada al ver que empleaba el saludo de siempre, le pregunté:

—¿Te encuentras bien?

Primero afirmó y después negó.

Me aproximé a él. En muchos sentidos, Delph era también mi hermano pequeño, aunque tenía más sesiones que yo. Pero la inocencia y la ingenuidad se las ingeniaban para alterar el orden cronológico. Se le veía asustado y desamparado, y experimenté una profunda compasión hacia él.

—¿Qué ha ocurrido? —le pregunté.

—Lo de Campanario.

—¿La reunión? —Hizo un gesto afirmativo—. Existe un plan, Delph, ya oíste lo que dijo Thansius.

—Oí lo que dijo Th-Tha-Than... Mierda —murmuró, re-nunciando a pronunciar el nombre—. Bueno, él.

Le di una palmadita en el hombro.

—Delph, tú vas a ser de gran ayuda para construir la Empalizada. Seguro que hasta podrías construirla tú solo.

Pero lo que dijo a continuación hizo que se disipara mi ánimo festivo y captó toda mi atención.

—El Evento de Virgilio.

—¿Qué pasa con eso?

—C-c-como te dije, lo vi, Vega Jane.

—¿Qué fue exactamente lo que viste? —pregunté con firmeza.

Delph se dio unos golpecitos en la cabeza.

—Es d-d-difícil de decir, está todo m-m-mezclado —logró articular finalmente con un esfuerzo enorme y al borde del ahogamiento.

—¿Te acuerdas de algo? Lo que sea. Algo que dijo...

Delph se tironeó de la mejilla mientras reflexionaba sobre aquella pregunta.

—U-u-una luz r-r-roja —contestó.

—¿Qué luz? ¿De dónde provenía? ¿Qué significaba?

Mis labios no dejaban de formular preguntas. Era como si estuviera disparando mortas y los proyectiles fueran palabras. Ante semejante agresión verbal, Delph dio media vuelta y se alejó de mí.

—¡Delph! —exclamé—. ¡Por favor, espera!

Y entonces sucedió. No fue mi intención, pero lo hice sin pensar. Di un salto de veinte metros volando por los aires, rebasé a Delph y aterricé cinco metros por delante de él, con las manos apoyadas en las caderas y mirándolo sin pestañear. Solo entonces vi la expresión de terror que había en sus ojos y me di cuenta de lo que había hecho. Pero antes de que pudiera decir nada, Delph se volvió y echó a correr.

—¡Eh! ¡Delph! ¡Espera!

Pero no fui tras él. Estaba asustado, y no era para menos. Los Wugmorts, por regla general, no vuelan. Me quedé allí de pie, en la sombra de los árboles, con la respiración agitada y el corazón retumbando en perfecta sincronía con mis jadeos entrecortados. ¿Le contaría Delph a alguien lo que acababa de presenciar? Y en ese caso, ¿le creería alguien? Naturalmente que no, se trataba de Delph. Nadie le tomaba en serio. Me reprendí mentalmente a mí misma. Yo sí que le tomaba en serio, y no quería que nadie se burlase de él simplemente por decir la verdad.

Delph había ido allí para hablarme del Evento. No puedo ni imaginar el valor que tuvo que reunir para hacer algo así. Y yo lo había ahuyentado con mis preguntas incesantes y con mi inoportuno salto en el aire.

—Eres una idiota, Vega —dije con tristeza—. Lo has estropeado todo.

Dos noches después, John y yo estábamos tomando nuestra comida en casa de los Obtusus. Recorrí la mesa con la mirada para evaluar el estado de ánimo de los presentes, y no me costó demasiado; yo lo clasificaría como un término medio entre el terror y la callada resignación ante la perspectiva de un destino aciago.

Lo cierto era que uno de los que parecían más contentos era Selene Jones. Me habían dicho que ello se debía a que últimamente las ventas se habían animado mucho en su Tienda del Noc. Por lo visto, habían acudido Wugs de todas las edades, interesados por conocer su futuro observando al Noc. En mi opinión, lo que buscaban era que les dijeran que los Foráneos no iban a venir a zampárselos.

A Ted Racksport también se le veía satisfecho, y por un motivo muy básico: las ventas de mortas se habían disparado. Sus empleados trabajaban durante toda la luz y toda la noche para cubrir la avalancha de pedidos. Supuse que un buen número de aquellas armas serviría para proveer a las patrullas.

Y aquello me llevó a Cletus Obtusus, que estaba observándome con un desprecio mal disimulado. Se había lavado un poco y al parecer iba vestido con un uniforme rudimentario, con su gorra azul y todo. Yo sabía que estaba buscando decirme alguna cosa que a su forma de ver fuera inteligente, y también estaba bastante segura de que no iba a ser capaz de conseguirlo.

—Te asustaste de nosotros en esa luz, ¿a que sí? En el bosque. Pensé que ibas a echarte a llorar igual que una muy joven. —me dijo, y a continuación lanzó un bufido y miró a su padre de soslayo para ver su reacción. Sin embargo, Cacus Obtusus estaba enfrascado en la tarea de introducirse una codorniz entera en la boca, y por lo visto no oyó lo que dijo su hijo.

Racksport dejó sobre la mesa su tazón, que olía sospechosamente a agua de fuego, se limpió la boca y dijo:

—¿Ya has usado tu morta, Cletus?

—Solo con esta codorniz para la cena —contestó Cletus.

Aquello me dejó sorprendida, y también un poco preocupada. Por lo visto, Cletus disparaba mejor de lo que yo hubiera pensado.

Racksport soltó un bufido.

—No malgastes tu morta con esas tonterías. Para hacerlas caer del cielo no tienes más que escupirles cosas, y ya está. Emplear un morta es excesivo. —Levantó en alto su porción de codorniz—. ¿Ves? El proyectil de morta ha desgarrado el corazón. Mira, todavía queda un trocito en mi tenedor.

Miré la minúscula ración de codorniz que tenía en mi plato, pensé en el corazón, todavía más diminuto, que antes había estado recorriendo los cielos libre y feliz, y de repente perdí el apetito. Miré a John, que estaba sentado a mi lado, y vi que estaba teniendo la misma reacción.

Racksport nos miró, se dio cuenta de nuestro dilema y rompió a reír a carcajadas, con tanta fuerza que estuvo a punto de atragantarse. Yo no corrí precisamente a ayudarle a que respirase de nuevo. Terminó por salir afuera hasta que se le pasó el mal rato. Mientras tanto, John y yo nos fuimos a nuestra habitación.

Lo miré mientras él se sentaba en su camastro y abría uno de los libros de Morrigone.

—¿Está bien ese libro? —le pregunté.

Él asintió con ademán ausente y se inclinó un poco más sobre la página que estaba leyendo.

Había comenzado a llover con tanta intensidad que percibí la humedad incluso estando a cubierto. Me tendí en mi camastro, me giré hacia un lado y contemplé a mi hermano, que estaba devorando el libro que sostenía entre las manos. Sus ojos recorrían los renglones a toda velocidad, e iba pasando las páginas con avidez, en busca de más y más conocimientos. Fue la última imagen que tuve antes de quedarme dormida en aquella noche salvaje y tormentosa en Amargura. Y no desperté hasta que John me tocó en el hombro con la primera luz.

Y las luces siguientes iban a traerme un cambio que por nada del mundo podría haber imaginado.

SEDECIM

La partida de John

John no tardó mucho en leer todos los libros que le había prestado Morrigone. Los amontonó debajo de su cama, y de improviso ocurrió algo de lo más asombroso: aparecieron más libros. John tuvo que apilarlos contra la pared de su lado, y formaban una columna que era más alta que yo.

—Morrigone —contestó simplemente cuando le pregunté de dónde habían salido todos aquellos libros de más. Estábamos en nuestra habitación, después de la última comida.

—¿Morrigone? —repetí como un loro.

—Me los ha enviado por medio de Lentus y el carruaje.

—¿Y cómo ha sabido cuáles enviarte?

—Yo le he dicho que no me importaba, que solo quería leer.

—¿Se lo has dicho tú?

John asintió con un gesto.

—Hace dos luces fue a Aprendizaje para hablar con los jóvenes del tema de los Foráneos y de la Empalizada.

—¿Por qué no me lo has dicho antes? —protesté.

—Porque Morrigone no quería que anduviéramos chismorreando por ahí. Simplemente nos habló de los peligros que había y nos dijo que se esperaba que ayudásemos a proteger Amargura contra los Foráneos.

—¿Y cómo reaccionaron los jóvenes? —quise saber.

—Se asustaron, pero entendieron el papel que tenían que desempeñar.

—¿Y cuál es? —Me sentía más y más apartada con cada cuña que iba pasando.

—Hacer lo que el Consejo espera de nosotros.

—Está bien, ¿y qué es lo que Morrigone quiere que hagas tú? ¿Que se te ocurran más ideas brillantes para la Empalizada?

—Solo quiere que lea, de momento. Y que vaya a su casa —agregó en voz baja.

Lo miré boquiabierta.

—¿Que vayas a su casa? ¿Cuándo?

—En la próxima luz.

—¿Cuándo ibas a contármelo?

—De todas maneras, dentro de poco cumpliré doce sesiones y dejaré de ir a Aprendizaje. Morrigone me dijo que pensaba hablar contigo al respecto.

—Pues no ha hablado.

En aquel preciso momento oí el crujido de las ruedas. Corrí a la ventana y me asomé a la calle. Morrigone estaba ya apeándose del carruaje azul, al tiempo que los hermosos sleps se detenían del todo y agitaban sus nobles cabezas. Oí un arrastrar de sillas, unas pisadas presurosas, la puerta principal que se abría; supe lo que iba a suceder a continuación, y decidí que iba a suceder según mis condiciones.

Cletus Obtusus estaba subiendo a toda prisa la estrecha y destartalada escalera al mismo tiempo que yo bajaba por ella.

—Morrigone está... —dijo sin aliento.

—Ya lo sé —repliqué pasándolo de largo.

Morrigone estaba de pie en la sala principal, con Ted Racksport y Selene Jones cerca de la pared, aguardando expectantes. Selene tenía la cabeza inclinada, como si se hallase en presencia de una personalidad importante. A Racksport se le veía convenientemente intimidado, pero también capté una chispa especial en sus ojos cuando recorrió arriba y abajo la regia figura de Morrigone.

Morrigone se volvió hacia él.

—Señor Racksport, tengo entendido que sus empleados están trabajando mucho para cubrir los pedidos de mortas que ha hecho el Consejo.

Racksport sonrió, avanzó hacia ella con ademán furtivo e inclinó su mugriento sombrero bombín, que nunca se tomaba la molestia de quitarse en las comidas.

—Estoy haciendo todo lo que puedo, es cierto, señora Morrigone. Claro que si el Consejo estuviera dispuesto a pagar un poquito más, podría pedir a mis empleados que trabajasen con más ahínco todavía, cómo no. Solo es cuestión de unas pocas monedas más. El Consejo no las echaría de menos, teniendo en cuenta que pensaba pagar dos mil como recompensa por la captura de Hermes... ¿no?

La expresión afable de Morrigone se endureció como el pedernal. Se irguió en toda su estatura y dijo:

—Señor Racksport, me parece que, en vez de eso, el Consejo reducirá la cantidad de monedas que le paga a usted, y al mismo tiempo esperamos que su producción aumente de todos modos. Si después se hubiera de abonar alguna gratificación, recomendaré al Consejo que se la haga llegar directamente a los trabajadores.

La sonrisa que lucía Racksport se evaporó.

—Perdón... ¿cómo dice? —balbució—. ¿Es que me he perdido algo?

—Es posible que sí, pero puedo asegurarle que a mí no se me ha escapado nada respecto de usted. Intentar sacar provecho de los peligros a que nos enfrentamos es repugnante. Y estoy segura de que Thansius estará de acuerdo conmigo cuando le informe de la oferta indecente y hasta traicionera que acaba usted de hacerme.

Racksport asió su raído bombín con sus nueve dedos gordezuelos y gimió:

—Lo que he dicho ha estado fuera de lugar, señora Morrigone, créame. Por supuesto que aceptaremos cobrar menos monedas a cambio de más trabajo. Estoy seguro de que Thansius estará muy ocupado, de modo que no tenemos por qué molestarlo con este asuntillo sin importancia, ¿no cree?

—Los asuntos con los que yo debo molestar a Thansius no son de su incumbencia. Gracias, señor Racksport, ahora tengo que ocuparme de cuestiones más urgentes.

Cuando Morrigone se volvió hacia mí, comprendí con un sobresalto que las «cuestiones más urgentes» tenían que ver conmigo. La expresión de su rostro pasó a ser enteramente profesional.

—Vega —me dijo en tono resuelto—, quisiera hablar un momento acerca de John.

Volvió a salir de la casa, y yo me apresuré a ir detrás de ella.

Lentus estaba sentado en el pescante del carruaje, pero Morrigone pasó de largo y me indicó con una seña que la siguiese. Ambas comenzamos a pasear por la calle Mayor, que se hallaba desierta.

—Confío en que te habrán entregado el documento que te permite moverte por Amargura.

Afirmé con la cabeza y extraje el pergamino de mi capa. Llevaba tantas firmas y sellos oficiales que, aunque no hubiera sido un documento importante, desde luego lo habría parecido.

—Domitar nos entregó estos documentos en la otra luz a todos los que trabajamos en Chimeneas. Y me alegro de tenerlo, ahora que andan patrullando por ahí individuos como Roman Picus y su grupo de Carabineros, y haciendo preguntas estúpidas a Wugs que conocen de sobra.

—Solo están haciendo su trabajo, Vega.

—Es posible. Pero poner un morta en las manos de Ran Digby y de Cletus Obtusus constituye la fórmula perfecta de un desastre a gran escala.

Morrigone me miró con curiosidad.

—Puede que tengas razón en eso. Hablaré con el Consejo para que contraten, entrenen y hagan despliegue solo de Carabineros autorizados. —Hizo un alto y añadió—: Pero ahora tenemos que hablar de John.

—Está bien —respondí sintiendo una opresión en el pecho.

—En épocas de crisis como esta, debemos aprovechar los dones especiales que posea cada uno.

—¿Y cuál es el don especial que posee mi hermano?

Morrigone me dirigió una mirada de sorpresa.

—Su intelecto, Vega. Creía que era obvio. Ya viste las ideas que se le ocurrieron respecto de la Empalizada.

—Bueno, ¿y que pasa con él?

—Thansius y yo queremos que venga a vivir conmigo.

Me detuve en seco. Me sentí igual que si la sangre hubiera dejado de circular por dentro de mi cuerpo.

—¿Que vaya a vivir contigo? —repetí lentamente. Me volví para mirar el albergue de los Obtusus, y el corazón se me hinchó de alegría. Cambiar aquel agujero por el hogar de Morrigone era un sueño que jamás me había atrevido a acariciar siquiera. Un sitio lujoso, con abundancia de comida, torres de libros para leer, chimeneas con fuego como es debido, y agua caliente en tuberías que uno podía disfrutar sin necesidad de salir al exterior. Y además estaba Morrigone para enseñarnos a ser más limpios, educados, inteligentes... en fin, mejores de lo que éramos en la actualidad.

—Tu hermano posee muchos talentos especiales, Vega, talentos que es necesario cultivar para el bien de todo Amargura. Por eso le he enviado los libros. Por eso os invité a los dos a cenar en mi casa. Deseaba observar a John por mí misma.

—¿Cuándo tendrá lugar la mudanza? —dije, sin terminar de creer nuestra buena suerte.

—John puede venir con la primera luz. Enviaré a Lentus a buscarlo.

Estaba tan emocionada con las posibilidades de semejante arreglo que durante una cuña no capté del todo el énfasis que había hecho Morrigone especificando el nombre de mi hermano. Pero poco a poco se me fue borrando la sonrisa de la cara.

—¿Entonces solo irá John a vivir contigo? —pregunté, al tiempo que mi humor, que antes estaba por los aires, se estrellaba contra el suelo igual que cuando efectué el primer vuelo con *Destin*.

—Cuidaré de él de forma especial. Le enseñaré muchas cosas. Y bajo mi tutela logrará su verdadera plenitud, Vega, te lo puedo asegurar. Alcanzará importantes cumbres.

Sentí deseos de decir: «¿Y yo, qué? ¿Yo no puedo lograr mi plenitud? ¿Yo no puedo alcanzar importantes cumbres bajo tu tutela?» Pero ya vi la respuesta a aquellas preguntas en los ojos de Morrigone, y de pronto no quise darle la satisfacción de ver todavía más pruebas de que yo había interpretado mal su oferta.

—Mi hermano nunca se ha separado de mí. Es posible que esto le perjudique.

—Puedo asegurarte que será muy beneficioso para él. De momento, podrá dejar de vivir en esa porquería de casa que Roman Picus llama albergue. Y los Obtusus no constituyen precisamente un modelo ideal de lo que debe ser un Wugmort, ¿no te parece?

—Yo constituyo un modelo adecuado para mi hermano —protesté.

—Sí, por supuesto que sí, Vega. Y podrás venir a verlo.

—¿Le has dicho a John que yo no me mudo? —pregunté tontamente. Abrigué la esperanza de que contestara que no, porque John no me pareció que se sintiera muy turbado por la idea de la mudanza; a lo mejor había dado por hecho que yo iría con él.

—Todavía no. Antes deseaba hablar contigo.

Aquello era un detalle por su parte, aunque no era que me hubiera pedido permiso. Pero por lo menos recibí la respuesta a mi pregunta: John aún no lo sabía.

Morrigone me miró con una sonrisa bondadosa y agregó:

—¿Me das permiso para que le diga a John que cuenta con tus parabienes en este arreglo?

Afirmé con un gesto de cabeza, pero tenía la mente prácticamente en blanco, y el dolor que me oprimía el pecho era tan intenso que pensé que así debía de sentirse uno al experimentar un Evento.

—Gracias, Vega. Y Amargura también te da las gracias.

Acto seguido dio media vuelta y echó a andar de nuevo hacia el albergue de los Obtusus, que por lo visto era demasiado espantoso para que viviera John pero perfectamente adecuado para que yo fuera cumpliendo sesiones en él.

Contemplé cómo se deslizaba suavemente su figura en dirección a John y sus libros. Y de repente me recorrió el cuerpo un escalofrío tan profundo que tuve la sensación de que me habían sumergido en agua helada, cuando por fin fui plenamente consciente de que acababa de perder a mi hermano.

SEPTENDECIM

Harry Segundo

Las obras de la Empalizada habían comenzado en serio. Se habían talado bosques enteros de árboles. Se utilizaron sierras y hachas, se contó con la ayuda de cretas y sleps, y los Wugs trabajaron con gran ahínco. Para dichas tareas se reclutó a todos los machos físicamente capaces, mientras que los menos fuertes y algunas hembras empezaron a cavar la tierra para construir los cimientos sobre los que habría de levantarse la Empalizada, así como los profundos fosos que irían a cada lado de esta. El Consejo había aceptado con gran entusiasmo la idea que había tenido mi hermano de construir una defensa doble.

Yo continuaba trabajando en Chimeneas, pero había dejado de ocuparme del acabado de objetos bonitos; ahora ayudaba a construir cinchas de metal que sujetasen los troncos y los postes una vez que estos eran colocados en su sitio de la Empalizada.

Delph trabajaba con más denuedo que nadie, sus grandes músculos empujaban y tiraban, y sus pulmones parecían estar a punto de estallar mientras arrastraba o trasladaba objetos pesados hasta el lugar en que debían depositarse. Yo, mientras ayudaba con los troncos, lo observaba. Pero no hablábamos, ninguno de los dos tenía el resuello necesario.

Su padre Duf conducía equipos de sleps que transportaban los árboles talados desde el bosque hasta la Empalizada. Sus cretas amaestradas servían para tirar de las gruesas sogas de las poleas que levantaban los troncos hasta su posición, tensando el pecho y los enormes músculos del lomo a causa del inmenso esfuerzo. Al contemplar los complicados sistemas de poleas, deduje que aquello debía de ser uno de los inventos de John. Y también vi en una ocasión que estaban instalando lo que parecía una compleja máquina de excavar, y supuse que aquella también la habría inventado mi hermano.

Los jóvenes traían comida y agua a los trabajadores y realizaban algunas de las tareas para las que se requerían dedos ágiles en vez de brazos musculosos. Las hembras mantenían encendidos los hornos y cocinaban para los hambrientos Wugs. Todos nos obligábamos a trabajar duro, empujados por la idea de que en cualquier instante los Foráneos, unos seres de una maldad incomprensible, podrían aparecer de improviso y devorar a todo el pueblo. Y cada séptima luz íbamos a Campanario, porque ahora así se nos exigía. Ezequiel nos advertía con una voz tonante y cargada de amenazas de que si no concluíamos la Empalizada lo antes posible nos aguardaba la condenación absoluta, y los huesos de nuestros jóvenes acabarían dentro del estómago de los malvados Foráneos.

Estoy segura de que aquello proporcionaba un necesario consuelo y alivio a los muchos Wugs consumidos por la ansiedad nerviosa. Yo no había estado nunca en una guerra, pero me daba cuenta de que Amargura se había transformado en un lugar que aguardaba a ser atacado por el enemigo, y ello me permitió comprender mejor a mis antepasados, los que vivieron durante la Batalla de las Bestias.

Me entregué a mi trabajo con gran celo. Tal vez fuera para demostrar a Morrigone que mi hermano no era el único miembro capaz de la familia Jane. O tal vez fuera para demostrarme a mí misma que servía para algo en Amargura. La mayoría de las veces me levantaba antes de la primera luz, y después de tomar un bocado o dos en el albergue de los Obtusus me dirigía a mi árbol con mi lata de comida. Supongo que, como símbolo de gratitud por el hecho de que John se hubiese ido a vivir con Morrigone, los Obtusus habían recibido instrucciones de aumentar mi ración de alimentos, incluida una primera comida.

—¿Más comida para alguien como tú, por qué, si puede saberse? —me ladró Cletus Obtusus una noche, cuando me dirigía a dormir—. Los machos estamos ahí fuera, matándonos con la tala de árboles, mientras que tú pasas el tiempo en Chimeneas, seguro que sin hacer otra cosa que holgazanear. Eso no es justo. Los Wugs ya están hasta la coronilla.

—No me salto el trabajo en Chimeneas. ¿Te crees que iba a consentirlo Domitar? —repliqué con una sonrisa de rencor—. Pues yo creía que tú estabas patrullando por ahí con tu morta, cazando diminutas codornices antes de que ellas tuvieran oportunidad de lanzarse en picado desde el cielo y atacarte.

—Yo trabajo con los árboles durante la luz, y cuando se espera que patrulle es por la noche —protestó Cletus.

—En fin, está bien mantenerse ocupado —le dije, y acto seguido comencé a subir la escalera.

Me daba igual que la ración extra de comida fuera justa o injusta, había pasado hambre durante casi toda mi vida y no pensaba sentirme culpable por un par de bocados de más que pudiera echarme al estómago.

Veinte luces después de que John se hubiera ido a vivir con Morrigone, en una ocasión llegué muy temprano a mi árbol. La separación había sido triste tanto para mi hermano como para mí, él tenía sentimientos encontrados. ¿Qué Wug no querría vivir como vivía Morrigone? Comida en abundancia, una vivienda limpia y cómoda, libros que podía leer hasta que los ojos y el cerebro no le dieran más de sí... ¿Y además tener un mentor como Morrigone?

Sin embargo, yo sabía que John no quería separarse de mí. Y no solo por las lágrimas que derramó y por los suaves sollozos que se le escaparon cuando Morrigone lo acompañó hasta el carruaje, sino también por la expresión que vi en su rostro, que me resultó inconfundible. Mi hermano me amaba y yo lo amaba a él, y no había más que decir. En cambio, se marchó. No tuvo otro remedio.

La primera vez que fui a verlo no lo encontré muy cambiado. Bueno, se había lavado a fondo, llevaba ropa nueva y se le notaba un poco más de carne en el cuerpo. Estaba a un tiempo triste por haberse separado de mí y emocionado por el potencial que le ofrecía aquella nueva vida. Me confirmó que la polea y la máquina de cavar habían sido inventos suyos, y yo me maravillé de la velocidad con que había sido capaz de imaginar algo así. Aceptó mis elogios con timidez, lo cual no consiguió sino que me sintiera todavía más orgullosa de él. En el momento de despedirnos, me dio un abrazo tan fuerte que para separarme tuve que hacer un esfuerzo.

En mi segunda visita, siete luces más tarde, aprecié que claramente se había operado un cambio. John estaba mucho menos triste, y ahora lo primordial era el entusiasmo que sentía por su nueva vida y por el importante trabajo que llevaba a cabo por el bien de Amargura. Vestía sus nuevas ropas con total soltura y no parecía sentirse en absoluto intimidado por el lujo de cuanto lo rodeaba. Morrigone me invitó a cenar, pero en aquella ocasión no me dejó a solas con mi hermano. Cuando llegó el momento de marcharme, John me dio un breve abrazo y después salió corriendo escaleras arriba en dirección a su cuarto, al tiempo que gritaba:

—¡Tengo que terminar un trabajo importante para la Empalizada!

Morrigone me abrió la puerta principal y me dijo:

—Se encuentra cada vez mejor, espero que te habrás dado cuenta de ello.

—Sí —respondí.

—Alégrate por él, Vega.

—Me alegro por él —contesté con sinceridad.

Morrigone me miró con detenimiento y luego me tendió un puñado de monedas.

—Toma esto, por favor.

—¿Por qué? No he hecho nada para merecerlo.

—Es una manera de darte las gracias por haber permitido que John viniera a vivir conmigo.

Contemplé el montoncito de monedas. Una parte de mí sintió deseos de aceptarlo.

—No, gracias —dije, y seguidamente di media vuelta y regresé a casa de los Obtusus.

Ahora me encontraba en lo alto de mi árbol, contemplando el suelo. Técnicamente aún era de noche, aunque la última sección de oscuridad siempre se entremezclaba con las primeras hebras de luz. Miré a mi alrededor. Por el camino no había visto ninguna patrulla, y dudaba mucho de que hubiera muchos Wugs capaces de transportar troncos de árbol durante la luz y actuar de Carabineros por la noche; simplemente, carecían de energía suficiente para ello.

Así pues, me dije que aquella ocasión era tan adecuada como cualquier otra. Retrocedí hasta la parte posterior de la plataforma, tomé carrerilla y me lancé al vacío de un salto. El aire me envolvió a medida que iba ascendiendo. Volé en línea recta por espacio de unos metros y acto seguido hice una pirueta en espiral, no una vez sino tres, aunque me mareé un poco. Aun así fue una sensación maravillosa. Experimenté una profunda libertad, a diferencia de cuando me encontraba en tierra firme, donde prácticamente hasta la última cuña de mi tiempo era dictada por otros.

Había llegado al punto en que podía volar mirando hacia abajo sin entrar en barrena y estrellarme. Era como si *Destin* y yo hubiéramos llegado a entendernos. A lo mejor aquella cadena era capaz de leer la mente, o por lo menos la mía.

Aterricé con suavidad y permanecí allí durante una o dos cuñas, respirando el aire fresco de la noche. Me costaba mucho estar sin mi hermano. Antes siempre estaba deseando que llegara el momento de despertarlo, me gustaba acompañarlo hasta Aprendizaje y después llevarle comida cuando iba a recogerlo al salir de Chimeneas. Aunque no resultaba agradable para ninguno de los dos, el tiempo que pasábamos con nuestros padres en Cuidados había supuesto una parte significativa de nuestra vida. Pero aquella parte de mi existencia había tocado a su fin y algo me decía que ya no iba a volver.

Lo oí antes de ver nada. Cuatro patas que se movían con rapidez. Pero esta vez no tuve miedo. Llevaba conmigo a *Destin*, así que podía salir volando en un instante. Además había otra razón para que no sintiera miedo: las pisadas no correspondían a un garm, ni tampoco a un frek ni a un amaroc. Eran ligeras y apenas dejaban huella en el suelo. De modo que me quedé donde estaba, esperando.

Salió de detrás de un árbol, avanzó más despacio y por fin se detuvo. A continuación elevó la grupa y acercó al suelo su largo hocico. Yo di unos pasos vacilantes hacia él, sin poder creerme lo que veían mis ojos. Él se incorporó de nuevo y se sentó sobre la cola.

—¿Harry? —dije.

Pero, por supuesto, no era *Harry*. Muchas sesiones antes, yo había tenido un canino del que me enamoré al instante. Lo llamé *Harry* porque era muy peludo. No era ni demasiado grande ni demasiado pequeño, tenía unos ojos preciosos, suaves y sombreados por unas largas pestañas, y un pelaje de color marrón, blanco y rojizo. Llegó a mi vida en una luz y al momento empezó a quererme con toda su alma. Confió en mí. Y yo lo echaba terriblemente de menos.

Además, *Harry* había muerto por mi culpa. Me acerqué demasiado al Quag yendo con él, y me atacó un garm. *Harry* se interpuso entre los dos y el garm lo mató mientras él se defendía y me daba tiempo para escapar. Jamás olvidaré la visión de mi querido *Harry* muerto entre las fauces de aquella abominable criatura, que se lo llevaba al Quag para devorarlo allí. Incluso al revivir aquel terrible recuerdo se me llenaron los ojos de lágrimas. Cuando *Harry* me dejó sola, lloré y lloré, y derramé más lágrimas de las que creí ser capaz de derramar. Era responsabilidad mía cuidar de Harry y le había fallado, y ello le costó la vida. Jamás me perdonaría a mí misma. Habría hecho lo que fuera por recuperar a *Harry*, aun sabiendo que era imposible, porque la Muerte era algo irreversible.

Y, sin embargo, aquel canino, lo juro, podría haber sido el hermano gemelo de *Harry*. Cuando di unos pasos más hacia él, se alzó sobre sus cuatro patas y, con la lengua colgando, empezó a agitar la cola adelante y atrás.

—¿*Harry*? —repetí sin poder contenerme.

El canino avanzó con paso titubeante, de repente se lanzó

a la carrera y frenó en seco a escasos centímetros de mí. Justo en aquel momento empezaba a clarear, porque el sol ya había iniciado su ascenso y el Noc se retiraba a la parte del cielo a la que corría a esconderse cada vez que se despertaba su hermano mayor. Y rodeada de aquella súbita luminosidad pude ver de lleno al canino.

Le toqué la cabeza. Tenía un pelaje suave que se me deslizó entre los dedos igual que aquel excepcional tejido que utilicé en el cuarto de baño de la casa de Morrigone. Estaba tibio y tenía los ojos desiguales: el derecho era azul y el izquierdo, verde. *Harry* también los tenía así, pero en el orden contrario. Yo siempre había adorado la confluencia de aquellos dos colores en su cara, y del mismo modo me encantó el efecto que hacían en la cara de este canino, gemelos de los de *Harry*, como si los estuviera viendo en un espejo.

Me puse de rodillas a su lado y le tomé una de las patas delanteras. El canino me dejó hacer, con un leve gesto de curiosidad en la cara. Las patas eran largas y prometían que más adelante aquel cachorro se transformaría en un ejemplar de buen tamaño. *Harry* había llegado a pesar cuarenta kilos, y aun así era mucho más pequeño que el espantoso garm que le quitó la vida.

En eso, me percaté de que tenía el pelo sucio y de que se le notaban las costillas. Además presentaba un corte en la pata izquierda que requería atención. Le rasqué las orejas y me puse a pensar qué debía hacer. Sabía que a Obtusus no le gustaba que lleváramos bestias al albergue. Como mínimo exigiría más dinero, cosa que yo no tenía. *Harry* había muerto poco antes de que mis padres hubieran ingresado en Cuidados, de manera que no llegué a tener que enfrentarme a dicha decisión. Por lo visto, no me quedaban opciones. Iba a tener que dejar que siguiera solo, sin mí. Y además era macho, tal como lo confirmé al fijarme en ciertas partes de su cuerpo.

Me incorporé y eché a andar, pero él me siguió. Avivé el paso, y él hizo lo mismo. De repente, obedeciendo un impulso, tomé carrerilla y me elevé en el aire. Pensé que así zanjaría el asunto, pero cuando miré hacia abajo descubrí que el canino no se había marchado sino que corría con todas sus fuerzas en su afán de no perderme de vista. Descendí un poco y aterricé, y él frenó en seco delante de mí, jadeante y con la lengua fuera. Sus ojos de diferente color no se apartaban de mi rostro; daba la impresión de querer saber por qué razón había actuado yo de aquel modo.

Abrí mi lata de comida y saqué un mendrugo de pan para dárselo. Como seguro que estaría hambriento, esperaba que me lo arrebatara de entre los dedos; en cambio, levantó el hocico muy despacio, olfateó el pan y seguidamente lo tomó con suavidad de mi mano antes de comérselo.

Entonces me senté a su lado y extraje la carne, una loncha de queso duro y el huevo; todo aquello, junto con el pan, iba a ser mi primera comida. Lo deposité en el suelo. El canino, una vez más, olfateó los alimentos antes de engullirlos. Después, con la respiración más calmada, se tumbó en el suelo y se puso patas arriba para que yo pudiera rascarle la barriga, y así lo hice. Cuando volvió a darse al vuelta, me empujó la mano para que le rascase la cabeza. Aquello también lo hacía *Harry*. Claro que a lo mejor lo hacían todos los caninos. *Harry* era el único que había tenido yo, me lo encontré por casualidad, de forma muy parecida a este, iba paseando por el bosque y lo vi correr entre los árboles, persiguiendo un conejo. Al conejo no lo atrapó, en cambio conquistó mi corazón, y eso que en Amargura no había muchas cosas que lograran conquistarlo.

Pensé qué podía hacer.

—Puedo llamarte *Harry Segundo* —le dije.

El canino alzó las orejas y ladeó el hocico hacia mí. Los adares eran capaces de entender a los Wugmorts, pero yo sabía que los caninos no. Aun así, *Harry Segundo* parecía saber que yo acababa de ponerle un nombre.

Levanté la vista hacia el cielo y vi que ya estaba allí la primera luz. La segunda no tardaría en llegar, momento en el que yo tendría que irme a Chimeneas. Froté las orejas de *Harry Segundo* deslizando los dedos arriba y abajo por cada una de ellas. A *Harry* aquello le gustaba, y supuse que a este otro canino también le gustaría. Y así fue, porque me lamió la mano a modo de agradecimiento.

Entonces se me ocurrió un plan. De camino a Chimeneas fui lanzándole ramitas a *Harry Segundo* para que las recogiera, me las trajo todas las veces y yo le rasqué las orejas. Cuando llegué a Chimeneas hice un alto, me agaché, señalé Chimeneas con la mano y le ordené que aguardara. De inmediato se sentó. Saqué una tacita de latón y vertí en ella un poco de agua de la botella de peltre con tapón de corcho que llevaba conmigo. Al lado había un árbol que proporcionaba sombra. Me dije que si cuando saliera de trabajar el canino continuaba estando allí, entonces me preocuparía de lo que debía hacer con él.

Cuando entré en Chimeneas, Domitar me siguió con la mirada. Ahora estaba perpetuamente borracho debido al agua de fuego, y a mí me maravillaba que fuera siquiera capaz de mantenerse en pie. Me pareció que quería decirme algo, pero por lo visto le falló el dominio de la lengua, porque permaneció mudo y simplemente se alejó con un lento bamboleo.

Después de ponerme la ropa de trabajo, fui a la planta principal y me dirigí a mi puesto. Eché un vistazo a la escalera que subía; Elton Torrón ya no se encontraba allí de guardia, probablemente estaría talando árboles junto con los demás Wugs fuertes. Yo era uno de los pocos Wugs que quedaban en Chimeneas. Los Dáctilos se habían ido todos excepto tres, estaban aplicando sus músculos a la tarea de derribar los enormes árboles y arrancarles la corteza. Los que quedaban tenían que realizar el trabajo de muchos Dáctilos: martillear y retorcer el metal hasta darle la forma y el grosor que eran necesarios para construir cinchas. Quedaban unos cuantos Mezcladores que estaban empleando todas sus energías en dejar el metal preparado para los Dáctilos. A continuación, las barras de metal, todavía candentes, pasaban a los Cortadores, que les daban la anchura y la longitud que se requería. Y, por último, estaba yo para darles el acabado. Se tenía la impresión de que la Empalizada necesitaba un número infinito de cinchas, lo cual daba fe de la enormidad del proyecto.

Durante el descanso para comer me miré la mano derecha. Además de las cicatrices, estaba el sello de tinta de Dis Fidus. Ni siquiera con la urgencia de construir la Empalizada se había eliminado aquel protocolo. Me habría gustado conocer el motivo, pero tenía otras muchas cosas que me gustaría saber, y en mi lista de prioridades el sello de tinta ocupaba un lugar bastante bajo.

Como aún me quedaban dos cuñas de descanso, salí al exterior, y me animó mucho descubrir que *Harry Segundo* seguía estando donde lo había dejado, tumbado en la hierba. Fui hasta él y lo acaricié.

—En Chimeneas no está permitido entrar con bestias —ladró una voz.

Me volví y vi a Domitar a mi espalda. Tenía el rostro congestionado y el habla un tanto gangosa. Me pareció un poco irónico que no permitiera que entrasen caninos en Chimeneas, cuando los Dabbats tenían permiso para correr libremente por su interior.

—No está dentro de Chimeneas, creo yo —repliqué.

Domitar se me acercó un poco más.

—¿Ese canino es tuyo? —me preguntó.

—Quizá. Ya veremos.

Domitar se situó de pie a mi lado. Yo me aparté unos pasos porque apestaba a agua de fuego.

—Una vez tuve una mascota —dijo.

Me quedé atónita al ver que se ponía en cuclillas junto a *Harry Segundo* y le rascaba las orejas.

—¿Que tú tuviste una mascota, Domitar? —Me pregunté si no se refería a un Dabbat.

—Cuando era muy joven, naturalmente —dijo un poco avergonzado—. También era un canino.

—¿Qué nombre le pusiste?

Domitar titubeó, quizá temeroso de que yo lo considerase blando por poner nombre a una bestia.

—*Julius* —contestó por fin.

—¿Tu nombre? —dije.

—Sí. Te parece peculiar, ¿no?

—No. A un canino se le puede poner el nombre que uno quiera.

—¿Cómo se llama el tuyo?

—*Harry Segundo*.

—¿Por qué *Segundo*?

—Porque cuando vivía con mis padres tenía un canino que se llamaba *Harry*, pero lo mató un garm.

Domitar bajó la mirada.

—Lo siento mucho —dijo, y dio la impresión de sentirlo de veras.

—¿Y que pasó con *Julius*?

—Murió cuando yo todavía era muy joven.

—¿Cómo?

—Eso no importa, ¿no te parece? La verdad es que ya no hay muchas cosas que tengan importancia.

Cuando lo miré a la cara me sorprendió descubrir que tenía la mirada perdida, con los ojos fijos en la explanada que se extendía frente a Chimeneas. En aquel momento no se le veía en absoluto achispado por el agua de fuego; era un Wugmort que parecía estar totalmente perdido, cuando yo esperaría más bien que Domitar se sintiera tan seguro respecto del futuro como cualquier otro Wug.

—Los tiempos están cambiando y los Wugmorts han de cambiar con ellos, Vega —dijo. Aquello, más que a un consejo concreto, sonó a una afirmación de tipo general—. Pero aquí debemos seguir adelante. En Chimeneas no está permitido flojear en el trabajo, hay que dar calidad todo el tiempo, pase lo que pase. Mientras yo sea el encargado de esto, nuestro lema será «Arriba el ánimo y arriba el trabajo». —Soltó un hipo, se tapó la boca con la mano y puso cara de sentirse avergonzado.

Me volví para contemplar la entrada de Chimeneas, y mi curiosidad, siempre presta a aflorar a la superficie, me empujó a formular una pregunta:

—¿Qué era Chimeneas antiguamente?

Domitar no me miró, pero me di cuenta de que se ponía rígido al oírme.

—Siempre ha sido Chimeneas —respondió.

—¿Siempre? —dije yo en tono escéptico.

—Bueno, desde que yo estoy vivo.

—Pero tú no llevas vivo todo el tiempo que lleva existiendo

Chimeneas. Este edificio tiene varios cientos de sesiones de antigüedad, puede que más.

—En ese caso, ¿de qué puede servirte que te responda a esa pregunta? —repuso él.

Fue una contestación áspera, aunque lo cierto era que el tono que empleó fue de resignación.

—¿Tú crees que la Empalizada logrará impedir que nos invadan los Foráneos?

Esta vez Domitar se giró y me miró.

—Estoy seguro de que sí.

La manera en que dijo aquello me preocupó enormemente, y no porque yo no creyera en sus palabras, sino porque se le notaba que estaba totalmente convencido de lo que acababa de decir.

—Se acabó el descanso para comer —dijo. De nuevo había recuperado su habitual tono tajante.

Emprendí el regreso a Chimeneas, pero me volví un momento y vi que Domitar todavía estaba acuclillado junto a *Harry Segundo*, acariciándolo. Lo vi sacar un poco de pan y queso y dárselo a mi canino. Hasta me pareció verlo sonreír.

En efecto, los tiempos estaban cambiando en Amargura.

DUODEVIGINTI

De nuevo en casa

Cuando llegué al albergue de los Obtusus acompañada de *Harry Segundo*, me recibió en la puerta Cacus Obtusus. Echó una mirada a mi canino, y su reacción fue tan huraña como predecible.

—Esa bestia fea y asquerosa no va a entrar en este albergue —exclamó con una voz endurecida por la costumbre de usar la hierba de humo.

Miré a *Harry Segundo*, que era, con mucho, la criatura más bonita de los tres que estábamos allí porque tenía la cara mucho más limpia que la de Obtusus y el pelo mucho más decente que el mío.

—Es un canino —dije—, y los caninos pueden entrar en las casas de los Wugs. Cuidaré de él, y me responsabilizaré de darle de comer y de beber y de que esté limpio.

—No existe la menor posibilidad de que esa bestia se quede en mi casa.

—Esto no es tu casa, es propiedad de Roman Picus. —Sabía que aquello no iba a beneficiarme en nada, pero es que Obtusus me ponía enferma solo con respirar.

Obtusus hinchó el pecho.

—Ah, ¿y crees que Roman Picus va a permitir que metas en su albergue un ser tan repugnante? Pues entonces es que no lo conoces tan bien como yo.

—Puedo contárselo a Morrigone —aventuré.

—Puedes pavonearte delante del Wug que quieras, que la respuesta será la misma.

Y me cerró de un portazo en las narices. Miré a *Harry Segundo*, que no parecía afectado por la agresiva diatriba de Obtusus y me devolvió una mirada de adoración total. Me quedé allí de pie durante varias cuñas, pensando, y después llegué a la conclusión de que a lo mejor había surgido de forma inesperada un rayo luminoso en medio de la oscuridad.

Entré en el edificio, subí la escalera en dirección a mi cuarto, recogí mis escasas pertenencias y volví a bajar a toda prisa. Obtusus me miró con estupor, y Hestia también me siguió con una expresión de asombro desde la puerta de la cocina mientras se secaba las manos en su sucio delantal.

—¿Adónde vas? —me preguntó Obtusus cuando vio el hatillo que representaba todas mis posesiones y que llevaba echado al hombro.

—Si mi canino no es bien recibido aquí, tengo que buscar otro alojamiento.

—No hay ninguno —ladró Obtusus—. Están todos llenos hasta arriba, eso lo saben todos los Wugs. ¡Serás idiota!

—Pues conozco un sitio —repliqué.

—No estará en la calle Mayor, allí no queda ni un solo hueco.

—Pero sí lo hay en la Cañada Honda —contraataqué.

Obtusus me lanzó una mirada siniestra.

—¿Quieres decir lo que quieres decir?

En eso, Hestia se acercó tímidamente.

—Vega, no puedes regresar a ese lugar. Eres demasiado joven para vivir sola, aún no has cumplido quince sesiones. Es lo que ordena la ley.

—Pues no pienso renunciar a mi canino, así que la verdad es que no me queda más remedio —contesté—. Además, ya me queda muy poco para cumplir quince sesiones. —Intenté esbozar una sonrisa afectuosa, dirigida única y exclusivamente a ella. Hestia se encontraba sometida por su macho, pero siempre nos había tratado decentemente a John y a mí—. Te doy las gracias por la hospitalidad que me has mostrado durante estas últimas sesiones.

Obtusus escupió en el suelo y Hestia dio media vuelta y volvió a entrar en la cocina.

—Ya veremos qué dice el Consejo de esto —comentó Obtusus.

Yo lo miré fijamente y respondí:

—Sí, ya veremos.

Salí al exterior seguida por el obediente *Harry Segundo*. Había varios Wugs aquí y allá que se nos quedaron mirando; imagino que resultaba bastante insólito ver a alguien portando al hombro un hatillo con todas sus posesiones y llevando consigo a un canino joven que le iba mordisqueando los talones con aire juguetón.

Llegué a la Cañada Honda y comencé a seguirla. La llamaban así porque solía inundarse cuando llegaban las lluvias, y también porque era un camino viejo y muy trillado. Las pocas tiendas que había no eran locales tan frecuentados, y lo que se vendía en ellas tenía una calidad inferior a lo que se podía comprar en la calle Mayor.

Aquella vivienda sencilla y de fachada de madera era minúscula, anodina y curtida por la intemperie, pero para mí sería siempre preciosa, acogedora y cálida. La conocía muy bien, porque era donde había vivido antes con mis padres y con mi hermano. Salimos de allí para instalarnos en el albergue de los Obtusus cuando nuestros padres ingresaron en Cuidados.

Me detuve para contemplar la pequeña ventana de la fachada principal. Tenía una grieta que databa de cuando John, siendo muy pequeño, lanzó contra ella su taza de leche. En Amargura costaba mucho encontrar vidrio, de modo que nunca llegamos a repararla. Me acerqué un poco más y me asomé por la ventana. Distinguí la mesa en la que comía con mi familia; estaba llena de rasguños y cubierta de telarañas. En un rincón del fondo había una silla en la que me sentaba yo, y en otro rincón vi una pila de objetos de mi familia que no pudimos llevarnos porque no teníamos dónde meterlos. Junto a otra de las paredes había un camastro. El camastro que usaba yo para dormir.

Probé la puerta, pero estaba cerrada con llave. Saqué mis herramientas metálicas y la cerradura no tardó en abrirse. Empujé la puerta y penetré en la casa acompañada de *Harry Segun-*

do. De inmediato experimenté una sensación de frío, un frío más intenso que fuera. Aquello me sorprendió, pero solo durante un momento. Decían que los espíritus que uno deja atrás siempre tienen frío. Ello se debe a que están solos y no tienen nada que les preste calor. Y era mucho lo que nosotros habíamos dejado en aquella casa. Allí dentro éramos una familia. Allí dentro teníamos algo juntos que jamás tendríamos estando separados. Que jamás volveríamos a tener ya, de hecho.

Me recorrió un escalofrío y me ceñí un poco más la capa al tiempo que comenzaba a pasear por aquella estancia. Me agaché para tomar unas cuantas cosas del montón de objetos apilados mientras *Harry Segundo* olfateaba su nuevo hogar. Encontré prendas de ropa viejas que ya no les servían a mis padres, encogidos como estaban ahora. Aunque, si vamos a eso, tampoco me servían a mí, porque en las dos últimas sesiones había crecido mucho. Dejé la ropa vieja y centré la atención en unos dibujos que había hecho yo misma de joven. Había uno que representaba a mi hermano.

De pronto vi mi propio autorretrato. Me quedé mirando el dibujo mientras mi respiración formaba nubecillas en el aire. Por aquel entonces debía de tener ocho sesiones, lo cual quería decir que llevaba ya la mitad de mi vida sin mi abuelo. En el dibujo no se me veía contenta; de hecho, tenía el ceño fruncido.

Deshice el hatillo, busqué un poco de leña en la parte de atrás y conseguí encender un fuego decente gastando una de las dos cerillas que me quedaban. Acto seguido abrí mi lata y comí sentada a la mesa. Compartí las provisiones con *Harry Segundo*, que engulló su ración rápidamente. Ahora que las comidas eran responsabilidad mía, iba a tener que emplearme más a fondo en recopilar, canjear, vender y guardar víveres, sobre todo teniendo a *Harry Segundo* y a John...

Me interrumpí de repente. Solo estábamos mi canino y yo. John no formaba parte de la ecuación.

De las tuberías que había en la parte trasera de la casa tomé agua y vertí un poco en un cuenco para que bebiera *Harry Segundo*. Al principio el agua salió oscura, pero enseguida se aclaró. Y menos mal, porque era el agua que también iba a beber yo. Después de que *Harry Segundo* se hubo tragado casi el cuenco entero, le permití que se aliviase detrás de la casa, en el suelo de tierra.

Acerqué una silla al fuego y me quedé contemplando las llamas mientras *Harry Segundo* se acomodaba a mi lado con el hocico apoyado en las patas delanteras. Aquella casa había pertenecido a Virgilio Jane, y al fallecer él pasó a ser propiedad de su hijo, mi padre. La abandonamos cuando mis padres ingresaron en Cuidados, pero yo me sentía con más derecho a estar allí que ningún otro Wugmort.

Mis pensamientos se vieron interrumpidos por unos golpes que se oyeron en la puerta. Me giré hacia ella sobrecogida por la ansiedad. ¿Iba a descubrir que nuestro antiguo hogar había sido confiscado por el Consejo? ¿O que, como era demasiado joven para vivir sola, tenía que marcharme de allí?

Cuando abrí la puerta me encontré con Roman Picus.

—¿Sí? —dije con tanta naturalidad como pude.

—¿Se puede saber qué te ha pasado, hembra? —dijo a la vez que hacía rodar un cilindro de hierba de humo ardiendo de un lado al otro de la boca.

—¿Qué me ha pasado respecto de qué? —pregunté en tono inocente.

—Respecto de por qué te has venido del albergue de los Obtusus aquí.

—Obtusus no ha querido aceptar a mi canino, así que no he tenido otra alternativa.

Roman miró a *Harry Segundo*, que estaba a mi lado. Se le había erizado el pelo del pescuezo y enseñaba los colmillos. Me di cuenta de que tenía un gusto excelente para los Wugmorts.

—¿Has dejado un buen alojamiento por culpa de esa bestia? Menuda mierda.

—Bueno, por lo menos es una mierda mía.

—Eres demasiado joven para vivir sola.

—Llevo viviendo sola desde que mis padres ingresaron en Cuidados. ¿De verdad piensas que Cacus Obtusus cuida de mí? Además, John ya no vive conmigo. Yo sé cuidarme sola. Si el

Consejo no opina lo mismo, pues que vengan a discutirlo directamente conmigo.

Roman me recorrió de arriba abajo con una mirada maliciosa.

—Hablando de eso, ¿tienes noticias de tu hermano?

—Ahora está viviendo con Morrigone.

—Eso ya se sabe. Me refiero a su promoción, naturalmente —agregó en tono triunfal.

—¿Qué promoción?

—Ah, ¿quieres decir que no estás enterada? —replicó Roman con aire divertido.

Yo deseaba saber a qué se refería Roman, por supuesto, pero no estaba dispuesta a darle la satisfacción de suplicarle. Aplastó con el tacón de la bota el cilindro de hierba de humo contra los adoquines del suelo y, con grandes ademanes, se sacó la pipa del grasiento abrigo. La llenó con más hierba de humo, la encendió y se puso a darle chupadas con gran complacencia hasta que surgió una columna de humo que comenzó a elevarse en el aire de la noche.

—Pues su promoción... —empezó a decir. Dio otras dos chupadas más mientras me hacía esperar. Si yo hubiera tenido un morta en aquel momento, no sé cuántas veces le habría disparado—. Su promoción para convertirse en ayudante especial del Consejo, por supuesto.

Me sentí igual que si me hubieran arreado un puñetazo en el estómago. Pero enseguida me recobré.

—Es joven. No puede ocupar un puesto en el Consejo hasta que sea mucho mayor.

—Bueno, Vega —respondió Roman en tono condescendiente—, por eso lo denominan «especial». Hasta han redactado un pergamino y todo. Ya es oficial. Lo propuso Thansius, con el beneplácito de Morrigone, de modo que el Consejo no tuvo más remedio que aceptar, ¿no crees? Contando con el respaldo de esos dos Wugs... Todos votaron que sí, o eso me han contado. Hasta Krone dio su aprobación, y eso que ese maldito Wug nunca está de acuerdo en nada.

—¿Y qué es lo que hace un «ayudante especial» del Consejo? —quise saber, arrugando el entrecejo. Lo pregunté porque sabía que Roman seguiría hablando y dándome detalles para verme molesta un rato más.

—Bueno, supongo que habrás visto a John explicando los planos de la Empalizada con ellos dos.

—Lo cierto es que mi única participación en el tema de la Empalizada ha consistido en fabricar cinchas.

—Oh, no me digas.

—Sí te digo —repliqué.

Roman se aproximó un poco más, pero se apresuró a retroceder en cuanto vio que *Harry Segundo* empezaba a gruñirle.

—Entiendo. Bien, pues ahora lo han contratado para que supervise toda la construcción, ahí es nada —informó en tono despreocupado.

Le dirigí una mirada de soslayo.

—Estaba en la idea de que eso era responsabilidad de Thansius.

Roman se encogió de hombros.

—No lo sé. Tengo entendido que es un auténtico rompecabezas y que hay un montón de obstáculos, o eso dicen. Yo tengo el cerebro demasiado espeso para entenderlo, pero así es.

—¿Y qué va a hacer John al respecto? —pregunté.

Roman me apuntó con la cazoleta de la pipa.

—Bueno, esa es la pregunta, ¿no? Me han dicho que está pensando en la Empalizada y todo eso. Tiene un cerebro impresionante, eso es lo que dicen. Menos mal que uno de los Jane ha demostrado tener algo aquí dentro. —Y se dio unos golpecitos con la pipa en la frente.

—¿Estás diciendo que Virgilio Jane no tenía un cerebro impresionante?

—Vega, eso ya pertenece al pasado. Ahora estáis solo John y tú. En Chimeneas te ganas la vida honradamente, pero nada más. Has llegado a tu límite, ¿no crees? En cambio, John tiene posibilidades, un futuro. Y después de este nombramiento de ayudante especial, con unas pocas mejoras más en su apariencia física es posible que dentro de unas cuantas luces lo veamos sentado en el Consejo.

—¿Y por qué iba a querer él algo así?

Esta vez Roman puso cara de sorpresa.

—¿Sentarse en el Consejo? ¿Que por qué iba a querer? ¿Te has vuelto loca? ¡Y pensar que tú y tu hermano sois los últimos de la familia Jane! Muy triste. Sí, ciertamente muy triste.

—¡Mis padres todavía viven! —exclamé con los dientes apretados.

Dejó caer al suelo el residuo que quedaba en su pipa y apagó la brasa y el humo con el tacón de sus botas de piel de garm; a continuación se metió un dedo en el cinturón y dijo:

—Dime qué diferencia hay entre ellos y los muertos. Para mí son cadáveres bajo las sábanas.

No tuve que tocar a *Destin* para saber que tenía el mismo tacto que el fuego. Pero no podía estar más ardiente de lo que estaba yo. Se notaba que Roman quería que yo le lanzase un puñetazo. Se había metido el dedo en el cinturón porque al hacerlo había echado su abrigo hacia atrás para dejar al descubierto un morta de cañón corto que llevaba colgado del cinto, en una funda de cuero.

Decidí no morder el anzuelo. Bueno, eso no es cierto del todo.

—Verás, tal vez fuera una buena idea que John se sentara en el Consejo —dije bruscamente.

—Me alegro de que veas la lógica de este asunto. Puede que tengas algo de cerebro después de todo, aunque lo dudo. —Y lanzó una carcajada que a punto estuvo de ahogarlo.

Yo no hice caso y continué:

—John me dijo que, en su opinión, el Consejo debería regentar todos los albergues, porque hay algunos Wugs que se aprovechan y cobran demasiado. Estoy segura de que le comentará esa idea a Morrigone, y ella se la propondrá a Thansius.

Roman dejó de toser, y la mandíbula se le descolgó hasta casi chocar con el morta.

Mi hermano nunca había dicho nada parecido. Aquello era idea mía, pero como era hembra jamás me la tomarían en serio.

—Que tengas una buena noche, Roman —dije al tiempo que le cerraba la puerta en las narices. Sonreí por primera vez en mucho tiempo. Pero aquello no iba a durar; lo notaba en mi saliva, como decían en Amargura.

Eché otro leño pequeño al fuego y recorrí con la vista mi hogar, antiguo y nuevo. Mi mirada se posó de nuevo en la pila de objetos variopintos que había en el rincón, y me acerqué a verlos. El fuego proporcionaba una iluminación insuficiente, así que cogí un farol pequeño que había traído en mi hatillo, lo encendí con las llamas de la chimenea y me lo llevé hasta el rincón.

Harry Segundo se sentó a mi lado y se quedó observándome mientras iba pasando el tiempo y yo desenterraba metódicamente aquellos objetos, que más o menos venían a ser la historia de mi familia. Había imágenes coloreadas de mis abuelos Virgilio y su compañera Calíope. Formaban una pareja muy atractiva. Mi abuelo poseía unas facciones vívidas y distintivas, y era mucho lo que había detrás de aquellos ojos suyos. Calíope era bondadosa y vital, y al parecer la hacía muy feliz ver a su familia contenta. Yo era su ojito derecho, y estaba dispuesta a hacer cualquier cosa por ella. Sin embargo, resultó ser que su tiempo fue corto: sucumbió a la enfermedad una sesión antes de que Virgilio sufriera su Evento.

Finalmente dejé a un lado todos aquellos objetos y me quedé con la mirada fija en las ascuas ya mortecinas de mi magra fogata. Me acordé de John, que ya formaba parte del Consejo, y con él, de la jerarquía de Amargura, y lo imaginé leyendo contento y feliz delante de una alegre chimenea en la hermosa biblioteca de Morrigone, después de haber disfrutado de una suntuosa cena.

—No te compadezcas de ti misma, Vega —dije en voz alta, con lo cual *Harry Segundo* alzó las orejas—. Las cenas lujosas y los títulos rimbombantes en realidad no tienen importancia.

Pero por primera vez, por primerísima vez, estaba estudiando seriamente la posibilidad de marcharme de allí. No: de escaparme de allí. Aquel había sido mi hogar; sin embargo, ahora ya no sabía lo que era. Ni lo que me retenía en él.

Más tarde, desvelada, me levanté y me puse la capa. *Harry*

Segundo también se levantó obedientemente y se puso a mi lado, expectante.

Sí que me quedaba algo en Amargura, algo que para mí tenía una gran importancia.

Iba a ver a mis padres.

UNDEVIGINTI

Sola de verdad

Contemplé las imponentes puertas del edificio de Cuidados. Hacía ya mucho que había finalizado el horario de visitas, pero es que no quería estar sola, quería estar con los familiares que me quedaban.

Ya había mirado alrededor buscando a Non, pero no lo había visto por ninguna parte. Seguramente estaría patrullando dentro del grupo de los Carabineros. Saqué mis herramientas del bolsillo de la capa, las introduje en la cerradura del portón y poco después estaba ya avanzando por el pasillo.

Al parecer, por la noche la iluminación de la habitación de mis padres era más tenue, pero aun así logré distinguir sus figuras. Naturalmente, cada uno se hallaba tumbado en su camastro. No podían moverse. No podían hablar. Pero eso daba igual, porque tenía pensado hablar yo todo el tiempo.

Me situé entre ambos camastros porque quería dirigirme a los dos al mismo tiempo. No supe de dónde me salieron las palabras, en serio, pero no tardé en volcar todo lo que llevaba en el corazón, me quejé de la profunda injusticia, del pobre Quentin, de los malévolos Dabbats, de las paredes de sangre, de los hermanos perdidos, de los miembros insufribles del Consejo como Jurik Krone, de los malvados Foráneos y de que todo Amargura estaba enfurecido conmigo. Les dije que quería que volvieran. No: que necesitaba que volvieran a mí. Que me sentía muy sola. Luego se me agotaron completamente las palabras y me quedé allí de pie sin más, con las lágrimas resbalándome por la cara, con la vista fija en los dos Wugs que me habían traído a Amargura y que llevaban ya más de dos sesiones sin pronunciar una sola palabra y sin mover un solo músculo.

Una cuña más tarde tuve que frotarme los ojos porque no podía dar crédito a lo que estaba viendo. El camastro de mi padre estaba vibrando. De hecho, se sacudía con tanta fuerza que temí que simplemente se partiera por la mitad. Miré a mi madre y vi que le estaba sucediendo exactamente lo mismo. Corrí hacia ellos para sujetarlos, para impedir que les ocurriera aquello, fuera lo que fuese.

Pero tuve que retroceder de un salto para salvar la vida.

Dos columnas de fuego habían surgido de sendos camastros al mismo tiempo. Se elevaron juntas hacia el techo y después comenzaron a girar dibujando un círculo, como si cada una fuera un furioso torbellino de viento que intentaba escapar de los estrechos confines de lo que fuera que lo tenía atrapado.

Retrocedí de nuevo cuando las llamas amenazaron con tragarse la habitación entera, y choqué contra la dura pared. Tenía los ojos tan abiertos que mi sensación era que no me quedaba espacio en la cara para contenerlos. Lancé un chillido. Las llamas se elevaron aún más. Miré en derredor buscando algo con que apagar el fuego. En una mesilla apoyada contra la pared había una jarra de agua; la agarré y arrojé el agua sobre la hoguera, pero, de manera inexplicable, las llamas la rechazaron y me cayó en plena cara.

—¡Mamá! ¡Papá! —grité.

A aquellas alturas ya tenían que haber quedado reducidos a cenizas, de tan intenso que era el calor. Pero aun así busqué con desesperación alguna cosa, la que fuera, que me sirviera para vencer al fuego. En otra mesa había una pila de sábanas. Me las envolví en los brazos, me agaché y las empapé en el agua derramada de la jarra. Acto seguido arremetí contra los dos torbellinos de fuego agitando las sábanas, que ahora estaban cargadas de agua. Estaba empeñada en ganarle la partida a aquel fuego y salvar a mis padres. O lo que quedara de ellos.

Apenas me había aproximado medio metro cuando de nuevo me vi lanzada contra la pared. Como interpuse las manos para amortiguar la colisión, estas se llevaron la peor parte del choque, aunque un instante después me golpeé también en el hombro. Me dejé caer hasta el suelo, mareada y con el estómago revuelto. Cuando intenté incorporarme de nuevo, fue cuando sucedió.

Lo único que pude hacer fue mirar.

De entre las llamas surgieron las figuras de mis padres y comenzaron a elevarse en el aire, hacia el techo. No estaban quemados, ni mostraban herida alguna que yo pudiera distinguir. Al mirarles la cara me quedé estupefacta. Tenían los ojos abiertos. Daba la impresión de que estaban despiertos mientras eran devorados por el fuego.

Una vez más les llamé a gritos intentando que se percataran de mi presencia, pero en ningún momento me miraron. Fue como si no existiera para ellos.

Y de repente sentí una ráfaga de viento y oí un alarido tan agudo que tuve que taparme los oídos. En un abrir y cerrar de ojos, habían desaparecido. Y las llamas con ellos.

Permanecí allí sentada, derrumbada contra la pared, mirando de hito en hito dos camastros vacíos que no habían sufrido el menor daño.

Y, en cambio, mis padres ya no estaban.

Me incorporé sobre unas piernas que no me parecieron lo bastante fuertes para sostener mi peso y apoyé una mano en la pared para no perder el equilibrio. Me dolía el hombro de resultas del golpe, presentaba rasguños y moratones en las manos, y tenía la cara y el pelo mojados por el agua de la jarra. Las sábanas empapadas yacían en el suelo. Todo aquello había sucedido de verdad, pero era como si aquel fuego hubiera sido de mentira. Habría dudado de que todo hubiera tenido lugar, si no fuera por el detalle de que ahora estaba yo sola en la habitación.

Miré el techo esperando ver un agujero por el que hubieran escapado mis padres, pero continuaba siendo simplemente un techo y se veía totalmente intacto.

Me incliné hacia delante e hice varias inspiraciones profundas. Ni siquiera olía a humo en la habitación. El aire fresco me llenó los pulmones rápidamente. Todavía apoyándome en la pared con una mano, fui hasta la puerta con paso tambaleante, la abrí y eché a correr por el pasillo con energías renovadas.

Pensaba que a lo mejor veía a mis padres volando por los aires, y que con la ayuda de *Destin* podría acompañarlos adondequiera que se dirigiesen.

Llegué a la puerta doble de la entrada, abrí una de las hojas y salí al exterior como una exhalación. Levanté la vista hacia el cielo con la loca esperanza de acertar a verlos... y de improviso sentí algo que me agarraba y me hacía caer en tierra.

No tenía ni idea del tiempo que había pasado en la habitación de mis padres, pero la primera luz ya estaba logrando abrirse paso débilmente por entre las nubes y la lluvia, y su tenue luminosidad se reflejaba en las gotas de agua confiriéndoles una apariencia sucia y deforme.

Entonces vi frente a mí, de pie, al idiota de Non. Era él quien me había agarrado, me había arrojado al suelo y me había robado toda posibilidad de seguir a mis padres. Sentí que me inundaba una oleada de furia. Non me miró desde lo alto al tiempo que se extendía una sonrisa maliciosa por su rostro. Brillaba bajo la lluvia, debido a que llevaba puesta una armadura metálica que le protegía el pecho. Del hombro le colgaba un morta de cañón largo, y en el cinturón llevaba otro morta más corto y un puñal. Debía de estar patrullando.

—Te he pillado, ¿eh? Has allanado el edificio de Cuidados. Te espera el Valhall, hembra. Así aprenderás a no infringir las normas.

Intenté levantarme, pero él me empujó de nuevo hacia el suelo.

—Te levantarás cuando yo diga que puedes levantarte, y no antes. —Tocó el cañón del morta—. Estoy en un asunto oficial del Consejo. Es una suerte que me haya dado una vuelta por aquí para ver si todo estaba en orden. ¿Qué, has entrado a robar a los Wugs enfermos?

—¡Eres un idiota! —le chillé—. Apártate de en medio.

Me puse en pie de un salto, y Non intentó reducirme otra vez. Pero fue una equivocación por su parte. Una equivocación garrafal.

Cuando lo golpeé con el puño, noté que el peto metálico se doblaba y después se partía. Al momento siguiente Non se desplomó en tierra. Me miré la mano; estaba hinchada y sangraba. El impacto se había extendido a lo largo de mi brazo y me había subido hasta el hombro llevando consigo un dolor agudo. Pero mereció la pena desahogar mi rabia, porque ya no podía reprimirla más.

En cambio, ahora resultaba que Non estaba tumbado en el suelo. Herido, tal vez incluso muerto. Di media vuelta y eché a correr. Luego, di unos pocos pasos y mis pies se despegaron del suelo y al poco me vi volando. No había sido esa mi intención, simplemente sucedió así. Los vientos me azotaban la cara, pero recurrí a toda mi fuerza de voluntad para mantenerme en línea recta.

Exploré los cielos en busca de mis padres, pero no estaban. Desconocía adónde se habían ido después de salir de la habitación que ocupaban en Cuidados, llevados por un torbellino de fuego. Lo único que tenía claro era que los había perdido, probablemente para siempre. Lo que había presenciado no era algo de lo que un Wug pudiera regresar, me dije entre sollozos mientras volaba.

Varias cuñas más tarde aterricé a las afueras de Amargura. No quería sumar al delito de haber agredido a Non el delito de volar, el Consejo ya iba a encerrarme bastante tiempo en el Valhall.

Y, sin embargo, todavía estaba pensando en mis padres. ¿Cómo era posible que dos Wugmorts fueran engullidos por las llamas sin morir? ¿Cómo podía ser que el fuego los sacase del lugar en el que se encontraban y los transportase a otra parte? Y atravesando un techo de piedra, además. No se me ocurría ninguna respuesta para estas preguntas. Lo único que sabía era que mis padres habían desaparecido y que no había nada que yo pudiera hacer al respecto.

Me encaminé hacia el pueblo de Amargura en sí y no tardé en llegar al área cubierta de adoquinado. No miraba por dónde iba, de hecho me notaba tan atontada que no estaba del todo segura de si lo que había presenciado no sería más que una pesadilla.

De pronto oí un rugido grave y me quedé petrificada en el sitio. Aunque estaba amaneciendo la primera luz, con las nubes y la lluvia daba la impresión de que aún era de noche, y Amargura se hallaba sumida en una densa oscuridad. El rugido se repitió, y acto seguido se oyó una voz cortante que decía:

—¿Quién anda ahí? ¡Habla ahora o sufrirás las consecuencias de tu silencio!

Di un paso al frente y lo vi. O más bien los vi.

Eran Nida y su shuck negro, y este último era el que había emitido el rugido.

Nida era uno de los pocos Wugmorts que pertenecían a lo que se conocía como la raza Pech. Sus características eran una baja estatura, un cuerpo grueso y unos brazos y piernas fuertes y musculosos. Yo había creído durante varias sesiones que Duf Delphia era un Pech, pero no lo era. Nida llevaba unos pantalones de pana, un abrigo de cuero, un sombrero de ala ancha para protegerse tanto del sol como de la lluvia y unas botas hechas con piel de amaroc. Decían que antes de que lo contratasen como guarda del Valhall, él y su shuck habían dado muerte a un amaroc en los confines del Quag. Si aquello era cierto, yo no sentía el menor deseo de enredarme con ninguno de los dos, porque los amarocs eran unas bestias feroces que sabían matar de muchas formas. Contaban que incluso eran capaces de disparar veneno con los ojos.

—Soy yo, Vega Jane. —Por lo visto, me había acercado a las inmediaciones de la cárcel, que estaba situada en el centro del pueblo.

Nida me observó con mirada fija mientras su shuck, tan alto como él, permanecía sentado a su lado. En una de sus gruesas manos sostenía un garrote de madera.

—Márchate de aquí, hembra, vamos.

Acto seguido dio media vuelta y se fue, seguido obedientemente por su shuck, un canino tan grande como una ternera.

Cuando salí de la oscuridad, vi que en aquel momento había solo cuatro reclusos dentro del Valhall, que era una jaula de barrotes con suelo de tierra, provista de un tejado de madera. Se consideraba que el hecho de tener la cárcel expuesta a la intemperie resultaba todavía más deprimente. Y al encontrarse a la vista del público, la vergüenza del preso era completa.

Cuando pasé junto a la jaula, un Wug que estaba dentro se me acercó arrastrándose para hablar conmigo.

—Dame un vaso de agua, hembra. Tengo la boca tan seca que parece arena. Un vaso de agua. Aunque sea de lluvia. Solo un vasito, encanto.

De pronto se oyó un fuerte estrépito, y tuve que apartarme de un salto para esquivar algo que me pasó volando por encima de la cabeza. Nida había golpeado las barras con su garrote con tal fuerza que parte de la madera se había astillado y a punto estuvo de empalarme a mí.

—No tienes permiso para hablar con los Wugs que cumplen la ley, McCready —chilló—. Guarda silencio, o el próximo golpe irá directo a tu cabeza.

McCready, como una bestia herida, se replegó hacia un rincón de la jaula.

Nida se volvió hacia mí.

—Sigue tu camino, hembra. No voy a repetirlo.

El shuck soltó un ladrido y lanzó una dentellada al aire. Yo salí corriendo como una flecha.

Pero algo corría persiguiéndome. Giré la cabeza para ver qué era, preparada para correr más deprisa o incluso para salir volando. Sin embargo, no era el shuck. Era *Harry Segundo*.

Me detuve y me doblé sobre mí misma, jadeando. *Harry Segundo* llegó a mi altura y se puso a dar saltitos alrededor de mis piernas con la lengua fuera. Debía de haberse escapado de la casa y se había puesto a buscarme. Me arrodillé y lo abracé, y él se calmó tan rápidamente como yo. Me dio un lametón en la cara y después se sentó y se me quedó mirando.

—Debes de tener hambre —le dije.

Regresamos a casa andando, y al llegar le di a *Harry Segundo* los últimos restos de comida que me quedaban. Mientras él comía junto a la chimenea, donde hacía ya mucho que se había apagado el fuego, yo me senté en el suelo, empapada, con las rodillas levantadas hacia el pecho, y pasé la mirada por la estancia. Aquello era todo cuanto tenía ahora. John se había marchado, y ahora también habían desaparecido nuestros padres. Con un sentimiento de profundo dolor, caí en la cuenta de que iba a tener que contarle a John lo que había sucedido con nuestros padres. ¿Cómo se lo tomaría? No muy bien, pensé.

¿Y qué ocurriría cuando Non contase lo que había hecho yo? ¿Terminaría encerrada en el Valhall igual que McCready, suplicando un vaso de agua?

—¡Vega Jane! —exclamó una voz procedente del otro lado de la puerta.

Al oír mi nombre, me volví. Y también reconocí la voz: era la de Jurik Krone.

VIGINTI

Un aliado insólito

Cuando abrí la puerta, vi a Krone de pie al otro lado. Reparé en que iba armado con un morta de cañón largo y una espada.

—¿Sí?

—¿Has estado en Cuidados en esta luz? —rugió Krone con una expresión de furia en el semblante.

—¿He estado? —repuse en tono aburrido.

Se acercó un poco más, y yo noté que *Destin* se ceñía más a mi cintura y que su temperatura aumentaba.

—Sí, has estado —dijo Krone con firmeza.

—Bueno, ¿y qué?

—Non te ha acusado de haberle agredido físicamente.

—¿Y por qué iba yo a agredir a Non? Abulta tres veces más que yo.

Krone me miró de arriba abajo.

—Pero eso no es todo.

Ya sabía lo que iba a decir Krone, y esperé a que lo dijese.

—Tus padres han desaparecido de Cuidados.

Se inclinó hacia mí para acercar su cara a la mía.

—¿Qué fue lo que viste, Vega? Tienes que decírmelo. ¿Qué fue lo que viste allí dentro?

Sentí que mis dedos se cerraban para formar un puño, y los apreté con tanta fuerza que la sangre dejó de circular por ellos.

—No tengo por qué decirte nada.

—Esa contestación no es adecuada —saltó.

172

—¡Vete al Hela!

—¿Quieres acabar en el Valhall por esto? —me amenazó con una calma irritante—. ¿O algo peor?

Se llevó una mano a la espada. Yo sentí que *Destin* se volvía fría como el hielo en torno a mi cintura.

—Krone —dijo de pronto una voz.

Ambos nos giramos al mismo tiempo.

Era Morrigone.

Busqué con la mirada el carruaje, pero no lo vi. Era como si Morrigone se hubiera materializado de repente allí mismo, en la Cañada Honda, en medio de nosotros.

Krone estaba perplejo por su aparición.

—Señora Morrigone —dijo con rigidez—. Estaba a punto de detener a esta hembra por cometer actos delictivos contra otros Wugmorts.

Morrigone se aproximó con la mirada fija en Krone.

—¿Qué actos delictivos?

—Ha agredido a Non delante del edificio de Cuidados. Non ha aportado pruebas de ello. Y Héctor y Helena han desaparecido de Cuidados. Se trata de asuntos graves, que deben ser llevados ante el Consejo.

—¿Has hablado de esto con Thansius? —inquirió Morrigone.

—Ahora mismo acaban de informarme...

Morrigone lo interrumpió:

—¿Qué afirma Non que ha hecho Vega Jane?

—La sorprendió saliendo del edificio de Cuidados. Estaba a punto de detenerla por eso cuando de repente ella lo agredió sin motivo.

—¿Que lo agredió? ¿De qué manera?

—Dice que le asestó un puñetazo tremendo y que lo dejó inconsciente.

—De modo que a un Wug tan corpulento como Non lo ha dejado fuera de combate una hembra de catorce sesiones —dijo Morrigone en tono escéptico—. Eso me resulta pero que muy difícil de creer, Krone. ¿Y tú simplemente has aceptado la palabra de Non?

—¿Está diciendo que Non miente?

—Tú estás diciendo que Vega es una delincuente basándote tan solo en lo que ha declarado Non.

—¿Sabía usted que Vega acaba de instalarse aquí, en su antigua casa? Un Wug menor de quince no puede vivir solo, pero claro, Vega, tú no haces caso de las normas, ¿verdad? —agregó lanzándome una mirada amenazante.

No contesté a Krone porque no estaba segura de qué decir. Miré a Morrigone, que continuaba con la vista fija en Krone.

—Estoy al tanto de eso, Krone. Y Thansius también —dijo Morrigone en un tono de voz tranquilo y grave, que aun así resultaba más inquietante que los gritos que daba el otro. Mantuvo la mirada fija en Krone durante unos momentos más y añadió—: A no ser que haya algo más, Krone, considero que ya puedes dejarnos.

Krone me miró primero a mí, después a Morrigone. Hizo una breve reverencia y dijo:

—Como desee, señora Morrigone. Pero confío en que este asunto reciba el tratamiento apropiado.

Seguidamente dio media vuelta y se alejó con paso rápido.

Morrigone aguardó a que se hubiera perdido de vista y luego se volvió hacia mí.

Yo fui a decir algo, pero ella levantó una mano.

—No, Vega, no necesito que me digas nada. Ya hablaré con Non, no presentará cargos.

Su mirada se posó en mi mano. Yo me miré y vi que estaba hinchada y con algunos rasguños, de resultas del puñetazo que había propinado a Non, y me apresuré a esconderla en el bolsillo.

—Estoy segura de que tuviste una buena razón —dijo Morrigone en voz baja. Después, en un tono más encendido, agregó—: Porque Non es un cretino.

Yo estaba a punto de sonreír, pero me percaté de que me estaba perforando con la mirada. Ninguna de las dos habló por espacio de largos instantes, hasta que ella dijo por fin:

—Ya sé que ha habido muchos cambios en tu vida, y que han sido cambios difíciles.

—¿Tú sabes qué es lo que puede haberles sucedido a mis padres? —dije de forma impulsiva.

—No tengo ningún modo de saberlo, Vega, dado que yo, a diferencia de ti, no estaba presente.

Aquella frase nos separó igual que una pared de sangre.

—¿Qué fue exactamente lo que viste, Vega?

—No vi nada —mentí—. Fui a ver a mis padres.

—¿Por la noche? —replicó ella en tono cortante.

—Sí. Quería verlos. Estaba... estaba triste.

—¿Y? —presionó ella, expectante.

—Cuando llegué a su habitación la encontré vacía. Salí corriendo al exterior y entonces fue cuando me agarró Non y me arrojó al suelo. Le golpeé para defenderme.

Morrigone reflexionó sobre todo aquello y luego dijo:

—Vega, te pido que no le cuentes a tu hermano lo que ha sucedido con tus padres.

—¿Qué? —contesté mirándola boquiabierta—. Tiene que saberlo.

—Enterarse de que han desaparecido no va a beneficiarlo en nada. Y lo distraerá de las tareas que tiene que llevar a cabo respecto de la Empalizada.

—¿Las tareas de la Empalizada? —exclamé—. ¿Así que debemos ocultarle que sus padres ya no están?

—Puedo asegurarte que tu hermano es indispensable. He dado instrucciones a Krone y a otros miembros del Consejo para que no digan nada. Y todos los Wugs de Cuidados que tienen algo que ver han recibido instrucciones similares. Te rogaría que tú también guardaras esta información en secreto. Por favor.

De repente se me encendió una luz.

—Pero si has hecho todo eso, es porque ya sabías que mis padres habían desaparecido, antes de que te lo comunicara Krone.

Morrigone puso cara de disgustarse un poco al ver que yo había deducido aquello, y eso me levantó un poco el ánimo.

—Mi trabajo consiste en saber esas cosas, Vega. ¿Guardarás el secreto?

Durante unos instantes no pude decir nada; ambas nos miramos la una a la otra a través del umbral de la puerta. Al final yo hice un gesto de asentimiento.

—Lo guardaré.

Lo que dijo a continuación sí que me dejó atónita:

—Te admiro, Vega. En serio. Hasta puedo decir que te tengo envidia.

—¿Cómo dices? ¿Que me tienes envidia? Pero si tú tienes muchas cosas y yo no tengo nada...

—Únicamente tengo cosas, posesiones —repuso Morrigone en tono de tristeza—. En cambio, tú posees temple y valor, y aceptas y asumes los riesgos como ningún otro Wug que yo conozca. Todas esas cosas nacen de tu interior, que es el lugar más importante de todos.

Yo me la quedé mirando sin habla. Ella me miraba y no me miraba a la vez. Era como si lo que había dicho fuera dirigido a un lugar lejano que solo ella podía ver.

De repente posó su mirada en mí.

—¿Estás segura de que tus padres ya no estaban cuando llegaste a Cuidados?

Hice un gesto afirmativo con la cabeza, puesto que no me fiaba de que mi lengua fuera a decir otra mentira de modo convincente.

Morrigone asintió, suspiró y desvió el rostro.

—Ya veo. —Se le notó que en efecto veía, y mucho, en realidad—. Espero —dijo— que después de todas estas tinieblas brille la suerte para ti, Vega, lo espero de corazón.

Y acto seguido dio media vuelta y se fue.

Yo la observé hasta que se perdió de vista. Después miré el cielo. No sé muy bien por qué, quizá para hallar respuestas que de ninguna manera podía esperar encontrar aquí abajo.

VIGINTI UNUS

Eón y el Agujero

Continué en dirección a Chimeneas, andando, no volando. Me daba igual llegar una cuña tarde, incluso diez. Si Morrigone estaba en lo cierto, al parecer no me encerrarían en el Valhall. Pero en realidad aquello me daba lo mismo. Mis padres se habían ido; habían desaparecido envueltos en una bola de fuego. Jamás en todas mis sesiones había visto una cosa igual. Ahora estaba cuestionándome en serio quién era yo, y quiénes eran ellos, y qué era en realidad aquel lugar que yo denominaba hogar. De repente tuve la sensación de que nada de lo que me rodeaba era auténtico.

Le había prometido a Morrigone que no iba a contarle a John lo sucedido, que no iba a contárselo a nadie. Por lo tanto, no tenía a nadie que me ayudase con la confusión y la pena que me invadían.

Ya sentada a mi mesa de trabajo, tomé la primera cincha con la que iba a trabajar en aquella luz. Medía varios metros, era muy basta y tenía unos bordes capaces de cortar el corcho, el cuero y desde luego la piel. Mi trabajo consistía en limar aquella aspereza. A continuación perforaría varios orificios en los extremos, lo cual permitiría introducir cuerdas para sujetar los dos extremos juntos cuando se enrollaran las cinchas alrededor de un grupo de tablones aplanados. Era un trabajo difícil y tedioso, y descubrí que incluso llevando puestos mis gruesos guantes me hacía cortes y arañazos en las manos con los bordes de las cinchas, que en más de una ocasión atravesaban el cuero del guante y alcanzaban la piel.

Rememoré la palabras de mofa que me había dicho Roman Picus: que yo nunca iba a ser gran cosa, que Chimeneas era lo máximo que podía esperar en cuanto a realización personal, que John poseía mucho más potencial que yo. Aquello parecía un agravio trivial, incluso absurdo, después de lo que les había ocurrido a mis padres la noche anterior, pero es que no podía concentrarme solamente en aquello. Los sentimientos resultan difíciles de acorralar, son iguales que un rebaño de cretas deseosas de obtener la libertad.

Limé los bordes de las cinchas y alisé las superficies. Perforé agujeros cerca de cada uno de los extremos sirviéndome de mi taladro, mi martillo y otras herramientas. Sabía que en aquellos orificios iban a introducirse cuerdas que atarían los extremos para conseguir estabilidad; sin embargo, desconocía el modo en que se ensamblaría todo aquello junto para terminar la Empalizada. Estaba segura de que no lo sabía ningún Wug, excepto unos pocos como Thansius y Morrigone. Y ahora también mi hermano.

Durante el descanso para comer salí al exterior. Fui a un arroyo cercano a llenar un cuenco de agua para *Harry Segundo* y también le di un poco de comida que había encontrado por ahí. La devoró inmediatamente. Luego me senté en el suelo, a su lado, y contemplé el edificio de Chimeneas. Constituía una mole colosal, y en las dos sesiones que llevaba de empleada en aquel lugar yo había visto tan solo una pequeña parte. En cambio, apostaría a que probablemente había visto más que ningún otro Wug de los que habían trabajado allí. Conté los pisos, las torres y las torretas, y de repente me di cuenta de que tenía mucho más de dos alturas, lo cual me dejó perpleja, porque la noche en que subí la escalinata, esta terminó en el segundo piso. No había más escaleras que aquella. Claro que esto no era exacto del todo; lo cierto era que no había más escaleras que yo pudiera ver.

Cuando volví a entrar por la puerta doble, Domitar me cerró el paso. En esta ocasión no olía a agua de fuego. Llevaba la capa razonablemente limpia y tenía los ojos despejados, sin rastro de la rojez que inspiraba aquella asquerosa bebida.

—No te preocupes, solo he salido a dar de comer a *Harry Segundo*. Terminaré el trabajo asignado para esta luz. En cierto modo las cinchas resultan más fáciles que los objetos bonitos.

—Ya, pues va a haber muchas cinchas —repuso Domitar—. Pero que muchas, muchas.

—En ese caso, tal vez necesites contratar a otro Rematador —dije yo—. Para que ocupe el puesto de Hermes.

—No habrá más Rematadores —gruñó.

—Pues si eso es así, vendría bien que incrementasen la paga.

—Este trabajo va en beneficio de todo Amargura. Deberías estar dispuesta a hacerlo gratis.

—¿Así que tú vas a renunciar a tu paga, Domitar?

—En alguna luz aprenderás cuál es tu sitio, hembra.

—Eso espero —contesté, y después murmuré en voz baja—: mientras dicho sitio no sea este.

—En esta luz has estado a punto de llegar tarde —señaló Domitar en tono huraño.

—He tenido una buena razón para ello —respondí.

—Pues no se me ocurre qué buena razón puedes haber tenido para llegar tarde a tu trabajo, sobre todo en una época como la que estamos viviendo.

Vacilé unos instantes. Por lo general no facilitaba información personal a Domitar.

—Según parece, el estado de mis padres ha empeorado gravemente —dije.

Domitar inclinó la cabeza, un gesto que me sorprendió. Pero lo que dijo a continuación me dejó atónita:

—Me acuerdo de ellos, Vega. Y rezo en Campanario para que se recuperen. Eran buenos Wugs. Y espero que las Parcas sean bondadosas con ellos.

Cuando alzó de nuevo la cabeza, vi una cosa que resultó todavía más asombrosa que lo que acababa de decir: tenía lágrimas en los ojos. ¿Domitar, con lágrimas en los ojos? Nos miramos el uno al otro durante un instante, después él dio media vuelta y se marchó.

Sentí que había alguien a mi espalda. Por un momento pensé que pudiera ser Krone, que venía a llevarme al Valhall a pesar de lo que me había dicho Morrigone, pero no era más que Dis Fidus.

—Tienes que volver al trabajo, Vega —me dijo en voz baja.

Afirmé con la cabeza y regresé a mi puesto. Al pasar por delante del despacho de Domitar distinguí su silueta dentro. Estaba encorvado sobre su mesa, y, a menos que me engañaran mis oídos, yo diría que estaba sollozando.

En aquella luz, el resto de las cuñas transcurrieron en una especie de nebulosa. Debí de trabajar con ahínco, porque cuando sonó el timbre que indicaba el fin de la jornada todas las cinchas que me habían entregado para rematar estaban ya enrolladas en el carro, con los bordes limados, las superficies alisadas como la piel de un bebé y los orificios perforados con la precisión que requerían las instrucciones. Fui al cuarto de las taquillas, me puse la otra ropa y salí.

Dis Fidus cerró las puertas a mi espalda y oí cómo giraba la cerradura. Y entonces fue cuando tomé la decisión: iba a volver a entrar en Chimeneas. Rememoré visualmente la feroz batalla y el torrente de sangre que me había arrollado. Me acordé del picaporte con aquella cara Wug que parecía estar gritando. Y, por supuesto, me acordé de los Dabbats.

Pero lo que rememoré de manera más vívida fueron las imágenes de mis padres que vi pasar mientras me precipitaba por el abismo. Necesitaba averiguar lo que les había sucedido, y la verdad no iban a contármela en Cuidados. Y tampoco en el Consejo. Amargura no era lo que parecía, aquello era algo que estaba aprendiendo de manera bastante contundente. Amargura guardaba secretos, unos secretos que yo ahora estaba empeñada en desvelar.

Una cuña más tarde salió Dis Fidus por una puerta lateral y se fue por un sendero que lo alejaba de mí. Un poco después vi salir a Domitar por la misma puerta. Me agaché en medio de la vegetación, y *Harry Segundo* se apresuró a imitarme. Una vez que Domitar se hubo perdido de vista, le dije a mi canino:

—Muy bien, ahora vuelvo. Tú quédate aquí.

Me incorporé y eché a andar. *Harry Segundo* me siguió. Le saqué la mano y le ordené:

—Quédate aquí, ahora vuelvo.

Y eché a andar otra vez, pero él me siguió de nuevo.

—*Harry Segundo* —le dije—. Quédate.

Pero mi canino se limitó a sonreír y agitar la cola, y se empeñó en ir detrás de mí. Al final lo dejé por imposible. Por lo visto, aquello lo íbamos a hacer los dos juntos.

Accedí a Chimeneas por las mismas puertas que antes, seguida de cerca por *Harry Segundo*. Sin perder tiempo, me dirigí hacia la escalera, pues no quería estar allí dentro cuando se hiciera de noche. Subí deprisa, con *Harry Segundo* pegado a los talones, y encontré la puerta que habían derribado los Dabbats. La habían reparado totalmente. La abrí y entré.

Entonces descubrí que lo que se me había caído encima y había dejado al descubierto la puertecilla era una armadura. Ahora estaba toda derecha y reluciente. Conseguí desplazarla hacia un lado para poder acceder de nuevo a la puertecilla. *Harry Segundo* empezó a gruñir al ver el rostro esculpido en el picaporte, pero le dije que guardara silencio y obedeció al instante. Tras entrar con mi canino y cerrar la puerta, me preparé para ser embestida por una oleada de sangre. Ya tenía planeado hacer uso de *Destin* para llegar hasta las imágenes de mis padres que vi en el abismo, y no era mi intención ahogarme en el intento, ni yo misma ni tampoco a *Harry Segundo*.

Pero no hubo oleada de sangre.

Las paredes de la cueva desaparecieron y se abrió una gigantesca sima, justo enfrente de mí.

Experimenté un leve mareo al presenciar aquella transformación. ¿Cómo era posible que lo que antes estaba allí mismo de repente ya no estuviera? ¿Cómo era posible que una cosa se transformase en otra? Estaba claro que muchas sesiones antes Chimeneas había sido otra cosa distinta. En aquel lugar había algo, una fuerza que me resultaba completamente ajena a mí y a todos los demás Wugmorts. Bueno, tal vez a Morrigone no.

Miré a *Harry Segundo*. Ya no sonreía y había dejado de agitar la cola. Le toqué la cabeza y descubrí que estaba fría. Me toqué mi propio brazo, y tuve la misma sensación que si me hubieran absorbido toda la sangre.

Me cuadré de hombros y fui andando muy despacio, hasta que llegué al borde de la sima. Miré hacia abajo pero no fui capaz de asimilar lo que estaba viendo, era tan increíble que noté que me tambaleaba ligeramente hacia el vacío. En aquel momento sentí que *Harry Segundo* clavaba los dientes en mi capa y me apartaba del precipicio antes de que me cayera por él.

Me rehíce, y me acerqué de nuevo al abismo para mirar abajo. Lo que estaba viendo me llenó de rabia y desesperación a un tiempo, porque lo que había allí abajo eran todas las cosas que habían fabricado los Wugs que habían trabajado en Chimeneas. En lo alto de todo reconocí los objetos que había acabado yo muy recientemente: un candelabro de plata y un par de copas de bronce. Me senté en el suelo con la cabeza entre las rodillas, mareada y con el estómago revuelto de pronto. Tuve la sensación de estar volviéndome loca.

¿Cómo era posible que todos aquellos objetos hubieran acabado allí? Yo siempre había dado por hecho que los fabricábamos para los Wugs que los habían encargado. Yo jamás podría permitirme comprar ninguna de aquellas cosas, pero había otros Wugs que sí que podían. Eran objetos hechos a medida, eran... En aquel punto interrumpí aquella retahíla de pensamientos idiotas. Dichos objetos se fabricaban para poder arrojarlos a la sima que ahora tenía frente a mí. En ningún momento habían salido de Chimeneas. Todo mi trabajo, mi entera existencia como una Wug adulta, se encontraba en el fondo de aquel agujero.

Sin pensarlo, golpeé el duro suelo con la mano, ya lesionada, y lancé un grito de dolor. Me la agarré con la otra mano y apreté para que dejase de dolerme, pero no conseguí más que empeorar la situación. ¡Sería idiota!

Entonces me agaché y, con la mano lesionada, recogí una piedra blanca que había en el suelo, junto al precipicio. Quería ver si podía agarrar con fuerza, y vi que sí que podía, a duras penas.

Miré a *Harry Segundo*, que me miró a su vez con una expresión de impotencia, como si fuera capaz de percibir todos los dolores que experimentaba yo. Me lamió la mano, y yo le acaricié la cabeza con gesto distraído.

Había ido a aquel lugar en busca de respuestas acerca de la desaparición de mis padres, y en cambio había descubierto que toda mi vida de trabajo también era una mentira. El peso de aquellos sentimientos resultaba aplastante, sin embargo, luché contra él. Por lo visto, había trabajado en Chimeneas solo para estar ocupada, y por ninguna razón más. Así pues, ¿por qué era tan importante mantenernos ocupados?

Me puse de pie. Estaba allí. Había descubierto aquella sima, pero necesitaba descubrir más. Mucho más.

—Vamos, *Harry Segundo* —dije en tono resuelto.

Rodeamos el precipicio y penetramos en un túnel que se abría al otro lado. Al final, el túnel desembocó en una inmensa caverna.

La recorrí con la mirada. No había ningún otro túnel que partiera de allí, lo único que se veía eran paredes de roca vacía.

Notando que me invadía la frustración, exclamé de pronto:

—Necesito respuestas. ¡Y las necesito ya! —Inmediatamente oí un movimiento a mi izquierda, me giré en aquella dirección y grité—: ¿Quién anda ahí?

Parpadeé al ver surgir una pequeña esfera de luz procedente de la parte de la caverna más alejada de mí. Dicha esfera se hizo más grande y después se transformó en una sombra. Y luego esa sombra evolucionó y se convirtió en un ser diminuto que portaba un farol. Fue aproximándose hasta que se detuvo frente a mí y me miró fijamente.

—¿Quién eres? —le pregunté con voz temblorosa.

—Eón —respondió el ser.

Iba vestido con una capa azul, y en la otra mano llevaba un bastón de madera con punta de bronce. Cuando la luz del farol alumbró con más claridad a aquel ser que se había identificado como Eón, distinguí una cara pequeña y surcada de arrugas que correspondía claramente a un macho. Los ojos eran protuberantes y ocupaban una porción del rostro mucho mayor de lo que yo estaba acostumbrada a ver. Las orejas eran minúsculas, y en vez de ser redondas terminaban en punta, como las de

Harry Segundo. Las manos eran gruesas y regordetas, y los dedos, cortos y curvos. Iba descalzo, se le veían los pequeños dedos de los pies asomando por debajo de la capa.

—¿Y qué eres? —le pregunté, porque estaba claro que no era un Pech como Nida y que tampoco era como Duf Delphia. Parecía casi transparente, porque la luz daba la impresión de filtrarse a través de su cuerpo.

—Soy Eón.

—¿Qué estás haciendo aquí, Eón?

—Aquí es donde estoy —repuso Eón.

Sacudí la cabeza en un gesto de perplejidad.

—¿Y dónde está esto?

—Donde estoy —respondió.

Volví a sentir que me tambaleaba. Por lo visto, con aquel individuo no se podía razonar.

—Yo me llamo Vega Jane —dije a toda prisa.

Le tendí la mano para que me la estrechase, pero me costó una mueca de dolor.

Eón observó mi mano, toda magullada y manchada de sangre. Señaló la piedra blanca que tenía agarrada con la otra mano y me dijo:

—Agita esa piedra por encima de la mano herida y piensa algo positivo.

—¿Qué? —Cada vez estaba más convencida de que Eón estaba completamente chalado.

—Agita esa piedra por encima de la mano herida y piensa algo positivo —repitió.

—¿Por qué?

—Es la Piedra Sumadora. Se sabe por el agujero que la atraviesa.

Miré la piedra y, efectivamente, tenía un agujerito que la cruzaba de parte a parte.

Y por primera vez me di cuenta también de que su color blanco era de verdad resplandeciente.

—¿Para qué sirve? —pregunté con cautela.

—Tú piensa en algo positivo.

Suspiré e hice lo que me decía Eón. Y la mano se me curó al

instante. Dejó de dolerme y desapareció todo rastro de sangre. Me la quedé mirando, estupefacta. Estaba tan asombrada que casi se me cayó al suelo.

—¿Cómo ha ocurrido esto? —exclamé.

—La Piedra Sumadora lleva en su interior el alma de una poderosa hechicera.

Miré a Eón con cara de no entender.

—¿Una hechicera?

—Un ser mágico —respondió Eón mirándome sin pestañear con sus ojos grandes y saltones— que tiene el poder de sanar, como tú misma has visto.

Me miré la mano de nuevo, y tuve que reconocer que Eón estaba en lo cierto. Sentí un escalofrío que me subía por la espalda al pensar que tenía en la mano un objeto capaz de curar las heridas con solo agitarlo y pensar un deseo. Pero no sabía por qué estaba tan asombrada; al fin y al cabo, tenía una cadena que me permitía volar, y había estado a punto de ahogarme en un río de sangre que me había sacado misteriosamente de aquel lugar y me había depositado en el exterior. Estaba empezando a descubrir que Chimeneas estaba repleto de secretos, misterios y poderes mágicos.

—Y aun así, ¿tú la dejas por aquí tirada? —pregunté.

—Está unas veces aquí y otras veces allá. A veces está en todas partes —canturreó Eón—. A veces está simplemente donde uno la necesita.

—¿Sirve para cualquier cosa? —pregunté con avidez—. ¿Puede conceder cualquier deseo?

Eón negó con la cabeza.

—Puede conceder los deseos positivos de quien la sostiene en la mano. Si estás triste, ella logra que te sientas mejor. Si piensas que no te vendría mal tener un poco de buena suerte, ella te la da. Pero tiene sus límites.

—¿Como cuáles? —pregunté con curiosidad.

—Jamás debes desearle mal a nadie con la Piedra Sumadora. Porque no solo no te concederá el deseo, sino que además sufrirás terribles consecuencias. —Calló unos instantes, me dirigió una mirada y me dijo—: ¿Te lesionas muy a menudo?

—Un poco más de lo que me gustaría, la verdad —contesté sucintamente—. Bueno, ¿y qué es lo que haces aquí?

—Mi raza es la guardiana del tiempo.

—El tiempo no necesita guardianes.

—Esa es una respuesta que cabe esperar de alguien que no ha visto su pasado ni su futuro desde una perspectiva diferente. Sígueme, Vega Jane.

Antes de que yo pudiera replicar nada, Eón se volvió y comenzó a avanzar despacio hacia el interior de la caverna. Miré a *Harry Segundo*, que me miró a su vez con cara de curiosidad. ¿Mi pasado y mi futuro?

Ya había descubierto que mi pasado era una mentira. Si pudiera verlo de un modo distinto, ¿descubriría algo que me resultara útil? No había forma de responder a dicha pregunta, desde luego, pero supe que tenía que intentarlo.

Anduvimos un largo trecho hasta que llegamos al fondo de la caverna. Eón se detuvo, se giró hacia mí y señaló la pared. Yo volví la vista hacia donde me indicaba esperando encontrar tan solo roca, pero en cambio vi unas enormes verjas de hierro. Había visto en Chimeneas a varios Dáctilos fabricar verjas similares golpeando el hierro con martillos mientras este aún era maleable. Lo único era que estas verjas daban la impresión de estar todavía candentes. De hecho, despedían un color rojo fuego.

—¿Están ardiendo? —pregunté manteniéndome a una distancia prudencial.

—No. En realidad están frías al tacto. Puedes comprobarlo por ti misma.

Toqué el hierro con timidez, y en efecto estaba frío.

Eón me enseñó dos llaves que acababa de sacarse del bolsillo de la capa y me las entregó.

—Una te llevará al pasado; la otra, a tu futuro.

—¡Son de oro! —exclamé maravillada.

Eón afirmó con la cabeza.

—Todas las llaves que sirven para abrir algo encantado son de oro.

Sonreí en respuesta a aquella extraña observación.

—¿Es una norma?

—Es más que una simple norma, porque las normas pueden cambiarse. Es la verdad.

—Creo que lo entiendo —respondí despacio.

Eón miró las llaves, ya en mi mano, y dijo:

—Hay muchos acontecimientos fascinantes que no han tenido lugar porque ha faltado el valor para abrir determinado portal.

—Bueno, en ocasiones es más inteligente no abrirlo —repliqué en tono categórico. Y añadí—: ¿Cómo haces para distinguir una llave de otra? ¿Cuál es la del pasado y cuál la del futuro?

—En realidad no es posible distinguirlas —contestó Eón—. Hay que arriesgarse. Y solo se puede escoger una, la del pasado o la del futuro.

—¿Y si escojo la del pasado?

—Entonces verás el pasado. Tu pasado.

—¿Y si escojo la del futuro?

—Verás lo que te espera, naturalmente.

—No estoy segura de querer saber lo que me depara el futuro.

—Pero debes elegir —dijo Eón con firmeza.

Estudié ambas llaves. Eran idénticas. Pero, por lo visto, dependiendo de la que seleccionase, el resultado iba a ser muy distinto.

—¿De verdad no hay modo de distinguirlas?

Eón ladeó su cabecita.

—¿Es que tienes alguna preferencia?

Yo ya me había decidido.

—El pasado —respondí—. Aunque ya lo haya vivido, hace poco he descubierto que sigue estando tan turbio como si no hubiera vivido nada. Para tener un futuro, necesito comprender bien mi pasado. Por lo menos estoy convencida de eso.

Eón reflexionó unos instantes.

—En ese caso, Vega Jane, te diría que la gran mayoría de quienes han de escoger acaban prefiriendo ver el futuro, porque luego regresan aquí a contarme su experiencia.

—Pero si en verdad no existe modo alguno de distinguir las llaves, supongo que mis posibilidades se dividen justo por la mitad.

—Lo único que puedo aconsejarte es que mires las llaves y veas si eres capaz de percibir cuál es la adecuada para ti, teniendo en cuenta absolutamente todo lo que te he dicho —repuso Eón.

Retrocedí unos pasos y puse las dos llaves en la palma de mi mano, la una junto a la otra. Eran idénticas en todo. Pero de repente se me ocurrió una idea. Tenía que ver con algo que había dicho Eón. Se trataba de una pista, y tuve que pensar que lo había dicho de manera intencionada.

Sí que existía una mínima diferencia entre ambas llaves. Una de ellas presentaba más arañazos negros que la otra. Observé la verja de hierro. La cerradura tenía una forma irregular, de modo que sería difícil introducir una llave sin arañarla contra la renegrida placa de hierro. Eón había dicho que la mayoría de quienes elegían terminaba yendo al futuro, así que dicha llave necesariamente debía haberse usado más. Y por lo tanto tendría más arañazos. Ya tenía la respuesta.

Esbozando una ancha sonrisa, entregué a Eón la llave que estaba más arañada. Él se la guardó en el bolsillo y dijo:

—Posees una mente brillante, Vega Jane. —A continuación miró la verja y después me miró a mí—. Ha llegado el momento de partir.

Tras hacer una inspiración profunda, me acerqué a la verja y me preparé para introducir la llave. Me volví un instante para mirar a Eón.

—¿Cómo sucederá exactamente?

—Nadie te verá ni te oirá, y nadie podrá causarte daño. Tampoco podrás intervenir en modo alguno en los sucesos que vas a presenciar, pase lo que pase. Esa es la ley del tiempo, y no se puede quebrantar.

—Una pregunta más: ¿cómo haré para volver?

—A través de esta verja. Pero no te entretengas, Vega Jane. Y no pienses que te has vuelto loca, por más locuras que veas.

Con aquel inquietante pensamiento en la cabeza, tomé aire una vez más e introduje la llave. Sonreí a *Harry Segundo* con gesto esperanzado y abrí la verja.

VIGINTI DUO

El pasado no pasa nunca

Las dos verjas se abrieron de par en par y Harry Segundo y yo nos limitamos a pasar entre ellas. Todo se veía difuso, como si las nubes se hubieran deshinchado y hubieran bajado hasta el suelo para tumbarse en él. Si iba a ver mi pasado, al parecer iba a ser a través del filtro de aquella neblina.

El llanto me sobresaltó. Eón no había dicho específicamente que fuera a oír cosas, aunque yo supuse que él supondría que yo sabía que sí. Obviamente, en el pasado la gente todavía hablaba y las cosas todavía hacían ruidos. Pero aquel llanto tenía algo que me resultó vagamente familiar. Apreté el paso sirviéndome de las manos para empujarme a través de la niebla, aunque en realidad lo único que conseguía era enturbiarla más.

De pronto llegué a un claro en la bruma, y me detuve. Se me descolgó la mandíbula. Me encontraba de nuevo en mi antiguo hogar, y la escena que estaba contemplando era realmente extraordinaria. Ya la había presenciado, pero era muy joven y no me acordaba. Precisamente a aquello debió de referirse Eón, supuse. El mero hecho de que uno haya vivido algo no quiere decir que comprenda su auténtica importancia ni que recuerde correctamente los detalles.

Me arrodillé junto a mi padre, que estaba inclinado hacia la cama. En la cama se hallaba acostada mi madre, pálida y demacrada, con el cabello retirado hacia atrás y pegado a la cabeza. Junto a mi padre había una hembra ataviada con una capa blanca y una cofia triangular. Me di cuenta de que era una Enfermera que ayudaba a dar a luz a nuevos Wugmorts.

Mi madre tenía un bultito entre los brazos. Apenas alcancé a vislumbrar la cabecita y el pelo negro de mi hermano John. El llanto que había oído era el suyo. John y yo habíamos nacido en la misma luz, de modo que por aquella escena supe que en aquel momento yo tenía exactamente tres sesiones. Cuando desvié la mirada, me sorprendió verme a mí misma, más joven, espiando lo que ocurría desde el quicio de la puerta. Era mucho más baja y llevaba el pelo mucho más corto, pero estaba igual de flaca, aunque, como es natural, aún no se notaban los músculos fibrosos que poseía en la actualidad. Miraba de hito en hito a mi nuevo hermano con una sonrisa en la cara. En aquel gesto había una inocencia y una esperanza que hicieron que se me llenaran los ojos de lágrimas. Y, sin embargo, ahora había perdido a dos miembros de mi familia, a tres si contaba que John estaba viviendo con Morrigone. Esencialmente, la única que quedaba era yo.

Mi padre se incorporó y dirigió una ancha sonrisa primero a John y después a la versión joven de mí misma. Entonces dio una palmada y, como si aquello hubiera sido una orden, yo corrí hacia él y me subí a sus brazos de un salto.

Dejé escapar una exclamación ahogada. Me había olvidado de que cuando era pequeña hacía aquello. Mi padre me abrazó y luego me bajó hasta mi hermanito para que pudiera verlo de cerca. Le toqué la manita. Él emitió un breve eructo, yo retrocedí con un gesto de sorpresa y lancé una risa como un cascabel.

Con una repentina punzada de dolor caí en la cuenta de que hacía ya mucho tiempo que no reía de aquella manera. Había ido teniendo cada vez menos motivos para reír a medida que mis sesiones iban amontonándose una sobre otra. Por último miré a mi madre. Helena Jane estaba preciosa a pesar de la dura prueba que había supuesto traer al mundo al ser que iba a convertirse en el Wug más inteligente de todo Amargura. Por Eón sabía que ella no podía verme, pero aun así me acerqué y me arrodillé junto a su cama. Alargué una mano y la toqué. Bueno, no la toqué de verdad porque mi mano simplemente traspasó su imagen. También toqué a John y después a mi padre, con el mismo resultado. En realidad no estaban allí conmigo, por supuesto, ni yo con ellos. Pero eran muy reales.

Noté que empezaban a temblarme los labios y que el corazón me retumbaba con fuerza. Había transcurrido tanto tiempo desde que fuimos una familia que casi me había olvidado de la alegría que suponía tener una. Todos los momentos, grandes y pequeños, muchos de los cuales me habían parecido normales mientras ocurrían, sin duda porque tenía la certeza de que ya vendrían muchos más.

Y, sin embargo, nadie tiene garantizados esos momentos entrañables y memorables; van y vienen, y uno tiene que ser consciente de que no existe la seguridad de que vayan a repetirse. Temblé al pensar en lo que había perdido.

De pronto la niebla se espesó de nuevo y surgió una imagen nueva que ocupó el lugar de la antigua.

Ambos corrían a toda velocidad, la hembra un poco por delante del macho. Yo también corrí para alcanzarlos a través de aquella bruma que por el momento se había convertido en mi mundo. Los árboles eran muy altos, aunque no tanto como los que veía ahora en el presente.

Cuando llegué a su altura, los distinguí con mayor nitidez. La hembra tendría unas cuatro sesiones, de manera que el macho debía de tener dos sesiones más, es decir, seis. Esto lo supe porque el macho y la hembra éramos Delph y yo. Delph ya era alto para su edad, y yo también. Pero él todavía no llevaba el pelo tan largo. Salvamos de un salto un estrecho arroyo y aterrizamos en la otra orilla riendo y empujándonos el uno al otro. El semblante de Delph irradiaba vitalidad, sus ojos rebosaban de posibilidades para las sesiones que tenía por delante. De verdad que no me había acordado hasta ahora de aquella parte de mi pasado.

Entonces me di cuenta de que Delph iba a presenciar el Evento de mi abuelo en aquella sesión, y que ya no iba a ser el mismo. Y yo tampoco. Tal vez por eso había borrado yo aquel recuerdo, porque estaba estrechamente asociado a aquel terrible momento. Sentí deseos de llamarlos, de advertirlos de lo que se les avecinaba, pero no lo hice; no iba a servir de nada, porque no me oían.

Aquella imagen se esfumó y me encontré en la Tierra Sagrada, donde enterraban a los Wugs que habían desaparecido. Estaba contemplando el hoyo abierto en la tierra mientras bajaban la caja de mi abuela Calíope. Había otros Wugs de pie alrededor, observando la operación con gesto solemne. Aquel episodio estaba un poco fuera de lugar, porque Calíope había fallecido a causa de la enfermedad poco después de que naciera John pero antes de que Delph y yo corriéramos por el bosque.

Y de pronto lo comprendí. El hecho de que estuvieran enterrando a Calíope significaba que mi abuelo Virgilio estaba allí presente. Lo encontré entre los demás Wugs, en una luz en la que ahora recordé que hizo un frío terrible, lloviznaba y ni siquiera apareció un solo rayo de sol que entibiara el ambiente.

Virgilio era alto, pero en cambio, se le veía encorvado. Y no era tan viejo; sin embargo, lo parecía. Calíope y él habían estado juntos durante tantas sesiones que cuando ella lo dejó quedó reducido a algo que era mucho menos de lo que había sido hasta entonces. A su lado estaba mi padre, con una mano apoyada en su hombro. Y junto a ellos mi madre, con mi hermanito en brazos. Y agarrada de la otra mano de mi abuelo estaba una Vega más joven.

Me coloqué junto a Virgilio y lo miré. Fue doloroso ver su sufrimiento, profundamente cincelado en las facciones de su rostro. Igual que me sucedió al ver a mi hermano recién nacido, de nuevo sentí que me invadía un tremendo sentimiento de pérdida. Yo todavía era muy joven cuando desapareció mi abuelo. Podría haber pasado mucho más tiempo con él, debería haber pasado mucho más tiempo con él. Pero me habían robado aquella oportunidad. Se me hundió el ánimo como nunca.

Al final de una vida entera de luces y noches, daba la sensación de que lo único realmente importante era la familia. Y, sin embargo, ¿cuántos de nosotros apreciábamos dicha verdad antes de exhalar el último aliento? Perdíamos familiares todo el tiempo, los llorábamos, los enterrábamos y los recordábamos.

¿No sería mejor celebrar la familia mientras aún están vivos, con más entusiasmo que cuando ya no están con nosotros?

Me llevé una mano a los ojos y lloré en silencio. Se me estremeció todo el cuerpo y noté que *Harry Segundo* se pegaba a mí, como si me estuviera abrazando.

Cuando recobré la compostura, mi mirada se fijó en el anillo que llevaba mi abuelo en la mano. Era el mismo que habían encontrado en la casa de Quentin Hermes. Observé el dorso de la mano de mi abuelo y vi el mismo dibujo: los tres ganchos entrelazados. No tenía ni idea de lo que podía significar ni del motivo por el que llevaba aquel anillo y aquel dibujo. Pero cada vez estaba más claro que había muchas cosas que yo desconocía respecto de mi familia. Y estaba claro como el agua que iba a tener que desentrañar aquellos misterios si quería descubrir la verdad. Sobre mi familia. Sobre Amargura. Incluso sobre mí misma.

Llevaba en el bolsillo la pluma de escribir, y la utilicé para dibujar los tres ganchos entrelazados en el dorso de mi mano.

La multitud de Wugs era numerosa, pero aquel detalle no me sorprendió; Calíope era muy querida en Amargura. Entre las primeras filas distinguí a Ezequiel, más joven, y a su lado a Thansius, tan macizo y corpulento. Lo cierto era que no había cambiado en absoluto. En cambio, me sorprendió ver a Morrigone en la parte de atrás. En aquel momento era muchas sesiones más joven, pero también estaba físicamente igual que en la actualidad.

Estaba a punto de acercarme a ella, cuando de pronto la niebla volvió a cerrarse sobre mí. Resultaba frustrante, pero no me quedó otra alternativa que seguir adelante.

Entonces fue cuando oí el grito. Cuando la neblina comenzó a disiparse una vez más, vi a Delph. Parecía tener la misma edad que en mi último recuerdo, lo cual quería decir que aquello estaba teniendo lugar más o menos en la época en que mi abuelo sufrió el Evento.

Corría por un camino de gruesa grava que al instante me resultó conocido. Allá delante vi la verja, de hierro, con su gran letra M. Delph venía corriendo de la casa de Morrigone. Miró atrás un momento, aterrorizado, y luego pasó por mi lado. Entonces fue cuando comprendí lo que estaba ocurriendo. Entonces fue cuando la vi a ella. Bueno, más bien a mí.

Yo estaba de pie en el camino, mirando a Delph. Solo tenía cuatro sesiones. Reconocí la muñequita que tenía en la mano, me la había regalado mi madre en mi cuarto cumplesesiones y todavía estaba bastante nueva. Para mi sorpresa, mi yo más joven echó a andar por el camino de grava en dirección a las verjas de hierro. Estas se abrieron cuando me acerqué. Con *Harry Segundo* saltando y gruñendo en torno a mis piernas, fui detrás de mi yo más joven y penetré en el recinto que constituía el hogar de Morrigone. Llegamos a la gigantesca puerta de madera. Se hallaba parcialmente abierta. Se oía algo dentro, pero no logré distinguir lo que podía ser. De modo que me acerqué un poco más, lo mismo que hizo mi yo más joven.

De improviso la puerta se abrió del todo y apareció Morrigone, con su brillante cabellera roja en desorden y la ropa descolocada. En cambio, lo que me llamó realmente la atención fueron sus ojos: eran los de una hembra que ha perdido la razón.

Morrigone vio a mi yo más joven allí de pie, aferrando la muñeca, y dio un paso al frente. De pronto hubo un cegador destello de luz azul y se oyó otro grito. Y un golpe sordo. Yo cerré los ojos, y cuando volví a abrirlos la niebla me había envuelto otra vez.

Me senté en el suelo con la cabeza entre las manos mientras *Harry Segundo* bailoteaba y daba ladriditos a mi alrededor. Al parecer, la luz azul se me había quedado grabada a fuego en los ojos, porque no podía quitármela. Morrigone, loca. Y después aquel grito. Y el golpe. ¿Sería mi yo más joven, que se había desplomado en el suelo? ¿Qué me había hecho Morrigone?

Me incorporé con las piernas temblorosas. Jamás me había sentido tan mareada, lo cual resultaba muy revelador, porque recientemente había habido en mi vida muchas cosas que me habían dejado aturdida. Me pregunté adónde iríamos a continuación *Harry Segundo* y yo. De hecho estaba empezando a cansarme de deambular por el pasado, pero tuve que reconocer que me había enterado de muchas cosas que ya debería saber.

Aquel pensamiento se extinguió en el momento exacto en que recibí un tremendo golpe que me dejó despatarrada en el suelo.

VIGINTI TRES

¿Quién debe sobrevivir?

Choqué contra el suelo y di dos volteretas, tal era la fuerza de lo que me había golpeado. Hice ademán de levantarme, pero algo me lo impedía. Al alzar la vista descubrí que era *Harry Segundo*, con las patas apoyadas en mis hombros. Tenía una fuerza sorprendente.

Por fin conseguí apartarlo e incorporarme hasta quedar sentada. El espacio en que me encontraba era mucho más grande que el foso del Duelum que teníamos en Amargura, pero no vi nada que pudiera haberme golpeado. Se veían algunos resplandores luminosos que surgían aquí y allá y emitían chispas y rayos de colores. Al principio me pareció verdaderamente bonito y en cierto modo melodioso, aunque no producía ningún sonido; pero de repente, un rayo plateado incidió en uno de los resplandores que recorrían el cielo y se oyó una tremenda explosión. Un instante después cayó un cuerpo de los cielos y se estrelló en tierra, apenas a medio metro de donde me encontraba yo.

Lancé un chillido y me incorporé a toda prisa. *Harry Segundo* ladraba y saltaba. Observé el cuerpo. Estaba todo ennegrecido y había perdido algunos pedazos, pero distinguí el rostro grande y barbudo y la armadura metálica de un macho. El peto estaba todo cubierto de líquido, como si fuera sangre, solo que esta, en vez de ser de color rojo, era de un verde vivo que yo no había visto nunca. Lancé otro chillido, y esta vez el macho se reanimó. Durante unos instantes me miró con el único ojo que le quedaba, luego se sacudió con un fuerte estremecimiento, el ojo quedó inmóvil y murió allí mismo, delante de mí.

Retrocedí horrorizada, hasta que oí los aullidos de *Harry Segundo*. Me giré a tiempo para ver un corcel que venía hacia mí a la carrera. Tenía un tamaño que habría avergonzado a cualquiera de los sleps de Thansius, y en su lomo se sentaba una figura alta y delgada, toda cubierta con una cota de malla y tocada con un yelmo de metal, con visera para el rostro. De repente el jinete se levantó la visera del yelmo y entonces descubrí atónita que se trataba de una hembra. Solo alcancé a atisbar parte de sus facciones porque el yelmo le cubría casi toda la cabeza, incluso con la visera alzada.

Levantó el brazo. En su mano enguantada sujetaba una larga lanza de oro. Sin dejar de cabalgar, tomó puntería y arrojó la lanza hacia mí. Pero la lanza no me acertó. Pasó dos metros por encima de mi cabeza, yo me giré rápidamente y vi cómo se clavaba en el centro del pecho de un gigantesco macho que en aquel momento arremetía contra mí a lomos de otro enorme corcel. De pronto hubo un estallido en el cielo, como los que yo había presenciado en las noches de tormenta, y el macho desapareció sin más, en medio de una nube de polvo negro y llamas rojas.

La lanza emergió de la bola de fuego, giró en el aire y regresó hacia la mano de la hembra que la había arrojado. Solo que en aquel momento la hembra estaba justo encima de mí. Me protegí la cabeza y esperé a que me pisoteara. Cuando volví a mirar, lo único que vi fue el vientre del corcel, que se elevaba en el aire impulsado por unas alas que por lo visto le habían brotado de los costados. Ascendió hacia el cielo, y yo contemplé, fascinada, cómo entablaba batalla con otra figura montada en una criatura alada que se parecía a un adar, pero que era el triple de grande.

Dondequiera que mirase había algo atacando a algo. Potentes rayos de luz surgían tanto del aire como de la tierra y se desplazaban a velocidades de vértigo. Si lograban alcanzar su objetivo, simplemente explotaban; si fallaban y caían al suelo, la fuerza de la sacudida hacía que me tambaleara. Baste decir que pasaba prácticamente todo el tiempo tambaleándome.

De pronto se me ocurrió que aquella escena era casi idéntica a la que vi representada en la pared de la caverna de Chimeneas, antes de que llegara aquel río de sangre que estuvo a punto de arrastrarme a la muerte. Estaba teniendo lugar una batalla en toda regla, y yo me encontraba en medio de ella.

En la lucha que se desarrollaba en tierra se abrió un breve período de calma, y aproveché la oportunidad para salir huyendo acompañada de *Harry Segundo*, que corría un poco por delante de mí. Eón me había dicho que no podían ni verme ni oírme, y supuestamente tampoco tocarme; bueno, pues me habían tirado al suelo y habían estado a punto de aplastarme. Comprendí que si me quedaba allí, moriría.

De improviso, un rayo plateado rebotó en una gran roca y golpeó el suelo con un fogonazo luminoso apenas a cinco metros de donde estaba yo. Me vi lanzada por los aires y aterricé encima de algo duro. Rodé hacia un lado y vi que había chocado contra un cuerpo. Era la hembra de la cota de malla, la que había acabado con el macho que venía arremetiendo contra mí.

Se hizo evidente que había caído del cielo, derrotada. Sin embargo, cuando intenté ponerme de pie alargó una mano y me aferró por el brazo. Una sensación extraña, parecida al pánico, me recorrió todo el cuerpo al sentir su contacto. Se me nubló la mente. Sentí frío, después calor, después otra vez frío. Un instante más tarde se me despejó la cabeza, pero me sentí como si pesara lo mismo que una creta. No podía moverme.

—Espera —me dijo la hembra sin aliento—. Espera, por favor.

Bajé la vista hacia ella. Se tocó el costado del yelmo. Tardé un momento en comprender lo que quería.

Le retiré el yelmo con sumo cuidado y su cabellera pelirroja se derramó sobre los hombros de la armadura metálica. Entonces pude verle de lleno el rostro. Tenía unas facciones muy hermosas. Al mirarla tuve la seguridad de haberla visto antes, en alguna parte. Luego bajé la mirada y reparé en el agujero que tenía en la cota de malla, en el centro mismo del pecho. De él manaba un reguero de sangre roja, igual que la mía. Estaba agonizando.

De repente se me ocurrió una idea. Saqué la Piedra Sumadora y la agité por encima de la herida al tiempo que deseaba que se curase. Pero no sucedió nada. Y entonces lo comprendí. Me encontraba en el pasado. Aquella hembra había muerto hacía mucho tiempo. Yo no podía cambiar aquello.

Aparté despacio la Piedra y contemplé el cuerpo de aquella guerrera. Era alta, incluso más alta que yo, y también más delgada, si es que era posible serlo. Pero yo había sentido la inmensa fuerza que tenía cuando me aferró el brazo. Además, debía de poseer una potencia extraordinaria para haber sido capaz de manejar de aquella manera la lanza y para cabalgar a lomos de un corcel de guerra vestida con una cota de malla.

¡La lanza! Descansaba en el suelo, a su lado. Alargué una mano para recogerla, pero en aquel momento la guerrera volvió a hablar:

—No, espera —dijo jadeando pero con urgencia en el tono de voz. Haciendo un esfuerzo, alzó la mano derecha, cubierta por un guante de un material plateado y brillante—. Antes... quítame... esto —dijo, puntuando cada palabra con una respiración rasposa.

Vacilé, pero solo un momento, porque a nuestro alrededor la batalla iba aumentando en ferocidad. Le saqué el guante de la mano y me lo puse yo. Parecía estar hecho de metal, pero era blando como el cuero.

Volvió a dejarse caer.

—Ahora sí —dijo sin aliento.

Me incliné y recogí la lanza. Era más liviana de lo que parecía.

—La *Elemental* —dijo en un tono de voz tan bajo que tuve que acercarme para oírlo.

—¿Qué?

—La *Elemental*. Tómala. —Hizo una inspiración borboteante que yo supe que anunciaba el final—. Cuando no tengas... más amigos... la tendrás... a ella.

No me cupo en la cabeza que una lanza pudiera ser una amiga.

—¿Quién eres? —le pregunté—. ¿Por qué luchas?

Estaba a punto de contestarme algo, cuando de pronto se oyó un estruendo que hizo retumbar el suelo. Alcé la vista y descubrí horrorizada tres figuras gigantescas que avanzaban por el campo de batalla. Cada una mediría por lo menos veinte metros de alto, tenían poderosos músculos y una cabeza pequeña. Sin dejar de caminar a grandes zancadas, se dedicaban a atrapar en el aire corceles voladores con sus jinetes y a aplastarlos en el puño.

Volví la cabeza de nuevo, porque en aquel momento la hembra moribunda me asió de la capa.

—¡Huye!

—Pero...

—Vamos. —Y lo que dijo a continuación me sorprendió más que ninguna otra cosa en toda mi vida.

Con un estremecimiento, tomó aire, me agarró de la nuca y me acercó tanto a su rostro que pude distinguir el color de sus ojos: eran de un azul tan intenso que el cielo entero resultaba insignificante. Aquellos ojos me perforaron cuando me dijo:

—Debes sobrevivir, Vega Jane.

De repente sufrió una violenta sacudida y se desplomó. Sus ojos quedaron fijos, mirando hacia lo alto.

Había muerto.

La contemplé durante unos instantes. Me había llamado Vega Jane. Sabía quién era yo. Pero ¿quién era ella? ¿Y por qué sabía cómo me llamaba?

Entonces me fijé en su mano derecha, y mi corazón estuvo a punto de detenerse. En uno de los dedos había un anillo adornado con los tres ganchos del anillo de mi abuelo. Alargué la mano para tocarlo. Y para sacarlo. Pero no lo conseguí. Si quería irme de allí llevándome el anillo, iba a tener que amputar el dedo. Pero no podía hacer semejante barbaridad, y menos a una valiente hembra guerrera que me había salvado la vida.

Dediqué unos instantes a cerrarle los ojos, agarré la *Elemental*, recogí a *Harry Segundo* con la otra mano, lancé una última mirada a aquellos gigantes que con cada zancada recorrían una veintena de metros y eché a correr.

Aunque ahora el centro de atención eran los gigantes, la

batalla continuó con toda su intensidad, tanto en tierra como en el aire. Miré atrás una sola vez para ver cuánto terreno habían ganado y vi un corcel con su jinete que descendía de lo alto blandiendo una espada enorme, casi tan larga como yo era de alta. Se metió bajo los brazos de uno de los gigantes y, sirviéndose de ambas manos, asestó un mandoble con una fuerza increíble. La hoja seccionó la cabeza del gigante y se la separó de los hombros.

—¡Toma esa, maldito coloso! —chilló, y acto seguido volvió a ascender hacia el cielo a lomos de su corcel.

¿Un coloso? ¿Qué demonios era un coloso?

Pero cuando el coloso se desmoronó en tierra, no tardé en percatarme de que iba a caerme justamente encima. Y como calculé que pesaría sus buenas cuatro toneladas, no iba a quedar nada de *Harry Segundo* y de mí.

Corrí como no había corrido nunca, al tiempo que veía la sombra del coloso bloqueando la luz y avanzando varios metros por delante de mí. No iba a conseguir salvarme, y menos cargando con la *Elemental* y con *Harry Segundo*. Pero no estaba dispuesta a sacrificar a ninguno de los dos.

Y entonces se me ocurrió una idea.

«Qué tonta eres», me dije.

Cuando la sombra del coloso ya empezaba a engullirme, despegué los pies del suelo y di un salto hacia delante, apenas a un metro de tierra. En aquel momento necesitaba distancia, no altura. Había entornado los ojos porque aún no estaba segura de poder esquivarlo, pero el fuerte estruendo que oí justo a mi espalda me hizo abrirlos de golpe otra vez. Me giré para mirar y vi que el coloso muerto no me había caído encima por un margen de menos de medio metro.

Ascendí hacia lo alto, pero aquella maniobra solo me sirvió para convertirme en un blanco más fácil. Me llegaban rayos de luz procedentes de todas direcciones; *Harry Segundo* les ladraba y les lanzaba bocados, como si con sus dientes pudiera vencer la amenaza que representaban. Yo hice uso de la única herramienta que tenía: la *Elemental*. No la lancé porque no tenía práctica de hacer puntería volando, de manera que la utilicé como escudo. No sabía si conseguiría bloquear las luces que me atacaban, pero enseguida obtuve la respuesta.

Sí que las bloqueaba. Las luces rebotaban. Una de ellas, un rayo azul desviado, incidió en un jinete y lo descabalgó de su montura. Otro rayo de color morado impactó de lleno en el pecho de uno de los colosos que quedaban. El gigante primero cayó de rodillas y luego se desplomó de bruces. La fuerza del choque formó un socavón de tres metros de profundidad y aplastó a un jinete, corcel incluido, que estaba debajo.

Yo lo único que sabía era que quería salir pitando de allí. Pero antes tenía que encontrar la verja de hierro. Y no tenía ni idea de dónde podía estar.

Miré al frente y vi mi propia muerte, que se me acercaba a toda velocidad. Eran seis figuras en total, seis machos gigantescos protegidos con cota de malla. Venían a lomos de seis corceles cuyas cabezas eran tan anchas como toda mi estatura, y blandían espadas en alto. Sin embargo, no esperaron a encontrarse lo bastante cerca para atacarme cuerpo a cuerpo; en un movimiento vertiginoso, bajaron las espadas hasta la horizontal y de cada una de ellas partió un haz de luz blanca. Yo aferré la *Elemental* tal como había visto hacer a la hembra guerrera; mentalmente sabía lo que quería que hiciera aquella lanza, pero no tenía ni idea de cómo conseguirlo.

Arrojé la *Elemental* con todas mis fuerzas, pero no apuntando al centro de los haces de luz que venían hacia mí sino hacia su lado derecho, imprimiéndole todo el efecto de retroceso que me fue posible con mi débil brazo. La lanza viró hacia la izquierda, aumentó la velocidad y surcó el aire en línea recta. Alcanzó el primer haz de luz blanca, después el segundo y el tercero, y por último los tres restantes. A todos los hizo rebotar y volver hacia atrás, igual que una esfera que se lanza contra una pared.

Cuando los haces de luz rebotados chocaron contra el muro formado por los jinetes y sus corceles, se produjo la explosión más formidable que había presenciado yo en aquel campo de batalla, aún más potente que la caída del primer coloso. *Harry Segundo* y yo fuimos arrollados por las sucesivas oleadas de aire desplazado por el impacto. Una vez que se disiparon el humo y el fuego, advertí que los jinetes y sus enormes monturas habían desaparecido. Pero no me dormí en los laureles de tan improbable victoria; me había incorporado justo a tiempo y había atrapado con mi mano enguantada la *Elemental*, que había invertido su trayectoria y había vuelto derecha hacia mí.

Apunté hacia abajo y recorrí el suelo con la mirada, y entonces la vi, en un valle situado a varios kilómetros de allí y parcialmente oculto por una neblina. Pero me seguía resultando inconfundible: era la verja de color rojo fuego. Así que me lancé en picado. No me quedó más remedio, porque de los cielos acababa de surgir un nuevo peligro: justo a mi espalda tenía una criatura que tan solo puedo describir como un Dabbat con alas. Y si fuera posible, aquel ser tan espeluznante era todavía más terrorífico que su compañero terrestre. Además, por más rápido que volase yo, el Dabbat alado me superaba en velocidad.

Observé la *Elemental*. Sabía que no iba a ser capaz de arrojarla con la misma destreza que la hembra guerrera, en cambio ella había dicho que cuando no me quedaran más amigos la tendría a ella. En fin, se supone que los amigos saben escuchar, de modo que miré de nuevo al Dabbat y me dije que era ahora o nunca.

Giré en el aire, me situé de frente al Dabbat y le arrojé la *Elemental*. En mi mente, salió disparada en línea recta y dio en el blanco.

El Dabbat explotó y la *Elemental* describió una elegante curva en el aire y regresó a mi mano. Entonces aterricé, deposité a *Harry Segundo* en el suelo y los dos echamos a correr con todas nuestras fuerzas en dirección a la verja. Ya estaba harta del pasado.

Nada más cruzar la verja, todo se volvió negro. Pero yo sabía dónde me encontraba, notaba la hierba a mi alrededor. Oí ladrar a *Harry Segundo* y sentí el impacto de sus cuatro patas contra el suelo. Una parte de mí deseó quedarse allí tumbada, con los ojos cerrados para siempre, pero me incorporé despacio y abrí los ojos. A lo lejos se distinguía Chimeneas. Volví la vista hacia el cielo. Apenas había transcurrido tiempo; todavía había luz, aunque oscurecía rápidamente. Los únicos indicios de que todo aquello no había sido producto de mi imaginación eran el guante que llevaba en la mano y la *Elemental* que aferraba en aquella misma mano.

Y el bulto que tenía en el bolsillo de la capa era la Piedra Sumadora.

Me puse de pie y así la *Elemental* con más fuerza. ¿Qué debía hacer con ella? Era tan alta como yo. No podía llevármela a Amargura, no tenía forma de esconderla.

De pronto, como si aquella lanza tuviera la facultad de leerme el pensamiento, se encogió poco a poco hasta alcanzar el tamaño de una pluma de escribir. Me la quedé mirando, estupefacta. Pero, por lo visto, ya estaba acostumbrándome a que me sucedieran cosas inexplicables, y cada vez más numerosas.

Caí en la cuenta de que no había regresado a donde estaba Eón, y eso que él había dicho que era lo que hacían los viajeros en el tiempo. Pero luego supuse que en mi viaje de regreso nadie podía verme, oírme ni causarme daño. Me miré una quemadura que tenía en el brazo y pensé: «Bueno, en realidad sí que me han visto, me han oído, me han causado daño y han estado a punto de matarme.»

Al tocarme la quemadura sentí un intenso dolor que me subió por todo el brazo.

—Vaya, Eón —exclamé furiosa hacia el cielo—, vas a tener que rectificar las normas del tiempo. Son un poquito chapuceras.

Saqué la Piedra Sumadora, la agité por encima de mi herida y pensé en algo positivo. El dolor disminuyó un poco, pero la quemadura no se curó del todo. De modo que suspiré con resignación y volví a guardar la piedra.

—En fin, tiene su lógica —me dije para mí—. Imagino que esta quemadura pertenece al pasado y por eso la Piedra no puede eliminarla del todo. Muchas gracias, Eón.

Emprendí el regreso pensando tantas cosas a la vez que al final ya no pude pensar en absoluto. Tenía la sensación de que en cualquier momento me iba a estallar la cabeza.

«Maldita sea, Vega. Maldita sea.»

VIGINTI QUATTUOR

Secretos

Las siguientes noches las pasé entrenándome en volar llevando encima a *Destin* y en arrojar la *Elemental*. Durante las luces mantenía ocultas la Piedra Sumadora y la *Elemental* debajo de un tablón de mi cuarto. *Destin* iba conmigo a todas partes, enrollada a mi cintura; ya ni se me ocurría desenrollármela, porque no sabía cuándo podría darse el caso de que tuviera que salvar el pellejo echando a volar.

En la luz siguiente, iba andando por el sendero del bosque en dirección a mi árbol, antes de ir a trabajar a Chimeneas, cuando me bloqueó el paso Non, protegido con su peto metálico. Detrás de él estaba Nida, que ya no era el guardián del Valhall. Los presos habían sido puestos en libertad y luego sometidos a trabajos forzados, para que ayudaran a construir la Empalizada. Nida iba acompañado de su shuck; la enorme bestia gruñía y abría y cerraba sus inmensas fauces.

Harry Segundo también empezó a gruñir y a enseñar los dientes. Mi canino había crecido a una velocidad sorprendente desde que yo lo tomé a mi cuidado. El pecho, el pescuezo y las patas eran ahora gruesos y poderosos. Le puse una mano frente a la cara, y al momento se sentó y guardó silencio.

Non y Nida juntos ya eran bastante peligrosos, pero es que además se les había unido Cletus Obtusus, que empuñaba su morta y lucía una sonrisa malévola.

Non extendió una mano y me dijo:

—El permiso para pasar.

Se lo entregué. Le echó un vistazo somero y acto seguido me lo devolvió. Luego se inclinó hacia mí y me preguntó:

—¿Qué estás haciendo, hembra?

—Lo que estoy haciendo es dirigirme a mi árbol para tomar mi primera comida —respondí al tiempo que levantaba mi magullada lata de provisiones para mostrársela—. ¿Te gustaría verla?

No debería haberle hecho aquel ofrecimiento, porque Cletus me arrebató la lata y la abrió.

—Qué bueno, lo que hay aquí dentro —comentó. Sacó un huevo duro, se lo metió en la boca y se lo tragó entero. Al momento siguiente estaba en el suelo agarrándose la barriga, porque fue donde le arreé una patada.

Non me agarró del brazo para apartarme.

—No te permito hacer eso.

—¡Acaba de robarme la comida! —grité.

Cletus ya se había puesto de pie y parecía disponerse a apuntarme con su morta, pero Nida le propinó un cachete en la cabeza y volvió a tirarlo al suelo. Nida nunca hablaba mucho, pero cuando pegaba a alguien, se hacía notar.

Cletus, tirado en el suelo, gemía de dolor y se agarraba la cabeza.

—¿Por qué has hecho eso?

—Cálmate, Obtusus —le avisó Non—, o de lo contrario la próxima vez le ordenará al shuck que te ataque, y entonces suplicarás que te den con un garrote en la cabeza, porque los shucks no pegan sino que muerden.

Cletus se incorporó, avergonzado y con las mejillas enrojecidas. No sentí ninguna lástima por él, Cletus no me importaba en absoluto.

—Pienso desquitarme —le dije— y me cobraré ese huevo de tu porción de comida en el albergue.

—Y una mierda —replicó él—. Estaba probándolo, a ver si dentro había algo que no debería haber.

Entonces saqué mi navaja y esbocé una sonrisa malvada.

—¿Quieres que te mire dentro de la barriga, para asegurarnos?

Cletus retrocedió de un salto, se enredó con los pies y se fue al suelo de bruces. Non lanzó una carcajada y el shuck dejó escapar un gruñido al oír el súbito estruendo, pero Nida lo sujetó de la cadena. Yo recogí mi lata del suelo, donde se le había caído a Cletus.

Non me agarró del brazo y me acercó a él.

—Un golpe de suerte no significa nada, hembra —me susurró al oído. Miré la melladura que le había dejado en el peto, pero él no dijo nada. —Krone me ha contado cómo están las cosas. Lo tuyo con Morrigone. No siempre va a estar ella a tu lado para protegerte.

Me zafé de su mano. *Destin*, enrollada a mi cintura, estaba tan caliente que quemaba.

—No la necesité a ella para hacerte eso, ¿no? —repliqué señalando la melladura del peto metálico.

Antes de que él pudiera decir nada más, reanudé mi camino. No me gustaba que me cerrase el paso ningún Wug armado con un morta. No me gustaba que maltratasen mis cosas ni que me robasen la comida. No me gustaba que aquel patán de Non me lanzase amenazas. Pero, al parecer, así iban a ser las cosas en Amargura de ahora en adelante.

Llegué a mi árbol, eché una mirada en derredor para cerciorarme de que no había nadie mirando, cogí en brazos a *Harry Segundo*, di un poderoso salto y aterricé limpiamente sobre la plataforma.

Nos sentamos y nos repartimos las provisiones. Lo que estábamos compartiendo era la pequeña cosecha del huertecillo que tenía junto a mi árbol. No era gran cosa: algunas verduras, unas cuantas hojas de lechuga, un poco de albahaca, perejil y oreja de bruja, que aporta un sabor picante a cualquier alimento. Pero es que me mantenía por mí misma y vivía sola.

Así y todo, me preocupaba el hecho de que Krone tuviera tantas ganas de encerrarme en el Valhall. Tenía que protegerme para que no me descubrieran, porque mi intención era continuar practicando con *Destin* y la *Elemental*. Todas las noches había estudiado el mapa del Quag que llevaba pintado en el cuerpo, y ya me lo sabía de memoria. Obviamente, tenía que guardar en secreto la existencia de la *Elemental* y de la Piedra Sumadora. Era una suerte que la Sumadora tuviera el aspecto de una piedra corriente, y la *Elemental* parecía una pluma de escribir cuando estaba plegada. *Destin* era una cadena, y a no ser que me vieran volando con ella por ahí, no era motivo para meterme en prisión.

Entonces fue cuando tuve un sobresalto.

El libro. El libro de Quentin que hablaba del Quag. Necesitaba estudiarlo tan a fondo como el mapa, porque me proporcionaría información muy valiosa sobre las criaturas que había allí dentro, una información que iba a necesitar para sobrevivir. Me costó creer que lo hubiera dejado de lado durante todo aquel tiempo, tenía que rectificar dicho descuido lo antes posible. Sin el libro no podría huir de aquel lugar. Y ya me había prometido a mí misma que de aquel lugar iba a huir de todas maneras.

Aquella noche, tras terminar el libro, me escabullí de mi cuarto dejando dormido a *Harry Segundo*, entré en el bosque, miré bien para cerciorarme de que no hubiera ningún Wug en las inmediaciones, y a continuación tomé carrerilla y eché a volar. Aproveché una corriente de aire ascendente y me elevé hacia lo alto. La brisa que me azotaba el cabello y el cuerpo me resultó purificadora, como si estuviera dándome un largo baño bajo las tuberías.

Llegué a la propiedad de los Delphia en un tiempo récord y descendí hasta el suelo sin apenas hacer ruido. La creta que estaba adiestrando Duf ya se había ido a poner sus músculos al servicio de la Empalizada. Al cachorro de whist no se lo veía por ninguna parte. El joven slep seguía estando allí, entrenándose específicamente para ocupar un puesto en el carruaje de Thansius. Y también estaba el adar, dormido y con la pata todavía amarrada a una estaca del suelo. En cambio, estaba segura de que sus cuerdas vocales y su capacidad para el habla habían mejorado mucho desde mi última visita.

A oscuras y contando con la luz del poco Noc que había para guiarme, de repente me di cuenta de que tenía un problema. No recordaba dónde había enterrado el libro. Recorrí todos los pinos de uno en uno, examinando el suelo en busca del montoncito de agujas que había colocado encima del hoyo. Naturalmente, después de todo aquel tiempo el montoncito de agujas había sido barrido por el viento o desarmado por diversas criaturas para construir nidos. Ya estaba maldiciendo el haber sido tan estúpida, cuando de repente oí una cosa. O más bien oí un ser vivo.

—Q-q-qué hay, Vega Jane.

Me volví muy despacio y vi a Delph allí de pie.

—Hola, Delph —contesté.

Se aproximó un poco más. Tenía cara de cansado y ya no llevaba el pelo blanco porque había dejado de trabajar en el Molino ahora lo llevaba largo, desgreñado y negro de puro sucio.

Me tendió el libro.

Miré el libro fijamente y luego lo miré a él, sin saber muy bien si debía decir que aquello era mío.

—¿P-p-puedo ir c-c-contigo, Vega Jane?

VIGINTI QUINQUE

La Empalizada de mentirijilla

Me quedé mirando a Delph, perpleja.

Él se acercó y levantó el libro más en alto.

—Al Quag, me refiero, ¿eh? —añadió en un tono de voz demasiado alto.

—Ya sé que te refieres al maldito Quag —contesté furiosa tras haber recuperado la voz—. Pero no tienen por qué enterarse todos los Wugs de Amargura. ¿Dónde lo has encontrado?

—Dentro de una caja, en el hoyo que tú c-c-cavaste —dijo Delph en un tono mucho más moderado.

—¿Cómo sabías que estaba ahí?

—P-p-porque te vi, claro.

—¿Lo has leído? —pregunté en un susurro.

—N-no todo. P-pero no d-dice c-cómo tiene que entrar u-un Wug.

De pronto me miró la cintura. O más bien miró la cadena que llevaba yo enrollada a la cintura.

—P-puedes volar —dijo—. ¿Es g-gracias a eso?

Noté que me enfurecía cada vez más.

—Hablas con mucha lógica, Delph. ¿Qué pasa, lo de antes ha sido todo fingido? Porque en ese caso eres el cretino más grande con que me he cruzado en mi vida.

Delph retrocedió, y en su semblante se reflejó que yo había herido sus sentimientos.

—S-sé hablar, Vega Jane, cuando quiero. P-pero aquí dentro se me m-mezcla todo —añadió tocándose la cabeza. Luego se sentó en un tronco y, jugueteando con el libro entre los dedos, me miró con una expresión que inspiraba lástima. Mi enfado se disipó al contemplar su gesto herido.

—¿D-de dónde lo has s-sacado?

—Lo encontré en la casa de Quentin Hermes. Fue él quien lo escribió.

—¿Entonces, él ha estado en el Qu-Quag?

—Supongo que sí.

—Entonces los Fo-Fo... los Fo-Fo...

Nos miramos el uno al otro durante una cuña, pero no dijimos nada.

Delph me tendió el libro.

—C-Cógelo —me dijo, y obedecí—. No contiene ningún mapa del Qu-Quag —señaló.

—Yo tengo uno —repuse.

—¿Dónde?

—En un lugar seguro. —Me senté a su lado en el suelo. De hecho, aquella era la mejor oportunidad que iba a tener para hallar respuesta a la pregunta que más me acuciaba, y era precisamente la intención que tenía—. He tenido una visión. ¿Te gustaría que te la contase, Delph?

—¿U-una v-visión? ¿Como las que tiene M-Morrigone?

—Puede que incluso más acertada que las suyas. He viajado atrás en el tiempo. ¿Entiendes?

Vi que formaba con los labios las palabras «atrás en el tiempo» sin pronunciarlas en voz alta, pero su semblante no reflejó que hubiera comprendido.

—¿C-cómo es eso, has vuelto a c-cuando eras muy pequeña?

—Más atrás todavía.. Pero cuando era más joven vi a un Wug. Te vi a ti, Delph.

Delph puso cara de sufrir una profunda turbación y sus facciones quedaron petrificadas por el miedo.

—Pero qué dices.

—Te vi en casa de Morrigone.

Negó frenéticamente con la cabeza.

—N-n-no puede ser.

—Te vi salir huyendo de su casa. Estabas muy asustado, Delph.

Se tapó los oídos con las manos.

—N-no es verdad, n-no es verdad.

—Y también vi a Morrigone. Ella también estaba asustada.

—¡No es verdad! —exclamó Delph.

—Y creo saber qué fue lo que viste.

—No... n-no... no... —sollozaba Delph.

Le apoyé una mano en el hombro, que temblaba violentamente.

—¿La luz roja? ¿Te acuerdas de que me hablaste de una luz roja? ¿Lo que viste fue el cabello de Morrigone? ¿Fue esa la luz roja?

Delph agitaba la cabeza adelante y atrás. Yo temía que se levantara de un salto y huyera de mí, pero me juré que si echaba a correr lo perseguiría volando. Lo arrojaría a tierra y lo obligaría a que me dijese la verdad. Necesitaba urgentemente saberla.

—Morrigone estaba presente, ¿verdad? Y mi abuelo. En su casa. ¿Y qué me dices del Evento? Tuvo lugar allí mismo, ¿verdad? —Lo zarandeé—. ¿Verdad, Delph? ¿Verdad que sí?

—¡Yo estuve presente, Vega Jane! —chilló Delph.

—¿Con Morrigone? ¿Y con mi abuelo?

Delph movió la cabeza en un gesto afirmativo.

Tenía el rostro contraído por el sufrimiento. Se dobló hacia delante, pero yo lo obligué a que se incorporase. Ya estaba desatada, tenía que saberlo todo y me daba igual herir a Delph. Al parecer, mi vida entera era una mentira. Tenía que saber por lo menos una parte de la verdad, tenía que saberla en aquel momento.

Le di una bofetada.

—¡Dímelo!

—Había ido a ver su n-nuevo whist, mi p-padre lo había adiestrado. *H-Harpie*. Yo q-quería mucho a *Harpie*, mucho.

—¿Y luego qué?

—M-me pareció oír ladrar a *Harpie* d-dentro de la c-casa y fui a echar un vistazo.

—¿Y entraste?

Delph afirmó con la cabeza. Todavía tenía un gesto de dolor

en el rostro, y los ojos cerrados. Pero no le solté el brazo, quería que siguiera hablando.

—N-no vi a n-ningún Wug por ninguna p-parte, y t-tampoco estaba *Har-Harpie*.

—Continúa, Delph, continúa.

—O-oí un ruido. Como n-no veía a n-ningún Wug, subí la escalera. Estaba a-asustado.

—Solo tenías seis sesiones, Delph. Yo también habría estado asustada. —Procuraba hablar en tono sereno, en un intento por contagiarle la misma calma.

—M-me acerqué, y entonces los oí. Di-di-discutían —consiguió articular con esfuerzo.

—¿Mi abuelo y Morrigone?

Delph no respondió, así que lo zarandeé.

—¿Eran ellos?

—N-no p-puedo hacer esto, Veg...

—¿Eran ellos? —rugí al tiempo que lo obligaba a girar la cara para que me mirase de frente—. Mírame, Delph. ¡Mírame! —grité—. Delph abrió los ojos—. ¿Eran Morrigone y mi abuelo?

—Sí —contestó sin respiración y con los ojos llenos de lágrimas.

—¿Había algún otro Wug? —Delph negó con la cabeza—. Estupendo. Continúa, Delph.

—Al verlos di-discutir así, me asusté. P-pero pensé que q-quizá podía ayudar a que se ca-calmasen, igual que hago con las bestias de mi p-padre. Las ca-calmo.

—Yo habría pensado lo mismo, Delph, calmarlos, intentar ayudar.

Delph dejó escapar un breve sollozo y yo me sentí profundamente culpable por obligarlo a recordar todo aquello, pero es que no había otra manera. Se agarró la cabeza entre las manos y comenzó a llorar, pero lo empujé para que se incorporase y tuviese que mirarme a los ojos.

—No puedes parar ahora, tienes que sacar todo lo que llevas dentro, es necesario.

—M-m-más adelante había d-dos puertas. Detrás de la p-primera no había nada.

—¿Y detrás de la segunda? —pregunté en un tono de voz que era como un montón de frágiles trocitos de hielo en mi garganta.

—Cu-cuando vi... —Delph dejó la frase sin terminar y empezó a lloriquear. Pensé que otra vez iba a abandonar, pero esta vez no le grité ni le golpeé.

—¿Viste algo que te dio miedo de verdad? ¿Es eso?

—Delph asintió con gesto lastimero.

—Estaban mi-mirándose el uno al o-otro.

—¿Morrigone estaba enfadada con mi abuelo? ¿Estaba furiosa? ¿Y él intentaba tranquilizarla?

La respuesta de Delph me dejó estupefacta:

—E-e-era al revés, Vega Jane. Era Morrigone la que parecía asustada. La que intentaba ca-ca-calmar a tu abuelo.

Me lo quedé mirando con expresión de incredulidad.

—¿Qué le estaba diciendo?

Delph, tembloroso, hizo varias inspiraciones, y su cuerpo se estremeció con cada una de ellas. Si no lo conociera, habría pensado que intentaba sacudirse algún mal que se había apoderado de él. Finalmente, dejó de temblar, se limpió las lágrimas de la cara e irguió la espalda. Me miró de frente con una expresión serena que ya no reflejaba dolor.

—Que no se fuera —respondió con sencillez—. Que por favor no se fuera.

—¿Y qué dijo él?

—Que tenía que irse. Que debía intentarlo, que no tenía más remedio. Lo repetía una y otra vez. Era terrible. Todavía lo oigo en sueños... —Su voz se perdió otra vez.

—¿Que tenía que irse? ¿Adónde? —pregunté en un tono más áspero de lo que era mi intención.

Delph posó la mirada en mí. Estaba tan pálido que su rostro parecía el Noc visto de cerca.

—No lo mencionó. Y entonces sucedió.

—¿La luz roja?

Su expresión traslucía tal pánico que experimenté una profunda compasión por él.

—Era fuego. Un fuego como el que no había visto jamás.

Era un fuego que... que estaba vivo. Envolvió a Virgilio de arriba abajo, como si fuera una serpiente que se lo fuese a tragar entero. Y después... y después... se elevó flotando en el aire. Y después... y después... desapareció. Sin hacer el menor ruido. —Calló unos instantes y quedó con la vista fija en la nada—. Ni el menor ruido —agregó en un mero susurro.

Yo apenas podía respirar. Lo que acababa de describir Delph era lo que les había sucedido a mis padres. Mis padres habían sufrido sendos Eventos justo delante de mí. ¡Yo lo había presenciado! Solo que no había sabido lo que era.

Debía de estar con la mirada perdida, porque tan solo me reanimé cuando Delph me aferró del hombro y me sacudió un poco.

—Vega Jane, ¿te encuentras bien?

Yo seguía sin poder hablar.

—¡Vega Jane! —exclamó él con la voz teñida de pánico.

Mi pensamiento retrocedió hasta aquel recuerdo. De nuevo vi el fuego tragándose enteros a mis padres. Un Evento. Santo Campanario, yo había presenciado los Eventos de mis padres.

—¡Vega Jane! —Delph me zarandeó con tanta fuerza que casi me tiró al suelo.

Por fin enfoqué la mirada.

—Perdona, Delph. ¿Qué ocurrió después? —le pregunté con la voz ronca. Todavía tenía muy vívida en el cerebro la imagen de mis padres envueltos en llamas.

Delph hizo una pausa para pasarse la lengua por los labios.

—Después salí corriendo porque Morrigone me vio.

—¿Cómo estaba?

—Como si fuera a matarme si lograba atraparme. Corrí como nunca he corrido en todas mis sesiones, pero ella fue más rápida. Antes de que pudiera salir por la puerta, me la encontré frente a mí. Y entonces fue cuando sucedió.

—¿Qué sucedió?

—La luz roja.

—Pero si yo pensaba que la luz roja había sido lo de mi abuelo, el fuego.

—No. La luz roja... La luz roja me ocurrió a mí, Vega Jane.

Rememoré el momento del pasado en que visité el hogar de Morrigone. Después de ver a Delph huyendo. Morrigone me vio, agitó la mano y apareció una luz azul.

Miré a Delph.

—Delph, ¿estás seguro de que la luz no era azul?

Delph negó con la cabeza.

—Era roja, Vega Jane. Era roja como el fuego.

—¿Y qué sucedió después de eso?

—Que tuve una sensación muy rara en la cabeza. Pero seguí corriendo, seguí corriendo. Y... ya está. Seguí corriendo sin parar. —Volvió el rostro hacia mí; se le veía agotado por todo aquel relato—. ¿Por qué me has preguntado si la luz era azul?

—Porque cuando Morrigone agitó su mano hacia mí, la luz era de ese color.

Delph se quedó casi petrificado al oír aquello.

—¿Tú estabas allí?

—Pero jamás me he acordado de ello, Delph. Lo tenía olvidado, hasta que lo vi de nuevo.

—Pero, entonces, ¿por qué yo recordaba solo fragmentos de todo lo ocurrido? Hasta ahora.

—Imagino que se deberá a la diferencia entre la luz azul y la roja —respondí sintiendo un profundo cansancio. Tanto Delph como yo teníamos cara de haber corrido muchísimos kilómetros.

Pero, además, yo estaba pensando en otra cosa. Recordé que cuando le dije a Morrigone que ya había estado en su casa, de inmediato ella se puso tensa y adoptó una actitud suspicaz. Y ahora supe por qué: Morrigone pensó que yo me acordaba de que la había visto en aquella ocasión, muchas sesiones atrás, cuando ella salió de su casa corriendo y con cara de loca, y me golpeó con la luz azul para borrarme de la mente todo lo que había visto.

De pronto tuve otra revelación y miré a Delph.

—¿Qué ocurre, Vega Jane? —me preguntó él por fin.

—Delph, ya no tartamudeas.

Delph puso cara de sorprendido; se le descolgó la mandíbula y luego esbozó una sonrisa que lentamente se le extendió por toda la cara.

—Tienes razón —dijo sonriendo de oreja a oreja.

—Pero ¿por qué? —pregunté.

—Ya no se me mezclan las palabras, Vega Jane. —Se tocó la cabeza y agregó—: Aquí dentro.

Le puse una mano en el brazo.

—Te has quitado un peso de encima, Delph. No creo que vuelvas a tartamudear nunca más. Y siento mucho haberte hecho pasar por este mal trago. Lo siento muchísimo, Delph, porque eres mi amigo. El único amigo que tengo.

Él me miró un momento y después miró el cielo. Bajo la luz del Noc volvió a tener la misma expresión que cuando era muy joven y corría conmigo por el bosque sin preocupaciones en el corazón. Y a mí me sucedía lo mismo. Ya no era capaz de imaginar cómo era sentirse así. Aunque no éramos viejos, sí que lo éramos a causa de todo lo que llevábamos dentro.

Delph me miró, y la expresión que vi en su rostro hizo que me entrasen ganas de llorar. Me tocó la mano y me dijo:

—Tú también eres amiga mía. Te escogería a ti antes que a todos los demás Wugs juntos.

—Me alegro de que hayamos pasado esto juntos, Delph. —Callé unos instantes, pero decidí decirlo—: Mis padres sufrieron un Evento, yo lo presencié. Ya no están en Cuidados. Se han ido.

Delph me miró horrorizado.

—¿Qué?

—El fuego se los tragó —continué diciendo mientras las lágrimas me resbalaban por las mejillas—. Fue tal como lo has descrito tú, Delph. No tenía ni idea de lo que les había sucedido, pero ahora sí.

—Siento mucho que hayas tenido que ver eso, Vega Jane.

—Y yo también siento que tú tuvieras que ver lo que viste.

Bajé la vista hacia el libro que todavía tenía entre las manos.

—¿Qué me dices de los Foráneos? —le pregunté—. ¿Aparecen en el libro?

Delph me miró y sacudió la cabeza en un gesto negativo.

—¿Foráneos? Menuda patraña.

Enarqué las cejas. Estaba de acuerdo con Delph, pero había visto muchas cosas que no había visto él.

—¿Por qué?

—Si existen los Foráneos, ¿a qué están esperando? ¿A que los Wugs construyamos esa absurda Empalizada para que ellos la salten? Venga ya.

—En cambio, tú estás ayudando a construir la Empalizada —señalé.

—¿Y qué otra cosa puedo hacer? —repuso Delph con gesto de impotencia—. Si me negara, seguramente me encerrarían en el Valhall.

—Por eso han tenido que ofrecer una recompensa por la cabeza de Quentin —dije yo. De hecho, la respuesta acababa de ocurrírseme en aquel momento.

—¿Por qué? —inquirió Delph—. ¿Qué quieres decir?

—Que no podían decir simplemente que había sufrido un Evento o que lo había devorado un garm, porque eso no habría servido como base para anunciar la amenaza de los Foráneos.

Delph siguió rápidamente el hilo de mi razonamiento:

—Y de ahí se pasó a la construcción de la Empalizada. Lo uno dio lugar a lo otro.

—Exacto —respondí, impresionada por su lógica. Había desaparecido el Delph de gran corazón que tartamudeaba; ahora era un Wug fuerte física y mentalmente. Y yo estaba bastante segura de que iba a necesitar ser ambas cosas. Para sobrevivir.

Lo que estaba a punto de decirle tal vez le pareciera una idea espontánea, pero tuve el convencimiento de que una parte de mi cerebro le venía dando vueltas a aquello desde que John se separó de mí.

—Delph —dije despacio.

—Qué.

—Antes me has preguntado si podías venir conmigo al Quag.

Delph me miró sin pestañear.

—Sí, así es.

—Pero ¿por qué ibas a querer marcharte de Amargura? Es lo único que has conocido siempre.

Delph soltó un bufido de sorna.

—¿Y qué es lo que me queda aquí en realidad, Vega Jane? Dentro de otras cuarenta sesiones, ¿qué habrá cambiado aquí? ¿Y quién dice que ahí fuera, más allá del Quag, no existe nada? Si ningún Wug hubiera ido allí, ¿cómo iban a saber que no hay nada? Respóndeme a eso. ¿Y ahora se les ocurre levantar esa maldita Empalizada? ¡Ja!

En aquella cuña me sentí tan orgullosa de Delph que me entraron ganas de estrujarle.

—No creo que la Empalizada se esté construyendo para impedir la entrada a los Foráneos, Delph. Yo creo que la están construyendo para...

—Para impedir que nosotros salgamos —terminó la frase por mí.

—El Consejo nos ha mentido. Krone, Morrigone, incluso Thansius —dije en voz baja.

Delph asintió con gesto ausente.

—Pienso ir al Quag contigo, Vega Jane. Por la tumba de mi madre te juro que iré contigo.

—Muy bien —dije—, si de verdad vamos a hacer esto, debemos trazar un plan.

Delph me miró.

—¿Como cuál?

Toqué a *Destin*, que estaba enroscada en torno a mi cintura, y contesté:

—Para empezar, tú también vas a tener que aprender a volar.

Delph puso cara de horror.

—¿A volar? ¿Cómo, por los aires? —dijo señalando el cielo.

—Bueno, más o menos en eso consiste volar, Delph.

Alzó las manos en ademán de protesta.

—Ni hablar. No sería capaz, Vega Jane. Soy... soy demasiado grande.

Me puse de pie y le indiqué con una seña que también se levantara él. A continuación me volví de espaldas y le dije:

—Rodéame con los brazos.

—¿Qué?

—Que me abraces, Delph. Y agárrame fuerte.

—Maldita sea —gruñó, pero aun así me abrazó. Al tenerlo tan cerca me sorprendí de que efectivamente fuera tan grande, y eso que lo conocía de toda la vida.

—Más fuerte, Delph, no querrás caerte.

Entonces me apretó la cintura con tanta energía que apenas pude respirar.

—¡No tan fuerte! —protesté, y él aflojó un poco los brazos—. Bien, ahora vamos a saltar juntos, a la de tres. Uno... dos... tres.

Dimos un salto al mismo tiempo hacia arriba, y al instante nos elevamos como una flecha. Sentí que Delph me abrazaba con más fuerza. Me fui moviendo muy despacio hasta que lo tuve situado a mi espalda. Subimos tan solo hasta unos treinta metros de altura, notando el azote del viento.

—¡Maldita sea! —exclamó Delph de nuevo.

Volvió la cabeza y vi que tenía los ojos cerrados.

—Delph, abre los ojos. Desde aquí arriba el paisaje es impresionante.

Abrió los ojos y miró el panorama que se nos ofrecía allá delante. Entonces me abrazó con menos fuerza y yo noté que su cuerpo, antes rígido como una roca, comenzaba a relajarse.

—Es precioso —dijo con voz de asombro.

—Sí que lo es. No mires hacia abajo todavía, se tarda un poco en acostumbrarse a...

Aquello fue un error. En cuanto le dije que no mirase hacia abajo, eso fue precisamente lo que hizo. Sus brazos se volvieron de hierro alrededor de mi cintura, su cuerpo se tensó y empezó a chillar y a dar vueltas, lo cual nos hizo entrar en barrena. Nos dirigíamos hacia el suelo mucho más deprisa de lo que yo había caído jamás, pero claro, me di cuenta de que era la primera vez que volaba llevando en la espalda un Wug de ciento veinte kilos.

Caíamos totalmente sin control. Delph chillaba. Yo chillaba. Nos encontrábamos ya a escasos metros del suelo cuando eché una mano hacia atrás y le pegué a Delph una bofetada en la cara. De inmediato dejó de agitarse. Entonces recuperé el control, me lancé hacia arriba y nuevamente volví a bajar, esta vez de forma controlada, hasta que por fin aterrizamos. Con suavidad no, pero aterrizamos. Ya en tierra, despatarrados, lo miré y le dije furiosa:

—Por tu culpa hemos estado a punto de matarnos. —Pero luego me acordé de cómo había sido mi primer vuelo y se me pasó el enfado. Además, esta vez por lo menos yo iba controlando, Delph se había limitado a ir de pasajero. Así que me puse de pie y lo ayudé a incorporarse—. Ha sido culpa mía, Delph, la próxima vez saldrá mejor.

Delph me miró como si le estuviera pidiendo que se hiciera amigo de Cletus Obtusus.

—¿La próxima vez? —repitió con incredulidad—. Vega Jane, no va a haber una próxima vez.

—¿Quieres entrar en el Quag o no? —Delph refunfuñó pero no dijo nada, y yo continué—: Porque si podemos recorrer volando el Quag, ya sea entero o alguna parte de él, no tendremos que preocuparnos por lo que haya dentro.

Lo miré con gesto expectante, dando golpecitos en tierra con la bota.

Delph parpadeó, asimiló lentamente lo que yo acababa de decirle y contestó:

—Vamos a probar otra vez, Vega Jane. ¡Ja!

VIGINTI SEX

El entrenamiento

En las dos noches siguientes estuvimos practicando el vuelo juntos. Bueno, lo practicaba yo y Delph se agarraba a mí con toda su alma para no caerse y matarse. Finalmente, me desenrollé a *Destin* de la cintura y se la entregué. Al instante dio media vuelta con la intención de echar a correr igual que un Wug que se ha topado con un amaroc.

—Tienes que intentarlo, Delph —le dije.

Se giró hacia mí.

—¿Por qué? Ya vuelas tú. Lo único que tengo que hacer yo es sujetarme a ti.

—No sabemos lo que podría suceder. Es importante que tú sepas volar solo. —Pero él seguía estando dudoso, hasta que le dije—: Delph, si quieres venir conmigo, vas a tener que aprender.

Cogió a *Destin* con gesto tímido. Yo la había desenrollado, de modo que era más larga. Delph tenía una cintura más ancha que yo. Le ayudé a acomodársela alrededor del cuerpo y se la sujeté con un broche metálico que había fabricado yo misma.

Delph se quedó quieto.

—Y ahora, ¿qué? —me preguntó.

—Ahora, ¿qué? —repetí yo, perpleja—. Delph, llevas bastante tiempo volando conmigo. ¿Qué es lo que hago yo?

—Tomas carrerilla y despegas del suelo o simplemente das un salto —respondió enseguida.

—Entonces, ¿no comprendes que eso mismo tienes que hacer tú?

—¿Qué hago, tomo carrerilla o doy un salto? —me preguntó, inseguro.

«Machos. Hay que enseñarlos a hacerlo todo.»

—A mí me da igual. Elige tú.

—Y cuando esté arriba, ¿qué hago luego?

—Ya te lo he enseñado, Delph. Ya sabes cómo se hace para cambiar de rumbo y para aterrizar. No tienes más que repetir lo mismo que he hecho yo.

Delph dio unos pasos atrás, tomó carrerilla y dio un salto. Echó a volar rápido y en línea recta. En línea recta hacia un arbusto enorme. Corrí a socorrerlo y lo ayudé a salir de allí. Tosía sin parar y tenía toda la cara arañada por los pinchos de las hojas.

—No soy capaz de hacer esto, Vega Jane. No se me da nada bien. Mis pies tienen que estar en el suelo.

—Sí eres capaz —repuse yo con firmeza—. Mira, cuando tomes carrerilla y saltes, apunta con la cabeza y los hombros hacia arriba. Así no volverás a chocar con el arbusto. Y para girar, tienes que apuntar con el hombro que esté orientado en la dirección hacia la que quieres ir. Para subir más alto, apunta hacia allí con la cabeza. Y para descender, apunta hacia abajo con la cabeza y con los hombros. Y justo antes de aterrizar no tienes más que poner los pies hacia abajo y aterrizarás de pie.

—Voy a partirme la cabeza.

—Puede ser —contesté—, pero en ese caso volveré a recomponértela y podrás intentarlo de nuevo.

Delph me miró con desconfianza.

—No se puede recomponer una cabeza destrozada.

Entonces me saqué del bolsillo de la capa la Piedra Sumadora, la agité frente al rostro de Delph y pensé algo positivo. Los arañazos desaparecieron. Delph retrocedió con cara de miedo.

—¿Qué es esa cosa? —exclamó.

—Sirve para curar, Delph. Arañazos y cabezas rotas. Vale para casi cualquier cosa.

—¿En serio?

—Sí, en serio —respondí, aunque lo cierto era que no tenía ninguna experiencia en curar cabezas rotas.

En su cuarto intento, Delph se elevó en el aire, recorrió aproximadamente cuatrocientos metros, efectuó un viraje largo aunque un tanto accidentado, giró de nuevo hacia mí y aterrizó. De pie. Estaba tan emocionado con aquel éxito, que me abrazó, me levantó del suelo y me dio vueltas girando alrededor con tanta velocidad que pensé que iba a marearme.

—Lo he conseguido, Vega Jane. Soy como un pájaro, de verdad.

—Sí, un pájaro muy grande —repliqué—. Venga, déjame en el suelo antes de que te vomite encima.

Decidí enseñarle a Delph la *Elemental*. Cuando, con el guante puesto, saqué del bolsillo de mi capa aquella lanza pequeñita, no le impresionó en absoluto. Y no se lo pude reprochar, teniendo en cuenta que apenas medía diez centímetros. Pero cuando me concentré y le pedí a la *Elemental* que recuperase su tamaño normal, comenzó a crecer en la palma de mi mano hasta que alcanzó toda su longitud y adquirió su deslumbrante color dorado.

—¿Cómo demonios hace eso, Vega Jane? —exclamó Delph.

—A mí no me importa cómo lo hace, Delph —repliqué—. Lo único que importa es que lo hace cuando yo necesito que lo haga.

Delph alargó una mano para tocarla, pero yo se lo impedí.

—Solo debes tocarla llevando esto —le dije sosteniendo el guante en alto.

—¿Qué pasa si se toca sin llevar puesto el guante? —quiso saber Delph.

—A ninguno de los dos le conviene averiguarlo, ¿no te parece?

Se puso el guante y levantó la *Elemental*. Yo me quedé observando a unos diez metros de distancia.

—Imagina mentalmente que quieres que la *Elemental* se clave en ese árbol de ahí, y después arrójala hacia él, como una lanza.

Delph dudó unos instantes, pero luego contrajo el rostro —cosa que resultó un tanto cómica, aunque disimulé para que no me viera sonreír—, tomó puntería y lanzó.

La *Elemental* recorrió unos cuantos metros y luego cayó a tierra. Delph se volvió hacia mí con una sonrisa.

—Pues vaya. ¿No sabe hacer nada más que eso? ¡Ja!

Le arrebaté el guante, recuperé la *Elemental*, pensé lo que quería que hiciera y la lancé por los aires. El árbol se desintegró en un fogonazo de luz cuando la lanza impactó contra él. Yo levanté la mano enguantada y la *Elemental* regresó solita para posarse en ella, igual que hacían los halcones cazadores que yo había visto entrenar a Duf.

Delph se había arrojado al suelo cuando vio que la *Elemental* alcanzaba el árbol. Cuando levantó la cabeza se encontró conmigo, que lo miraba con una expresión que esperé que resultara lo bastante paternalista.

—Eso es lo que sabe hacer, Delph. ¡Ja!

Delph no tardó en aprender a acertar en cualquier blanco con la *Elemental*. Yo no sabía si aquello iba a ser necesario cuando intentásemos atravesar el Quag, pero tampoco sabía que no fuera a serlo.

Aquella misma noche Delph y yo nos sentamos en mi cuarto delante de un magro fuego mientras *Harry Segundo* dormitaba a nuestros pies. Tomé una decisión, me puse en pie y dije:

—Ha llegado el momento de que veas una cosa.

—¿Cuál?

Me bajé los pantalones.

—¡Vega Jane! —exclamó Delph desviando el rostro, colorado como una grosella.

No le hice caso y me levanté la raída camisa y las mangas para dejar al descubierto el estómago y los brazos.

—Mira, Delph. Mira.

—Venga, Vega Jane —dijo con voz temblorosa—. ¿Te has vuelto loca o qué?

—No es lo que estás pensando, Delph. Llevo puesta la ropa interior. ¡Mira!

Fue girando lentamente la cabeza y recorrió con la mirada

mi estómago y mis brazos. Entonces se le descolgó la mandíbula.

—En el nombre del Noc, ¿se puede saber qué es eso?

—Es el mapa del Quag. Me lo dejó Quentin Hermes, dibujado en un pergamino. Pero me entró miedo de quedármelo, así que me lo pinté en el cuerpo.

Delph se acercó un poco más.

—¿Muestra el modo de atravesarlo?

—Sí, y me lo he aprendido de memoria. Pero tú también tienes que aprendértelo, Delph.

—N-no m-me parece bien mirar tanto t-tu... cuerpo de Wug —balbució Delph al tiempo que volvía a girar la cabeza.

Yo fruncí el entrecejo.

—Pues si quieres venir conmigo, vas a tener que mirarlo. El camino tenemos que conocerlo los dos, por si acaso. —Sostuve en alto el libro del Quag—. Ya sabes lo que nos espera aquí dentro.

Delph pasó las treinta cuñas siguientes estudiando los dibujos pintados en mi cuerpo, siguiendo el mapa del Quag según yo le iba indicando. Estaba dispuesta a repetir aquello mismo todas las noches que fuera posible, hasta que tuviera el mapa firmemente grabado en la memoria. A medida que iban pasando las cuñas, a Delph se le iban cerrando los ojos. No tardó en estar roncando en su asiento. Entonces me bajé la camisa y me subí los pantalones, me senté en la otra silla que había allí y me puse a hojear el libro del Quag.

Harry Segundo gimoteó levemente a mis pies. Lo miré y pensé que debía de estar teniendo una pesadilla. No estaba segura de que los caninos pudieran soñar, aunque no veía ningún motivo concreto para que no pudieran. Y de todas maneras *Harry Segundo* era un canino bastante especial.

Fui volviendo lentamente las páginas del libro, absorbiendo tanta información como podía. Quentin Hermes había sido tan meticuloso en la tarea de documentar el Quag como lo era en el trabajo que realizaba en Chimeneas, fabricando objetos bellos. Pero las cosas que había documentado y recreado en aquellas páginas no eran para tomarlas a la ligera. Casi en cada hoja de pergamino había representado algo capaz de matar. Como una criatura formada por tres enormes cuerpos unidos. Y el libro advertía que aunque uno fuese capaz de seccionarle los cuerpos, «desdichado será el Wug que olvide que el hecho de destruir una parte de la criatura no equivale a obtener una victoria».

Claro que también había criaturas benéficas, entre ellas una denominada Ladin, que estaba dispuesta a ayudar siempre que en cada luz se le hiciera un pequeño regalo. Un poquito caradura, el tipo, pensé yo, con aquello de ofrecer amistad a cambio de dinero.

Finalmente, cerré el libro y me quedé mirando el fuego. Me llamó la atención un tronco que ardía lentamente. Tenía la corteza enrojecida y casi transparente a causa de las llamas. Mi abuelo y mis padres... tragados por el fuego. Pero había sido mi abuelo el que prendió la llama. Él deseaba marcharse. Morrigone le estaba implorando que se quedase; en cambio él se fue de todos modos. Y ahora también se habían ido mis padres. Y a lo mejor era porque también quisieron marcharse.

Lo cual quería decir que habían tomado la decisión de abandonarnos. No: de abandonarme a mí.

En fin, yo no podía estallar en llamas para marcharme de Amargura, pero sí que podía hacer lo mismo huyendo al Quag. De momento, aquella era mi principal obsesión: abandonar Amargura y buscar a mi abuelo y a mis padres, porque no estaban muertos. Simplemente ya no se encontraban en Amargura. Lo cual significaba que estaban en otro lugar. Lo cual significaba que existía algún otro lugar aparte de Amargura.

De repente me embargó otro sentimiento. Me senté sobre el frío suelo de piedra e hice una cosa que no hacía casi nunca. Empecé a llorar. Me balanceé adelante y atrás. Me dolía todo el cuerpo, era casi como si a mí también me hubiera tragado el fuego. Sentía la piel quemada y ennegrecida. Boqueaba intentando aspirar aire, de tan fuerte que era el llanto. Era como si hubiera contenido las lágrimas durante todas mis sesiones para derramarlas todas en aquel momento.

De pronto lo sentí y me quedé estupefacta.

Una brazos grandes que me rodeaban. Abrí los ojos y vi a Delph sentado a mi lado, abrazándome y llorando conmigo.

Harry Segundo también se había despertado. Se había acercado hasta nosotros y estaba empujándome la mano con el hocico, en el afán de que lo mirase. Seguramente intentaba que me sintiera mejor. Pero cuesta mucho sentirse mejor cuando tu familia entera te ha abandonado.

Y además por voluntad propia.

—No pasa nada, Vega Jane —me dijo Delph al oído, proyectando su aliento tibio contra mi piel y haciéndome cosquillas—. No pasa nada —murmuró otra vez.

Le toqué la mano para hacerle saber que le había oído. Pero sí que pasaba algo.

Ya nada volvería a ser lo mismo.

Pero pasara lo que pasara, yo iba a marcharme de aquel lugar.

Porque había descubierto que aunque Amargura estaba llena de muchas cosas, entre ellas no se encontraba la verdad.

Y la verdad era lo que yo necesitaba.

Porque ya no me quedaba ninguna otra cosa.

VIGINTI SEPTEM

El Duelum

Me la tropecé en una luz, cuando me dirigía a Chimeneas: una pancarta de tela colgada de un lado al otro de la calle Mayor de Amargura, sujeta por ganchos metálicos y fuertes cuerdas a las fachadas de dos edificios que daban a la calle. Decía lo siguiente:

SALUDOS A TODOS LOS WUGMORTS. EL PRÓXIMO DUELUM TENDRÁ LUGAR DENTRO DE DOS SEMANAS EN EL FOSO. EL PRIMER PREMIO CONSISTIRÁ EN QUINIENTAS MONEDAS. DEBEN PARTICIPAR TODOS LOS WUGMORTS MACHOS QUE TENGAN ENTRE QUINCE Y VEINTICUATRO SESIONES.

Debajo seguía el anuncio de que aquella noche se celebraría en la plaza del pueblo una reunión en la que se proporcionaría información adicional y se instaba a que acudieran todos los Wugmorts.

Los Duelums eran competiciones que se convocaban cada dos sesiones y en las que luchaban dos machos fuertes en un ancho foso excavado justo a las afueras de Amargura. Y Delph, aunque solo tenía dieciséis sesiones, ya había ganado en tres convocatorias, incluida la última.

El premio monetario era de lo más sorprendente. Que yo recordara, los únicos premios que se habían ganado siempre en un Duelum eran una figurilla metálica que representaba a un

Wug levantando a otro Wug por encima de la cabeza y un mero puñado de monedas.

Me pregunté si volvería a ganar Delph, porque a él y a Duf no les vendrían nada mal aquellas quinientas monedas.

Contemplé la pancarta durante unos momentos. Con todo el trabajo que estaba generando la Empalizada, yo hubiera imaginado que habrían aplazado el Duelum. Los Wugs machos ya estaban trabajando con bastante ahínco para no tener que hacer un alto y romperse la cabeza unos a otros. Pero, en fin, aquello tenía bien poco que ver conmigo.

Continué hacia Chimeneas y llegué una cuña tarde; sin embargo, nadie me dijo nada. Me cambié y me dirigí a mi puesto de trabajo para empezar con mis tareas. Paseé la mirada por los otros pocos Wugs que quedaban en la fábrica; por los cuchicheos, las miradas furtivas y un Dáctilo que estaba flexionando sus impresionantes músculos, deduje que se habían enterado de la convocatoria del Duelum y estaban estudiando presentarse en la competición. Yo era la única hembra que había allí, de modo que ninguno de ellos me estaba mirando.

Más tarde, una vez terminada la jornada y cuando ya se habían marchado todos los machos, me cambié en el cuarto de las taquillas y me puse la ropa habitual. Me levanté la camisa y observé mi plano estómago. Algunas partes del mapa se habían borrado tanto que ya había tenido que repasarlas varias veces con tinta. Y como Delph también tenía que memorizar el mapa, había decidido copiarlo de nuevo en un pergamino. Lo cierto era que resultaba un poco violento que Delph pasara tanto tiempo mirando mi estómago y mis piernas. En algunas ocasiones me di cuenta de que su atención se centraba más en mi piel que en los dibujos que aparecían trazados en ella.

Al pasar junto a la oficina de Domitar, se abrió la puerta y salió él. Fue una suerte, porque había estado pensando en una pregunta y llegué a la conclusión de que tal vez Domitar tuviera la respuesta.

—Morrigone me ha dicho que el abuelo de ella sirvió en el Consejo con el mío —le dije—. No sabía que mi abuelo hubiera estado en el Consejo.

—Fue una época volátil de nuestra historia.

—Así que «volátil». No creo que te refieras a la Batalla de las Bestias que nos han contado en Aprendizaje, porque dicha época tuvo lugar mucho antes de que naciera mi abuelo.

Domitar pareció enfadado cuando contestó:

—Deja en paz a los caninos que están durmiendo. Esa es la mejor política a seguir.

—A la mierda con los caninos dormidos, Domitar. Quiero la verdad.

Dio media vuelta y volvió a entrar en su despacho, igual que un conejo que se refugia en su madriguera. O una rata en una tubería.

Aquella misma noche, llevando a mi lado a *Harry Segundo*, fui hasta el centro del pueblo y me sumé a la multitud que estaba allí congregada. Habían levantado un entarimado de madera al que se subía por una escalera construida con bastos tablones. No me sorprendió lo más mínimo descubrir que ya se encontraban allí Lentus y el carruaje. Y tampoco me sorprendió ver a Thansius y a Morrigone ya sentados en lo alto de la tarima. En cambio, me quedé atónita al ver a John sentado a su lado. ¡Y además vestido con la túnica negra del Consejo!

Alguien me susurró al oído:

—Es John.

Me volví y descubrí a Delph.

«En efecto, es John —pensé—. Y desde luego no es John.»

Habían acudido casi todos los Wugmorts. Roman Picus y sus Carabineros, Cletus, Non y Ran Digby; todos ellos estaban muy cómicos en su posición de firmes, con sus cuchillos y sus mortas de cañón largo y corto. Me alegré de tener a Digby en contra del viento, porque el hedor que despedía aquel tipo me habría provocado arcadas. Siendo hembra, había pensado en la posibilidad de no acudir a aquella reunión, pero es que sentía demasiada curiosidad para perdérmela.

El único Wug que faltaba era Jurik Krone. Recorrí con la mirada la fila de los miembros del Consejo sentados delante de la tarima, pero no estaba entre ellos. No era propio de él saltarse un acontecimiento público en el que pudiera pavonearse ante todos. Me pregunté si retaría a Thansius para hacerse con el liderato del Consejo. Y también me pregunté qué pensarían los otros miembros veteranos del Consejo de que John estuviera sentado allí arriba mientras ellos quedaban relegados a mezclarse con los Wugs del montón. También estaba allí Julius Domitar, con el diminuto Dis Fidus a su lado. Ezequiel ocupaba un rincón solitario de la plaza, resplandeciente con su túnica blanca. Los residentes del albergue de los Obtusus estaban agrupados como gallinas a un lado de la explanada.

Me sorprendió ver a Elton Torrón, armado hasta los dientes, vigilando la escalera de subida al entarimado. Se le veía tan maniático como siempre. Puse mucho cuidado en no cruzar la mirada con él; por alguna loca razón, temí desaparecer si lo miraba.

Todos los machos estaban sucios y con cara de cansados. Y todas las hembras, si bien se las notaba un poco más limpias por comparación, estaban todavía más hechas polvo. Ellas también debían trabajar en la Empalizada, pero además tenían que hacerse cargo de sus familias cocinando, limpiando y ejerciendo de madres. Pero a pesar de todo ello, percibí emoción entre los presentes. Y la razón era obvia: quinientas monedas. El deseo de conseguir aquella fortuna resultaba palpable. Nadie había cobrado la recompensa ofrecida por Quentin Hermes, pero algún Wug tenía que ganar necesariamente el Duelum y hacerse con el premio.

Hubo una oleada de susurros y murmullos que se extendió por la multitud. Sin embargo, mi mirada seguía fija en mi hermano. Estaba sentado al lado de Morrigone, y ambos parecían tener una conversación concreta. A John se le veía contento y feliz. Y Morrigone... bueno, ella parecía un orgulloso Preceptor acompañado de su niño prodigio. En aquel momento Thansius dijo algo que hizo que yo centrase la atención en él:

—Este Duelum será diferente de todos los demás. —Hizo una pausa, al parecer para reunir más entereza oratoria—. En este Duelum participarán también todas las hembras de edades comprendidas entre veinte y veinticuatro sesiones. —Y luego agregó el golpe de gracia—: La participación de las hembras también es obligatoria.

Esta vez los murmullos se multiplicaron por mil. La mayoría de los machos lanzaban carcajadas. Las hembras ponían cara de perplejidad y de miedo, incluida yo misma, aunque no era lo bastante mayor para estar obligada a participar. Pero es que me entró miedo por las hembras que sí estaban obligadas. Lancé una mirada a Delph y vi que no estaba riéndose por la idea de ver hembras tomando parte en el Duelum. Luego me fijé en Cletus Obtusus; estaba compartiendo risitas con dos de sus toscos amigotes.

Thansius carraspeó y rogó silencio.

Todos los Wugs nos callamos. Estaba claro que tendría que haber dos campeones, macho y hembra, porque de ninguna manera podían esperar que lucharan hembras contra machos.

Pero aquel punto quedó aclarado por Thansius en su siguiente alocución:

—Solo habrá un único campeón. —Lo miré, estupefacta. Él continuó diciendo—: Los Wugmorts hemos de aceptar el hecho de que debe haber más igualdad entre machos y hembras.

Muy bien, pensé, si querían que hubiera igualdad entre machos y hembras, ¿qué tal si metían a más de una hembra en Chimeneas? ¿O por qué no les decían a los machos que cocinaran, limpiaran y cuidaran de los muy jóvenes igual que hacían las hembras? Pero no sé, yo no acababa de ver que el hecho de terminar con el cráneo aplastado por un macho Wug mucho más fuerte constituyera una prueba fehaciente de que vivíamos en una sociedad de ideas avanzadas.

Thansius seguía hablando:

—Y ahora, Morrigone os explicará con mayor detalle el razonamiento por el que se ha tomado esta decisión.

Supuse que el «razonamiento» al que se refería era que se necesitaba que una hembra explicase a las demás hembras por qué tenía sentido dejarse machacar el cráneo. Igual que todos los Wugs allí presentes, contemplé cómo se ponía en pie Morrigone y se aproximaba con elegancia a la parte frontal del entarimado. Estaba totalmente serena, y dedicó una cuña a pasear la mirada por la multitud y dejar que calara su presencia. Claro que yo también estaría serena si fuera ella; tenía más de

233

veinticuatro sesiones y por lo tanto no iba a tener que luchar contra ningún macho. Aunque también era cierto que ella, precisamente, podría derrotarlos.

—No me cabe ninguna duda —empezó— de que muchos de vosotros, en particular las hembras, os estaréis preguntando por qué hemos tomado esta decisión. En primer lugar, permitidme que diga que todas las hembras de edades comprendidas dentro de la franja que se ha indicado, que sean compañeras de un macho, o madres, o que estén esperando un hijo, o que hayan tenido un hijo dentro de la última sesión, no tendrán que competir.

Un colectivo suspiro de alivio se extendió por la multitud. Yo sabía que había un gran número de hembras que podían acogerse a aquellas excepciones.

—Como tampoco las hembras que sufran alguna discapacidad física o alguna otra debilidad o enfermedad —prosiguió Morrigone—. Por supuesto, esta última excepción se aplicará también a los machos.

Recorrí la multitud con la mirada y vi a bastantes hembras que también podrían acogerse a aquella última excepción, junto con una decena de machos. Estos también estaban profundamente aliviados.

—Pero todas las demás deben combatir. Lucharán contra los machos. Puede que algunas digáis que esto es injusto, pero en Amargura han cambiado los tiempos. Ahora nos rodean los Foráneos, y a ellos no les importa quién es macho ni quién es hembra. Nos atacarán a todos. De manera que las hembras jóvenes y que no sufran ningún impedimento físico deben estar preparadas para luchar. Y el modo de prepararse es entrenándose, aprendiendo a defenderse. Por esa razón se han dispuesto dos semanas para que todas las hembras que cumplen los requisitos aprendan esas destrezas. Además habrá Preceptores de lucha profesionales a disposición de todos los Wugmorts, tanto hembras como machos, que deseen ser entrenados. Yo recomendaría que todas las hembras que vayan a competir en el Duelum se concedan a sí mismas esta oportunidad.

Miré a Morrigone sin poder creerme aquello. ¿Tiempo para

aprender destrezas? ¿En el espacio de dos semanas? ¿Estaba hablando en serio? ¿Cuando las hembras ya estaban dejándose la piel en la construcción de la Empalizada? Los machos no iban a tener que perder tiempo en entrenarse, únicamente las pobres hembras. No iban a poder adquirir cincuenta kilos de músculo de la noche a la mañana. No podían convertirse en machos así como así. Y tampoco creo que les apeteciera.

Thansius hizo una seña con la cabeza a uno de los miembros del Consejo que estaban sentados delante del entarimado. El aludido se puso en pie y levantó en alto una bolsa de tela.

—El premio de quinientas monedas —anunció Thansius.

Los Wugs estallaron en un gran alboroto al ver aquella voluminosa bolsa de dinero. Thansius continuó hablando:

—Con el fin de hacerlo un poco más emocionante... —Hizo una pausa para crear efecto—. Si el ganador del Duelum fuese una hembra, el premio se incrementará hasta mil monedas.

Ninguna hembra lanzó vítores al oír aquello. Se hizo obvio que ya contaban con que ninguna iba a ganar, de modo que no había nada por lo que emocionarse.

Seguidamente, Thansius nos dijo que dentro de poco se publicarían los encuentros de la competición, en los que se vería quién iba a competir contra quién en el primero de todos. Dijo que ya habían calculado el número de luchadores que cumplían los requisitos y que iban a necesitarse cinco rondas para proclamar un campeón. Nos deseó buena suerte a todos y después nos dijo que la «reunión» había terminado.

Mientras los Wugs comenzaban a dispersarse, yo me fui directa hacia la tarima. Quería ver a John. Sin embargo, antes de que pudiera llegar me cerraron el paso.

Cletus Obtusus me miró de arriba abajo con una expresión asesina en la cara.

—Menos mal que eres demasiado joven para luchar. Porque yo te destriparía en el primer asalto —dijo.

—Sí, menos mal que soy demasiado joven para luchar —repliqué yo—. Menos mal para ti. Y ahora apártate de mi camino, imbécil.

Intenté pasar, pero él me puso una mano en el hombro. Pero

antes de que yo pudiera reaccionar o de que *Harry Segundo*, que ya le estaba gruñendo, tuviera oportunidad de lanzarle un bocado, Cletus se vio cayendo hacia atrás y se estrelló contra los adoquines del suelo. Su morta y su cuchillo salieron volando por los aires.

Y antes de que pudiera intentar siquiera levantarse, Delph le plantó una bota enorme en el pecho y se lo impidió.

—¡Aparta de mí esa sucia bota! —vociferó Cletus.

Uno de los amigos de Cletus se acercó y dijo:

—Pero si es Da-Da-Da-Delph.

Delph lo agarró de la camisa, lo alzó en el aire hasta despegarle los pies del suelo y se lo acercó a la cara.

—Para ti soy Daniel Delphia, piltrafilla. Y la próxima vez no pienso recordártelo de forma tan educada. Lárgate ya.

A continuación lo dejó caer al suelo, y el Wug echó a correr todo lo rápido que pudo. Delph retiró la bota del pecho de Cletus, que lo miraba con un gesto de total perplejidad.

—No... No tartamudeas —dijo balbuceando.

—En cambio tú sí —respondió Delph. Se puso de rodillas para situarse a la altura de Cletus—. Reza para que no te elimine a ti el primero, Obtusus. Y si vuelves a ponerle la mano encima a Vega Jane, cuando te coja rezarás para que te devore un garm. ¡Largo de aquí!

Cletus se incorporó a toda prisa y se fue corriendo.

—Gracias, Delph —le dije con una expresión de mi rostro que reflejaba la profunda gratitud que sentía.

—Vega Jane, tú misma podrías haber dado buena cuenta de ese idiota.

—Puede. Pero es agradable que a una la ayuden. —De pronto recordé adónde iba. John ya casi estaba junto al carruaje—. Buena suerte en el Duelum, Delph —le dije—. Espero que ganes las quinientas monedas.

Me volví y eché a correr, y alcancé a mi hermano justo cuando estaba punto de subir al carruaje detrás de Morrigone.

—¡John!

Se giró y sonrió, pero fue una sonrisa... forzada. Lo noté al instante.

—Hola, Vega —dijo con voz rígida. Sin embargo, todavía percibí allí dentro la presencia de mi hermano pequeño. Claro que a lo mejor fue porque quería percibirla.

Morrigone se asomó por la portezuela. Al verme a mí, dijo:

—John, debemos irnos. Está la cena, y después tenemos que continuar con tus clases.

—Será solo una cuña, Morrigone —dije yo a toda prisa.

Ella asintió brevemente y volvió a reclinarse en su asiento. No obstante, sospeché que estaba escuchando con atención.

—¿Qué ocurre, Vega? —me preguntó John. Vio a *Harry Segundo*, pero no hizo ademán de acariciarlo y tampoco preguntó por él. Llevaba el cabello todavía más corto, afeitado muy cerca del cráneo. Me resultó casi irreconocible.

—¿Cómo estás? —le pregunté—. Tengo la sensación de que ha transcurrido una eternidad desde la última vez que nos vimos.

—He estado ocupado con la Empalizada y con mis clases —me contestó.

—Ya, la Empalizada está teniendo ocupados a todos los Wugs —repliqué con la esperanza de que captara el énfasis.

—Y aun así vamos con retraso —dijo John—. No vamos a cumplir el calendario oficial. Necesitamos trabajar con más ahínco, los Foráneos podrían atacar en cualquier momento. Así que debemos darnos cuenta de lo urgente que es esto.

Su tono chillón me pilló desprevenida.

—Er... te veo muy bien —le dije para cambiar de tema.

Pareció calmarse un poco, pero al centrarse en la sencilla observación que había hecho yo desapareció todo el entusiasmo de su semblante.

—Estoy muy bien. ¿Y tú?

—Bien. —Éramos como dos desconocidos que se ven por primera vez.

—¿Has estado en Cuidados? —me preguntó.

Me encogí de dolor, y mi mirada se desvió hacia el carruaje.

—No, recientemente no.

—Quería hacer una visita a nuestros padres, pero Morrigone dice que no debo perder la concentración.

Titubeé unos instantes. Estaba haciendo un gran esfuerzo para no subirme al carruaje a disputar un Duelum personal con Morrigone, pero le había dado mi palabra.

—No me cabe duda —respondí en voz alta para que Morrigone me oyera seguro.

Morrigone asomó la cabeza.

—John, tenemos que irnos.

—Solo una cuña más —contesté yo mirándola directamente—. Y no te preocupes, Morrigone, que no perderé de vista lo que hay que decir y lo que no.

Ella me devolvió una mirada penetrante y luego se retiró una vez más al interior del carruaje.

—Te echo de menos, John. —Acto seguido, lo abracé. Sentí que él se ponía tenso al notar mi contacto.

Me acarició el brazo de forma mecánica y me dijo:

—Todo va a salir bien, Vega, estoy seguro. Veo que ahora tienes un canino.

Me aparté de él y lo miré.

—Estoy viviendo en nuestra antigua casa.

Aquello lo dejó estupefacto.

—¿En nuestra antigua casa?

Afirmé con la cabeza.

—Obtusus no permite que tengamos caninos. Pero ha sido positivo regresar a casa, muy positivo. Sirve para recordar lo importante que es la familia.

Morrigone se asomó por la ventanilla y me miró furiosa.

—Espero que estés disfrutando mucho del tiempo, Vega.

Tardé un poco en reaccionar, porque me fijé sobre todo en el énfasis que había hecho en la palabra «tiempo».

—No sé muy bien lo que quieres decir.

—Ya lo sabrás —respondió de forma críptica.

Y durante un momento fugaz me pareció ver una gran tristeza en el rostro de Morrigone, pero ocurrió tan deprisa que no pude estar segura.

Morrigone apartó la mirada de mí y se dirigió a mi hermano:

—John, vámonos. Tenemos cosas que debemos terminar esta noche.

John se subió al carruaje.

Morrigone y yo nos miramos la una a la otra por espacio de media cuña más, y, a continuación, Lentus azuzó a los sleps y partieron.

Giré sobre mis talones y eché a andar abriéndome paso por entre los corrillos de Wugs que todavía conversaban acerca del Duelum. De repente sentí una punzada de dolor en un costado, y al volverme vi a Cletus Obtusus que huía llevando en la mano un objeto que parecía una piedra. Llamé a *Harry Segundo* para que volviera, porque se había lanzado en pos de Cletus. Respiré hondo, dejé de pensar en el dolor y apreté el paso. *Harry Segundo* lanzó un par de bufidos y miró una vez más a Cletus, claramente contrariado por verse obligado a dar media vuelta.

Cuando llegué a casa, saqué la Piedra Sumadora, la agité por encima de mi herida y pensé en algo agradable. El dolor se esfumó al instante, y también la hinchazón.

Guardé de nuevo la Sumadora en el bolsillo de mi capa, al lado de *Destin* y de la *Elemental* plegada, y colgué la capa en un gancho de la pared. Mientras me frotaba el costado, me dije con total convencimiento que aquella iba a ser la última vez que iba a verme libre de todo dolor.

VIGINTI OCTO

El Valhall

Aquella misma noche oí ladrar a *Harry Segundo*. En realidad fue lo segundo que oí; lo primero fue el estrépito que hizo la puerta al abrirse de golpe.

Salté de la cama con el corazón retumbando dolorosamente contra mi pecho.

Vi que *Harry Segundo* salía volando hacia atrás y chocaba contra la pared del fondo. Se quedó allí tumbado, aturdido, mientras yo contemplaba lo que sucedía.

Tenía ante mí a Jurik Krone. Detrás de él estaban Non, Ran Digby, Cletus Obtusus y Duk Dodgson. Este último, con sus veinticuatro sesiones, era el miembro más joven del Consejo. Todos portaban mortas de cañón corto o largo, y todos me apuntaban con ellos.

—¿Qué es lo que pasa? —exclamé, al tiempo que corría al lado de mi canino para ver si estaba bien. Estaba tumbado en el suelo, con la lengua fuera y la respiración agitada, pero al parecer no tenía nada roto, y de hecho me lamió la mano.

—Venimos para llevarte al Valhall, hembra —anunció Krone.

—No vais a llevarme a ninguna parte, cretino. Ya estoy harta de...

De pronto Krone levantó en alto el libro del Quag que había escrito Quentin Hermes.

Su sonrisa era triunfal y cruel a partes iguales.

Cometí el error de bajar la vista hacia la tabla del piso donde lo había escondido.

—Este libro ha sido hallado esta misma noche en tu casa, mientras tenía lugar la reunión en la plaza del pueblo —dijo Krone.

Hice una mueca de dolor al percibir el profundo regocijo que traslucía su voz. Aquello explicaba que él no hubiera estado presente en la reunión; se encontraba en mi casa, registrándola.

—Por lo visto —continuó— es un libro que trata del Quag. Un objeto ilegal como ningún otro. ¿Te lo han dado los Foráneos, Vega? ¿Indica la ruta que van a utilizar para atacarnos? ¿Cuánto te pagan por tu traición? ¿O simplemente te han sorbido ese cerebro tan diminuto que tienes?

Los fui mirando de uno en uno, y el corazón me latía tan deprisa que tuve que apoyarme en la pared para no perder la estabilidad.

—No sé de qué estás hablando. No soy una traidora. Y no estoy trabajando con ningún Foráneo.

Krone se aproximó un poco más y me apuntó a la cabeza con su morta de cañón corto. Con la otra mano me acercó el libro a la cara.

—Pues entonces explica qué haces con este libro. ¿De dónde lo has sacado?

—Me lo encontré.

—¡Te lo encontraste! —exclamó Krone—. En ese caso, ¿por qué no se lo notificaste al Consejo?

—Er... pensaba hacerlo —respondí sin convicción.

—Mientes —dijo en tono cortante y con las facciones contraídas en una mueca de furia. Acto seguido se volvió hacia Digby y Non y les ordenó—: Apresadla.

Ambos obedecieron y me agarraron por los brazos. *Harry Segundo* quiso atacarlos, pero yo le ordené que retrocediera. Dodgson le había apuntado con su arma al pecho y me aterrorizó que pudiera dispararle.

—¡No! —chillé—. No intentará haceros daño. Iré con vosotros, no me resistiré. *Harry Segundo*, tú quédate aquí. ¡Quédate!

Me sacaron de casa a empujones y me llevaron por la Cañada Honda. Todo aquel ruido debía de haber despertado al ve-

241

cindario, porque cuando llegamos a la calle Mayor vi a numerosos Wugs en las puertas de sus casas vestidos con la ropa de dormir, y tras ellos los edificios iluminados por la luz de las velas o de los faroles.

Llegamos al Valhall. Se hizo evidente que habían avisado a Nida para que acudiera a su puesto, porque ya tenía abierta la puerta de la jaula. A su lado estaba el shuck, con su feroz mirada fija en mí y agitando las fosas nasales como si estuviera olfateándome, por si acaso más adelante tenía que darme caza y matarme.

Me arrojaron al interior de la jaula y cerraron la enorme puerta sin contemplaciones. Nida echó la llave.

Krone me observó por entre los barrotes y me dijo:

—En esta luz se presentarán acusaciones formales contra ti. Y se refrendarán con pruebas. La pena que se impone a los traidores es la decapitación.

Lo miré con incredulidad. «¿La decapitación?»

Cuando se volvió para hablar con Nida, mi cerebro empezó a pensar a toda velocidad. Había sido una estupidez por mi parte haber conservado el libro, pero este no revelaba ningún plan de ataque contra Amargura, únicamente contenía información acerca de las criaturas que existían en el Quag. Al darme cuenta de aquello se me cayó el alma a los pies; ¿cómo iba a explicar el hecho de que aquel libro estuviera en mi poder sin revelar que lo había encontrado en la vivienda de Quentin? ¿Y cómo iba a explicar que el propio Quentin tuviera un libro así? Me miré el brazo y di las gracias a Campanario de que aquella noche hubiera caído rendida de sueño y no me hubiera molestado siquiera en quitarme la ropa, porque si hubieran visto el Quag dibujado en mi cuerpo, lo más seguro era que me hubieran despedazado allí mismo. Me bajé un poco más la manga y me cercioré de llevar el pantalón bien abrochado y la camisa bien remetida.

Krone se giró de nuevo hacia mí.

—Puedes pasar lo que queda de esta noche recapacitando sobre tus pecados. Y sobre el castigo que te espera. —Luego se acercó hasta tocar los barrotes con la boca—. Y de esta no te va a sacar ni Madame Morrigone, Vega.

Lanzó una carcajada, dio media vuelta y se fue.

Yo le grité y saqué las manos a través de los barrotes, en un fútil intento de golpearlo, pero tuve que apartar la mano enseguida porque el shuck me lanzó un bocado. Estuve a muy poco de quedarme sin dedos.

Nida golpeó fuertemente los barrotes con su estaca y rugió:

—No se te ocurra sacar la mano, hembra. No pienso volver a decírtelo.

Reculé hasta el centro de la jaula y allí me senté, aturdida por lo que había sucedido. Tenía la esperanza de que todo aquello no fuera más que una pesadilla de la que no tardaría en despertarme. Pero cuando la oscuridad se hizo más intensa y comencé a temblar de frío, tuve que aceptar que aquello era real.

Pasé un buen rato viendo cómo patrullaba Nida la calle acompañado de su shuck. Después se metió en su pequeña cabaña y el shuck quedó como único centinela. Si yo movía un solo músculo, dejaba de caminar, se volvía y me lanzaba un rugido tan potente que se me ponía de punta el vello de los brazos y de la nuca.

Lloré un poco porque no pude evitarlo. Después me sentí furiosa y pensé en las muchas maneras en que iba a hacer pedazos a Krone. Luego empecé a cavilar sobre el mejor modo de defenderme de las acusaciones. Y, por último, me hundí en la depresión en serio, porque no era capaz de encontrar ninguna explicación plausible, ni siquiera una mentira que pudiera llevar adelante.

Como no llevaba encima mi mochila, no me iba a ser posible forzar la cerradura. Y aun en ese caso el shuck me arrearía una dentellada que me partiría por la mitad. Me tumbé en el suelo y me puse a pasar los dedos por la tierra. Otros presos anteriores habían dejado marcas en forma de agujeros y hoyos, cosa que no me costó entender: a uno le entraban ganas de cavar la tierra, solo por esconderse de la vergüenza que suponía estar encerrado allí dentro.

Me quedé dormida tres veces, pero otras tantas veces me desperté sobresaltada, ya fuera porque Nida, que regresaba periódicamente para hacer patrulla, golpeaba los barrotes con su estaca, o porque el shuck le aullaba a algo. Me dije que quizás aquello era lo acostumbrado, que los guardias tenían instrucciones de no permitir que los presos durmieran una noche entera.

Contemplé cómo el negro de la noche daba paso al gris y finalmente este se convertía en un rojo oscuro y en un dorado luminoso cuando el sol comenzó a elevarse en el cielo. Yo temía la luz, por razones obvias. Menos mal que volví a quedarme dormida, lo cual permitió que mi cuerpo y mi mente, exhaustos, disfrutasen de un breve descanso. Cuando desperté, el sol había dado brillo a Amargura. Observé el azul del cielo y calculé que ya estaríamos cerca de la segunda sección de luz. El estómago me hizo ruidos y me pregunté si allí darían algo de comer. En aquella luz no iba a ir a Chimeneas, así que esperé que alguien hubiera informado a Domitar. Supuse que aquello significaba que iban a echarme del trabajo.

Y entonces me acordé de lo que había dicho Krone.

Mi castigo podía ser la muerte. Y yo, mientras tanto, preocupada por no tener un trabajo remunerado ni comida en el estómago.

De pronto parpadeé al verlo junto a la jaula.

Era Delph, y venía acompañado de *Harry Segundo*. El shuck comenzó a gruñir de inmediato. Nida se acercó y miró sin pestañear a Delph.

—Ya te estás largando de aquí, macho —le dijo—, y el canino también.

—Quiero hablar con Vega Jane —replicó Delph en tono contundente.

—No se puede hablar con un preso. Vamos, circula. —Nida golpeó lentamente la estaca contra la palma de su mano.

—Hace no mucho te salvé la vida, Nida. ¿No vas a ser capaz de concederme esto? —dijo Delph con firmeza.

Nida lo contempló durante unos instantes. En sus rasgos pequeños y toscos se apreciaba la batalla interna que estaba librando.

—Tienes cinco cuñas, nada más. Y nuestra deuda quedará saldada.

Nida se apartó a un lado y silbó al shuck, el cual dejó de gruñir y se situó junto a su amo mientras Delph y *Harry Segundo* se aproximaban a la puerta de la jaula.

Me arrojé contra los barrotes diciendo:

—Delph, tienes que ayudarme.

—¿De qué te acusan, Vega Jane? Tienen que ser sandeces, por fuerza.

Sin atreverme a mirarlo, respondí en voz baja:

—Han encontrado el libro del Quag.

Delph contuvo una exclamación y miró con nerviosismo a Nida.

—Krone está diciendo que soy una traidora, que el libro constituye una manera de ayudar a que nos ataquen los Foráneos.

—Menuda estupidez.

—Ya lo sé, Delph, pero Krone me ha dicho que por esto podrían condenarme a muerte.

Delph palideció, aunque estoy segura de que no tanto como yo. Si fuera posible, yo estaba más asustada de lo había estado cuando me atacaron los Dabbats. Sabía que para Krone sería un gran placer poder descargar él mismo el golpe con el hacha.

—¿Cómo has sabido que estaba aquí dentro?

—Los rumores viajan muy deprisa.

—¿Cómo es eso de que le salvaste la vida a Nida?

—Una noche en que estaba de patrulla con los Carabineros, el idiota de Cletus Obtusus lo confundió con otra cosa y le apuntó con su morta. Yo pasaba por allí y vi lo que pasaba. Agarré a Nida y lo arrojé al suelo un momento antes de que Obtusus disparase. En vez de hacer un agujero en la cabeza de Nida, se lo hizo a un árbol.

Afirmé con la cabeza, pero mi cerebro ya había vuelto a pensar en mi dilema.

—Tú no eres culpable de nada, Vega Jane. Y vas a salir de aquí dentro de muy poco.

—Estoy asustada de veras —repuse.

Delph me tocó la cara con el dedo. Un instante después ambos retrocedimos de un salto porque Nida golpeó de nuevo los barrotes con su estaca y estuvo a punto de aplastarnos los dedos.

—Se habla pero no se toca. ¿Estamos? Además, Delphia, ya casi se te han acabado las cuñas.

Miré a *Harry Segundo*, que tenía carita de sentirse solo y asustado, y le dije:

—Delph, ¿te importa cuidar de *Harry Segundo*? —Me tragué el enorme nudo que tenía en la garganta—. Solo mientras yo estoy aquí dentro.

Delph asintió.

—Por supuesto que no. En la casa de los Delphia siempre hay sitio para otra bestia más. —Intentó sonreír por aquel pequeño chiste, pero no lo consiguió.

—Con Delph vas a estar muy bien, ¿vale? —le dije a *Harry Segundo*.

Me pareció que mi canino afirmaba moviendo la cabeza, pero le señalé con el dedo y se lo repetí. Finalmente, agachó la cabeza y metió la cola entre las patas traseras.

—Tengo que irme a la construcción de la Empalizada —dijo Delph—, y ya me estoy retrasando.

Yo asentí con un gesto.

Delph se volvió para mirar a Nida, que estaba ocupado en ajustar el collar de púas del shuck. Se metió la mano en el bolsillo y me entregó un trozo de pan duro, un poco de carne y una manzana.

—Volveré lo antes que pueda.

Yo asentí de nuevo. Delph me miró una vez más y desapareció calle abajo con *Harry Segundo*.

Yo me replegué hacia el rincón del fondo de la jaula, me puse en cuclillas de espaldas a Nida y di cuenta de las provisiones. Mi estómago tenía hambre, pero mi cerebro se negaba a concentrarse en la comida que tenía delante.

El Consejo en pleno iba a reunirse para decidir mi destino. Me costaba trabajo creer que iban a condenarme a muerte solo por estar en posesión de un libro. Pero cuanto más pensaba en ello, más siniestros se tornaban mis pensamientos. Aquel no era un libro cualquiera; era un libro que describía las criaturas que había en el Quag. Sin duda querrían saber cómo había llegado a mi poder. ¿Me acusarían de haber penetrado de hecho en el Quag para enterarme de todo aquello? ¿Debería yo decirles que lo había escamoteado de la vivienda de Quentin Hermes? En ese caso querrían saber qué estaba haciendo yo en aquella casa. ¿Cuál sería mi defensa? ¿Que estaba convencida de que lo de los Foráneos era una sarta de tonterías? ¿Y que la Empalizada se estaba construyendo para impedir que saliéramos los Wugmorts, y no para impedir que entraran los Foráneos? Ya, claro, seguro que aquello le sentaría estupendamente al Consejo, puede que incluso me concedieran una maldita medalla.

Me disponía a darle un mordisco a la manzana, pero decidí guardármela en el bolsillo. Tenía el estómago revuelto, sentía una oleada de náuseas que me recorrían el cuerpo entero. No iba a salir del Valhall en aquella luz. Era posible que no saliera de allí hasta que me separasen la cabeza de los hombros.

La luz pasó a la tercera sección y el sol empezó a caer a plomo sobre el techo metálico de la jaula, con lo cual comenzó a hacer un calor sofocante. Me acordé del Wug McCready, que me había suplicado un vaso de agua cuando pasé junto a él. Ahora entendí lo que debió de sentir aquel condenado, porque tenía la sensación de que se me cerraba la garganta. Sabía que era una suerte que no hubiera pasado por allí ningún viandante que pudiera haberme visto. O haberme escupido. O haberme llamado traidora. ¿Cuánto tiempo iba a durar aquello?

Miré a Nida. Ahora estaba observándome, acaso preguntándose qué tal iba a soportar el encierro. Se me ocurrieron varios comentarios ingeniosos, pero no tenía ni el valor ni la energía necesarios para soltárselos.

Cuando ya iba menguando la luz, oí el ruido de las ruedas antes de ver el carruaje. Solo que no se trataba de un carruaje. Lo que dobló la esquina y se dirigió hacia el Valhall era un simple carromato con una jaula colocada en la parte de atrás. En el pescante del conductor iban dos Wugs que yo sabía que trabajaban para el Consejo, y tiraba de él un único slep, viejo y con la cabeza y la cola lánguidas por efecto del calor.

Se detuvieron delante de la puerta de la jaula y uno de ellos se apeó. Su túnica no era negra sino verde. Le entregó un pergamino a Nida.

—La reclusa debe ser trasladada al Consejo —dijo.

Nida afirmó con la cabeza, echó un vistazo al pergamino y a continuación desenganchó la enorme llave que llevaba al cinto. Abrió la puerta del Valhall y me dijo:

—¡Vamos, sal!

Salí a trompicones. El Wug me puso grilletes en las manos y en los pies y tuvo que izarme hasta la parte trasera del carromato. Me metió sin miramientos en la jaula y después echó el cerrojo.

Seguidamente volvió a subirse al pescante, y el otro Wug azuzó al slep.

Y así partí en dirección al Consejo.

Tal vez para siempre.

VIGINTI NOVEM

El Consejo

El edificio del Consejo se hallaba situado al final mismo de la calle Mayor. A su lado, las demás construcciones de Amargura, con la excepción de Chimeneas y de Campanario, no parecían más que un montón informe de tablones viejos y vidrios agrietados. Así era de grandioso. Yo no tenía ni idea de quién lo había construido ni cuándo. Siempre lo había admirado, aunque fuera de lejos.

Era todo de piedra y de mármol y tenía en la parte delantera unas altísimas columnas y una elegante escalinata que conducía hasta la entrada. Las puertas eran de hierro y estaban adornadas con intrincados dibujos que yo, que trabajaba de Rematadora, siempre había adorado contemplar. Decían que las luces del edificio del Consejo nunca se apagaban, y que a pesar de que fuera hiciera frío o calor la temperatura del interior era siempre la misma.

Thansius, al ser el jefe del Consejo, tenía su residencia en la segunda planta. Yo nunca había estado dentro, no había tenido motivo para ello... hasta ahora. Y deseé con toda mi alma no encontrarme allí.

No me llevaron por la entrada principal, con lo cual supuse que a los presos no se nos otorgaba dicho privilegio, nos bastaba con una entrada posterior. Caminando con dificultad por culpa de los grilletes, pasé junto a otros Wugs que trabajaban en el Consejo. La mayoría de ellos no me miraron, y los que sí se giraron me dirigieron miradas hostiles. Abrigué la esperanza de que ellos no formaran parte del proceso de votación, porque en ese caso yo acabaría siendo ejecutada antes de que se hiciera de noche.

Me condujeron a una cámara que era casi tan grande como la sala principal de Chimeneas, pero mucho más bonita. Los suelos eran de mármol, las paredes eran de piedra, y el techo era de una mezcla de ambos y tenía unas enormes vigas, viejas y plagadas de carcoma, que se entrecruzaban allá en lo alto.

Detrás de un panel de media altura, construido en madera bellamente trabajada, se alzaba un estrado sobre el que se sentaba el Consejo en pleno. Thansius estaba situado en el centro y vestía su túnica de color rojo sangre, lo cual no me pareció buena señal. A su izquierda estaba Krone, ataviado de negro como de costumbre. Y a su derecha se hallaba Morrigone, también vestida de rojo. El rojo y el negro ya no iban a ser colores que me cayeran bien.

Me llevaron hasta una mesa pequeña y una silla. Al lado había un atril, como el que utilizaban los Preceptores de Aprendizaje para dar clase a los jóvenes.

—Quitadle los grilletes —ordenó Thansius.

Al momento obedecieron los dos Wugs que me había llevado allí en el carromato. Seguidamente se retiraron, y oí que se cerraba la puerta tras ellos.

Quedamos a solas el Consejo y yo. Los miré y ellos me miraron a mí. Me sentí igual que un ratón temblando en presencia de un garm.

—Siéntese, reclusa —dijo Krone—, mientras se le leen los cargos.

Me senté, al tiempo que, disimuladamente, me bajaba las mangas de la camisa. El corazón amenazaba con salírseme por la garganta. Con el rabillo del ojo vi a Elton Torrón sentado en un lado de la cámara, sin mirar a nadie ni a nada. No entendí qué hacía él allí, hasta que me dio por fijarme en lo que llevaba en la cintura: era un hacha, metida en una funda especial sujeta al cinturón.

Me giré de nuevo hacia el Consejo con un sudor frío de puro pánico.

Jurik Krone se puso de pie con un rollo de pergamino en la mano y miró con gesto triunfal a sus compañeros del Consejo. Aquella expresión victoriosa se detuvo un instante más de la cuenta en Morrigone, o al menos eso me pareció a mí.

—Esta hembra, Vega Jane, lleva mucho tiempo quebrantando las leyes de Amargura. Tengo declaraciones de Cacus Obtusus y su hijo Cletus, así como de Non y Roman Picus, que demuestran que ya lleva un tiempo infringiendo las leyes, sin consecuencias.

—En esta luz nos encontramos aquí por otros asuntos, Jurik —dijo Thansius—, de modo que centrémonos en ellos.

Krone hizo un gesto de asentimiento y bajó la vista al pergamino.

—Hemos hallado en poder de Vega Jane un libro. —Alargó la mano y levantó el susodicho para que lo vieran todos—. Este libro contiene una descripción detallada de las criaturas que viven en el Quag, así como, en determinadas circunstancias, las maneras de evitarlas. Además, identifica varias especies que habitan en el Quag y que pueden servir de ayuda a aquellos que pretendan internarse en él. Por ejemplo... —Hizo una pausa, y yo supe con exactitud lo que iba a decir a continuación. Formé la palabra con los labios antes de que él la pronunciase—. Foráneos —terminó Krone.

Al oír aquello, los miembros del Consejo empezaron a murmurar entre sí. Me fijé en que solo Thansius y Morrigone se guardaban sus respectivas opiniones y no miraban a los demás.

Thansius tenía la mirada fija en un punto situado por encima de mi cabeza, aunque de vez en cuando me miraba a la cara.

Morrigone no me miró ni una sola vez, cosa que no consideré buena señal.

—El único motivo posible —continuó Krone— para que esta hembra tenga en su poder un libro como este es el deseo de ayudar a los enemigos de Amargura. Por dichos actos de traición —al decir esto dirigió una mirada significativa hacia Elton Torrón— el único castigo apropiado es la ejecución.

Acto seguido fue mirando a todos los miembros del Consejo uno por uno y luego reservó su mirada más cáustica para mí.

Thansius se levantó y dijo:

—Gracias, Jurik, por tu... er... típicamente enérgica exposición de los hechos. —Después tomó el libro y se volvió hacia mí—. ¿Cómo te has hecho con este libro, Vega?

Miré a mi alrededor sin saber muy bien qué hacer. Finalmente, me puse de pie.

—Lo encontré en la casa de Quentin Hermes.

—Tú jamás has estado en el interior de esa casa —protestó Krone.

—Sí que he estado —repliqué—. Y te vi a ti.

—Es falso. Mentiras y más mentiras.

—«Lo que me desconcierta es el anillo. ¿Por qué el maldito Virgilio no se lo dejó a su hijo?» Eso fue lo que dijiste cuando estuviste dentro de la casa, Krone. Yo estaba escondida detrás del armario de la habitación. Y no estabas solo. —Vacilé un momento, pero mi instinto me empujó a lanzarme—: ¿Te gustaría que revelara quién te acompañaba?

No sabía quién lo acompañaba, al menos con seguridad, pero eso Krone no podía saberlo.

—¡Ya basta! —gritó Krone—. De manera que estuviste en esa casa. Pues eso demuestra simplemente que sabías de la existencia del libro y lo cogiste.

—Yo no...

—¿Ayudaste al traidor Hermes a elaborarlo?

—Estoy intentando...

—¿Esperas que creamos tus patéticas mentiras?

—Jurik —tronó el vozarrón de Thansius.

El Consejo entero pareció sufrir un estremecimiento.

—Vega intenta exponer su punto de vista —dijo Thansius—. Si la interrumpes antes de que termine, no obtendrás nada que nos sea de utilidad y harás perder tiempo al Consejo.

Surgieron murmullos de aprobación, y Krone se sentó y volvió la cara como queriendo decir que no pensaba ni escuchar siquiera lo que yo tuviera que declarar. Me fijé en que su compinche Duk Dodgson, que estaba sentado junto a él, hacía exactamente lo mismo.

Thansius se giró hacia mí y me alentó:

—Continúa, Vega.

—Yo no sabía que existiera ese libro. Fui a la casa de Hermes por la recompensa. —Decir una mentira más una verdad era mejor que decir dos mentiras, por lo menos según mis cálculos. De hecho, lo que dije se acercaba bastante a la verdad. Paseé la mirada por la sala y agregué—: Esa cantidad de monedas significa mucho para una Wug como yo. Domitar nos explicó lo de la recompensa en Chimeneas. Estoy segura de que todos los que trabajan allí han hecho todo lo posible por cobrar la recompensa, así que ¿por qué no iba a hacerlo yo? Fui a esa casa a ver si lograba hallar alguna pista que me indicara adónde se había ido Hermes.

—Hermes no se había ido a ninguna parte —replicó Krone, perforándome de nuevo con la mirada—. Se lo llevaron los Foráneos.

—Pero en aquel momento yo desconocía ese dato, ¿no? Se dio a conocer más tarde, y luego nos lo explicaron a todos los Wugs en Campanario.

—Entonces, ¿por qué te quedaste con el libro? —inquirió Krone en tono triunfal—. ¿Por qué no se lo entregaste al Consejo?

—Porque me entró miedo —contesté.

—¿De qué? —gruñó Krone.

—¡De que los Wugs reaccionasen como tú estás reaccionando ahora! —contraataqué—. Sabía que aunque lo entregase, tú hallarías la manera de retorcer el asunto para terminar con un veredicto de culpabilidad. Anoche, cuando fuiste a apresarme, me dijiste que sería ejecutada. Es evidente que ya habías tomado esa decisión antes de que se celebrase la audiencia en el Consejo. ¿Dónde está ahí la justicia?

Mi declaración surtió el efecto deseado. Al instante se elevaron murmullos entre los miembros del Consejo. Vi que dos de ellos miraban a Krone con gesto severo.

Morrigone seguía con la mirada perdida en la pared del fondo de la sala. Thansius me observaba fijamente a mí.

—Yo no he hecho tal cosa —escupió Krone.

Yo seguía con el corazón acelerado y con mucho miedo, pero la rabia ya estaba sobreponiéndose al pánico.

—Entonces, ¿por qué me sacaste de mi casa sujeta con grilletes?

—¿Hizo eso?

Todos nos giramos hacia Morrigone, que ahora taladraba
con la mirada a Krone.

—Sí —respondí.

—Vega —terció Thansius—, has dicho que te apresaron
anoche. ¿Adónde te llevaron?

Miré sin pestañear a Krone cuando contesté:

—Al Valhall. Y allí es donde he estado encerrada hasta que
me han traído aquí. Y mis labios no han tocado nada de comida
ni de agua. Bueno, he comido una parte de lo que me llevó
Delph, pero aun así me han matado de hambre.

—En tal caso debes de tener hambre y sed —dijo Morrigone. Dio una palmada y al momento salió un ayudante de la sala.
Al poco regresó trayendo una bandeja con pan, un surtido de
quesos y una jarra de agua y la depositó ante mí.

—Vega —dijo Morrigone—, en nombre del Consejo te pido
disculpas. Ningún Wug es encerrado en el Valhall sin haber sido
condenado antes. —Y luego, empleando un tono cáustico y
lanzando una mirada fulminante a Krone, añadió—: Como bien
sabe mi colega Krone.

Krone no había dicho nada en todo aquel rato. Yo ataqué la
bandeja de comida y me bebí el agua, y mientras tanto fui lanzando miradas furtivas al Consejo, aquí y allá. Observé que
Krone se miraba las manos, sin duda preguntándose qué había
sido de la ventaja que tenía. Estaba ya pensando que a lo mejor
me dejaban libre dentro de poco, cuando reparé en que la jarra
tenía una pequeña fisura. Se había salido el agua y me había
mojado la manga, y sobre la mesa había aparecido un charco de
color oscuro. Lo miré por espacio de unos instantes, pregun-
tándome de dónde provenía, porque yo no llevaba tanta suciedad encima.

Ni siquiera me di cuenta de que lo tenía al lado hasta que
levanté la vista.

Krone estaba con la mirada fija en el charquito de agua.
Después me miró el brazo y por último la cara. Antes de que

pudiera impedírselo, me levantó la manga de la camisa y dejó al descubierto el mapa que yo había copiado del original que me había dejado Quentin Hermes.

—¿Y qué demonios es esto, si se puede saber? —rugió. Me retorció el brazo y me arrancó un grito de dolor.

Thansius se puso en pie.

—Krone, suéltala inmediatamente.

Morrigone también se había puesto de pie y venía ya hacia nosotros. Se detuvo frente a mí y me observó el brazo. Vi que hacía ademán de decir algo, pero lo que fuera se le quedó bloqueado en la garganta.

Krone me había soltado obedeciendo la orden de Thansius, pero me impedía que me bajara la manga.

—O mucho me equivoco, compañeros del Consejo —dijo—, o lo que percibo en el brazo de esta hembra es nada menos que un mapa del Quag.

Me entraron ganas de chillarle y preguntarle cómo sabía él que se trataba del Quag, pero me quedé muda al ver las caras de los miembros del Consejo. Ya Thansius por sí solo me tenía hechizada. Muy despacio, se aproximó hasta mí y me miró el brazo. A continuación, me levantó suavemente la otra manga de la camisa y miró también.

—¿Llevas algún dibujo más en el cuerpo, Vega, aparte de estos? —Su voz sonó teñida de decepción y, peor todavía, traición.

Se me llenaron los ojos de lágrimas y descubrí que no era capaz de mentir.

—En el estómago y en las piernas.

—¿Y de dónde los has sacado?

Me volví hacia Morrigone, que no había apartado la mirada del mapa. Su expresión de profunda sorpresa me resultó demoledora.

—De un pergamino que me dejó Quentin Hermes —respondí—, antes de que desapareciera.

—¿Y te dijo que se trataba de un camino para cruzar el Quag?

—Sí, en cierto modo.

—¿Y dónde está ahora ese pergamino?

—Lo quemé.

—Pero no antes de copiárselo en el cuerpo —intervino Krone—. ¿Y para qué iba a habérselo copiado encima, si no estuviera planeando utilizarlo de alguna manera, y sin duda contra sus hermanos Wugmorts?

—¡No planeaba nada de eso! —exclamé—. En ningún momento tuve la intención de utilizarlo.

—Entonces, ¿para qué quisiste conservarlo pintado en tu cuerpo?

Quien había formulado aquella pregunta era Morrigone. Ahora me miraba a mí.

Me obligué a sostenerle la mirada, y mirando aquellos ojos decidí contar la verdad:

—Porque mostraba el camino para ir a un lugar que no era este.

—¡Ha confesado! —exclamó Krone—. La hembra prácticamente acaba de decirnos que está confabulada con los Foráneos.

Morrigone seguía con la mirada fija en mí. En sus ojos había una profunda tristeza. Luego se volvió hacia Thansius y le dijo:

—En mi opinión, ya tenemos toda la información que necesitamos. Debemos deliberar y emitir nuestro veredicto.

Sentí deseos de gritarle que no hiciera tal cosa, que yo era inocente, que necesitaban interrogarme más. Pero no dije nada. Sabía sin el menor asomo de duda que ya no podía decir ninguna otra cosa que les importase.

Morrigone se dirigió a Krone:

—Pero no debe ser encerrada de nuevo en el Valhall. La llevaréis a su casa y le pondréis un centinela.

Krone se sintió mortificado.

—¡Es una traidora! Intentará escapar y por lo tanto evadir la justicia en este asunto tan grave. Lleva un mapa del Quag dibujado en el cuerpo, y lo empleará para...

—¿Para qué, Krone? —lo interrumpió Morrigone—. ¿Para penetrar en el Quag? ¿Una Wug de catorce sesiones? En dos cuñas estará muerta. Todos sabemos lo que hay allí dentro, y

Vega también. —Se giró hacia mí para agregar—: Y tiene otros motivos para no marcharse de Amargura. Eso también lo sabe.

Krone estaba a punto de decir algo, pero Thansius previó otro estallido y lo bloqueó:

—Estoy de acuerdo con Madame Morrigone. Vega será trasladada a su casa y se le pondrá un centinela. No obstante, antes de proceder, una hembra ayudante del Consejo se encargará de... de lavarle el mapa que lleva dibujado en su... en el cuerpo.

—Exijo que la acompañe un guardia en todo momento —dijo Krone.

Thansius puso cara de querer estrangular a su colega.

—Dudo mucho que Vega pueda escapar del edificio del Consejo, Krone. Pero si así lo deseas, puedes quedarte de pie junto a la puerta mientras se organizan los necesarios preparativos para el... er... borrado del mapa.

Krone se sintió profundamente contrariado por aquella sugerencia y no mostró indicación alguna de que fuera a aceptarla.

Thansius regresó al estrado y dio un suave golpe en la madera con la empuñadura de una espada incrustada de joyas que descansaba sobre la misma.

—El Consejo estudiará inmediatamente el asunto de Vega Jane.

Mientras me conducían hacia la salida, me volví para mirar primero a Thansius y después a Morrigone. Ninguno de los dos quiso devolverme la mirada.

Con el corazón y el ánimo en los pies, dejé que me sacaran de aquella cámara y me llevaran a un cuarto de baño, donde me lavaron todo el mapa que me había dibujado en el cuerpo, con tanta energía que la piel me quedó enrojecida y dolorida. Pero no emití ni una sola queja mientras iban desapareciendo aquellos trazos que llevaban tanto tiempo escondidos bajo mi ropa. Una vez finalizado el lavado, me llevaron de nuevo a mi casa, donde me encontré con Non, felizmente apostado como centinela junto a mi puerta.

Delph me había traído a *Harry Segundo*, que se pegó a mí y no se movió.

Ya había oscurecido bastante, de modo que me tendí en mi camastro y me puse a pensar en lo que podía depararme el destino. ¿Me ejecutarían? ¿Volverían a encerrarme en el Valhall? ¿Durante muchas sesiones, quizá? ¿Me dejarían en libertad? Pero al final regresaba siempre al principio: ¿me ejecutarían?

Solo había presenciado una ejecución. Fue cuando tenía diez sesiones, y el reo era un macho que había matado a su hembra simplemente porque era malvado. Fue intencional, o así lo consideró el Consejo. Además, aquel Wug casi había matado a sus hijos a golpes, y probablemente lo habría conseguido de no intervenir otros Wugs. Se convocó a todo Amargura para que presenciara la ejecución, que tuvo lugar en el centro del pueblo.

Obligaron al reo a subir una corta escalera que llevaba a una plataforma, lo hicieron arrodillarse y lo cubrieron con una capucha. A continuación, le apoyaron la cabeza sobre un bloque de madera maciza y el verdugo, que también iba encapuchado pero que yo ahora sospechaba que era Elton Torrón, levantó su hacha bien alto y de un solo tajo le separó la cabeza del resto del cuerpo. La cabeza cayó en un cesto de paja colocado delante del bloque de madera. La escalera se tiñó de sangre y pensé que mi pobre hermano John iba a desmayarse. Yo me aferré a la mano de mi madre, presa de las náuseas, e incluso me tambaleé un poco. Sin embargo, la multitud estalló en vítores porque se había hecho justicia y se había eliminado a un Wug perverso.

¿Así era como iba a terminar mi vida? ¿Elton Torrón separando mi cabeza del resto de mi cuerpo? ¿Los Wugs celebrando mi muerte con vítores?

Cerré los ojos e intenté dormir, pero me fue imposible. Hasta que conociera cuál iba a ser mi destino, no habría descanso para mí.

TRIGINTA

Actúa o muere

Estábamos en la primera sección de la luz cuando oí que llamaban a la puerta. A pesar de lo angustiada que estaba por mi destino, finalmente me había rendido al sueño. *Harry Segundo* se puso a gruñir y a olfatear la puerta.

Me levanté con paso inseguro, todavía medio dormida, con dificultades para conservar el equilibrio y con el estómago revuelto a causa del pánico que me dominaba. ¿Llevaban a cabo las ejecuciones inmediatamente después de que así lo decidiera el Consejo? ¿Me encontraría en la puerta con Elton Torrón, que venía para llevarme a rastras hasta una plataforma recién construida en el centro del pueblo?

Abrí la puerta.

Pero no era Elton Torrón, sino Morrigone. Lucía una palidez mortal y un gesto de cansancio, su exhausto semblante se parecía mucho al mío. Hasta su capa tenía una cuantas manchas de suciedad en el dobladillo. Oteé un momento la calle pero no vi el carruaje; debía de haber venido a pie desde el edificio del Consejo, para traerme la noticia.

—¿Puedo entrar, Vega?

Respondí con un gesto afirmativo y me hice a un lado para que pasara.

Se sentó, o más bien se dejó caer, en una de las sillas. Luego reprimió un bostezo y se frotó un ojo.

—¿No has dormido? —le pregunté.

Morrigone negó lentamente con la cabeza, pero lo cierto era

que no dio muestras de haber oído lo que le había preguntado. Miró a *Harry Segundo* y le tendió una mano; el canino se aproximó con cautela y le permitió que le rascara las orejas.

—Buen canino —dijo ella.

—Haría lo que fuera por mí —repuse yo al tiempo que me sentaba frente a ella, en mi camastro—. ¿Se le negará esa oportunidad? —pregunté con precaución.

Morrigone alzó la vista.

—No van a ejecutarte, si es eso lo que me estás preguntando —respondió muy directa—. Krone ha pasado toda la noche luchando largo y tendido a ese respecto, pero Thansius y yo hemos conseguido que el Consejo viera la luz de la razón.

—¿Por qué me odia tanto Krone? ¿Qué le he hecho yo?

—No tiene que ver contigo —contestó Morrigone con voz queda—. A quien odiaba Krone en realidad era a tu abuelo.

—¿Cómo? —exclamé con voz ahogada.

—Esto data de antes de que yo entrara a formar parte del Consejo, naturalmente, pero, como ya te conté en una ocasión, mi abuelo fue jefe del Consejo. Dimitió, y Thansius ocupó su puesto cuando mi padre sufrió su Evento... —Dejó la frase sin terminar. Permaneció unos instantes sin decir nada y después volvió a concentrarse—. En aquella época Krone no era más que un ayudante, pero ambicionaba ser miembro del Consejo de pleno derecho. Y no me cabe duda de que ahora tiene la mira puesta en convertirse en jefe cuando Thansius le ceda el puesto.

—Campanario nos ayude a todos si eso llega a pasar —dije yo con calor.

—Bueno, Krone tiene sus puntos fuertes y está profundamente empeñado en preservar Amargura. Pero no creo que fuera a ser un buen jefe del Consejo.

—Eso no explica que odiara a mi abuelo.

—Cuando Virgilio se disponía a dejar el Consejo, se rumoreó que su puesto lo ocuparía Krone. Virgilio no tenía muy buena opinión de él, y los dos tuvieron una bronca tremenda en la cámara, delante de todo el Consejo. Aquello fue humillante para Krone, estoy segura, porque tu abuelo lo trataba de una forma autoritaria que no toleraba la menor oposición y gozaba de una lengua y un intelecto muy superiores a los de Krone. Fue una masacre oratoria de proporciones históricas. Nombraron a otro Wug para que sustituyera a Virgilio, basándose única y exclusivamente en aquella disputa verbal. Y aunque con el tiempo Krone se convirtió en miembro del Consejo, fue varias sesiones más tarde. Estoy segura de que consideró a tu abuelo responsable de ese retraso que sufrió su carrera. Y el odio que sentía hacia tu abuelo parece haberlo trasladado a ti.

—¿Y a mi hermano? —dije con cara de preocupación.

—No, me parece que a ti solamente. Y tampoco tenía nada contra tus padres.

—¿Y por qué me odia a mí solamente? —pregunté en tono de perplejidad.

Morrigone ladeó la cabeza y me miró con una expresión divertida.

—Porque tú te pareces mucho a tu abuelo, Vega. Mucho.

—¿A ti te caía bien? —Recordé que Delph me había contado que los dos tuvieron una discusión justo antes de que mi abuelo se marchara de Amargura.

—Yo lo respetaba, que es algo mucho más poderoso, Vega. Virgilio era un gran Wugmort. Se... Se le ha echado dolorosamente de menos desde su...

Por lo visto, no fue capaz de terminar la frase.

—Yo también lo echo de menos.

Morrigone se inclinó y me tomó de la mano.

—Veo que te has dibujado en la mano el símbolo que llevaba él. Es una marca bien extraña, ¿a que sí?

No le había permitido a la ayudante del Consejo que me borrase aquel dibujo. Le había dicho que no formaba parte del mapa, y ella cedió.

Últimamente pensaba mucho en aquel símbolo.

—Tres ganchos —dije—. No uno ni cuatro, sino tres.

Morrigone me miró con los ojos muy abiertos.

—Sí, tres —dijo con tristeza—. El tres puede ser un número muy poderoso. Es una especie de trinidad. Pero ¿no sabes lo que significa el dibujo?

—No lo sé. —Guardé silencio unos instantes—. ¿Y cuál

es mi destino, entonces? Si no es la ejecución, tiene que ser el Valhall.

—No es el Valhall.

La miré sin comprender.

—Pues si no es la ejecución y tampoco el Valhall, ¿cuál es?

—Vega, contigo no quiero tener pelos en la lengua. El hecho de descubrir el mapa que llevabas pintado en el cuerpo ha hecho mucho daño. He tenido que hacer uso de todos mis recursos y recabar el apoyo de otros miembros del Consejo para disuadirlos de que te decapitasen o te encerrasen en el Valhall por el resto de tus sesiones.

Hice una inspiración profunda para asimilar aquellas palabras. Ahora me daba cuenta de lo cerca que había estado de morir.

La miré y pregunté:

—Bueno, y ahora, ¿qué? ¿Cuál va a ser mi castigo?

Morrigone también respiró hondo. Nunca la había visto tan agotada.

—Has de luchar en el Duelum, Vega. Has de luchar con todas tus fuerzas. No puedes rendirte ni caer con facilidad, porque en ese caso sí que te encerrarán en el Valhall durante el resto de tu vida. Eso es lo que ha votado el Consejo, y es definitivo.

—¡Pero si solo tengo catorce sesiones! —protesté—. Y voy a luchar contra machos hechos y derechos.

Morrigone se levantó y se frotó los ojos otra vez.

—Vega, lo cierto es que les da lo mismo. Así de simple. Si luchas con valentía, todo te será perdonado, tu vida recobrará la normalidad y ya no deberás nada. Pero si no luchas, te llevarán al Valhall inmediatamente. Y la verdad es que no puedo garantizarte que Krone no presione para lograr que te ejecuten, y esta vez puede que se salga con la suya.

—En ese caso lucharé —dije—. Te doy mi palabra de que pelearé con todas mis fuerzas. —Callé unos instantes y añadí—: ¿Qué ocurrirá conmigo hasta que comience el Duelum?

—Eres la única Rematadora que queda en Chimeneas, así que puedes regresar a tu trabajo, el de acabar cinchas, en la próxima luz.

—¿Y cuando muera derrotada en el Duelum?

—Lo siento, Vega. Esto es lo máximo que he podido conseguir. Por lo menos de esta forma tendrás una oportunidad.

—Una oportunidad —repetí yo sin entusiasmo. ¿Qué oportunidad tenía en realidad?

Morrigone alzó una mano para imponer cautela.

—Krone y sus aliados están convencidos de que intentarás huir de Amargura y hacer uso del mapa que tenías.

—Me han borrado el mapa del cuerpo —repliqué.

—Podrías habértelo aprendido de memoria. En cualquier caso, no se te ocurra hacerlo. Si intentaras huir, el Consejo pondría la mira en Delph. Y ahí sí que no sería solamente el Valhall. —Hizo una pausa—. Le quitarán la vida. —Hizo otra pausa más y me perforó con la mirada para decir—: Y yo no haría nada para impedirlo.

—¿Por qué, Morrigone? ¿Qué le importa al Consejo que un Wug se vaya al Quag? Si toma esa decisión y muere, es su vida.

—No es tan sencillo, Vega. La misión del Consejo consiste en proteger a todos los Wugmorts y garantizar la supervivencia de Amargura. Si los Wugs empezasen a irse al Quag y a morir, eso tal vez animaría a las bestias que viven allí a presentarnos batalla de nuevo. Y puede que no lográramos sobrevivir a una segunda guerra contra ellas.

—Y además, por supuesto, están los Foráneos. —Me pareció revelador que se hubiera olvidado de mencionarlos, teniendo en cuenta que estábamos construyendo una maldita empalizada de dimensiones descomunales supuestamente para frenarlos a ellos.

Si esperaba alguna réplica punzante por su parte, iba a llevarme una desilusión.

Morrigone me miró con una expresión agridulce que me recordó a la que a veces tenía mi madre, pero enseguida se le endurecieron las facciones.

—Vega, hablaba muy en serio cuando te dije que te admiraba. No tengo el menor deseo de ver cómo se extingue una vida tan prometedora como la tuya. Pero existen límites, incluso para los sentimientos que albergo hacia ti. Te ruego que no lo olvides. Yo tengo un deber que cumplir y mi intención es cumplirlo. Por el bien de todos los Wugmorts y la supervivencia de Amargura, no puedo tener favoritos y no los tendré.

Y tras aquella declaración, que no presagiaba nada bueno, se marchó.

TRIGINTA UNUS

Con la práctica se llega a la imperfección

Delph llegó a mi casa justo al finalizar su jornada de trabajo en la Empalizada.

—Qué hay, Vega Jane —saludó desde fuera.

Abrí la puerta y me lo encontré. *Harry Segundo* saltaba alrededor de los tobillos de ambos.

—¿Qué ocurre, Delph? —inquirí.

—Me he enterado de algunas cosas —respondió él.

—¿De cuáles, exactamente? —pregunté al tiempo que estudiaba su rostro en busca del menor resquicio de duda.

—De que vas a tener que luchar en el Duelum.

—Sí. —Me subí la manga y le mostré la piel limpia—. Me encontraron el mapa.

—En ese caso vamos a tener que practicar.

Lo miré sin entender.

—¿Qué tenemos que practicar?

—Estrategias para que ganes.

—Delph, no voy a ganar el Duelum.

—¿Por qué no?

—Porque soy hembra. Y solo tengo catorce sesiones.

—Ya te falta muy poco para cumplir quince —corrigió Delph—. Entonces, ¿ni siquiera vas a intentarlo? Eso no me parece muy propio de Vega Jane, la Vega Jane que sabe volar y arrojar esa lanza.

—Eso es distinto.

—Ah, ¿sí? —replicó Delph mirándome.

Me aparté un poco y reflexioné sobre aquel punto.

—¿Y cómo voy a practicar?

—Tú me has enseñado a volar y a arrojar la lanza. Yo puedo enseñarte a ti a pelear. Morrigone dijo que las hembras debían entrenarse, y ya que ahora te han obligado a participar en el Duelum, tienes derecho a recibir el entrenamiento necesario, igual que cualquier otra Wug. Los Preceptores ya están preparados para ayudar, y creo que yo valgo tanto como cualquier Preceptor del Duelum.

—Eso ya lo sé. Pero ¿dónde podemos practicar?

—En mi casa. Allí no nos verá nadie.

—¿Cuándo?

—Ahora.

Ya era de noche cuando llegamos a la casa de Delph. Ya no se oían los ruidos habituales que se asocian con el lugar en que vive alguien dedicado a amaestrar a las bestias. No había bestias nuevas, porque yo estaba segura de que Duf no tenía tiempo para amaestrarlas: todo el tiempo lo pasaba en la Empalizada.

En cambio sí que hubo ruidos, porque el adar nos vio acercarnos y nos habló:

—Hola —dijo.

—Hola —le contesté yo.

—¿Y quién puede ser esta visita? —preguntó el adar.

—Esta visita puede ser Vega Jane —contesté.

El adar se irguió en toda su estatura e hinchó el pecho.

—Ooh, Ve-Ve-Vega Jane. Qué gu-guapa, Ve-Ve-Vega Jane. Qué bo-bonita, Ve-Ve-Vega Jane. —Hablaba exactamente igual que Delph.

—Cierra la boca, montón de plumas —rugió Delph—, si no quieres acabar en la cazuela esta noche para cenar.

—Gu-guapa, Ve-Ve-Vega Jane —dijo el adar una vez más, y a continuación, tras dirigir una mirada arisca a Delph, metió la cabeza bajo el ala y se dispuso a dormir.

Yo estaba estupefacta por aquella actitud, pero también experimenté un extraño hormigueo en la nuca. La cosa era que los adares solo empleaban palabras que habían oído. Pero no tuve tiempo de reflexionar sobre aquel punto porque de pronto vi a

Delph arremetiendo contra mí a toda velocidad. Solo tuve tiempo para dejar escapar una exclamación y protegerme la cara con las manos antes de que me embistiera. Me alzó del suelo, me levantó en vilo por encima de su cabeza e hizo el amago de ir a lanzarme contra un árbol, pero se detuvo. Alzó la vista hacia mí. Yo bajé la vista hacia él.

—¿Se puede saber qué demonios estás haciendo, Delph? —boqueé.

Me bajó lentamente hasta el suelo.

—En el Duelum no hay descansos. En realidad no hay normas, ni justas ni injustas, de modo que hay que estar prevenido para luchar en todo momento. Los adversarios se lanzan contra uno en cuanto suena la campana, Vega Jane. Cargan, te sujetan los brazos a los costados, te levantan del suelo y te aplastan contra lo más duro que encuentran. Después de algo así no volverás a levantarte, créeme. Fue lo que le hice yo a Non en el último Duelum. Se descuidó, el muy patoso.

Miré el árbol, luego volví a mirar a Delph y sentí un escalofrío.

—Está bien —dije—. Ya lo he captado. Y ahora, ¿qué?

—Ahora vamos a pelear. —Delph retrocedió unos cuantos pasos y adoptó una postura de cuclillas—. Cuando te enfrentes a Elton Torrón... —empezó.

—¡Elton Torrón! —exclamé—. Tiene más de veinticuatro sesiones. No participará en el Duelum.

Delph se encogió de hombros.

—Pues él dice que tiene veintitrés.

—Es falso —escupí.

—Está inscrito en el Duelum, Vega. Es lo que hay.

—Pero ¿no hay árbitros?

—Claro que sí, pero me parece que todos le tienen mucho miedo. Si él dice que tiene la edad reglamentaria, ellos no van a discutírselo, y ya está.

Yo seguía echando pestes.

—No he visto mayor estupidez. Vale, ¿quién más?

—Non. Ran Digby. Cletus Obtusus. Muchos.

—Pero ninguno tan grande como tú.

—La mayoría, no. Pero no solo tienes que cuidarte de los grandes, Vega Jane. Los pequeños son rápidos y desconfiados, y pegan muy fuerte. En mi último Duelum estuve a punto de ser derrotado por un tipo que medía la mitad que yo.

—¿De qué forma?

—Me arrojó tierra a los ojos y luego me golpeó con un tablón que había escondido en el foso.

Se me salieron los ojos de las órbitas.

—¿Pueden hacer algo así?

Delph me miró con un gesto de exasperación.

—¿Es que no ves los Duelums, Vega Jane?

—Bueno, solo la final entre los campeones. Algunas veces. —La verdad era que no soportaba ver a dos Wugs intentando matarse entre sí. La última vez que vi a Delph ganar, sufrí un fuerte acceso de náuseas al ver cómo manaba la sangre de él y de su contrincante.

Delph afirmó con la cabeza.

—Sí, en la última ronda no permiten pelear tan sucio, claro está, porque se halla presente el Consejo en pleno. Pero para llegar a esa fase, cabe esperar encontrarse de todo.

Volvió a agacharse en cuclillas, manteniendo las manos en alto y los brazos pegados a los costados.

—Debes protegerte el cuerpo, Vega Jane. Un golpe en el estómago o en el costado es muy doloroso. —Alzó un poco más los puños—. Y vigilar la cabeza. Resulta difícil pelear con una fractura en el cráneo.

Empecé a sentir un malestar en el estómago.

—¿Una factura en el cráneo?

—Hace dos Duelums sufrí una. Estuve media sesión con dolores de cabeza.

La boca se me secó por completo.

—¿Y cómo voy a hacer para protegerme el cuerpo y la cabeza a la vez? —gemí.

—No dejando de moverte. —Delph bailoteó un poco con pies ligeros, con lo cual demostró poseer mayor agilidad de la que yo le había atribuido, teniendo en cuenta su envergadura.

—Al adversario se le puede golpear con cualquier cosa: los puños, la cabeza, las piernas, las rodillas.

—Y los tablones —le recordé.

—Bien, cuando te golpeen...

—¿De modo que estás suponiendo que me van a golpear? —lo interrumpí.

—En un Duelum todo el mundo resulta golpeado —replicó Delph en tono pragmático—. De hecho, hay que contar con recibir aproximadamente una docena de golpes en cada combate. Me refiero a los duros de verdad. En total serán unos cincuenta, pero no cuento los pequeños, que solo te dejan mareado un rato.

Me entraron ganas de dar media vuelta y salir corriendo.

—Cuando te golpeen, ya sea fuerte o no, te recomiendo que te tires al suelo.

Al principio me alegré de esa sugerencia, pero luego me acordé de lo que me había dicho Morrigone. Si no peleaba con todas mis fuerzas, acabaría encerrada en el Valhall durante las sesiones que me quedaran. En cambio, lo que dijo Delph a continuación fue una prueba de que no tenía planeado que yo me rindiese.

—Tirarse al suelo no quiere decir que uno haya perdido el combate, Vega Jane. Tu adversario te saltará encima y te dará de puñetazos hasta dejarte ciega o sorda. Duele bastante —añadió innecesariamente—. Claro que si levantas las manos y te rindes, finalizará el asalto y ningún Wug podrá continuar golpeándote sin incurrir en falta.

—No puedo rendirme, Delph —aseguré. Y pensé: «Por mucho que lo esté deseando.»

—No estarás rindiéndote, Vega Jane. Lo que harás será tirarte al suelo de forma especial. Así. —Se tumbó de espaldas y encogió las rodillas a la altura del pecho—. En cuanto te tires al suelo, prácticamente todos los adversarios te atacarán a lo bestia. Arremeterán de cabeza contra ti. Lo que tienes que hacer tú es esperar a tenerlos a poca distancia y luego actuar así.

Lanzó una patada con ambas piernas, y lo hizo con tanta fuerza que yo di un salto hacia atrás aun cuando no corría peligro de resultar alcanzada. Al momento siguiente estaba otra vez en pie. Dio un brinco en el aire y aterrizó plantando ambos pies encima de su contrincante imaginario. Acto seguido volvió a saltar y aterrizó con el brazo derecho en forma de V y el codo apuntando hacia abajo. Cayó en tierra con el codo a un centímetro del suelo.

—Eso es la garganta de tu adversario. Si la golpeas con el codo, no podrá respirar, ¿ves? Así que se desmayará. Y tú ganarás. Y pasarás a la siguiente ronda. Limpio y rápido.

Sentí que se me obstruía mi propia garganta.

—Pero si no puede respirar, ¿no se morirá? —pregunté con la voz quebrada y seca.

Delph se incorporó y se sacudió el polvo del pantalón y de las manos.

—Bueno, la mayoría de los Wugs empiezan a respirar por sí solos bastante rápido. Y para los que necesitan un poco de ayuda, hay Reparadores que están a la espera y que acuden a darles unos golpes en el pecho. Por lo general, con eso es suficiente. Claro que hay veces que tienen que abrirles la garganta para que vuelva a pasar el aire, pero la cicatriz es bastante pequeña y por lo tanto no sangra mucho.

Me volví y arrojé lo poco que tenía en el estómago encima de un arbusto. Un instante después sentí en los hombros las grandes manos de Delph, que me sostenían mientras yo terminaba de vomitar. Me limpié la boca y me giré hacia él con las mejillas enrojecidas de pura vergüenza.

—Delph, no tenía ni idea de que los Duelums eran así. ¿Y tú ya llevas ganados tres? Pues me parece algo realmente increíble.

Delph se ruborizó de placer ante mis elogios.

—No es tan especial —dijo con modestia.

—Pero lo que acabas de enseñarme me servirá de ayuda. —Ni yo misma me creía aquello, por supuesto, porque aunque me lanzase sobre la garganta de Non dejándome caer desde la copa del árbol más alto de todo Amargura, dudaba que le provocara siquiera una leve tos.

—Esto no es más que el principio, Vega Jane, todavía te queda mucho que aprender. Además, tienes que aumentar tu fuerza.

—Ya soy bastante fuerte.

—No lo suficiente.

—¿Y cómo hago para serlo más? Paso la luz entera trabajando en Chimeneas, rematando cinchas para la Empalizada. ¿Cuándo voy a tener una cuña libre? Tengo que dormir.

—Ya se nos ocurrirá un modo.

—¿Cuándo sabremos contra quién tenemos que luchar?

—Publicarán los primeros encuentros siete noches antes de que dé comienzo el Duelum —contestó Delph.

Luego pasamos un rato más practicando diversos movimientos y estrategias, hasta que yo quedé agotada.

Antes de marcharme, me acordé del adar.

—Delph, ese adar...

—Mi padre no ha dejado de tener problemas con ese maldito bicho —gruñó.

—¿Qué problemas?

Delph no quiso mirarme a los ojos.

—Dice cosas que no tenemos ni idea de dónde las ha aprendido. Mi padre dice que algunos adares poseen una mente propia, ya ves.

—Pero los adares no saben tartamudear por naturaleza, ¿no?...

—Tengo que irme, Vega Jane.

Y dicho esto despareció en el interior de su casa y cerró bien la puerta.

TRIGINTA DUO

Una sola preocupación

En la luz siguiente, me levanté temprano. Quería salir de Amargura propiamente dicho antes de que se levantasen los demás Wugs.

Mientras caminaba por el empedrado acompañada de *Harry Segundo*, pasé junto a un Wug anciano que no conocía pero al que ya había visto en otra ocasión. Me miró con cara de pocos amigos y me lanzó un salivazo a la bota. Yo me aparté de un salto y continué andando con la cabeza baja. Era obvio que se había extendido el rumor de que me habían detenido y condenado a pelear en el Duelum. Era posible que ya el pueblo entero me aborreciera, aunque costaba trabajo entender que se hubieran vuelto tan deprisa contra mí.

Con el rabillo del ojo vi a Roman Picus, que venía por la calle. Me preparé para sus insultos y sus calumnias; en cambio, hizo algo que me hirió todavía más: se caló el sombrero y se metió entre dos edificios, al parecer para no tener que hablar conmigo, o quizá para evitar que lo vieran en mi compañía.

Seguí andando con pesadumbre, vacía de toda energía y teniendo por delante una luz entera de trabajo.

Al pasar junto al albergue de los Obtusus, coincidió que Hestia Obtusus salía a tirar la basura al cubo. Procuré no establecer contacto visual, pero ella me llamó:

—¡Vega!

Me detuve, temiéndome lo peor. Hestia siempre había sido buena conmigo, pero estaba totalmente sometida por su marido. Me fijé en la escoba que tenía en la mano y pensé que a lo mejor le daba por atizarme con ella.

—¿Sí? —respondí en voz baja.

Hestia se acercó, acarició un momento a *Harry Segundo* y me dijo:

—Es un canino precioso.

Sus palabras de amabilidad me levantaron un poco el ánimo.

—Gracias. Se llama *Harry Segundo*.

De pronto se le endureció el gesto.

—Es asqueroso lo que andan diciendo de ti. Estoy tan segura de ello como lo estoy de conocer mi propia sartén.

Sentí un calor que me inundaba la cara y un escozor de lágrimas que me asomaba a los ojos. Nerviosa, me los froté con la mano y le sostuve la mirada a Hestia.

Hestia volvió un instante la mirada hacia su casa y después se me acercó y sacó algo que llevaba en el bolsillo. Lo sostuvo en alto. Era una cadenita de la que colgaba un disco de metal.

—Esto me lo regaló mi madre cuando no era más que un retaco. Dicen que atrae la buena suerte. —Yo la miré, confusa, y ella continuó—: Suerte para el Duelum. Me he enterado de que vas a tener que participar. Los del Consejo están locos de atar. —Me agarró la mano, me puso en la palma el amuleto de la buena suerte y me cerró los dedos sobre él—. Quédatelo, Vega Jane. Quédatelo y vence a los machos. Yo sé que eres capaz de vencerlos. ¡Malditos Foráneos! ¡Como que tú ibas a ayudarlos, y también tu abuelo, que era nada menos que Virgilio Alfadir Jane! Unos malditos locos, eso es lo que son. Menuda pandilla de chalados.

De pronto reparó en lo delgada y sucia que estaba yo, y sus grandes mofletes comenzaron a temblar.

—Dame un momento —me dijo.

Volvió a entrar en el albergue y media cuña más tarde estaba de regreso trayendo una bolsa pequeña de tela que me entregó.

—Esto, que quede entre nosotras —me dijo al tiempo que me daba un pellizco en la mejilla. Y dicho esto se marchó.

Miré dentro de la bolsa y vi una hogaza de pan recién hecho, dos manzanas, un tarro de pepinillos en vinagre, un trozo de queso y dos salchichas. Mi estómago empezó a hacer ruidos, deseoso de devorar aquella comida.

Observé el amuleto que me había regalado. El disco era de cobre y llevaba la imagen de una estrella de siete puntas. Me lo pasé por la cabeza y la cadena se acomodó en torno a mi cuello. Volví la vista hacia el albergue de los Obtusus y vi a Hestia en una ventana, observándome. Al descubrirme, desapareció a toda prisa.

Seguí mi camino, ahora con el ánimo más alegre gracias al gesto de bondad de Hestia.

Nada más llegar a mi árbol me detuve, dejé la lata y la bolsa de tela y eché a correr vociferando:

—¡No, no! ¡Ese árbol es el mío!

Había cuatro Wugs, todos machos y todos con un tamaño el doble del mío. Uno de ellos era Non. Empuñaba un hacha y se disponía a descargar un fuerte golpe sobre el tronco. Otros dos Wugs aguardaban con una larga sierra, mientras que el cuarto tenía un morta que ahora apuntó hacia mí mientras *Harry Segundo* le lanzaba gruñidos y lo amenazaba con morderlo.

Iban a talar mi árbol.

Non se detuvo, pero sin dejar de sostener el hacha en alto, me dijo en tono despiadado:

—Los traidores no tienen árboles, hembra.

Y se preparó para descargar el primer hachazo.

—¡No! —chillé—. ¡No puedes, no puedes! —Hice una pausa y agregué—. ¡Y no vas a hacerlo!

Non asestó un tremendo hachazo en el tronco, y de repente ocurrió una cosa totalmente increíble: en la corteza no apareció ningún tajo y ninguna melladura. En lugar de eso, el hacha se rompió por la mitad y cayó al suelo.

Non se quedó inmóvil, mirando con gesto de incredulidad el punto en que había golpeado, y después contempló su herramienta destrozada.

—Pero ¿qué demonios...? —rugió. Se volvió hacia los dos Wugs que sostenían la sierra y les hizo una seña para que se acercasen mientras el otro amartillaba de nuevo su morta y seguía apuntándome a la cabeza con él.

Yo permanecía allí de pie, mirando mi álamo y deseando con todo mi corazón que sobreviviera a aquella agresión tan injusta. Aunque yo fuera una traidora, cosa que no era, mi pobre árbol no debería sufrir por ello.

Los dos Wugs apoyaron los dientes de la sierra en el tronco y comenzaron a cortar. O lo intentaron, porque los dientes se desintegraron contra la corteza.

Los Wugs irguieron la espalda y contemplaron perplejos la sierra echada a perder.

Non me dijo con una mirada feroz:

—¿Qué clase de árbol es este?

—Es el mío —respondí yo dejando atrás al Wug que empuñaba el morta—. Marchaos de aquí.

—¡Está endemoniado! —exclamó Non—. Estás confabulada con esos Foráneos. Sucia escoria. ¡Ellos están tan endemoniados como este árbol!

—Eso es una tremenda estupidez.

Todos nos giramos en redondo y vimos a Thansius, de pie a unos cinco metros de donde estábamos. Vestía una capa larga y de color gris y sostenía un bastón en su enorme manaza. Imaginé que había salido a dar un paseo temprano.

—¿Un árbol endemoniado? —dijo al tiempo que se aproximaba y contemplaba mi hermoso álamo—. ¿Qué quieres decir?

Non movía los pies con nerviosismo y mantenía la mirada gacha. Los otros Wugs habían retrocedido todos y también estudiaban el suelo. Yo tenía la seguridad de que ninguno de ellos había conversado jamás con Thansius.

—Bueno, Thansius... —dijo Non con voz entrecortada—, señor... el hacha y... y la sierra no consiguen hacerle nada, ¿sabe... señor?

—Eso es fácil de explicar —repuso Thansius mirándome a mí.

Dio unos golpecitos en el tronco con los nudillos.

—Verás, con el tiempo algunos árboles que ya son muy

viejos terminan por petrificarse. Eso quiere decir que la corteza se les endurece tanto que se vuelve más fuerte que el hierro. No me extraña que tus herramientas hayan caído derrotadas por semejante armadura.

Recogió los trozos del hacha rota y la sierra sin dientes y se los devolvió a Non y a los otros dos Wugs.

—Yo diría que este árbol aún seguirá aquí de pie cuando todos nosotros no seamos ya más que polvo. —Luego miró directamente a Non y le dijo—: De modo que marchaos, Non. Estoy seguro de que tú y tus colegas tenéis tareas de que ocuparos en la Empalizada.

Non y sus compinches se apresuraron a tomar el sendero y no tardaron en perderse de vista.

Toqué la corteza de mi árbol y observé los tablones recortados que había clavado en el tronco para subir hasta mi plataforma. Si se había petrificado, ¿cómo había podido yo introducir los clavos? Me volví hacia Thansius, y estaba a punto de formularle aquella pregunta cuando él dijo:

—Es un árbol magnífico, Vega. Habría sido una gran lástima que hubiera perecido.

Pero en su expresión detecté que no estaba hablando solo de mi árbol. También estaba refiriéndose a mí.

Sentí el impulso de decirle a Thansius que yo no era una traidora y que por nada del mundo habría utilizado aquel mapa para ayudar a nadie que pretendiera causar daño a Amargura. Pero él ya había dado media vuelta y se había marchado. Contemplé su figura hasta que la perdí de vista. Entonces me giré hacia mi árbol y le di un fuerte abrazo.

Pasé aquella luz entera trabajando en Chimeneas, y al finalizar ayudé a transportar un cargamento de cinchas en un carromato tirado por dos cretas hasta el tramo de la Empalizada que estaban terminando en aquel momento. Mientras ayudaba a descargar las cinchas, pensaba que aquella era un manera estupenda de aumentar mi fuerza física... si es que antes no caía muerta de agotamiento.

Hasta yo tuve que reconocer que la Empalizada constituía toda una hazaña de artesanía e ingeniería de los Wugmorts. Conté doscientos Wugs trabajando actualmente en aquel tramo. Las labores de construcción se llevaban a cabo mediante turnos, durante toda la luz y toda la noche, en su caso con la ayuda de faroles y antorchas para que los Wugs pudieran ver lo que hacían. Y aun así ya había habido numerosas lesiones, unas de carácter leve y otras más graves. Incluso había fallecido un Wug al precipitarse desde lo alto de la Empalizada y caer de cabeza, con lo que se partió el cuello. Lo enterraron en una zona especial de la Tierra Sagrada, ahora reservada para los Wugs que dieran su vida por la Empalizada. Todos los Wugs rezaban para que no hubiera más sacrificios semejantes y para que dicha zona no llegase nunca a contener más que una sola tumba.

Cuando terminé de descargar las cinchas, me quedé un rato por allí para curiosear. La Empalizada se elevaba hasta una altura de más de diez metros. Los troncos eran gruesos, sin corteza, y habían sido aplanados y biselados. Las cinchas que yo remataba se colocaban alrededor de ellos y se unían fuertemente a través de los orificios practicados en los extremos, lo cual confería a la estructura una resistencia y una estabilidad que no habría tenido de otro modo.

Las torres de vigilancia de aquel tramo estaban sin terminar, pero vi el sitio en el que se apostarían ostensiblemente los Wugs armados con mortas, al acecho de los Foráneos. Aunque ahora me imaginaba a aquellos mismos Wugs disparando a otros Wugs que intentaran saltar la Empalizada. Los fosos estaban ya hechos, pero aún no se habían llenado de agua. Llenarlos sería lo último, razoné, para que los trabajadores no quedaran atrapados en el fango.

La actividad era frenética, pero parecía estar bien coordinada, porque a los Wugs se los veía concentrados, yendo de acá para allá con herramientas y materiales. De pronto descubrí a John en una plataforma elevada que tenía antorchas encendidas todo alrededor, supervisando los trabajos de construcción. A su lado había tres miembros del Consejo y otros dos Wugs que yo sabía que eran muy hábiles construyendo cosas.

Se me pasó por la cabeza la idea de ir a hablar con John, pero después lo pensé mejor. ¿Qué tenía que decirle que no le hubiera dicho ya? Me maravillaba lo rápido que habían quedado borradas las muchas sesiones que había pasado yo con mi hermano por el período que llevaba viviendo bajo el ala de Morrigone. O más bien bajo la garra de Morrigone. Sin embargo, ella me había salvado la vida. Experimentaba una terrible mezcla de sentimientos encontrados hacia ella. ¿Era mi aliada o no?

Me acerqué hasta los grandes fosos excavados que luego se llenarían de agua y los contemplé durante unos instantes. Otro Wug apareció a mi lado, transportando unas herramientas.

—¿Cuándo van a traer aquí el agua? —le pregunté.

Él miró el foso y contestó:

—Dicen que dentro de otras seis luces y noches, pero no sé cómo. Llevamos mucho retraso.

En aquel momento me acordé del comentario que había hecho mi hermano acerca del calendario de las obras.

—Al parecer, los Wugs están trabajando todo lo que dan de sí —dije.

—¡A ellos se lo vas a contar! —replicó el Wug. Luego señaló la plataforma en la que se encontraba John y se volvió hacia mí—. Ese de ahí es tu hermano, ¿verdad?

—Sí.

El Wug me miró con expresión severa.

—Pues en ese caso te compadezco.

Y acto seguido hizo ademán de marcharse, pero yo lo sujeté del brazo.

—¿Qué quieres decir con eso?

—Pues que nos obliga a trabajar con más ahínco cada luz y cada noche. No le importa que estemos cansados o enfermos, o que nos necesiten nuestras familias. Simplemente le da igual.

—Yo pensaba que solo estaba trabajando en los planos.

El Wug negó con la cabeza.

—Para ser un joven, actúa igual que un viejo. Y además es tacaño. Ya sé que tú eres pariente suyo, pero esto es lo que opino, y me da igual que se sepa.

Se fue con el ceño fruncido y me dejó con la vista clavada en el suelo, pensando muchas cosas y ninguna de ellas agradable. Miré de nuevo a John, esta vez con el ánimo verdaderamente hundido. De hecho vi que empezaba a señalar y vociferar en dirección a un grupo de Wugs que estaban haciendo grandes esfuerzos para manipular un enorme tronco. Estos le devolvieron una mirada ceñuda, pues toda reacción que pudieran tener sin duda quedaría silenciada por los gigantescos Wugs armados con mortas que tenía detrás mi hermano.

Eché a andar hacia él. Todavía estaba increpando a los Wugs, que continuaban allí de pie, cargando con el tronco en precario equilibrio sobre sus cansados hombros.

—John —le dije—, ¿por qué no les permites que depositen el tronco en el suelo mientras les explicas qué es lo que quieres?

John se giró hacia mí con una expresión de fastidio en la cara. Al principio, creo que ni siquiera me reconoció.

—¡No tenemos tiempo para eso! —exclamó—. En esta luz ya vamos retrasados, y en cuestión de pocas cuñas estará aquí el turno de noche.

—Pero esos Wugs llevan toda esta luz trabajando muy duro. Aumentaréis aún más el retraso si los Wugs empiezan a enfermar o a lesionarse por culpa del exceso de trabajo.

—No te corresponde a ti dar órdenes —me respondió con mirada gélida.

—Puede ser. Pero soy el único pariente que te queda.

Me miró con gesto condescendiente.

—¿Es que te has olvidado de Cuidados?

Sabía que no debía, pero a aquellas alturas ya habían dejado de preocuparme los sentimientos de mi hermano. Además, no estaba segura de que le quedara ninguno. Y el destino que me aguardaba era que me machacasen el cráneo en el Duelum o morirme encerrada en el Valhall.

—Como digo, soy el único pariente que te queda. En Cuidados ya no queda nadie que tú conozcas. Pensé que Morrigone ya te lo habría dicho a estas alturas: nuestros padres han sufrido sendos Eventos. Como es natural, no ha quedado nada de ellos.

Y dicho esto, giré sobre mis talones y me fui de allí.

Me daba igual, lo cierto era que me daba absolutamente igual.

Pero resultó que no debería haberme dado igual.

Por muchas razones.

TRIGINTA TRES

Enemigos unidos

Las luces y noches siguientes repitieron una pauta uniforme. Yo trabajaba durante toda la luz en Chimeneas y después en la Empalizada. Luego, practicaba con Delph mis destrezas para el Duelum hasta muy tarde. Él había construido una larga pértiga con piedras atadas en los extremos para que hicieran peso, y me hacía levantarla por encima de la cabeza, apoyármela en los hombros y agacharme, con la finalidad de fortalecer tanto la parte superior del cuerpo como la inferior. En la luz siguiente me dolían de tal manera las extremidades, que el mero hecho de intentar levantarme de la cama me arrancó un gemido de dolor. Pero continué haciendo aquel ejercicio. El deseo de vivir constituye una gran motivación.

Al principio estuvimos entrenando en casa de Delph, después nos trasladamos al bosque y algunas veces practicamos la lucha dentro de mi casa. Volcamos algún que otro de los escasos muebles que tenía yo y dimos a *Harry Segundo* un susto de muerte.

En la séptima luz contada desde que Thansius hizo el anuncio del Duelum, al salir del trabajo para dirigirme a casa me tropecé con Cletus Obtusus y sus amigotes. Tuve que hacer un alto cuando Cletus se me plantó delante mientras sus compinches me rodeaban formando un círculo. *Harry Segundo* comenzó a gruñirles a medida que iban estrechando el cerco, y hasta se le erizó el pelo del lomo. Yo le di unas palmaditas en la cabeza y le dije que no pasaba nada.

—Así que tienes que luchar en el Duelum —me dijo Cletus—, o de lo contrario te pudrirás en el Valhall por ser una traidora.

Yo permanecí inmóvil, intentando componer una expresión de aburrimiento. Hasta su cerebro de tarugo consiguió por fin comprender que iba a tener que decir algo más o ahuecar el ala.

Por fin dijo algo:

—¿Sabes qué deseo, Vega?

—No quiero intentar ver lo que hay dentro de tu cabeza, Cletus. Podría quedarme ciega.

—Deseo vencerte en la primera fase del Duelum.

Sus amigotes lanzaron fuertes risotadas, mientras que yo me lo quedé mirando como si no mereciese que le dedicara ni una cuña de mi tiempo.

Por fin contesté:

—Ten cuidado con lo que deseas, Cletus, porque puede ser que lo consigas.

Acercó su cara a la mía y me espetó:

—Estoy deseando ver cómo te patean el culo, y espero ser yo el que tenga ese placer.

—Supongo que tendrás varios movimientos brillantes que estás ansioso por poner en práctica.

—Ya lo creo que sí —respondió con una sonrisa maliciosa.

Aguardé pacientemente a que Cletus hiciera lo que yo sabía que iba a hacer. Lo que estaba muerto de ganas de hacer.

Fintó con la mano derecha, atacó con la izquierda hasta situarla a un centímetro de mi cara y después fingió asestarme un rodillazo en el estómago.

Yo permanecí de pie, estoicamente, sin parpadear siquiera.

Cletus por fin dejó de sonreír de oreja a oreja.

—Más te vale estar en guardia.

—Bien —repuse.

Se hizo a un lado para dejarme pasar. Yo pasé protegiéndome el flanco con la presencia de *Harry Segundo*.

—Gracias, idiota —dije para mis adentros.

Más adelante, en el punto en que la Cañada Honda se transformaba en la calle Mayor, ya pavimentada con adoquines, que conducía al centro de Amargura, oí a varios Wugs que daban voces. Y también vi a varios Wugs que corrían en aquella dirección. De modo que apreté el paso para ver qué era lo que sucedía. Al entrar en la calle Mayor vi que los Wugs estaban apiñándose alrededor de un tablón de madera que se utilizaba para anuncios oficiales.

Y de pronto caí en la cuenta: ¡aquella noche se publicaban los primeros encuentros del Duelum! Eché a correr hacia allí y me abrí paso a empellones entre las hordas de Wugs hasta que conseguí ver los largos pergaminos clavados al tablón de anuncios. Recorrí con la mirada la lista de nombres y por fin localicé el mío casi al final del todo. Al descubrir quién iba a ser mi adversario, me tembló la barbilla.

Por lo visto, Cletus Obtusus iba a ver cumplido su deseo, porque me había tocado en suerte como contrincante en la primera ronda. Para llegar al encuentro de campeones iba a tener que luchar y ganar cuatro veces. Claro que no esperaba llegar tan lejos, pese a lo mucho que me animase Delph. Sin embargo, una cosa tenía clara: iba a vencer a Cletus Obtusus. Para mí, aquello ya sería bastante. Recé para que las otras hembras de la competición sobrevivieran a la primera ronda razonablemente intactas.

Acto seguido busqué el nombre de Delph y lo encontré menos de una cuña después. En el primer combate iba a pelear contra el gigantesco y rastrero Ran Digby, el patrullero al que le gustaba masticar hierba de humo y llevar cochinadas prendidas en su sucia y poblada barba.

Una mano me agarró del brazo. Volví la cabeza y vi que se trataba de Jurik Krone. Me zafé y lo miré con gesto ceñudo. También percibí que otros Wugs nos dejaban espacio, pero que de todas formas observaban la escena con atención.

—Estoy seguro de que Madame Morrigone te ha informado de que has tenido mucha suerte en escapar de la justicia —rugió.

—¿Suerte? —repliqué yo en tono cáustico—. ¿Es suerte tener que luchar contra machos que son el triple de grandes que yo y que son capaces de matarme a golpes?

—Yo preferiría verte dentro del Valhall, traidora —dijo

Krone elevando el tono de voz—. O con la cabeza separada del cuerpo. Eso sí que habría sido hacer justicia.

«Está bien, ya estoy más que harta. Ahora me toca a mí.»

—Pues yo preferiría ver a mi abuelo sentado en el Consejo, en vez de un estúpido como tú.

Los Wugs que nos rodeaban dejaron escapar una exclamación ahogada y retrocedieron ligeramente.

Yo di un paso hacia Krone. Había sido una jornada muy larga, estaba cansada y simplemente me había enfadado. De modo que si no soltaba en aquel momento lo que tenía que decir, iba a explotar.

Le planté un dedo en el pecho y le dije:

—Mi abuelo te vio tal como eres, y por eso no quería que formaras parte del Consejo. Eres una comadreja vengativa, a tu lado un garm parecería un ser honorable. Lo único que te importa eres tú mismo y tu carrera profesional, y a todos los demás Wugs que les zurzan. A lo largo de mi vida he conocido a varios gilipollas, Krone, gilipollas ruines y despreciables, imbéciles de primera categoría, pero tú los ganas a todos, embustero, inútil pedazo de escoria. —Di media vuelta, pero solo por un momento, porque enseguida me giré de nuevo y añadí—: Ah, y para que conste —alcé el tono de voz hasta que terminé chillando—, lo único que lamento es que no tomes parte en el Duelum para que yo pueda arrearte una patada en el culo que te mande derecho hasta el Quag. ¡Vete a la mierda!

Me volví definitivamente y me marché. Abrigué la esperanza de que Krone me agrediese, y así se lo supliqué a Campanario, porque estaba tan furiosa que no solo era capaz de mandarlo al Quag de una patada, sino incluso de hacerlo traspasar el muro que lo protegía.

Solo me detuve cuando vi a Delph perforándome con la mirada desde el otro lado de la calle. A juzgar por su expresión atónita, me quedó claro que lo había visto y oído todo. Decidí ir a hablar con él.

—Maldita sea, Vega Jane —empezó—. Nada menos que con Jurik Krone.

—No quiero hablar de Krone, Delph. No es nadie.

Vi que Krone y un par de confederados suyos del Consejo, entre ellos Duk Dodgson, se abrían paso por entre la multitud de Wugs y se encaminaban hacia el edificio del Consejo. Krone me lanzó una mirada de odio y después desapareció de mi vista.

Me giré de nuevo hacia Delph para preguntarle:

—¿Sabías que tu primer adversario va a ser Ran Digby? Delph sonrió.

—Más le vale que le queden dientes para poder escupir.

—Pues, que yo haya visto, solo le quedan tres. A mí me ha tocado Cletus Obtusus.

—Le derrotarás, Vega Jane. Estoy seguro.

Lo cierto era que yo no estaba tan preocupada por tener que pelear contra Cletus Obtusus. En lo que estaba pensando era en mi encuentro con mi hermano. Le había dicho que nuestros padres habían desaparecido, y ni siquiera esperé a ver cómo reaccionaba. Aquello había sido una crueldad por mi parte, y me sentía terriblemente culpable. El dilema del Duelum era una preocupación que quedaba muy en segundo lugar. John no había cumplido todavía ni doce sesiones; puede que supiera de libros, pero no sabía nada de la vida.

Delph me tocó en el hombro y me sacó de aquellas tristes cavilaciones.

—Vega Jane, ¿te encuentras bien?

—Estoy bien, Delph.

Se acercó un poco más y me preguntó:

—¿Te apetece practicar esta noche?

Sí que me apetecía, pero respondí con un gesto negativo.

—Esta noche no, Delph. Esta noche necesito descansar.

Delph puso cara de desilusión, después afirmó con la cabeza, dio media vuelta y se marchó.

Me lo quedé mirando unos instantes y luego me fui también. Pero no me dirigí a mi casa, para tomar la última comida, sino al edificio de Cuidados, acompañada de *Harry Segundo*. No sabía muy bien por qué, teniendo en cuenta que mis padres ya no estaban allí, pero lo cierto era que había algo en mi interior que me decía que tenía que ir.

Cuando llegué, comenzaban a caer las primeras gotas de lluvia. *Harry Segundo* me miró varias veces, probablemente preguntándose qué hacíamos allí fuera, bajo la lluvia. Hacía frío y yo empecé a tiritar. Por fin me espabilé y me encaminé hacia las puertas de la entrada. No tenía ni idea de si me abrirían; nunca había estado allí a aquellas horas de la noche. Empujé la hoja de madera y, cosa sorprendente, se abrió sola.

Asomé la cabeza al pasillo en sombras. *Harry Segundo* permaneció pegado a mis piernas; ni gruñía ni emitía el menor ruido; al parecer se sentía tan intimidado como yo.

Fui dejando atrás todas las otras puertas de madera. Los nombres que figuraban en ellas ya me resultaban conocidos, pero también había unos cuantos nuevos, porque iban llegando Wugs enfermos que ocupaban el sitio de los Wugs que habían partido en su viaje definitivo hacia la Tierra Sagrada.

Llegué a la antigua habitación de mis padres y busqué la placa de la puerta. O, más bien, el lugar que había ocupado la placa, porque lo único que se veía ahora era el contorno rectangular de la chapa de bronce que antes decía «HÉCTOR JANE Y HELENA JANE».

Pronuncié los nombres en voz alta, tal como había hecho en todas mis visitas durante las dos últimas sesiones. Había llegado a sentir cansancio y aburrimiento de tanto leerlas, aunque ahora que mis padres ya no estaban no experimenté dicho cansancio. Sabía que aquella iba a ser la última vez. Y lo que iba a visitar era únicamente una habitación vacía.

En cambio, cuando abrí la puerta, que no estaba cerrada con llave, de inmediato reparé en la presencia de alguien agazapado en un rincón. Ya no había luz, era como si mis padres, al marcharse, se hubieran llevado consigo aquella iluminación misteriosa. Sin embargo, conseguí distinguir el contorno del intruso. Era John.

TRIGINTA QUATTUOR

Mi yo mágico

John no levantó la vista cuando entré en la habitación. Pero le oí sollozar. Me aproximé y observé las camas vacías antes de volver a fijarme en él. En aquel momento no parecía, ni remotamente, el ayudante especial del Consejo que atropellaba a los pobres Wugs que estaban construyendo la Empalizada. Incluso con el cabello corto y la ropa elegante daba la sensación de ser un joven macho Wug que se sentía totalmente perdido.

Fui hasta él, lo rodeé con mis brazos y lo estreché con fuerza. *Harry Segundo* se quedó sentado y guardando un respetuoso silencio. Le dije a mi hermano cosas que ya le había dicho muchas veces, en cada luz: que todo iba a salir bien, que siempre iba a tenerme a mí, que no debía estar triste porque en la luz siguiente todo iría mejor.

Unas quince cuñas más tarde, cuando oí que se abría la puerta con un crujido, supe quién venía sin necesidad de levantar la vista. Se trataba de Morrigone, que penetró en la habitación y fue directamente hacia mi hermano.

—Es el momento de irse, John —le dijo sin mirarme a mí.

John reprimió los sollozos, afirmó con la cabeza y se secó los ojos con la manga de su inmaculada túnica negra. Morrigone le apoyó una mano en el brazo y lo atrajo hacia ella. Pero yo no le solté el otro brazo.

—Déjale que llore —rogué—. Nuestros padres ya no están. Déjale llorar.

Morrigone me dirigió una mirada que solo puedo describir

como fulminante, y yo decidí devolvérsela. Acto seguido se inclinó hacia mí y me dijo:

—Esto tenemos que agradecértelo a ti, Vega.

Me aparté de mi hermano y me quedé en un rincón esperando a Morrigone. Había llegado el momento de dirimir nuestros asuntos. Ya me había despachado con Krone en aquella misma luz, y ahora iba a tocarle el turno a Morrigone. Se acercó con grandes zancadas. Yo debía de haber crecido algo, porque me di cuenta de que si ella no llevara tacones yo sería más alta. Y aun calzada con mis botas de trabajo, descoloridas y desgastadas, no me faltaba tanto para alcanzar su estatura. Me erguí lo más posible para intentar estar a su altura.

—Como ya te dije, agradecí mucho lo que hiciste por mí en el Consejo.

—Tienes una manera de dar las gracias que me deja profundamente perpleja. John lleva viniendo aquí todas las noches, desde que tú le contaste lo que me prometiste que no le contarías.

Señalé a mi hermano.

—Fue una equivocación ocultarle esta verdad.

—No te corresponde a ti juzgar eso.

—¿Y a ti? —repliqué yo con todo el escepticismo que pude.

—Por lo visto, se te ha olvidado cuál es tu sitio aquí, Vega.

—No sabía que tenía un sitio, de modo que gracias por reservarme uno.

—Esa forma de hablar no te hace ningún favor. Y menos mientras tu hermano está acurrucado en ese rincón, llorando a lágrima viva noche tras noche. Lo que hiciste fue vergonzoso.

—Es que le convenía llorar a lágrima viva. Igual que a mí.

—Me decepcionas. Pensaba que estabas hecha de una madera más fuerte.

—¿Como mi abuelo?

—Virgilio poseía una voluntad tremenda.

—Supongo que necesitaba tenerla, para sobrevivir al fuego que lo consumió en la última noche que pasó aquí.

Aquella aseveración pareció convertir a Morrigone en mármol. Ni siquiera podría yo haber jurado que continuaba respirando.

Cuando habló, sus palabras fueron como proyectiles de morta:

—¿Qué quieres decir con eso, exactamente?

En mi cerebro se habían disparado varias señales de advertencia que me decían que dejase de hablar. Sin embargo, no podía y no quería. Me daba lo mismo que Morrigone me hubiera salvado de la decapitación o del Valhall. Lo que no me daba lo mismo era que me hubiera obligado a ocultarle a mi hermano una verdad que de ningún modo debería haberme pedido que le ocultase. Además, había transformado a un Wug cariñoso y confiado en un ser que yo ya no reconocía.

—Dime una cosa, Morrigone, ¿qué sentiste al ver a mi abuelo desaparecer en medio de una llamarada, a pesar de que no querías que se fuera?

La taladré con la mirada. La expresión que reflejaba su semblante era letal.

—Ten mucho cuidado, Vega Jane —me dijo en tono glacial—. Ten mucho cuidado en este momento.

Tuve que reconocer que aquello me provocó un escalofrío que me recorrió toda la columna vertebral. Por casualidad desvié la mirada, y por primera vez reparé en que John había dejado de llorar y nos observaba con atención.

—¿Morrigone...? —empezó.

Ella alzó al instante la mano, y mi hermano retrocedió. Lo que iba a decir se le quedó bloqueado en los labios incluso antes de que pudiera formar una frase. Aquel simple gesto me enfureció todavía más.

Ahora sí que no tenía intención de dar marcha atrás.

—En una ocasión te burlaste de mí mencionando la palabra «tiempo». Pero no sé si entiendes bien todo lo que sé. Todo lo que he visto en el curso del tiempo.

De nuevo supe que debería haberme interrumpido en aquel punto, pero es que deseaba sorprenderla. Quería que sintiera el mismo dolor que estaba sintiendo yo. Y también había otra cosa más: solo un momento antes se habían juntado todas las piezas en mi cerebro: aquel antiguo campo de batalla y la hembra guerrera moribunda. Ahora supe dónde la había visto antes. Lo supe sin el menor género de duda.

—He conocido a una hembra que se parecía notablemente a ti, Morrigone. Yacía herida de muerte en un enorme campo de batalla. ¿Y sabes lo que me dijo? ¿Sabes lo que me dio?

—¡Mientes! —siseó.

—Era una antepasada tuya, y murió justo ante mis ojos. Habló conmigo. ¡Me conocía!

—Eso no puede ser verdad —jadeó Morrigone, cuya expresión de aplomo se había hundido totalmente.

—¿Alguna vez te ha perseguido un Dabbat volador o una criatura tan gigantesca que fuera capaz de ocultar el sol, Morrigone? —le pregunté—. Se denominan colosos. Es una sensación bastante emocionante, siempre que uno sobreviva. Y yo sobreviví. ¿Eso me convierte en alguien tan especial como John? ¿Eso me sitúa, a tus ojos, en el mismo nivel que mi abuelo?

—Te engañas.

—La guerrera llevaba un anillo. El mismo que tenía mi abuelo.

Morrigone dejó escapar una exclamación ahogada y contestó:

—¿Qué fue lo que te dijo?

—¿Cómo se llamaba? —contraataqué yo.

—¡Qué fue lo que te dijo! —gritó.

Vacilé unos instantes, pero finalmente respondí:

—Que tenía que sobrevivir. Yo, Vega Jane. Que yo tenía que sobrevivir.

Morrigone, realizando un esfuerzo monumental, recuperó la compostura y dijo en tono gélido:

—John se merece una hermana mejor, Vega. No lo dudes. Considérate muy afortunada esta noche.

Y dicho esto giró sobre sus talones y se fue.

—Voy a echarlos de menos —me dijo John—. Voy a echarlos mucho de menos.

Y antes de que yo pudiera reaccionar, dio media vuelta y se fue detrás de Morrigone.

Permanecí allí de pie un rato, mirando el suelo. Hasta que por fin salí, acompañada de *Harry Segundo*. El carruaje hacía mucho tiempo que se había ido y se había llevado a mi hermano para devolverlo a su nueva vida. Me alegré de saber que acudía a aquella habitación todas las noches. Me alegré de habérselo contado. Era lo que correspondía hacer, con Empalizada o sin ella.

Cuando regresé a casa, lo único que deseaba era tumbarme en la cama. Pero al entrar en mi habitación poco me faltó para soltar un grito. Allí estaba de nuevo Morrigone, de pie junto a la chimenea, con una mano apoyada en la delgada repisa de madera, que era mucho menos impresionante que la que tenía ella en su mansión. Miré en derredor buscando a mi hermano, pero no estaba.

Estaba solo Morrigone. Y yo. Al verme se acercó.

—¿Dónde están Lentus y el carruaje? —inquirí.

Ella ignoró mi pregunta.

—Esas cosas que has dicho antes, en Cuidados.

—¿Qué pasa con ello?

Harry Segundo gruñía con más intensidad a cada paso que daba Morrigone hacia mí. Le palmeé la cabeza para tranquilizarlo, pero sin apartar la mirada de Morrigone.

—Tú no puedes saber esas cosas.

—Y, sin embargo, las sé —repuse.

—Son dos puntos de vista muy distintos.

En un instante supe con exactitud a qué se refería. No se podía consentir que yo recordase aquellas cosas. Y del mismo modo supe también lo que estaba a punto de hacer Morrigone. Era lo mismo que nos había hecho a Delph y a mí todas aquellas sesiones atrás.

Levantó la mano. Yo me llevé la mano al bolsillo. Su mano descendió. La mía se elevó. Yo llevaba puesto el guante y tenía aferrada la *Elemental*, ya desplegada en su máxima longitud. La luz roja rebotó en la lanza dorada, chocó contra mi ventana y destrozó el cristal.

Las dos nos quedamos inmóviles, sin respiración. La expresión que se reflejaba en los ojos de Morrigone era realmente espantosa. Ya no era bella. Ahora era la Wug más fea que había visto yo en toda mi vida.

Su mirada se clavó en la *Elemental*, completamente formada.

—¿De dónde has sacado esa lanza? —preguntó en un siseo.

—De tu antepasada —contesté—. Me la regaló antes de morir.

Di un paso adelante, y al momento Morrigone retrocedió.

—¿Cómo se llamaba? —le pregunté sosteniendo la *Elemental* en posición.

—No te das cuenta de lo que has hecho, Vega —dijo ella con vehemencia—. ¡No te das cuenta!

—¿Por qué no has utilizado la luz azul también en esta ocasión, Morrigone? ¿Por qué la luz roja? La misma que usaste contra el pobre Delph.

—No tienes idea de lo que estás haciendo, Vega.

—¡Sé perfectamente lo que hago! —chillé.

—¡No pienso permitir que nos destruyas!

—¿Adónde van los Wugs cuando sufren su Evento, Morrigone? Porque tienen que irse a alguna parte. Y me parece que tú sabes a cuál. Y seguro que no es a Amargura.

Morrigone, sacudiendo la cabeza en un gesto negativo, retrocedía lentamente.

—No, Vega, no.

Levanté la Elemental y la situé en posición de arrojarla.

—Ya sabes lo que es capaz de hacer esta lanza —le dije—. No es mi deseo hacerte daño.

Bueno, en realidad tenía ganas de reducirla a cenizas, pero me pareció que no iba a ganar nada diciéndoselo.

—No, Vega, no —repitió.

De pronto, antes de que yo pudiera dar un paso más, Morrigone desapareció. Parpadeé y miré a un lado y al otro, desconcertada. Simplemente se había esfumado. Miré a *Harry Segundo*. Estaba gimoteando y tenía la cola entre las patas. Cuando volví a levantar la vista lo vi, muy ligero, apenas visible en la oscuridad. Era un rastro de luz azul que se escapaba por la ventana. Se elevó hacia el cielo y luego se desvaneció, igual que había hecho Morrigone.

Enfadada, agité la mano en dirección a aquella tenue neblina, y de repente sucedió algo verdaderamente extraordinario:
los cristales rotos volvieron volando a su sitio y la ventana destrozada se recompuso y quedó como nueva.

Inmediatamente después me vi arrojada contra la pared por
alguna fuerza violenta y me desmoroné en el suelo vacía de toda
energía. Me miré las manos, y luego miré la ventana reparada.
¿Cómo había sucedido aquello? ¿Cómo era posible que hubiera hecho lo que acababa de hacer? Introduje la mano en el bolsillo y saqué la Piedra Sumadora, la agité por encima de mi
cuerpo y pensé en algo agradable. El dolor que me causó el
encontronazo con la pared desapareció al momento, y la energía volvió a mí.

Eón había dicho que la Piedra Sumadora llevaba dentro el
espíritu de una hechicera, que era la que le confería su poder.
¿Me habría transmitido una parte de ese poder a mí por el hecho
de estar dentro de mi bolsillo? Pues en tal caso, lo cierto era que
yo no tenía la capacidad de controlar aquello.

Me quedé allí sentada, pensando cosas que eran terroríficas
y excitantes a la vez.

TRIGINTA QUINQUE

Comienza la batalla

Todos los Wugs estaban obligados a asistir a la inauguración del Duelum, cosa que me pareció un tanto interesante, dado que se suponía que nos rodeaban unos Foráneos sedientos de sangre y deseosos de darse un festín con nuestros órganos vitales. El foso se hallaba rodeado casi en su totalidad por un cerco de árboles que se habían librado de la tala y de formar parte de la Empalizada, al menos por el momento. Después de comer un poco, me presenté en la primera sección de aquella luz. La noche anterior había intentado dormir algo, pero no había podido, de manera que decidí acudir temprano a ver qué me encontraba.

El lugar en que estaba situado el foso se llamaba Cuadrángulo de Peckwater, en honor de Ronald Peckwater, un importante campeón del Duelum que había habido en Amargura mucho tiempo atrás. La parte de dentro era desigual y estaba llena de innumerables marcas, producidas por corpulentos machos al chocar violentamente contra el suelo en muchos Duelums anteriores. En el centro se había construido un entarimado de madera en el que se sentarían los VIW, es decir los Wugs muy importantes. Detrás del entarimado había un tablón de gran tamaño, en el que figuraban los nombres de los participantes y en el que se iría indicando el transcurso de la competición para que lo viera todo el público presente. También había círculos de apuestas colocados en el perímetro del foso, en donde se situarían los apostantes. Roman Picus, siempre tan emprendedor, dirigía con éxito una casa de apuestas a través de la cual, con el paso de las sesiones, había liberado a muchos Wugs del peso de sus monedas.

Yo había dejado a *Destin* en casa, escondida bajo las tablas del suelo. Me aterrorizaba que en el curso de la pelea echase a volar sin darme cuenta, con lo cual mi secreto quedaría desvelado.

El aire era fresco y tibio, y el cielo se encontraba despejado. A medida que se acercaba el momento de comenzar, las hadas que poblaban mi estómago parecieron multiplicarse. Repasaba mentalmente una y otra vez lo que me había enseñado Delph. Gracias a su entrenamiento me sentía más fuerte, más ágil y más resistente. Ya había derrotado a Cletus en una ocasión, pero no en un Duelum. Y durante la última sesión él había crecido y ahora era mucho más grande que yo. Así y todo, era un cretino, y yo simplemente me negaba a dejarme ganar por un cretino.

El público comenzó a llegar en masa hacia el final de la primera sección de luz. Algunos Wugs me sonreían y me dirigían palabras de apoyo; en cambio, otros me mostraban desprecio. Seguro que si hiciera una encuesta descubriría que Amargura estaba dividida al cincuenta por ciento respecto de mi culpabilidad o mi inocencia. No era que los que estaban contra mí pensaran de verdad que yo era mala; es que simplemente muchos Wugs aceptaban lo que les decía el Consejo, fuera lo que fuera. Y, para ser sinceros, yo tenía algunos enemigos, ya antes de que me hubieran encerrado en el Valhall.

Muchos Wugs se dirigieron a la pequeña zona de apuestas, probablemente para apostar dinero a favor de que Cletus Obtusus me haría papilla los sesos.

Delph apareció acompañado de su padre a tiempo para ver llegar el carruaje conducido por Lentus. Morrigone, Thansius y John se apearon y ocuparon sus respectivos sitios en el entarimado, junto con otros miembros del Consejo. Julius Domitar se sentó en la parte de atrás de dicho grupo, al lado de varios Wugs con los que yo no me relacionaba normalmente, porque por lo visto no era lo bastante buena.

Delph me puso una mano en el hombro y me dijo:

—¿Cómo te sientes, Vega Jane?

—Me siento genial —mentí—. Estoy deseando empezar.

Esto último no era mentira. Quería que comenzase el Duelum antes de que me explotase la cabeza. No dejaba de decirme a mí misma que sería de muy mala educación que le vomitase encima a Cletus Obtusus antes de que hubiera sonado siquiera la campana. Aunque por otra parte resultaría sumamente satisfactorio verle con la camisa manchada con mi vómito.

A fin de acelerar las cosas, iban a celebrarse varios encuentros a un mismo tiempo en los cuadrantes del foso. No había límites en cuanto a la duración; los Wugs continuarían peleando hasta que uno de los dos no pudiera más. Era una norma escueta y dura, y cualquier Wug que estuviera en su sano juicio podría haberla cuestionado. Sin embargo, últimamente parecía ser que la cordura era un bien escaso en nuestro pueblo.

Observé a las otras dos hembras que iban a participar. Ambas estaban más enfermas y pálidas de lo que probablemente estaba yo. A mí no me tocaba luchar en la primera ronda de encuentros, así que me senté en un pequeño promontorio que daba al foso y esperé a Delph, que estaba peleando contra Digby. Estaba segura de que la mayoría de los apostantes se habían inclinado a favor de Delph, y al echar un vistazo al tablero de apuestas vi que efectivamente era el favorito.

Digby estaba ocupado en quitarse la camisa, grande y mugrienta. Siempre lo había imaginado fofo y tremendamente sucio sin ropa, de manera que me sorprendió descubrir lo musculoso que era. Aunque en lo de la suciedad vi que no me había equivocado.

Digby realizó una serie de estiramientos y después se puso a correr sin moverse del sitio haciendo ondear los músculos. Luego empezó a practicar un poco de pugilismo, golpes de derecha, de izquierda, de gancho. Al parecer se le daba bastante bien, sus movimientos eran muy rápidos y muy precisos. Miré preocupada a Delph, que no se había quitado la camisa y no estaba haciendo ni estiramientos ni prácticas de boxeo; permanecía de pie, con la vista clavada en Ran Digby. Y en aquella mirada empecé a ver a un Delph al que no convenía meter el dedo en el ojo. Sus fuertes manos se cerraron en dos puños, y continuó mirando a Digby con tal concentración que me recordó a los Dabbats que me estuvieron persiguiendo en Chimeneas. Sentí el impulso de desearle buena suerte, pero temí quebrar el profundo trance en el que estaba sumido.

En eso, Thansius se puso de pie y se dirigió a nosotros:

—Bienvenidos al Duelum —dijo con voz tonante—. Nos acompaña el buen tiempo. Quiero desear suerte a todos los participantes. Todos deseamos un enfrentamiento limpio, y confío en que nuestros árbitros se cerciorarán de que así sea en todos los casos.

En realidad yo solo estaba escuchando a medias. Mi mirada no dejaba de posarse en John una y otra vez. Finalmente, nuestros ojos se cruzaron. Vi que de hecho me sonreía para infundirme ánimos un momento antes de que Morrigone reclamase de nuevo su atención.

La sorprendí a ella con la mirada fija en mí. Su expresión era inescrutable, y lo único que recordaba yo era que se había esfumado en una bruma de color azul. Tenía la facultad de borrar la memoria de los Wugs y, como en el caso de Delph, causar daño en su mente. Era una Wug extraordinaria, eso había que reconocérselo, pero también era peligrosa. Cualquiera que tuviese semejantes poderes era peligroso. Y solo un instante después caí en la cuenta de que a lo mejor también tenía que incluirme yo misma en dicho grupo.

De las peleas que iban a tener lugar a continuación, tan solo me interesaba una. Delph y Ran Digby entraron en su cuadrilátero. Delph se había quitado la camisa, y quedé maravillada al contemplar su torso delgado y de planos lisos. No había en él ni una sola pizca de grasa. Seguía mirando únicamente a Digby, que lo miraba a su vez al tiempo que flexionaba sus enormes brazos y torcía a un lado y al otro su grueso cuello de creta.

Justo cuando se iniciaba la segunda sección de luz, sonó la campana que daba comienzo al combate. Tuve que parpadear, porque no había creído posible que dos machos de semejante tamaño fueran capaces de moverse tan deprisa. Colisionaron en el centro mismo del cuadrilátero, y el entrechocar de huesos y músculos me produjo un leve mareo. Fue como si dos cretas se hubieran embestido entre sí.

Digby le agarró la cabeza a Delph y dio la impresión de pretender arrancársela de cuajo. Delph hacía fuerza con las manos para intentar liberarse, y eso dejó su torso desprotegido, detalle que Digby aprovechó asestándole numerosos rodillazos en el estómago y en los costados.

Yo me encogí con cada golpe. Me asombraba que Delph continuase siquiera en pie. Pero, de repente, con un esfuerzo supremo, logró zafarse de Digby y se enfrentó con él cara a cara. Digby respiraba agitadamente, a Delph se le veía tranquilo y controlado. Me maravilló que conservara aquel aplomo después de haber estado a punto de que su adversario le separase la cabeza de los hombros y le hubiera acribillado el cuerpo con tremendos rodillazos.

En cambio, el asalto acabó mucho más deprisa de lo que yo podía imaginar. Ambos contrincantes lanzaron unos cuantos puñetazos que lograron que se tambaleasen sus endurecidos torsos, luego Digby propinó una patada pero erró el blanco; entonces Delph le aferró la garganta, lo levantó en vilo, giró sobre sí mismo y lo arrojó de bruces contra el duro suelo. Se oyó un fuerte crujido y Digby quedó inmóvil.

Delph soltó el cuello de Digby y se incorporó. El árbitro examinó el estado de Digby y a continuación hizo una seña para que acudieran los Reparadores, que llegaron corriendo con sus abultadas bolsas. Mientras reanimaban a Digby, el árbitro levantó en alto la mano de Delph y lo declaró ganador. Yo lancé más vítores que nadie. Cuando Delph salió del cuadrilátero era de nuevo el mismo Delph de siempre, aquella inquietante mirada de acero había desaparecido y ahora lucía una sonrisa ladeada.

Lo abracé, y al apartarme me di cuenta de que estaba cubierto de sangre. Lo miré horrorizada.

—No es sangre mía sino de Digby, Vega Jane.

Me giré para mirar a Digby, que estaba incorporándose muy despacio con el rostro cubierto por un velo de sangre y la nariz rota limpiamente. Tuve que llevarme una mano al estómago para que mi primera comida se quedase donde debía quedarse.

Diez cuñas más tarde había finalizado la primera ronda de asaltos. La hembra había recibido una soberana paliza a manos de su adversario macho, aunque este había tenido la «galantería» de no convertirle el cerebro en puré. Sin embargo, fue necesario llamar a los Reparadores, y la pobre terminó saliendo del foso tendida en una camilla y acompañada por su madre llorosa.

La campana de la siguiente ronda de asaltos sonó inmediatamente después de que los participantes se hubieran situado en sus respectivos cuadriláteros. Al cabo de veinte cuñas de dura pelea, salieron varios luchadores más del foso, entre ellos la otra hembra. Se había desplomado de espaldas tras ser embestida por su adversario, un Dáctilo de diecisiete sesiones que trabajaba en Chimeneas. No creo que llegara a tocarla siguiera, creo que ella simplemente se desmayó.

Una parte de mí deseaba acogerse a aquella opción, pero después de la disputa que había tenido con Morrigone, si intentaba un truco parecido estaba segura de que no tardarían en arrancarme la cabeza de los hombros.

Finalmente, se anunció la última serie de asaltos. Respiré hondo mientras Delph me aferraba del hombro y me daba ánimos.

—Es un Wug blando, en serio —me dijo—. Obtusus no va a saber siquiera de dónde le ha venido el golpe.

Yo esbocé una sonrisa débil y afirmé con la cabeza.

—Ya lo celebraremos esta noche —respondí.

Pero por dentro estaba asustada. No había otra forma de describirlo. Tenía un plan, de verdad que lo tenía. Cletus se había quitado la camisa. No estaba tan fofo como antes, dado que estaba creciendo y ahora era más corpulento. Yo, naturalmente, me dejé la camisa puesta. Él tenía dos sesiones más que yo y por lo tanto era un Wug hecho y derecho. Y si bien era cierto que en el pasado le había vencido, había sido en un pasado muy lejano... excepto cuando le propiné una patada en el estómago en la luz en que se me enfrentaron los Carabineros y él me robó el huevo. Estoy segura de que Cletus se había entrenado mucho para aquel combate y que sin duda había aprendido trucos sucios de tipos como Ran Digby y Non. Además, yo tenía que hacer frente al hecho de que él era macho y por lo tanto más fuerte que yo.

Pero no era más duro que yo.

Cletus sonrió con gesto malévolo e hinchó el pecho y flexionó los brazos mientras yo permanecía inmóvil como una roca. Nuestro árbitro se nos acercó y nos explicó las reglas, entre las cuales había muy pocas que valiesen algo. Una que me sorprendió fue que si uno era empujado fuera del cuadrilátero por su adversario, este tenía derecho a asestarle un golpe gratis en cualquier parte del cuerpo. No supe por qué no me había mencionado Delph aquella norma. No era de extrañar que todos los Wugs cargaran contra su oponente nada más sonar la campana.

El árbitro se apartó. Justo antes de que sonase la campana, Cletus me dijo:

—Si finges desmayarte, seré compasivo contigo. Podrás ver con los dos ojos y masticar la cena de esta noche.

—Qué curioso, yo iba a hacerte la misma oferta.

Su sonrisa se esfumó y se trocó en un gesto de determinación que yo rara vez había visto en sus facciones. De eso me sirvió mi fanfarronada.

Miré más allá de Cletus y no me sorprendió ver que Delph me estaba observando con nerviosismo. Pero sí que me sorprendió descubrir que mi hermano me miraba con el mismo nerviosismo desde el entarimado. A mi izquierda estaban los padres de Cletus. A Cacus Obtusus se le veía muy seguro; Hestia tenía cara de estar a punto de vomitar.

El corazón me latía tan rápido que temí que se me partiera una costilla. Ya no me quedaba saliva en la boca y tenía la sensación de que se me había olvidado respirar. Antes de que me diera cuenta, ya había sonado la campana y Cletus arremetía directo contra mí. Logré bloquear la mayor parte de su primera embestida, pero al instante se me empezó a hinchar el brazo. Caí hacia atrás, con lo cual cedí un terreno muy valioso que Cletus aprovechó enseguida.

Me lanzó una patada a la cintura que yo a duras penas conseguí esquivar. Pero estaba cerca del borde del cuadrilátero, y si Cletus obtenía un golpe gratis, dudaba mucho que fuera capaz de aguantarlo. En el último momento me agaché para eludir el puñetazo, cambié rápidamente de posición y me situé a su espalda. Él giró veloz sobre sí mismo y vino a por mí.

—¿Qué te pasa, Vega, te da miedo pelear?

Le habría respondido con algo inteligente, pero tenía la boca tan seca que solo me salió decir:

—Aaaaghmllff-imbécil.

Pasamos unos instantes moviéndonos el uno alrededor del otro, sondeando las defensas del contrario. Yo lancé torpemente unos cuantos puñetazos que él paró sin dificultad. Su seguridad en sí mismo iba aumentando a cada cuña que pasaba, se le notaba mucho. Le propiné una patada que él desvió con un gesto burlón acompañado de una risotada. Pero yo tenía mi plan, y estaba haciendo tiempo. Hasta que sucedió. Cletus me lanzó un gancho con la mano derecha. Yo procuré ocultar la sonrisa cuando fingí parar el golpe. Cuando intentó repetir con la izquierda, yo ya había atacado. Le asesté un tremendo cabezazo en mitad de la cara, una maniobra que los Wugs conocían por el pintoresco nombre de Beso de Amargura.

Cletus, tal como había hecho cuando le engañé para que me revelara sus movimientos de lucha, levantó la rodilla para golpearme en el vientre. Sin embargo, como mi cabezazo le había hecho tambalearse, se desequilibró hacia la izquierda, lo cual me dio tiempo para engancharle la pierna con mi brazo. Haciendo uso de todas mis fuerzas, tiré de su pierna hacia arriba. Cletus se derrumbó de espaldas y aterrizó en el suelo de cabeza.

Aquello era todo cuanto yo necesitaba. Di un brinco y salté sobre él igual que si fuera el shuck negro dando caza a un preso que se hubiera escapado del Valhall. Tras hacerle la tijera con las piernas alrededor del torso, y después de sujetarle los brazos a los costados, me puse a arrearle puñetazos sin parar hasta que él, lloroso y gimoteando igual que una cría de Wug hambrienta, me dijo a gritos que se rendía.

El árbitro se apresuró a intervenir. Cuando intentó ayudar a Cletus a levantarse, este lo apartó de un empujón y casi lo hizo caer al suelo. El árbitro levantó mi mano en señal de victoria al mismo tiempo que Cletus me propinaba un puñetazo en plena cara. Al desplomarme de espaldas arrastré conmigo al árbitro.

De la multitud de Wugs surgieron exclamaciones de «¡Falta!» y «¡Al Valhall con él!».

Cacus Obtusus agarró del brazo a su enfurecido hijo y lo sacó del foso, mientras Delph venía rápidamente a socorrerme y me levantaba del suelo.

—¿Te encuentras bien, Vega Jane? —me preguntó con ansiedad. Luego miró ceñudo a Cletus y le gritó—: ¡Imbécil de mierda!

Me limpié la sangre de la nariz y de la boca y me toqué los dientes para asegurarme de que aún los tenía todos. Los tenía, pero noté que ya se me estaba hinchando el ojo. A pesar de todo aquello, se me extendió una ancha sonrisa por la cara.

—He ganado, Delph —dije con voz ahogada.

—Ya lo sé —repuso él con la misma sonrisa.

Acto seguido salí del foso con paso tembloroso. Había finalizado la primera ronda. Solo quedaban otras cuatro. Aquel pensamiento me borró la sonrisa de la cara. Pero solo durante una cuña. Al fin y al cabo había vencido. Era la primera hembra que conseguía algo así en un Duelum.

Volví la vista hacia el entarimado y vi que John estaba de pie y aplaudiendo, mientras que Morrigone daba una sola palmada y luego se detenía. Al pasar junto al círculo de apuestas vi a Roman Picus echando una reprimenda a Cacus Obtusus y a Cletus de pie con expresión asesina, aunque todavía le resbalaban las lágrimas por la cara. Por lo visto, mi victoria le había resultado muy cara a Roman.

Me sorprendió ver que Delph se acercaba hasta donde estaba Roman y le tendía una diminuta hoja de pergamino. Roman lo miró con cara de pocos amigos y a continuación procedió a contar diez monedas y se las entregó a Delph.

—La suerte del principiante —gruñó Roman con resentimiento.

—Vega ha ganado limpiamente —replicó Delph—. Eso no es suerte.

Cuando ya nos marchábamos, le pregunté:

—¿Has apostado por mí?

—Pues claro que sí.

—No sabía que te gustara apostar.

—Todos los Wugs apuestan de vez en cuando, y yo no soy diferente —repuso en tono de naturalidad.

—¿Y si hubiera perdido? ¿Tenías monedas suficientes para pagar?

—He utilizado un crédito. Además, sabía que ibas a ganar —contestó Delph de forma rotunda.

—Pero ¿si no hubiera ganado?

—Pues en ese caso es posible que hubiera tenido un problemilla con Roman Picus.

—Delph, estás loco. Loco de verdad.

—También es verdad que en esta luz hemos ganado los dos, Vega Jane.

En efecto, los dos habíamos ganado. Hacía mucho tiempo que no me sentía tan exultante.

Incluso teniendo la cara destrozada.

Más tarde, Delph gastó sus monedas en una comida para los dos, la cual disfrutamos en un establecimiento de la calle Mayor que se llamaba Tove el Hambriento. Yo no había comido nunca fuera de casa, no era una cosa que pudiera tener pensado hacer un Wug trabajador como yo. Pagar a otro Wug un dinero para sentarse cómodamente ante una mesa y que te sirvieran un elegante menú parecía una excentricidad.

¡Y a mí me encantó!

Antes de ir, Delph y yo nos lavamos y yo me puse la otra muda de ropa que tenía: una falda de lana que casi me llegaba hasta el suelo y una camisa de manga larga confeccionada con piel de amaroc, que había pertenecido a mi madre. Hasta encontré un antiguo sombrero suyo perdido dentro del amasijo de cosas que había apiladas en un rincón de la casa. Era de ala ancha y estaba descolorido, y además estoy segura de que resultaba horriblemente pasado de moda. Pero me apeteció ponérmelo aquella noche, más que ninguna otra prenda que hubiera tenido jamás.

Me había echado en el ojo agua fría de las tuberías, pero todavía lo tenía tan hinchado que apenas podía ver por él. Sin embargo, había decidido no utilizar la Piedra Sumadora para curármelo; una recuperación tan rápida podía levantar sospechas.

Nos sentamos a una mesa situada al fondo del local. Había más Wugs sentados en mesas cercanas a la entrada. No supe si ello se debía a que nosotros no íbamos tan bien vestidos, pero seguramente era eso. Los otros Wugs, dos de los cuales eran miembros del Consejo, nos lanzaban miradas de vez en cuando y después hablaban en susurros. Yo procuré ignorarlos, pero no me resultó fácil.

Delph, que obviamente se había dado cuenta, me dijo:

—Ahora ya te conoce todo el mundo, Vega Jane.

Lo miré sin pestañear.

—¿Cómo dices?

—Has derrotado a un macho, ¿no? Eres la primera hembra que hace algo así en un Duelum. Ahora eres famosa.

Reflexioné unos instantes sobre aquel punto y luego miré a varios de los Wugs que me observaban desde sus mesas. Un par de ellos me sonrieron y me hicieron un gesto de ánimo. A lo mejor Delph tenía razón.

Cuando llegó la comida me costó trabajo creer lo abundante que era. Ni siquiera tomé el tenedor, simplemente me quedé mirando el enorme plato que tenía delante.

—¿Cogemos solo un poco y lo demás se lo pasamos a las otras mesas? —le susurré a Delph.

—Es todo para ti, Vega Jane.

—¿Estás seguro? —pregunté con incredulidad.

—Del todo.

—Pero tú nunca habías estado aquí, ¿verdad?

—Una vez.

—¿Cuándo? —quise saber.

—Después de ganar un Duelum. Me trajo Roman Picus.

—¿Y por qué iba a querer ese patán llevarte a ningún sitio?

—Porque era mi primer Duelum y yo era el que llevaba las de perder. Picus apostó muchas monedas por mí y ganó, de manera que me invitó a comer. Claro que eso ha sido lo único que me ha regalado en su vida ese cretino.

Contemplé la abundancia de carnes, verduras, quesos y panes, y me relamí de gusto igual que un canino hambriento. Lo cual me recordó que tenía que guardar un poco de aquello para *Harry Segundo*, que estaba fuera esperando pacientemente.

Treinta cuñas después, dejé sobre la mesa el cuchillo y el tenedor. Bebí un último trago del zumo de bayas que acababan de rellenarme y me froté la barriga, ahora oronda. Luego dejé escapar un profundo suspiro y me estiré igual que un felino tras una siesta. Delph me observó sonriente.

—Has comido bien —comentó.

—No deberías haber hecho esto, Delph. Ha costado una moneda por cabeza, eso ponía en la carta que tienen fuera.

—Son monedas que tú me has hecho ganar, así que estamos en paz.

Bueno, lo cierto era que aquello no podía discutírselo. Además, para demostrarlo tenía los hematomas y las hemorragias. Le pedí al camarero una bolsa y guardé en ella los restos de mi comida para dárselos a *Harry Segundo*.

Cuando ya salíamos, se me acercó una hembra muy bien vestida que se había levantado de su mesa para estrecharme la mano.

—Me siento muy orgullosa de ti, mi querida Vega Jane —me dijo.

No era la primera vez que la veía. Su compañero formaba parte del Consejo. Estaba allí sentado, con su elegante túnica negra, y me observaba con una expresión reprobatoria. Supuse que acaso era uno de los aliados de Krone. No me ofreció la mano para que se la estrechara, pero claro, cómo iba a hacer él algo así. Corría el peligro de mancharse al tocarme.

Hizo volver a su compañera a la mesa al tiempo que le dirigía una mirada de reproche.

—Gracias —logré articular, y me apresuré a salir. Cuando llegamos a la puerta oí que discutían.

Una vez fuera, le puse a *Harry Segundo* la comida allí mismo, sobre el empedrado. Mientras él la devoraba, le dije a Delph:

—Gracias por la comida.

—Ha sido una buena luz —repuso él sonriendo.

—Ha sido una luz fantástica. ¿Cuándo va a tener lugar la siguiente fase del Duelum?

—Dentro de dos luces.

Dejé escapar un gemido. Había pensado que el intervalo sería más largo.

—¿Y cuándo sabremos contra quién tenemos que luchar?

—La próxima noche.

Regresamos andando hasta mi casa y nos sentamos un rato delante de la chimenea vacía.

Ya era de noche y sentí que se me cerraban los ojos.

Delph se dio cuenta, se levantó y se despidió. Lo contemplé mientras se alejaba por la Cañada Honda hasta que lo perdí de vista. Entonces cerré la puerta y me tendí en mi camastro, al lado de *Harry Segundo*. Y luego hice lo único que fui capaz de hacer: cerré los ojos y me quedé dormida.

TRIGINTA SEX

La Sala de la Verdad

En la luz siguiente, la jornada en Chimeneas comenzó con Newton Grávido, un Cortador de dieciocho sesiones de edad, alto y musculoso, que se me acercó para felicitarme por mi victoria. Era muy guapo y simpático, y a mí siempre me había parecido un poco falso. De hecho, de vez en cuando le dirigía una mirada furtiva al verlo trabajar.

—Me alegro mucho de que hayas derrotado a ese cretino de Cletus Obtusus —me dijo deslumbrándome con una amplia sonrisa. Acto seguido bajó la voz y añadió—: No temas, Vega, tienes un amigo en la familia Grávido. Me encantó ver cómo le cantabas las cuarenta a Krone.

Yo sonreí y le di las gracias. Lo observé durante unos instantes mientras se alejaba, cada vez más complacida conmigo misma.

En la primera sección de aquella noche se publicó la segunda fase de la competición. Yo estaba a un tiempo nerviosa y deseosa de verla. No sabía qué iba a hacer si me había tocado en suerte pelear contra Delph. Pensé en la posibilidad de que ambos saliéramos huyendo hacia el Quag ya mismo, así no podrían hacer recaer mi castigo sobre la cabeza de Delph. En cambio, hubo algo que me retuvo. Bueno, estaba bastante claro lo que era: había dado mi palabra de que lucharía en el Duelum con todas mis fuerzas. Aquel era el trato al que había llegado con Morrigone. Morrigone no era precisamente mi Wug favorita, pero las promesas están para cumplirlas. No me importaba mentir de vez en cuando, sobre todo cuando ello me ayudaba a sobrevivir; en cambio, retractarse sobre la palabra dada era algo que mi abuelo jamás habría hecho, de modo que tampoco iba a hacerlo yo. Supondría una mancha grave para el apellido Jane.

Por lo general me importaba un rábano lo que pensaran los demás Wugs, pero esto era distinto. Nunca se me iba a olvidar la mirada que me lanzó Thansius cuando vio el mapa que me había dibujado en el cuerpo. Solo quería demostrarle que... en fin... que yo era una Wug honrada, ya que no una Wug precisamente limpia.

Al ver una sombra proyectarse sobre mi puesto de trabajo, levanté la vista enseguida.

Era Domitar, que me miraba. Aguardé con gesto expectante.

—En la última luz lo hiciste muy bien, Vega, pero que muy bien.

—Gracias, Domitar.

—De hecho, me hiciste ganar veinte monedas —agregó en tono eufórico y frotándose las gruesas manos.

Me quedé sumamente sorprendida, y debió de notárseme en la cara, porque Domitar hizo un ademán para quitarle importancia y dijo:

—Ya sabía que ibas a ganar. Cletus Obtusus es todavía más idiota que su padre.

Y dicho esto se fue riendo para sus adentros.

Cuando llegó el descanso para comer, salí a llevarle a *Harry Segundo* agua y unas cuantas provisiones. Me senté en la hierba y contemplé el edificio de Chimeneas. Ya había estado dos veces en la última planta; en una había encontrado a *Destin* y en la otra había conocido mi pasado.

¿Pero de verdad era la última planta?

Seguí recorriendo el edificio con la mirada, ascendiendo poco a poco. Allí tenía que haber más de dos plantas, lo cual quería decir que me quedaban más cosas por descubrir. Era una idea de lo más peligrosa, ya lo sabía; solo con que tuviera un único tropiezo en el Duelum me pasaría el resto de mis sesiones encerrada en el Valhall. Pero la espada que pendía sobre mi cabeza también me había conferido una asombrosa claridad mental, quizá por primera vez en mi vida.

Estaba cansada de formular muchas preguntas y de no obtener ninguna respuesta. ¿Podría quizás encontrar algunas en Chimeneas, que parecía guardar más secretos que ningún otro lugar de Amargura? Cada vez que había entrado en aquel edificio había salido con algo de valor. ¿Podría probar suerte una vez más?

Cuando sonó el timbre que señalaba el final de la jornada de trabajo, me cambié de ropa y esperé fuera a que se hubieran ido todos los demás Wugs. Me sorprendió ver llegar a Delph a la carrera, con la camisa empapada de sudor por haber estado trabajando en la Empalizada.

—¿Qué estás haciendo aquí? —le pregunté.

—Vengo a buscarte para que practiques para el Duelum —me contestó.

—Pues eso va a tener que esperar.

—¿Por qué?

—Porque cuando se haya marchado todo el mundo pienso explorar un poco el interior de Chimeneas. Ya he estado en la segunda planta, ahora quiero subir otra más.

—¿Es que te has vuelto loca, Vega Jane? —exclamó Delph.

—Probablemente —respondí.

—Krone estará buscando la menor oportunidad que se le presente para volver a meterte en el Valhall. ¿Qué pasa si sus secuaces nos están vigilando en este momento?

—Ya he pensado en eso —repliqué—. Así que voy a regresar aquí un poco más tarde y me colaré por un costado del edificio. De esa forma será casi imposible que alguien me descubra.

—¿Para qué quieres subir allá arriba?

—Ya he estado allí dos veces, y las dos veces he salido ilesa. Y siempre me he enterado de algo importante. Allí encontré a *Destin* —añadí señalando la cadena, que descansaba enrollada a mi cintura—. Y también la *Elemental* y la Piedra Sumadora.

—Pero dijiste que esas cosas las encontraste en la habitación pequeña que hay en el segundo piso. En cambio, ahora quieres buscar la manera de subir otro piso más.

—Así es.

—¿No tengo forma de convencerte de que no lo hagas?

—No.

Delph contempló el edificio.

—Bueno, ¿y cómo hacemos entonces?

—No vamos a hacer nada, voy a hacerlo yo. Tú puedes llevarte a *Harry Segundo* a tu casa y esperarme allí. Iré cuando haya terminado con esto.

—O voy contigo, o voy y le cuento al maldito Domitar lo que te propones hacer. Y te apuesto lo que quieras a que él va corriendo a contárselo a Krone.

—¡Delph, no serás capaz! —exclamé horrorizada.

—Y una mierda que no.

Nos miramos fijamente el uno al otro por espacio de una cuña. Hasta que Delph dijo:

—No pienso permitir que entres sola en ese sitio.

—Delph, tú no sabes a lo que me he enfrentado ahí dentro. Es muy peligroso y...

—Mira, en este momento sale Domitar. ¿Quieres que tenga una charla con él?

Confirmé que Domitar y Dis Fidus estaban yéndose. Miré de nuevo a Delph con ademán furioso y me aparté el pelo de la cara.

—Muy bien, pero si te matan, después no vengas a mí quejándote.

—Descuida —replicó.

De pronto se me ocurrió una cosa. No, fue más bien una verdad. Había dado mi palabra de que pelearía en el Duelum con todas mis fuerzas; Morrigone había dicho que si cumplía mi promesa todo volvería a ser normal y ya no le debería nada al Consejo. Pero yo no tenía la intención de quedarme en Amargura después de aquello. Mis padres ya no estaban, y a mi hermano era como si también lo hubiera perdido. Morrigone había dicho que si intentaba marcharme castigarían a Delph. Bueno, pues nuestro plan original de huir juntos resolvía aquel dilema. Y si Delph iba a entrar conmigo en el Quag, tenía que aprender de primera mano a manejarse en circunstancias a las que un Wug no estaba acostumbrado a enfrentarse. Tal vez aquella noche fuera una buena oportunidad para que Delph se iniciase en las cosas desconocidas que aguardaban ocultas en el interior de Chimeneas.

Lo miré y le dije:

—Delph.

—¿Qué? —ladró. Era obvio que esperaba otra discusión.

—Cuando haya finalizado el Duelum y tú lo hayas ganado, pienso marcharme de Amargura. Voy a entrar en el Quag. Ya he tomado la decisión.

—Muy bien —respondió él. Su semblante se relajó, pero en sus ojos aumentó la ansiedad, y aquello no me gustó.

—¿Sigues queriendo venir conmigo?

Dejó transcurrir unos momentos sin decir nada.

—¿Estás loca? Pues claro que sí.

Sin darme cuenta de lo que estaba haciendo, me alcé de puntillas y lo besé.

—Vega Jane —me dijo, rojo de vergüenza por aquel retozo inesperado. Y lo cierto era que hasta yo estaba sorprendida. Me encogí de hombros en actitud defensiva.

—Ha sido solo para sellar el pacto, Delph —dije a toda prisa—. Nada más —agregué en tono firme.

Más tarde, después de haber dejado a *Harry Segundo* en mi casa, nos colamos furtivamente por un costado del edificio de Chimeneas. Habíamos regresado hasta allí eligiendo una ruta que daba muchas vueltas, e incluso habíamos practicado un poco para el Duelum, lo cual resultaría perfectamente legítimo en caso de que alguien nos estuviera espiando. Luego llevé a Delph por un sendero del bosque que sabía que servía de atajo para ir a Chimeneas. Forcé la cerradura de la misma puerta igual que la vez anterior, con mis herramientas, mientras Delph me observaba con gesto de admiración.

—Justo el buen tacto que hacía falta, Vega Jane —comentó.

Abrí la puerta y penetramos en Chimeneas. Yo sabía por dónde había que ir, lo cual era una suerte, porque aunque afuera todavía había luz, allí dentro estaba todo oscuro y tenebroso.

Me pareció oír cómo le latía a Delph el corazón cuando lo aferré de la mano y avancé tirando de él. Llegamos a la segunda planta sin problemas. Yo estaba muy atenta por si oía venir a los Dabbats, pero los únicos sonidos que capté fueron el de mi respiración y el retumbar del corazón de Delph. Tal como había calculado, los Dabbats no salían hasta que se hacía de noche.

Recorrimos la segunda planta y llegamos a la puerta de madera. Al otro lado de esta se encontraba la puertecilla cuyo picaporte estaba tallado en forma de cabeza de Wug; y no deseaba volver allí.

Di media vuelta y tiré de Delph en la otra dirección. No se oían ruidos de deslizamientos ni pisadas que no fueran las nuestras.

—Hay por lo menos otro piso más —dije—. Y la única manera de verlo es entrando aquí.

Delph asintió con un gesto, auque yo sabía que estaba demasiado nervioso y asustado para pensar con claridad.

Lo único que encontramos fue un muro macizo y ni rastro de escaleras que subieran a otro nivel. No obstante, al asomarme por una ventana vi que había un piso más arriba. Tenía que existir un modo de subir.

Cerré la ventana y me volví de nuevo hacia Delph, que estaba de pie ante la pared vacía, tanteando cada grieta con sus fuertes dedos.

—Delph... —empecé. Y de repente dejé de ver a Delph. Mi mente se llenó de vapor, como si hubiera llegado una niebla y se me hubiera filtrado al interior del cerebro. Cuando se despejó, seguí sin poder ver a Delph. Lo que vi fue una escalera que ascendía. Sacudí la cabeza y Delph reapareció en mi campo visual. Me froté los ojos, pero la visión de la escalera no volvió.

—Delph —dije—, apártate de ahí.

Él se giró hacia mí.

—Aquí no hay ninguna escalera, Vega Jane.

—Apártate.

Delph se apartó. Entonces me puse el guante, saqué la *Elemental*, le ordené mentalmente que se desplegara del todo, eché el brazo atrás y la lancé contra la pared con todas mis fuerzas.

—Vega Ja... —empezó a decir Delph, pero no llegó a terminar la frase.

La pared se había desvanecido en una nube de humo y había dejado al descubierto una enorme abertura. La *Elemental* regresó a mi mano igual que un ave de presa bien adiestrada.

Al otro lado de la abertura se distinguía un tramo de escaleras de mármol negro, idénticas a la visión que había tenido yo. Desconocía cómo lo había hecho para verlas, pero me alegraba enormemente.

Me introduje por la abertura y Delph hizo lo mismo. Comenzamos a subir con suma precaución. Arriba se abría una habitación de grandes dimensiones, con unas palabras grabadas en la roca por encima del dintel de entrada:

SALA DE LA VERDAD

Miré a Delph, y él me miró a su vez con un gesto de desconcierto. Entonces pasamos al interior de la estancia, asombrados tanto por su tamaño como por su belleza.

Las paredes eran de piedra, los suelos eran de mármol, el techo era de madera y no había ni una sola ventana. Me maravillé al imaginar la gran destreza que había sido necesaria para crear aquel espacio. Jamás había visto la piedra tallada de una forma tan elegante, y los dibujos del mármol del suelo convertían este más en una obra de arte que en una superficie que había de ser pisada. Las vigas del techo estaban ennegrecidas por el paso del tiempo y lucían una maraña de símbolos que yo no había visto nunca y que, por alguna razón, me causaron un terror instantáneo que me encogió el corazón. Además, todas las paredes estaban forradas de enormes estanterías de madera repletas de gruesos libros cubiertos de polvo.

Busqué la mano de Delph, y en el mismo instante él buscó la mía. Avanzamos hasta el centro de la estancia, nos detuvimos, y miramos a nuestro alrededor como dos Wugs recién nacidos que acaban de descubrir lo que hay fuera del vientre de su madre.

—Cuántos libros —comentó Delph, de manera más bien innecesaria.

Yo no tenía ni idea de que existieran tantos libros. Lo primero que pensé fue que a mi hermano le encantaría aquella habitación, pero luego sentí una punzada de tristeza. Mi hermano ya no era el mismo.

—¿Qué hacemos ahora? —preguntó Delph con un hilo de voz.

Era una pregunta razonable. Supuse que solo había una cosa que hacer. Así que me acerqué a la estantería que tenía más cerca y saqué un libro. Y al instante deseé no haberlo hecho.

Porque en el momento en que abrí el libro la habitación entera se transformó en algo que no se parecía en nada a una habitación. Desapareció todo: los libros, las paredes, el suelo y el techo. Y fue sustituido por un huracán de imágenes, voces, gritos, rayos luminosos, torbellinos, Wugs, sleps alados, un ejército de Dabbats voladores y de las criaturas más repugnantes que se arrastraban por el suelo. Garms, amarocs y freks saltando y atravesando montañas de cuerpos. Y también había otras criaturas que no eran Wugs, colosos, guerreros con cota de malla, seres de orejas puntiagudas, cara roja y cuerpo negro, así como formas encapuchadas que acechaban en las sombras y que disparaban potentes rayos de luz. Luego llegaron explosiones, caleidoscopios de llamas y torres de hielo que se precipitaban por abismos tan profundos que parecían no tener fondo.

Yo tenía el corazón en la garganta. Sentí que los dedos de Delph se despegaban de los míos. En aquel torbellino infernal, me giré y vi que huía a la carrera. A mí también me entraron ganas de huir, pero mis pies daban la sensación de estar clavados al suelo. Bajé la vista a mis manos y vi que aún sostenía el libro abierto. Todo lo que estábamos presenciando salía de aquellas páginas.

Yo no soy tan inteligente como mi hermano, pero los problemas simples tienen soluciones simples. Cerré el libro de golpe. Cuando las dos mitades se juntaron de nuevo, la habitación volvió a ser solamente una habitación. Estaba sin resuello, y eso que no me había movido ni un solo centímetro.

Me giré hacia Delph y vi que estaba inclinado hacia delante, intentando respirar, blanco como la leche de cabra.

—¡Maldición! —exclamó.

—Sí, maldición —repetí yo en tono más quedo, coincidiendo con él. Lo cierto era que también había querido gritarlo, pero mis pulmones no tenían la capacidad necesaria—. Así que la Sala de la Verdad. Todos estos libros, Delph, ¿de dónde han salido? No pueden tratar todos de Amargura, nuestro pueblo no es tan... en fin...

—Tan importante —terminó Delph por mí, y se encogió de hombros—. No sé, Vega Jane. No entiendo ni una palabra. Pero vámonos ya de aquí —pidió, y se encaminó hacia la escalera.

Y precisamente en aquel momento fue cuando lo oímos acercarse. Delph retrocedió y se situó a mi lado. Por el ruido que hacía, lo que se avecinaba no eran Dabbats.

Lo cual me pareció un alivio. Hasta que vi lo que entraba por la puerta.

Y entonces no se me ocurrió ninguna otra cosa que chillar. Y chillé.

Hubiera preferido que fueran los Dabbats.

TRIGINTA SEPTEM

Un trío de farallones

Cuando la criatura entró en la estancia, dio la impresión de que aquel vasto espacio era demasiado pequeño para contenerla. Yo supe exactamente lo que era, había visto un dibujo y una descripción en el libro que había escrito Quentin Hermes acerca del Quag. Y la ilustración no le hacía la menor justicia.

Era un farallón.

No era ni mucho menos tan grande como los colosos contra los que yo había luchado, pero así y todo seguía teniendo un tamaño que inspiraba pavor. Y parecía estar hecho de piedra. Pero aquel no era el detalle que alarmaba más; poseía tres cuerpos, todos machos y todos unidos, hombro con hombro. Tenía tres cabezas y tres pares de alas diminutas que le nacían de las tres musculosas espaldas. Y cuando le miré las manos vi tres espadas y tres hachas. Las tres caras mostraban la misma expresión de odio acrecentado por la furia.

—Sois intrusos —rugió una de las bocas. La voz sonó como una mezcla de un chillido estridente y la descarga de un trueno.

Yo le habría contestado algo, pero es que estaba tan asustada que no me salían los sonidos de la garganta.

—El castigo para los intrusos es la muerte —dijo otra boca.

El farallón avanzó un paso, y su tremenda mole amenazó con aplastar el mármol del suelo. Yo apenas tuve tiempo para obligar a Delph a que se agachase antes de que las tres hachas cortaran el aire en el punto en que antes estaban situadas nuestras cabezas. Las hachas cruzaron volando la habitación y se incrustaron en la estantería del fondo, la cual se desequilibró y cayó arrastrando consigo a dos de sus vecinas. Cuando los libros se precipitaron al suelo y se abrieron, la sala fue engullida una vez más por la furia desatada que contenían sus páginas.

Agarré a Delph de la mano y tiré de él para ir a ponernos los dos a cubierto detrás de una de las estanterías volcadas. Durante unos momentos hice caso omiso de la cascada de imágenes que saltaba a nuestro alrededor, aunque no resultaba fácil. Un hada llorona me gritó al oído; esta criatura también aparecía en el libro de Quentin.

Una de las espadas del farallón partió por la mitad la estantería tras la que nos escondíamos; la hoja se detuvo a escasos centímetros de convertirme en dos Wugs. Delph empezó a arrojarle libros, pero el farallón aplastó la estantería con las dos piernas del medio al tiempo que yo aprovechaba para huir de él dando un salto. Resbalé por el suelo y fui a estrellarme contra otra estantería, con lo cual me llovieron un tropel de libros encima de la cabeza. Criaturas grandes y pequeñas, Wugs fallecidos hacía tiempo y seres que yo no tenía modo alguno de reconocer, todos salieron de aquellos gruesos volúmenes. La habitación no era capaz de contener semejante torbellino y semejante caos.

Entonces introduje mi mano enguantada en el bolsillo, saqué la *Elemental*, le ordené mentalmente que se desplegara, eché el brazo atrás, apunté y lancé directamente al centro del farallón. La criatura, alcanzada por la *Elemental*, desapareció en una enorme nube de humo. Cuando este se disipó, el cuerpo central del farallón ya no existía. Exhalé un suspiro de alivio y me relajé ligeramente. No obstante, los otros dos cuerpos, ahora libres de su compañero, continuaban en pie. Bueno, en realidad venían corriendo en línea recta hacia mí.

Desesperada, miré en derredor buscando la *Elemental*. Y entonces la localicé. Había descrito un gran arco a través de la habitación y ahora estaba regresando hacia mí. De improviso colisionó con ella una espada arrojada por uno de los cuerpos del farallón y la desvió violentamente de su rumbo. Chocó a gran velocidad contra una pared cubierta de estanterías. Estas se precipitaron hacia el suelo y advertí, horrorizada, que la *Elemental* quedaba atrapada debajo de ellas. En el momento en que uno de los cuerpos del farallón se abalanzaba sobre mí con la espada en alto para asestarme el golpe mortal, capté un leve movimiento a mi derecha.

—¡No, Delph! —chillé.

Delph no me oyó o no quiso oírme. Arremetió contra los muslos de uno de los cuerpos del farallón. Era una criatura tan inmensa que, por grande y fuerte que fuera Delph, fue como un pajarillo estampándose contra un muro macizo. Delph se derrumbó en el suelo, bruscamente privado de sus sentidos. Antes de que yo pudiera moverme, el farallón ya lo había levantado del suelo y lo había lanzado por los aires como si fuera un trozo de pergamino. Contemplé con horror cómo cruzaba la habitación de parte a parte e iba a estrellarse contra otra estantería.

Eché a correr hacia él, pero me cegó una imagen llameante que había surgido de pronto de uno de los libros que pasaban volando por mi lado. Tropecé y caí al suelo. Por el camino giré la cabeza y vi una espada que rasgaba el aire justo donde me encontraba yo un momento antes.

Ahora el farallón estaba justo erguido sobre mí. Alzó la espada por encima de la cabeza, y estaba a punto de asestarme un mandoble que me separaría las piernas del cuerpo cuando de pronto me elevé en el aire en vertical y la esquivé. Aquella era mi verdadera ventaja respecto de mi descomunal adversario.

Destin, enrollada debajo de mi capa, estaba caliente al tacto. Recorrí todo el perímetro de la pared con la intención de llegar a donde estaba Delph. Pero no iba a conseguirlo. Había perdido la pista al otro cuerpo de farallón hasta que lo vi incorporarse justo delante de mí. Me había olvidado de las malditas alas que tenía en la espalda. Parecía imposible que aquel frágil par de alitas fuera capaz de levantar un peso tan enorme. En cambio, yo era ágil, cosa que no era el farallón.

Pasé volando por debajo de su brazo y me situé a su espalda. Después volví a dar la vuelta para que no me perdiera de vista. Continué volando en círculos, cada vez más rápido, forzando como nunca tanto a *Destin* como a mí misma. El farallón también giraba y giraba, y empezó a parecerse a la peonza con la que yo jugaba cuando era una Wug muy joven.

Mientras el farallón seguía girando, me lancé en picado hacia abajo. Aparté una de las estanterías, recuperé la *Elemental* y la arrojé con todas mis fuerzas. El farallón dejó de rotar en el momento en que la lanza dio en el blanco.

El farallón explotó.

Cuando la *Elemental* ya regresaba a mi mano, Delph vociferó:

—¡Cuidado, Vega Jane!

Me agaché parcialmente, pero aun así recibí un fuerte impacto que me lanzó hacia atrás y choqué dolorosamente contra una pared. Cuando me derrumbé en el suelo, el cuerpo que le quedaba al farallón echó el puño hacia atrás con la intención de golpearme de nuevo, y esta vez sin ninguna duda me enviaría directa a la Tierra Sagrada. Me había olvidado de la advertencia que leí en el libro de Quentin: «Desdichado será el Wug que olvide que el hecho de destruir una parte de la criatura no equivale a obtener una victoria.»

Estaba demasiado atontada para volar. Y todavía no tenía la *Elemental* en la mano. Además, un puño de dimensiones gigantescas venía recto hacia mi cabeza. En el último instante me levanté de un salto y le propiné un puñetazo al farallón en pleno estómago.

El farallón despegó los enormes pies del suelo y salió volando por los aires en dirección a la pared de enfrente, contra la que chocó con tal violencia que explotó en una multitud de fragmentos. Yo permanecí inmóvil una o dos cuñas, contemplando lo que había quedado del farallón, y después me miré la mano. No tenía ni idea de lo que acababa de ocurrir. En aquel momento llegó la *Elemental* a mi mano enguantada y cerré los dedos en torno a ella.

Miré una vez más los restos del farallón y rememoré la noche en que, estando en el edificio de Cuidados, golpeé a Non. Me había hecho daño en la mano de resultas del puñetazo. Ahora, al atizar a aquel farallón, duro como la piedra, mis pobres huesos deberían haberse hecho añicos. Solo cabía una explicación. Me levanté la capa y vi que Destin había adquirido un tono azul hielo. La toqué, pero retiré el dedo al instante; al tacto era igual que el metal fundido, aunque lo único que sentía yo en la cintura era una leve sensación de más calor.

—Q-q-qué hay, Vega Jane —me llamó una voz.

—¡Delph! —Me había olvidado de él.

Corrí hacia él y me serví de mi fuerza recién descubierta para apartar las estanterías que casi lo cubrían por entero. Estaba todo magullado y ensangrentado.

—¿Puedes ponerte de pie? —le pregunté.

Él asintió despacio y dijo con voz débil:

—C-creo que sí.

Le ayudé a incorporarse con cuidado. Se sujetaba el brazo derecho de forma sospechosa, y tampoco podía apoyar mucho peso en la pierna izquierda.

—Delph, agárrate a mí.

Ordené a la *Elemental* que se encogiese, la guardé en el bolsillo y luego levanté a Delph del suelo y me lo cargué a la espalda. Él protestó con una exclamación ahogada al verme hacer todo aquello, pero yo no tenía tiempo para explicaciones. Acto seguido di un alto en el aire y salí volando por la puerta, bajé la escalera y no volví a poner los pies en tierra hasta que llegamos a la puerta por la que habíamos entrado. No pensaba dar a los Dabbats la oportunidad de que vinieran a por nosotros. De modo que abrí la puerta de una patada, la crucé llevando a Delph en la espalda y ambos nos perdimos en el cielo nocturno.

No aterricé hasta que estuvimos en la casa de Delph. Cuando lo deposité en el suelo, me dijo con asombro:

—¿Cómo has hecho para levantarme en vilo, Vega Jane?

—No estoy segura, Delph. ¿Estás malherido? —le pregunté con preocupación.

—Me ha arreado una buena paliza... —reconoció— ese farallón —agregó.

—De modo que sí leíste el libro.

—Pero no pensaba que iba a encontrarme con uno de ellos en este lado del Quag.

—¿Puedes andar?

—Puedo cojear.

De pronto me di una palmada en la frente.

—¡Pero si tengo la Piedra Sumadora! Voy a curarte en un periquete.

Busqué en un bolsillo. Después en el otro. Busqué frenética en todos los pliegues de la ropa que llevaba puesta. Y, finalmente lancé un gemido de desánimo. La Sumadora había desaparecido.

Miré a Delph con una expresión de dolor y le dije:

—Se me ha debido de caer dentro de Chimeneas. Puedo volver y...

Pero Delph me aferró del brazo.

—No vas a volver a entrar allí.

—Pero la Piedra... Tus heridas...

—Ya se me curarán, Vega Jane. Solo que me llevará un poco de tiempo.

De repente me acordé de otra cosa:

—¡El Duelum!

Delph asintió con tristeza.

—No puedo luchar solo con un brazo y una pierna, me parece.

—Delph, lo siento muchísimo. Todo esto ha sido culpa mía.

—En esto estamos los dos juntos, Vega Jane. Fue decisión mía acompañarte, de hecho insistí en ello. Además, me has salvado la vida.

Lo ayudé a entrar en casa. Duf no estaba; supuse que probablemente estaría trabajando en la Empalizada. Lavé a Delph las heridas y le enfrié los hematomas con agua helada de un cubo que guardaba su padre en la cueva, y después lo acosté en su cama. Le confeccioné un cabestrillo para el brazo y le traje un grueso garrote que le serviría de ayuda para caminar.

—Lo siento —dije otra vez con lágrimas en los ojos.

Él esbozó una sonrisa débil.

—Contigo no se aburre uno, ¿eh? —me dijo.

TRIGINTA OCTO

Una apuesta ganadora

Lo siguiente que recordé fue que había luz y que acababa de despertarme en mi camastro. Estaba cansada, dolorida y con mal cuerpo, y mi cabeza todavía estaba dando vueltas a lo que había acontecido la noche anterior. Sentí un lametón en la mano, y al incorporarme vi que era *Harry Segundo* y le acaricié la cabeza. Cuando me asomé por la ventana vi a un gran número de Wugs pasando por delante.

Tardé una cuña en comprender lo que estaba ocurriendo. ¡El Duelum! Se celebraba en la segunda luz. Se me había hecho tarde.

Salté de la cama dando a *Harry Segundo* un susto de muerte y me vestí a toda prisa con la ropa que había dejado por ahí tirada antes de acostarme. Me detuve un momento y contemplé a *Destin*, que yacía en el suelo. Con ella podría derrotar a cualquier Wug en el Duelum. Me debatí sin saber qué hacer. Mil monedas. Era mucha riqueza, más de la que yo iba a conseguir en toda mi vida. Pero lo que importaba no eran las monedas. Otros Wugs me tendrían gran admiración si terminaba siendo la campeona del Duelum, como la hembra de Tove el Hambriento y otros muchos más. Como había dicho Delph, ahora era famosa. Los Wugs me conocían.

Así y todo, no hice ningún movimiento para recoger a *Destin*. Finalmente, la empujé bajo la cama con el pie. No tenía necesidad de ganar aquel maldito Duelum, solo tenía que pelear con todas mis fuerzas. Y una parte de mí temía que si hiciera uso de *Destin* y de su poder cabía la posibilidad de que matara a un Wug sin querer. Y no deseaba tener aquel peso en mi conciencia. Además, quería ganar limpiamente y con justicia. Era una mentirosa, una ladrona en ocasiones, un fastidio las más de las veces, pero por lo visto aún me quedaba algo de moral.

Mientras me dirigía al foso junto con la riada de Wugs que llenaban la calle, caí en la cuenta de que la noche anterior no había consultado el tablón de anuncios para ver a quién tenía que enfrentarme. Llegué justo cuando sonaba la campana y rápidamente miré a mi alrededor. ¿Me habrían incluido en aquella ronda? De pronto localicé el tablero de apuestas y corrí hacia allí.

—¿Cuándo me toca pelear? —le pregunté jadeando al Wug que recogía las monedas y extendía pergaminos a cambio de ellas. Se llamaba Lichis McGee, y tenía fama de ser escrupulosamente honrado con las apuestas y de ser un sucio cabrón en todas las otras facetas de su vida. Era el principal competidor de Roman Picus en lo que se refería al negocio de las apuestas, razón suficiente para que yo tratase con él. Se trataba de elegir el menor de dos males.

Se volvió hacia mí:

—Peleas en la segunda ronda, Vega, te vendrá bien —me dijo en tono sarcástico.

Me giré hacia el tablero de las apuestas y vi que había cincuenta a favor de mi adversario y que ni un solo Wug había apostado por mí como ganadora. Mi mirada se trasladó al otro extremo del tablero para ver contra quién iba a luchar. Cuando leí el nombre, comprendí por qué mis probabilidades de ganar eran tan escasas... Bueno, nulas para ser precisos.

Non. Iba a luchar contra el gañán, el completo imbécil de Non.

McGee me dijo sonriendo:

—Esta vez no es Cletus Obtusus, hembra. Despídete de esas mil monedas, o de lo contrario yo me llamo Alvis Alcumus.

Temblé de rabia al oírle decir aquello. Introduje la mano en el bolsillo, saqué la única moneda que tenía y se la tendí a McGee. Él asintió complacido.

—Estás apostando por Non, naturalmente. A modo de compensación de que te hagan papilla los sesos. Claro que, habiendo tantas apuestas a favor de Non, no vas a ganar gran cosa.

—Estoy apostando a favor de que gane Vega Jane —repliqué con mucha más seguridad en mí misma de la que sentía en realidad. Lo cierto era que no sentía ninguna. ¿Por qué demonios habría dejado a *Destin* en casa? ¿Por qué había creído que era buena idea ser honrada y pelear limpiamente?

—Estás de broma, por supuesto —dijo McGee con incredulidad.

—Dame el pergamino en el que figure mi nombre como ganadora —le dije con los dientes apretados.

—Es tu dinero. Pero me gusta cobrárselo a un Wug que es tan poquita cosa.

—Eso es exactamente lo que estaba pensando yo de ti.

Di media vuelta y me marché a toda prisa antes de que le vomitase encima. Aquella moneda era la última que me quedaba, si la perdía ya no tenía nada que fuera de mi propiedad.

Los primeros encuentros de aquella luz transcurrieron más despacio que los de la primera ronda. La competición se había endurecido, porque ya habían caído los luchadores más débiles. Esto me dio tiempo para convertirme en una bola de nervios tan tensa que ni siquiera podía hablar.

Y también me perjudicó que se hubiera extendido el rumor de que Delph se había retirado del Duelum a causa de lesiones sin especificar. Yo sabía que su ausencia de la liza haría que el favorito fuera Non, dado que en el Duelum anterior este había sido derrotado por Delph solo por un estrecho margen, y aquello le serviría al muy idiota de mayor incentivo para aplastarme, aunque en realidad no necesitara ninguno.

Me miré la mano. Sin la ayuda de *Destin* era tan solo una mano, una mano de hembra y nada más.

Di un paseo alrededor del foso balanceando los brazos y procurando soltarme un poco. Como no iba prestando atención, choqué contra algo; era tan duro que me caí de espaldas al suelo. Al levantar la vista para ver con qué me había tropezado, descubrí a Non mirándome fijamente. Y detrás de él estaba

Cletus Obtusus con la cara toda vendada, varios amigos suyos y Ted Racksport, que ya había ganado en el enfrentamiento de aquella luz dejando enseguida inconsciente al musculoso Dáctilo que trabajaba en Chimeneas. Yo había estado viendo el combate y me quedé impresionada. Racksport era más fuerte y más ágil de lo que parecía, y había transformado los músculos de Dáctilo en una desventaja para este y le había sacudido una buena tunda.

Me sonrió con su dentadura torcida, pero yo no tenía la atención centrada en él, sino en Non. Me parecía gigantesco. Tanto como el farallón de la noche anterior. Llevaba puesto su peto metálico, cosa que me parecía que no estaba permitida en un Duelum, aunque no iba a necesitarlo. La melladura que le había dejado yo seguía estando presente. Cuando lo miré, él bajó la vista hacia la melladura y luego me miró a mí.

Entonces sonrió y se inclinó justo lo necesario para que solo le oyera yo:

—La suerte no acompaña dos veces, Vega. Si yo fuera tú, me encargaría de reservar una plaza en Cuidados antes de entrar en el cuadrilátero conmigo. —Luego me acercó su nudoso puño a la cara y bajando la voz agregó—: Ya puedes ir contándote los dientes, así sabrás cuántos tienes que recoger del suelo cuando haya acabado contigo.

A Racksport, Cletus y sus amigotes aquel comentario les pareció lo más gracioso que habían oído en todas sus sesiones, y estallaron en carcajadas al tiempo que yo daba media vuelta y me alejaba de allí con las piernas hechas un flan. Me estaba preguntando si me daría tiempo a regresar a mi casa a buscar a *Destin* cuando de repente sonó la campana que marcaba el inicio de la segunda ronda.

Con la boca más áspera que el lecho de un río seco, me dirigí al cuadrilátero que me habían asignado. Antes no había observado el entarimado de los espectadores, pero ahora sí. Allí estaba Thansius; en cambio, no había rastro de Morrigone ni de John. Bueno, por lo menos Morrigone no iba a tener la satisfacción de ver cómo me dejaba Non fuera de combate.

Harry Segundo fue detrás de mí hasta el cuadrilátero, y tuve que explicarle de manera bien clara que no podía atacar a Non mientras durase la pelea. Y después le susurré a la oreja:

—Pero cuando acabe conmigo, tírate a por él y hazlo trizas.

Harry Segundo ya pesaba casi cincuenta kilos, en los cuales no había ni un solo gramo de grasa. Y sus colmillos eran tan grandes como mi dedo más largo. Me miró con una expresión que me pareció de profundo entendimiento. Estoy convencida de que incluso sonrió. ¡Cuánto quería yo a aquel canino!

En el momento de entrar en el cuadrilátero, miré a mi izquierda y vi a Delph, que se acercaba con el brazo en cabestrillo y apoyando la pierna lesionada en el garrote que yo le había dado. Me dirigió una sonrisa de ánimo, pero cuando vio a Non, que había entrado en el cuadrilátero por el otro lado, aquel gesto se transformó en otro de lúgubre resignación.

Tragué saliva mientras el árbitro impartía las instrucciones. Entonces fue cuando me di cuenta de que Non no se había quitado el peto. Cuando así se lo señalé al árbitro, este me miró como si estuviera chalada.

—A menos que se lo quite y te golpee con él, hembra, está dentro de las normas del Duelum.

—¿Y si me golpea con él y me mata? —repuse yo, enfadada.

—En ese caso será debidamente penalizado.

Non soltó una risotada.

—Pero tú ya te habrás muerto.

—¡Non! —lo amonestó el árbitro, un Wug bajito y marchito que se llamaba Silas. Sospeché que veía muy mal, porque al dirigirse a mí tenía la vista fija en mi ombligo y al dirigirse a Non miró hacia la izquierda—. Tengamos una pelea limpia —añadió, esta vez mirándome a las rodillas.

Non chasqueó los nudillos de las manos. Yo intenté hacer lo mismo con los míos, pero lo único que conseguí fue torcerme un meñique con tanta fuerza que me arranqué un grito de dolor. Non se rio.

Nada más sonar la campana que marcaba el inicio de la pelea, Non se abalanzó directo hacia mí. Yo retrocedí de manera instintiva, lo esquivé en el último momento y le puse la zancadilla. Non tropezó con mi espinilla provocando en mí varias ondas de choque que me recorrieron todo el cuerpo, y se desplomó igual que un árbol talado. Me aparté cuando vi que se incorporaba y se giraba hacia mí con los ojos inyectados en sangre. Me embistió de nuevo, y de nuevo yo lo esquivé. No estaba segura de cuánto tiempo iba a poder repetir la misma maniobra, porque llegaría un momento en que me quedaría sin resuello. Con un solo puñetazo que me propinase, no me cabía duda de que me tumbaría sin remedio. Un vez más lamenté haberme dejado a *Destin* en casa.

—Deja ya de hacer el tonto, hembra —gruñó Non—. Estás aquí para pelear, no para corretear igual que una cría de slep.

Pero cuando dijo aquello me percaté de que él también estaba respirando agitadamente. Y por fin caí en la cuenta. El peto metálico que llevaba debía de pesar lo suyo, y el hecho de tener que cargar con él y perseguirme a mí al mismo tiempo lo estaba agotando más deprisa de lo que había calculado.

De nuevo arremetió contra mí, y le permití que me pasara rozando a la distancia de un pelo de mosquito antes de apartarme de un salto. Ciertamente estaba recogiendo los frutos del entrenamiento con hatillos llenos de piedras al que me había obligado Delph. Me sentía muy ligera, y fuerte a pesar de no tener conmigo a *Destin*.

Non hincó una rodilla en tierra para recuperar el aliento, oportunidad que aproveché yo para arrearle una patada en el trasero que lo mandó al suelo de bruces.

—¡Bien hecho, Vega Jane! —vociferó Delph.

Cuando Non volvió a ponerse en pie, vi que estaba enfurecido hasta el punto de que casi echaba espuma por la boca. Si pudiera haberme fulminado con la mirada, yo habría explotado en un millón de pedacitos. Pero, igual que cuando luché contra Cletus Obtusus, ahora tenía un plan. Por lo visto, en la arena del combate estaba haciéndome ducha en mantener la mente fría y poner en práctica mis tácticas sobre la marcha.

Non continuaba persiguiéndome y yo continuaba esquivándolo por los pelos. Sin embargo, hubo una ocasión en que pequé por exceso de confianza, y el revés que me propinó me dio de lleno en la cara y me lanzó por los aires más de un metro.

Sentí el sabor de la sangre procedente de una enorme brecha que se me abrió encima del ojo izquierdo. Y también tuve la impresión de que el cerebro me rebotaba contra las paredes del cráneo. Cuando caí en tierra rodé hacia un lado justo a tiempo para esquivar a Non, que me había saltado encima con el codo apuntando hacia abajo, tal como me mostró Delph cierta vez. En lugar de impactar contra mi cuello, su huesudo brazo chocó contra el duro suelo del cuadrilátero. Lanzó un aullido de dolor y se desplomó hacia delante, boca abajo.

Esta vez no le permití que se pusiera en pie. Introduje las manos por la abertura que tenía el peto alrededor del cuello y tiré hacia arriba con todas mis fuerzas. El peto se separó hasta mitad de camino, y entonces hice lo que tenía intención de hacer. Ahora Non tenía los brazos levantados e inmovilizados y la cabeza dentro de la placa de metal, de modo que tampoco podía ver nada. Entonces di un salto en el aire y volví a caer con los dos pies sobre la parte posterior del peto. Aunque era mucho más pequeña que Non, aun así llevaba mucha fuerza al golpear. La cara de Non no salió disparada hacia el suelo sino hacia el metal del peto, que era mucho más duro. Repetí el golpe otras cuatro veces, hasta que oí un crujido y el alarido que lanzó Non.

Me hice a un lado, agarré el peto, lo saqué del todo y le aticé a su propietario un buen porrazo en la cabeza. Se oyó un ruido parecido al de un melón que cae desde una gran altura, y Non se quedó muy quieto.

Silas acudió raudo a examinarlo y a continuación hizo una seña a los Reparadores para que se acercasen. Yo permanecí donde estaba, jadeando, con la cabeza ensangrentada e hinchada por efecto del puñetazo de Non y con las piernas casi insensibles de tanto saltar sobre el peto metálico. Mientras los Reparadores se hacían cargo de Non, Silas observó unos instantes el peto, luego repasó el espacio que me rodeaba y miró el peto de nuevo. Se acarició la barbilla al tiempo que decía:

—Voy a tener que consultar esto en el libro de las normas. Como te dije antes, el peto no puede emplearse como arma.

—No podía emplearlo él —repliqué yo indignada—. Él decidió llevarlo puesto. No es culpa mía que haya sido lo bastante idiota para permitir que yo se lo quitara y lo utilizara contra él.

—Hum... —Silas continuaba reflexionando sobre aquel punto.

—Vega tiene razón, Silas —dijo una voz.

Ambos nos giramos y vimos a Thansius de pie allí mismo.

—Vega tiene razón —repitió—. Por supuesto que puedes consultarlo. Sección doce, párrafo N de las *Normas de conducta en el combate del Duelum*. Todo lo que lleve puesto un luchador dentro del cuadrilátero podrá ser utilizado legalmente por su adversario como arma contra él. Dicho de otro modo, quien entre en el cuadrilátero con algún objeto que pueda utilizarse como arma deberá aceptar las consecuencias. —Bajó la vista hacia Non—. Una descripción bastante acertada para este caso, me parece a mí.

—Muy cierto, Thansius —convino Silas—. No hay necesidad de consultarlo. Dado que usted ha sido campeón del Duelum en muchas ocasiones, los conocimientos que posee al respecto son muy superiores a los míos —agregó con la mirada desviada como medio metro a la derecha del gran Wug. En mi opinión, deberían poner de árbitros a Wugs más jóvenes, o por lo menos a los que tuvieran buena vista.

Silas se volvió hacia mí y me levantó la mano en alto para declararme ganadora.

Yo solo contemplaba boquiabierta a los seis Wugs que estaban atendiendo al gimoteante Non en una camilla para llevárselo de allí. Mi esperanza era que después lo ingresaran en Cuidados, donde nadie iría jamás a hacerle una visita.

Cuando Silas me bajó la mano, me quedé clavada en el sitio, incapaz de moverme. Pero mi parálisis desapareció gracias a Thansius, que me tomó del hombro. Me giré hacia él.

—Bien hecho, Vega Jane, muy bien hecho.

—Gracias, Thansius.

—Bien, creo que ahora debemos salir del cuadrilátero. Están a punto de comenzar los siguientes asaltos.

Salimos juntos del foso.

—Tu habilidad para la lucha resulta bastante ingeniosa

—comentó—. Has evaluado a tu adversario, que era mucho más grande y fuerte que tú, y has utilizado contra él su propia fuerza y sus propias armas.

—Bueno, si hubiera peleado con él mano a mano habría perdido. Y no me gusta perder.

—Ya me doy cuenta.

Por la forma en que dijo aquello, a mí no me quedó claro si lo consideraba una cualidad o un defecto.

Me indicó la cara con un gesto de la mano.

—Convendría que te viera eso un Reparador.

Afirmé y me limpié un poco la sangre. Entre el puñetazo que me había propinado Cletus en la cara y ahora estas nuevas heridas, resultaba asombroso que aún pudiera ver.

—Bien, pues te veo en la tercera ronda —me dijo Thansius en tono amable.

Lo miré fijamente, sin entender del todo por qué se molestaba siquiera en hablarme.

—¿De verdad espera que continúe ganando? —le dije.

—No te podría decir, Vega.

—¿Qué puede importarle eso a usted?

Thansius se sorprendió ante mi pregunta tan directa.

—Me importan todos los Wugmorts.

—¿Incluso los que han sido acusados de traición? —repliqué.

Este comentario le hirió.

—Vega, tu franqueza a menudo resulta fascinante.

—No soy una traidora. Tenía el libro y el mapa, pero jamás los habría utilizado para perjudicar a mis hermanos Wugs. Jamás.

Thansius estudió mi expresión.

—Eres una buena guerrera, Vega. Si todos los Wugs supieran luchar tan bien como tú, no tendríamos mucho de qué preocuparnos en caso de sufrir una invasión.

—Claro que también Morrigone podría ejercer sus considerables poderes para derrotar a esos Foráneos ahogándolos en una bruma azul con solo un leve gesto de su elegante mano.

No tenía ni idea de por qué dije aquello. Y tampoco sabía

de qué forma iba a reaccionar Thansius. Pero su respuesta fue inesperada:

—Vega, en Amargura tenemos muchas cosas que temer. Pero esa no es una de ellas.

Lo miré boquiabierta, intentando descifrar con exactitud qué había querido decir.

—En fin, no te olvides de ir a que te curen esas heridas. Te necesitamos en plena forma para la tercera ronda.

Se alejó con paso vivo y no tardó en dejarme atrás. Yo caminé un poco más despacio, me fijé de pronto en una cosa, esbocé una ancha sonrisa y fui corriendo al círculo de apuestas. Había una cola muy larga, pero en aquella luz yo tenía una paciencia que era inagotable.

Cuando llegué a la cabecera de la fila, le entregué mi pergamino a Lichis McGee. Esperaba que estuviera muy enfadado, pero no lo estaba. Con gesto alegre, extrajo una gran cantidad de monedas de una enorme bolsa, las contó y me las dio. Yo me las quedé mirando con asombro. Nunca había tenido más de una sola moneda, y además durante un breve espacio de tiempo, porque enseguida la gastaba para pagar una o dos facturas.

—En esta luz he ganado un pequeña fortuna —me dijo—, dado que todos los Wugs han apostado contra ti.

—No todos —dijo una voz.

Me giré y vi a Delph, que también le tendía su pergamino.

Mientras ambos nos guardábamos las monedas, le pregunté a McGee:

—¿Así que ahora vas a cambiar de nombre?

—¿Cómo dices? —contestó él sin entender—. ¿Qué otro nombre iba a ponerme?

—El de Alvis Alcumus, idiota.

Delph y yo nos fuimos de allí riendo divertidos.

—¡A por la tercera ronda! —dijo Delph con ganas.

Harry Segundo, que caminaba a nuestro lado, parecía estar un poco triste por no haber podido arrearle unos cuantos mordiscos a Non.

Me pasé la mano por la cara, hinchada y manchada de sangre, y miré a Delph con el único ojo por el que veía.

—No estoy segura de que pueda aguantar.

—Solo tres veces más, y serás la campeona —me dijo con una amplia sonrisa.

Ya, pero yo no estaba segura de que me quedasen muchos trucos ni estrategias.

Los dos caminábamos despacio, rengueando penosamente, cuando de pronto llegó corriendo un Wug de nombre Tadeus Chef, que trabajaba en el Molino con Delph. Venía sin resuello y con la cara pálida.

—¡Delph, tienes que venir enseguida! —jadeó.

—¿Por qué, qué ocurre? —inquirió Delph con la sonrisa borrada del rostro.

—Es tu padre. Se ha lesionado gravemente en la Empalizada.

Chef dio media vuelta y se fue corriendo otra vez.

Delph arrojó su garrote a un lado y, con la pierna mala y todo, echó a correr tras él, seguido muy de cerca por *Harry Segundo* y por mí.

TRIGINTA NOVEM

Todo se derrumba

Lesionado gravemente. Aquello era lo que había dicho Chef acerca de su padre, y aun así no nos preparó a ninguno de los dos para lo que nos aguardaba.

Duf Delphia yacía en el suelo, delante de la fea e inmensa Empalizada que a mí ya me resultaba tan grotesca y funesta como cualquiera de las asquerosas criaturas que había conocido hasta la fecha. Delph corrió al lado derecho de su padre y yo me arrodillé en el lado izquierdo. Al momento nos dimos cuenta de que Duf tenía aplastada la parte inferior de las dos piernas, casi seccionadas a la altura de las rodillas. Deliraba de dolor y se retorcía sin cesar aunque tenía a dos Reparadores atendiéndolo febrilmente con instrumentos, vendajes y ungüentos.

Delph lo aferró de la mano.

—Estoy aquí —le dijo con la voz rota—. Estoy aquí, papá.

—¿Qué ha ocurrido? —pregunté yo.

Tadeus Chef, que estaba de pie detrás de mí, señaló la Empalizada.

—Se desplomó todo un tramo de troncos y le atrapó las rodillas. Había sangre y huesos por todas partes, jamás había visto nada igual. Nauseabundo. Era la cosa más repugnante que...

—Vale, ya captamos la idea —lo interrumpí mirando a Delph con preocupación. Observé el tremendo agujero que se había abierto en la Empalizada, a casi diez metros de altura—. ¿Cómo demonios se han caído los troncos? —quise saber.

—Falló una cincha, eso parece que ha sido —contestó Chef.

Experimenté una sacudida tan fuerte que casi me caí al suelo.

¿Había fallado una cincha? ¿Una de mis cinchas?

—Lo habré dicho ya una docena de veces —se quejó Chef en tono paternalista—. Vamos todos demasiado acelerados, y ahora ya ves qué desastre. Wugs que se hacen cortes, que acaban aplastados o muertos. ¿Y para qué? Para levantar un montón de tablones que no serán capaces de contener a los Foráneos; hasta mi hembra agitando en el aire unas bragas podría hacer más efecto. Al Wug que ha discurrido esto le faltaba un tornillo, sí, señor.

—¡Nadie te ha preguntado, Tadeus Chef! —exclamé.

Lancé una mirada fugaz a Delph. Me miraba fijamente con una expresión que era una mezcla de sentimientos, entre ellos la confusión, pero el único que en realidad era destacable para mí era el de decepción. Decepción respecto de mis cinchas.

Estaba tan centrada en Delph que no oí que uno de los Reparadores decía que era necesario trasladar a Duf al hospital. Trajeron un carro tirado por un corpulento slep y subieron a él a Duf, que ya había perdido el conocimiento. Yo ayudé a levantarlo junto con otros Wugs, mientras que Delph se quedaba inmóvil y dominado por un sentimiento de impotencia. Por fin lo tomé del brazo y lo hice subir también al carro.

—Enseguida voy —le dije.

Cuando el carro hubo desaparecido, me volví hacia la Empalizada y me acerqué a la sección que se había desplomado. Había varios Wugs inspeccionando los troncos astillados, pero yo centré la atención en la cincha metálica. Había grabado mis iniciales en cada una de ellas, y se veían con toda nitidez. La cincha estaba rota en dos trozos, uno grande y otro pequeño, porque se había partido. No conseguí imaginar cómo podía haber sucedido tal cosa, todo estaba cuidadosamente planeado en las especificaciones, y yo había cumplido escrupulosamente con todos los detalles, por la sencilla razón de que sabía de sobra que aquellas cinchas iban a tener que soportar mucho peso.

Me agaché en cuclillas para inspeccionar la cincha más de cerca, y entonces se me descolgó la mandíbula. En el extremo se habían añadido dos orificios, dos agujeros adicionales que después se habían agrandado considerablemente, calculé que unos diez centímetros. El desgarro de la cincha pasaba por el centro de uno de aquellos orificios nuevos. Para mí, estaba más claro que el agua que al añadir agujeros y hacerlos más grandes, alguien había debilitado gravemente la cincha.

—Se ve con claridad por dónde ha cedido el metal —dijo Chef, que me había seguido y ahora estaba señalando el punto de desgarro.

—¿Quién añadió los orificios y los hizo más grandes? —pregunté mirándolo a la cara.

Chef se aproximó y miró con más atención.

—Caramba, sí que son grandes, esos dos.

—Esta cincha no se fabricó en Chimeneas. ¿Cómo ha llegado hasta aquí? —exigí.

Se nos acercó otro Wug. Era un poco más alto que yo, tenía una barba erizada y un porte desgarbado, junto con un gesto engreído en la cara. Ya lo había visto antes en Amargura, pero no sabía cómo se llamaba.

—Ha sido una modificación del diseño —dijo.

—¿Por qué? —pregunté yo.

—Porque situando los orificios más abajo se puede sujetar más troncos con cada cincha. Así de simple. Los orificios nuevos los hemos hecho aquí mismo, en la obra.

—Pero de ese modo también habéis debilitado las cinchas —repliqué yo—. No estaba previsto que sujetaran tantos troncos —añadí señalando el montón de madera astillada que yacía en tierra. Luego me incorporé y lo taladré con la mirada—. Las especificaciones de las cinchas no podían cambiarse.

El otro hinchó el pecho y enganchó los pulgares por detrás de la cuerda trenzada que le pasaba por los hombros y le sostenía los pantalones.

—¿Y qué sabes tú de eso, hembra?

—Yo hice los orificios de las cinchas en Chimeneas —contesté—. Yo soy la Rematadora. —Señalé la Empalizada y agregué—: ¿Cuántas cinchas más han sido modificadas? —El otro no respondió, de modo que lo agarré por el cuello de la camisa y lo zarandeé con violencia—. ¡¿Cuántas?!

—Ah, tú eres la hembra que lucha en el Duelum, ¿verdad?

—En esta luz ha derrotado a Non —añadió Chef mirándome con nerviosismo.

—¡¿Cuántas?! —vociferé.

—Muchas más —dijo una voz.

Me giré y allí estaba, de pie ante mí, con su capa resplandeciente. Una perla blanca en medio del fango.

—Vega, por favor, suelta al pobre Henry —pidió Morrigone—. No se merece que lo asfixies por el mero hecho de que haya cumplido con su trabajo.

Solté al «pobre» Henry y me acerqué a ella.

—¿Sabes lo que le ha sucedido a Duf? —le dije. Tenía la sensación de que la cabeza se me iba a partir por la mitad.

—He sido debidamente informada del infortunado incidente. Iré a verlo al hospital.

—Si es que aún vive —repliqué.

En eso llegó otro Wug que se acercó a Morrigone con un pergamino y una pluma de escribir. Ella leyó el pergamino y seguidamente tomó la pluma y escribió varias anotaciones. Me fijé en que firmaba con su nombre haciendo un movimiento alargado que abarcaba casi la mitad del espacio disponible. Acto seguido me indicó con una seña que la siguiera, y nos apartamos unos metros.

—¿Qué es lo que te preocupa exactamente? —me preguntó.

—El que cambió el diseño de las cinchas es el responsable de lo que le ha ocurrido a Duf —respondí apuntando con el dedo a su barbilla perfecta—. Ese cabrón debería estar encerrado en el Valhall.

Morrigone desvió la mirada hacia la izquierda y dijo:

—Me sorprende que precisamente tú defiendas que se le meta en la cárcel.

Seguí la dirección de su mirada y mis ojos se toparon con mi hermano, que se encontraba de pie en una plataforma elevada, apoyado sobre un tablero abatible y enfrascado en un montón de planos y pergaminos. Por segunda vez en muy pocas cuñas, se me descolgó la mandíbula.

—¿John ha sido el que ha cambiado el diseño de las cinchas? —articulé con dificultad. Toda la seguridad en mí misma se había esfumado casi por completo, y con ella mi capacidad de hablar.

—Efectuó los cálculos y afirmó que no existía peligro alguno —respondió Morrigone sin alterarse, como si estuviera explicando una receta para hacer galletas.

Aquella actitud de satisfacción consigo misma reavivó mi furia. Señalé los troncos desplomados y le dije:

—Pues ahí tienes la prueba de que no existía ningún peligro. Puede que John sea muy inteligente, pero jamás en su vida ha construido nada. —Luego elevé el tono de voz—: No se le puede meter de repente en algo de esta envergadura y esperar que no cometa errores. Es una injusticia pedir algo así.

—Al contrario, yo no lo pido. En un encargo como este, es seguro que se cometerán errores. Pero debemos aprender de ellos y seguir adelante.

—¿Y qué pasa con Duf?

—Se hará todo lo posible para aliviar la situación del señor Delphia.

Me enfurecí todavía más.

—Es un domador de bestias. ¡Cómo va a trabajar ahora si no tiene piernas!

—Contará con la ayuda del Consejo. Se le abonará una indemnización por incapacidad.

—¿Y qué pasará con su autoestima? ¿Y con el amor por su trabajo? ¿Le dais unas pocas monedas y le decís que sea feliz con lo que ya no tiene?

Se me estaban llenando los ojos de lágrimas porque lo único que recordaba era la mirada fija de Delph. La decepción que reflejaba su semblante. Como si yo les hubiera fallado a su padre y a él. Como si yo personalmente le hubiera arrebatado las piernas a su padre, y tal vez con ellas la vida.

—Estás muy alterada, Vega. Y en estas circunstancias no es sensato intentar pensar con claridad.

Al verla bajar lentamente la barbilla con gesto regio y condescendiente, seguida por un par de ojos que eran la pura definición de la altivez, más pura que la mejor frase descrita en un libro, en efecto me calmé. Cosa notoria, recobré el raciocinio en medio del caos que estaba teniendo lugar en mi mente.

—Yo también te he visto a ti alterada, Morrigone —le dije en un tono tan tranquilo como el que había empleado ella—. Con tu hermosa cabellera toda despeinada, tu bella capa toda manchada y tus ojos no simplemente llenos de lágrimas sino también de miedo. Miedo auténtico. He visto eso y mucho más, mucho más.

Un mínimo temblor hizo presa en su mejilla derecha.

Yo seguí hablando, principalmente porque no podía parar:

—Y por si no te has dado cuenta, he reparado la ventana de mi casa. Después de que tú al marcharte dejaras aquel rastro de niebla azul, claro está. Tan solo tuve que agitar la mano, pensarlo, y ocurrió. ¿Funcionó de esa manera contigo, Morrigone? Porque lo cierto es que Thansius no me dio muchos detalles acerca de tus poderes cuando estuvimos hablando.

Pensé que iba a levantar la mano para golpearme, pero en lugar de eso giró sobre sus talones y se fue. Si en aquel momento hubiera tenido conmigo la *Elemental*, tuve casi la certeza de que aquella luz iba a ser la última para Morrigone. Y lamenté profundamente no tener la *Elemental* conmigo.

Volví la vista hacia mi hermano, que estaba usando su pluma de escribir para anotar cosas y rediseñar planos, con el fin de crear la Empalizada más maravillosa que pudiera existir. Contemplar su entusiasmo resultaba a la vez hermoso y terrible.

Regresé a donde estaban Chef y Henry.

—Si John os dice que hagáis más orificios, no le obedezcáis. ¿Entendido?

—¿Y quién eres tú para dar órdenes, hembra? —replicó Henry, indignado, observando mis ropas mugrientas y mi cara todavía llena de sangre y magulladuras.

Chef retrocedió ligeramente; sin duda se había percatado de la expresión asesina que brillaba en mis ojos. Mi rabia era tal, que sentía una energía tremenda que me recorría todo el cuerpo y me llegaba hasta el alma misma. Me costó mucho trabajo reprimirla. Me acerqué un poco más, cerré la mano en un puño y la situé a un centímetro del mentón de Henry. Cuando hablé, mi voz sonó grave y serena, pero irradiaba más poder que un millar de los sermones que pronunciaba Ezequiel.

—En estos momentos, Non está en el hospital porque yo le he machacado la cabeza, incluso oí cómo se le partía el cráneo. —Henry tragó saliva tan despacio que se diría que estaba convencido de que aquella iba a ser la última vez que tragase, porque mi mirada amenazó con despedazarlo en trocitos pequeños—. Así que si me entero de que ha reventado otra sección de la Empalizada porque habéis hecho agujeros de más en mis cinchas —mientras decía esto apreté el puño contra su cara huesuda y cubierta de una barba incipiente—, iré a tu casa y te haré lo mismo que le he hecho a Non, pero por cuadruplicado. ¿He sido lo bastante explícita para ti, macho?

Henry intentó hablar y Chef lanzó un leve silbido y se preparó para salir huyendo. Finalmente, Henry se limitó a mover la cabeza en un gesto afirmativo. Yo retiré el puño, di media vuelta y me encaminé hacia el hospital todo lo deprisa que me dieron de sí las piernas, que todavía me temblaban.

El hospital se hallaba situado a medio kilómetro de Cuidados, ubicación basada en la teoría de que los Wugs más infortunados con frecuencia pasaban de un lugar al otro. Se trataba de un edificio austero y de fachada desnuda, inhóspito y gris, situado al final de un camino sin empedrar. Aunque uno tuviera esperanzas de sobrevivir, era dudoso que lo consiguiera después de ver aquel lugar tan horrible.

Por eso los Wugs recurrían mayoritariamente a sus familias. Las heridas, las contusiones, los huesos rotos, los vómitos y demás dolencias se atendían principalmente en casa. Así pues, el hospital quedaba reservado tan solo para las lesiones más graves. Si un Wug se veía obligado a ir al hospital, era muy posible que su siguiente escala fuera la Tierra Sagrada.

Nada más trasponer las grandes puertas dobles de la entrada, decoradas con un relieve en forma de una serpiente y una pluma de ave, que simbolizaban a saber qué, salió a mi encuentro una Enfermera ataviada con una capa de color gris y una cofia blanca. Le expliqué quién era y por qué estaba allí. Ella asintió con gesto comprensivo, lo cual no me pareció buena señal respecto del futuro de Duf.

La acompañé por los estrechos y oscuros pasillos de aquel lugar oyendo lamentos y de tanto en tanto un grito más fuerte. Al pasar frente a una habitación que tenía la puerta abierta, vi a Non tendido en una cama lanzando gemidos de dolor y sosteniéndose el vendaje de la cabeza. Con él estaban Roman Picus y los Obtusus, padre e hijo. Junto a su cama había un Reparador que estaba diciendo:

—No hay daños permanentes, Non. Unas cuantas luces de descanso, y estarás como nuevo.

Apreté los dientes y seguí andando, aunque me sentí profundamente tentada de entrar allí y rematar a aquel idiota.

La habitación de Duf estaba al final del pasillo. Se oían unos débiles sollozos que salían de ella. Se me encogió el corazón y experimenté una cierta inquietud. Le di las gracias a la Enfermera y me quedé a solas delante de la puerta, intentando hacer acopio de fuerzas para lo que me esperaba. Me dije a mí misma que fuera lo que fuera, Delph y yo lo afrontaríamos juntos.

Empujé la puerta con suavidad y entré. Delph estaba inclinado sobre la cama en la que descansaba su padre, con el rostro surcado de lágrimas recientes. Duf tenía los ojos cerrados y su pecho subía y bajaba de manera irregular. Me acerqué muy despacio y me situé al lado de Delph.

—¿Cómo está? —pregunté apenas en un susurro.

—A-a-acaban de estar aquí los Re-Re-Reparadores. Han d-d-dicho que hay que a-a-amputar.

—¿El qué? ¿Las piernas?

Delph afirmó con la cabeza. Su expresión era de intenso sufrimiento.

—Han d-d-dicho que, o amputan, o lo s-siguiente es la Tierra S-S-agrada. N-n-no lo he entendido todo, Ve-Ve-Vega Jane, pero eso es lo-lo que han dicho.

Comprendí perfectamente que hubiera vuelto a tartamudear, dado todo lo que estaba soportando. Le apoyé una mano en el brazo y apreté levemente.

—¿Cuándo van a hacerlo? —inquirí.

—P-p-pronto —contestó Delph.

Le apreté el brazo con más fuerza.

—Delph, voy a buscar la Piedra. —Me miró sin entender—. La Piedra Sumadora —expliqué bajando la voz—. Con ella podré curar a tu padre en un instante.

Delph puso cara de alarma.

—No, Ve-Ve-Vega Jane. N-no.

—Voy a enmendar esto, Delph.

—Y-y-yo también v-v-voy.

—Tú tienes que quedarte aquí con tu padre. —Contemplé un momento al pobre Duf, y mi cerebro comenzó a pensar a toda velocidad—. Si los Reparadores vienen a buscarlo antes de que yo vuelva, intenta ganar un poco de tiempo.

—P-pero han dicho que p-p-podría morirse.

—¡Ya lo sé, Delph! —exclamé irritada—. Ya lo sé —repetí con más calma—. Tú intenta conseguirme unas pocas cuñas más. Haré todo lo que esté en mi mano.

Y dicho esto salí corriendo de la habitación, sobre todo porque me sentía indigna de estar en presencia de aquellos dos Wugs.

QUADRAGINTA

Espejito, espejito

Sabía que no disponía de muchas cuñas para hacer aquello. En cualquier momento podían presentarse los Reparadores para llevarse a Duf y amputarle las piernas. Y yo dudaba que Delph tuviera recursos para hacer frente a los Wugs médicos. Fui a la carrera hasta la Cañada Honda, entré en casa, cogí *Destin* y la *Elemental* y volví a salir a toda prisa sin llevarme a *Harry Segundo*; no quería arriesgar la vida de ningún otro Wug ni de ninguna otra bestia a causa de mis actos. En cuanto dejé atrás el pueblo, tomé carrerilla en línea recta y remonté el vuelo. Sabía que aquello suponía un riesgo, pero salvar las piernas de Duf y posiblemente su vida era más importante que dejar que alguien me viera volando.

En aquella luz Chimeneas estaba cerrado por motivo del Duelum. Aterricé a veinte metros de la fachada posterior, me apresuré a ir hasta la misma puerta lateral y me serví de mis herramientas para abrirla. Fuera había luz, pero eso no me procuró ningún consuelo; la vez anterior también había luz fuera, y aun así apareció el farallón con la intención de hacernos papilla.

Repetí la misma ruta que había seguido por la planta principal, pero no hallé nada. Empleé una cuña en inspeccionar el despacho de Domitar, por si hubiera encontrado él la Piedra. Después subí la escalera, corrí hasta el fondo de la estancia y vi, sin que me causara sorpresa, que la pared que había perforado con la *Elemental* ya había sido reparada.

Me puse el guante, me saqué la *Elemental* del bolsillo, la desplegué con el pensamiento, apunté a la pared y volví a abrir un inmenso boquete. Acto seguido plegué de nuevo la lanza y me la guardé otra vez en el bolsillo; en cambio, me dejé el guante puesto.

Subí la escalinata sin prisas, pensando que a lo mejor se me había caído la Piedra Sumadora subiendo o bajando, pero tampoco encontré nada. Además, al ser una piedra blanca habría destacado en vivo contraste con la oscuridad del mármol.

Al llegar al tope de las escaleras, me detuve a contemplar detenidamente el rótulo grabado en la pared, en la entrada de aquella estancia: SALA DE LA VERDAD. En aquel momento la verdad me daba igual, lo único que quería era encontrar la Piedra Sumadora.

Penetré en la estancia, me quedé de pie en el centro y paseé la mirada por aquel vasto espacio. No había ni un solo libro, porque no había ni una sola estantería en la que colocarlo. En lugar de eso, en las paredes colgaban una serie de grandes espejos que abarcaban desde el suelo hasta el techo. Me costó trabajo creer lo que estaba viendo. Me fijé en los marcos, todos adornados con relieves de criaturas que reptaban y se retorcían, y me resultaron familiares.

Sufrí un sobresalto y volví a concentrarme. Busqué la Piedra Sumadora en todos los escondrijos, pero cuando ya hube mirado hasta en el último rincón de la sala me incorporé ahogada en un sentimiento de derrota. Entonces fue cuando posé la vista en el primer espejo. Y nada podía haberme preparado para la imagen que vi allí.

—¡Quentin! —chillé.

En el espejo estaba Quentin Hermes, al parecer corriendo para salvar la vida. Al observar lo que lo rodeaba, supe al instante que debía de encontrarse en lo profundo del Quag, porque no había árboles, vegetación ni terreno como los de Amargura. Miré a la izquierda, y al ver qué era lo que lo perseguía me dio un vuelco el corazón.

Nada menos que una jauría de freks, unas bestias gigantescas similares a los lobos, provistas de largos hocicos y aún más largos colmillos. Eran criaturas feroces. En una ocasión había visto yo a una de ellas derribada por un morta después de haber atacado a un Wug macho cerca de los confines del Quag. Y es que no solo tenían colmillos afilados, sino que además su mordedura volvía loca a la víctima. El Wug al que habían atacado se arrojó por una ventana cuatro noches más tarde, en el hospital, y murió.

Le grité a Quentin que corriera más deprisa, pero ningún Wugmort era capaz de superar a un frek corriendo. De repente volvió el rostro y me miró.

¡Tenía los dos ojos!

Si aquella imagen era real, lo que nos había contado Thansius en Campanario era mentira. Aunque yo ya sabía que lo era, no estuvo de más obtener la confirmación. Hasta el propio Thansius lo había reconocido al decirme en el foso del Duelum que aunque en Amargura teníamos muchas cosas que temer, los Foráneos no eran una de ellas. Pero ¿era real la imagen que estaba viendo yo en aquel momento?

Un instante después, el espejo volvió a ser solamente un espejo. Vi mi imagen reflejada en él, y de pronto lancé una exclamación ahogada y me giré pensando que ahora me había quedado atrapada allí dentro y que tal vez tuviera a un frek justo a la espalda. Pero estaba sola en la habitación.

Pobre Quentin. En mi opinión, no tenía forma de sobrevivir. Este pensamiento hizo que se me cayera el alma a los pies.

Pero al momento siguiente me puse en tensión, porque allí, en el espejo, a escasos centímetros de mi mano, estaba lo que buscaba: ¡la Piedra Sumadora!

De un blanco deslumbrante, simplemente descansaba sobre el suelo de mármol. De nuevo me volví, porque pensé que lo que estaba viendo era un reflejo auténtico de la Piedra y que la Piedra en sí estaba justo a mi espalda, en el suelo. En cambio, en el suelo no había nada. Me giré otra vez hacia el espejo. Sospechaba alguna clase de trampa, porque en ese sentido Chimeneas nunca se había portado muy bien conmigo. Así y todo, me acordé de la imagen de Delph inclinado sobre su padre terriblemente malherido, aguardando la amputación. No podía regresar y enfrentarme a Delph sin haber hecho todo lo que estuviera en mi mano para salvarle las piernas a su padre.

Alargué tímidamente una mano y toqué apenas el espejo con los dedos. Pero al momento los retiré, aunque no había sucedido nada. Decidí que estaba siendo una tonta, así que toqué el cristal otra vez. Estaba duro, como debía de estar el cristal, y era impenetrable, a no ser que lo rompiera en pedazos. Se me pasó por la cabeza utilizar la *Elemental*, pero ¿y si la *Elemental* también hacía pedazos la Piedra Sumadora? No podía correr aquel riesgo.

Entonces me acordé de lo que había hecho para reparar la ventana de mi casa. No sabía muy bien cómo lo había logrado exactamente, pero contemplé el espejo e imaginé que era simplemente una pared de agua. De modo que concentré todos mis pensamientos en transformar el vidrio en agua.

Alargué de nuevo la mano, y esta vez atravesé el espejo. En mi rostro apareció una sonrisa de satisfacción. ¡Lo había conseguido! A lo mejor estaba convirtiéndome en otra hechicera como la que había mencionado Eón que estaba dentro de la Piedra Sumadora.

Cuando cerré los dedos en torno a la Piedra, dura y fría en mi mano, mi sonrisa se ensanchó aún más. Hasta que algo me aferró por la muñeca, me levantó en vilo y me arrojó de cabeza al interior del espejo. Fui a caer sobre algo áspero y tibio al tacto. Superado el primer momento de aturdimiento, enseguida me rehíce y me preparé para defenderme. A mi alrededor era todo oscuridad, un contraste bastante notable respecto de la sala profusamente iluminada de la que provenía.

Me guardé la Piedra Sumadora en el bolsillo y me tensé al oír un ruido procedente de las tinieblas que se acercaba hacia mí. Saqué la *Elemental* y le ordené mentalmente que se desplegase. Sin embargo, por primera vez no ocurrió nada. Bajé la vista hacia mi mano enguantada y descubrí que mi lanza seguía siendo un trozo pequeño de madera. Volví a guardármela en el bolsillo e intenté remontar el vuelo, pero resultó que dentro del espejo *Destin* era igual de impotente que la *Elemental*, y caí otra vez al suelo. Me tragué el nudo que tenía en la garganta y me enfrenté a lo que venía hacia mí sin contar con ninguna de mis armas especiales.

En mi campo visual surgió una vaga silueta ligeramente más clara que la oscuridad que la rodeaba. Cuando se aproximó un poco más y pude verla mejor, lancé una exclamación de estupor.

Era un muy joven, solo que no era un Wug, o por lo menos no era un Wug que yo hubiera visto. Vestía únicamente un pañal de tela, lucía unos pocos pelos en la cabeza y tenía una piel de un tono blanco perlado similar al de la Piedra Sumadora. Sus facciones eran las más angelicales que yo había visto jamás. Aun así me mantuve en guardia, porque la bondad podía transformarse rápidamente en maldad, pensé acordándome de Morrigone.

La criatura continuó avanzando hasta encontrarse a medio metro de mí y luego se detuvo. Me miró sin pestañear, y yo a ella también. De pronto sentí una oleada de compasión al ver que entreabría los labios, arrugaba los ojos y estos se le llenaban de lágrimas. Emitió un levísimo sollozo, y de repente sucedió algo verdaderamente notable: sus facciones se suavizaron y se transformaron en las de un Wugmort. Yo asistí al proceso con el gesto petrificado. Era mi hermano John, a la edad de tres sesiones. De nuevo se echó a llorar. Cuando yo le tendí una mano de forma instintiva, él retrocedió de inmediato.

—No pasa nada, John —le dije en voz baja—. Voy a sacarte de aquí.

Sabía que todo aquello no tenía ninguna lógica; John no podía estar allí, y desde luego no podía tener tres sesiones. Claro que allí dentro mi cerebro no funcionaba bien del todo. Le tendí la mano una vez más, y una vez más él retrocedió. Su desconfianza alivió mi suspicacia, de modo que fui hacia él y lo agarré de la mano con fuerza.

John me miró. Ya no lloraba.

—¿Vega?

Afirmé con la cabeza.

—No pasa nada. Voy a sacarte de aquí.

Lo único que se me ocurrió pensar fue que Morrigone se las había arreglado para encerrar allí a mi hermano con el fin de vengarse de mí. Al girarme para mirar alrededor en busca de una salida, le solté la mano. O por lo menos lo intenté. Me miré la mano, y lo que vi me produjo arcadas: los dedos de mi hermano se habían fusionado con los míos. No supe cómo, pero se habían unido entre sí. Sacudí el brazo para zafarme, pero lo único que conseguí fue levantar a John del suelo.

De pronto su otro brazo se agarró a mi hombro. Al instante experimenté una sensación extraña, invasiva. El brazo y la mano de John estaban penetrando en mi hombro, incluso traspasando mi capa. Y cuando le miré el rostro vi que John ya no estaba allí; lo que ocupaba su lugar era la criatura más horrorosa y repugnante que había visto en toda mi vida. Era como un esqueleto a medio pudrirse del que todavía colgaban fragmentos de piel. En las cuencas de los ojos no había ojos sino un lago de llamas de color negro, que cada vez que se agitaban producían una oleada de dolor que me recorría todo el cuerpo. Sus dientes eran negros y me sonreían igual que un demonio salvaje que acaba de dar caza a su presa.

Lancé un chillido, me volví y eché a correr. Pero lo único que logré con ello fue que la criatura enroscara sus cortas piernas alrededor de mi cintura. De nuevo experimenté la sensación invasiva, pero continué corriendo. Lo único que deseaba era cruzar de nuevo el espejo, aunque no sabía cómo iba a hacerlo. Noté que la criatura se deslizaba hacia mi espalda, y en eso ocurrió una cosa de lo más extraordinaria: de repente tuve la sensación de pesar quinientos kilos. Ya no podía seguir de pie, y se me doblaron las piernas. Caí de rodillas y luego de bruces. Sentí que se me rompía la nariz y que mi ojo lesionado se hinchaba todavía más. Me cayó de la boca un diente que se había salido de su sitio. Escupí sangre.

Ya tenía la criatura pegada a la cabeza. Sentí cómo me rodeaba el cráneo con unos dedos que parecían tentáculos. Y si había creído que aquello era lo peor que podía pasarme, estaba a punto de descubrir que me había equivocado. En mi cerebro comenzó a desarrollarse una oscuridad tan profunda, tan abrumadora, que me sentí paralizada. Pensé que me había quedado ciega y lancé un gemido de angustia. Y en aquel momento surgió algo que venció a la oscuridad. Lo que vi a continuación me hizo desear que regresaran las tinieblas.

Eran todas las pesadillas juntas que había tenido a lo largo de mi vida, pero multiplicadas por mil. Desde mis recuerdos más tempranos hasta la última cuña vivida, todas las experiencias dolorosas que había experimentado explotaron en mi conciencia con la fuerza de un millón de colosos que se hubieran desplomado encima de mí.

Y, a continuación, incluso superando a aquellas horribles visiones, aparecieron imágenes que no había visto nunca, pero que ahora inundaron mi cerebro.

Todos mis seres queridos —mis padres, Virgilio, Calíope, John— huían de mí. Y cuando intenté ir detrás de ellos, salió una serpiente de un agujero de la tierra, se me enrolló alrededor del tobillo y empezó a tirar de mí. Grité pidiendo socorro, pero mi familia no hizo otra cosa que huir más deprisa. En otra pesadilla vi a Krone levantando el hacha en el aire; cuando volvió a dejarla caer, dos cabezas salieron rodando del tajo: la mía y la de Delph, y quedaron en el suelo sin vida, mirándose la una a la otra.

Después me vi en Cuidados, intentando tocar a mis padres, que estaban acostados en sus camastros. Pero llevaba en la mano una lengua de fuego, y cuando los toqué con ella se incendiaron al momento. Me chillaban intentando escapar, pero no podían. Su carne primero se ennegreció y luego comenzó a desprenderse hasta que solo quedó el hueso, y este también desapareció. Sin embargo, sus alaridos siguieron resonando en mis oídos, cada uno era como un cuchillo que se me clavaba entre las costillas.

La última imagen fue la peor de todas. Me encontraba a lomos de un corcel volador, toda cubierta por una cota de malla, como la guerrera que había visto. Estaba luchando. En una mano empuñaba una espada, y en la otra llevaba la *Elemental*. A mi alrededor iban cayendo cuerpos a medida que yo iba traspasándolos con mi lanza y con mi espada en mi afán de abrirme paso por entre una horda de atacantes. Y de repente algo me impactó directamente en el pecho. La luz me entró por delante y me salió por detrás. El dolor fue inimaginable.

Vi cómo me miraba la herida. La herida mortal. Al momento siguiente estaba cayendo en barrena desde el cielo. Caía y caía...

Intenté gritar, pero no emití sonido alguno. Sentía la criatura en la espalda, abrazándome cada vez con más fuerza. Eché los brazos hacia atrás e intenté golpearla, pero al golpearla a ella solo me hacía daño yo misma. ¡Y yo que había creído que pelear en el Duelum era cruel! Ya quisiera yo tener a un millar de Nons aplastándome el cráneo, en lugar de esto. Esto era tan horroroso que lo único que deseé fue morirme.

La criatura me tenía aferrada con tal fuerza que apenas me dejaba respirar. Mi pecho subía y bajaba dentro de un espacio cada vez más constreñido. Sabía que dentro de poco ya no iba a disponer de más margen para operar, pero me dio lo mismo. En aquel momento no sentía el menor deseo de vivir. Las imágenes de pesadilla iban volviéndose cada vez más oscuras y más pequeñas, pero por alguna razón su potencia iba aumentando enormemente a cada momento que pasaba. Me estaba disolviendo desde dentro hacia fuera.

No sé muy bien cómo se me ocurrió porque en realidad no recuerdo haberlo hecho, pero bajé una mano a la cintura. Mi respiración era ya tan trabajosa que cualquiera de aquellas bocanadas de aire podía ser la última. Pero, a pesar del peso aplastante que sentía, logré desenroscar a *Destin*. La agarré con las dos manos, que, por supuesto, ahora formaban parte de las manos de la criatura. La levanté por encima de mi cabeza y noté que se enrollaba en torno al cuello de la criatura. Entonces crucé los brazos tan fuerte como pude, lo cual, a su vez, hizo que Destin repitiera dicho movimiento. Si aquello no funcionaba, estaba perdida de verdad. A continuación tiré con todas mis fuerzas.

Oí un gorgoteo, el primer sonido que emitía la criatura desde que había dejado de llorar.

Lo siguiente que vi me dejó paralizada, primero de horror y después de alivio, cuando la cadena quedó laxa. La cabeza de la criatura chocó contra el suelo frente a mí, rebotó una vez y luego permaneció inmóvil. Poco a poco, centímetro a centímetro y cuña a cuña, sentí que el abrazo de la criatura comenzaba a aflojarse hasta que por fin me dejaba libre. Pasadas tres cuñas que se me antojaron insoportablemente largas, desapareció. Mi mente se despejó. Y me puse de pie con las piernas temblorosas.

No quería, porque pensé que tal vez hubiera vuelto a transformarse en John, pero al final tuve que mirar la malvada criatura que había estado a punto de matarme. Estaba tornándose negra y encogiendo rápidamente.

Di media vuelta y eché a correr con todas mis fuerzas. Solo que esta vez sabía adónde me dirigía, porque la oscuridad que reinaba en el lugar en que acababa de estar, fuera el que fuese, había empezado a disiparse. Era como si aquel ser malvado hubiera absorbido toda la negrura para sí y hubiera permitido que brillara la luz de nuevo.

Cuando vi mi imagen reflejada allá delante, avivé el paso y salté con las manos extendidas. Atravesé el espejo volando por los aires, aterricé sobre el duro suelo de mármol y al instante me puse de pie. Me volví para contemplar un momento los espejos de la sala. Todos comenzaban a esfumarse. En menos de una cuña desaparecieron. Sin embargo, alcancé a vislumbrar una vez más los intrincados relieves de los marcos de madera. Y esta vez recordé dónde los había visto.

Con la Piedra Sumadora bien guardada en el bolsillo, bajé la escalera a toda prisa y salí de Chimeneas por la puerta lateral. Una vez libre, alcé el vuelo, pues *Destin* volvía a estar en pleno funcionamiento tras liberarse del espejo. Tenía que regresar lo más rápidamente posible al hospital.

QUADRAGINTA UNUS

Muy pocas cuñas

Varias cuñas más tarde aterricé lo más cerca que me atreví. El resto del camino lo hice corriendo a toda velocidad, crucé las puertas como una exhalación y me lancé a la carrera por el pasillo. Transcurrió otra cuña más y me encontré de nuevo en la habitación de Duf. Todavía con la respiración agitada, me dirigí al otro lado de la cortina que habían colgado del techo para obtener un poco de intimidad.

Y me quedé clavada en el sitio. La cama estaba vacía. La habitación estaba vacía. Delph y su padre habían desaparecido. Regresé al pasillo imaginando solo cosas horribles, cada una peor que la anterior. En los corredores no había Enfermeras ni Reparadores, de modo que empecé a asomarme a todas las habitaciones con las que me iba encontrando.

Hallé Wugs enfermos o heridos en diversos grados que me miraron a su vez desde sus camas. Vendajes en la cabeza, caras enrojecidas e hinchadas, toses constantes, piernas enyesadas, brazos en cabestrillo... Ninguno de aquellos era Duf. Tuve que pensar que muchos de ellos se habían lesionado en la construcción de la Empalizada, pero no de manera tan grave como Duf.

Oí el chillido al salir de una de aquellas habitaciones, y miré frenética a mi alrededor porque reconocí la voz. Rápidamente me dirigí hacia el lugar de donde procedía, doblé una esquina, después otra. Los gritos eran continuos, pero de pronto se interrumpieron bruscamente. Llegué a unas puertas dobles, las abrí y penetré a toda prisa en la estancia, jadeando sin resuello, sangrando por la nariz rota y dolorida. Entonces me erguí lentamente y contemplé el horror que se ofrecía a mis ojos.

Duf estaba tendido sobre una mesa y con la mitad superior del cuerpo cubierta por una sábana. Al mirar la otra mitad, el estómago me dio un vuelco. Allí no había nada. Las piernas habían desaparecido por debajo de las rodillas. Duf estaba empapado en sudor e inconsciente, un detalle por el cual me sentí profundamente agradecida.

Delph se encontraba de pie, inmóvil, con sus grandes manos cerradas en dos puños, el pecho agitado y las mejillas surcadas de lágrimas, mientras contemplaba lo que quedaba de su padre. Observé al Reparador que se hallaba presente; tenía la bata blanca toda manchada de sangre y empuñaba una sierra que daba miedo. Junto a él había una Enfermera que miraba a Delph con preocupación.

Me aproximé a la escena y miré a Duf. Donde antes estaban las piernas, ahora solo había dos muñones. A duras penas logré aspirar aire para que me siguieran funcionando los pulmones.

—¿Qué ha ocurrido? —pregunté sin aliento.

—S-s-se las han a-a-amputado —respondió Delph. Tartamudeaba—. S-s-simplemente...

Le agarré la mano y miré al Reparador.

—¿Cuándo habéis hecho esto?

Él miraba las lesiones de mi rostro, pero luego se centró en mi pregunta.

—Hace una cuña que hemos terminado. Delph no quería, pero no ha habido más remedio. De no haberlo hecho, ahora tendríamos a un Wug muerto.

—¿Hace una cuña?

La Enfermera me apartó de Delph y me dijo bajando la voz:

—Intentó impedírselo al Reparador. —Señaló los desgarros de la bata y el rostro magullado—. Hicieron falta cinco ordenanzas para sujetarlo mientras el Reparador llevaba a cabo la amputación. Dijo que tú estabas a punto de venir trayendo un remedio par Duf. Y sí, esperamos un rato, aunque sabíamos que era absurdo. Como no regresabas, tuvimos que tomar la decisión. Entiéndelo. Era una cuestión médica.

Yo no tenía aliento suficiente para hablar. Mi cerebro estaba tan agobiado de cosas que me resultaba imposible reaccionar.

«Una cuña. Una maldita cuña. ¿Por qué habré tardado tanto? ¿Y por qué perdí la maldita Piedra, de entrada?»

Duf se había quedado sin piernas. Me dije que ni siquiera la Piedra Sumadora podría hacer nada por él. Así y todo, la saqué del bolsillo, imaginé a Duf con las piernas totalmente curadas y después agité la Sumadora encima de los muñones. Disimulé haciendo como que intentaba estirar la sábana.

Contuve la respiración y esperé a que le volvieran a crecer las piernas. Y esperé otro poco más. Y no sucedió nada. Por fin, con el estómago revuelto, solté la Piedra Sumadora, que cayó al fondo de mi bolsillo.

Se me acercó el Reparador y me examinó la cara.

—¿Qué te ha pasado en la nariz?

—El Duelum —contesté con tono ausente. Dudaba que él se diera cuenta de que aquello era mentira. Y lo cierto era que me daba igual.

—¿Quieres que te cure esas heridas? Puedo recolocarte la nariz.

Yo negué con la cabeza.

—No es nada —dije con voz queda. Y en efecto no era nada—. No... Ocúpate de atender a Duf.

Volví con Delph y le dije:

—Lo siento muchísimo. De verdad.

Él se sorbió la nariz y se frotó los ojos.

—Lo has intentado, Vega Jane. Pero se nos agotaron las cuñas, ¿verdad? Se nos agotaron las... —No pudo terminar la frase.

—Pero vivirá —repuse yo.

—¡Si es que eso se puede considerar vivir! —exclamó Delph en un súbito estallido de rabia. Luego, con la misma rapidez, se calmó y me miró con ternura—. Me alegro de que hayas logrado volver sana y salva. —Luego se fijó en mi cara y se quedó boquiabierto—. Vega, estás malherida. Tienes que...

Pero yo lo agarré con más fuerza del brazo.

—No es nada, Delph. De verdad que no es nada. Estoy bien.

Pero mi cerebro se convulsionaba como si me hubieran retorcido y vuelto boca abajo. «No soy nada, Delph. Te he fallado. No soy nada.»

Delph asintió con tristeza.

—Lo cierto es que lo has intentado. Y siempre te estaré agradecido por eso. ¿Has entrado en... —bajó la voz— ya sabes dónde? ¿Qué te ha pasado en la cara?

—Tropecé y me di un golpe. Una estupidez por mi parte. Eso es todo.

Delph hizo un gesto de profundo alivio.

—¿Te importa que me quede un momento con mi padre?

Yo afirmé rápidamente y me apresuré a salir de la habitación.

Aguardé hasta que hube recorrido un buen trecho de aquel pasillo oscuro y húmedo, después me dejé caer en el frío suelo y rompí a llorar sin control.

Cuando por fin me levanté, ya había dejado de llorar y mi tristeza había dado paso a una intensa rabia. Salí a toda prisa del hospital y alcé el vuelo. Unas cuñas más tarde mis pies tocaron grava. Todavía me dolía el cuerpo en los lugares en que me había abrazado aquella horrible criatura, y la cabeza aún me daba vueltas tras haber revivido los recuerdos de las pesadillas de toda una vida agrupados en una única visión siniestra.

Sabía lo que era aquella criatura porque, al igual que el farallón, aparecía en el libro de Quentin Hermes. No la había reconocido antes porque era imposible de reconocer. Podía adoptar cualquier forma que se le antojase. Y sabía lo que era basándome en lo que me había hecho.

Se trataba de un maniac, un espíritu malvado que se adhería primero al cuerpo y después a la mente, y que volvía loca a su víctima haciéndola rememorar todos los miedos que había experimentado en su vida. Sin embargo, ahora la mente se me había despejado y el cuerpo había dejado de dolerme tanto, aunque la nariz rota me escocía un montón. Ni siquiera se me había ocurrido utilizar la Piedra Sumadora para curarme, y ahora no tenía tiempo para ello.

Apreté el paso, empujé la verja y corrí hasta la enorme entrada. No me molesté en llamar, simplemente abrí la puerta y entré hecha un basilisco. William, el rechoncho Wug vestido con su impoluto uniforme de sirviente solícito, acudió al vestíbulo y me observó con sorpresa.

—¿Qué estás haciendo aquí? —exclamó.

Ya sabía que debía de dar miedo verme. Uno ojo casi cerrado. La cara manchada de sangre y llena de magulladuras tras la pelea con Non. No tenía ni idea de si el maniac me habría dejado alguna marca discernible; sabía que había perdido un diente y que tenía la nariz rota, pero en realidad me importaba un pimiento.

—William —dije—, haz el favor de quitarte de en medio. Necesito ver una cosa.

Pero él continuó cerrándome el paso.

—Madame Morrigone no se encuentra aquí.

—No quiero verla a ella —ladré.

—Y tampoco está el amo John.

—Ni al amo John —repliqué.

—Madame me ha ordenado que no deje pasar visitas, de modo que no permitiré ninguna visita que...

Se interrumpió porque yo lo había levantado del suelo y lo había colgado por el cuello de la chaqueta de un soporte para antorchas que había en la pared. Llevando a *Destin* enrollada a la cintura, William me resultó ligero como una pluma.

—No te muevas de aquí —le dije—. Ya te bajaré cuando haya terminado.

Haciendo caso omiso de sus gritos de protesta, me fui rápidamente por el pasillo que conducía a la biblioteca. Abrí las puertas y entré. La chimenea no estaba encendida. Por los ventanales entraba la luz del sol. Todos los libros seguían estando en su sitio. Me acerqué hasta él; el espejo que colgaba en la pared, por encima de la chimenea.

Lo había visto en la primera ocasión en que cené allí con mi hermano, cuando todavía creía que Morrigone era una Wug buena y decente. Antes de que me robase a mi hermano para convertirlo en lo que no estaba llamado a ser. Mi mirada se posó en el intrincado relieve del marco de madera. Eran exactamente los mismos dibujos de los espejos de Chimeneas. Cuando examiné el marco más de cerca, vi con claridad que estaba formado por una serie de serpientes entrelazadas que juntas constituían una bestia repugnante que no tenía fin.

Retrocedí unos pasos para contemplar el espejo en su totalidad, y supe sin ningún género de duda que era idéntico a los que había en Chimeneas. Desconocía con qué poder había hecho aquello Morrigone, pero sí sabía que había cogido aquel espejo y lo había reproducido muchas veces en Chimeneas, con el fin de atraparme a mí y después matarme.

Bueno, pues le iban a pagar con la misma moneda.

Saqué mi *Elemental*, le ordené mentalmente que adoptara su tamaño completo, apunté y la arrojé justo al centro del espejo. El cristal estalló en un sinfín de fragmentos que se esparcieron por toda aquella estancia tan bella y, hasta aquel momento, tan inmaculada. Cuando todas las hermosas posesiones de Morrigone quedaron cubiertas de trozos de cristal, me permití esbozar una sonrisa de tristeza.

Regresé rápidamente por el pasillo, liberé del gancho de la pared a William, que seguía echando pestes, y lo deposité con suavidad en el suelo. Él me miró indignado y se alisó el uniforme.

—Pierde cuidado de que informaré a Madame Morrigone de esta inexcusable irrupción tan pronto como regrese.

—Eso es exactamente lo que quiero que hagas —repliqué.

Como regalito de despedida, arranqué de la pared los candelabros que había fabricado yo misma y me los llevé. Cuando ya estuve volando bien alto, llevada por el viento, los lancé tan lejos como pude. Y mi único deseo en aquel momento fue que ojalá pudiera yo también lanzarme lo más lejos posible de aquel lugar.

QUADRAGINTA DUO

Una pequeña travesura

Duk Dodgson era el miembro más joven del Consejo y un protegido de Jurik Krone. Además, era mi siguiente adversario. Era alto y fuerte, pero nunca había ganado un Duelum porque, al menos en mi opinión, era demasiado gallito para reconocer que poseía debilidades que debería intentar superar. Era guapo, aunque tenía un gesto de crueldad en la boca y otro de arrogancia en la mirada. Su ambición era la túnica negra, no la figurilla del premio, aunque fuera acompañada de quinientas monedas. Yo lo había visto en la Cámara del Consejo, estaba sentado al lado de Krone y lo imitaba en todo. Estaba claro que a mí me odiaba porque me odiaba su maestro. Y también estaba bien claro que yo lo odiaba a él porque era un imbécil sin personalidad.

Me alegré mucho de que me hubiera tocado pelear contra él en el Duelum. Desquitarse no solo era simplemente divertido; en ocasiones era lo único que tenía uno.

Delph había derrotado a Dodgson en el último Duelum. Me había contado que Dodgson se quedaba atrás y no atacaba inmediatamente, y que tenía la costumbre de mantener los puños demasiado bajos, lo cual volvía vulnerables la cabeza y el cuello. Aquello me dio una idea, y la noche anterior a la siguiente ronda entré furtivamente en el hospital para coger un libro. Aquella misma noche estuve examinando a fondo el texto y las ilustraciones, con el fin de aprender lo que necesitaba saber para llevar mi plan a la práctica como era debido.

En la siguiente luz me levanté temprano y me puse la capa. Dejé en casa a *Harry Segundo*; me daba miedo que, si empezaba a perder, mi canino atacase a Dodgson, con lo que Jurik Krone se valdría de dicha excusa para matarlo.

Cuando llegué al foso, vi en los tableros de apuestas que estas estaban bastante igualadas, lo cual quería decir que se habían jugado tantas monedas a favor de que ganase yo como de que ganase Dodgson. Seguro que aquello no le hacía ninguna gracia al ambicioso miembro del Consejo. En aquella ocasión me tocaba luchar tras la segunda campana. Hice mi apuesta y luego me volví, y a punto estuve de tropezar con él.

Krone llevaba su túnica negra como si esta fuera un halo dorado. Cuando habló, empleó un tono de burla:

—¿Te gusta perder tus monedas? —me dijo—. No puedes tener tantas.

—¿Disculpa? —contesté yo en tono de indiferencia.

—Has apostado por ti misma. En el último Duelum, mi estimado colega fue vencido a duras penas por Delph. Tú no tienes la más mínima posibilidad. ¿Por qué no te rindes para que podamos encerrarte en el Valhall, que es el lugar que te corresponde? —Con gesto teatral, entregó a Lichis McGee veinticinco monedas que apostaba a favor de que su «estimado colega» me rompería la cabeza a golpes.

—¿Y por qué simplemente no me pagas ahora las monedas? —le repliqué yo—. Así le ahorraremos a McGee la molestia de entregármelas cuando haya terminado con tu querido y diminuto Wug.

Antes de que él pudiera reaccionar, giré sobre mis talones y salí del foso.

Vi que Ted Racksport despachaba hábilmente a un Wug tembloroso que trabajaba en el Molino, en menos de cinco cuñas. Cuando el árbitro alzó su mano en gesto de victoria, Racksport reparó en mí y me dirigió una sonrisa malévola. Y luego me señaló con el dedo, como queriendo decir que yo era la siguiente.

«Será un placer», pensé yo.

Sonó la segunda campana y me encaminé hacia mi cuadrilátero. Dodgson se plantó enfrente de mí, descamisado y flexionando los músculos de manera intimidatoria. Cuando el árbitro nos mandó acercarnos para impartirnos instrucciones, Dodgson me taladró con la mirada fijándose especialmente en mi nariz rota, que estaba tan hinchada y me dolía de tal manera que me provocaba mareos.

—¿Qué te ha pasado en la nariz? —me preguntó—. No recuerdo que te hayan atizado tan fuerte en lo que llevas de Duelum.

A eso no le contesté nada.

Por fin se encogió de hombros y me dijo:

—En fin, yo no voy a hacerte demasiado daño. —Sonrió con aquellos labios crueles, pero la sonrisa no le llegó a los ojos. A continuación me habló en un tono de voz que solo pude oír yo—: Es mentira. Voy a hacerte mucho daño. Deberías estar encerrada en el Valhall. Es lo que desea Krone, y yo trabajo para él.

A aquello tampoco contesté. En lugar de eso, me volví para mirar a Krone, que estaba de pie en el borde mismo del cuadrilátero, para vitorear a su pupilo. Levanté la mano con los dedos separados y la abrí y cerré cinco veces, para darle a entender las veinticinco monedas que había apostado él, y después me señalé a mí misma.

Luego me volví de nuevo hacia Dodgson. Había visto aquel mudo diálogo y tenía la cara congestionada de rabia.

Flexionó los músculos y rugió:

—No habrá clemencia para ti, hembra. ¡Ninguna!

—No recuerdo haberla suplicado —repliqué yo con una calma mortal.

Sabía perfectamente que mi rostro, con todas sus heridas, proyectaba una impresión espantosa. Que incluso daba miedo. Cosa que en aquel instante me parecía de lo más adecuado. Porque al mirar fijamente a Dodgson detecté algo que todavía no había visto en ninguno de mis adversarios.

Detecté miedo.

Sonó la campana, dio comienzo nuestro asalto y cargué contra Dodgson en línea recta. Como había dicho Delph, le gustaba no moverse del sitio, y efectivamente mantenía las manos demasiado bajas. Di un brinco y enrosqué las piernas a su torso y a sus brazos y entrelacé los tobillos tal como había hecho ya en mi primer combate, con Cletus. De ese modo, al verse obligado a cargar también con mi peso, perdió el equilibrio justo lo suficiente para que, cuando yo retorcí el cuerpo hacia la derecha, se precipitara de bruces al suelo. Entonces hice más fuerza con las piernas y le aprisioné los brazos a los costados. Le agarré el cuello y bloqueé los conductos palpitantes de sangre que subían hacia la cabeza. Él forcejeaba para librarse de mi tenaza, pero yo era mucho más fuerte de lo que parecía y mis piernas eran mucho más fuertes que mis brazos.

Sí que logró asestarme varios cabezazos en la cara, una y otra vez, hasta que llegó un momento en que pensé que iba a perder el conocimiento. Noté un reguero de sangre nueva que me mojaba los labios y sentí el sabor en la boca. Me pareció notar que se me fracturaba el hueso del pómulo y que se me salía el ojo bueno, pero aguanté. Por nada del mundo pensaba soltar a aquel Wug.

Conforme la sangre que se dirigía a su cabeza iba quedando bloqueada por mi llave de pinzamiento, agitó los párpados una vez, dos, después dejó de debatirse y por fin sus arrogantes ojos se cerraron. Yo dejé de sujetarlo y me puse de pie. Dodgson se quedó donde estaba, inconsciente.

El libro que había sacado furtivamente del hospital explicaba aquel pequeño truco médico, y yo lo había aprovechado al máximo. Dodgson se despertaría dentro de poco sin haber sufrido daños graves, aparte de su orgullo herido y un formidable dolor de cabeza. El árbitro examinó su estado y seguidamente alzó mi mano en señal de victoria.

Estando allí de pie, magullada y cubierta de sangre, con la mano en alto, me crucé con la mirada fija de Racksport. Se le notaba que había perdido dinero en aquel combate. En fin, la culpa era suya, por imbécil. Si yo había sido capaz de vencer a Non, cualquier Wug que estuviera en su sano juicio debería comprender que un tipo como Dodgson podría hacerme sangrar, como había sido el caso, pero no derrotarme. Por supuesto, yo era hembra, detalle que constituía el gran antídoto para todo raciocinio. ¿Cómo iba a derrotar una hembra a un macho, no solamente una vez, ni dos, sino tres? No era posible. Observé el gesto de irritación que traslucían los ojillos pequeños y brillantes de Racksport y supe que aquello era precisamente lo que estaba pensando. Pero, al igual que cuando me enfrenté a Dodgson en el cuadrilátero, a Ted Racksport también lo fulminé con la mirada. Luego me limpié un grumo de sangre de la cara y lo señalé con el dedo enrojecido, hasta que él soltó una carcajada nerviosa y hueca y se retiró.

A continuación me volví hacia Krone. No sonreí. No reí. No pronuncié una sola palabra. Simplemente lo miré. Y luego levanté la mano abierta otras cinco veces y me señalé a mí misma.

Su semblante se contrajo con una mueca de odio. Después se marchó dejando a su preciado Dodgson inconsciente en el suelo.

Pues vaya con los «estimados colegas».

Una vez que finalizara aquella ronda, quedarían solo cuatro participantes en pie. Y después, solo dos. Yo tenía la intención de ser uno de los dos últimos, y luego el único de todos, el campeón. Jamás en toda mi vida había ganado nada, y ahora estaba empeñada en ganar aquel Duelum.

Cobré mis ganancias y eché a andar por la calle Mayor disponiendo de un gran número de cuñas y pensando en la mejor manera de emplearlas. A causa del Duelum no había trabajo en Chimeneas, y todavía no había llegado la cuarta sección de luz.

Al pasar por delante del bar La Bruja Voladora, vi salir de él a Tadeus Chef con pinta de llevar ya en el cuerpo dos o tres jarras de agua de fuego.

—¿Hoy no trabajas en la Empalizada? —le pregunté.

Él me miró, y en aquel gesto detecté que ocurría algo malo. Emitió un hipo y respondió:

—A Henry y a mí nos han despedido, gracias a los tuyos.

—¿Los míos? —repuse yo, perpleja por aquella respuesta.

—Porque la Em-Empalizada —hipo— se vino abajo encima de Duf... ese tipo.

—Yo no tuve la culpa de que la Empalizada se viniera abajo. La culpa fue de *los tuyos*, que modificaron las cinchas. ¿Quién os ha despedido?

De pronto hizo una mueca de rabia, como si acabara de darse cuenta de con quién estaba hablando.

—Tu hermano, ese mismo —contestó con un eructo.

—¿John os ha despedido? Creía que había sido él quien ordenó modificar el diseño.

—Y fue él. Pero ¿qué puede importarle eso a un amo —hipo— todopoderoso como él? Yo tengo una familia que mantener, ¿sabes?

—Lo siento —dije, aunque no era verdad—. Pero Duf Delphia ha perdido las piernas. Tú siempre podrás conseguir otro empleo.

Chef se tambaleó un instante y después recuperó el equilibrio.

—¡No me digas! Teniendo una mala referencia de él, va a ser imposible. El muy cabrón.

—Mi hermano te ha despedido porque has construido algo que era débil —repliqué, enfadada—. Estoy segura de que cuando descubrió lo que había sucedido se sintió furioso consigo mismo. Y la tomó contigo y con Henry. No digo que eso sea justo, pero no lo convierte en un cabrón.

Chef dio unos pasos y se me acercó tanto a la cara que pude percibir plenamente el tufo a agua de fuego que despedía.

—Hembra, si nos ha despedido ha sido porque hemos hecho lo que nos ordenaste y no hemos perforado más agujeros en esas malditas cinchas que tú fabricas. Cuando se ha enterado, nos ha echado a la calle. Le importa un pimiento lo que le haya ocurrido al pobre D-Du-como se llame. Para mí, eso es ser un cabrón. —Y volvió a hipar.

No respondí nada, porque no se me ocurrió nada que decir.

Chef, tomando mi silencio como conformidad, soltó otro eructo y dijo:

—Malita sea la casa de los Jane. No tenéis nada bueno. —Dio un traspié y luego volvió a centrar la mirada en mí al tiempo que se le extendía por el rostro una sonrisa boba—. Pero he apostado una moneda o dos por ti en la siguiente ronda, Vega, así que —hipo— no me decepciones, cielo.

Y acto seguido se fue con paso tambaleante, y yo me quedé pensando en lo que acababa de contarme. Al menos eso era lo que pretendía hacer, pero de pronto oí unas pisadas sobre el empedrado y me volví para ver de quién se trataba. Era Roman Picus, con cara de pocos amigos. Lo acompañaban Cletus, Ran Digby con la nariz vendada y, cubriendo la retaguardia, Non, que traía tan mala cara como dolorida me sentía yo. Formaron un semicírculo a mi alrededor, armados hasta los dientes con sus mortas y sus cuchillos.

—Buena luz, Roman —saludé. Y antes de que pudiera responderme, añadí—: Y si quieres que te dé un consejo, yo dejaría de apostar contra mí.

Digby, por supuesto, lanzó un grumo de hierba de humo apuntando a mi bota, pero falló. Cletus siseó. Non gruñó. Sin embargo, Roman se limitó a mirarme sin pestañear.

—Tengo una pregunta que hacerte, Vega —dijo por fin.

—No me tengas en ascuas, Roman —repliqué yo con una sonrisa.

—Ya has derrotado a tres machos, incluido Non aquí presente. Y lo has logrado en tu primer Duelum. Y lo has hecho habiendo estado a punto de perder ante Cletus, que es un buen Wug pero no de la altura de Non, ni siquiera del muchacho con el que has luchado en esta luz. —Se frotó la barbilla con una mano grasienta—. Dime, ¿cómo es posible?

—Es que aprendo deprisa y he ido mejorando.

—Y también te has vuelto más fuerte. Y más rápida. Y más de todo, por lo que parece. Non me ha contado que lo dejaste fuera de combate con un solo golpe. Y además le hiciste una melladura en el peto.

Volví la vista hacia Non, que todavía llevaba en la cara las marcas de la paliza que yo le había propinado. Si los gestos pudieran matar, yo estaría ya hecha pedacitos y enterrada en la Tierra Sagrada.

—Supongo que no es rival para mí en el Duelum.

Cletus lanzó un bufido, lo cual provocó que yo le dirigiera

una mirada todo lo condescendiente que me fue posible componer.

—Obtusus, si quieres volver a probar suerte conmigo, por mí no hay problema. —Hice un amago de ir a darle un puñetazo, y él se cayó de culo al suelo.

Al verlo, Digby soltó una fuerte risotada, luego se rehízo y escupió otra bola de hierba de humo apuntando a mi bota, y de nuevo falló. Cletus se incorporó a toda prisa, con la cara toda congestionada.

Roman seguía con la vista fija en mí.

—Muy curioso, en efecto —dijo. Se rascaba la barbilla con tanta fuerza que pensé que iba a terminar por arrancarse la piel y la barba—. Creo que voy a ir a hablar con el Consejo. No hay derecho a que un Wug participe con ventaja en un Duelum.

—Coincido plenamente contigo —repliqué—. Así que el próximo Wug que pese cincuenta kilos más que yo y que tenga unos brazos más grandes que mis piernas puede quedarse haciendo el pino mientras yo le doy de puñetazos.

—No me has entendido, hembra.

—Pues prueba a explicarlo de forma que lo pueda entender un Wug inteligente.

—¡Digo que estás haciendo trampas! —exclamó—. Igual que todos los demás Wugs. No es posible que una hembra derrote a un Wug como Non.

El hecho de que yo hubiera vencido a todos mis adversarios sin la ayuda de mis armas especiales logró que se me encendiera el rostro de pura indignación.

—Yo diría que la probabilidad es del cien por cien, dado que es lo que ha ocurrido. —Me volví hacia Non y le advertí—: Y la próxima vez que entres en un cuadrilátero con ocasión de un Duelum, más te vale que te acuerdes de que utilicé en tu contra ese estúpido peto de armadura que llevabas. No tuve necesidad de valerme de ningún truco para vencerte, cabeza de creta, solo tuve que aprovechar tu propia armadura, primero para cansarte y después para dejarte sin sentido. Lo único que necesité fue que fueras un idiota.

Lo taladré con la mirada hasta que él dio media vuelta y se

marchó con aire enfadado. Al no tenerlo ya a él para apuntalar su defensa, Cletus y Digby hicieron lo propio y no tardaron en perderse a lo lejos.

—Sigo diciendo que estás haciendo trampas —insistió Roman.

—Pues ve a contárselo al Consejo. Nos vemos al terminar el Duelum, cuando vayas a cobrar tus ganancias por haber apostado por mí. No pienso permitir que Lichis McGee se lleve toda la diversión.

—Se te ve muy segura de obtener la victoria —dijo Roman con gesto suspicaz.

—Si yo no creo en mí misma, ¿quién va a creer?

QUADRAGINTA TRES

Cuestión de pergamino

Hice un alto al llegar a casa, recogí a *Harry Segundo* y juntos nos dirigimos a Cuidados. Como Non ya no estaba de vigilante, entré rápidamente y busqué la habitación de Duf. Me llevé la sorpresa de que lo habían instalado en la antigua habitación de mis padres. Leí dos veces la placa de la puerta para asegurarme.

Empujé la puerta con cuidado y me asomé. Tal como sospechaba, Delph estaba sentado en el borde de la cama de su padre, poniéndole un paño húmedo en la frente. Abrí la puerta del todo y entré junto con *Harry Segundo*. Delph levantó la vista.

—¿Qué tal el Duelum? —me preguntó.

—He ganado.

—¿Contra quién has peleado?

—No importa. ¿Cómo se encuentra Duf?

Me aproximé al camastro y observé al enfermo. Parecía dormir apaciblemente. Dirigí una mirada furtiva a sus piernas, o al lugar en que antes estaban sus piernas, pero allí la sábana se adhería lisa al colchón, pues no tenía nada que cubrir.

—Supongo que bien —respondió Delph—. En la próxima luz le traerán unos pies de madera.

Hice un gesto afirmativo con la cabeza. Con unos pies de madera Duf podría deambular un poco, pero nada más. Se acabó lo de domar bestias. Había ocasiones en las que un domador, por muy experto que fuera, tenía que echar a correr para salvarse. Y con pies de madera era imposible.

—Lo siento muchísimo, Delph —dije.

—No ha sido culpa tuya, Vega Jane. Ha sido un accidente. Cosas que pasan.

Me debatí pensando en lo que iba a decir a continuación. ¿Cómo iba a confesarle que mi hermano había cambiado el diseño de las cinchas que habían provocado el accidente? ¿Se lanzaría a agredir a mi hermano, con lo cual lo encerrarían en el Valhall por armar bronca?

Al final no dije nada. Delph escrutó mi rostro durante unos instantes y después desvió la mirada y reanudó la tarea de refrescar la frente de su padre con un paño húmedo. Yo los contemplé al uno y al otro.

—Delph.

De nuevo se giró hacia mí.

—¿Qué me dices del Quag? —le pregunté con voz queda—. Después del Duelum.

Vi la oleada de emociones que cruzaba el semblante de Delph. Me miró a mí, luego a su padre, luego otra vez a mí, luego otra vez a su padre. Y por fin, de forma simbólica, su mirada ya no se movió de allí. Agachó la cabeza y me dijo:

—Lo-lo siento, Vega Jane.

Desvié el rostro porque noté que se me llenaban los ojos de lágrimas. Le di una palmada en la espalda y le dije:

—Lo comprendo, Delph. Es la decisión correcta. Es... familia.

«Ojalá me quedase algo de familia a mí.»

Me encaminé hacia la puerta.

—Buena suerte en el Duelum, Vega Jane. —Al girarme vi que me estaba mirando—. Espero que los venzas a todos —agregó.

—Gracias —contesté.

Lo dejé allí con su padre. Cuando salí al aire tibio de la luz llevaba un frío en el corazón que no había sentido nunca jamás.

Mi siguiente parada fue el edificio del Consejo. Subí las escaleras al trote y pasé junto a varios miembros del Consejo que bajaban en aquel momento. Hice caso omiso de las miradas de sorpresa que lanzaron al ver a una traidora y abrí una de las enormes puertas adornadas con relieves de leones y águilas y otra bestia que parecía ser un garm muerto.

Era la primera vez que accedía por la entrada principal. En mi visita anterior había entrado por la parte de atrás, con los grilletes puestos.

Me encontré en un grandioso vestíbulo de altísimos techos e iluminado por antorchas, en el que reinaba una temperatura que se podría decir casi perfecta. Había diversos miembros del Consejo y sus asistentes, Wugs vestidos de manera más modesta, en su mayoría machos pero también hembras, que iban y venían. Siempre me había preguntado por qué un lugar tan pequeño como Amargura necesitaba siquiera un Consejo, y además un edificio de semejante tamaño y opulencia. Pero, como la mayoría de mis preguntas, aquella también iba a quedarse sin respuesta.

Llegué a un mostrador con encimera de mármol tras el cual había una hembra de baja estatura y aire remilgado, vestida con una túnica de color gris. Tenía el cabello blanco y lo llevaba tan estirado hacia atrás en un moño que daba la sensación de que tenía ojos de gata. Alzó la nariz hacia mí y me preguntó en tono solícito:

—¿Puedo ayudarla?

—Espero que sí —contesté—. ¿Está Thansius?

Su nariz se alzó otro poco más, hasta el punto de que le vi el interior de las fosas nasales.

—¿Thansius? ¿Desea ver a Thansius? —dijo en tono imperioso.

Aquel tono implicaba que mi pretensión era tan absurda como si hubiera afirmado que deseaba consultar al Noc.

—Sí, así es.

—¿Y cómo se llama usted? —preguntó con voz mecánica.

—Me llamo Vega Jane.

Por su rostro cruzó una expresión que indicaba que había reconocido mi nombre.

—Ah, claro —repuso en un tono más amistoso—. El Duelum. —Observó mis magulladas facciones y chasqueó la lengua en gesto solidario—. Oh, Campanario, pobrecilla, qué cara. La he visto a usted en Amargura, ahora que caigo. Y era usted muy guapa. Qué lástima.

«Un cumplido contradictorio donde los haya.»

—Gracias —murmuré—. Y bien, ¿está Thansius?

Al instante subió de nuevo la guardia.

—¿Y para qué necesita hablar con él?

—Por un asunto personal. Como ya sabrá, mi hermano es ayudante especial...

La hembra frunció los labios.

—Estoy al tanto de quién es el joven John Jane, muchas gracias. —Luego reflexionó sobre mi petición—. Aguarde un momento —dijo, y salió de detrás del mostrador. Se alejó presurosa por el vestíbulo, no sin girarse un par de veces para mirarme de manera fugaz.

Mientras esperaba pacientemente a que regresara, contemplé una pintura de nuestro fundador, Alvis Alcumus, que colgaba encima de la entrada. Lucía una expresión bondadosa y erudita, pero también soñadora, detalle que me resultó interesante. Tenía una barba tan larga que le llegaba al pecho. Me gustaría saber de dónde había venido para fundar Amargura. ¿Habría atravesado el Quag? ¿O sería que el Quag no existía por entonces? ¿O quizás había surgido de la tierra como un champiñón? ¿O era el producto de la imaginación de algún Wug? Estaba empezando a pensar que nuestra historia era más ficción que realidad.

Me acerqué paseando hasta las gigantescas pinturas colgadas en la paredes que formaban una sala anexa del edificio. Eran en su mayoría escenas de guerra entre bestias y Wugs ataviados con armadura. Debía de tratarse de la Batalla de las Bestias que nos habían enseñado en Aprendizaje. Nuestros antepasados habían derrotado a las criaturas y las habían obligado a replegarse en el interior del Quag; aquello formaba parte de la leyenda de Amargura.

En uno de los cuadros se hallaba representada una escena que me resultó muy familiar. Era un guerrero vestido con cota de malla cabalgando a lomos de un slep, portando una lanza dorada y saltando sobre algo. Me fijé en el guante de plata que llevaba en la mano derecha. Después examiné la lanza y vi que era idéntica a la que justo en aquel instante, aunque en su forma reducida, descansaba en el interior de mi bolsillo. El guerrero era sin duda la hembra que había expirado en el campo de batalla, pero no antes de haberme legado a mí la *Elemental*.

Y, sin embargo, el objeto sobre el que estaba saltando era una piedra pequeña. Un obstáculo como aquel no requería dar un salto para salvarlo. Y la bestia que perseguía era un frek. En aquella luz, no había freks en el campo de batalla. La hembra guerrera había arrojado su lanza, había destruido a un macho que la atacaba en aquel momento a lomos de un corcel volador, había saltado sobre mí y después se había elevado en el aire, porque a su montura le habían nacido alas, para lanzarse a batallar en el cielo con otra figura que montaba un adar gigante. Estaba segura de haber visto todo aquello, no se me iba a olvidar jamás.

Me daba cuenta de que aquella pintura bien podía representar una batalla en la que yo no había estado presente. En cambio, todo lo demás era exactamente tal como yo lo recordaba, hasta el punto de que no creí que aquel fuera el caso. Lo que se había eliminado era mi propia figura y el macho que cabalgaba el corcel volador, y en su lugar se había añadido el frek. Además, el escudo de la guerrera se veía subido, cuando yo recordaba claramente que ella lo había bajado par permitir que yo viera que se trataba de una hembra. Quizá Morrigone no quería que los demás establecieran la relación de que su antepasada había sido una guerrera. Y desde luego en aquella pintura no había colosos, porque para todos los Wugs excepto yo no existían semejantes criaturas.

Me aparté del cuadro cuando oí unas rápidas pisadas que se acercaban. Era la hembra del mostrador, que regresaba, y con el rostro un poco sonrojado, a mi parecer.

—Thansius la recibirá —dijo jadeando y con los ojos muy abiertos por la expectación—. Campanario sea loado, la recibirá en esta misma cuña.

—¿Tan insólito es? —inquirí.

—No, en absoluto. Si uno considera normal pedir a un amaroc que venga a casa a tomar un té con pastas.

Cruzamos el vestíbulo en dirección a una gran puerta metálica que había al fondo. Ella llamó tímidamente con los nudillos y se oyó un potente: «Pase.» Abrió la puerta, me hizo entrar, cerró de nuevo, y se oyó el claqueteo de sus tacones alejándose por el suelo de mármol.

Un poco falta de resuello, me volví para admirar aquella gran estancia repleta de innumerables objetos. Luego mi mirada se posó en el gigantesco Wug sentado detrás de un escritorio que parecía demasiado pequeño, tanto para él como para aquella habitación. Thansius se puso en pie y me sonrió.

—Vega, por favor, acércate y toma asiento.

Avancé con toda la seguridad que pude reunir, y lo cierto es que tuve que buscar muy adentro para encontrar alguna. Me senté en una silla de aspecto frágil situada frente al escritorio. La oí crujir cuando deposité en ella todo mi peso, y me entró pánico pensando que pudiera hundirse, pero aguantó firme, de modo que me relajé.

Thansius había vuelto a acomodarse en su sillón y me miraba con actitud expectante. Su mesa se hallaba abarrotada de cartas, pergaminos enrollados, informes y planos de la Empalizada, además de pergaminos oficiales del Consejo, en blanco. Antes de que yo pudiera decir nada, empezó:

—No recuerdo que te hayan roto la nariz en el Duelum.

—Ha sido en Chimeneas —repuse en tono de naturalidad—. Soy un poco manazas. Pero ya se me está curando, es cuestión de tiempo. —Me froté de manera instintiva el moratón en el ojo que me había salido de resultas de la fractura. Mi otro ojo seguía con una buena hinchazón, aunque también se me había puesto morado.

—Entiendo —contestó Thansius en un tono que me indicó que sabía que le estaba contando una trola.

Me aclaré la voz y dije:

—He ganado el combate de esta luz.

Thansius tomó una hoja de pergamino del montón que tenía sobre el escritorio.

—Ya lo sé. Me llegó el informe una cuña después de que derrotaras tan rápidamente al señor Dodgson. Todo un logro. Dodgson es fuerte y posee una buena técnica. Pero si tiene una debilidad...

—Es demasiado engreído para reconocer que tiene debilidades que debería superar.

Thansius asintió con gesto pensativo.

—Exacto.

—Bueno, es posible que a los Wugs que son casi perfectos les cueste más reconocer que tienen problemas. Yo misma tengo tantos defectos, que paso todo el tiempo intentando corregirlos.

Thansius sonrió.

—Esa sería una gran lección para todos nosotros, seamos perfectos o no.

—Apuesto por mí misma como ganadora —dije agitando las monedas que llevaba en el bolsillo.

—Las leyes del Consejo prohíben que yo haga apuestas en un Duelum. No obstante, si tuviera que apostar por alguien, sería por ti, Vega.

—¿Por qué? —pregunté; de repente sentí un vivo interés por lo que fuera a responderme—. Dodgson era un adversario formidable y con experiencia.

Thansius entornó los ojos, pero no dejó de sonreír.

—Hay fuerza aquí —dijo al tiempo que alzaba un brazo enorme y lo flexionaba. Vi cómo se abultaba el músculo bajo la tela de la túnica—. Y hay fuerza aquí —continuó, tocándose el pecho—. Tú, en mi opinión, posees una gran fuerza aquí, donde reside el verdadero poder.

Yo no dije nada, pero seguí mirándolo con curiosidad.

—Una victoria más —agregó—, y lucharás por el derecho de ser la campeona.

—Y por las mil monedas —apunté.

Hizo un gesto con la mano como para quitar importancia a aquello.

—¿Qué tienen que ver aquí las monedas? Yo he participado en muchos Duelums, y las monedas nunca fueron parte del premio. En mi opinión...

De repente se interrumpió, y creo saber por qué. Se había fijado en lo delgada que estaba yo. En lo sucia que estaba mi capa. En lo viejas que eran mis botas. Y en la mugre que me cubría el cuerpo.

Bajó la vista unos instantes.

—Como iba diciendo, en mi opinión un premio en monedas es buena cosa, de hecho. Puede ayudar a los Wugs... y a sus familias.

—Sí, en efecto —respondí—. Pero he venido a verlo por otro asunto.

—¿Oh? —repuso Thansius expectante, al parecer encantado con el cambio de tema.

—Por Duf Delphia.

Thansius hizo un gesto afirmativo con la cabeza.

—Estoy enterado de su estado. Lo vi en el hospital anoche, antes de que lo trasladaran a Cuidados. Es bastante trágico.

Me sorprendió que le hubiera hecho una visita. Delph no me había comentado nada. Claro que ahora Delph tenía muchas cosas en que pensar.

—Morrigone me ha dicho que el Consejo se ocupará de Duf.

—Muy cierto. Resultó herido cuando trabajaba en la Empalizada, para el Consejo. Recibirá un salario de por vida y unos pies de madera que costearemos nosotros.

—Muy generoso —contesté—. Pero ¿qué ocurrirá con su ocupación?

—¿Te refieres a su oficio de domador de bestias? Jamás he visto uno tan bueno en todas mis sesiones, pero ahora, sin piernas... Tú misma puedes ver la dificultad.

—La veo. Pero ¿y si se asociara con otro Wug que tenga interés por entrenar bestias? Duf podría enseñarle, porque Amargura necesitará otro, eso está claro. Ese Wug podría ser las piernas de Duf mientras durase su formación.

—Y de esa manera —agregó Thansius—, el señor Delphia no solo podría tener algo de dinero con el que vivir, sino también un fin que perseguir durante las sesiones que le queden, ¿no es así?

—Sí —respondí.

Vi que arrugaba los ojos y que sus labios se ensanchaban en una sonrisa.

—Me parece una idea excelente. Voy a disponer lo necesario para que se haga tal como has dicho tú. ¿Has pensado ya en alguien concreto?

Le di el nombre de un Wug que en mi opinión iba a ser un buen domador de bestias. Thansius se volvió para tomar su pluma de escribir y ponerse las gafas antes de escribir el nombre. Yo aproveché aquel momento para sacar la mano como una flecha y robarle una hoja de pergamino en blanco que llevaba como membrete su nombre y el sello oficial del Consejo. Para cuando Thansius se giró de nuevo, el pergamino ya se encontraba a salvo dentro de mi bolsillo.

Observé atentamente mientras anotaba el nombre con una caligrafía especialmente rígida, muy distinta de las florituras con que yo había visto escribir a Morrigone y de los trazos recargados que tanto le gustaban a Domitar. Le di las gracias y me apresuré a salir.

De camino a la puerta pasé por delante de la hembra remilgada del mostrador.

—Ah, gracias a Campanario que ha salido usted entera y de una pieza, cielo —me dijo con evidente alivio.

Yo la miré sorprendida.

—¿Cómo, esperabas que Thansius me hiciera algo malo?

Ella puso cara de horror ante semejante idea.

—Por supuesto que no. Es que pensé que... en fin, que se moriría usted por el honor de encontrarse en su excelsa presencia.

—¡Pues no me he muerto! —repliqué un tanto molesta, y salí al exterior.

Mientras bajaba la escalera, me toqué el bolsillo en el que escondía el pergamino oficial. Había aprovechado la oportunidad que se me había presentado. Sonreí, porque sabía exactamente lo que iba a hacer con él.

Iba a escribir una carta.

Aquella luz era muy especial para mí. Y pensaba sacarle todo el partido.

QUADRAGINTA QUATTUOR

Vega, ahí debajo

Fui directamente a mi casa, donde me estaba esperando *Harry Segundo*, con no mucha paciencia ya. Por el camino, el plan había ido completándose en mi cerebro. Acerqué la silla a la mesa, saqué mi pluma de escribir, la llené y acto seguido me apliqué a la tarea con el pergamino. Tuve que mirar con un solo ojo, pero sabía lo que quería escribir.

Había visto a Morrigone escribiendo en el informe que le había entregado un Wug que trabajaba en la Empalizada. De aquel modo había tenido la oportunidad de echar un buen vistazo a su caligrafía. Ahora sabía que, durante aquellas dos largas sesiones, todos los pergaminos de Chimeneas que me pasaban con las instrucciones para construir los objetos hermosos habían sido redactados de su puño y letra. No me creía capaz de sentirme todavía más furiosa con ella, pero así era. Morrigone me había hecho trabajar hasta dejarme la piel a cambio de un mísero salario, y todos los bellos objetos que yo había terminado habían acabado en un agujero.

No obstante, no iba a ser la letra de Morrigone la que yo pensaba reproducir en aquella ocasión, sino la de Thansius. Ya había visto varios ejemplos de ella dentro del edificio del Consejo, sobre su escritorio.

La composición de la carta resultó lenta, pues puse sumo cuidado en que el destinatario creyera que procedía del jefe del Consejo, y utilicé términos que le había oído emplear muchas veces a él.

Una vez terminada, la dejé a un lado. El estómago me hacía ruidos. Fui a mirar en la despensa, la cual, por desgracia, hallé vacía. Mientras miraba con gesto ausente aquel espacio desierto, introduje la mano en el bolsillo y encontré las monedas que había ganado con las apuestas de Lichis McGee. Nunca lo había hecho, pero decidí que aquella era una ocasión tan apropiada como cualquier otra. Ya me disponía a salir de casa cuando de repente me miré a mí misma. Estaba magullada, sucia y manchada de sangre.

Fui a la parte de atrás de la casa con unas pocas escamas de hacer espuma y pasé diez cuñas eliminando la mugre con agua de las tuberías. Me había quitado hasta el último harapo que llevaba encima y me había quedado desnuda. Me sequé y volví a entrar. Aún tenía el pelo mojado, pero limpio, y hacía mucho tiempo que no percibía mi propio olor. Miré de nuevo las monedas, y de pronto se me ocurrió una idea.

Era una idea imposible, de tan tonta, pero me dije: «¿Por qué no?»

En la pila de objetos del rincón que había dejado sin terminar de explorar encontré un pantalón que ya me quedaba corto y un jersey, también corto, que me había hecho mi madre varias sesiones atrás. Metí mis largos pies en unos zapatos que también me quedaban pequeños y que databan de hacía tres sesiones. Por lo menos aquellas prendas estaban limpias, o en todo caso más limpias que las que solía llevar actualmente.

En la calle Mayor había una tienda que se llamaba Modas Modernas y que vendía ropa de hembra. A menudo había pasado por delante y nunca se me había ocurrido entrar. Cuando abrí la puerta, tintineó una campanilla y acudió una dependienta, una hembra regordeta de unas cuarenta sesiones de edad y bastante emperifollada, que me miró con cara de pocos amigos.

—¿En qué puedo ayudarte? —me preguntó de una forma que me indicó que consideraba que no se me podía ayudar mucho.

De repente me quedé muda, y toda la seguridad en mí misma, que ya solía flaquear en situaciones como aquella, se me vino abajo de golpe y se desmoronó en el suelo.

—Quería algo nuevo —murmuré.

—¿Como qué? —dijo la dependienta elevando el tono de voz.

—Cosas nuevas —respondí con escaso entusiasmo. Ya casi había decidido dar media vuelta y marcharme. Los Wugs como yo simplemente no hacíamos aquello; la ropa que vestíamos era siempre heredada, si es que había algo que heredar.

—Bueno, querida, ¿por qué no lo has dicho? —repuso la dependienta—. Supongo que tendrás dinero —añadió con gesto inquisitivo. Yo le tendí la mano llena de monedas para que las viera, y al momento se le iluminó el semblante—. Es más que suficiente. —A continuación se puso unas gruesas gafas—. A ver, deja que te eche un vistazo.

Detrás de los cristales sus ojos parecían más grandes.

—Vaya, tú eres la muchacha esa del Duelum. Vega Jane.

—Sí, soy yo.

Me miró de arriba abajo.

—Eres alta y delgada, y tienes unos hombros anchos y bonitos y las piernas largas. Te quedará muy bien la ropa, querida.

—¿Usted cree? —dije con perplejidad. La ropa que quedaba bien era un concepto desconocido para mí.

—Bien, voy a traer unas cuantas cosas, a ver qué nos vamos encontrando.

Muchas cuñas más tarde, y después de que me hube probado muchas prendas, hube descartado algunas y hube aceptado otras, la dependienta me envolvió toda la ropa recién comprada mientras yo me ponía la que ella me había proporcionado porque, en fin, porque era la que más me gustaba. La ropa que yo había traído puesta fue directamente al cubo de la basura.

Ahora llevaba un vestido azul, y también medias y unos zapatos con un poco de tacón con los que parecía todavía más alta.

La dependienta contempló su obra con admiración.

—Vaya, vaya. Ya sabía yo que ahí debajo había algo que valía la pena, querida. Solo había que descubrirlo, ¿verdad?

—Supongo que sí —contesté en un medio susurro.

—¿Y ese cabello, cielo? —dijo la amable aunque exuberante Wug, que mucho rato antes se había presentado como Darla Gunn. En la pared había un espejo, y fui a mirarme en él.

—¿Qué le ocurre a mi cabello? —pregunté.

Darla le lanzó una mirada que a mí me pareció toda una evaluación profesional.

—Pues que necesita un arreglito. Peinarlo. A lo mejor cortarlo un poco por aquí y otro poco por allá, ya sabes. Nada demasiado drástico... bueno, quizás un poco drástico sí. —Suspiró y agregó en tono pesaroso—: Requiere bastante trabajo, querida.

Le di unas cuantas pasadas con la mano, pero me quedó igual de alborotado que antes.

—¿Cómo? —inquirí.

—Oh, hay muchas maneras. Pero como veo que en esta luz ya has gastado bastantes monedas, el peinado te lo haré gratis.

—¿Me dolerá?

Gunn se echó a reír.

—¡Esta sí que es buena! Y eso que estás participando en el Duelum, nada menos.

Yo sonreí y me toqué las heridas de la cara.

—Vega, vi cómo derrotaste a Non —me dijo—. Y me puse a gritar de alegría como una loca. Pero es que no he querido darte la lata con ello. Ahora te has hecho... en fin, muy famosa.

Reaccioné ruborizándome.

—Pero esa pobre carita... esos ojos, esa nariz... A ver qué puedo hacer para arreglártelos un poco hasta que se curen como es debido.

Cumplió su palabra. Lo que me hizo para arreglarme el pelo y curarme la cara me resultó totalmente nuevo. Cuando hubo terminado, y después de que hubo adornado con un lazo de color blanco mi melena recién peinada, me miré en el espejo y contuve una exclamación. Mi antiguo yo había desaparecido y había sido reemplazado por otra hembra distinta.

A continuación, Darla sacó un frasco pequeño que llevaba unido un tubito y un globo hinchado en el extremo. Presionó el globo, y al instante sentí en el cuello y en la mejilla una nubecilla líquida que me hizo encogerme. Darla rio al ver mi gesto.

—Huélelo un poco, Vega —me invitó.

Obedecí, y mis fosas nasales se llenaron de un maravilloso aroma.

—Es lavanda —dije.

—Con un toque de madreselva. —Darla me contempló unos instantes y su rostro se distendió en una sonrisa.

—Estás muy guapa, Vega. Pero que muy guapa. Cuando se te haya curado la cara como es debido, vas a ser un auténtico bombón, cielo.

¿Un bombón? Una parte de mí tenía la completa seguridad de que aquello era un sueño del que iba a despertarme, y de nuevo tendría que bregar con tipejos asquerosos y pelo sucio. Pagué a Darla, cogí los paquetes y salí de la tienda sintiendo cosas que no había sentido jamás.

Al salir me crucé con dos Wugs a los que conocía. Uno era un joven Agricultor que se llamaba Rufus, y el otro era Newton Grávido, el Cortador de Chimeneas que a mí siempre me había parecido tan falso y obsequioso. Rufus se quedó boquiabierto y chocó contra un poste que sostenía el tejado de la acera, y terminó precipitándose al suelo. Newton simplemente se quedó inmóvil, mirándome de arriba abajo con una sonrisa boba en la cara.

—Vega, ¿de verdad eres tú la que está ahí debajo? —dijo Newton.

Yo apreté el paso sintiendo que me sonrojaba intensamente. *¿Ahí debajo?*

Me quedaba una tienda más que visitar y una cosa más que comprar. Pagué, pedí que me lo envolvieran en papel de regalo y después salí pitando. En aquella luz había hecho más compras que en toda mi vida, lo cual no era decir gran cosa porque lo cierto es que nunca había comprado nada.

Regresé a casa y saqué a *Harry Segundo* a dar una vuelta. Al principio dio muestras de no reconocerme, porque erizó el pelaje del pescuezo y me enseñó los dientes, pero después de olfatearme un poco pareció quedar convencido de que yo era realmente su dueña.

Encontré un fragmento de un espejo que había pertenecido a mi madre y logré orientarlo de forma que pudiera verme en él la cara y el pelo. De nuevo meneé la cabeza en un gesto de incredulidad. Pero seguía teniendo los ojos hinchados, la piel amoratada, la nariz rota y la mejilla inflamada y llena de rasguños. Aquello lo echaba todo a perder.

Lancé un suspiro, y poco a poco me invadió un deseo melancólico.

Casi sin darme cuenta introduje la mano en el bolsillo del vestido y extraje la Piedra Sumadora. La sostuve delante de mí y pensé cosas buenas, y al instante las heridas dejaron de existir. Mis ojos recuperaron la normalidad, la hinchazón desapareció, y sentí que la nariz se recomponía y se curaba de inmediato. Muy despacio, volví a guardar la Piedra Sumadora y luego me fui.

Observé cómo iba poniéndose el sol y me dije que era el momento adecuado. Caminé deprisa, porque tras mi transformación física había recobrado la energía.

El trayecto hasta la residencia de Morrigone fue rápido. Conseguí acercarme furtivamente hasta la puerta principal e introducir el pergamino por la ranura. Sabía que Morrigone aún no estaba en casa, ni John tampoco; pero estaba segura de que el fiel William se aseguraría de que aquello llegase a manos de *Madame Morrigone*.

Una vez hecho el recado, me apresuré a dirigirme a mi siguiente destino: el edificio de Cuidados.

QUADRAGINTA QUINQUE

Una noche especial

Después de dejar a *Harry Segundo* esperando fuera, hablé con una Enfermera que encontré en el corredor. Cuando le dije lo que quería, tuve que darle una moneda. Tal como imaginaba, Delph seguía pegado al camastro de su padre. Cuando abrí la puerta levantó la vista.

—¿Vega Jane? ¿Qué estás haciendo aquí otra vez?

—He conseguido que venga una Enfermera a cuidar de Duf.

—¿Cómo? —dijo con gesto de desconcierto.

—¿Cuándo fue la última vez que tomaste una comida como es debido, Delph?

Cuando me dio de lleno la curiosa luz que iluminaba cada habitación, Delph abrió unos ojos como platos. De hecho yo también sentí un escalofrío y terminé sonriendo como una joven tonta.

—Vega Jane, ¿qué... qué te has hecho? —farfulló Delph.

—Pues... me he arreglado un poco —respondí con timidez. Se levantó y se acercó a mí.

—¿Que te has arreglado, dices? ¿Así llamas a esto?

—¿Y cómo lo llamas tú, Delph? —repliqué con brusquedad, y al instante me asombré de mi reacción.

Mi pregunta lo pilló desprevenido. Se rascó la cabeza sin saber qué contestar.

—Pues... yo lo llamaría... En fin, se te ve muy arreglada, ahora que lo mencionas. Sí, bastante arreglada. —Y acto seguido se puso rojo como la grana.

Yo sonreí.

—Vengo para llevarte a comer.

Delph hizo ademán de ir a decir algo, pero terminó negando con la cabeza.

—No sé, Vega Jane, no sé. —Se volvió hacia Duf—. ¿Y qué pasa con mi padre?

—Para eso va a venir la Enfermera.

—Estás tan... en fin... tan... ya sabes... en cambio yo no... —Bajó los ojos, avergonzado de lo sucio que estaba.

Yo me enganché a su brazo.

—A mí me parece que estás perfectamente respetable. Voy a comer en Tove el Hambriento, y quiero que me acompañes.

Delph sonrió de oreja a oreja.

—¿Qué celebramos?

Decidí contárselo.

—Mi cumplesesiones. Cumplo quince sesiones, Delph.

Delph se quedó atónito.

—Pero no he hecho nada... Quiero decir que no sabía...

—No es necesario que hagas nada, aparte de aceptar mi invitación de que me acompañes a comer, para celebrar que hace quince sesiones que llegué a Amargura.

Tras mirar una vez más con preocupación a su padre, se sintió profundamente aliviado cuando la Enfermera a la que yo pagué entró en la habitación y anunció que ya estaba preparada para cuidarlo debidamente, nos fuimos por fin.

Los Wugs nos miraban con los ojos muy abiertos cuando íbamos por la calle Mayor con *Harry Segundo* cubriendo la retaguardia. Delph era muy alto, y yo con mis tacones guardaba una buena proporción con él. No iba tan bien vestido como yo, pero lo sorprendí humedeciéndose la mano con saliva para pasársela después por el pelo, en un intento de adecentarlo un poco. Además, había hecho un alto junto a las tuberías de Cuidados para lavarse la cara y las manos y limpiarse algunos de los lamparones que tenía en la ropa.

—Llevaba varias luces queriendo hacer esto —explicó con gesto tímido—. Pero es que no he encontrado el momento adecuado.

En el restaurante de Tove el Hambriento, esta vez nos sentaron a una mesa no de las del fondo sino de las de la parte delantera. Cada vez que miraba a mi alrededor pillaba a algún Wug observándome. Las hembras parecían estar irritadas con sus machos y no dejaban de tomarlos de la barbilla para que volvieran a centrar la atención en su propia mesa.

—Vega, todos los Wugs te están mirando —me dijo Delph—. Sobre todo los machos.

—Bueno, ya se les pasará. Aunque la mona se vista de seda, mona se queda.

Delph se me quedó mirando.

—¿Cómo puedes decir eso? Nada de mona. Estás... estás... —Hizo una inspiración profunda—. Estás preciosa, Vega Jane.

Esta vez enrojeció de tal manera que pensé que iba a ahogarse.

—Gracias, Delph —dije con bastante sinceridad, aunque también me estaba sonrojando. Los únicos Wugs que me habían dicho alguna vez que estaba guapa habían sido mis padres y mis abuelos, y yo siempre pensé que lo decían empujados por el sentimiento del deber.

Pedimos los platos y disfrutamos de la mejor comida que había tomado yo en toda mi vida. Más tarde, con el estómago tan lleno que ya no nos cabía nada más, por lo menos en mi caso, sin embargo todavía logramos ingerir otro poco: una porción de tarta que comimos los dos juntos, mientras Delph me deseaba toda una luz y una noche de felicidad.

—Ya me siento feliz, Delph —le dije—. Me siento muy feliz de estar contigo.

Intentó impedírmelo, pero la comida la pagué yo con mi dinero.

—Debería ser yo el que te regalase algo —protestó—, y no al revés.

—Ya me has regalado algo.

—No es cierto —repuso él con firmeza.

Le tomé de la mano y se la apreté.

—Me has regalado el placer de tu compañía en una luz muy especial.

Sonrió tímidamente y me apretó la mano a su vez.

—No quisiera estar en ningún otro sitio, Vega Jane. —Calló unos instantes y le temblaron los labios—. Excepto quizá con mi padre.

—Ya lo sé —contesté con voz queda.

Pareció leerme el pensamiento. Acto seguido se inclinó hacia delante y bajó la voz para decirme:

—Hablando de la siguiente ronda del Duelum...

Pero yo le apoyé los dedos en los labios para acallarlo.

—Esta noche no, Delph. Esta noche vamos a...

Asintió con un gesto afirmativo.

—De acuerdo, Vega Jane. De acuerdo.

Lo acompañé de regreso a Cuidados y lo dejé allí con su padre.

Observé el cielo para calcular el tiempo. Volví a mi casa, me quité el vestido y los tacones y me puse un pantalón, un jersey y unas botas, todo nuevo. Después cogí a *Destin*, me la enrollé a la cintura y la escondí bajo mi nueva capa. También me guardé la *Elemental* en el bolsillo, junto con el paquete envuelto en papel de regalo, y me marché.

Caminé a buen paso hasta que estuve bien lejos de la zona urbana de Amargura. Llegué al escondite que tenía predeterminado exactamente en la cuña prevista. Dos cuñas después salió el carruaje de la residencia de Morrigone. Sabía que Morrigone iba dentro. Sabía que iba a reunirse con Thansius en el tramo sur de la Empalizada, cerca de Chimeneas, en la segunda sección de la noche. Todo esto lo sabía porque yo misma había concertado la cita por escrito en el papel oficial de Thansius y copiando su letra. Había escogido el lado sur de la Empalizada porque era el que estaba más alejado de la residencia de Morrigone, lo cual me daría tiempo para llevar a cabo mi plan.

Cuando el carruaje se hubo distanciado lo suficiente, corrí hacia la entrada, pero no la principal sino la posterior. Saqué mis herramientas, la cerradura no tardó en ceder, y penetré en la casa. Rápidamente miré a un lado y a otro por si aparecía William o la doncella que yo sabía que también trabajaba allí.

El único Wug al que quería ver era John. Subí las escaleras

en silencio, fui contando las puertas hasta llegar a su habitación y llamé quedamente con los nudillos. Al oír unas pisadas retrocedí. Por la cadencia supe que se trataba de mi hermano.

Se abrió la puerta y apareció él. Daba la impresión de haber crecido un poco, y había seguido engordando. Las ropas que vestía eran elegantes, pero ahora las mías también. Y seguro que aquella noche yo estaba igual de limpia que él y olía igual de bien.

Me miró con curiosidad, y de pronto me di cuenta de que no me había reconocido.

—John, soy yo, Vega.

Abrió la boca ligeramente.

—¿Tan cambiada estoy? —dije con aire divertido.

—¿Qué te ha pasado? —me preguntó.

—Un poco de todo.

—¿Qué estás haciendo aquí?

Esta vez me puse pálida. No había cariño en aquella pregunta. Únicamente había suspicacia teñida de impaciencia.

—Vengo a verte.

—Morrigone me ha contado lo que ocurrió entre vosotras. Te salvó la vida ante el Consejo. ¡La vida, Vega! Y tú le pagas esa bondad con traición.

—No dijiste estas cosas cuando estuvimos en Cuidados. Cuando llorabas a mares por nuestros padres desaparecidos. Te alegraste de que yo te lo hubiera contado. Eso dijiste.

John desechó aquello con un gesto de la mano.

—He tenido más tiempo para pensar en ello. Sí, necesitaba saber qué les había ocurrido a nuestros padres. Pero eso no cambia que tú hayas traicionado a Morrigone. —Hizo una pausa para mirarme con gesto amenazante—. ¿Qué es lo que quieres, Vega? Esta noche todavía tengo mucho que hacer.

Recobré la compostura y le dije en tono más suave:

—Vengo a verte. Quisiera haber venido antes, pero he estado muy ocupada. Y sé que tú también has estado ocupado con la Empalizada.

—Dijiste a mis obreros que desobedecieran mis órdenes —dijo John en tono cortante.

«¿Cómo que tus obreros?», pensé para mis adentros.

—Estaban debilitando las cinchas a base de perforar más orificios. Ya sabes lo que le ha sucedido a Duf Delphia, ha perdido las piernas.

John lo descartó con un ademán.

—Ya me ha informado de ello Morrigone.

«¿Te ha informado ella a ti?», pensé.

—Van a atenderlo debidamente —prosiguió—. Le van a hacer unos pies de madera y unas muletas, y le pagarán un salario de por vida. No tendrá motivo para quejarse.

—¿Que no tendrá motivo para quejarse? —repetí con incredulidad—. ¿Sin piernas? ¿Cómo te sentirías tú, si en vez de ponerle los pies de madera a él te los pusieran a ti?

—Es un Wug obrero, Vega. Es normal que sufran lesiones de esas. Pero se ocuparán de atenderlos, a ellos y a sus familias. Les estamos agradecidos por el servicio que prestan al bien común.

«¿Que les estamos agradecidos por el servicio?» ¿Cuánto tiempo haría que mi hermano había empezado a hablar de sí mismo en tercer Wug?

—Yo misma soy una obrera —repliqué—. ¿Qué pasaría si me seccionara las piernas o los brazos trabajando para ti y para el maldito bien común?

John me sostuvo la mirada, en cambio su semblante no se alteró lo más mínimo.

Observé su habitación. Hasta el último centímetro estaba cubierto de pergaminos, y en ellos figuraban textos, dibujos y símbolos que me dejaron boquiabierta. Algunos de ellos representaban seres abominables y espantosos. Había una criatura cuya cabeza era una masa de tentáculos babosos, y otra que tenía patas de araña y una boca literalmente forrada de colmillos.

Miré a mi hermano con una mezcla de desconcierto y horror, que era lo que estaba sintiendo. Él se apresuró a cerrar la puerta para que no viera más.

—¿Qué son esas cosas, John? —le pregunté con asco.

—Muchos de los seres contra los que habremos de luchar

son horribles, pero eso no quiere decir que no podamos aprender de ellos. De hecho, cuanto más sepamos, más preparados estaremos.

—No quiero que te metas demasiado en cosas que puedan... que puedan superarte, John.

—Estoy a la altura, Vega, te lo puedo asegurar.

Tragué saliva y finalmente dije lo que había venido a decir.

—John, ¿quieres pensar en la posibilidad de volver a vivir conmigo, en nuestra antigua casa? Podríamos...

Pero él ya estaba negando con la cabeza.

—Imposible, Vega. Amargura necesita que yo haga lo que estoy haciendo. Morrigone me ha asegurado que soy completamente imprescindible. —Todas las esperanzas que había abrigado se esfumaron en aquel instante. Antes de que pudiera decir nada, John continuó—: No deberías estar aquí. A Morrigone no le va a agradar. Ha tenido que salir para encontrarse con Thansius, pero volverá esta misma noche.

—Estoy segura. ¿Qué te ha estado diciendo de mí? Aparte de que la he traicionado, claro.

—Nada, en realidad.

Ahora había vuelto a mí John el joven, pero con una diferencia significativa: estaba mintiendo. Y no se le daba bien porque no tenía práctica. A diferencia de mí.

—¿Te ha mencionado que tuvimos una pelea? —John parpadeó rápidamente—. ¿Te ha contado que me destrozó una ventana de la casa y después desapareció? —John parpadeó más deprisa. Señalé su habitación y le pregunté—: ¿Qué es todo eso que tienes en las paredes?

—Cosas que estoy aprendiendo.

—Parecen horribles y malvadas. ¿Eso es lo que quiere Morrigone que aprendas?

—¡Lo que yo estudie no es de tu incumbencia! —exclamó en tono desafiante.

—¿Crees que nuestros padres querrían que tú aprendieras cosas como esas?

—Ya no están. Y yo debo continuar viviendo. Cuanto más sepa, mejor.

—A lo mejor te convenía preguntarte por qué quiere Morrigone que sepas esas cosas. ¿Por el bien común? No me parece muy probable.

Dejé que calara el silencio. Quería que mi hermano reflexionara en serio sobre lo que acababa de decirle.

—Aún... aún estás en el Duelum.

—Sí, ya lo sé. Me sorprende que lo sepas tú, siquiera.

—Espero que ganes.

—Gracias.

—Ahora deberías marcharte.

Metí la mano en el bolsillo y saqué el paquete envuelto en papel de regalo. Se lo entregué y le dije:

—Felices doce sesiones, John.

Contempló el paquete con cara de sorpresa. Mi hermano y yo compartíamos el mismo cumplesesiones. Me miró con gesto culpable y me dijo:

—Pero esto quiere decir que... He perdido la cuenta de...

—No pasa nada. Como has dicho, has estado muy ocupado.

Me resultó gratificante observar que bajo aquella coraza que iba endureciéndose con cada luz, seguía estando mi hermano. Pero ¿cuánto tiempo seguiría allí?

—Ábrelo.

Sus dedos deshicieron rápidamente el envoltorio. Dentro había un diario.

—Has leído ya tantos libros, John, que me pareció innecesario regalarte otro más. Pero como eres inteligente, pensé que a lo mejor te apetecía empezar a escribir uno que fuera tuyo propio.

John levantó la vista con lágrimas en los ojos. Poco a poco, ambos nos buscamos con las manos y nos fundimos en un abrazo. Yo lo estrujé con todas mis fuerzas, y él hizo lo mismo conmigo.

—Te quiero, John.

—Es mejor que te vayas —repitió con ansiedad.

Afirmé con la cabeza.

—Sí, es mejor —contesté.

Y me fui.

Al abandonar la hermosa residencia de Morrigone, dudé si volvería a ver a mi hermano. La verdad era que había ido allí para ver si él estaría dispuesto a marcharse de Amargura y penetrar conmigo en el Quag. Se hizo evidente que no. De manera que, ahora que Delph ya no iba a poder acompañarme, me había quedado sola.

Penetraría sola en el Quag.

QUADRAGINTA SEX

El golpe llegado de ninguna parte

En la siguiente ronda del Duelum se enfrentaron los cuatro últimos participantes. Mi adversario era Ted Racksport. Llegué temprano al foso, vestida con mi antigua ropa. Esta vez las apuestas me revelaban como ligera favorita. Aposté dos monedas por mí misma como ganadora, con Roman Picus; este respondió con un gruñido y me arrojó el pergamino a la cara.

—¿Qué tal va la patrulla de los Carabineros, Roman? —le pregunté—. Últimamente no os he visto por ahí.

—Pues estamos, hembra, puedes estar segura. —Olfateó el aire—. ¿A qué huele? —inquirió con gesto de perplejidad.

—A lavanda y madreselva —contesté—. Si te gusta el perfume, puedes comprártelo en la tienda Modas Modernas, que está en la calle Mayor.

A Roman se le descolgó la mandíbula.

—¿Estás chalada? ¿Modas Modernas? No me verás poner ni un pie en ese sitio.

—Nunca se sabe, Roman. Si quieres tener a una hembra de compañera, te convendría oler a otra cosa que no sea agua de fuego y hierba de humo.

Roman me miró boquiabierto, y yo le devolví una sonrisa encantadora y luego me encaminé hacia el cuadrilátero. Como solo había dos combates programados, los primeros en luchar íbamos a ser Racksport y yo. El segundo tendría lugar inmediatamente después. La multitud iba aumentando con cada cuña que pasaba. Volví la mirada hacia el entarimado y descubrí que había muchos más miembros del Consejo con sus compañeras. También alcancé a ver a Thansius.

Silas, el anciano árbitro, venía ya hacia nosotros, con lo cual me preparé. No pensaba correr ningún riesgo con Racksport; había observado muy de cerca su manera de pelear, astuta y llena de recursos. No iba a poder hacer uso de la misma maniobra que había empleado contra Duk Dodgson, porque Racksport la estaría esperando. De modo que me había guardado un as en la manga. Si bien era cierto que podría haberlo vencido con facilidad valiéndome de *Destin*, ya había demostrado que era capaz de ganar sirviéndome de mi ingenio y de otros talentos que ya poseía. Y quería derrotar a Racksport limpiamente.

Pero no iba a poder ser.

Silas se acercó a mí y alzó mi mano en señal de victoria. Lo miré, desconcertada, al tiempo que la multitud de Wugs lanzaron un sonoro gemido de protesta, porque habían acudido allí para ver un poco de sangre.

—¿Qué ha ocurrido? —le pregunté sin entender.

—Que eres vencedora por defecto —respondió él prontamente, mirando mi oreja izquierda.

—¿Por qué? ¿Dónde está Racksport?

—Se ha pegado un tiro en el pie con uno de sus malditos mortas, eso es lo que ha ocurrido —ladró Roman Picus, que se había aproximado al borde del cuadrilátero—. Acabamos de enterarnos. No te puedes imaginar la suerte que has tenido, Vega, porque Ted es un luchador de los buenos.

—No me digas —repuse—. Yo estaba pensando que el afortunado había sido Racksport. Un disparo de morta en el pie no es nada en comparación con lo que iba a hacerle yo.

Roman se volvió hacia Silas.

—Y si no hay combate, no pienso pagar ninguna apuesta.

—Naturalmente —contestó Silas. Se aclaró la garganta y recitó con su frágil vocecilla—: La sección cuarenta y dos, párrafo D, de las *Normas de conducta en el combate del Duelum*, estipula claramente que...

—Oh, cállate ya —bramó Roman a la vez que giraba sobre sus talones y se marchaba furioso.

Yo, sonriendo de oreja a oreja, me volví para ver el otro combate que iba a celebrarse a continuación. Pero la sonrisa se me borró de la cara en menos de un abrir y cerrar de ojos.

En el cuadrilátero estaba entrando Newton Grávido, el falso, el Cortador de Chimeneas. Yo lo había visto en otros dos asaltos más y sabía lo fuerte que era, sobre todo agarrando a su contrincante. Era un luchador hábil y muy capaz. Así y todo temí por él. Porque en aquel momento estaba penetrando en el cuadrilátero su oponente: Elton Torrón. Había perdido la cuenta de los demás participantes, y en el tablero de apuestas siempre me había fijado tan solo en mis propias peleas. Pero lo cierto era que iba a tener que enfrentarme a quien ganase aquella pelea. Y cuando vi a Elton Torrón, me quedaron pocas dudas de que iba a ser él.

Me aproximé al cuadrilátero, lo mismo que hicieron casi todos los Wugs que se hallaban presentes.

El árbitro dio las instrucciones y Grávido tendió la mano a Torrón para que se la estrechase. Pero este no se la estrechó. Grávido respondió a aquel claro insulto con una ancha sonrisa y retrocedió unos cuantos pasos, con los brazos en alto, los hombros en posición y la mandíbula apretada.

Elton Torrón no retrocedió ni un solo centímetro. Se quedó donde estaba, con la mirada fija, tal como hacía siempre en Chimeneas. Sonó la campana. Grávido se abalanzó sobre su contrincante con una mano cerrada en un puño y la otra en alto, a modo de defensa.

Se encontraba a menos de medio metro de Torrón, que continuaba sin moverse del sitio, cuando de pronto sucedió. No estoy segura de haber visto siquiera cómo asestó el golpe. No, sí que estoy segura: no lo vi. Lo único que vi fue que Grávido se elevó en el aire y se precipitó de espaldas. Su caída fue mucho más rápida que su embestida inicial. Aterrizó en una maraña de brazos y piernas, a sus buenos cinco metros del cuadrilátero, y ya no volvió a moverse.

El árbitro acudió enseguida junto a su cuerpo postrado, y le vi hacer una mueca de dolor al comprobar el estado en que se encontraba. Hizo venir a los Reparadores haciendo gestos frenéticos con la mano; estos se apresuraron a acudir con sus bolsas y se apiñaron en torno al Wug caído. Todos los presentes contuvimos la respiración. Todos excepto Elton Torrón, que se limitó a salir tranquilamente del cuadrilátero y abandonó el foso. Me lo quedé mirando, estupefacta. Cuando volví a centrar la atención en los Reparadores, vi horrorizada que estaban cubriendo a Grávido con una sábana, incluida la cara. Me giré hacia un Wug adulto que estaba a mi lado.

—¿Está...? No puede haber... —dije con un estremecimiento, sintiendo que se me aflojaban todas las extremidades.

—Me temo que sí, Vega —me respondió él con voz temblorosa—. Elton Torrón ha matado a ese pobre muchacho de un solo golpe. A mí también me cuesta trabajo creerlo.

Tendieron a Grávido en una camilla y se lo llevaron de allí. La madre, hecha un mar de lágrimas, acudió al lado de su hijo. Asió la mano que colgaba inerte y se fue caminando a un costado de la camilla, abrumada de dolor.

Observé a los demás Wugs y vi que estaban tan afectados como yo. Hasta Roman Picus, en su círculo de apuestas, contemplaba la escena con unos ojos como platos. Las hojillas de pergamino que sostenía en la mano cerrada se le iban cayendo al suelo, alrededor de las botas, sin que se diera cuenta.

En eso, noté algo que me tocaba en el brazo y bajé la vista.

Me llevé una sorpresa al descubrir que se trataba de Hestia Obtusus. Me agarró la muñeca con mano firme y me susurró:

—Por nada del mundo has de entrar en ese cuadrilátero para luchar con un tipo como Elton Torrón. No pongas un solo pie, Vega. Tu pobre madre jamás lo hubiera consentido. Y ya que no se encuentra aquí para hablar por sí misma, hablo yo por ella. Estoy dispuesta a hablar hasta con el maldito Thansius si es necesario, pero no debes pelear contra ese... esa cosa.

Y dicho esto, se marchó enfurecida dejándome a mí boquiabierta.

A medida que los Wugs comenzaban a dispersarse, fueron acercándose a mí en mayor número. Sabían que yo iba a ser el siguiente adversario de Elton Torrón y, al igual que Hestia Obtusus, ninguno de ellos deseaba que luchara contra él.

Unas cuñas más tarde, cuando ya me marchaba, Roman Picus se me acercó y me entregó las dos monedas que había apostado. Me miró con nerviosismo y me dijo bajando la voz:

—Escucha, Vega, ya lo has visto, ¿no? ¿Lo has visto?

—Lo he visto —respondí en voz baja.

Me percaté de que le temblaban las manos y también los labios.

—Tú y yo no siempre hemos estado de acuerdo, desde luego.

Conseguí esbozar una breve sonrisa.

—Desde luego que no. De hecho, tú me has acusado de hacer trampas.

—Ya lo sé, ya lo sé —repuso en tono contrito. Paseó la mirada por el foso y prosiguió—: Pero tus padres me caían bien. Y también Virgilio, para ser sincero. Y no había una Wug mejor que tu abuela Calíope. Y también está tu hermano John, por supuesto, con el trabajo tan importante que está llevando a cabo.

—¿Qué intentas decirme, Roman?

—La cosa es que... verás, la cosa es... —De improviso me acercó a él—. No hay suficiente dinero en todo Amargura por el que merezca la pena que tú te dejes matar, eso es lo que quiero decir.

—¿Piensas que Elton Torrón puede vencerme?

Roman me miró como si me hubiera nacido una chimenea en la cabeza.

—¿Que si puede vencerte? ¿Vencerte? Te mandará volando de un puñetazo hasta el Quag. No quedará de ti ni un pedacito que enterrar en la Tierra Sagrada, que es adonde va a ir ahora el pobre Newton Grávido. No puedes derrotarlo, Vega, te matará igual que ha matado a ese pobre muchacho, con todo lo fornido que era.

—Pero soy una participante. Tengo que pelear, a no ser que me lesione como le ha ocurrido a Racksport.

—Pues entonces estoy dispuesto a pegarte esta noche un tiro en el pie con uno de mis mortas, ¡y así el maldito Duelum lo ganará Elton Torrón!

—No puedo hacer eso, Roman.

—¿Por qué no, en el nombre de Campanario? ¿Por qué, hembra? No puede ser por el maldito dinero. Todo este tiempo te has pasado sin él.

—Tienes razón, no es por el dinero.

Si no peleaba, iría derecha al Valhall. Y ahora que ya no contaba con el apoyo de Morrigone, lo más probable era que me cortaran la cabeza. Y si intentaba escapar al Quag, se desquitarían con Delph, que ahora se había quedado atrás. Estaba atrapada, y lo sabía perfectamente. La única manera que tenía de salir de aquella situación era pelear. Después ya me preocuparía de escapar. Y lo cierto era que deseaba pelear. Deseaba ganar. Y si para ello tenía que vencer a Elton Torrón, pues lo vencería. Nunca me había considerado a mí misma guerrera, pero en aquel preciso instante era exactamente como me sentía. Igual que la antepasada de Morrigone, la valerosa hembra de aquella ancestral batalla. Ella había entregado su vida luchando contra algo, algo que yo percibía que era malvado y... en fin, terrible. Me pregunté si yo tendría el valor necesario para morir por semejante causa.

Roman me aferró de los hombros con más fuerza y me arrancó de aquellos pensamientos.

—Vega, te ruego, en recuerdo del amor que te tenían tus padres, que no lo hagas.

—Me conmueve que te preocupes tanto, Roman, de verdad. —Y era verdad—. Pero tengo que pelear, tengo que rematar esto. —Hice una pausa—. Al fin y al cabo, soy una Rematadora.

Roman me soltó lentamente, pero mantuvo su mirada fija en mí hasta que de repente volvió el rostro y se alejó, cabizbajo y con los brazos colgando a los costados. Sentí que se me llenaban los ojos de lágrimas y tuve que enjugármelas con la mano.

Cuando ya salía del foso reparé en que el tablero de participantes acababa de ser actualizado. Dentro de otras tres luces, se celebraría otro combate y se decidiría un campeón, que recibiría el galardón y el premio en metálico. Y tal vez la perdedora quedase descansando en la Tierra Sagrada, con toda la eternidad por delante para reflexionar acerca de su capacidad para tomar decisiones.

Vega Jane, de quince sesiones de edad (recién cumplidas), iba a enfrentarse a Elton Torrón, cuya edad exacta se desconocía pero era sin ninguna duda mayor de veinticuatro sesiones. Y que acababa de matar a un Wug que me doblaba el tamaño asestándole un único golpe, de una potencia inconcebible, con tal velocidad que yo ni siquiera lo había visto.

Sintiendo la garganta un poco más seca, emprendí el regreso a mi casa. Tenía que pasar por la calle Mayor, y por lo tanto tuve que atravesar varios corrillos de Wugs que fui encontrándome aquí y allá, y que solo hablaban de un único tema. Bueno, quizá de dos: de que Newton Grávido había muerto y de que la siguiente iba a ser yo.

Darla Gunn estaba en la puerta de su tienda. Su gesto triste y alicaído me indicó que ya estaba enterada de lo que había pasado. Y la expresión de profundo pánico con que me miró también me dijo que sabía que yo iba a ser la próxima en enfrentarse a Elton Torrón, ahora llamado «el asesino».

Llegué a casa, me quité la ropa y me acosté en la cama. *Harry Segundo* se me puso al lado de un brinco y apoyó la cabeza en mi pecho, como si se diera cuenta de que algo no andaba bien del todo. Le acaricié el pelaje y reflexioné sobre lo que me aguardaba. Disponía de tres luces para pensármelo, lo cual, en sí, era horrible. Ojalá pudiera luchar ya mismo y acabar de una vez.

No creía que Elton Torrón hubiera peleado nunca en un Duelum. De repente me vino a la memoria el rumor de aquel bobo de Chimeneas que resultó muerto al intentar subir a la segunda planta. Había hablado con mucho coraje delante de Roman, pero ahora ya no me sentía tan valiente. Había visto la expresión que reflejaban los ojos de Elton Torrón; nada más golpear al pobre Newton, supo que lo había matado. Y lo curioso era que no le importó. No le importó lo más mínimo. ¿De dónde había salido semejante individuo?

Me incorporé en la cama y repetí aquella pregunta. Pero no era meramente una pregunta; también era una posible solución. Y yo sabía a qué Wug tenía que formulársela.

Me quedaban tres luces para encontrar el camino que me llevase a la victoria y que probablemente me salvase la vida. Y estaba empeñada en encontrarlo.

En la luz siguiente, llegué al trabajo con veinte cuñas de antelación, lo cual era inusual en mi caso, pero es que vivíamos tiempos inusuales. Además, tenía una razón excelente que explicaba mi exquisita puntualidad.

—Buena luz, Domitar —saludé con gesto serio en la puerta de su despacho.

Creí que Domitar iba a caerse muerto, allí mismo. De hecho volcó el tintero encima de su mesa de tablero abatible.

Se llevó una mano al pecho y me miró.

—Por Campanario, hembra, ¿es que quieres mandarme a la Tierra Sagrada antes de tiempo?

—No, Domitar. Solo quiero hacerte una pregunta.

—¿De qué se trata? —repuso él, suspicaz.

—¿De dónde ha salido Elton Torrón?

Se vio claramente que mi pregunta lo había sorprendido. Salió de detrás de su escritorio y me dijo:

—¿No me preguntarás esto porque vas a enfrentarte a él en el combate final del Duelum?

—Sí. Y también porque mató al pobre Newton Grávido de un solo puñetazo.

Domitar inclinó la cabeza.

—Ya lo sé —dijo con voz trémula—. Ha sido terrible, terrible de veras. Los Grávido son Wugs excelentes, excelentes. Y que haya sucedido algo así... en fin...

Me aventuré a adentrarme un poco más en su oficina.

—Estás diferente, Vega —percibió Domitar levantando la vista.

—He adelgazado. Y bien, ¿qué me dices respecto de Torrón?

Domitar se acercó.

—Es complicado.

—¿Por qué? —pregunté, razonando—. ¿No es fácil saber de dónde vienen los Wugs?

—En la mayoría de los casos, sí. Pero en el caso de Elton Torrón, no.

—¿Y por qué?

—Lo heredé, por así decirlo.

—¿Quieres decir que cuando tú llegaste a Chimeneas él ya estaba aquí?

—Eso es exactamente lo que quiero decir.

—Entonces —salté—, ¿cómo es posible que pueda competir en un Duelum que está restringido a Wugs que no tengan más de veinticuatro sesiones?

—Esa es una pregunta muy razonable que debes plantear al Consejo, me temo.

—Son muchos los Wugs que han venido a decirme que no pelee contra Elton Torrón.

Domitar se dejó caer en el sillón de su escritorio y me miró.

—Y eso de que Racksport se pegó un tiro en el pie con su propio morta... resulta curioso. Pero que muy curioso.

Mi interés se reavivó ante aquel súbito cambio de tema.

—¿Por qué? Tiene una tienda de mortas. Se producen accidentes.

—Lleva casi cinco sesiones dirigiendo ese establecimiento, y nunca se ha disparado de forma accidental.

Asimilé aquella información y luego dije despacio:

—Lo cual quiere decir que es posible que lo haya hecho para que quien se enfrente a Torrón en el último combate sea yo.

—Vega, la verdad es que te has ganado enemigos. Y ahora estás pagando el precio. —Titubeó unos instantes, desvió la mirada, y por último pareció tomar una decisión—. Aunque no soy miembro del Consejo, estoy enterado de cuál es tu situación.

—De manera que sabes por qué debo pelear.

Domitar hizo un gesto afirmativo.

—¿Y puede ser que tu anterior aliada ahora sea tu enemiga?

Esta vez afirmé yo.

—Morrigone, al igual que Elton Torrón, posee un pasado bastante misterioso.

—Eso no puedo negarlo.

—Entre nosotros ha habido palabras y hechos, muchos de ellos desagradables.

—Es un Wug formidable, Vega. Tal vez el más formidable de todos nosotros.

—¿Cómo hago para vencer a Elton Torrón, Domitar? Para eso he venido a hablar contigo. Estoy convencida de que tú conoces el secreto. Y necesito que me lo digas, o de lo contrario es seguro que moriré en el cuadrilátero.

Domitar desvió la mirada y dejó pasar una cuña. Cuando volvió a mirarme, su expresión era verdaderamente extraña.

—Tú ya sabes cómo derrotarlo, Vega.

Lo miré boquiabierta.

—¿Quién, yo? ¿Cómo puedo saberlo yo?

—Porque ya lo has derrotado antes.

QUADRAGINTA SEPTEM

El polvo al polvo

En la comida de media luz no acudí a la sala común con los demás. Francamente, todos estábamos de luto por la pérdida de Newton Grávido, y yo no tenía ganas de sentarme con los demás trabajadores de Chimeneas a hablar de su muerte. No iba a tardar en enfrentarme al Wug que lo había matado.

En lugar de eso, me senté en la escalera de mármol que subía a la segunda planta, exactamente en el mismo sitio en que se apostaba Elton Torrón cuando era guardia de Chimeneas. Tal vez pensé que mi pobre cerebro encontraría las respuestas que necesitaba acerca de aquel siniestro Wug con solo estar lo más cerca posible de donde había estado él.

Cuando terminé mi trabajo de aquella luz, recogí fuera a *Harry Segundo* y regresé a casa andando. Comí un poco, me puse mi vestido azul y mis zapatos de tacón y volví a salir. Aquella noche, mi destino no era de ocio. Amargura en pleno se dirigía a la Tierra Sagrada. Aquella noche íbamos a depositar a Newton Grávido bajo tierra.

Yo llevaba sin ir a la Tierra Sagrada desde que enterraron a mi abuela Calíope. Era un lugar apacible, por supuesto, pero en absoluto alegre. Y ya había bastante infelicidad en Amargura sin necesidad de sumar otro poco más metiéndose uno mismo en ella.

Traspuse la oxidada verja de hierro, sobre la que destacaba la imagen de una madre con un Wug muy joven. Ya había empezado a congregarse una multitud alrededor de la fosa. Al acercarme un poco más vi la sencilla caja de madera, alargada, que contenía los restos de Newton. A un lado se hallaban sus padres, llorando. Newton tenía tres hermanos y una hermana, y estaban todos allí, sollozando con el mismo sentimiento. Y también derramaban abundantes lágrimas todos los Wugs presentes, porque los Grávido eran una familia amable y bondadosa que no se merecía una tragedia como aquella.

Dejé de avanzar cuando vi a Morrigone sentada en una silla, junto a Thansius, el cual permanecía de pie al lado de la fosa que dentro de unos momentos se transformaría en una tumba. Aquella noche no iba vestida de blanco sino de negro, un color mucho más oscuro que parecía sentarle mejor, en mi opinión. Aun así, tuve que reconocer que nunca había visto a una Wug más afligida que Morrigone. Su tenso semblante era reflejo de un profundo dolor. Y además se la veía envejecida, en su cara se apreciaban a la vista de todos unas arrugas que antes no existían. Tenía las mejillas surcadas de lágrimas y, aunque hacía todo lo posible por disimularlo, a cada poco se estremecía de arriba abajo.

De vez en cuando Thansius le apoyaba una mano en el hombro para darle ánimos y le decía con voz queda algo que yo no alcanzaba a oír. Fuera lo que fuese lo que había entre aquellos dos Wugs tan especiales, requería una reflexión mucho más larga de lo que yo podía permitirme en aquel momento.

Miré en derredor y me percaté de que había un Wug cuya ausencia resultaba sumamente llamativa: Elton Torrón. No se le veía por ninguna parte. Me gustaría saber si iban a presentar cargos contra él. A mi forma de ver, lo que había hecho era cometer un asesinato, lisa y llanamente. Le habría resultado muy fácil propinarle una paliza al pobre Newton sin necesidad de matarlo. Había sido un acto de maldad, pero claro, no sabía si las reglas del Duelum eximían a los combatientes de tales castigos. Si era así, habría que modificarlas.

Al fin y al cabo, lo que estaba mal estaba mal, con independencia del lugar en que ocurriera.

Todo llevaba asociada una ética, si uno se molestaba en buscarla.

Me sorprendió ver a Delph subiendo despacio por el sendero. Todavía cojeaba y sostenía el brazo en una postura extraña; sin embargo, daba la impresión de ir recobrando las fuerzas con cada luz y cada noche que pasaba. Pero más me sorprendió ver a Duf caminando a su lado, con sus nuevos pies de madera y ayudándose con su nuevo bastón, agarrado en la mano derecha. Por lo visto, se había adaptado bien a él. Se hacía difícil distinguir quién servía más de apoyo a quién, si el hijo lesionado o el padre cojo, porque los dos avanzaban enlazados del brazo.

Corrí hacia ellos y los abracé, primero a Duf con un beso en la mejilla y después a Delph, que estaba más limpio que nunca. Yo diría incluso que se había gastado parte del dinero ganado en la apuesta en comprarse ropa nueva en la tienda masculina que había junto a la pastelería de Herman Helvet.

—Me he enterado de lo que ha ocurrido en el último combate, Vega Jane —me dijo Delph—. Pero tenemos que hablar —agregó en tono solemne.

Le hice callar porque en aquel momento daba un paso al frente Ezequiel, el único destello de color blanco en un mar de tonos negros. Rezó una plegaria en voz alta y seguidamente nos indujo a rezar otra. Cantamos. Encomendó el cuerpo de Newton Grávido, un Wug bueno que había fallecido mucho antes de que fuera el momento, a la tierra.

Acto seguido, Thansius se levantó y pronunció unas palabras de consuelo, con todo el cuerpo transido de emoción. Todo Amargura se sentía desconsolado; sin embargo, no oí una sola protesta en el sentido de que el Duelum debería suspenderse tras lo sucedido en el último combate. Al parecer, nuestra empatía colectiva tenía sus límites.

Cuando Thansius finalizó su alocución, todas las cabezas se giraron hacia Morrigone, suponiendo que ella cerraría la triste ceremonia con algún apropiado comentario femenino, pero no iba a ser así. En ningún momento se despegó de su silla ni levantó la vista hacia ninguno de nosotros. Permaneció sentada, como si fuera una estatua esculpida en rígido mármol. Su aflicción parecía incluso más profunda que la de la familia del finado.

Después, cuando la caja hubo descendido a la tumba con la ayuda de varios Wugs de robustos brazos, la multitud comenzó a dispersarse. Me sorprendió ver que Morrigone abandonaba por fin su silla y se dirigía a los Grávido. Rodeó a los padres con el brazo y habló con ellos en voz baja. Ellos asentían y esbozaban sonrisas llorosas, y parecieron consolarse con lo que les decía Morrigone. Era evidente que estaba transmitiendo bondad, solidaridad y apoyo. Jamás había conocido yo un Wug más inescrutable que ella, porque tenía la plena certeza de que se había valido de sus poderes para intentar matarme a mí en el interior de aquel espejo. Y yo no deseaba tener por amiga a alguien que era capaz de controlar a un maniac para que cometiera un asesinato.

Me volví hacia Duf:

—Por lo visto, Duf, te has acostumbrado muy deprisa a los pies de madera y al bastón —le dije en tono alentador—. Ya casi eres el mismo de antes.

Duf se mostró complacido, pero la tensión de su mandíbula indicaba que tras su sonrisa se ocultaba un gran dolor. Además me fijé en que no dejaba de abrir y cerrar las manos.

—Uno tarda un poco en acostumbrarse, de eso puedes estar segura. Pero en ello estoy. —Y agregó con una risa sin alegría—: Además, ahora ya no tendré que volver a preocuparme de que me duelan las rodillas, ¿ves?

—No —respondí yo sonriente, con una profunda admiración por su actitud pero sintiéndome fatal al ver su obvio desasosiego.

—Aun así, seguramente esta noche debería haberme quedado en la cama —dijo con una súbita mueca de dolor que le alteró la expresión de la cara. Contuvo un quejido y buscó apoyo en Delph. Luego se irguió de nuevo y añadió en tono débil—: Pero es que conozco a los Grávido desde hace una eternidad. Esto es muy triste. No podía dejar de venir, no estaría bien. Me cuesta creer que el pequeño Newton ya no esté, lo tuve en mis brazos cuando no era más que un Wug diminuto. Jamás causó el menor problema a nadie. Era un buen muchacho. Un buen muchacho. —De pronto le resbaló una lágrima por la cara, al tiempo que dejaba escapar un grito de dolor y se agarraba el muñón de la pierna derecha.

Yo me sentía cada vez más desconcertada. Había pensado que una vez amputadas las piernas y encajados los pies de madera, a Duf ya no le dolería nada. Cuando miré a Delph con gesto interrogante, él me lo explicó:

—Han tenido que cauterizarle los muñones de las piernas, Vega Jane, para poder adaptarle las maderas.

—Daniel Delphia, esta hembra tan guapa no tiene necesidad de oír cosas tan desagradables —le dijo Duf en tono de reproche. Sonrió para contrarrestar otra punzada de dolor que se le reflejó en la cara y dijo—: Vaya, Vega, ese vestido es el más bonito que he visto en toda mi vida —comentó. Dio un codazo a su hijo y agregó—: ¿A que sí, Delph? ¿Eh?

Delph asintió tímidamente y contestó:

—Sí, papá, lo es.

Metí la mano en el bolsillo del vestido en el que llevaba la Piedra Sumadora. Después de haber estado a punto de perderla, había decidido llevarla encima en todo momento. La oculté en la palma de la mano para que no pudieran verla ellos; a lo mejor no servía para que volviera a crecer una extremidad, pero por lo menos sí que era capaz de hacer desaparecer el dolor. Cuando se giraron para hablar con otros Wugs que se acercaron a preguntar a Duf qué tal estaba, subrepticiamente agité la Piedra por encima de lo que quedaba de las piernas de Duf y pensé en algo que fuera lo más agradable posible. El cambio que experimentó fue instantáneo. Acababa de guardar de nuevo la Piedra Sumadora en el bolsillo, cuando se giró hacia mí con una expresión de total serenidad en el rostro.

—¿Te encuentras bien, Duf? —le pregunté en tono inocente.

Hizo un gesto afirmativo.

—¿Que si me encuentro bien? ¡Me siento como nuevo! —exclamó palmeándose el muslo.

Delph lo observó y dijo:

—Caramba, papá, no hagas eso.

Pero Duf se dio otra palmada en el otro muslo y se irguió en toda su estatura sin la ayuda de su hijo.

—Fíjate, Delph. Ya no me duele. Es un milagro, sí, señor.

Delph miró de hito en hito las piernas de su padre y luego me miró a mí con una expresión de suspicacia. Lo sabía. Le noté que sabía lo que yo acababa de hacer. Cuando dejó de mirarme, le pasé la Piedra por encima también a él. De nuevo se volvió y me taladró con la mirada. Ya tenía la pierna perfecta. Y ya no llevaba el brazo en una postura extraña. Él también se había curado. Yo había sido una idiota por no haber hecho aquello mucho antes, pero me sentí feliz, y eso logró que se disipara una parte de mi sentimiento de culpa.

Nos separamos en la calle Mayor. Delph y Duf emprendieron el regreso a Cuidados, pero Duf con la sensación de que pronto podría irse ya a casa, sobre todo ahora que ya no le dolía nada.

Oí las ruedas del carruaje mucho antes de volver la cabeza. Ya me encontraba en la Cañada Honda, y el carruaje estaba fuera de lugar. Por fin, al girarme, vi que Lentus estaba deteniendo los sleps justo a mi altura.

Morrigone se apeó del carruaje con una cara igual de horrorosa que antes, con lo cual me sentí enormemente mejor, a pesar de lo afligida que se la había visto en la Tierra Sagrada, a pesar de las palabras de consuelo que les dirigió a los familiares de Newton Grávido. Me perforó con la mirada, y yo me limité a devolvérsela con aire socarrón. Me di cuenta, con un regocijo que no quise disimular, de que llevando los tacones era más alta que ella. Se vio obligada a levantar la vista para mirarme.

—Me ha alegrado ver a Duf aquí esta noche. Al parecer, los pies de madera le están funcionando.

—Le van a funcionar muy bien —contesté en tono tajante, sin dejar de mirarla.

—He hablado con Delph hace poco y… parece que ahora pronuncia con mucha más seguridad que antes.

—Así es —repuse—. Solo fue necesario que recordase algo que otros no querían que recordase.

—Entiendo.

—Así que ya puedes dejar de pagarle, Morrigone. Delph ya

no necesita ni tu compasión ni tu dinero a modo de compensación por lo que le hiciste.

Por fin me había quedado claro esto último.

—¿Eso crees que era, compasión?

—¿Es que no lo era? —la reté.

—Vega, tienes mucho que aprender. No obstante, no vengo a hablar de Delph sino del Duelum.

—¿Qué pasa con el Duelum? —inquirí.

—Tu enfrentamiento con Elton Torrón.

—Eso es lo que pone en el tablero de la competición.

—Él no tenía la intención de matar al pobre Newton.

Sacudí la cabeza, tozuda.

—Yo estaba presente y vi lo que sucedió. No tenía necesidad de golpearlo tan fuerte.

Morrigone bajó la mirada, y me pareció que le temblaban los labios. Cuando volvió a alzarla, su semblante estaba de nuevo firme y sereno.

—Creo que es ahora cuando se ha dado cuenta de eso.

—Lo cual es una suerte para mí, dado que soy la siguiente. A propósito, ¿dónde está?

—Le he pedido yo que no viniera. No me pareció que fuera... apropiado.

—¿Por qué está participando en el Duelum, siquiera? —quise saber.

—¿Y por que no iba a participar? —devolvió Morrigone con cautela.

—Para empezar, está muy claro que tiene más de veinticuatro sesiones.

—Según los datos que constan de él, no.

—Pues me gustaría ver esos datos. Solo para confirmar de dónde demonios ha salido.

Morrigone me miró con una incredulidad tan marcada que me resultó patética, dadas las circunstancias.

—Ha salido de Amargura. ¿De dónde iba a salir?

Volví a sacudir la cabeza en un gesto negativo, para mostrar con claridad que me sentía decepcionada con aquella respuesta.

—Pues si es un Wug, es de lo más insólito. Nunca le he oído hablar. Y el rumor ese de que mató a un Wug en Chimeneas... Tienes que reconocer que todo es un tanto sospechoso.

—En efecto, es un tanto sospechoso —fue su sorprendente respuesta. Había vuelto a bajar la mirada, pero al poco levantó la cabeza y me miró de frente con unos ojos verdes que refulgían como si se hubieran prendido fuego—. No es necesario que pelees contra él, Vega.

—En ese caso acabaré en el Valhall, ¿no?

—Puedo hablar con Krone. Ya se me ocurrirá algo. Toda condena en el Valhall sería relativamente corta. Pero habría otra condición.

Crucé los brazos sobre el pecho y pregunté:

—¿Cuál?

—Tú sabes muchas cosas más de las que conviene que sepa un Wug.

—Quieres decir que sé la verdad —contraataqué.

—La condición es que no se te permitirá recordar esas cosas nunca más.

—Así que la luz roja, ¿eh? —señalé sin alterarme—. Ya me lo había imaginado. La roja debe de ser más potente que la azul. Delph era mucho más grande que yo, incluso en aquella época. La luz azul fue suficiente para borrar mi mente casi del todo, aunque todavía recordaba el grito, Morrigone. Y el destello azul.

—¿Cómo dices? —contestó, estupefacta por lo que yo acababa de decirle.

—Creía que era solo una pesadilla. Y Delph ha terminado recordando, con un poco de ayuda por mi parte. A eso me refería cuando he dicho que ya no tartamudea. Ha recordado, Morrigone, lo ha recordado todo.

Nos miramos la una a la otra en silencio. Por fin hablé yo:

—De modo que voy a arriesgarme en el cuadrilátero, gracias de todas formas —dije en tono firme—. No volverás a jugar con mi mente, nunca más.

—Estoy enterada de que has despachado a tus otros adversarios con relativa facilidad.

—Excepto a Racksport, que se disparó accidentalmente. O eso dicen.

—¿Qué quieres decir con eso de «o eso dicen»?

—Quiero decir que un Wug suspicaz, por ejemplo yo, pensaría que a Racksport lo han quitado de en medio para que yo tenga que enfrentarme a Elton Torrón en el último combate.

—Si eso fuera verdad —respondió Morrigone—, sería una maldad tremenda.

—Coincido plenamente contigo —repuse, sosteniéndole la mirada—. Y también sé que nuestros últimos encuentros han terminado mal, muy mal.

—Y yo también sé que has visitado mi casa dos veces estando yo ausente. ¿Puedo preguntarte para qué?

—Una de las veces, para confirmar una cosa.

—¿Cuál?

—El gusto que tienes en lo que se refiere a espejos.

De nuevo nos miramos la una a la otra en silencio. Me di cuenta de que Morrigone me veía ahora bajo una luz completamente distinta y no sabía muy bien cómo actuar al respecto.

—¿Y la otra vez?

—Para felicitar a mi hermano por su cumplesesiones. Y para darle un regalo.

Morrigone bajó la mirada.

—Has sido muy atenta, mucho, teniendo en cuenta las circunstancias.

—Morrigone, John es mi hermano. Pase lo que pase, siempre será mi hermano. Y le quiero. De manera incondicional. Mucho más de lo que jamás podrás quererle tú.

Todo esto lo dije en voz baja porque sabía que John estaba dentro del carruaje, escuchando con gran atención.

—Lo comprendo —repuso Morrigone—. La sangre es la sangre.

—Y hablando del Duelum, ¿cómo es que de repente te preocupa tanto mi bienestar? Me dijiste que tendría que pelear con todas mis fuerzas. Bueno, pues estoy peleando con todas mis fuerzas. Y si muero, pues que así sea. Moriré por un buen motivo. Moriré llevando la verdad en el corazón. No como esos

Wugs que se han convertido en adares, que únicamente parlotean repitiendo lo que les dicen los demás. Sin entender quiénes son en realidad. De dónde venimos todos. Lo que es realmente Amargura.

—¿Y qué crees tú que es realmente Amargura, Vega? —me preguntó Morrigone taladrándome con el gesto.

—Pues, hablando por mí..., es una cárcel.

—Lamento que tengas esa impresión.

Ladeé la cabeza y la observé con detenimiento. Me sentí cómoda al hacerlo porque ahora, más que nunca, me veía a mí misma de manera distinta. Me veía como su igual. O mejor que ella.

—Te he visto en la Tierra Sagrada. Y estoy convencida de que tus lágrimas eran auténticas.

—Lo eran. Me he quedado destrozada por lo que ha sucedido. Era impensable.

—Despierta mi curiosidad el hecho de que hayas hablado con Elton Torrón. ¿Has dicho que ahora entiende que actuó mal?

—Eso es.

—De modo que sí habla, entonces.

Aquello la pilló desprevenida.

—Sí, o sea, quiero decir... se comunica.

—Pero ¿solamente... contigo?

—Eso no puedo saberlo. Yo apenas lo veo.

—Entiendo. Bueno, intercede por mí cuando hables con él, si no te importa —dije en tono informal.

De improviso, Morrigone me aferró del brazo con fuerza.

—No te tomes esto a la ligera, Vega, te lo ruego. Por lo menos, piensa en tu hermano. No te gustaría dejarlo solo, ¿no es cierto?

Giré la cabeza hacia el carruaje y rememoré el último encuentro que había tenido con John y las cosas que había visto en las paredes de su cuarto.

—Creo que es posible que ya me haya dejado sola él a mí —respondí despacio—. De modo que ya ves, en realidad aquí ya no me queda nada. Nada en absoluto.

Me soltó el brazo, dio un paso atrás y bajó la vista.

—Entiendo.

—¿De verdad lo entiendes, Morrigone?

Alzó de nuevo la cabeza, bruscamente, y me miró con fijeza, casi en un gesto amenazante.

—Entiendo mucho más de lo que tú crees, Vega.

Cuadré los hombros y la miré sin pestañear desde lo alto.

—Se me dijo que si luchaba quedaría libre. Mi intención es luchar hasta el final. Y si sobrevivo, mi intención es ser libre. Libre de verdad —puntualicé.

Acto seguido di media vuelta y me fui. Como siempre, en Amargura era buena idea no dejar de moverse.

Y eso fue lo que hice.

Me quedaban dos luces más. Quizá, para seguir viva.

QUADRAGINTA OCTO

Un batiburrillo de plan

Justo estaba pensando en meterme en la cama y arroparme con las mantas cuando de pronto llamó alguien a la puerta. *Harry Segundo* ladró y se puso a arañar la madera. Fui hasta la puerta y pregunté:

—¿Quién es?

—Qué hay, Vega Jane.

Abrí, me aparté a un lado y dejé pasar a Delph. Se arrodilló para hacer una carantoña a *Harry Segundo*, que estaba dando brincos como loco a su alrededor e intentando lamerle todo centímetro de piel que tuviera al descubierto. Cerré la puerta y le indiqué con un gesto la silla que había junto a la vacía chimenea.

—¿Qué es lo que quieres? —inquirí.

Él me dirigió una mirada furtiva.

—¿Te encuentras bien?

—Bueno, a ver... Acabo de ir a ver enterrar a un Wug en la Tierra Sagrada. Ya no reconozco a mi hermano. Mis padres han desaparecido. Dentro de dos luces probablemente moriré en el Duelum a manos de un asesino. De modo que, dando en el clavo, decididamente no me encuentro bien.

Delph inclinó la cabeza y yo me sentí mal por haber dicho aquello.

—Perdona, Delph. Todo esto no es problema tuyo.

—Sí que es mi problema. ¿Cómo vas a morir? No puedo permitir que ocurra tal cosa. Por supuesto que no puedo.

—Tengo que pelear contra Elton Torrón —repliqué—, y nada de lo que digas va a hacerme cambiar de plan.

Delph respondió con un gesto afirmativo, lo cual me sorprendió.

—Pero la cosa es que no acabes palmándola.

—Fíate de mí, eso lo tengo claro.

—¿Y cómo vas a impedirlo, entonces?

Me lo quedé mirando. Acababa de caer en la cuenta de que, aunque había estado reflexionando mucho acerca de mi inminente encuentro con Elton Torrón, no había dedicado ni una cuña de tiempo a idear la manera concreta en que iba a vencerlo. O por lo menos sobrevivir.

—He estado pensando —respondí despacio, con el fin de darme a mí misma un poco de tiempo para buscar de hecho una solución.

—Pues yo también he estado pensando —dijo Delph enfáticamente—. Y unos cuantos Wugs me han contado lo que le ha hecho al pobre Grávido.

Me incorporé a medias, súbitamente interesada.

—Delph, la cosa es que no llegué a ver cómo asestaba el golpe Elton, de tan rápido que fue. Arrojó a Newton completamente fuera del cuadrilátero. Ya podía parecer que pesaba ciento veinte kilos, que al final dio la impresión de pesar cien gramos. Estaba muerto ya antes de caer al suelo. Elton lo liquidó de un solo golpe. Jamás he visto nada igual.

Todo esto lo dije de corrido, impulsada por un pánico que había ido creciendo en mi interior desde que vi a Newton Grávido estrellarse contra el suelo.

—Pero acuérdate de lo que le hiciste a aquel farallón en Chimeneas —señaló Delph—. Aquel bicho pesaba más que Grávido, puedes estar segura. Además, no solo lo mataste. Lo hiciste explotar.

—Eso fue porque tenía conmigo a *Destin*.

—Y tendrás a *Destin* cuando luches contra Elton Torrón.

—Eso sería hacer trampas.

—¡Bobadas! ¿De verdad crees que Elton Torrón es un Wug normal? Ahí ocurre algo raro, Vega. El hecho de que lleves encima a *Destin* cuando pelees con él no será hacer trampas, sino equilibrar las cosas, así es como lo veo yo.

Me recliné en mi asiento y cavilé unos instantes. Lo que estaba diciendo Delph tenía mucho sentido. Yo había ganado todos los demás combates por mí misma, con una mezcla de suerte, planificación e intuición. Pero en el fondo sabía que ninguno de aquellos factores iba a permitirme prevalecer frente a Elton Torrón. Elton había matado a un Wug de un solo golpe, algo que no era posible, y, sin embargo, estaba bien claro que había sucedido.

—De acuerdo, así es como lo entiendo yo también —dije yo finalmente.

Delph puso una cara de inmenso alivio al ver que yo accedía en aquel punto tan crucial.

—De manera que lo único que tienes que hacer es asestar tú el golpe antes que tu adversario.

—Ya te he dicho que no alcancé a ver el momento en que atizaba a Grávido. Puede que yo haya matado a un farallón de un solo puñetazo, pero no era ni mucho menos tan rápido como Elton Torrón.

—En ese caso tendremos que buscar la manera de que tú seas aún más rápida que él. O de lo contrario vas a tener que conseguir que falle el primer golpe, y rematarlo antes de que pueda hacer otro intento.

—¿Y exactamente cómo voy a hacer tal cosa? —pregunté en tono de incredulidad.

—Para eso he venido yo. He peleado en muchos Duelums, ¿sabes? Y conozco bastante bien lo que hay que hacer dentro del cuadrilátero.

—Está bien, ¿qué me sugieres?

—Estuve observando el segundo combate de Elton Torrón. En aquella ocasión no mató a su contrincante, pero me fijé en unos cuantos detalles.

—¿Como cuáles?

—Como que cuando sonó la campana no se movió, ni avanzó ni retrocedió.

—Es cierto, con Newton Grávido tampoco se movió.

—Su táctica consiste en dejar que el otro se acerque, y entonces lo golpea.

—Más rápido que lo que alcanza la vista —rumié.

—¿Dónde está la cadena?

—¿Por qué?

—Porque quiero ver una cosa.

Saqué a *Destin* de debajo del tablón del suelo y me la enrollé en la cintura. Delph se puso de pie y levantó las manos.

—Levanta también las tuyas —me dijo, y yo obedecí—. Ahora voy a propinarte un puñetazo, pero sin decirte cuándo...

De improviso me lanzó un manotazo a la cabeza. Yo lo esquivé con facilidad.

Delph sonrió, pero yo no.

—Eso no es ni la mitad de rápido que golpea Elton Torrón —advertí.

—Ponte contra esa pared de ahí.

—¿Qué?

—Quiero probar otra cosa.

De mala gana, hice lo que me decía. Entonces sacó una larga tira de goma que llevaba unido un pequeño parche cuadrado de cuero. En el parche puso una piedra que había extraído del bolsillo del pantalón. Comenzó a hacer girar la tira de goma, que ahora vi que era un tirachinas, cada vez más deprisa.

—¿Ves la piedra? —me preguntó.

—A duras penas.

La hizo girar con más rapidez.

—¿Y ahora?

—Solo la vislumbro un poco.

La hizo girar más deprisa todavía.

—¿Y ahora?

—En absolut...

Antes de que yo terminara la frase, Delph había lanzado la piedra directamente hacia mí. Cuando una cuña más tarde bajé la vista a mi mano, vi que tenía la piedra agarrada.

Miré a Delph, atónita.

—¿Cómo lo he hecho?

Delph sonrió de oreja a oreja y señaló a *Destin*.

—Yo diría que ahí tienes la respuesta.

—Pero la cadena me permite volar. Y me da fuerza. Pero...

Delph estaba a punto de dejarme estupefacta:

—Vega Jane, me parece que lo que hace *Destin* es darte lo que necesitas en el momento en que lo necesitas.

Lo miré boquiabierta. Aquello era increíble. Lo increíble no era lo que podía hacer *Destin*, que ya era asombroso en sí mismo, sino el hecho de que aquello se le hubiera ocurrido a Delph, y no a mí.

—¿De verdad lo crees? —le pregunté esperanzada.

—¿Que puedas volar justo cuando lo necesitas? ¿Que le arrees una paliza a un farallón cuando te hace falta? ¿Que impidas que una piedra te golpee en la cara?

Toqué a *Destin*. Estaba tibia al tacto, como si acabara de hacer un poco de ejercicio.

—Pero eso no es todo, Vega Jane.

Lo miré con la frente fruncida.

—¿A qué te refieres?

—Esa cadena representa una gran ayuda, de eso no cabe duda. Pero cuentas con más de un recurso para vencer a Elton Torrón. Él es grande, fuerte y rápido, así que no puedes contar con derrotarlo valiéndote únicamente de la velocidad.

—¿Y de qué tengo que valerme, entonces?

—Tienes que moverte. Agotarlo. Obligarlo a atacar. —Calló unos instantes—. Y si te ves en la necesidad de volar, Vega Jane, pues a volar se ha dicho.

Lo miré con ojos como platos.

—Vale, hasta la última frase no me parecía que estuvieras tan chiflado. Pero ¿quieres que vuele? ¿Delante del Consejo? ¿Delante de todos los Wugs?

—¿Prefieres que te manden derechita a la Tierra Sagrada, para toda la eternidad?

Lo que más me irritaba de toda aquella conversación era que Delph daba la impresión de ser el más lógico de los dos.

—Una parte de mí dice que sí, pero la mayor parte de mí dice que no.

—Pues entonces haz caso a la mayor parte de ti.

—¿Qué más?

—Cuando suene la campana, tú no te muevas tampoco. Eso confundirá a tu adversario. Oblígalo a que vaya a ti. Te lanzará un puñetazo, y entonces tú lo esquivarás. Atízalo si puedes. Golpes flojos para empezar. Deja que vaya ganando seguridad en sí mismo.

—Yo diría que ya tiene seguridad de sobra.

—¿Recuerdas lo que hiciste en Chimeneas con aquel farallón?

—Pensaba que no estabas mirando.

—Ya lo creo que sí. Lo pusiste a girar como una peonza. Lo volviste loco, ¿no es verdad? —Me señaló con el dedo y añadió—: Pues ahora tienes que hacer lo mismo con Elton Torrón. Tendrás una sola oportunidad para derrotarlo. Tienes que servirte de todos tus recursos. De todos los recursos que tenéis esa cadena y tú juntas.

Al mirar a *Destin* me sentí culpable otra vez.

Delph debió de captar mi gesto, porque me dijo:

—No seas tonta. Ya te he dicho, ¿no crees que hay algo sospechoso en Elton Torrón? Ese tipo ni siquiera habla. Y tiene más de veinticuatro sesiones, te lo digo yo. Para decirte la verdad, ni siquiera estoy seguro de que sea un Wug.

—Supongo que tienes razón —contesté despacio.

—Pues claro que tengo razón. Bien, lo que vamos a hacer es practicar sin descanso, todo el tiempo que podamos, hasta que llegue el momento del combate.

—¿De verdad crees que puedo vencer a Elton, Delph?

—No es que lo crea, es que vas a vencerlo.

—Gracias, Delph.

—Dame las gracias después de que hayas ganado el Duelum, Vega Jane.

En las siguientes luces y noches, dondequiera que me dirigía veía salir Wugs de todos los rincones de Amargura que acudían a mí a desearme buena suerte o, en algunos casos, a despedirse. Me deslizaban hojas de pergamino por debajo de la puerta. La mayoría eran amables y me infundían ánimos; sin embargo, hubo uno especialmente desagradable. Claro que enseguida reconocí la horrible caligrafía de Cletus Obtusus y no le hice el menor caso.

Delph y yo estuvimos ensayando su estrategia una y otra vez, hasta que incluso llegué a practicarla en sueños. Ello me elevó el ánimo; empecé a pensar que tenía una oportunidad de luchar, que es lo único a lo que tenemos derecho todos, en mi opinión.

La noche anterior al combate final del Duelum, vino a verme Thansius. No acudió en su carruaje, de ser así le habría oído. Sencillamente llegó andando hasta la puerta de mi humilde morada y llamó con los nudillos. Por supuesto, le rogué que pasara. *Harry Segundo* le permitió que le rascara la cabeza y luego fue a tumbarse junto a mi camastro. Insistí en que ocupara la silla más cómoda de la casa mientras yo me sentaba en la otra.

Al principio, Thansius permaneció en silencio, con gesto pensativo y acariciándose la barba lentamente con sus largos dedos.

Por fin pareció tomar una decisión, se inclinó hacia delante y me miró a los ojos.

Pero la que rompió el silencio fui yo:

—Voy a pelear contra Elton Torrón. Así que le ruego que no se moleste en intentar convencerme de lo contrario.

—En ningún momento ha sido esa mi intención. Opino que debes luchar contra él.

Aquello me dejó atónita. Me eché hacia atrás y lo miré boquiabierta.

—¿Te sorprende que te lo diga? —dijo él innecesariamente, porque yo continuaba con la mandíbula descolgada.

—Sí.

—Son muchos nuestros compañeros Wugmorts que jamás consiguen ver exclusivamente más allá de la luz que tienen por delante, ni más allá de las fronteras de Amargura, ni más allá de sus propias mentes estrechas. Porque nuestras fronteras son estrechas de verdad, Vega.

417

—Yo no habría podido expresarlo con más elocuencia, Thansius.

—Tengo entendido que en más de una ocasión has tenido algunas palabras con Morrigone. Palabras duras.

—Si ella lo dice, no seré yo quien lo niegue.

—¿La consideras malvada?

—No lo considero. Sé que es malvada. ¿Cómo la considera usted?

—Posee una historia interesante. Proviene de una excelente familia de Wugs. Tuvo una buena educación y destacó mucho en Aprendizaje.

—Tiene muchos libros. La mayoría de los Wugs no los tienen.

—Eso es muy cierto.

—Y su residencia es probablemente la más hermosa de todo Amargura.

—Sin duda.

—Y las cosas que sabe hacer. ¿De dónde le viene eso?

Thansius calló unos instantes y me taladró tan fijamente con la mirada que pensé que me iba a hacer sangrar.

—¿Te refieres a las cosas que también sabes hacer tú?

—¿Cómo ha...?

Thansius quitó importancia a mi sorpresa con un ademán.

—Todos los Wugs tienen un trabajo, desde los más humildes hasta los más importantes. El mío consiste en saber cosas, Vega. No las sé todas, pero sí casi todas. Y sé que los poderes que le han sido otorgados a Morrigone también se están manifestando en ti. No obstante, opino que existe una diferencia crítica.

—¿Cuál es?

—Que, simplemente, tus poderes son superiores.

Desvié la vista de aquellos ojos tan penetrantes.

—Yo no tengo ni idea de lo que hago, en cambio ella sí.

—Al contrario, yo creo que sí la tienes. ¿Te acuerdas de tu árbol?

Me giré de nuevo hacia él.

—¿Qué ocurre con mi árbol?

—Que no estaba petrificado, por descontado —respondió

Thansius en tono resuelto—. Pero yo sabía que aquella explicación les bastaría a unos Wugs como Non y sus secuaces.

—¿No endureció usted mi árbol para protegerlo? —inquirí, porque pensaba que era lo que había sucedido.

—No, claro que no. No poseo los medios necesarios para ello. Vega, la que salvó tu árbol fuiste tú.

—¿De qué modo?

—Creo que simplemente deseando que sobreviviera. Vi la expresión de tu rostro y me resultó fácil comprender lo que había en tu corazón. De ese modo, tu querido árbol se volvió duro como la piedra. Y sobrevivió.

Tardé unos instantes en asimilar todo aquello.

—¿Y mi abuelo?

—Creo que tú misma puedes responder a esa pregunta. Es algo que se va heredando en las familias de los Wugs. Tan solo unos pocos lo poseen ya; al parecer, el paso del tiempo lo ha diluido tanto que la mayoría de nosotros ya casi lo hemos perdido.

—Pero ¿de qué se trata, Thansius?

—Del poder, Vega. Que es algo muy curioso, porque dependiendo de quién lo utilice y la razón por la que lo utilice, ese mismo poder puede ser muy diferente.

—Ya entiendo. —Mentalmente imaginé a Morrigone manejando a Elton Torrón a modo de marioneta letal para matarme.

—Tu abuelo lo poseía en abundancia. Ese es el motivo de que ya no se encuentre entre nosotros.

Lo miré con expresión de avidez.

—¿Así que usted sabe adónde se marchó? Acaba de decir que lo sabe todo, o por lo menos casi todo.

—Nos abandonó, Vega. Se marchó a otro lugar, con toda seguridad. A un lugar sin duda situado más allá del Quag.

—Pero ¿por qué?

—Porque era su destino —respondió Thansius con sencillez—. Y por favor, no me preguntes nada más, porque no tendré ninguna respuesta que darte.

Desvié el rostro, decepcionada.

—Entonces, ¿qué es Amargura, Thansius? Y, por favor, no me responda con otra pregunta ni con un acertijo.

Thansius tardó unos instantes en contestar. Y cuando lo hizo, empleó un tono lento y comedido:

—Para la mayoría de los Wugs, Amargura es su hogar, el único que tendrán jamás. Para algunos de nosotros, es nuestro hogar pero no nuestro destino, como en el caso de Virgilio. —Dejó la mirada perdida por espacio de una cuña y después volvió a mirarme—. ¿Demasiado acertijo para ti?

—Siempre nos han enseñado que esto es lo único que existe.

Thansius paseó la mirada por la habitación.

—Puede que sea lo que se ha enseñado; sin embargo, no es lo mismo que lo que hay que creer ni, detalle más significativo, tampoco tiene por qué ser la verdad. ¿No te parece?

Meneé la cabeza en un gesto negativo.

—No.

Thansius asintió, por lo visto complacido al ver que yo entendía la diferencia.

—Entonces, Thansius, ¿por qué se queda usted aquí? Usted es un Wug poderoso y especial. Su destino no puede ser quedarse en Amargura sin más.

—Oh, yo estoy convencido de que sí lo es. Amargura es mi hogar, y los Wugs, mis hermanos. Esos conceptos jamás deben tomarse a la ligera.

—¿Y qué me dice de los Foráneos, y de la Empalizada?

Por primera vez que yo recordara, Thansius, el poderoso Thansius, se sintió violento, incluso avergonzado.

—Vega —me dijo—, hay ocasiones en las que existe un sentido del deber que empuja hasta el más sincero de los Wugs a hacer cosas que carecen de esa misma sinceridad.

—¿Así que es todo una mentira, entonces?

—A veces se miente con las mejores intenciones.

—¿Y usted considera que este es uno de esos casos?

—En la superficie, lo es de manera inequívoca. Pero si se profundiza un poco... —Negó tristemente con la cabeza—. Entonces mentir se convierte en un acto deshonesto que carece de base firme.

—En cierta ocasión me dijo mi abuelo que el lugar más horroroso de todos es aquel que los Wugmorts no saben que es profundamente falso. —Dicho esto, guardé silencio y miré a Thansius con gesto interrogante.

Thansius se miró durante largos instantes las manos, grandes y fuertes, y luego levantó la vista.

—Yo diría que tu abuelo era un Wug de gran discernimiento. —Se levantó—. Y ahora el deber me llama, de manera que tengo que irme.

Al llegar a la puerta, se volvió y añadió:

—Que tengas buena suerte, Vega, en la próxima luz. —Hizo una pausa y pareció mirar un momento al vacío. Después me miró a mí de nuevo y terminó—: Y más allá. Porque ya sabía que tarde o temprano habría de llegar este momento.

Y dicho esto se marchó.

QUADRAGINTA NOVEM

A la muerte

Aquella noche, no me sorprendió lo más mínimo que me costara trabajo conciliar el sueño. Llegada la cuarta sección, por fin renuncié del todo. Saqué mi capa del armario y, utilizando un hilo bien fuerte, me puse a coser a *Destin* a las mangas y a los hombros. De aquel modo la escondería a la vista y también impediría que se me desenrollara del cuerpo con facilidad. Me guardé en el bolsillo la Piedra Sumadora y la *Elemental*, tomé a *Harry Segundo* y salí de casa.

Había fabricado un arnés y una especie de cuna con trozos de cuero y metal sacados de Chimeneas. Una vez que estuvimos bien lejos de Amargura propiamente dicho, me até las hombreras del arnés, coloqué a *Harry Segundo* en la cuna y me sujeté esta al pecho. No era la primera vez que lo ataba de aquel modo, y se lo había tomado con bastante buena disposición.

Tomé carrerilla y me elevé en el aire. Aquella podía ser mi última oportunidad de despegar los pies del suelo y sentir el aire en la cara y en el cabello. Aquella luz podía muy bien ser la última para mí. Y eso era algo que daba que pensar.

Pasé muchas cuñas volando, con *Harry Segundo* felizmente colgado de mi arnés. No sé cuál de los dos llevaba una sonrisa más ancha. Sin embargo, detrás de mi sonrisa había una cierta melancolía, y por razones obvias. Miraba a *Harry Segundo* de tanto en tanto y percibía el mismo sentimiento en él. Era como si lo que tenía yo en el corazón se trasladara mágicamente al de él. Los caninos eran en verdad bestias curiosamente maravillosas.

Por fin tomamos tierra y liberé a *Harry Segundo* del arnés. Llevaba una galleta en el bolsillo, y la partí por la mitad para darle a él una parte, la cual engulló al momento, mientras que yo me recreaba en comerme la mía. Mastiqué metódicamente, lo más seguro porque deseaba ralentizar el tiempo todo lo posible. Era todo muy lúgubre y deseé no sentirme así, pero así me sentía.

Me pasaron muchas cosas por la mente. Me pregunté si dolería morirse. Rememoré la expresión que tenía Newton Grávido en el semblante cuando el puñetazo de Elton Torrón lo mandó antes de tiempo a la Tierra Sagrada. A decir verdad, no creo que Newton se hubiera dado cuenta siquiera de que se había muerto, porque todo sucedió muy deprisa. De modo que quizá no había dolor. Pero aun así uno estaba muerto, por lo tanto dicho consuelo no era simplemente leve, es que no existía.

En aquel momento miré casualmente hacia el cielo, y sentí un súbito escalofrío al verla.

Una estrella fugaz. Cruzó veloz mi campo visual mientras las demás lucecitas parpadeantes permanecían estacionarias, y no tardó en dejarlas atrás a todas. De repente se me ocurrió una idea.

Aquella estrella parecía estar perdida. Y sola. En un lugar tan grande como el ancho cielo, imaginé que siempre era posible experimentar dicha soledad. Recordé lo que había dicho mi abuelo: «Cuando veas una estrella fugaz, significa que se aproxima un cambio para algún Wugmort.» Tuve que pensar que finalmente iba a llegarme el cambio a mí. En la próxima luz se sabría si dicho cambio sería la muerte o la huida de Amargura.

No podía apartar la vista de la estrella fugaz. La pequeña estela de fuego continuaba corriendo, impulsándola, si duda, a velocidades inimaginables. En realidad yo nunca había creído lo que dijo mi abuelo, de igual modo que los muy jóvenes no suelen creer a sus mayores cuando estos intentan enseñarles algo. Y, sin embargo, en aquel momento, allí sentada, de algún modo supe que Virgilio había dicho aquella sentencia de forma completamente literal. Se acercaba un cambio. Porque sí. A lo mejor él sabía que iba a ocurrirme tarde o temprano.

Continué sentada, contemplando aquel diminuto fulgor pulsante. Como nunca había visto otro, no tenía ni idea de durante cuánto tiempo sería visible. No sabía por qué, pero en mi cerebro deseé intensamente que no se perdiera de vista; pensé que si desaparecía, a lo mejor también desaparecía yo.

Y allí permaneció, durante un tiempo larguísimo, hasta que llegó algo que lo borró de forma definitiva. Por lo menos lo borró de mi vista: el despuntar del primer rayo de luz.

Cuando por fin se desvaneció la estela, me froté los ojos y estiré los brazos y las piernas. Recogí del suelo a *Harry Segundo*, lo acomodé en su cuna y a continuación alcé el vuelo. Luego me dejé caer en un profundo picado para seguidamente describir una curva y remontar de nuevo hacia lo alto del cielo, que ya clareaba. Por lo visto, *Harry Segundo* quedó encantado con aquella maniobra, porque se puso a ladrar de alegría.

Aterricé en los alrededores de la propiedad de los Delphia. No quise despertarlos, aunque no tardarían en levantarse. Había traído conmigo un poco de pergamino, en el cual escribí unas cuantas palabras y luego lo deslicé por debajo de la puerta.

Me agaché para dar un fuerte abrazo a *Harry Segundo*. Resultaba doloroso separarse de los Wugs, pero me pareció igual de difícil despedirme de un canino al que quería profundamente. Le ordené que se quedase con los Delphia, que ellos leerían la nota y lo entenderían. En la nota rogaba a Delph que acogiese a *Harry Segundo* si yo terminaba perdiendo la vida en aquella luz. Sabía que así lo haría. Sería maravilloso que mi canino pasara a formar parte de la vida de Delph y su padre, y aquello era bueno. Además, yo no albergaba ningún sentimiento de culpa; *Harry Segundo* me había dado mucha felicidad en el breve tiempo que había pasado conmigo, y esperaba haberle procurado la misma felicidad yo a él.

Aparte de *Harry Segundo*, en realidad no tenía ninguna otra instrucción que impartir. No me quedaba nada de lo que hubiera que cuidar. John ya estaba atendido. Mis padres se habían ido. Mi casa volvería a quedar vacía. En Chimeneas contratarían a otro Rematador que ocupase mi lugar. Y en Amargura la vida seguiría como siempre.

No regresé a casa volando, sino a pie. Para cuando llegué, ya era casi el momento de acudir al foso del Duelum. No iría ni temprano ni tarde, sino más bien dentro de la cuña exacta. Me sorprendió ver las flores que me habían dejado frente a la puerta, junto con pergaminos llenos de palabras de esperanza. Las llevé todas al interior de la casa y las dejé encima de la mesa, para que hicieran bonito.

Me senté a solas en mi silla, delante de la chimenea vacía, y fui contando mentalmente las cuñas. De pronto oí fuera un ruido de pisadas y me volví hacia la ventana. Eran los Wugs, que ya se dirigían al foso. Aguardé un poco más, y a continuación fui a comprobar que *Destin* estuviera bien cosida por dentro de la capa. Al tocarla me percaté de que estaba tibia, lo cual tomé como una buena señal, aunque no sé muy bien por qué. Luego introduje la mano en el bolsillo para tocar primero la Piedra Sumadora y después la *Elemental*. ¿Para que me dieran suerte? Tampoco lo supe con seguridad.

Fui recorriendo la habitación, tocando todo lo que me encontraba. Las pilas de ropa y de papeles. Los dibujos que hice cuando era muy joven. Repasé hasta el último centímetro cuadrado de lo que antiguamente había sido mi hogar y que era donde había vivido en las últimas jornadas. Abrí la puerta para salir, pero antes paseé la mirada por aquella casa por última vez. Luego salí al exterior, cerré la puerta y me encaminé hacia el foso del Duelum.

Por lo que parecía, se habían congregado allí todos los Wugmorts que había en Amargura. De verdad que nunca había visto el foso tan abarrotado. Cuando volví la vista hacia el tablero de apuestas, me quedé estupefacta al ver que no había ni una sola. Lo cual no parecía que molestase a Lichis McGee y a Roman Picus; de hecho estaban los dos juntos, hablando, sin hojillas de pergamino en las manos.

Cuando los Wugs me vieron llegar, sucedió algo verdaderamente extraordinario: empezaron a aplaudir. Al principio unos pocos, pero enseguida se sumaron varios más, y al cabo de una cuña el foso entero reverberaba con el estruendo de muchas manos que daban palmadas. Yo continué avanzando, y cuando el mar de Wugs se dividió respetuosamente en dos para que yo pudiera pasar, sentí que la cara se me sonrojaba y que se me humedecían los ojos.

Selene Jones, que dirigía la Tienda del Noc situada en la calle Mayor, dio un paso al frente y me dijo toda emocionada:

—Vega, anoche hice una lectura de tu futuro. Y a que no adivinas lo que vi.

Yo la miré con gesto expectante.

—¿Qué? —le pregunté por fin.

—Bueno, digamos solamente que en tu futuro vi un montón de monedas, cielo.

Sonreí agradecida, pero lo que dijo no me dio demasiados ánimos. Que yo supiera, Selene Jones jamás en su vida había acertado en sus profecías.

De pronto apareció Darla Gunn surgida de ninguna parte y me apretó la mano.

—Eres muy valiente, Vega, muy valiente. Pero sigo diciendo que ojalá no hicieras esto. Ahora que te habíamos arreglado el pelo y que lo llevas tan bonito...

Aquello me provocó una carcajada que sí me levantó el ánimo.

—Darla, eres tú la que me ha arreglado el pelo. Yo no he tenido nada que ver.

Volví el rostro porque se me habían llenado los ojos de lágrimas. Por nada del mundo quería llorar; con ello no conseguiría otra cosa que una muerte más dolorosa por parte de Elton Torrón.

Como en aquella luz no iba a celebrarse más que un único combate, me indicaron que fuera hacia el centro mismo del foso, donde se había construido un cuadrilátero especial. Se veía tan pequeño, que aposté a que Elton Torrón no tendría más que situarse en uno de los rincones para liquidarme de un solo golpe, sin necesidad de que ninguno de los dos moviera los pies. La estrategia que había diseñado Delph era buena, pero en aquel preciso momento parecía absurda, de tan inadecuada. Mi seguridad en mí misma me había abandonado por completo.

El árbitro era el viejo Silas, cuya vista al parecer había empeorado durante las últimas luces y noches, porque estaba de pie en un extremo del cuadrilátero mirando hacia el lado que no era, a la espera de que llegaran los participantes. Y permaneció así hasta que Thansius emergió de entre la multitud y lo giró amablemente en la dirección correcta.

A continuación vi que llegaban Lentus y el carruaje, y que del mismo se apeaba no solo Morrigone sino también mi hermano. Con Morrigone crucé la mirada un instante pero ella volvió la cara; en cambio, los ojos de John se clavaron en los míos. Había abrigado la esperanza de ver algo en ellos, algo que me indicase... no sabía exactamente qué; pero John, con gesto sumiso, fue detrás de Morrigone en dirección al entarimado y tomó asiento sobre el mismo, mientras los demás miembros del Consejo se acomodaban en la fila de abajo.

Krone estaba sentado en un extremo de dicha fila, al lado de Duk Dodgson. A los dos se los veía satisfechos de sí mismos, como si mi destino ya estuviera decidido.

Sus sonrisas de superioridad lograron que yo contrajera todos los músculos del cuerpo. Tal vez Elton Torrón acabara matándome, pero desde luego que antes iba a enterarse de lo que valía un peine.

Una cuña más tarde apareció Delph, llevando consigo a *Harry Segundo*. Cruzó su mirada con la mía y levantó a mi canino en alto, como diciendo con firmeza que pensaba hacerse cargo de él hasta que yo acudiera a recuperarlo. Sonreí, pero enseguida tuve que volver el rostro porque empezaban a saltárseme las lágrimas. Había ido allí a luchar, no a llorar. Durante todo aquel rato no habían cesado los aplausos, pero ahora se interrumpieron bruscamente. Un momento más tarde supe por qué.

Elton Torrón se acercaba a grandes zancadas por el camino que conducía al cuadrilátero. Vestía una camisa simple y unos pantalones viejos y de color oscuro. Iba descalzo. No miraba ni a izquierda ni a derecha. Los Wugs se empujaban unos a otros en el afán de apartarse de su camino. Al verlo acercarse, noté que *Destin* empezaba a enfriarse y me entró el pánico. ¿Me estaría abandonando mi cadena en aquel momento tan crucial?

Sonó la campana oficial. Silas nos hizo una seña a Elton

Torrón y a mí para que acudiéramos al centro del cuadrilátero a recibir las instrucciones. Di un paso al frente, aunque mis piernas no parecían estar muy dispuestas a obedecer la orden de mi cerebro. Elton Torrón se aproximó sin prisas, como si fuéramos a dar un paseo. No me miró, y yo apenas conseguí dirigirle un par de miradas fugaces. El corazón me latía con tal fuerza en los oídos que casi no me enteraba de lo que estaba diciendo Silas, aunque a aquellas alturas ya lo conocía de sobra.

—Una pelea limpia. Sin juego sucio. Penalización si uno de vosotros cae fuera del cuadrilátero. —En este punto Silas hizo un alto y pareció acordarse de lo que le había sucedido a Newton Grávido. Se volvió hacia mí, y creo que por primera vez aquel viejo decrépito me vio de verdad. La expresión de pánico que detecté en su rostro no me resultó precisamente alentadora.

En aquel momento, con el rabillo del ojo, vi a Ezequiel, que venía hacia el público presente ataviado con su túnica blanca y flotante. Supuse que su propósito era tomarme las medidas para el ataúd y pronunciar una plegaria apropiada cuando todo hubiera terminado.

Silas se retiró, pero antes de que sonase la segunda campana, la que marcaba el comienzo del combate, se acercó Thansius y dijo:

—Este encuentro determinará quién es el campeón de este Duelum. Como ya sabéis todos, la última vez nos golpeó la tragedia, y todos esperamos que no vuelva a suceder tal cosa.

Al decir esto último miró a Elton Torrón, pero este permanecía con la mirada fija en un punto situado a unos dos metros por encima de mi cabeza. Incluso miré en aquella dirección para ver qué estaba mirando, pero no vi que hubiera nada.

—Si gana Vega Jane —siguió diciendo Thansius—, será la primera hembra de toda la historia que resulte campeona de un Duelum, y tendrá más derecho que nadie a cobrar el premio de mil monedas. —Miró de nuevo a Elton Torrón, pero como era evidente que este ni siquiera estaba prestando atención, decidió no decir lo que tenía pensado—. Que dé comienzo el combate —terminó, y se apartó del cuadrilátero.

Silas nos indicó por señas que nos situáramos cada uno en

un lado, y yo obedecí con gran entusiasmo, porque, como es natural, deseaba poner la máxima distancia posible entre mi adversario y yo.

Justo antes de que sonase la campana, giré la cabeza y vi a Domitar. Me estaba mirando sin pestañear. Juraría que me estaba diciendo algo, e incluso me esforcé por oírlo.

—Todo antes. Lo has hecho antes. —Aquello fue lo único que logré captar.

Acto seguido centré la atención en el combate. Sonó la campana. Ni Elton Torrón ni yo nos movimos del sitio. A pesar de toda la desesperanza que me invadía, tenía mi estrategia... Bueno, en realidad la estrategia era de Delph, y mi intención era llevarla a la práctica.

Por espacio de dos largas cuñas, ambos nos limitamos a mirarnos el uno al otro. Mi corazón continuaba retumbando igual que un slep desbocado. Fue corriendo el tiempo. Los presentes contenían la respiración. Nadie se movía.

Y de pronto ocurrió. No tengo ni idea de cómo ni cuándo, ocurrió sin más.

Vi venir hacia mí el primer puñetazo, con tanta velocidad que parecía imposible eludir el impacto. Pero al mismo tiempo que aquellos nudillos se acercaban raudos hacia mí, di un salto lateral en el aire y volví a aterrizar con los dos pies. El público lanzó un chillido cuando Elton Torrón apareció de improviso en mi lado del cuadrilátero.

—Oh, bendito Campanario —exclamó Darla Gunn.

Me alejé de mi adversario, el cual se había erguido de nuevo y ahora se miraba el puño como si no pudiera entender por qué yo no estaba ya muerta.

Se giró hacia mí. Yo me agaché en cuclillas y me puse a estudiarlo. Y en aquel momento sucedió otra cosa increíble: todo, y quiero decir todo, se ralentizó. Mi respiración, los movimientos de la multitud, los pájaros del cielo, el viento y hasta los sonidos. Todo dio la impresión de estar moviéndose a una centésima parte de la velocidad normal. Vi estornudar a un Wug y me pareció que tardaba una cuña entera. Otro Wug que daba saltos, todo emocionado, era como si hubiera quedado suspendido en el aire unos momentos antes de comenzar a descender.

Pero lo más importante de todo fue la ralentización de Elton Torrón.

Llegó el siguiente puñetazo, pero lo vi venir con tanta antelación, que antes de que él lo asestara yo ya me había movido. De hecho, contemplé ociosamente cómo pasaba por el punto en que había estado yo un momento antes. Torrón giró sobre sí mismo y me miró. Sí, ahora Elton Torrón estaba mirándome. Me alegré de que por fin se hubiera rebajado a averiguar a quién estaba intentando matar. Aunque cuando le vi los ojos deseé lo contrario: eran espeluznantes, desde luego, pero también eran otra cosa más.

Eran conocidos. Ya los había visto en otra ocasión, solo que no recordaba en cuál.

Oí un alarido. Había perdido la concentración, y me quité de en medio en el último instante, justo cuando un puño pasaba por mi lado como una exhalación, con tanta fuerza que parecía arrastrar tras de sí una estela de aire lleno de turbulencias. Esta vez ataqué. Empotré el puño en la espalda de mi contrincante con tanta violencia, que quedé convencida de que le había abierto un boquete de parte a parte.

Sentí un dolor agudo que me ascendía por el brazo y me estallaba en el hombro. Jamás en toda mi vida había golpeado nada que estuviera tan duro, ni siquiera el farallón, que era de piedra. Además, al farallón lo hice explotar. Elton Torrón no había explotado, aunque yo había conseguido una hazaña que parecía imposible: le había atizado de lleno en la cara. Del público se elevó una oleada de vítores.

Pero viéndome allí de pie, con el brazo derecho colgando igual que una cuerda lacia, no tenía mucho de que alegrarme, porque Torrón ya estaba incorporándose. Yo lo había golpeado tan fuerte como pude, y él estaba recuperándose sin dar muestras de haber sufrido daños permanentes. Se me habían olvidado las instrucciones de Delph. Golpes flojos. No le pegues fuerte al principio. En cambio era lo que había hecho, y había sido un error garrafal.

Tuve un instante para volver la vista hacia el entarimado, y me estremecí al ver que Morrigone miraba directamente a Elton Torrón. Como si estuviera ordenándole mentalmente que se pusiera de pie. En aquel momento comprendí que no iba a poder ganar el combate. Comprendí que mi adversario contaba con un aliado al que yo no podía derrotar.

Torrón me atacó de nuevo. Yo, con el brazo derecho totalmente inútil pero con los demás sentidos intactos, lo esquivé con facilidad. En vez de golpearlo con la mano buena, como esta ya no iba a serlo más, giré sobre mí misma apoyándome en el único brazo hábil que me quedaba y le propiné una patada en los glúteos justo cuando pasaba por mi lado. Esto lo sacó fuera del cuadrilátero y lo hizo caer sobre el público. Los Wugs echaron a correr en todas direcciones, huyendo de él. Torrón era igual que una creta e furecida, solo que cien veces más fuerte y mil veces más asesino.

El viejo Silas dio un paso al frente y dijo:

—Wug fuera del cuadrilátero. Penalización para Elton Torrón. Golpe gratis para Vega Jane. Bien hecho, muchacha.

Por suerte, Delph quitó a Silas del medio antes de que acabara aplastado por Elton Torrón, que había vuelto a subir al cuadrilátero para atacarme.

Esta vez se puso a lanzar un puñetazo tras otro, a una velocidad de vértigo. Yo los fui esquivando todos, y después comencé a emplear mi otra táctica: correr en círculos alrededor de él. Torrón hizo lo mismo, intentando pegarme pero sin dar en el blanco. Me dije a mí misma que en algún momento tendría que cansarse.

Cuando volví la vista hacia Morrigone, vi que continuaba con la mirada fija en Elton Torrón; sin embargo, detecté que empezaba a ser presa del pánico. La irritaba mucho que yo no hubiera muerto todavía. Temía que pudiera ganar. Bueno, pues no era del todo imposible.

Di otra vuelta más alrededor de mi adversario, y a continuación salté y le propiné una patada en la cabeza con el pie izquierdo. De nuevo experimenté un dolor desgarrador en toda la pierna. Y de nuevo él cayó en tierra. Observé con satisfacción que esta vez tardaba más tiempo en incorporarse, pero al final se incorporó.

Además, yo había cometido otra equivocación, todavía más grave que la anterior: podía correr con un solo brazo, pero no podía correr con una sola pierna.

—¡Maldición! —grité, furiosa conmigo misma.

Y de pronto me di un cachete en la frente con la mano buena.

La Piedra. La maldita Piedra Sumadora. Rápidamente me la saqué del bolsillo y, ocultándola en la mano, la pasé por mis maltrechas extremidades, arriba y abajo.

Mis extremidades dejaron de estar maltrechas; en cambio, yo había perdido una vez más la concentración. Oí el alarido colectivo que lanzó la multitud y en el mismo instante sentí el puñetazo que me impactaba justo entre los hombros. Salí volando por los aires hasta una distancia de quince metros y fui a estrellarme muy lejos del cuadrilátero.

Elton Torrón no esperó a que volviera a entrar. Bajó de un salto y se abalanzó contra mí con el codo apuntando hacia abajo, justo hacia mi cabeza. O hacia el sitio donde había estado mi cabeza hasta un momento antes. Golpeó el suelo con tal fuerza que excavó un hoyo de un metro de profundidad. El tremendo impacto hizo que unos veinte Wugs se tambaleasen y perdiesen el equilibrio.

Regresé rápidamente al cuadrilátero, me volví y aguardé jadeando a que llegara mi contrincante. Sabía que lo único que me había salvado la vida cuando recibí el puñetazo había sido *Destin*. Sus eslabones todavía estaban fríos como el hielo, como si ellos hubieran absorbido toda la energía de un impacto que unas pocas luces antes habría matado fácilmente a un Wug macho hecho y derecho.

Si no era capaz de golpear a mi adversario sin quedarme tullida, ¿cómo iba a poder ganar? Si aquello se prolongaba mucho más tiempo, uno de los puñetazos de Elton Torrón me alcanzaría por fin de lleno y el juego se habría acabado. A pesar de mi táctica, él no estaba cansándose.

En cambio, yo sí. Mis pulmones estaban a tope y mi corazón, tenía el convencimiento, había llegado a su máxima capacidad de bombeo. No podía durar mucho más.

Elton Torrón se hallaba allí de pie, inmóvil, pero percibí la tremenda energía que iba acumulándose en él. Estaba a punto de juntar todo cuanto tenía en un único golpe que, cuando diera en el blanco, no dejaría ni un pedacito de mí. Sentí que el corazón se me subía a la garganta y que el estómago me provocaba náuseas.

Me volví hacia Morrigone. Su mirada se centraba solo en Elton Torrón. Nunca le había visto aquella expresión tan dura, tan... implacable. Se hacía obvio que había tomado una decisión: yo debía morir. Y Elton Torrón era la herramienta con la que iba a matarme. Estaba claro que lo de Newton Grávido había sido un error que la había entristecido profundamente. Dudé que sintiera la misma aflicción cuando muriera yo.

Cuando me giré de nuevo hacia Elton Torrón, supe que había llegado el momento.

Sin embargo, mientras él procedía con su arremetida final, me vino a la cabeza lo que tenía que hacer exactamente. Tenía que poner fin a aquello, y tenía que ser ya. Torrón intentaba matarme; bueno, pues se trataba de un camino de dos direcciones.

Yo no era una asesina por naturaleza, pero me hice fuerte para serlo.

Me deshice de la capa. Debajo llevaba una camisa y un pantalón. Pero en la capa estaba *Destin*, así que agarré la cadena por ambos extremos y aguardé.

Cuando Torrón embistió más rápido que la vista, yo ya había saltado y ejecutado una voltereta por encima de él. En el momento en que me pasó de largo, giré en el aire y le arrojé la capa, y con ella a *Destin*, alrededor del cuello. Me posé en tierra, me afiancé bien con los pies y tiré con todas mis fuerzas.

El gigantesco Elton Torrón despegó los pies del suelo y salió despedido hacia atrás, por encima de mí. Yo aproveché para cruzar el brazo y con él la cadena, igual que había hecho con el maniac del espejo. Pero el resultado no fue el mismo que con el maniac; de hecho, no se pareció en absoluto.

Oí el chillido antes de ver nada.

Me quedé paralizada de miedo. Pero lo que vi a continuación hizo que el chillido de antes fuera una nimiedad.

Elton Torrón iba elevándose lentamente. De hecho estaba desgarrándose por las costuras. La cabeza había desaparecido, pero el cuerpo permanecía erguido. De varias zonas del público surgieron gritos que helaban la sangre. Tanto machos como hembras se desmayaron al presenciar la escena. Por todas partes se oyeron exclamaciones de horror que surcaban el aire igual que bandadas de pájaros aterrorizados.

Pero aquello no fue lo peor. Yo sabía qué iba a ser lo peor. Estaba a punto de llegar.

El cuerpo de Elton Torrón se dividió en dos mitades, una hacia la derecha y otra hacia la izquierda.

—¡No! —chilló una voz. Alcé la vista a tiempo para ver que la que había gritado era Morrigone, que repetía una y otra vez—: ¡No! ¡No!

Recorrí la multitud con la mirada y vi a Krone. Huía a toda prisa con Dodgson y llevaba en la cara un gesto de pánico y horror. En su precipitación, incluso atropelló a un muy joven. Malditos cobardes.

Los integrantes del público habían decidido darse a la fuga, todos a una. En cambio, se detuvieron un instante para ver a qué le gritaba Morrigone. Yo ya lo sabía. Los alaridos resultaban ensordecedores.

Los dos Dabbats que habían estado a punto de acabar conmigo en Chimeneas saltaron catapultados de la cáscara que hasta entonces había sido Elton Torrón. Me costó comprender que unas criaturas tan descomunales hubieran estado antes comprimidas en el espacio de un Wug, aunque fuera un Wug de gran tamaño. Se precipitaron al suelo con tal violencia que hasta el foso pareció temblar bajo nuestros pies. Quinientas cabezas y con ellas un millar de ojos observaron peligrosamente cerca de todos los Wugs que se hallaban presentes, y hasta me pareció detectar la sed de sangre que animaba la siniestra mirada de aquel monstruo.

Todos los Wugs pusieron pies en polvorosa. Los padres

aferraron a sus jóvenes y sus muy jóvenes. Seguían oyéndose alaridos, pero de ningún modo llegaban a ahogar los espeluznantes rugidos que anunciaban una inminente matanza de Wugs.

Miré una vez más a Morrigone. Para mérito suyo, no había salido huyendo. Lo cierto era que estaba agitando las manos, y daba la impresión de que, por más difícil que me resultara creerlo, intentaba ordenar mentalmente a Elton Torrón que volviera a reconstruirse. Pero era obvio que no había podido controlar a las criaturas en el caso de Newton Grávido, tan obvio como que tampoco iba a poder frenarlas ahora. Volvió la mirada hacia mí un instante. Tenía lágrimas en los ojos y su semblante traslucía un sentimiento de pánico. Estaba desesperada.

Por todas partes comenzaron a oírse exclamaciones de: «¡Los Foráneos, que vienen los Foráneos!»

Busqué a Thansius y lo encontré intentando abrirse paso por el mar de Wugs, en dirección a los Dabbats. De pronto extrajo algo de su túnica. Era la misma espada que había utilizado en la vista del Consejo. En aquella ocasión había dicho que no poseía poderes especiales, pero lo que sí poseía él en abundancia era valentía. Sin embargo, no creí que fuera a tener oportunidad de hacer uso de aquella arma a tiempo. Y lo creí porque los dos Dabbats se habían erguido en toda su estatura enseñando sus innumerables colmillos y estaban a punto de lanzarse contra los Wugs que tenían más cerca. Iba a ser un baño de sangre jamás visto en muchos cientos de sesiones.

Una vez más me giré hacia Morrigone. Ahora me miraba a mí, fijamente. Y movía la boca. Estaba gritándome algo. Por fin conseguí descifrar lo que me decía por encima de los chillidos de la multitud:

—¡Ayúdame, Vega! ¡Ayúdame!

No recuerdo haber metido la mano en el bolsillo para ponerme el guante. De verdad que no me acuerdo. Ordené mentalmente a la *Elemental* que adoptara su tamaño completo, di un salto para elevarme en el aire, torcí el cuerpo hacia la izquierda... y la lanza dorada partió de mi mano con el máximo efecto de torsión que me fue posible imprimirle.

435

Surcó el aire como un proyectil en el preciso momento en que atacaban los Dabbats. Atacaron en paralelo, como yo sabía que hacían siempre, lo cual me vino de maravilla. La *Elemental* impactó en el primero, atravesó su cuerpo y un instante después alcanzó al segundo.

Tuvo lugar una tremenda explosión, y la onda expansiva me barrió mientras estaba a cinco metros del suelo. Me vi empujada hacia delante como un pez que nadase a lomos de una ola gigante, y tuve la sensación de recorrer un trecho largo, larguísimo, hasta que terminé chocando contra algo de extraordinaria dureza.

Y entonces todo desapareció.

QUINQUAGINTA

El campeón del Duelum

Abrí los ojos de manera bastante repentina e intenté incorporarme, pero una mano me obligó a tumbarme de nuevo. Miré a mi derecha, y no me sorprendió demasiado ver allí a Delph.

—¿Qué hay, Vega Jane? —me dijo con voz cansada pero ahora teñida de profundo alivio.

Yo hablé de forma impulsiva:

—¿Dónde estoy? ¿En el hospital? ¿En Cuidados? ¿En la Tierra Sagrada?

Él me tocó la frente como para tomarme la temperatura.

—¿Estás tonta?

—¿Donde estoy, Delph? —insistí.

—En tu casa.

Miré en derredor y vi que era verdad.

—¿Cómo he llegado aquí?

—Te he traído yo.

—Recuerdo haber chocado contra algo durísimo.

—Exacto, chocaste contra mí.

Muy despacio, me incorporé a medias y vi que Delph tenía en la frente un moratón del tamaño de un huevo de gallina.

—¿Cómo es que choqué contigo? Salí despedida muy lejos de todos los Wugs.

—Bueno, es que eché a correr para... para atraparte al vuelo.

—¿Y los Dabbats? —inquirí. Me puse pálida de solo mencionar el nombre.

—Muertos y desaparecidos. Ya te encargaste tú.

—¿No ha resultado herido ningún Wug?

—Únicamente los que se pisotearon unos a otros mientras huían. Pero se pondrán bien.

—Elton Torrón tenía dentro a los Dabbats —dije lentamente, como si me estuviera esforzando por entender lo que yo misma estaba diciendo.

—Bueno —contestó Delph con una mueca de desagrado—, yo diría más bien que los Dabbats lo tenían a él por fuera.

Me giré de costado, apoyé la cabeza en un brazo y lo miré.

—Supongo que esa es otra manera de verlo. —De repente me acordé de otra cosa—. ¿Y mi capa? ¿Y la *Elemental*?

—No te pongas nerviosa. Están ahí y ahí —dijo Delph, señalando con la mano.

Mi capa estaba colgada de un gancho de la pared. Distinguí el bulto que formaba *Destin* en su interior. Y la *Elemental* estaba apoyada en vertical en un rincón, totalmente desplegada.

—Casi se me olvidó ponerme el guante cuando fui a recogerla.

Lo que dije a continuación traslucía una pesadumbre que me resultó casi insoportable:

—Delph, los Wugs han tenido que ver lo que hice.

—Lo que vieron los Wugs fueron dos Dabbats saliendo de otro Wug. Después de eso, ya no vieron nada más. Excepto a ti matándolos a ambos. Y no les quedó del todo claro cómo lo hiciste. Pero no he visto que ningún Wug esté resentido contigo por esa razón.

—Entonces, ¿qué es lo que dicen los Wugs de todo esto?

—Que fueron los Foráneos. Era lo que gritaban mientras sucedía todo. Que los Foráneos capturaron a Elton Torrón y se metieron dentro de él. Eso es lo que decían.

—¡Es absurdo!

—Por supuesto que sí, pero eso no quiere decir que ellos no se lo crean.

Exhalé un suspiro y volví a dejarme caer sobre la almohada. Estaba muy cansada.

—¿Te sientes con fuerzas, Vega Jane?

Me giré para mirarlo.

—¿Por qué?

—Bueno, es que están esperando.

—¿Quién está esperando? —pregunté, suspicaz.

Delph me ofreció una mano, yo la tomé muy despacio y me levanté del camastro. Delph me condujo hasta la ventana. Al asomarme se me descolgó la mandíbula.

—Esos —dijo sonriente.

Cuando Delph abrió la puerta y yo salí a exterior, hubo un estallido de vítores y el aire se llenó de sombreros que volaban en todas direcciones. Al parecer, estaba allí todo el mundo.

—¡Ve-ga Jane! ¡Ve-ga Jane! —empezaron a repetir una y otra vez.

De pronto oí ladrar a un canino, y al bajar la vista descubrí a mi lado a *Harry Segundo*. Por lo visto, había estado protegiendo mi intimidad. Le acaricié la cabeza y después me volví hacia Delph.

—¿Qué es todo esto? —le pregunté, estupefacta.

—¿Estás de broma? Ha llegado el momento de recibir el premio. Eres la campeona, so tonta.

Se me había olvidado que al derrotar a Elton Torrón me había convertido en la ganadora del Duelum.

—Silencio, por favor. Basta.

La voz pertenecía a Thansius. Cuando la multitud se dividió en dos y guardó silencio, él vino hacia mí portando dos objetos. El primero era una figurilla de metal. El otro, una bolsa de lana cerrada firmemente con un cordel.

Thansius me hizo una seña.

—Vega, por favor, acércate.

Me solté de la mano de Delph y fui hacia el jefe del Consejo con paso inseguro. Todavía me sentía un poco mareada, pero no podía dejar de hacer aquello, ¿no?

Thansius se volvió hacia la multitud y exclamó:

—Declaro oficialmente a Vega Jane campeona del Duelum.

De nuevo estallaron los vítores. Paseé la mirada por la masa de Wugs que se habían congregado frente a mi casa y vi muchas sonrisas y lágrimas, y tan solo algún que otro gesto avinagrado en tipos como Ran Digby, Ted Racksport (que iba con muletas tras el disparo en el pie) y Cletus Obtusus, el cual, como de costumbre, me dirigió una mirada asesina. Y al mirar hacia la derecha descubrí a Krone y a Dodgson, que me taladraban con expresión amenazante.

Cuando la multitud se fue calmando, Thansius dijo:

—Te hago entrega del trofeo.

Y me depositó en las manos la figurilla. Debían de haberla fabricado especialmente, porque representaba a una hembra sosteniendo a un macho por encima de la cabeza. Thansius se inclinó y me dijo al oído:

—La ha hecho el joven Dáctilo Jasper Forke, uno de tus compañeros de Chimeneas. Solo por si acaso —agregó.

Cogí la figura y sonreí de oreja a oreja. Busqué a Forke entre la multitud, y cuando lo encontré le di las gracias con la mirada. Él, vergonzoso, se apresuró a bajar la vista y mirarse los pies.

Levanté la figurilla por encima de mi cabeza y la multitud volvió a estallar en otra oleada de vítores.

Cuando los Wugs volvieron a guardar silencio, Thansius continuó:

—Y ahora las mil monedas. —Me entregó la bolsa de lana—. Por ser la primera hembra declarada campeona en toda la historia del Duelum. Y por haber llevado a cabo una labor excepcional. —Me miró con los ojos entornados—. Una labor excepcional. Gracias a la cual no solo se ha ganado un premio, sino que además se han salvado las vidas de muchos Wugs. —Me tendió la mano y añadió—: Gracias, Vega Jane. Todo Amargura te da las gracias.

Al tiempo que yo estrechaba la mano de Thansius, esta vez la multitud sí que enloqueció. Me giré hacia Delph, que estaba sonriendo, esa impresión me dio, con todo el cuerpo. Vi que le resbalaba una lágrima por la mejilla.

Thansius se volvió hacia la multitud con una ancha sonrisa en la cara y dijo:

—Invito a todo el mundo a tomar una copa en el bar La Bruja Voladora. Y para los Wugs más jóvenes habrá refrescos. Y también comida para todo el mundo. Adelante.

Un fuerte ¡hurra! se elevó de entre la multitud cuando Thansius terminó de hablar, y la gran mayoría de los Wugs se encaminaron hacia el bar, los muy jóvenes correteando, dando brincos y haciendo ruido.

Una vez que nos quedamos a solas, toqué a Delph en el brazo y le pregunté:

—¿Podemos a ir a ver a tu padre?

—¿No quieres ir al bar a celebrar el premio, como ha dicho Thansius?

Observé durante unos instantes la bolsa de monedas que tenía en la mano y dije:

—Antes vamos a ver a tu padre.

Duf Delphia se había quedado en casa porque a uno de sus pies de madera le había salido una grieta. Delph me lo había contado por el camino. Duf estaba sentado en los escalones de la entrada, con el pie defectuoso desmontado y una pipa entre los dientes cuando nos vio llegar. Vació la cazoleta, la llenó con hierba de humo y la encendió. Nos saludó con la mano. Al aproximarnos al corral, vi que no había bestias dentro.

Duf sonrió y me señaló con el dedo.

—Ya lo sabía yo —dijo—. Lo has conseguido, sí, señor. Has ganado el maldito Duelum, ¿eh? Pues claro que sí. Ya lo sabía, sí, señor.

—¿Cómo lo sabías? —le pregunté en tono cortante, aunque no podía borrar la sonrisa de mi cara.

—Porque no estás muerta, por eso.

—¡Papá! —lo recriminó Delph, mortificado.

—Tienes razón, Delph —dije yo—. No estoy muerta, *ergo* he ganado.

—¿Y entonces qué estás haciendo aquí? —se extrañó Duf—. Deberías estar... no sé, celebrándolo, digo yo.

Fui hasta los escalones y me senté a su lado. *Harry Segundo*, que nos había acompañado, le permitió que le rascase las orejas.

—Es un buen canino, sí, señor —dijo Duf—. Ha estado aquí en esta luz, ¿verdad, Delph?

—Así es —respondió Delph—, pero ahora volverá con Vega Jane, como tiene que ser.

—¿Qué tal te apañas con los pies de madera? —le pregunté—. Delph me ha dicho que les ha salido una grieta.

—Sí, pero no pasa nada. Me estoy acostumbrando a llevarlos puestos.

Saqué la bolsa de monedas de mi capa y la sostuve en alto.

—Las ganancias —dije.

—Estupendo —contestó, y señaló la bolsa con la punta de su pipa—. Esas sí que son ganancias, hazme caso. Mil monedas. ¿A que sí, Delph?

—Sí.

—Pues son nuestras —dije.

—¿Cómo? —respondió Delph, pasmado.

—Delph me ayudó a entrenarme, Duf. De ninguna manera habría podido ganar sin su ayuda.

—Continúa —dijo Duf. Dio una chupada a su pipa y me estudió con curiosidad.

—Y como yo no tengo cabeza para el dinero, quiero que os lo quedéis Delph y tú.

—Vega Jane, ¿te has vuelto loca? —exclamó Delph.

—De hecho, me haríais un favor —insistí. Luego paseé la mirada por la finca y pregunté—: ¿Dónde están las bestias? ¿El adar y el joven slep?

Duf dio una palmada a su pie de madera y por primera vez vi que componía un gesto de impotencia.

—Ya no están.

—¿Dónde están ahora?

—Con un Wug capaz de domarlos como es debido. Y ese Wug no soy yo.

—¿Qué Wug? —quise saber.

—Desmond Gruñón.

—¡Desmond Gruñón! Pero si ese no sabe ni cómo es un slep.

—Sea como sea, él tiene las dos piernas buenas y yo no tengo ninguna. Ya está.

Levanté en alto la bolsa de monedas y dije:

—Entonces, lo que vamos a hacer es traer aquí a un Wug joven, pagarle un buen salario y enseñarle. —Recorrí con la vista los corrales vacíos—. Y podremos convertirlo en un negocio.

—¿Un negocio? ¿A qué te refieres? —preguntó Delph.

—Ya he hablado de esto con Thansius. Le di el nombre de un Wug al que yo sé que le gustan las bestias. Y me dijo que estaba a favor. —Callé unos instantes para pensar lo que iba a decir a continuación mientras Duf y Delph me miraban boquiabiertos—. Por aquí cerca venden bestias, bestias jóvenes, ¿no es verdad? Cretas, sleps, whists, adares y otros. Y los Wugs que tienen dinero desean comprarlas, necesitan cretas y sleps en el Molino y para los Agricultores. Los whists, los necesitan Wugs como Roman Picus. ¿Y quién no iba a querer pagar un buen dinero por un adar capaz de hacerles compañía, llevar mensajes y cosas así?

Duf se inclinó hacia delante.

—Pero a mí los Wugs me dejan las bestias para que las dome.

—Pues ahora vas a poder venderles la bestia, además de domarla. Seguro que para ellos tendrá más valor si además les proporcionas una bestia cuidadosamente seleccionada por ti.

—Nosotros no sabemos nada de hacer negocios —protestó Delph.

—Pero sabéis de bestias, ¿no? —señalé yo—. Pues eso es lo que importa.

A Duf se le iluminaron los ojos.

—No le falta razón, Delph.

Pero Delph seguía confuso.

—En ese caso tú tendrás que quedarte con una parte del dinero que ganemos.

—Puedes estar seguro de eso —mentí.

Debí de responder demasiado deprisa, porque Delph me dirigió una mirada escéptica. Le entregué la bolsa de monedas a Duf, me levanté y me despedí. Cuando ya me iba, Delph me alcanzó y se puso a mi altura.

—¿A qué ha venido todo eso que has dicho? —me preguntó.

—Duf y tú podéis salir adelante, de verdad. Solo necesitabais un poco de dinero.

—De acuerdo, pero tenemos que hablar de esto.

—Y hablaremos. En la próxima luz. Ahora necesito descansar un poco.

Jamás tendría dicha conversación con Delph. Porque pensaba marcharme de Amargura y entrar en el Quag. Y pensaba hacerlo aquella misma noche.

QUINQUAGINTA UNUS

Respuestas, por fin

Chimeneas se erguía frente a mí como un castillo sin foso fuera y sin rey o reina dentro. Sabía que otros Wugs se habían ido de bares al único bar que había en el pueblo; en cambio, yo había decidido acudir a mi lugar de trabajo por última vez. Y no me movía precisamente la nostalgia.

Abrí la enorme puerta y me asomé al interior. Ahora que los dos Dabbats estaban muertos, ya no me dio miedo entrar, y menos todavía habiendo luz fuera. Ahora sabía que Elton Torrón había vigilado aquel lugar tanto con luz como de noche, solo que adoptando formas distintas.

Domitar estaba en su pequeño despacho, sentado detrás de su escritorio con tablero abatible, sobre el cual no se veían ni pergaminos ni tinteros, sino un recipiente distinto: una botella de agua de fuego.

—Tenía la esperanza de que te pasaras por aquí —me sorprendió con su saludo, al tiempo que me indicaba con la mano que me acercase. Se sirvió un vaso de agua de fuego y bebió—. Buena paliza le diste a ese cabrón.

—¿Viste a los Dabbats?

Domitar chasqueó los labios.

—¡Como para no verlos!

Por su expresión deduje que ya sabía lo que iba a preguntarle a continuación.

—¿Cómo lo supiste? —inquirí.

Fingió sorpresa, pero se le notaba que no iba en serio.

—Me dijiste que yo ya había hecho eso antes —continué—, que ya había vencido antes a Elton Torrón. Pero en realidad te referías a que ya había derrotado a los Dabbats.

—Ah, ¿sí?

No le hice caso y seguí:

—Eso solo podía significar una de dos cosas.

Domitar dejó el vaso en el tablero.

—Te escucho —dijo en tono amistoso.

—Una, que estabas enterado de que yo había venido a Chimeneas por la noche. Y de que me habían perseguido los Dabbats hasta el cuarto pequeño que hay en el segundo piso.

—Vaya, vaya —respondió Domitar.

Seguí hablando.

—Aunque en realidad no los derroté, simplemente escapé de ellos.

—Eso mismo opino yo, pero continúa, por favor —dijo él cuando hice una pausa.

—O dos, que me viste destruir a un Dabbat volador en medio de un gran campo de batalla, hace muchas sesiones.

Esperaba que Domitar se mostrase sorprendido por esta segunda posibilidad; sin embargo, permaneció impasible.

—Estoy dispuesto a reconocer lo primero, pero no lo segundo. —Se tocó la barbilla con el vaso—. Has liado una buena, Vega —me dijo—, son muchas las piezas que hay que recoger. En realidad no es mi cometido, pero qué se le va a hacer.

Sentí que me iba entrando calor.

—¿De modo que sabías que aquí dentro había dos Dabbats?

Domitar se terminó el agua de fuego que le quedaba en el vaso.

—No sé por qué bebo esta mierda —comentó—. Supongo que al final se convierte en una costumbre. Como tantas cosas en la vida, ¿no te parece?

—¡Los Dabbats! —exploté.

—Está bien, está bien, pero se supone que aquí no viene ningún Wug de noche, ¿no?

—¿Esa es tu respuesta?

—¿Es que tengo que darte otra?

446

—Desde luego que sí. Esas repugnantes criaturas estuvieron a punto de devorarme.

—Pues que te sirva de lección.

—Domitar, eran Dabbats.

—Sí, ya lo he entendido, gracias. Unos bichos asquerosos —añadió con un escalofrío.

—¿Y qué me dices de la habitación llena de sangre? ¿Y del viaje al pasado? ¿Y de esos libros que te explotan en la cara? ¿Y de los espejos que contienen demonios?

Domitar me dirigió una mirada inexpresiva.

—Me parece que es posible que el Duelum te haya afectado a la cabeza, Vega Jane. ¿Necesitas tumbarte un rato?

—¿Estas diciéndome que no sabes que aquí dentro existen todas esas cosas? Me dijiste que esto siempre había sido Chimeneas.

—Dije que esto era Chimeneas desde que yo llegué aquí —me corrigió.

Crucé los brazos sobre el pecho y seguí perforándolo con la mirada.

—¿Qué te parece a ti que es Chimeneas? —me preguntó.

—Magia, hechicería, maldad, llámalo como quieras. Es raro.

—Me refiero a qué te parece visto desde fuera.

Reflexioné unos instantes.

—Se parece a un castillo que vi una vez en Aprendizaje, en un libro. Pero era de fantasía, no de verdad.

—¿Quién dice tal cosa? —replicó Domitar en tono pedante.

—Bueno, en fin... —Hice una inspiración profunda—. Es todo mentira, ya lo sé.

—Exacto.

—¿Y de quién era ese castillo, entonces?

—No soy el indicado para responder a esa pregunta, porque no lo sé.

—Si sabes que esto antes era un castillo, ¿cómo puedes no saber a quién pertenecía? —argüí.

—Se puede tener una perspectiva superficial de las cosas, sin poseer conocimientos profundos de las mismas.

Aquella contestación me tuvo echando chispas por espacio de varias cuñas.

—De acuerdo. ¿Y el Quag ha sido siempre el Quag?

Domitar volvió a llenar el vaso, esta vez derramando un poco de agua de fuego sobre el escritorio. Bebió un sorbo rápido y le resbaló un poco barbilla abajo.

—¿El Quag? ¿El Quag, dices? Yo no sé nada del Quag por la sencilla razón de que nunca he estado en el Quag y nunca estaré. Y doy mil gracias a Campanario por ello.

—¿Así que estás destinado a quedarte en Amargura y morirte aquí?

—Como todos.

—Menos Quentin Hermes.

—No, a Hermes lo capturaron los Foráneos.

—¿Quién es el que cuenta mentiras ahora?

Domitar depositó el vaso en la mesa.

—¿Tienes pruebas de que haya sucedido otra cosa? —replicó con gesto adusto.

—Tengo la intención de encontrarlas.

—Vega, si estás planeando hacer lo que yo creo...

—Está planeando justamente eso, Domitar. Puedes estar seguro de ello.

Me giré en redondo al oír aquella voz. En la puerta estaba Dis Fidus, sosteniendo en la mano un trapo y una botella pequeña llena de un líquido.

—Hola —saludé, sin entender qué había querido decir. ¿Cómo era posible que el anciano y diminuto Dis Fidus estuviera enterado de mis planes?

Se acercó arrastrando los pies y me dijo:

—Me alegro mucho de tu victoria en el Duelum.

—Gracias, pero ¿qué has querido decir con...?

Sin embargo, Dis Fidus posó la vista en Domitar.

—Ya sabíamos que iba a llegar este momento, por supuesto. No necesitábamos que nos lo profetizase una vidente como Selene Jones.

Miré a Domitar y vi que afirmaba lentamente con la cabeza.

—Supongo que, en efecto, ha llegado el momento.

Dis Fidus acercó el trapo a la botella y lo empapó con el líquido.

—Vega, extiende la mano —me ordenó.

—¿Por qué? ¿Qué líquido es ese?

—Tú extiende la mano. La que lleva los sellos de tinta.

Me volví hacia Domitar, el cual me hizo un gesto de asentimiento.

Extendí la mano con timidez. Mi mirada se centró en el tono azulado del dorso, allí donde Dis Fidus llevaba dos sesiones enteras estampándome su sello sin razón alguna.

—Esto va a dolerte un poco —me dijo Dis Fidus—. Lo siento, es inevitable.

Retiré la mano y me giré de nuevo hacia Domitar; esta vez no quiso mirarme a los ojos.

—¿Por qué voy a soportar ese dolor? —quise saber—. ¿Qué va a resultar de ello?

—Será mucho menos doloroso que lo que encontrarás en el Quag llevando tinta en la mano.

—No entiendo.

—Ni tampoco tienes por qué —replicó Domitar—. Pero si tu plan es ese, resulta esencial que elimines la tinta. —Acto seguido cerró la boca y se volvió de cara a la pared.

Volví a mirar a Dis Fidus. Extendí la mano de nuevo, entorné los ojos y me preparé para el dolor. En el instante en que me tocó el dorso de la mano con el trapo, sentí como un millar de aguijones que se me hubieran clavado en la piel. Intenté retirar la mano, pero no pude. Cuando volví a abrir los ojos del todo, vi que Dis Fidus me tenía la muñeca firmemente agarrada. Para ser tan pequeño y tan viejo, poseía una fuerza sorprendente.

Dejé escapar un gemido, apreté los dientes, me mordí el labio, cerré los ojos con fuerza y me tambaleé ligeramente. Cuando el dolor alcanzó un punto en que ya no iba a ser capaz de aguantarlo más, Dis Fidus anunció:

—Ya está.

Me soltó la muñeca y abrí los ojos. El dorso de mi mano aparecía enrojecido y cubierto de cicatrices, y aún me dolía un poco. En cambio, no quedaba el menor rastro de tinta azul. Me froté con la otra mano y levanté la vista hacia Dis Fidus.

—¿Por qué ha sido necesario hacer esto?

—Como es natural, te habrás preguntado por qué paso yo las luces estampando sellos de tinta en las manos de todo el mundo —dijo Dis Fidus. Yo contesté con un gesto afirmativo—. Bueno, pues ya tienes la respuesta. Dicho en pocas palabras, internarse en el Quag con tinta en la mano constituye una sentencia de muerte.

—¿Y Quentin Hermes, entonces? —repliqué con resentimiento.

Miré alternativamente a Dis Fidus y a Domitar. Ambos negaron con la cabeza. Por fin Dis Fidus contestó:

—Si entró en el Quag con la mano tintada, temo por él.

—De modo que tú no crees que lo capturasen los Foráneos, ¿verdad? —dije en un tono que traslucía mi sentimiento de triunfo.

Pero la expresión que me devolvió Dis Fidus me hizo ver que había sido innecesario.

—No me cabe la menor duda de que tú ya has superado esa teoría —dijo con una voz que yo no le había oído nunca. Atrás había quedado el Dis Fidus tímido y obediente. Todavía se le veía viejo y frágil, pero ahora brillaba en su ojos una fuerza desconocida.

—Así es —respondí.

—Pues en ese caso no perdamos más tiempo hablando de ello —dijo en tono resuelto. Puso el tapón a la botella y me la tendió a mí, junto con un trapo limpio—. Toma esto.

—Pero si ya no tengo tinta en las manos.

—Tómalo de todas formas —me instó.

Cogí las dos cosas y me las guardé en la capa.

—¿Y para qué sirve la tinta, entonces? ¿Es nociva para nosotros?

—En el Quag, es como la miel para los mosquitos —contestó Domitar—. O como el aroma que desprende un slep hembra que necesita un macho.

—De manera que sirve para atraer a la bestias hacia los Wugs

—deduje, enfurecida—. Claramente una sentencia de muerte —agregué en tono acusador—. ¡Y tú lo sabías!

—Se supone que los Wugs no van a penetrar en el Quag —replicó Domitar a la defensiva—. Y si no entran, las marcas de tinta resultan inofensivas.

—Pero ¿y si a las bestias del Quag les da por salir? —pregunté—. A mí me dio caza un garm, me persiguió hasta mi árbol. Y ahora sé por qué: fue porque llevaba tinta en la mano.

Domitar miró a Dis Fidus con gesto contrito antes de continuar:

—Ningún sistema es perfecto.

—¿Y quién fue el que inventó este sistema? —quise saber.

Cosa sorprendente, el que respondió fue Dis Fidus.

—Siempre ha sido así, que yo sepa. Y no existe ningún Wug vivo que tenga más sesiones que yo.

—¿Y qué me dices de Morrigone? ¿O de Thansius?

—Ni siquiera Thansius es más viejo que Dis Fidus. Claro que Morrigone constituye un caso especial, tienes que entenderlo —contestó Domitar.

—¡Ah, de modo que Morrigone es especial, pues mira qué bien! —exclamé.

—No es una Wug malvada, quítate eso de la cabeza ahora mismo —dijo Dis Fidus con una energía que me dejó perpleja.

—Si me da la gana creer que es malvada, creeré que es malvada, muchas gracias —contraataqué.

—Pues en ese caso te equivocarás —me dijo Domitar con voz cansada al tiempo que bebía de su vaso—. No resulta nada fácil clasificar ni a los Wugs ni Amargura.

—¿Y qué somos, entonces? —exploté.

—En cierto sentido somos Wugs —respondió Domitar—, corrientes y molientes. Y lo que podamos haber sido anteriormente... en fin, eso deben decirlo nuestros antepasados.

—¡Pero si están muertos! —repliqué.

—Bueno, es lo que hay —dijo Domitar, imperturbable.

—¡Habláis en círculos! —exclamé—. Me decís que Morrigone no es malvada y esperáis que me lo crea. Ella controlaba a Elton Torrón. Ella era la razón de que tuviera dentro a aque-

451

llos Dabbats. No podía controlarlos, tuvo que suplicarme a mí que la ayudase a matarlos.

Para mi sorpresa, esto último no pareció sorprender a ninguno de los dos. Dis Fidus se limitó a hacer un gesto de asentimiento, como si yo viniera a confirmar algo que él ya sospechaba.

—Sí, le estaba resultando difícil —comentó Dis Fidus en tono indiferente.

—¿A quién, a ella? —grité—. ¿Y qué pasaba conmigo?

—Algunos Wugs tienen deberes que han heredado —explicó Domitar—, y Morrigone es uno de ellos. Anteriormente fue su madre la responsable de velar por el bienestar de los Wugs. Y eso era lo que estaba haciendo ella en esa luz.

—¿Al intentar asesinarme a mí?

—Tú representas un peligro para ella y para todo Amargura, Vega. ¿Es que no lo entiendes? —dijo Domitar, exasperado.

—¿Cómo voy a representar un peligro para ella? Fingió ser amiga mía. Me hizo creer que mi verdadero enemigo era Krone. Y en el Duelum, intentaba matarme. ¿Por qué?

—Eso es algo que has de descubrir tú misma.

—¡Domitar!

—No, Vega. Esta ha sido mi última palabra en este asunto.

Miré a ambos y les pregunté:

—Bien, ¿y dónde nos deja esto?

Domitar se levantó y puso el tapón a su botella de agua de fuego.

—A mí, sano y salvo en Amargura; en cambio a ti, por lo visto no.

—Piensas que no voy a lograr sobrevivir en el Quag, ¿verdad?

—Lo cierto es que estoy convencido de que sí —respondió con un susurro. E inclinando la cabeza añadió—: Y en ese caso, que Campanario nos ayude a todos los Wugs.

Me giré hacia Dis Fidus y vi que él también había inclinado la cabeza.

Di media vuelta y salí de Chimeneas. No iba a volver nunca más.

QUINQUAGINTA DUO

El fin del principio

Regresé a mi casa, recogí todas mis posesiones, que no eran muchas, y las metí en mi mochila. En el bolsillo de la capa iban la Piedra Sumadora y la *Elemental*, plegada. Metí la mochila debajo de la cama y decidí gastar una de las monedas que tenía en el bolsillo en tomar una última comida en el pueblo en que había nacido.

Tove el Hambriento era donde había comido ya en dos ocasiones con Delph. Y hacia allí me encaminé con *Harry Segundo* al lado, oyendo por el camino las voces de los que todavía estaban de celebración en el bar La Bruja Voladora. Varios Wugs habían salido a la calle a apurar las bebidas y dar buena cuenta de sus raciones de carne, patatas y pan.

Roman Picus estaba ya muy pasado de vueltas, igual que Tadeus Chef y Lichis McGee. Los tres caminaban dando bandazos, como si estuvieran patinando sobre hielo, y cantaban a pleno pulmón. Después vi a Cacus Obtusus apoyado en un poste. Tenía la cara colorada por culpa del agua de fuego, más roja que la sartén de Hestia Obtusus recién salida de los carbones de la lumbre.

Me apresuré a meterme en el restaurante antes de que cualquiera de ellos reparase en mi presencia. Quería comer, y no deseaba compañía. En el restaurante no había nadie, excepto los Wugs que trabajaban allí, porque en el bar estaban dando de comer gratis. De forma automática, saqué mi moneda para hacerles ver que iba a poder pagar la comida, pero el Wug grandote y de rostro aplanado que me condujo hasta una mesa la rechazó con un ademán.

—Vega, aquí no aceptamos tu dinero.

—¿Cómo?

—Estás invitada, Vega. Para nosotros será un gran honor.

—¿Estás seguro de poder hacer eso? —dudé.

—Tan seguro como que tú hiciste añicos a ese canalla de Elton Torrón.

Cuando me trajo el pergamino en el que se indicaban todos los platos, le dije que deseaba tomar una ración de cada. Al principio hizo un gesto de sorpresa, pero luego se le extendió por el rostro una ancha sonrisa de felicidad y contestó:

—Enseguida, cielo.

Comí como nunca en toda mi vida. Era como si jamás hubiera comido. Y cuanto más tragaba, más quería, hasta que ya no pude engullir nada más. Sabía que lo más probable era que no volviera a tener ocasión de disfrutar de una comida como aquella. Aparté el último plato, me acaricié la barriga con satisfacción y después me centré de nuevo en lo que me aguardaba. Miré por la ventana; ya estaba allí la primera sección de la noche.

Iba a esperar hasta la cuarta sección. Me pareció un momento tan bueno como cualquier otro para dirigirme al Quag. Supuse que penetrar en las tinieblas durante las tinieblas era un buen plan. Había peligros que afrontar, y me parecía más sensato desafiarlos yendo de frente y lo antes posible, mucho más que intentar eludirlos. Necesitaba saber si tenía lo que había que tener para salir airosa de aquello. De nada servía mostrarse indecisa.

Además, dudaba muy seriamente de que fuera posible circular por el Quag mientras había luz. Lo único que sabía era que era necesario atravesar la negrura de las sombras para llegar al oro de la luz. Aquel triste pensamiento era lo más poético que iba a decir nunca.

Había traído conmigo un poco de comida para dársela a *Harry Segundo*. Aquella era mi otra preocupación: los alimentos. Mientras estuviéramos dentro del Quag tendríamos que comer. Contemplé las pocas monedas que me quedaban. Fui a otra tienda y las gasté todas en unas cuantas provisiones básicas para mi canino y para mí. No eran gran cosa, y una parte de mí se alegró de ello; si me veía obligada a huir de un garm, no podía ir cargada con varios kilos de víveres.

No tenía ni idea de cuánto tiempo me llevaría atravesar el Quag. Estaba claro que las provisiones que había comprado no iban a durarnos tanto. Y también iba a tener que llevar agua. Pero el agua también pesaba mucho, y no iba a poder llevar encima la cantidad suficiente para media sesión. Lo cierto era que iba a tener que ser capaz de encontrar comida y agua dentro del Quag. En cierto modo me animó el pensar que las bestias, por repugnantes que fueran, también necesitaban comer y beber. Lo único que deseaba era que mi canino y yo no les sirviéramos de alimento.

Había entrado ya la segunda sección de la noche, y acababa de llegar a mi casa cuando de repente, al levantar la vista, lo vi acercarse.

Los adares son bestias de aspecto torpe cuando andan. Sin embargo, en el aire son criaturas muy bellas y gráciles. Este venía deslizándose con suavidad, volando mucho mejor de lo que yo volaría nunca.

Fue aproximándose poco a poco, hasta que finalmente descendió y se posó a escasos metros de mí. Al observarlo más de cerca me di cuenta de que se trataba del adar que había estado entrenando Duf para Thansius. Y también me fijé en que llevaba una bolsa de lana en el pico. Vino hacia mí y dejó caer la bolsa a mis pies. Miré un momento la bolsa y luego levanté la vista hacia la elegante bestia alada.

—Un regalo de Thansius —dijo el adar con una voz que se parecía notablemente a la de su dueño.

Me arrodillé, recogí la bolsa y la abrí. Dentro había dos objetos.

El anillo de mi abuelo.

Y el libro del Quag.

Miré de nuevo al adar. Tuve que cerrar los ojos y volver a abrirlos. Por un momento habría jurado que estaba viendo el rostro de Thansius.

Mi mensajero continuó hablando:

—Dice que los aceptes con fe y con el convencimiento de que el coraje es capaz de cambiarlo todo.

Me puse el anillo en el dedo y guardé el libro dentro de mi capa. Creía que con el adar ya había terminado, o él conmigo, pero nada de eso. Lo que dijo a continuación me dejó petrificada, aunque solo por un instante.

Corrí a toda velocidad hasta mi casa, entré, recogí la mochila, salí de nuevo como una exhalación y eché a correr con *Harry Segundo* por el empedrado.

El adar ya había remontado el vuelo, vi cómo se elevaba en el cielo.

Repetí mentalmente sus últimas palabras, unas palabras que no iba a olvidar jamás.

«Vienen a por ti, Vega. Vienen a por ti en este mismo instante.»

Harry Segundo y yo no dejamos de correr hasta que estuvimos bien lejos de Amargura propiamente dicho. Al observar el cielo parpadeé sorprendida: no había estrellas, salvo una sola. Y estaba moviéndose. Era la segunda estrella fugaz que veía, y parecía idéntica a la primera. Pero aquello era imposible. Además, con lo lejos que estaban, ¿cómo iba a poder distinguirlas un Wug desde aquí abajo? Daba la impresión de que estaba siguiéndome mientras yo recorría la senda que me conduciría al punto en que debía enfrentarme a la Empalizada.

Pensé para mis adentros que aquella estrella parecía muy solitaria. Solitaria y tal vez perdida, como ya me lo pareció en la ocasión anterior. Navegaba por un cielo en el que no había nada más que negrura, en dirección a alguna parte, o por lo menos eso intentaba. Pero si uno no sabe adónde desea ir, supongo que cualquier camino es bueno.

Cuando hube recorrido unos cuatrocientos metros, hice un alto para sacar unas cuantas cosas de la mochila. Las había construido con restos que había ido trayendo de Chimeneas. Me arrodillé delante de *Harry Segundo* y le ordené que guardase silencio y que no se moviese. Seguidamente le puse el pequeño peto metálico sobre el pecho y se lo abroché con las tiras de cuero que había confeccionado yo misma. Era un peto ligero pero fuerte, tal como lo había diseñado. Luego le coloqué en la cabeza un casco que también había construido yo. Mi canino soportó todas estas operaciones con perfecto estoicismo y aceptó llevar puesto aquel artilugio como si hubiera nacido con él encima. Le rasqué las orejas y le di las gracias por haberse portado tan bien. Después me puse yo el arnés pasándolo por los hombros. Pensaba meter a *Harry Segundo* dentro cuando nos acercáramos más a la Empalizada.

De repente me agaché en tierra y escuché.

La criatura que se acercaba, fuera lo que fuese, no se preocupaba de ser sigilosa. Estaba haciendo tanto ruido que incluso llegué a alarmarme. Hacían ruido los depredadores que no tenían miedo de lo que pudieran encontrarse; las presas guardaban silencio y se mantenían ocultas en las sombras. Me escondí detrás de un arbusto grande y aguardé a ver de qué se trataba. Me puse el guante, saqué la *Elemental* y le ordené mentalmente que se desplegara. Y aguardé.

El ruido estaba cada vez más cerca. Dentro de menos de una cuña iba a descubrir a qué habría de enfrentarme.

—¡Delph!

Estaba pasando a toda prisa por delante de mi escondite. Al oír mi voz, frenó en seco y empezó a mirar alrededor, desconcertado, hasta que me puse de pie para que pudiera verme.

—¿Qué estás haciendo aquí?

—El adar de Thansius me ha dicho que ya vienen. Y que también te lo había dicho a ti. Por eso he venido corriendo.

—¿Hacia dónde?

Su rostro se transformó en un gesto ceñudo.

—¿Y tú me lo preguntas, idiota?

Me lo quedé mirando, boquiabierta. Daniel Delphia no me había insultado ni una sola vez en todas las sesiones que hacía que lo conocía, lo cual era lo mismo que decir en toda mi vida.

—¿Idiota? —repetí, estupefacta—. ¿Me has llamado idiota?

—¿Qué clase de Wug te crees que soy? Si te he llamado

idiota es porque quería llamarte idiota —añadió de malhumor.

Di un paso hacia él, con la intención de arrearle una bofetada. Ya tenía la mano echada hacia atrás para atizarle, cuando de pronto reparé en que llevaba una mochila en los hombros.

—¿Qué llevas ahí?

—Mis cosas. Igual que llevas tú las tuyas ahí, ¿no? —Señaló mi mochila. Después observó la armadura de *Harry Segundo* y dijo—: Ahí va, eso sí que mola. —Y volvió a mirarme a mí.

—¿Adónde vas? —le pregunté.

—Al mismo sitio que tú.

—De eso, nada.

—Ya lo creo que sí.

—Delph, no vas a venir conmigo.

—Pues entonces tampoco irás tú.

—¿Te crees que puedes impedírmelo?

—Creo que puedo intentarlo.

—¿Por qué haces esto?

—Es lo que teníamos planeado, ¿no?

—Pero tu padre... Pensaba que...

—Hemos estado hablando de ello, ¿sabes? Le he contado algunas cosas, y ha aceptado que me vaya. Tú le quitaste el dolor, y... y me ha dicho que te dé las gracias por... en fin, por haberme puesto bien de la cabeza, y eso. Quería habértelo dicho él mismo, pero en cuanto ha empezado a hablar de eso se ha puesto a lloriquear. Me parece a mí que no va a ser capaz de decírtelo directamente.

—Yo... en fin... me siento muy conmovida.

—Además, ahora tiene dinero y un Wug al que enseñar. Un negocio, como dijiste tú.

—Pero yo me refería a que os ocuparais los dos de ese negocio.

Delph negó con la cabeza, tozudo.

—No puedo permitir que entres tú sola en el Quag, Vega Jane. De verdad que no puedo.

Me quedé mirándolo, y él mirándome a mí. Iba a decir algo a modo de contestación, cuando de repente me dio por mirar hacia el cielo. Entonces fue cuando lo vi.

Dos estrellas fugaces que surcaban el firmamento la una al lado de la otra. Lo tomé como una lección de que no había que centrarse tan solo en uno mismo. Estoy segura de que Delph también deseaba escapar de los confines de Amargura. Aparte de mí, había más Wugs cuyo destino se encontraba fuera de aquel lugar.

Miré a Delph y lo agarré de la mano.

—Me alegro de que estés aquí, Delph.

A él se le iluminó el rostro.

—¿Te alegras? ¿En serio?

Me alcé de puntillas y le di un beso.

Se puso rojo como la grana, y yo le dije:

—Tendría que estar más loca que una cabra para querer entrar en el Quag sin ti, ¿sabes? Y soy muchas cosas, pero no precisamente una loca.

—No, Vega Jane, tú no eres una loca.

Y a continuación me levantó del suelo y me besó a su vez con tanta fuerza que sentí que me quedaba sin respiración, hasta el punto de que creí desmayarme. Cuando volvió a dejarme en tierra, los dos teníamos los ojos cerrados. Y cuando los abrimos, casi simultáneamente, nos miramos el uno al otro durante muchas cuñas.

Por fin él preguntó:

—Bueno, ¿y ahora qué?

—La Empalizada —contesté yo. De pronto caí en la cuenta de una cosa—. ¿Cómo has sabido que yo estaba aquí?

—No lo sabía. He estado recorriendo todo esto de un lado para otro, buscándote.

—Hace un rato localicé un punto concreto de la Empalizada, ya terminado. Yo diría que es el que debemos utilizar para salir.

—Pero habrá centinelas en las torres —repuso Delph, angustiado.

—Ya lo sé. Pero la distancia que hay entre una y otra deja un hueco libre.

Delph me miró la capa.

—¿Llevas encima la cadena?

Afirmé con la cabeza.

—¿Estás preparado?

Cuando llegamos al punto por el que yo tenía planeado escapar, nos ocultamos detrás de un matorral y observamos la Empalizada. A un lado y al otro de aquel punto, aproximadamente a unos sesenta metros, se elevaban sendas torres de vigilancia iluminadas con faroles, en las que hacían guardia Wugs armados con mortas.

Enganché a *Harry Segundo* en el arnés y quedó colgando sobre mi pecho. Como llevaba a Destin alrededor de los hombros, que me proporcionaba fuerza, daba la sensación de pesar poco más de un kilo.

—Delph, abrázate a mis hombros, como la otra vez.

Pero no llegó a tener ocasión de hacerlo.

—¡Ahí están! —vociferó alguien.

Al oír aquello, se me cayó el alma a los pies.

Me volví a la derecha y vi a un grupo de Wugs que venían corriendo hacia nosotros, empuñando mortas. Y todavía se me cayó más el alma a los pies cuando vi quiénes eran.

A nuestra izquierda se encontraban Ted Racksport cojeando a causa de su pie herido, Cletus con los ojos relampagueantes de sed de sangre, y Ran Digby con su fea barba y su cara mugrienta.

Por nuestra derecha se acercaban Jurik Krone y Duk Dodgson.

Y a la cabeza de todos ellos estaba Morrigone.

—¡No, Vega! —chilló—. ¡No saldrás de Amargura! ¡No puedes!

Todos estaban ya amartillando sus mortas y tomando puntería.

Aferré a Delph de la mano y eché a correr, *Harry Segundo* rebotando contra mi pecho con cada zancada. Nos encontrábamos a menos de cincuenta metros de la Empalizada cuando di un salto hacia arriba arrastrando conmigo a Delph. Tuve dificultades para conservar el equilibrio, y de hecho me incliné un poco hacia el lado de Delph antes de rectificar mi trayectoria ascendente. Me volví a tiempo para ver cómo Morrigone nos apuntaba con las manos. Un instante más tarde tenía ya asida la *Elemental*, totalmente desplegada, y logré desviar el rayo de luz roja que ella nos envió, el cual hizo impacto en la Empalizada y abrió un enorme boquete. Continuamos ascendiendo.

—¡Fuego! —gritó Krone.

Rugieron los mortas. Sentí que algo me pasaba rozando la cabeza a toda velocidad. Oí gritar a Delph y noté que se quedaba inerte, y le aferré el brazo con más fuerza.

—¡Delph! —chillé.

—Tú sigue, sigue —dijo él con voz débil—. Estoy bien.

Pero yo sabía que no era verdad. Viré hacia la izquierda y después hacia la derecha al tiempo que los mortas disparaban de nuevo. *Harry Segundo* les ladró, luego se puso a aullarles y finalmente empezó a gimotear. Por último guardó silencio. En eso noté algo húmedo en la cara. Los proyectiles habían alcanzado también a *Harry Segundo*.

Plegué la *Elemental*, la guardé, y sujeté a *Harry Segundo* con la mano que me quedó libre, mientras con la otra aferraba a Delph.

—¡Dejad de disparar! —chillé.

No creí que fueran a hacerme caso, porque, de nosotros tres, ya habían herido a dos. Solo quería disponer de un instante para hacer una cosa.

Viré en un ángulo cerrado hacia la derecha, rodeé un árbol, sujeté a *Harry Segundo* con el codo, arranqué una rama al pasar, y cuando terminé de describir el círculo me encontré justo delante de los Wugs.

Les arrojé la rama, lo cual sirvió para dispersarlos. Fue a clavarse en el suelo, justo donde estaban ellos un momento antes. Entonces di media vuelta otra vez y me dirigí hacia los troncos superiores de la Empalizada.

Los mortas habían enmudecido de momento, pero yo sabía que no disponía de mucho tiempo. Delph estaba gimiendo de dolor y, todavía más preocupante, *Harry Segundo* colgaba inerte en su arnés y no se movía en absoluto. Me lancé derecha hacia la Empalizada, a toda velocidad, pero me estaba costando un esfuerzo tremendo elevarme lo suficiente cargando con el peso de Delph y de mi canino.

De repente miré atrás y me quedé petrificada de miedo.

Jurik Krone, el mejor tirador de todo Amargura, me estaba apuntando con su morta directamente a la cabeza. No podía sacar la *Elemental* porque estaba agarrando a Delph con una mano y sosteniendo el cuerpo de *Harry Segundo* con la otra. Vi cómo sonreía Krone al tiempo que comenzaba a apretar el gatillo para disparar un proyectil de morta directo al interior de mi cráneo. Los tres caeríamos en picado y moriríamos.

De improviso algo golpeó a Krone, con tal fuerza que salió despedido de lado hasta una distancia de diez metros. Dio tantas vueltas de campana que el morta se le soltó de las manos.

Quise saber qué era lo que me había salvado la vida.

Morrigone estaba bajando las manos, que un momento antes apuntaban al lugar donde se encontraba Krone. Volvió la cabeza y me miró. Por un instante imaginé su rostro rodeado por un yelmo, el escudo alzado, y vi lo mucho que se parecía a la guerrera que luchaba en aquel antiguo campo de batalla. De pronto alzó las manos una vez más, y yo sentí una fuerza invisible, como una tenaza de hierro, que me aferraba la pierna. Morrigone estaba moviendo los brazos como si tirase de una cuerda hacia sí. Noté que mi inercia desaparecía y que, tras una sacudida, los tres comenzábamos a descender poco a poco.

Se acabó. Aquel era el momento. Si no era capaz de hacer aquello, todo lo anterior no habría servido para nada.

Proferí un grito que pareció durar varias cuñas e hice acopio de todas las fuerzas que me quedaban. Sentí una oleada de energía que me atravesaba de parte a parte. Tomé impulso con los pies y sentí cómo se aflojaba un poco aquella tenaza invisible. Tomé impulso con más ganas y flexioné los hombros hacia delante, como si estuviera tirando de un peso imposible de arrastrar. Y de pronto, tras lanzar otro grito interminable, y sometiendo a mis músculos a una tensión tan increíble que llegué a pensar que estaba paralizada, me liberé, me elevé por encima del borde de la Empalizada —las botas de Delph incluso rozaron los últimos troncos— y logré pasar al otro lado.

Miré una vez más hacia atrás y vi a Morrigone en el suelo, agotada, derrotada y sucia. Nuestras miradas se cruzaron. Ella alzó una mano hacia mí... pero ya no para intentar detenerme, sino simplemente para decirme adiós.

Poco después salvamos el foso lleno de agua y penetramos en el Quag. Sobrevolamos el primer grupo de árboles y matorrales, y a partir de ahí la vegetación se tornó tan densa que tuve que apresurarme a bajar al suelo.

Y menos mal que bajé. Ya había sacado del bolsillo de la capa la Piedra Sumadora. Delph estaba desplomado en el suelo, agarrándose el brazo, y tenía la camisa empapada de sangre. En cuanto le pasé por encima la Piedra Sumadora, la herida desapareció y el gesto de dolor que le contraía el rostro se disipó. Se incorporó y dijo con voz ahogada:

—Gracias, Vega Jane.

Pero yo no le estaba escuchando. Había liberado de su arnés a *Harry Segundo*, que yacía en el suelo. Apenas respiraba y tenía los ojos cerrados.

—No —sollocé—. ¡No, por favor!

Al retirarle el peto vi que el proyectil del morta había perforado este. Pasé la Piedra Sumadora por encima de la herida que vi que tenía en el costado, allí donde había penetrado el proyectil del morta. Estaba tan malherido, que pensé que al tocarlo con la Piedra su cuerpo se curaría más deprisa. Froté sin descanso, apretando la Piedra contra el pelaje y pasándola sobre la herida. Pero nada. Las lágrimas me corrían por las mejillas.

Delph se arrodilló a mi lado.

—Vega Jane.

Me apoyó una mano en el hombro e intentó apartarme de *Harry Segundo*.

—Vega Jane, déjalo. Ha muerto.

—¡Déjame! —chillé, al tiempo que le propinaba un fuerte empujón que lo lanzó hacia atrás y lo tiró al suelo.

Miré a *Harry Segundo* pensando todas las cosas buenas que se me ocurrieron.

—Por favor, por favor... —gemí—. Por favor, no me dejes otra vez.

En mi desesperación, estaba confundiendo los dos caninos en mi mente. Las lágrimas me nublaban la vista.

Harry Segundo no se movía. Su respiración iba haciéndose más lenta, hasta que llegó un momento en que apenas vi que se moviera el pecho.

No podía creerlo. Acababa de perder a *Harry Segundo*. Al volver la cabeza, vi que Delph estaba incorporándose. Entonces fue cuando sentí que algo me tocaba la mano. La retiré enseguida, creyendo que se trataba de alguna criatura del Quag, que estaba probándome a ver si estaba buena para devorarme. Pero había sido *Harry Segundo*, y me tocó de nuevo la mano con su hocico húmedo. Ahora tenía los ojos abiertos y respiraba con normalidad. Se alzó sobre sus patas y sacudió el cuerpo entero, como si pretendiera eliminar de sí la muerte que había tenido tan cerca. Creo que incluso me sonrió. Me sentí tan feliz que lancé un grito de alegría y lo abracé con fuerza.

Él, a cambio, me lamió la cara y ladró.

Delph se arrodilló junto a nosotros.

—Gracias a Campanario —dijo a la vez que rascaba el hocico de *Harry Segundo*.

Yo estaba sonriendo, pero de repente dejé de sonreír y me quedé mirando la mano de Delph.

La mano de Delph, que estaba manchada con la tinta de todas las sesiones que llevaba trabajando en el Molino.

En aquel momento fue cuando oí los gruñidos, a izquierda y derecha de donde estábamos.

Me giré muy despacio.

A la derecha había un garm, y a la izquierda un enorme frek.

La tinta azul: igual que la miel para los mosquitos.

No esperé ni un instante más. Extraje la *Elemental*, la desplegué del todo, y la arrojé hacia el frek incluso antes de que este se lanzase a atacar a Delph. Lo alcanzó justo en el centro del pecho, y la bestia se desintegró.

Pero el garm había avanzado hacia nosotros con el pecho manchado de su propia sangre y desprendiendo un olor fétido que me abrasaba los pulmones. Además, de sus fauces salía ese horrible sonido que hacen cuando van de caza. Sabía que lo siguiente que iba salir de aquellas mandíbulas iba a ser una intensa llamarada que nos dejaría carbonizados.

De modo que saqué la jarra de agua que llevaba en la mochila y se la arrojé al monstruo. Le acertó de lleno en el hocico, se rompió, y el agua se le esparció por toda la cara.

Aquello me permitió ganar tan solo un instante, pero era todo lo que necesitaba. En cuanto la *Elemental* regresó a mi mano después de haber destruido al frek, volví a lanzarla hacia delante.

La lanza le entró al garm por el centro de la boca, lo atravesó de parte a parte y volvió a salirle por la espalda. La criatura se transformó en una bola incandescente de color anaranjado y se consumió, como si todo el fuego que tenía dentro no hubiera podido salir al exterior. Un momento después explotó en una nube de humo negro. Una vez que se hubo disipado el humo, vimos que el garm ya no estaba.

—¡Maldita sea! —exclamó Delph.

Yo no podría haber estado más de acuerdo.

No teníamos tiempo de celebrar nuestra victoria. Agarré a Delph por la mano entintada y me saqué del bolsillo la botella y el trapo que me había dado Dis Fidus.

—¿Qué es eso? —me preguntó.

—Tú cierra la boca, has de saber que esto va a dolerte una barbaridad.

Vertí un poco de líquido en el trapo y presioné este contra la mano de Delph.

Delph apretó los dientes y, para mérito suyo, no emitió ni una sola queja, aunque todo su cuerpo se estremeció como si estuviera sufriendo las arcadas que sobrevienen siempre después de comer carne de creta en mal estado.

Cuando el líquido hubo cumplido su misión, el dorso de la mano de Delph apareció tan sonrosado y cubierto de cicatrices como el mío. Pero toda la tinta había desaparecido.

—¿Esto es bueno? —inquirió haciendo muecas de dolor y retorciendo la mano.

—Así será más difícil que esas bestias nos sigan el rastro.

—Entonces sí que es bueno —repuso Delph con convicción.

Cogimos nuestras mochilas, que habían caído al suelo.

—Tenemos que continuar moviéndonos, Delph.

Me puse en marcha yo primero, con la *Elemental* totalmente desplegada y asida en la mano; detrás de mí venía Delph y en último lugar *Harry Segundo*, cubriendo la retaguardia.

Salimos de entre los árboles y la densa vegetación, y de repente ocurrió una cosa realmente extraordinaria: el Quag se abrió y se transformó en una amplia extensión de prados verdes, salpicados de bosquecillos de árboles enormes. Ahora nuestra vista alcanzaba hasta muchos kilómetros de distancia. Allá a lo lejos, al oeste, había un ancho curso de agua envuelto en la niebla. En el lado este arrancaba una ladera rocosa que conduciría a alguna parte. Y delante de nosotros, hacia el norte, se elevaba una majestuosa montaña alfombrada de bosque que en medio de aquella inquietante oscuridad no parecía verde sino azul.

Solo había un problema: antes de que pudiéramos llegar a aquella llanura, que nos permitiría ver llegar cualquier peligro desde muy lejos, teníamos que superar el siguiente obstáculo. Nos encontrábamos justo en el borde de un precipicio. Miré hacia abajo y calculé que debía de tener más de un kilómetro de caída. Me volví hacia Delph y él también se volvió hacia mí.

—¿Estás preparado? —le pregunté.

Él me apretó la mano y respondió con un gesto afirmativo.

Levanté del suelo a *Harry Segundo*, sin sacarlo de su arnés, y le acaricié la cabeza. Había estado tan cerca de perderlos a los dos, y tan pronto, que una parte de mí deseó regresar a Amargura. Pero había otra parte de mí, más grande, que sabía que no iba a poder volver. Ya no. Acaso en el futuro.

Oímos ruidos a nuestra espalda. Se acercaban muy rápido. Juzgando por la intensidad del ruido calculé que debían de ser tres o cuatro garms y una manada entera de freks, o eso me pareció. Sin duda la refriega anterior los había alertado de nuestra presencia.

Salieron de repente del bosque que teníamos detrás. Me giré a mirar. Estaba equivocada: no eran cuatro garms, sino diez. Y no había freks, sino amarocs. Unas bestias que, si cabe, eran todavía más terroríficas que los freks.

Me giré al frente y contemplé la montaña azul que se distinguía a lo lejos. No sé cómo, pero supe que allí era adonde debíamos dirigirnos. Más allá de la montaña, en el cielo, se veían las estrellas, las estrellas perdidas las consideraba yo ahora. Perdidas como nosotros. ¿Encontrarían alguna vez su camino? ¿Lo encontraríamos nosotros? Quizá no. Quizá, simplemente, termináramos consumiéndonos como una llama. Pero por lo menos lo habríamos intentado.

Miré una vez más a Delph, intenté esbozar una sonrisa que se esfumó antes de que llegara a mi rostro, y a continuación saltamos. Los tres quedamos suspendidos en el aire por espacio de largos instantes, mientras las bestias se abalanzaban sobre nosotros. Y entonces caímos en picado, ya totalmente engullidos por el Quag.

ÍNDICE